KB191301

장원으로 가는 지름길

(近體詩中心 基礎指針書)

丁範鎭·李埰文 編著

明文堂

머리말

한국의 한시는 한국문학사에서 작게나마 항상 한 장르를 차지해 왔던 특수한 예라고 할 수 있다. 바꾸어 말하면, 한자를 사용했지만 역시 우리 문학에 속한다는 뜻이다. 그것은 아마도 문학작품이란 지은 사람의 국적을 가장 우선하고 중요시하기 때문일 것이다. 어쨌든 우리나라에는 일찍이 한자가 들어와서 통상적으로 사용되었기 때문에 이와 같은 특수한 현상이 생겨났다. 그래서 한글 창제 이전의 고려 시대는 말할 것도 없고 조선시대에서도 우리나라의 식자층에서는 한글을 사용해서 시를 짓기보다는 한자를 사용해서 시를 짓는 사람이 더 많았었다.

그런데 옛날 한국에서는 한시가 다만 문학작품으로 인식될 뿐만 아니라 국가의 인재를 선발하는 과거에서 시험문제로 출제되어 수험생의 학문 수준이나 국가관 등을 시험하기도 하였었다. 그래서 한시는 우리나라의 역사와 문예, 그리고 학술과 제도를 이해하는데 있어서 얼마나 중요한 과업이었던가를 짐작하게 한다.

한시를 짓기 위해서는 한자와 한문에 대한 기본적인 기초지식이 필요하다. 그런데 현대에 와서는 각급 학교의 한자 교육도 많이 줄어들었고 따라서 한시를 배울 수 있는 기회도 거의 없어지고 말았다. 그러다 보니 한시를 짓기 위해서는 개별적인 상당한 과외 수업이나 참고서를 통한 독학이 절대적으로 필요해졌다.

《장원으로 가는 지름길》은 한자나 한문에 대한 일정한 기초 실력이 있는 사람을 대상으로 집필되었다. 따라서 이 책은 그 내용으로 봐서 한시에 대한 뜻깊은 이론을 전개해 놓은 학문적인 서책이라기보다는 오로지 한시를 짓기 위한 그 요점을 쉽고 간략하게 설명해 놓은 참고서라고 말할 수 있다.

이 책이 이루어질 수 있었던 경위를 잠시 설명하자면 엮은이는 중국 문학을 전공하였으나 운문보다는 산문을 전공하였다. 그래서 한시를 짓기 시작한 것은 생각보다 시간이 많이 지나서 65세 교수 정년을 약 10여 년 남겨두었던 그때부터였다.

처음에는 우선 근체시의 평측과 운자를 포함한 공식(격률)부터 외우고, 다음은 지난날 유명한 한중 시인들의 명시를 풀이하면서 시어를 익히고, 다음은 대구법을 익히고, 다음은 각종 범해서는 안 될 규칙을 익혔다. 그러면서 이런 요점들을 철저히 메모해서 암기하였다. 그리고 일일이 사전을 찾아 새롭게 알게 되었던 시어들은 하나도 버리지 않고 철저히 기록해 두었는데, 그것들이 쌓이고 쌓여서 지금 이 책의 각종 시어의 소사전으로 수록하게 되었다. 그러니까 강의실 안에서의 일종의 필기장과 같은 것이라고 말할 수가 있다. 그냥 혼자 보고 활용하다가 나중에는 버리기에는 너무도 아깝다는 생각이 들어 특히 한시에 관심이 있는 사람, 그리고 백일장을 준비하는 사람들에게는 약간의 도움은 되겠구나 하는 생각이 들어 미흡하지만 용기를 내어 감히 정리를 해서 책으로 엮어내기로 하였다.

이 책은 2부로 나누어 엮어졌다. 1부는 한시를 짓기 위해 필요한 가장 기본적인 지식에 대해 간략하게 설명하였고, 2부에서는 1부의 기본 지식을 바탕으로 한시를 지을 때 필요로 하는 시어라는 자원들을 모아 소사전 형식으로 엮었다. 편집자의 초보적 노트에 불과한 것이므로 모두가 미완성의 준비물에 불과하다.

그러나 이 책이 한시를 처음 시작하는 사람이든, 한시를 취미로 짓고 있는 사람이든, 아니면 한시 전반에 걸쳐 무언가 알고자 하는 사람이든 간에 그 모두에게 작은 보탬이 되었으면 하는 소망은 지금도 변함이 없다.

부디 전국 한시 동호인 여러분의 기탄없는 질정을 바라 마지않는다.

2024(갑진)년 청명절 쌍청헌(雙清軒)에서

범례 凡例

1. 이 책은 한시를 빨리 익히기 위한 시도로 편성된 일종의 참고서이다.
2. 한시를 짓기 위해서 필요한 모든 용어나 시어에는 다 평측을 표시하여 한 자 한 자씩 자전을 찾는 번거로움을 덜게 하였다.
3. 이 책이 학문적인 전문 저서가 아니므로 장황한 이론이나 그에 따른 해설은 대부분 생략하였다.
4. 이 책에서는 대체로 두음법칙을 준용하지 않고 한자의 원음만을 그대로 사용하여 순서를 정하였다.
5. 소사전류에서 단어의 순서는 대부분 가나다순을 적용하였다.
6. 이 책에서는 어려운 한자에는 발음을 달고 한글만으로는 뜻을 명확하게 알 수 없는 시어 등에는 한자를 부기하였으며 비교적 쉬운 한자는 한자 그대로 사용하였다.
7. 분야별 시어 소사전에서는 내용에 따라 분류하였으나, 그 소속이 명확하지 않아 두 곳에 다 배열한 시어도 있다.

/ 목차 /

〈1부〉

근체시 작성의 기초지식

1. 근체시(近體詩)의 기본 구조

한시에서 근체시라 함은 대체로 당대 이후의 율시를 지칭한다. 율시에는 그 字數와 句數에 따라, 다섯 글자로 이루어진 五言詩와 일곱 글자로 이루어진 七言詩가 있는데, 이들은 다 여덟 구(오언은 40자, 칠언은 56자)로 이루어진다. 그리고 네 구로 된 絶句와 排律이라고 하는 長句의 시가 있지만 그 기본 형식은 律詩이고, 절구와 배율은 율시에서 파생된 형식이라고 할 수 있다. 절구는 율시의 전반부만 떼어낸 형식에 불과하기 때문에 絶句라는 이름이 붙었고, 배율은 句數를 늘여 놓은 형식에 불과하기 때문에 일명 長句 또는 長短句라고도 칭한다. 배율은 보통 10구 이상 20구 30구 심지어 100구나 되는 시도 있어 구수에 제한이 없는 장편시라고 말할 수가 있는데, 대체로 오언시에서 명작의 詩가 많이 보인다.

현재 우리나라는 수많은 한시백일장에서 대체로 平聲韻의 칠언율시만을 사용하기 때문에 본서에서도 주로 거기에 맞추어 설명하기로 한다.

2. 평성(平聲)과 측성(仄聲)〔平上去入〕

10만 자를 넘게 헤아린다는 모든 한자는 다 高低長短에 의한 제 나름의 고유한 聲韻을 지니고 있다. 중국어학에서는 이를 1·2·3·4聲으로 분류하여 '四聲'이라 말하고, 漢詩에서는 이를 陽平·陰平·上聲·去聲·入聲으로 분류하는데, 양평과 음평은 합쳐서 平聲이 되고, 나머지 상성·거성·입성에 해당하는 한자는 모두 仄聲이 된다. 그래서 한시의 성운은 크게 평성과 측성 둘로 나누어져 있다. 이를 통상 '簾'이라 부르고, 평성은 낮다(낮은 음)고 말하고, 측성은 높다(높은 음)고 말한다. 이는 한시를 작성할 때 가장 중요시 하는 기본 법칙이기 때문에 항시 특별히 주의해야 한다. 따라서 다음에 예시하는 격률에 따라 정확하게 맞추어야 하고 만약에 이를 어기면 '違簾'이 되므로 율시가 성립되지 않는다.

近體詩의 格律表

〈五言詩〉

		五言平起式	五言仄起式
第1聯 首聯(起)	第1句	◑○○●◉	◑●○○◉
	第2句	◑●●○◎	◑○◑●◎
第2聯 頷聯(承)	第3句	◑●○○●	◑○○●●
		‥	‥
	第4句	◑○◑●◎	◑●●○◎
第3聯 頸聯(轉)	第5句	◑○○●●	◑●○○●
		‥	‥
	第6句	◑●●○◎	◑○◑●◎
第4聯 尾聯(結)	第7句	◑●○○●	◑○○●●
	第8句	◑○◑●◎	◑●●○◎

〈七言詩〉

		七言平起式	七言仄起式
第1聯 首聯(起)	第1句	◑○◑●●○◎	◑●◑○◑●◎
	第2句	◑●◑○◑●◎	◑○◑●●○◎
第2聯 頷聯(承)	第3句	◑●◑○○●●	◑○◑●○○●
		‥	‥
	第4句	◑○◑●●○◎	◑●◑○◑●◎
第3聯 頸聯(轉)	第5句	◑○◑●○○●	◑•◑○○●●
		‥	‥

	第6句	◑●◑○◑●◎	◑○◑●●○◎
第4聯 尾聯(結)	第7句	◑●◑○○●●	◑○◑●○○●
	第8句	◑○◑●●○◎	◑●◑○◑●◎

※ (○은 平聲, ●은 仄聲, ◑은 平仄 간에 通用, ◎은 平聲韻字, ◉은 仄聲韻字, ‥은 對句 표시임.)

이 공식은 근체시의 기본 격률, 즉 공식이기 때문에 반드시 암기해야 하고 다른 방법은 없다. 다만 한글에서 기역·리을·비읍의 받침(韻)이 붙는 한자, 즉 藥 屋 福 學, 月 發 物 出, 合 甲 立 葉 등의 자는 무조건 측성이니 자전을 뒤져서 외울 필요가 없어서 그나마 편리하고 다행스럽다고 하겠다.

정리해서 말한다면, 율시란 시인이 묘사해내는 감정에 따라 이상과 같은 격률과 운목에 맞추어 평성과 측성의 한자를 조립하는 일종의 塡字式의 韻文이라고 말할 수 있다.

율시에는 平起式과 仄起式이 있는데, 오언시든 칠언시든 간에 첫째 구의 두 번째 글자가 평성이면 평기식이 되고, 측성이면 측기식이 된다. 평기식이냐 아니면 측기식이냐, 혹은 또 첫 구 끝 자에 압운을 하느냐 하지 않느냐에 따라서 그 시의 격률(평측법)이 달라진다. 격률이 달라지면 이에 따라 平仄의 위치도 다르게 되는 매우 중요한 대목이니 잘 기억해두어야 한다. 어쨌든 간에 앞에서 예시한 도표를 그대로 잘 외워두는 것이 무엇보다 중요하다.

근체시에 있어서 平仄 사용의 기본 원칙은 대체로,

첫째는, 相間 즉 같은 句 안의 평성과 측성은 서로 격률에 맞게 섞어서 조화롭게 사용해야 하고,

둘째는, 같은 聯 즉 제3구와 제4구, 또는 제5구와 제6구 간의 모든 字句는 평성과 측성 글자로 서로 다르게 對句가 이루어지도록 맞추어야 하며,

셋째는, 相粘 즉 상하 두 聯 사이에서 上聯 둘째 구(出口)와 下聯 첫째 구(初句)의 둘째 글자는 반드시 同聲字라야 한다.

이상과 같은 원칙은 대체로 위에 예시한 격률표를 잘 익혀 이를 준수하면 달리 걱정할 필요가 없다.

그리고 위에서 보듯이 모든 구의 제1자와 제3자, 그리고 제5자의 일부는 평측 통용이 가능하다. 이것을 '一三五不論'이라고 칭하고, 다음으로 절대로 바꾸지 못하는 것을 '二四六分明'이라고 하여 2·4·6번째 글자는 반드시 공식에서 정한대로 써야 한다는 뜻이다. 그런데 한시를 짓다가 보면 2·4·6자는 분명해야 하니까 반드시 평성이든 측성이든 맞는 성의 글자를 쓰기 때문에 더 이상 논할 필요가 없지만, '一三五不論' 즉 1·3·5번째 글자는 변화가 가능하기 때문에 흔히들 무의식중에 마음대로 바꾸어 쓰다가 보면 자칫 '위렴(違簾)'을 범해서 전체의 시를 크게 망치는 수가 있고, 이렇게 되면 모든 백일장에서 급제의 꿈은

초장에 무너지고 마는 것이니 특히 주의를 요한다.

그리고 많은 한자들 중에는 뜻과 음에 따라 그 염(평측)이 변화하는 것이 허다하니 이 점을 반드시 유의해야 한다. 예를 들면, '相'자는 음이 '상' 하나인데 뜻은 '서로', '바탕', '보다', '모양', '돕다', '부축하다', '벼슬' 등등 여럿이 있다. 여기서 뜻이 '서로', '바탕'으로 쓰일 때는 평성이지만, 그밖에 '보다', '바탕', '돕다', '부축하다', '벼슬' 등등의 뜻으로 쓰일 때는 측성이 된다. 또 '盛'자는 음이 '성'이지만 그 뜻이 '담는다'로 쓰일 때는 평성이 되고 '성하다'로 쓰일 때는 측성으로 변한다.

그런가 하면 '降'자는 '항복하다', '내리다'의 뜻일 때는 '항'으로 읽고, 평성이지만 '내려앉다', '밑으로 떨어지다', '폄하하다'라는 뜻일 때는 '강'으로 읽고 측성으로 변한다. 또 '柴'자는 '섶', '땔감 나무'라는 뜻일 때는 '시'로 읽고 평성이지만, '울타리', '막다'라는 뜻일 때는 '채'로 읽고 측성으로 변한다. 또 '興'자는 뜻이 '일어나다', '창성하다', '추천하다', '징발하다' 등일 때는 평성이지만, '기뻐하다', '즐기다', '형상하다', '흥', '흥취' 등으로 쓰일 때는 측성으로 변한다.

이처럼 평측의 변화가 복잡하게 일어나니 그것을 잘 익혀두어야 한다.

그런데 한 글자가 내포하고 있는 의미가 여러 가지가 있고, 때로는 그 한계가 모호해서 평측 분별이 어려울 때도 없지 않다. 자고로 역대 운서에서도 그 해석이 다양하기 때문에 이를 두고 시인들 사이에서 갑론을박이 심심치 않게 일어나고 있는 것이 사실이다. 그런가 하면 어쩔 수 없이 평측 통용의 한자가 자연스럽게 생겨나게 되는 것이다. 그래서 수년 전에 한국한시협회에서는 서로의 논박을 해소하고 잡음을 해소하기 위하여 평측 간에 통용할 수 있는 열두 개 한자를 공식적으로 지정해서 발표한 바가 있다.

참고로 그 12개 글자를 아래에 소개한다.

論 望 聞 防 思 先 汚 要 應 任 治 强

그런가 하면, 한자의 음이 비교적 낮고 짧게 나는 평성자와 높고 길게 나는 측성자를 통용할 때가 있는데, 이를 '통고저(通高低)'라고 말한다. 통고저로 사용할 수 있는 논리적 근거는 주로 御定詩韻에서 찾아볼 수가 있으니, 이를테면 '看'자는 평성일 때와 측성일 때 공히 '睎也(보다)'라고 해석하고 있기 때문이다. 그러므로 염은 변하더라도 그 뜻이 똑같을 때는 어쩔 수 없이 통고저를 하더라도 무방하다는 뜻이다.

일반적으로 고금의 시인들이 '看'자를 시어로 사용할 때는 주로 '본다'라는 뜻으로 많이 쓰지 '지킨다'라든가 '보호한다'라는 뜻으로 사용하는 경우는 드물기 때문에 위렴(違簾)에 관한 염려는 별로 하지 않아도 된다. 왜냐하면 '지킨다'라든가 '보호한다'라는 의미의 한자는 '守'나 '護' 등등 많이 있어서 따로 신경을 쓰지 않고 쉽게 그런 의미의 글자를 사용해서 시를 지으면 되는 것이지 구태여 '看'자를 사용할 필요가 없기 때문이다. 그러므로 이런 추세로 간다면 아마도 통고저의 한자는 점점 더 불어날지도 모를 일이다.

통고저가 분명하지 않을 때는 본서의 변렴자소사전을 참고하면 쉽게 해결할 수가 있을 것이다.

3. 압운(押韻)

한시를 지으려면 우선 내가 무슨 韻目(韻統이라고도 함)으로 지을 것인가를 정해야 한다. 한시의 운은 平聲韻目이 상평 東·冬·江·支·微·魚·虞·齊·佳·灰·眞·文·元·寒·刪의 15운과, 하평 先·蕭·肴·豪·歌·麻·陽·庚·靑·蒸·尤·侵·覃·鹽·咸 15운을 합쳐서 모두 30운이 있고, 仄聲韻目은 上聲 29, 去聲 30, 入聲 17운을 합쳐서 모두 76운이 있다.

그런데 시란 운을 갖춘 韻文이다. 따라서 운이 없는 문장은 散文이지 시가 아니다. 그래서 위 근체시의 격률 도표에서 보듯이 매 聯의 끝 자, 즉 2·4·6·8句의 끝 자에는 반드시 같은 운목의 글자로 압운(押韻: 운을 달다)해야 한다. 그리고 제1구의 끝 자에는 압운을 하지 않는 경우도 있지만 그렇게 되면 거기에 따라서 평측, 즉 염과 대구 등이 달라지는데 현 백일장에서는 이를 취급하지 않음으로 더 이상 상세한 설명은 생략한다.

우리나라의 백일장에서는 30개의 평성운목만을 사용하기 때문에 그 가운데서 우선 하나를 선택하고 그 운목에 속해있는 다섯 글자를 임의로 사용해서 시를 지으면 된다. 이를테면, 운목으로 '東' 자를 선택했다면 동자 운목에 속해 있는 한자가 東·公·紅·空 … 등

모두 74자가 있는데, 그중에서 임의로 다섯 개를 운자를 선택해서 정확한 위치, 즉 제 1·2·4·6·8구의 끝에 각각 압운하면 된다.

표로 예시하면 다음과 같다.

〈仄起式〉

◑●○○●●東

◑○◑●●○公

◑○●●○○●

◑●○○●●紅

◑●◑○○●●

◑○◑●●○空

◑○●●○○●

◑●○○●●功

〈平起式〉

◑○◑●●○東

◑●○○●●公

◑●◑○○●●

◑○◑●●○紅

◑○●●○○●

◑●○○●●空

◑●◑○○●●

◑○◑●●○功

4. 대구(對句)

위 근체시의 격률표에서 보듯이 제3구와 제4구, 그리고 제5구와 제6구는 반드시 서로 對句를 맞추어야 한다. 대구란 서로 상대되는 字句를 같은 品詞로 맞춘다는 뜻이다. 이를 對語·對偶 또는 對仗이라고도 부르는데 때로는 한 자, 때로는 두 자, 때로는 세 자, 때로는 그 이상으로 대를 맞추면서 文勢를 강하게 표현하는 효과를 거두기도 한다.

다시 말해서, 대체로 명사는 명사끼리 동사는 동사끼리 형용사는 형용사끼리 부사는 부사끼리 조사는 조사끼리 서로 대를 맞추는 것이 대원칙이다. 그러나 이것은 넓은 의미에서 통하는 사례이고 좀 더 구체적으로 들어가면 同類對·正名對·聯珠對 등을 비롯해서 여러 가지의 방법으로 세분화시켜 대구를 맞출 수 있음을 알 수가 있다.

즉 아래의 예에서 보듯이 특히 數字·色彩·人物·動植物·地名·類似意·反對意 등등과 같은 대구는 관례적으로 같은 부류의 詩語를 사용하게 되어 있다.

寒:暑　松:竹　是:非　賓:主　韓:漢

先:後　密:疏　花:月　憂:樂　聖:賢

張三:李四　青山:綠水　瑞雪:甘霖

綺語:霞思　天樞:地軸　故關:異域

原州:木浦　臘酒:寒衣　喜怒:哀樂

登高去:送酒來　南山豹:北海螭　秋容淡:春物菲

青牛臥:白鹿馴　風前燕:雨後蟬　紫霞洞:白雲關

早成名:遲作相　能用將:善知兵　飄柳絮:落銀河

5. 시의(詩意)

시의란 주로 시의 내용을 두고 하는 말이다. 詩想에서 起·承·轉·結을 잘 지켜서 예술적인 아름다움과 인간의 감정을 심도 있고 두서 정연하게 묘사하고자 하는 意向을 말한다. 그러니까 起聯(首聯)에서는 장차 묘사하고자 하는 情景을 이끌어내어 시작한다는 의미를 지니고 있고, 承聯(頷聯)에서는 기련에서 시작한 정경을 이어받아서 더 깊이 있게 묘사한다는 의미를 내포하고 있으며, 轉聯(頸聯)은 기승 두 聯의 내용을 떠나서 詩意를 一轉시킨다는 의미를 가지고 있으며, 끝으로 結聯(尾聯)은 시 전체의 내용을 결합해서 끝을 잘 마무리한다는 의미를 지니고 있다.

작자가 문장을 작성할 때는 흔히 '조리가 정연해야 한다'든가 '맺고 끊는 데가 있어야 한다'든가, 또는 '두서가 분명해야 한다'든가 하는 말을 많이 한다. 한시에서 말하는 기승전결이란 바로 그런 것을 두고 하는 말이다. 어쨌든 시를 깔끔하고 감동적인 내용이 되도록 지으려면 이처럼 기승전결이 잘 이어지도록 엮어내어야 한다.

6. 시제(詩題)

詩題는 글자 그대로 시의 제목을 말하는데, 시제가 일단 정해졌으면 시의 내용에 있어서도 그 시의 제목이 뜻하는 바를 중점적으로 묘사해야 하고 그 시제에서 멀리 벗어나지 말아야 한다. 만약 시제와 완전히 다른 이야기를 하거나 본의에서 멀리 벗어나게 되면 그것을 통상적으로 '違題'라고 한다.

또한 시의 제목이 4개 글자 이하일 때는 頷聯과 頸聯에서는 그 네 글자 중 한자라도 중복 사용해서는 안 된다는 규칙이 있다. 만약에 그 규칙을 지키지 않으면 이를 '犯題'라고 해서 犯則으로 취급하니 入選을 위해서는 이 점도 주의해야 한다.

7. 범칙(犯則)

중국 南北朝 이전 고체시의 형식은 다만 平聲과 入聲, 그리고 押韻 정도가 있었을 뿐 아직은 그 律格이 엄하지 않고 자유로웠다. 그러다가 南朝 齊梁 永明時代에 이르러 沈約과 周顒 등이 비로소 平·上·去·入에 '四聲'이란 이름을 붙여 詩文 창작에 응용하기에 이르렀다. 이것이야말로 시문에 일정한 변화를 주어서 聲律 美學의 이론을 구체적으로 발전시키는 데 큰 역할을 했다고 말할 수 있겠다. 또 四聲을 운용해서 作詩를 하는 과정에서 平頭·上尾·蜂腰·鶴膝 등 몇 가지 폐해를 지적했는데, 이것은 평측의 격률 이론을 처음으로 엄격하게 규칙화한 것이었다고 볼 수 있다.

그 후 初唐의 沈佺期와 宋之問에 이르러 근체시의 격식은 더 한층 엄격해지고 잘 整備되었는데, 이때에 여덟 가지의 名目이 뚜렷이 생겨났다. 이것을 '八病說'이라고 한다. 그것이 후대로 내려오면서 점점 굳어지고 엄격해져서 오늘날 한시의 백일장에까지 이어지고 있을 뿐만 아니라 그것이 백일장에서 급제와 낙제, 그리고 나아가서는 장원급제를 하느냐 하지 못하느냐를 결정하는 데에 있어서 주요한 관건이 되고 있으니 빈틈 없이 잘 익혀두어야 한다.

1) 사성팔병설(四聲八病說)

근체시에서 사성팔병설이란, 平·上·去·入의 聲調와 平頭·上尾·蜂腰·鶴膝·大韻·小韻·旁紐·正紐 등등 시를 지을 때 범해서는 안 되는 여덟 가지 특별한 規則을 말한다. 그런데 이는 唐代 이후의 近體詩 발전에 크나큰 영향을 미친 점은 사실이긴 하지만 그러나 학설이 복잡하고 다양해서 이해하기가 결코 쉽지 않다는 것이 缺點이기도 하다. 그래서 여기서는 기본적인 병폐만을 간단히 설명하기로 한다.

① **평두**(平頭)란 율시의 여덟 개 구에서 그 첫째 자가 모두 평성이거나 또는 모두 측성으로 되어 있는 것을 말한다. 작시에 열중하다가 보면 자신도 모르는 사이에 범할 수가 있으므로 세심하게 살펴봐야 한다.

② **상미**(上尾)란 대체로 오언시에서 제5자와 제10자의 평측이 서로 같은 것을 말한다. 그러나 현재 우리가 짓고 있는 백일장 시에서는 네 개 聯의 끝 자를 모두 평성으로만 압운하고 그 밖의 구의 끝 자는 반드시 측성이라야 되기 때문에 현재로서는 신경을 쓰지 않아도 자연스럽게 이런 범칙은 범할 수가 없다.

③ **봉요**(**蜂腰**)란 7언 율시의 한 구에서

●●●○●●○

이 모양에서 보듯이 측성 글자가 둘 겹쳐 있고 다음에 평성 글자가 하나 끼어있고, 그 다음에 또 측성 글자가 둘이 겹쳐 있으면 그 모양이 양쪽 머리 부분은 크고 거칠며 중간은 가늘어서 마치 벌의 허리와 같다고 해서 蜂腰라는 이름이 붙었다.

다만 모양에서만 이상한 것이 아니고 그 구절을 읽거나 읊을 때도 그 리듬이 중국 사람들의 귀에는 많이 어색하게 들렸던 모양이다. 그래서 이렇게 평측이 어울리면 격율에도 어긋나니 안 된다는 것이다.

④ **학슬**(**鶴膝**)이란 봉요와는 반대로

○○○●○○●

이 모양에서 보듯이 평성 글자가 둘이 겹쳐 있고 이어서 측성 글자가 하나 끼어있고, 그 다음에 또 평성 글자가 둘이 겹쳐 있으면 그 모양이 양쪽 머리는 가늘고 중간이 크고 거칠어서 마치 학의 무릎과 같다고 해서 鶴膝이라는 이름이 붙었다.

바꾸어 말하면, 다섯 글자 중에서 머리(首)와 꼬리(尾)가 모두 濁音이고 중간의 한 자가 淸音이면 蜂腰이고, 그 반대로 머리와 꼬리 부분이 모두 淸音이고 중간의 한 자가 濁音이면 이를 鶴膝이라고 한다. 학슬도 봉요처럼 옛날부터 중국 사람의 귀에는 아마도 어색하게 들렸기 때문에 이를 용납하지 않았을 것으로 여겨진다.

어쨌든 시를 지을 때는 봉요나 학슬의 모양이 되지 않도록 각별히 주의해야 한다.

⑤ **대운**(大韻)이란 5언 시에서 만약 '新'자 韻이라면 위의 아홉 자는 韻字와 같은 운목에 속하는 人 津 隣 身 陳 등의 글자를 사용해서는 안 된다는 것이다.

⑥ **소운**(小韻)이란 5언 시의 한 聯에서 韻字를 제외한 나머지 아홉 글자 사이에서는 같은 韻目에 속하는 글자를 사용해서는 안 된다는 것이다.

현재 우리나라에서는 대운 소운에 대해서는 크게 문제 삼지 않고 있는 것으로 보인다.

⑦ **방뉴**(旁紐)란 일명 大紐라고도 하는데, 5자 句中에 '月'자가 있으면 더 이상 魚, 元, 阮, 愿 등 月자와 同聲紐의 글자를 사용해서는 안 된다는 것이다,

⑧ **정뉴**(正紐)란 일명 小紐라고도 하는데, 壬, 衽, 任 등의 글자를 한 紐에 넣었다면(한 뉴로 삼았다면) 5언 一句 중에 이미 壬 자가 있음으로 더 이상 衽, 任 자를 사용해서는 안 된다는 것이다. 만약에 사용하게 되면 이는 四聲相紐의 病弊를 범한다는 것이다.

방뉴와 정뉴에 대해서도 현재 우리나라 백일장에서는 크게 문제를 삼지 않고 있는 듯하다.

2) 첩자(疊字)와 첩의(疊意)

한 首의 율시 안에서 같은 글자가 둘 이상이면 疊字라고 해서 범칙으로 간주한다. 그러나 예외로 같은 구 안에서는 같은 글자를 두 번 사용하는 것은 이를 범칙으로 보지 않는다.

또 國과 邦이나, 如나 若과 같이 비록 글자는 다르더라도 뜻이 같은 글자를 한 시 안에서 사용하는 것을 '疊意'라고 해서 첩자처럼 범칙으로 간주하지만, 그러나 여기에 대해서는 시인들 간에 이론이 분분하고 선대 시인들 중에도 이렇게 뜻이 같은 글자를 한 시 안에서 사용한 사례가 흔히 보이기 때문에 可不可를 단정하기는 쉽지 않다. 그렇지만 같은 시 안에서는 같은 뜻의 시어를 쓰는 것은 가급적 피하는 것이 좋다.

3) 위제(違題)와 범제(犯題)

위제란 글자 그대로 제목이 제시하는 뜻과 시의 내용이 서로 어긋난다는 뜻이다. 이를테면 제목은 '春日'인데, 봄날에 관한 내용은 별로 없고 가을 이야기만 장황하게 늘어놓는 그런 경우를 말한다. 범제는 시의 제목이 네 글자 이하일 경우에 頷聯이나 頸聯에서는 그 詩題 중 어느 한 글자라도 사용해서는 안 된다는 뜻이다. 이런 것도 별것 아닌 줄 알고 그냥 지나치다 보면 낙방을 면치 못할 것이니 항상 유의하여야 한다.

4) 요구(拗句)와 요구(拗救)

근체 율시에서는 위에서 例示한 엄격한 격률, 즉 공식이 있어서 반드시 그것을 준수해야 한다. 율시가 평순하고 온당한 것은 每句에서 모두 두 번째 자를 주로 삼기 때문인데, 이를테면 首句의 두 번째 자가 平聲이면 이는 平起式이 되는데, 평기식에서는 제2구와 제3구의 두 번째 자는 반드시 仄聲이어야 하고, 제4구와 제5구의 두 번째 자는 당연히 平聲이어야 하며, 제6구와 제7구의 두 번째 자는 당연히 仄聲이어야 하며, 제8구의 두 번째 자는 당연히 平聲이어야 한다. 만약에 仄起式이라면 그때는 그 반대로 생각하면 된다.

그런데 칠언율시의 중간 두 聯에서 이와 같은 일정한 평측 배열을 따르지 않고 '一三五不論'을 근거 삼아 세 번째 자가 正軌를 벗어나 평측(염)이 바뀌어졌다면 이것은 공식에 맞지 않는 '拗句'가 되는 것이다. '拗'자는 '꺾는다', '비틀다'라는 뜻이니, 이런 비틀어진 율시는 성립할 수가 없다.

따라서 일종의 변칙이긴 하지만 그것을 구제하는 방법으로 일 삼 오 자의 평측을 다 다시 연쇄적으로 조정하여(바꾸어서) 앞서 비틀어 놓은 부분을 하자 없는 한 수의 율시가 되도록 바로잡아야 하는데, 이것을 '拗救'라고 한다. 이런 과정을 겪어서 이루어진 시체를 '拗體'라고 한다.

이와 같이 요체를 만들어 율시의 묘미를 별도로 맛보게 하는 경우도 있다는 사실을 알아두면 도움이 될 것이다. 그러나 초급 작시자들이 이런 방법을 무심코 잘못 활용하다가 보면 뜻하지 않게도 복병을 만나 蜂腰나 鶴膝과 같은 더 엄중한 犯則을 당할 수도 있으니, 그렇게 되면 이는 拗救가 아니라 拗病에 걸리게 되는 것이니 이 점 특별히 주의를 해야 한다.

이처럼 요체는 상당히 어렵고 복잡하므로 작시 능력이 어느 정도 상승되었을 때 시도하는 것이 바람직하다.

5) 하삼련(下三連)

칠언율시에서 매 구의 제 5·6·7번째의 자가 同聲이 되었을 때, 이를 '下三連'이라고 해서 규칙을 크게 범한 것으로 간주한다. 그것이 측성이면 '下三仄'이고 평성이면 '下三平'이라고 한다. 그런데 셋 평성자가 연결되었을 때는 이를 '三平調'라고 다소 희롱하는 용어를 만들어 부르면서 이를 엄격하게 규제하고 있다.

[참고 자료]

1. 조선시대의 과거제도

어느 국가, 어느 사회를 막론하고 시험이 없는 곳은 거의 없다. 그런데 시험이란 누구에게나 반갑고 달가운 일이 못 된다. 그러면서도 사람이 살아가자면 이 시험을 싫어도 수도 없이 치러야 한다.

유치원·초등학교·중학교·고등학교·대학교 취직할 때, 어디 그뿐인가 각급 학교의 재학시절에는 매 월마다, 매 학기마다, 또는 매 학년마다 시험을 치르고 있다. 그리고 사회의 구석구석마다 시험은 어김없이 도사리고 있다. 법조인이 되려고 하면 사법시험을 치러야 하고, 공무원이 되려고 하면 행정고시나 공무원 채용시험을 거쳐야 하고, 회사원이 되려고 하면 입사시험을 치러야 하고, 선생님이 되려고 하면 사대시험과 배치 고사를 치러야 한다. 그 밖에도 의사, 간호사, 운전사, 회계사, 중개사, 감정사 그 어느 하나 시험 없이 직장을 갖는 방법은 거의 없다. 심지어 취직을 하고 나서도 때때로 진급을 위해서 경쟁시험을 해야 하고, 경쟁은 언제나 실력을 겨루는 시험으로 귀결된다. 어느 유명한 인류학자가 세상은 전쟁의 역사라고 하더니, 참으로 인생이란 시험의 역사라고 해도 과언이 아닐 정도이다.

참으로 세상은 온통 시험 천지라 해도 과언은 아닐 것이다. 그렇다면 과거에는 어떠하였을까? 과거에도 시험에 관한 한 별로 다를 바가 없었다. 그래서 여기서 잠깐 참고로 조선시대의 출세를 위한 과거제도에 대해서 대충 알아보기로 한다.

과거(科擧)란 국가의 관리를 선발하는 시험을 말한다. 과목별로 인재를 거용(擧用)한다고 해서 과거라 부른다. 조선시대의 과거제도는 대체로 고려 시대부터 내려오던 제도를 답습한 것으로, 문과(文科), 무과(武科), 그리고 잡과(雜科)의 세 과로 분류된다. 이 중에서 가장 인기 있고 중요시되었던 것은 역시 문과였다. 왜냐하면 그것은 곧 다방면으로 나아갈 수 있는 출세의 지름길이기 때문이었다.

이를 각각 나누어 설명하면 대략 다음과 같다.

(1) 문과(文科):

① 소과(小科): 생원시(生員試)와 진사시(進士試)가 있다. 이들 시험에는 각각 초시(初試)와 복시(覆試)가 있다.

초시는 성균관(成均館) 또는 각 군의 군수(郡守)가 실시하는 조흘강(照訖講)에 합격해서 조흘첩을 받아야 응시자격이 생기게 되고, 한성부(漢城府)에서 실시하는 것을 한성시(漢城試), 각 도에서 실시하는 시험을 향시(鄕試)라고 부른다. 한성시는 금위군(禁衛軍) 삼군부(三軍府) 또는 명륜당(明倫堂) 등에서 실시하였고, 향시는 각 도의 선화당(宣化堂)에서 실시하였다.

복시는 각 지방에서 생원시에 급제한 초시(初試) 합격자를 서울에 모아 진사(進士)를 뽑는 시험이다. 이를 사마시(司馬試) 또는 국자감시(國子監試)라고도 부른다.

이상 두 시험은 각각 초장(初場)과 종장(終場)으로 나누어 다음과 같은 과목이 부과된다.

생원시(生員試) 초장 ⇒ 부(賦) 1편과 고시(古詩), 명(銘), 잠(箴) 중 1편, 종장 ⇒ 오경의(五經疑)와 사서의(四書疑) 각 1편.

진사시(進士試) 초장 ⇒ 부(賦) 1편과 고시(古詩), 명(銘), 잠(箴) 중 1편, 종장 ⇒ 오경의(五經疑)와 사서의(四書疑) 각 1편.

② 대과(大科): 생원 진사 또는 성균관 유생 중에서 선발한다.

초시(初試)는 한성시(한성부에서 실시) 관시(성균관에서 실시) 향시(각도에서 실시)가 있고, 모두 가을에 실시하며, 부과 과목은 삼장(三場)으로 나누어 실시하는데, 다음과 같다.

초장(初場) ⇒ 사서오경(四書五經)의 의의(義疑) 또는 논(論) 중 각 1편.

중장(中場) ⇒ 부(賦), 송(頌), 명(銘), 잠(箴), 기(記) 중 1편과 표(表), 전(箋) 중 1편.

종장(終場) ⇒ 대책(對策) 1편.

복시(覆試)는 초시에 합격한 자를 서울에 모아 성균관의 명륜당 또는 비천당(丕闡堂)에서 실시한다.

초장 ⇒ 사서삼경(四書三經)의 배강(背講).

중장 ⇒ 부(賦), 송(頌), 명(銘), 잠(箴), 기(記) 중 1편과 표(表) 전(箋) 중 1편.

종장 ⇒ 대책(對策) 1편.

전시(殿試)는 복시에 합격한 자를 궁정(宮庭)에서 임금이 친히 시험을 보인다. 복시는 단장(單場)으로, 대책(對策), 표(表), 전(箋), 잠(箴), 송(頌), 조(詔) 중 1편을 짓게 한다.

(2) 무과(武科): 역시, 초시, 복시, 전시로 나누어 보았으며, 시험과목은 궁술(弓術), 총술(銃術), 강서(講書) 등이다.

(3) 잡과(雜科): 역과(譯科), 의과(醫科), 음양과(陰陽科), 율과(律科) 등의 해당 관서인 사역원(司譯院), 전의감(典醫監), 관상감(觀象監), 형조(刑曹) 등에 근무하는 중인의 자제로 소양이 있는 자들을 모아 해당 관서에서 각각 초장, 중장, 종장으로 나누어 시험을 실시하였다.

① 역과 ⇒ 한학(漢學), 몽학(蒙學), 왜학(倭學), 여진학(女眞學)

② 의과 ⇒ 의약학(醫藥學)

③ 음양과 ⇒ 천문학(天文學), 지리학(地理學), 명과학(命課學)

④ 율과 ⇒ 법률학(法律學)

이 밖에 정규 과거가 아니고 시일이나 장소에 구애됨이 없이, 나라에 경사가 있을 때나 또는 특별히 인재를 등용할 필요가 있을 때, 혹은 또 매 3년마다 특별히 시험을 보여서 인재를 뽑던 별시(別試)가 있었다. 경과(慶科)의 별시로는 증광시(增廣試), 정시(庭試), 병년중시(丙年重試) 등이 있고, 인재 등용의 별시로는 평안도, 함경도, 강화, 제주 등지에 중신을 보내거나 도신(道臣)에게 명하여 시행하였다.

(1) 식년시(式年試): 매 3년마다 즉 자(子), 묘(卯), 오(午), 유(酉)년의 해에 보이던 시험으로, 정규 과거(科擧)와 마찬가지로 문무 생원 진사 잡과를 다 실시하였다.

(2) 증광시(增廣試): 나라에 경사가 있을 때 특별히 보이던 과거시험. 식년과와 같이 생원, 진사, 문무, 잡과를 아울러 실시하였다. 경사가 여럿이 겹쳤을 때는 '대증광(大增廣)'이라 하고 정원을 초과하여 선발하였다.

(3) 정시(庭試): 나라에 경사가 있을 때 대궐 안에서 실시하던 과거로, 대과인 문과와 무과만 실시하고 나머지 생원, 진사, 잡과는 시행하지 않는다. 초시와 전시(殿試)가 있었다.

(4) 병년중시(丙年重試): 매 병년(丙年)마다 10년 간격으로 보이던 문과와 무과의 과거가 있었다.

이로 미루어보면, 출세의 길은 예나 지금이나 정말 쉽거나 순탄하지 않았다는 사실을 알 수가 있다. 그러나 세상에는 일자리는 적고, 일하고 싶어 하는 사람은 많으니 누구는 임용하고 누구는 버릴 수가 없는 노릇이므로, 결국은 시험을 통해서 우수한 인재를 차례로 뽑아 쓸 수밖에 없다.

이와 같은 현실을 이해한다면 우리는 시험을 지긋지긋하게만 여기고 피할 것이 아니라 정면 돌파를 해서 희망하는 일자리를 쟁취하는 수밖에 다른 방법은 없을 것이다. 특히 젊은이들은 명심하지 않으면 안 되리라고 본다. 그래서 시험이란 피해 갈 수 없는 장애물이라고 말할 수가 있다.

2. 지금의 백일장

현재 우리나라에서 모의로 실시하고 있는 경향 각지의 백일장 시험은 그 정확한 숫자는 알 수가 없으나 대체로 매년 약 일백 군데에 가까운 곳에서 실시하고 있는 것으로 안다. 사단법인 한국한시협회 서울특별시 성균관 등을 비롯하여 한국한시협회의 지회나 지방 자치단체, 또는 전국 각 시·군 단위의 문화원 등등에서 매년 정기적으로 실시하는 곳도 있고, 그 밖에 역사적인 특정 인물의 행적과 학문을 기리는 일회성 백일장도 많이 있다.

그러나 지금의 백일장은 어디에 들어가는 시험이나 무슨 자격을 따낸다든가 지위가 올라가는 시험이 아니고, 다만 옛 관변 행사를 흉내 내어서 즐겨보는 일종의 방고(倣古) 문예 행사이다. 그렇기 때문에 별로 부담이 없는 시험이라고 할 수 있다. 그래서 많은 문사가 이에 다투어 참여하고 있다.

백일장에 응시하려면 아니 장원을 위시해서 차상, 차하, 참방, 가작 등등 좋은 성적으로 급제하고자 한다면 먼저 반드시 고선 준칙을 잘 익혀두어야 한다. 그래서 현재 한국한시협회에서 시행하고 있는 한시백일장의 고선 준칙을 참고로 여기에 소개하고자 한다. 이는 전국 각지의 백일장에서 일률적으로 적용하고 있는 반드시 알아두어야 할 준칙이기 때문이다.

漢詩協會考選準則

第1條　目的

規則 第3條에 의거 漢詩考選의 節次와 基準을 定하고 이를 適用하여 公正을 期하고 協會의 公信力을 提高하는 데 있다.

第2條　考選原則

三審制를 採擇하되 審議는 普通 多數決의 原則을 適用한다.

第3條　組織

가. 考選委員의 組織은 三審制를 實施할 수 있도록 二人이상으로 하되 홀수로 構成한다.

나. 考選委員은 漢詩에 造詣가 깊은 者로 構成하되 他 白日場 考選에서 指彈을 받았거나 不公正 是非를 惹起한 者는 考選委員이 될 수 없다.

다. 考選委員은 會長이 委囑한다. 다만, 理事會(小委)에 諮

問을 求할 수 있다.

第4條 任務

考選委員으로 委囑된 者는 準則과 良心에 따라 公正하게 考選할 것을 誓約하여야 한다.

第5條 詩型 및 應試者

가. 規則 第3條에 依한 詩型은 豫算範圍内(學生部, 一般部의 範圍를 稱함)에서 이를 分離 또는 同時에 實施할 수 있다.

나. 應試者는 七絶, 五律, 七律 中에서 指定된 詩型別로 따라 應試할 수 있으며 國籍을 不問한다.

第6條 公正性 確保 및 應試者 立會

가. 詩題는 現場에서 鼓徵(打鼓)과 더불어 發表하며, 詩型別로 應試者가 任意探韻하면 이를 考試委員이 配列押韻한다. 다만, 詩題와 押韻의 一部를 경우에 따라 詩題를 現場白日場 公告 때 提示할 수 있다.

나. 考選委員長은 試驗答案紙 提出 後 協會 任員 中에서 漢詩에 造詣가 있다고 인정되는 者 2人을 任意 指定하여 考選에 立會하게 하며, 立會者는 考選이 不當하거나 明白한 瑕疵를 발견할 경우 是正을 要求할 수 있다. 또한, 考選에 異議가 없음을 應試者에게 通告하여야 한다.

第7條 審査方法

가. 詩 一首 當 各組 別로 循環 實施하여 三審制로 運營하되 審査의 優先順位는 第1次 失格 判定, 第2次 適否 判定으로 한다.

나. 失格 判定; 指定된 3個 組가 一次的으로 명백한 失格이라고 判定될 境遇는 이를 抽出하여 脫落 措置하고 相異할 境遇에 限하여 再審한다. 다만, 失格은 當該 字句에 表示한다.

다. 채점; 一次 失格 判定에서 通過된 詩에 限하여 實施한다. 다만, 優秀 句에는 批點을 表示하고 批點 合計를 點數로 換算하여 用紙 上部 欄外 기재한다.

라. 批點(朱批)은 1句 2點을 줄 수 있으며 特別한 妙句에 限하여 圈點(貫珠)을 줄 수 있으나 一首 中 圈點 当 1點으로 4點을 超過할 수 없다.(16점이 여러 장 나왔을 시에 圈點(貫珠)을 적용해서 가린다.)

마. 入選者 選拔은 最高 點數 順으로 對象者를 選定하며 失格 適否 判定을 再審하여 瑕疵 없음을 確認하고 立會者의 確認을 거쳐 委員長 責任 下에 結果를 發表한다.

바. 事情 變更이 發生時에는 委員長은 本 趣旨에 違背되지 않는 範圍內에서 適宜 調整 할 수 있으며 會長에게 이를 報告하여야 한다.

사. 落選者 中 再審 要請이 있을 경우, 이를 다시 審査하지

아니한다.

第8條 考選指針

第1次 失格 判定은 다음 表에 該當하는 詩를 말한다.

皆仄頭: 各行 첫 자가 전부 높다(不可).

(但 各 行 첫 자가 1자라도 낮으면 무관)

皆平頭: 各行 첫 자가 전부 낮은 것(不可).

(但 各行 첫 자가 1자라도 높으면 무관)

犯題: 題目 字가 承句, 轉句에 들어가 있는 것(不可).

(제목이 4字 이하에 해당)

蜂腰: ●●●○●●○ 上 三字가 높아 孤平이 된 경우.

(但 第 3, 5字를 平으로 하면 無關)

鶴膝: ○○○●○○● 上 三字가 낮아 孤仄이 된 경우.

(第 제 5字를 높이면 무관)

意疊: 율시 한 수 中에 같은 의미를 두 번 쓰는 것(不可).

(例, 偉績: 大功)

對句適用: 色譜: 함련, 경련에 다 색을 넣는 것(不可).

首聯이나 尾聯에 1字는 무방.

數譜: 함련, 경련에 다 숫자를 넣는 것(불가).

首聯이나 尾聯에 1자는 무방.

人譜: 함련, 경련에 다 人名을 넣은 것(불가).

主客對: 제목의 단우를 대구에 쓰는 것(불가).

首聯이나 尾聯에 쓰는 것은 무방.

違題: 題目의 뜻이 없는 것.

違簾: 平, 仄이 不合하는 것.

簾不合: 一名, 가시개 簾이며 句와 句 사이에 平仄 연결이 안 된 것(不可).

對不合: 對의 單語가 맞지 않는 것.

三字高, 三字平: 이는 下 三高, 下 三平을 말함.

疊字: 漢詩 一首 내에 同一字는 不用.

(但, 同行에는 無關함.)

蟬聯體: 시의 맨 아래 字를 다음 句에 물고 들어가는 것(不可).

相替簾: 엲 句의 平仄을 서로 바꾸어 사용하는 것(可).

蒙上簾: 平이나 仄이 될 자리에 반대로 되어, 윗 글자를 힘 입어 되는 것(不可).

第9條　平仄 共用 文字 選定

가. 考選(作詩) 時 平聲과 仄聲으로 共用할 수 있는 通高低字를 나項과 같이 規定한다.

나. 强, 論, 望, 聞, 防, 思, 先, 汚, 要, 應, 任, 治 (12字)

附則

施行日 : 1. 本準則은 2002年 7月　日 理事會의 議決된 날로부터 施行한다.

2. 2003年 3月 改正, 理事會의 議決된 날로부터 施行한다.

3. 2018年 3月 29日 改正, 臨時理事會의 議決된 날로부터 施行한다.

4. 2022年 2月 25日 改正, 定期理事會의 議決된 날로부터 施行한다.

(이상 한국한시협회의 고선 준칙을 그대로 인용 하였음)

8. 한시(漢詩)의 운목(韻目)

平聲韻:

上平聲(15韻):

東 冬 江 支 微 魚 虞 齊 佳 灰 眞 文 元 寒 刪

下平聲(15韻):

先 蕭 肴 豪 歌 麻 陽 庚 靑 蒸 尤 侵 覃 鹽 咸

* 도합 30韻字가 있다.

仄聲韻:

上聲韻(29韻)

去聲韻(30韻)

入聲韻(17韻)

* 도합 76운자가 있다.

그러나 측성운은 우리나라 백일장에서는 취급하고 있지 않음으로 본서에서도 모두 생략하였다.

東 (上平1)

東 同 銅 桐 筒 童 僮 瞳 中 衷 忠 蟲 終 戎 崇 嵩 弓 躬 宮 融 雄 熊 穹 窮 馮 風 楓 豐 充 隆 空 公 功 工 攻 蒙 籠 聾 瓏 洪 紅 鴻 虹 叢 翁 聰 通 蓬 烘 潼 朧 礱 峒 螽 夢 訌 凍 忡 酆 恫 總 侗 窿 懵 龐 種 盅 芎 倥 艨 絨 葱 匆 驄

冬 (上平2)

冬 農 宗 鐘 龍 舂 松 沖 容 蓉 庸 封 胸 雍 濃 重 從 逢 縫 蹤 茸 峰 鋒 烽 蛩 慵 恭 供 淙 儂 松 凶 墉 鏞 佣 溶 邛 共 憧 喁 邕 壅 縱 龔 樅 膿 淞 匈 洶 禺 蚣 榕 彤

江 (上平3)

江 扛 窗 邦 缸 降 雙 龐 逄 腔 撞 幢 椿 淙 豇

支 (上平4)

支 枝 移 爲 垂 吹 陂 碑 奇 宜 儀 皮 兒 離 施 知 馳 池 規 危 夷 師 姿 遲 眉 悲 之 芝 時 詩 棋 旗 辭 詞 期 祠 基 疑 姬 絲 司 葵 醫 帷 思 滋 持 隨 痴 維 卮 麋 螭 麾 墀 彌 慈 遺 肌 脂 雌 披 嬉 尸 狸 炊 籬 茲 差 疲 茨 卑 虧 蕤 陲 騎 曦 歧 岐 誰 斯 私 窺 熙 欺 疵 貲 笞 羈 彝 頤 資 糜 饑 衰 錐 姨 楣 夔 涯 伊 蓍 追 緇 箕 椎 罷 篪 萎 匙 脾 坻 嶷 治 驪 尸 綦 怡 尼 漪 累 犧 飴 而 鴟 推 縻 璃 祁 綏 逵 羲 羸 肢 騏 訾 獅 奇 嗤 咨 墮 其 睢 漓 蠡 噫

椸 輜 胝 鰭 蛇 陴 淇 淄 麗 篩 廝 氏 痍 貔 比 僖 貽 祺 嘻 鸝 瓷
琦 嵋 伲 熹 孜 台 蚩 罹 魑 丕 琪 耆 衰 帷 劑 提 禧 居 梔 戲 畸
椅 磁 痿 離 佳 雖 仔 寅 委 崎 隋 逶 倭 黎 犁 酈

微 (上平5)

微 薇 暉 徽 揮 韋 圍 幃 違 霏 菲 妃 緋 飛 非 扉 肥 腓 威 畿
機 幾 譏 磯 稀 希 衣 依 沂 巍 歸 誹 痱 欷 葳 頎 圻

魚 (上平6)

魚 漁 初 書 舒 居 裾 車 渠 余 予 譽 輿 胥 狙 鋤 疏 蔬 梳 虛
噓 徐 豬 閭 廬 驢 諸 除 儲 如 墟 與 畬 疽 苴 於 茹 蛆 且 沮 祛
蜍 櫚 淤 好 雎 紓 躇 趄 滁 屠 攄 匹 咀 砠 涂 慮

虞 (上平7)

虞 愚 娛 隅 芻 無 蕪 巫 於 盂 衢 儒 濡 襦 須 株 誅 蛛 殊 瑜
楡 諛 愉 腴 區 驅 軀 朱 珠 趨 扶 符 鳧 雛 敷 夫 膚 紆 輸 樞 廚
俱 駒 模 謨 蒲 胡 湖 瑚 乎 壺 狐 弧 孤 辜 姑 觚 菰 徒 途 涂 荼
圖 屠 奴 呼 吾 梧 吳 租 盧 鱸 蘇 酥 烏 枯 都 鋪 禺 誣 竽 吁 瞿
劬 需 兪 逾 覦 揄 萸 臾 渝 嶇 鏤 婁 夫 孚 桴 俘 迂 姝 拘 摹 糊
鴣 沽 呱 蛄 駑 逋 艫 壚 徂 孥 瀘 櫨 嚅 蚨 諏 扶 母 毋 芙 喁 顱
轤 句 邾 洙 麩 機 膜 瓠 惡 芋 嘔 騶 喩 枸 侏 齬 葫 懦 帑 拊

齊 (上平8)

齊 蠐 臍 黎 犁 梨 蠡 黧 妻 萋 淒 堤 低 氐 詆 題 提 荑 綈 折 篦 鷄 稽 兮 奚 嵇 蹊 倪 霓 西 棲 犀 嘶 撕 梯 鼙 批 擠 迷 泥 溪 圭 閨 睽 奎 攜 畦 驪 鸝 兒

佳 (上平9)

佳 街 鞋 牌 柴 釵 差 涯 階 偕 諧 骸 排 乖 懷 淮 豺 儕 埋 霾 齋 媧 蝸 娃 哇 皆 喈 揩 蛙 楷 槐 俳

灰 (上平10)

灰 恢 魁 隈 回 徊 槐 枚 梅 媒 煤 瑰 雷 罍 催 摧 堆 陪 杯 醅 嵬 推 開 哀 埃 台 苔 該 才 材 財 裁 來 萊 栽 哉 災 猜 胎 孩 虺 崔 裴 培 壞 垓 陔 徠 皚 傀 崍 詼 煨 桅 唉 頦 能 茴 酶 偎 隗 咳

眞 (上平11)

眞 因 茵 辛 新 薪 晨 辰 臣 人 仁 神 親 申 伸 紳 身 賓 濱 鄰 鱗 麟 珍 塵 陳 春 津 秦 頻 蘋 顰 銀 垠 筠 巾 民 珉 緡 貧 淳 醇 純 唇 倫 綸 輪 淪 勻 旬 巡 馴 鈞 均 臻 榛 姻 寅 彬 鶉 皴 遵 循 振 甄 岷 諄 椿 詢 恂 峋 莘 堙 屯 呻 粼 磷 轔 瀕 闉 豳 逡 塡 狺 泯 洵 溱 夤 荀 竣 娠 紉 鄞 掄 畛 嶙 斌 氤

文 (上平12)

文 聞 紋 雲 氛 分 紛 芬 焚 墳 群 裙 君 軍 勤 斤 筋 勛 薰 曛
燻 葷 耘 芸 汾 氳 員 欣 芹 殷 昕 蕡 鄖 雯 蘄

元 (上平13)

元 原 源 園 猿 轅 坦 煩 繁 蕃 樊 翻 萱 喧 冤 言 軒 藩 魂 渾
溫 孫 門 尊 存 蹲 敦 墩 暾 屯 豚 村 盆 奔 論 坤 昏 婚 閽 痕 根
恩 呑 沅 媛 援 爰 幡 番 反 塤 鴛 宛 掀 昆 琨 鯤 捫 蓀 髡 跟 垠
掄 蘊 犍 袁 怨 蜿 溷 昆 炖 飩 臀 噴 純

寒 (上平14)

寒 韓 翰 丹 殫 單 安 難 餐 灘 壇 檀 彈 殘 干 肝 竿 乾 闌 欄
瀾 蘭 看 刊 丸 桓 紈 端 湍 酸 團 摶 攢 官 觀 冠 鸞 鑾 欒 巒 歡
寬 盤 蟠 漫 汗 鄲 嘆 攤 奸 剜 棺 鑽 瘢 謾 瞞 潘 胖 弁 攔 完 莞
獾 拌 撣 萑 倌 繁 曼 饅 鰻 讕 洹 灤

刪 (上平15)

刪 潸 關 彎 灣 還 環 鶴 鬟 寰 班 斑 頒 般 蠻 顏 菅 攀 頑 山
鰥 艱 閒 嫻 慳 孱 潺 殷 扳 訕 患

先 (下平1)

先 前 千 阡 箋 天 堅 肩 賢 弦 煙 燕 蓮 憐 田 填 鈿 年 顚 巓

牽 妍 研 眠 淵 涓 蠲 編 玄 縣 泉 遷 仙 鮮 錢 煎 然 延 筵 禪 蟬
纏 連 聯 漣 篇 偏 便 全 宣 鐫 穿 川 緣 鳶 鉛 捐 旋 娟 船 涎 鞭
專 圓 員 乾 虔 愆 騫 權 拳 椽 傳 焉 躚 濺 舷 咽 零 駢 闐 鵑 翩
扁 平 沿 詮 痊 悛 荃 遄 卷 攣 戔 佃 滇 嬋 顓 犍 搴 嫣 癬 澶 單
竣 鄢 扇 鍵 蜷 棉 邊

蕭 (下平2)

蕭 簫 挑 貂 刁 凋 雕 迢 條 跳 苕 調 梟 澆 聊 遼 寥 撩 僚 寮
堯 幺 宵 消 霄 綃 銷 超 朝 潮 囂 樵 譙 驕 嬌 焦 蕉 椒 饒 燒 遙
姚 搖 謠 瑤 韶 昭 招 飈 標 杓 鑣 瓢 苗 描 貓 要 腰 邀 喬 橋 僑
妖 夭 漂 飄 翹 祧 佻 徼 僥 哨 嬈 陶 橇 劭 瀟 驍 獠 料 硝 灶 鷂
釗 蟯 嶠 轎 蕎 嘹 逍 燎 憔 剽

肴 (下平3)

肴 巢 交 郊 茅 嘲 鈔 包 膠 爻 苞 梢 蛟 庖 匏 坳 敲 胞 拋 鮫
崤 鐃 炮 哮 捎 茭 淆 泡 跑 咬 啁 教 咆 鞘 剿 刨 佼 抓 姣 嘮

豪 (下平4)

豪 毫 操 髦 刀 萄 猱 桃 糟 漕 旄 袍 撓 蒿 濤 皐 號 陶 翱 敖
遭 篙 羔 高 嘈 搔 毛 艘 滔 騷 韜 繅 膏 牢 醪 逃 槽 勞 洮 叨 綢
饕 鰲 熬 臊 滂 淘 尻 挑 囂 撈 嗥 薅 咎 謠

歌 (下平5)

歌 多 羅 河 戈 阿 和 波 科 柯 陀 娥 蛾 鵝 蘿 荷 過 磨 螺 禾 哥 娑 駝 佗 沱 峨 那 苛 訶 珂 軻 莎 蓑 梭 婆 摩 魔 訛 坡 頗 俄 哦 呵 皤 麽 渦 窩 茄 迦 伽 磋 跎 番 蹉 搓 馱 獻 蝌 籮 鍋 倭 羅 嵯 鑼

麻 (下平6)

麻 花 霞 家 茶 華 沙 車 牙 蛇 瓜 斜 邪 芽 嘉 瑕 紗 鴉 遮 叉 葩 奢 楂 琶 衙 賒 涯 夸 巴 加 耶 嗟 遐 笳 差 蟆 蛙 蝦 拿 葭 茄 撾 呀 枷 啞 媧 爬 杷 蝸 爺 芭 鯊 珈 驊 娃 哇 窪 畬 丫 夸 裟 瘕 些 椏 杈 痂 哆 爹 椰 吒 笆 樺 劃 迦 揶 吾 佘

陽 (下平7)

陽 楊 揚 香 鄉 光 昌 堂 章 張 王 房 芳 長 塘 妝 常 涼 霜 藏 場 央 泱 鴦 秧 嬙 床 方 漿 觴 梁 娘 莊 黃 倉 皇 裝 殤 襄 驤 相 湘 箱 緗 創 忘 芒 望 嘗 償 檣 槍 坊 囊 郎 唐 狂 强 腸 康 岡 蒼 匡 荒 遑 行 妨 棠 翔 良 航 倡 倀 羌 慶 姜 僵 韁 - 疆 糧 穰 將 牆 桑 剛 祥 詳 洋 徉 佯 粱 量 羊 傷 湯 魴 樟 彰 漳 璋 猖 商 防 筐 煌 隍 凰 蝗 惶 璜 廊 浪 襠 滄 綱 亢 吭 潢 鋼 喪 盲 簧 忙 茫 傍 汪 臧 瑯 當 庠 裳 昂 障 糖 瘍 鏘 杭 邙 贓 滂 禳 攘 瓤 搶 螳 踉 眶 煬 閶 彭 蔣 亡 泱 薔 壤 孀 搪 彷 胱 磅 膀 螃

庚 (下平8)

庚 更 羹 盲 橫 觥 彭 棚 亨 英 瑛 烹 平 評 京 驚 荊 明 盟 鳴 榮 瑩 兵 卿 生 甥 笙 牲 檠 擎 鯨 迎 行 衡 耕 萌 氓 宏 閎 莖 鶯 櫻 泓 橙 箏 爭 淸 情 晴 精 睛 菁 旌 晶 盈 瀛 嬴 營 嬰 纓 貞 成 盛 城 誠 呈 程 聲 徵 正 輕 名 令 並 傾 縈 瓊 賡 撑 瞠 槍 傖 崢 猩 珩 蘅 鏗 嶸 丁 嚶 鸚 錚 砰 繃 轟 訇 瞪 偵 頃 榜 抨 趟 坪 請

青 (下平9)

青 經 涇 形 刑 邢 型 陘 亭 庭 廷 霆 蜓 停 丁 寧 釘 仃 馨 星 腥 醒 惺 娉 靈 櫺 齡 鈴 苓 伶 零 玲 翎 瓴 囹 聆 聽 廳 汀 冥 溟 螟 銘 甁 屛 萍 熒 螢 滎 扃 町 瞑 暝

蒸 (下平10)

蒸 承 丞 懲 陵 凌 綾 冰 膺 鷹 應 蠅 繩 澠 乘 升 勝 興 繒 憑 仍 兢 矜 徵 凝 稱 登 燈 僧 增 曾 憎 層 能 稜 朋 鵬 弘 肱 騰 滕 藤 恆 馮 瞢 扔 膾

尤 (下平11)

尤 郵 優 憂 流 留 榴 騮 劉 由 油 游 猷 悠 攸 牛 修 羞 秋 周 州 洲 舟 酬 仇 柔 儔 疇 籌 稠 邱 抽 湫 遒 收 鳩 不 愁 休 囚 求 裘 球 浮 謀 牟 眸 矛 侯 猴 喉 謳 漚 鷗 甌 樓 婁 陬 偸 頭 投 鉤 溝 幽 彪 疣 綢 瀏 瘤 猶 啾 酋 售 蹂 揉 搜 叟 鄒 貅 泅 球 逑 俅

蜉 桴 罘 歐 摟 摳 髏 螻 兜 句 妯 惆 嘔 繆 繇 僂 篗 摳 區

侵 (下平12)

侵 尋 潯 林 霖 臨 針 箴 斟 沈 深 淫 心 琴 禽 擒 欽 衾 吟 今 襟 金 音 陰 岑 簪 琳 琛 椹 諶 忱 壬 任 黔 歆 禁 喑 森 參 淋 郴 妊 湛

覃 (下平13)

覃 潭 譚 參 驂 南 男 諳 庵 含 涵 函 嵐 蠶 探 貪 耽 龕 堪 戡 談 甘 三 酣 籃 柑 慚 藍 郯 婪 庵 頷 襤 澹

鹽 (下平14)

鹽 檐 廉 簾 嫌 嚴 占 髯 謙 奩 纖 簽 瞻 蟾 炎 添 兼 縑 尖 潛 閻 鐮 粘 淹 箝 甜 恬 拈 暹 詹 漸 殲 黔 沾 苫 佔 崦 閹 砭

咸 (下平15)

咸 緘 讒 銜 岩 帆 衫 杉 監 凡 饞 芟 喃 嵌 摻 攙 嚴

9. 가나다순 평측자전(平仄字典)

가 ○ 伽 佳 加 呵 呿 哥 嘉 家 哿 柯 枷 歌 泇 珂 珈 痂 笳 耞
茄 苛 菏 葭 街 袈 訶 謌 豭 跏 軻 迦 駉 駕 麚 麚

● 假 價 可 哿 啹 坷 嫁 家 岢 榢 徦 斝 暇 架 椵 榎 檟 瘕
砢 稼 笴 舸 賈 軻 駕 骼

각 ● 傕 刻 却 卻 各 嗃 埆 慤 恪 捔 推 擢 斠 格 桷 榷 殸 殼
殻 瑴 珏 瑴 睢 确 碻 碻 礐 脚 腳 袼 覺 角 觳 躩 較 較
閣

간 ○ 乾 刊 囏 奸 姦 姧 干 慳 杆 栞 澗 玕 癎 看 看 竿 肝 艱
菅 蕳 虷 覸 豻 間 閒 靬 馯

● 侃 偘 墾 幹 懇 揀 榦 旰 暕 柬 稈 澗 澗 狠 奸 盰 看 瞯
磵 秆 稈 笴 簡 簳 艮 衎 襉 覵 諫 赶 趕 鐗 間 閒 鬜 䵫
齦

갈 ● 介 割 劼 喝 嘎 圿 堨 害 愒 愒 戛 扴 揭 擖 暍 曷 楬 毼

渴 濭 猲 癌 盍 碣 磕 秸 稭 竭 篕 絜 羯 腸 葛 蝎 蠍 褐
訐 輵 轕 鞂 鞨 頡 鶡

감 ○ 堪 嵁 嵌 弇 憨 戡 柑 椷 泔 瑊 甘 疳 監 礛 緘 苷 蚶 酣
鑑 龕
● 勘 矙 坎 埳 墈 感 憾 敢 橄 欠 欿 歁 淦 減 澉 灨 監 瞰
轗 礷 紺 臽 芡 轁 轗 鑑 鑒 闞 鰜

갑 ● 匣 合 嗑 帢 庘 押 敆 溘 狎 甲 磕 窖 胛 蓋 鉀 閘 韐 頜

강 ○ 亢 伉 僵 剛 堈 壃 姜 岡 崗 康 强 彊 悾 慷 慶 扛 杠 椌
橿 殭 江 犅 玒 瓨 甌 甋 畺 疆 矼 礓 穅 糠 網 繮 罡 羌
肮 腔 茳 薑 蜣 螿 跫 金[陽 성씨] 釭 鋼 韁
● 亢 伉 僋 强 彊 忼 慷 抗 控 洚 港 炕 犺 吭 絳 絳 繈 耩
虹 襁 講 酐 鋼 鏹 閌 降 魧

개 ○ 偕 剴 喈 堦 徣 揩 楷 湝 痎 皆 祴 稭 緒 荄 蕎 開 階 颽
● 丐 个 介 价 個 偕 凱 剴 匃 匄 咳 嘅 塏 妎 夰 忦 忿 恝
愒 愾 愷 慨 懈 摡 改 楷 槩 欬 溘 漑 犗 玠 疥 盖 磕 礚
稭 箇 絯 繲 芥 蓋 豈 鍇 鎧 闓 鞜 髤 魪

객 ● 喀 客 揢 峈

갱 ○ 坑 秔 粳 羹 賡 鏗 阬

● 更

갹 ● 噱 屩 臄 蹻 醵

거 ○ 呿 墟 宭 居 嘘 据 渠 椐 琚 璩 磲 祛 籧 胠 腒 蕖 蘧 袪
裾 車 遽 醵 鐻 阹 鶋 鶌

● 倨 勮 去 契 居 巨 弆 懅 昛 拒 据 據 擧 柜 欅 抾 岠 炬
秬 筥 籧 粔 胠 苣 莒 虡 蚷 詎 詎 距 踞 遽 醵 鉅 鋸 鐻
駏 麮

건 ○ 乾 僁 巾 愆 揵 搴 揊 攐 攓 犍 腱 虔 褰 諐 鍵 鞬 騝 騫
騫

● 件 健 囝 巕 建 揵 搴 楗 腱 謇 蹇 鍵 鞬

걸 ● 乞 偈 傑 堨 揭 搩 杰 桀 榤 渴 碣 竭 釪

검 ○ 鈐 鉆 黔

● 儉 劍 劒 撿 檢 欠 瞼 臉 芡

겁 ● 刦 刧 劫 怯 愶 拾 极 笈 胠 蚨 衱 袷 跲

게 ● 偈 愒 憇 憩 揭 甈 碣 莴

격 ● 假 墼 佫 覡 挌 擊 格 檄 毄 湨 激 狊 篙 綌 膈 茖 覡 觡
闃 隔 革 骼 髂 鬲 鴃 鴂 鶪 鬩

견 ○ 堅 岍 幵 掔 撁 枅 汧 涓 牽 甄 眲 稍 肩 蠲 豣 銒 鵑 鳽
麉
● 俔 蕑 悁 梘 蕑 涀 牽 犬 狷 獧 甽 畎 睊 筧 絹 縨 繭 繾
罥 羂 蜎 璽 襺 見 譴 豣 趼 遣

결 ● 决 刔 觖 契 孑 抉 拮 挈 擷 桔 橥 決 潔 潏 玦 紒 結 絜
缺 袺 觖 觼 䬆 訣 譎 玦 趹 鍥 鐍 闋 駃 髻 鴂 鴃

겸 ○ 兼 嗛 拑 杴 柑 箝 箝 縑 蒹 謙 鉗 鍼 鎌 鐮 鰜 鶼
● 傔 㖍 嗛 慊 歉 簾 膁 蹥 鉆

겹 ● 俠 俠 唊 夾 帢 帢 恰 愜 慊 挾 掐 梜 筴[莢] 筴 篋 莢
蛺 袷 裌 郟 鋏 韐 頰 鵊

경 ○ 京 傾 勍 卿 坰 婞 嬛 庚 惸 扃 擎 更 檠 檄 罥 涇 熒 牼
璚 瓊 畊 硜 磴 絅 經 耕 荊 莖 蔓 誙 輕 鏗 謍 頃 駉 驚
鯨 鱷 鶊 麖 鼊 黥

● 俓 倞 傾 儆 剄 勁 哽 囧 境 徑 慶 憬 挭 擎 敬 敬 景 暻
梗 檠 橵 㡠 炅 熲 獍 璟 硬 磬 竟 竸 競 絖 絅 綆 經 緊
潁 罃 罄 耿 脛 苘 莄 蘔 褧 謦 警 踁 鏧 逕 鏡 鞕 頃 頸
䪫 鯁

계 ○ 乩 堦 嵠 枅 溪 烓 磎 稽 笄 谿 階 雞 鸂
● 係 啓 垍 契 季 届 悈 悸 戒 挈 桂 械 棨 洎 猘 界 瘈 癸
禊 稽 系 紒 紒 絜 綮 繫 繼 繝 闋 薊 觖 計 誡 跌 鄚 鍥
髻 䫏

고 ○ 刳 咎 呱 姑 孤 尻 敲 枯 柧 槔 櫜 沽 滜 皐 睾 箛 篙 篐
糕 罛 羔 翶 膏 臯 苽 菰 蛄 觚 軱 辜 酤 鏎 餻 高 鴣 鼛
鼛
● 估 凅 古 告 固 叩 婟 庫 扣 拷 攷 故 敲 暠 杲 栲 栲 楛
槁 槀 槀 㱿 涸 熇 燺 牯 犒 痼 皋 皐 皓 暠 皷 盬 蠱 罟
瞽 祰 稿 笘 綔 縞 縞 罟 羖 羖 考 股 胯 膏 苦 藁 藁 袴
詁 誥 賈 跨 郜 酤 鈷 錮 雇 靠 頋 顧 鎬 鯝 鼓

곡 ● 告 哭 嚳 斛 曲 梏 穀 槃 槲 権 轂 牿 珏 嗀 梏 檠 穀 穀
穀 菌 蛐 轂 谷 蹻 韋 轂 酷 鵠

곤 ○ 坤 崑 崐 昆 梱 混 琨 蜫 裩 褌 錕 髡 鯤 鵾

● 困 壼 悃 捆 梱 橐 滾 硍 稇 綑 緄 蓘 衮 輥 錕 閫 鯀 鮌
鯀 鷤

골 ● 愲 扢 搰 榾 汨 淈 滑 矻 鶻 骨 鶻

공 ○ 供 倥 公 共 刉 功 崆 工 恭 悾 攻 椌 涳 玒 空 笻 箜 紅
茾 蚣 蛩 蛬 跫 邛 釭 鞏 龔
● 供 倥 倥 共 功 贛 塨 孔 恐 悾 拱 拲 控 栱 澒 灨 珙 硿
空 玒 虹 貢 贛 鞏 鞚 䲲

과 ○ 侉 夸 姱 媧 恗 戈 撾 檛 濄 瓜 瓜 科 窠 薖 緺 荂 薖 蝌
蝸 誇 過 鍋 騧 騧 騧
● 倮 冎 剌 剮 堁 夥 婐 寡 果 胯 菓 蜾 袴 裹 課 跨 踝 輠
輠 過 銙 顆 骻 髁

곽 ● 廓 彍 彍 攫 椁 槨 漷 癨 矍 藿 郭 钁 霍 鞹

관 ○ 倌 冠 唍 官 寬 擐 棺 涫 瘝 矜 綸 莞 菅 觀 關 顴 髖 鰥
● 串 丱 冠 悺 悹 慣 摜 斡 梡 款 欵 涫 灌 爟 琯 瓘 痯 盥
矔 祼 窾 筦 管 綰 罐 舘 觀 貫 輨 錧 館 鸛

괄 ● 佸 刮 懖 括 栝 檜 活 筈 聒 葀 适 闊 髺 鬠 鴰

광 ○ 僙 光 劻 匡 恇 桄 洸 狂 眶 筐 胱 軖 轒

● 丱 壙 廣 恍 擴 擴 曠 獷 曠 礦 絖 纊 誆 誑 迋 逛 鑛

괘 ● 卦 挂 掛 枴 絓 罣 罫 詿

괴 ○ 乖 傀 槐 瑰 瓌 盔 魁

● 傀 儈 凷 劊 喟 塊 塊 壞 媿 廥 怪 恠 愧 廥 旝 會 澮 獪

硊 穭 膾 蒯 蕢 蕢 襘 鄶 魁 鱠

괵 ● 幗 摑 敋 漍 膕 虢 蟈 馘

굉 ○ 厷 吰 宏 竑 紘 翃 翃 肱 觥 觵 訇 軦 轟 鍧 鍠 閎 鞃

● 丱 獷 礦

교 ○ 交 僑 僥 劭 咬 喬 嘐 墝 嬌 嶠 徼 憍 憿 招 教 敲 梟 橋

橇 滶 澆 澆 磽 穚 翹 膠 艽 茭 茭 蕎 蛟 蟂 蟜 趫 蹻 蹺

轇 轎 郊 鞽 驕 驍 骹 鮫 鵁 鷮

● 骹 佼 叫 咬 嘄 噭 墝 姣 嶠 巧 徼 恔 挍 捁 撟 攪 教 敲

敲 皦 校 榷 狡 珓 璬 皎 皦 矯 磽 礉 竅 窖 竅 筊 糾 絞

繳 膠 蟜 覺 譑 警 蹻 較 較 轎 鄗 酵 鉸 骹 鮫

구 ○ 丘 仇 俅 俱 劬 勾 區 厹 呴 句 嘔 嶇 嶇 彄 戵 拘 捄 摳

毆 軥 枸 歐 毬 氍 求 溝 漚 球 璆 甌 痀 癯 瞿 篝 紈 絇

絿 緱 朐 臞 艽 芤 蚯 衢 裘 裘 觓 觩 謳 賕 跔 軀 軥 逑

鉤 銶 韝 頄 頄 馗 駒 驅 鳩 鴝 鷗 鸜 鼽 龜

● 久 九 佝 傴 具 冓 勾 匶 口 句 咎 呴 嘔 囗 叩 咎 垢 姁

姤 媾 嫗 彀 寇 寠 屨 岣 廄 彀 懼 扣 拒 捄 救 敺 歐 晷

枸 柩 椇 構 歐 毆 漚 灸 狗 玖 疚 瞿 矩 穀 究 窶 笱 糗

約 耇 臼 舅 舊 苟 蒟 蔻 覯 訽 詬 詻 購 踽 遘 釦 雊 韭

颶 驅 鷇 齲

국 ○ 國

● 匊 國 局 挶 拲 掬 梮 椈 檋 毱 菊 蘜 跼 踘 鵴 阮 鞠 鞫

鵴 麯 麴

군 ○ 君 宭 帬 皸 羣 裙 軍 麇

● 佃 捃 攟 涒 皸 窘 郡 麇

굴 ● 倔 屈 剧 厥 堀 屈 崛 掘 淈 矻 窟 絀 茁 褔 詘

궁 ○ 躬 宮 弓 穹 窮 竆 芎 藭 躳 躳

● 䠻 誇 躬

권 ○ 卷 圈 婘 弮 惓 拳 捲 棬 權 蜷 齤 鬈

● 倦 劵 勸 卷 圈 綣 弮 捲 䜌 眷 睠 桊 綣 菤

궐 ● 劂 厥 掘 撅 橛 獗 瘚 緔 蕨 蹷 蹶 蹷 闕 鱖 鷢

궤 ● 佹 几 匭 匱 垝 宄 憒 撅 晷 机 樻 歸 氿 潰 簋 簣 繢 臾
蕢 祪 詭 跪 蹶 軌 鐀 闠 餽 饋 鱖 麂

귀 ○ 帰 歸 騩 龜
● 劌 喟 噴 晷 歸 貴 貿 蹶 騩 鬼 鱖

규 ○ 刲 圭 奎 嬀 虯 嶲 弓 戣 摎 摫 暌 樛 潙 珪 睽 窐 窺 葵
虧 虧 虬 蟉 袿 規 逵 邽 郰 閨 闚 雉 頍 馗 騤 鬹

● 叫 嘄 巋 揆 竅 糺 糾 赳 跬 嶲 頍 䞨

균 ○ 匀 囷 均 昀 畇 筠 箘 袀 鈞 頵 麇 麏 麕 龜
● 稛 箘 菌 麇

귤 ● 橘 獝

극 ● 亟 克 剋 劇 可 欲 屐 愐 戟 撠 棘 極 殛 裓 襋 諔 郄 郤
隙 革

근 ○ 僅 勤 堇 墐 巾 廑 勵 慬 懃 斤 斷 根 瘽 矜 穜 穖 筋 芹
蘄 劤 跟 釿
● 僅 劤 厪 堇 墐 巹 卺 慬 揰 斤 槿 殣 瑾 菫 覲 謹 近 靳
饉

글 ● 乞 吃 契 扢 訖

금 ○ 今 嶔 捡 擒 襟 檎 欽 琴 禁 禽 紟 肣 芩 衿 衾 襟 金 鈙
黔
● 僸 澿 唫 噤 禁 紟 琻 衿 錦 鈙

급 ● 伋 及 圾 岌 急 扱 汲 泣 湇 笈 級 給 � 芨

긍 ○ 兢 揯 搄 矜 絚 緪 亘
● 亘 堩 恆 絚 亘 肯 肻

기 ○ 丌 伎 俟 倛 僛 其 刉 嘰 圻 基 埼 夔 奇 姬 岐 崎 幾 攲
攱 旂 旗 朞 期 棊 棋 榿 機 欺 歧 沂 淇 琦 琪 碁 璣 璂
畸 畿 疧 碕 碁 碕 磯 示 祁 祈 祇 祺 禨 箕 綦 羇 羈 耆
機 肌 肵 芪 萁 蘄 蚑 蜞 蟻 蟣 觭 譏 跂 踑 踦 蘷 軝 鞿
錡 錤 鐖 隑 鞝 頎 飢 饑 騎 騏 鬐 魌 鰭 鵋 鶀 麒
● 乞 亟 企 伎 企 兾 冀 剞 嗜 器 垍 墍 妓 寄 屺 峊 己 幾

庋 庪 弃 忌 忮 惎 懻 技 掎 摡 玘 既 曁 杞 枳 棄 氣 洎
炁 玘 祀 穊 機 紀 綺 芑 芰 菮 蚑 蟣 蟣 覬 觖 記 譏 豈
起 跂 跽 醋 騎 騩 驥 鵋

긱 ● 喫 毄

긴 ● 墐 緊 鼓

길 ● 佶 吉 姞 拮 桔 蛣 詰 趌 鵠

끽 ● 喫

나 ○ 儺 拏 挐 拿 挪 挼 搻 笯 那 難
● 儺 娜 懦 懦 旑 榛 稬 糯 褭 那

낙 ● 搦 諾

난 ○ 難
● 愞 戁 攤 暖 煖 煗 赧 赧 難 餪

날 ● 埒 妠 捏 捺 涅 疺 茶

남 ○ 南 喃 枏 楠 男 諵

● 妠 湳

납 ● 內 妠 [illegible] 納 蒳 衲 軜

낭 ○ 囊 娘 [illegible]

● 儾 曩 瀼 灢

내 ○ 能

● 乃 內 奈 妳 嬭 [illegible] 柰 耐 能 褦 迺 鼐

낭 ○ 娘

녀 ○ 帤 挐 袽

● 女

녁 ● 惄 愵

년 ○ 年 秊

● 撚 涊 睍 碾 輾

녈 ● 捏 涅 䂼 篞 苶

념 ○ 恬 拈 粘 鮎 黏

● 姩 念 惗 捻 聶

녑 ● 敜 囁 捻 攝 籋 苶 讘 踂 躡 錜 鑷 驡

녕 ○ 儜 嚀 寧 獰 譸 鬡

● 佞 寕 濘 濘 甯 顊

녜 ● 尼 濔 禰 苨

노 ○ 呶 奴 孥 帑 怓 猱 猱 獶 獿 砮 硇 笯 駑

● 努 弩 怒 瑙 砮 磠 笯 腦 臑

논 ○ 麐

농 ○ 儂 濃 穠 膿 襛 農 農 聵 醲 齈

● 齈

놜 ● 妠 豽

뇌 ○ 挼 捼

● 嫋 惱 憹 腇 腦 諉 餒 餧 鮾

뇨 ○ 怓 撓 硇 譊 鐃

● 儂 嫋 嬈 嬲 尿 撓 橈 淖 溺 澆 裊 褭 鬧

누 ○ 獳 羺

● 穀 耨 譳 鎒

눈 ● 嫰 嫩 腝

눌 ● 吶 肭 貀 訥 貀

뉴 ● 忸 扭 杻 狃 糅 紐 鈕

뉵 ● 忸 恧 朒 衄 衄 鼻

능 ○ 能

니 ○ 呢 埿 尼 怩 旎 泥 麑

● 伱 埿 尼 怩 旎 柅 泥 濔 瀰 膩 苨 薿 迡

닉 ● 匿 惬 慝 搦 溺

닌 ○ 紉

닐 ● 尼 怩 憵 昵 暱 柅 痆

님 ● 恁 賃

닙 ● 㕯

다 ○ 多

● 爹 癉

단 ○ 丹 剬 剸 匰 單 團 壇 慱 摶 敦 斷 檀 湍 漙 煓 端 箪 耑

褍 襌 觛 貒 鄲 驙 鷻

● 亶 但 彖 袒 斷 旦 椴 段 緞 煅 狚 疸 癉 短 碫 笪 緣 耼

腶 鍛 祖 褖 禮 鍛 鴠

달 ● 呾 妲 怛 怛 撻 澾 狚 獺 獺 獺 疸 疸 笪 羍 薘 迖 達 闥

담 ○ 儋 墰 壜 妉 惔 擔 曇 淡 湛 潭 澹 燂 甔 痰 眈 耽 聃 聃

譫 藫 蟫 覃 談 譚 郯 酖 錟 餤 驔

● 倓 啗 啖 嗿 噉 嘾 惔 憛 憺 担 擔 毯 淡 湛 澹 紞 琰 甔

監 磹 禫 窞 窞 篸 紞 緂 緂 膽 菼 萏 蕁 郯 醓 醰 霮 髡

黮 黕 黮

답 ● 嗒 搭 沓 潪 畣 答 篛 荅 褡 譗 譢 踏 蹋 蹹 遝 闒 騞 鶗
黯

당 ○ 傏 唐 堂 塘 幢 搪 撞 棠 榶 溏 煻 瑭 璫 當 瞠 簹 糖 艡
螗 螳 襠 鏜 鐺 餳 餹
● 倘 儻 党 憃 戇 撞 擋 攩 曭 戃 當 臟 讜 黨

대 ○ 儓 擡 籉 臺
● 代 代 大 對 岱 帒 帶 待 憝 懟 戴 敦 汏 玳 瑇 癉 碓 碡
祋 殺 葑 袋 襶 貸 蹛 鈦 釱 錞 鐓 隊 隶 霼 駾 黛 黱

덕 ○ 德
● 德 悳 玓

도 ○ 兜 刀 匋 叨 咷 啕 圖 塗 屠 夵 幍 廜 弢 徒 忉 慆 挑 掏
桃 檮 洮 涂 淘 滔 濤 瘏 稌 絛 綢 綯 縚 翿 舠 艞 荼 菟
萄 裯 諂 跿 逃 途 都 酴 醄 闍 陶 鞀 鞉 鞫 韜 饕 騊 饕
駼 騊 魛 鼗
● 倒 到 圖 堵 塗 嬥 宅 導 島 幬 度 悼 掉 搗 擣 棹 槖 櫂
渡 燾 盜 睹 禱 稌 稻 橐 纛 翿 莜 藋 覩 賭 蹈 道 鍍 陶
隝 魏 貀

독 ● 儥 匵 噣 嬻 櫝 殰 毒 瀆 牘 犢 獨 瓄 督 碡 禿 竺 篤 纛
蝳 裻 読 讀 讟 韇 䪅 黷

돈 ○ 墩 庉 弴 忳 惇 敦 暾 焞 燉 豘 純 蜳 豚 軘 飩 魨 蘋
● 囤 憝 敦 沌 盾 豚 遁 遯 遯 鐓 頓

돌 ● 咄 堗 揬 柮 梲 突 腯 鈯 頓

동 ○ 仝 佟 侗 僮 冬 同 峒 彤 戙 曈 朣 東 桐 橦 氃 洌 涷 潼
犝 疼 瘽 瞳 穜 童 絧 罿 羶 舸 艟 蝀 酮 銅 雺 鮦 鼕
● 凍 動 峒 恫 憧 挏 曈 棟 洞 涷 湩 董 蘳 蝀 衕 詷

두 ○ 兜 頭
● 剅 土 抖 敨 斁 斗 斣 杜 枓 梪 痘 罜 蔸 竇 笠 肚 脰 荰
荳 蚪 蠹 逗 讀 豆 逗 酘 阧 陡 鋀 餖

둔 ○ 屯 窀 臀 芚 迚 遯
● 腯 遁 遯 鈍 頓

득 ● 得

등 ○ 僜 䲢 登 橙 毲 滕 灯 燈 甑 登 簦 縢 藤 螣 謄 登 鐙 騰

鼟

● 凳 墱 嶝 幐 橙 磴 等 縢 蹬 鄧 鐙 隥

라 ○ 儸 囉 欏 灑 穲 籮 纚 羅 蘿 蘿 螺 贏 鑫 覶 鑼 饠 騾 羸

鑹

● 喇 懶 儸 摞 攞 瘰 癩 蠡 砢 贏 蓏 蠃 蠡 裸 羸 躶 邏 囉

락 ● 洛 剺 挌 橐 樂 洛 濼 烙 犖 珞 硌 絡 荖 落 袼 詻 躒 酪

雒 駱

란 ○ 圝 巒 欗 攔 爛 欄 欒 瀾 灤 爤 籣 蘭 躝 鑾 闌 鸞

● 亂 卵 嬾 懶 爛 瀾 灡 爛 瓓 轡 亂 讕

랄 ● 剌 喇 捋 糲 辣 辢

람 ○ 婪 嵐 惏 毿 懍 爁 籃 籃 繿 藍 襤 鬖

● 嚂 壈 爁 擥 擥 攬 欖 灆 濫 纜 覽 醂

랍 ● 協 拉 搚 擠 摺 擸 楥 臈 臘 蠟 邋 鑞 鷃

랑 ○ 廊 桹 榔 浪 瀧 狼 琅 瑯 硠 稂 筤 蓈 蜋 踉 郎 鋃

● 埌 朗 浪 烺 狼 莨 蒗 閬

래 ○ 來 倈 崍 徠 秾 莱 騋

● 來 徠 睞 顂

랭 ● 冷

략 ● 剠 掿 掠 略 掿 蝷

량 ○ 凉 梁 樑 涼 粮 粱 糧 良 蜋 輬 量 颹

● 亮 倆 倞 兩 悢 掠 涼 緉 蜽 裲 諒 量 魎

려 ○ 廬 慮 櫚 濶 犂 瓈 盠 蠡 臚 蔾 藘 藺 藜 蘆 蠡 蠡 邌 閭

驢 驪 鴽 鸝 黎 黧

● 侶 儷 勵 厲 呂 唳 悷 慮 戾 捩 攦 旅 梠 棙 欐 沴 濾 爈

痢 癘 盭 礪 祣 禲 秬 穭 箖 糲 綟 膂 荔 蠣 蠡 錄 鑢 鐧

飀 颲 麗

력 ● 力 劦 曆 櫟 櫪 歷 濼 瀝 瓅 癧 皪 曨 砳 礫 靂 攊 藶 蝪

躒 轢 酈 鏖 靂 鬲 鬁

련 ○ 怜 憐 攣 漣 聯 蓮 連 零 鰱

● 僆 孌 戀 摙 揀 攣 楝 湅 煉 璉 練 臠 輦 連 鍊

렬 ● 冽 列 劣 埒 羙 戾 挒 捩 攦 栵 洌 烈 茢 蛚 裂 迣 迾 鋝 颲

렴 ○ 匳 奩 帘 廉 濂 熑 磏 磏 簾 鎌 鐮 鬑

● 斂 殮 溓 瀲 獫 玁 薟 蘞 譧

렵 ● 儠 擸 擸 猎 獵 躐 邋 鬣

령 ○ 令 伶 囹 彾 怜 昤 櫺 [illegible] 泠 澪 玲 瓴 竛 笭 羚 [illegible] 翎 聆 朎 舲 [illegible] 苓 蕶 蘦 蛉 [illegible] 軨 酃 醽 鈴 零 霛 靈 鴒 麢 齡

● 令 另 嶺 袊 逞 零 領

례 ● 例 列 栵 澧 禮 禓 醴 隷 隸 鱧

로 ○ 勞 壚 撈 櫨 澇 瀘 爐 牢 獹 旅 [illegible] 盧 矑 窂 簩 簝 籚 纑 艫 蘆 蹽 轑 轤 醪 鑪 顱 鱸 鸕 黸

● 僗 勞 姥 嫪 恅 擄 栳 樐 橑 櫓 滷 澇 潦 潞 璐 簬 簵 老 艣 虜 賂 路 輅 露 魯 艪 鷺 鹵

록 ● 摝 樚 淥 漉 濼 琭 甪 盝 [illegible] 睩 碌 祿 簏 簶 鏕 綠 [illegible] 菉 角 谷 轆 醁 錄 騄 騼 鹿 麓

론 ○ 圇 淪 論

● 論

롱 ○ 嚨 寵 龐 曨 朧 龒 櫳 瓏 礱 籠 聾 蘢 瀧

● 哢 壟 弄 攏 曨 礱 竉 籠 隴 讋 龍

뢰 ○ 擂 牢 瓃 罍 轠 雷 靁

● 儡 壘 畾 擂 擂 櫑 瀨 猵 癩 磊 礌 礧 罍 籟 耒 蕾 藾 誄

讄 賂 賚 賄 賴 酹 纇

료 ○ 僚 嘹 墝 寥 寮 嵺 嶚 廖 憀 撩 敹 橑 漻 潦 熮 獠 獠 璙

瞭 簝 料 繚 翏 聊 膋 膫 轑 遼 醪 鐐 飂 飉 鷯

● 了 僚 嘹 墝 嫽 廖 撩 料 潦 燎 燎 鐐 獠 療 㾊 瞭 襋 繚

罶 膫 蓼 蟉 豂 鐐

룡 ○ 龍

루 ○ 婁 寠 慺 摟 樓 瘻 累 縲 纍 纝 膢 艛 蔞 螻 貗 鏤 髏

● 僂 塿 壘 屢 嶁 淚 漏 甊 瘻 簍 篡 累 絫 縷 纍 虆 褸 鏤

陋 鞻

류 ○ 劉 旒 榴 橊 櫐 汓 流 瀏 琉 瑠 瑬 畱 留 瘤 硫 舀 纍 藟

藔 梳 遛 鎦 鏐 飂 飃 駵 騮 鶹

● 劉 塯 廇 懰 柳 栁 橑 溜 漻 瀏 留 瘤 瓈 窌 繆 纍 罶 茆

茦 藟 蜼 蟉 謬 遛 霤 類 飀 餾

륙 ● 僇 六 勠 稑 穋 蓼 蛙 陸

륜 ○ 侖 倫 圇 崙 崘 掄 掄 淪 綸 論 輪

률 ● 凓 嵂 律 慄 搮 栗 桌 溧 率 硉 篥 綷 膟 颲 飃 鷅

륭 ○ 癃 窿 隆 霳 蘢

륵 ● 仂 勒 扐 汸 泐 玏 肋 艻

름 ● 凜 廩 懍

릉 ○ 倰 凌 夌 棱 楞 淩 稜 綾 賸 菱 蔆 輘 陵 鯪

● 淩 稜

리 ○ 來 貍 蒡 剺 蔆 孋 彲 摛 氂 攡 梨 梩 棃 蔾 欐 漓 灕 犂

犛 狸 璃 璨 矖 离 籬 縭 纚 罹 羸 蘺 螭 褵 貍 醨 釐 離

驪 魑 鸝 麗

● 俚 俐 利 吏 娌 履 峛 悝 李 梩 涖 涖 理 痢 詈 荔 莅 莉 裏 觀 邐 里 離 颲 鯉

린 ○ 嶙 潾 燐 璘 瞵 磷 粼 轔 鄰 隣 驎 鱗 麐 麟

● 吝 嶙 悋 悋 潾 粦 燐 甐 瞵 磷 粼 粦 藺 蟒 蹸 躪 轔 遴

림 ○ 林 棽 淋 琳 臨 霖

● 臨

립 ● 岦 湁 立 笠 粒 苙 雴 鴗

마 ○ 劘 嬤 摩 磨 蟵 蟆 髍 魔 麻 麽

● 傌 塺 瑪 碼 磨 禡 罵 馬 髍 麽

막 ● 塻 寞 幕 摸 暯 瞙 漠 瘼 瞙 膜 莫 藐 貌 邈 鏌

만 ○ 墁 巒 彎 曼 槾 樠 漫 灣 瞞 縵 蔓 蠻 謾 蹣 鄤 鏝 鬘 饅

饅 鬗 鰻 鸞

● 万 墁 娩 嫚 幔 慢 滿 挽 晩 曼 漫 滿 縵 萬 蔓 謾 輓

말 ● 妹 帓 抹 昧 末 沫 眜 眛 秣 茉 袜 韈 靺 韤 韈 餘 麩

맘 ● 鋑 颿

망 ○ 亡 忙 忘 恾 望 朢 宗 汒 硭 硥 芒 茫 莣 蘉 邙 鋩

● 妄 孟 忘 惘 暕 望 朢 漭 網 罔 莽 蝄 蟒 誷 輞 鋩 魍

매 ○ 埋 塺 媒 媒 枚 梅 毎 煤 玫 禖 罺 脢 莓 蕂 酶 䤈 鋂 霾

● 冒 勱 塺 墨 妹 寐 味 每 沕 沬 浼 瑁 痗 昧 罵 脢 買 賣

邁 韎 鬽 魅

맥 ● 佰 百 眽 脉 脈 莫 衇 覛 貊 貘 陌 霢 驀 驀

맹 ○ 媐 宗 盟 氓 猛 甍 甿 盲 萌 虻 蝱 鄳 黽

● 孟 懜 猛 猛 盟 瞢 艋 蜢 黽

먀 ● 乜

멱 ● 冪 塓 幎 幦 汨 鼏 冪 蓂 覔

면 ○ 棉 櫋 眠 瞑 綿 緜

● 丏 俛 偭 免 冕 勉 勔 挽 沔 湎 湎 澠 眄 瞑 緬 莬 葂 面

靦 麪 麵 黽

멸 ● 幭 幭 搣 搣 滅 烕 篾 衊 蔑 蠛 蠛 覕 覕

명 ○ 冥 名 嫇 明 瞑 朙 榠 盟 洺 溟 明 瞑 蓂 螟 鄍 銘 鳴 鵬
● 名 命 瞑 溟 皿 瞑 茗 蓂 酩

몌 ● 袂

모 ○ 侔 媌 嫫 恈 摸 摹 旄 謩 模 橅 毛 髦 牟 犛 眸 矛 糢 罞
膜 芼 茅 茆 蛑 蝥 蟊 謀 謨 酕 髦 麰
● 侮 冒 募 墓 姆 媢 帽 慔 慕 旄 暮 某 毷 牡 瑁 皃 眊 秏
冐 耄 耗 芼 莫 莽 貌 貿 鴾

목 ● 木 楘 毣 沐 牧 目 睦 穆 苜 霂 鶩 繆

몰 ● 勿 歿 歿 沒

몽 ○ 冡 夢 幏 幪 懜 懵 曚 朦 氋 濛 瞢 矇 罞 艨 蒙 雺 霿 饛
驝
● 夢 瘳 幪 懜 懵 濛 瞢 蠓 雺 霿

묘 ○ 媌 描 昴 猫 緢 苗 貓
● 卯 夘 墓 妙 庿 廟 昴 杳 杪 淼 渺 竗 畝 畮 晦 眇 秒 緲

菲 菲 藐

무 ○ 亡 巫 幠 侔 无 蕪 毋 無 繆 羅 膴 莁 蕪 蝥 誣 鍪 鞪 鬏

● 儛 務 娬 婺 嫵 廡 憝 憮 懋 戊 拇 撫 某 楙 橆 武 母 牡

珷 甒 畝 畮 晦 瞀 碔 繆 膴 舞 茂 莽 袤 謬 貿 踇 霧 騖

鵡 䳇

묵 ● 万 冒 嘿 墨 纆 默

문 ○ 捫 文 樠 汶 璊 糜 紋 聋 聞 亹 虋 蚊 蟁 門 悶 閺 閿 雯

● 們 免 刎 吻 問 娩 忞 悗 悶 懣 懑 抆 文 汶 璺 紊 絻 聞

脗 脗

물 ● 勿 岉 昒 沕 物 芴

미 ○ 冞 嬃 嵋 彌 微 楣 湄 溦 瀰 獼 眉 糜 縻 縻 罙 美 薇 蘼

蘼 迷 郿 醾 靡 麋 麛 麛 黴 麋

● 亹 味 墨 娓 媚 媺 寐 尾 弭 彌 敉 未 洣 渳 渼 瀰 眯 米

絉 芈 美 謎 靡 髟 魅

민 ○ 岷 忞 旻 旼 民 玟 珉 痻 緍 緡 罠 鍲 悶 閩

● 僶 悶 慜 愍 憫 敃 敏 昏 暋 汶 泯 湣 澠 潤 脗 閔 黽

밀 ● 宓 密 宻 蔤 蜜 謐 醠

박 ● 亳 剝 博 嚗 墣 彴 拍 搏 撲 朴 樸 欂 泊 溥 濼 煿 爆 犦
珀 璞 瓝 瓟 皛 礴 箔 簙 簿 粕 縛 膊 欂 舶 薄 襮 迫 鎛
鏷 鑮 雹 颮 餺 駁 駮 骲 髆 鰒

반 ○ 反 幋 彪 扳 拚 拌 搫 搬 攀 攽 斑 媥 柈 槃 潘 瀊 瘢 班
番 黚 瘢 盤 磐 磻 礬 螌 絆 縏 肦 胖 般 蟠 蹯 蹣 鞶 頒
鬆 鳻
● 伴 泮 半 反 叛 嬔 扳 洀 泮 畔 番 盼 眅 笲 絆 胖 衻 襻
軓 返 阪 鞙 頖 飯 飰 靽

발 ● 佛 泼 勃 坺 垺 墢 孛 悖 拔 撥 桲 浡 渤 潑 犮 發 盋 綍
胈 艕 艴 艳 茇 茀 襏 誖 跋 蹳 軷 醱 鉢 鈸 鏺 馞 髮 魃
鱍 䳊

방 ○ 傍 厖 哤 坊 妨 尨 幇 幫 龐 彭 彷 徬 房 搒 搒 方 旁 旁
枋 汸 滂 狵 磅 篣 綁 縍 肪 膀 膀 艕 芳 蒡 蚄 螃 謗 踫
逄 邦 鎊 防 雱 雱 霶 鞤 駹 魴
● 仿 倣 倣 傍 妨 彷 徬 搒 放 旁 昉 枋 棒 棓 榜 膀 玤 竝
紡 棓 胖 舫 訪 蚌 蜯 謗 防 髣

배 ○ 俳 坏 培 徘 排 杯 桮 锫 环 盃 肧 衃 裴 裵 醅 阫 陪

● 倍 偝 北 妃 憊 㥯 扒 拜 捭 湃 焙 琲 糒 背 緋 蓓 輩 輩

邶 配 鞴

백 ● 伯 佰 帛 拍 柏 栢 珀 皕 白 百 魄 舶 萡 迫 霸

번 ○ 反 墦 幡 拚 旛 樊 潘 煩 燔 犿 玭 璠 番 礬 笲 緐 繙 翻

膰 蕃 藩 蘋 蘩 蠜 袢 蹯 轓 飜

● 番 笲

벌 ● 伐 垡 墢 栰 橃 瞂 筏 罰 䍐 橃 橃 閥

범 ○ 凡 凢 帆 杋 氾 渢 盄 颿

● 帆 梵 汜 汎 泛 犯 盄 笵 範 范 蕳 訉 軓 軓 馻 颿

법 ● 乏 姂 泛 法 灋 疺

벽 ● 偪 僻 副 劈 堛 壁 幅 愊 愎 捭 擗 擘 椑 楅 檗 湢 澼 煏

糪 璧 甓 疈 癖 碧 稫 繴 腷 薜 薜 蘗 襞 躄 辟 逼 闢 霹

鷿 鼊

변 ○ 弁 籩 胼 跰 軿 邊 駢 骿

● 便 匥 卞 弁 忭 抃 拚 昪 梈 汴 汳 變 辮 閞 頯 鴘

별 ● 別 峢 彅 彆 批 撇 擎 潎 瞥 襒 覕 鷩 閉 鱉 鷩 鼈

병 ○ 兵 屛 帡 幷 栟 洴 瓶 竮 絣 缾 苪 軿 郱 駢

● 丙 並 併 倂 偋 偤 偋 寎 屛 幷 怲 抦 摒 摒 昞 昺 枋 柄

棅 榜 炳 琕 病 秉 窉 竝 箳 蛃 跰 迸 邴 鉼 鞞 頩 餅 鵧

보 ○ 痡 菩 誧

● 俌 保 報 堡 堢 寶 普 步 溥 父 珤 甫 簠 緥 莆 葆 葆 補

褓 譜 輔 鞴 鴇 駂 鴇 黼

복 ● 仆 伏 僰 僕 副 匐 北 卜 垘 墣 宓 幅 幞 復 扑 撲 撮 服

栿 楅 樸 洑 澓 濮 福 箙 腹 茯 菔 菖 蔔 虙 蝠 蝮 袱 複

襆 覆 踣 輻 璞 輹 轐 醭 鍑 鏷 馥 鰒 鵩

본 ● 本

봉 ○ 丰 夆 封 峯 崶 浲 烽 熢 琫 竼 篷 縫 芃 莑 葑 葑 蓬 蜂

蠭 逢 鋒 韸 鬔

● 俸 唪 奉 封 幨 捧 棒 棓 泛 琫 琒 縫 莑 葑 覂 賵 輹 鳳

부 ○ 不 俘 夫 孚 抔 扶 捊 捊 掊 敷 尃 柎 枹 桴 棓 泭 涪 玞
砆 稃 符 紑 罘 罦 膚 芣 芙 苻 浮 莩 蚨 蜉 裒 趺 跗 郛
鄜 鈇 凫 鴀 鳺 麩
● 不 仆 伏 付 俯 偩 傅 剖 副 吹 否 培 報 婄 婦 媍 嬔 孚
富 府 弣 復 拊 掊 撫 斧 滏 父 瓿 祔 簿 缶 甒 胕 腑 腐
蕧 蔀 蝜 蠱 複 覆 訃 負 賦 賻 赴 踣 輻 部 釜 阜 附 頫
駁 駙 鬴 鮒

북 ● 僰 北

분 ○ 分 噴 墳 奔 妢 帉 幩 弅 枌 棼 歕 氜 氛 汾 湓 濆 焚 犇
盆 砏 紛 豶 豩 肦 芬 棻 蒕 蕡 蚡 衯 豮 賁 轒 雰 頒 餴
饙 鳻 鼖 黂 蕡
● 僨 分 噴 坋 坌 坔 墳 奔 奮 忿 憤 扮 膹 湓 瀵 畚 笨 粉
糞 豶 苯 蚡 輪 鼢

불 ● 不 佛 汥 制 咈 坲 岪 帗 弗 彿 怫 拂 咄 沸 祓 紱 紼 綍
翇 艴 艴 茀 芾 跰 韍 颰 髴 髩 黻

붕 ○ 堋 崩 弸 掤 朋 繃 鬅 鵬
● 堋 塴

비 ○ 丕 伓 剕 卑 屝 埤 妃 婓 幒 庳 蠯 悲 扉 批 搥 枇 椑 榹
比 淝 琵 毗 痱 碑 磇 秠 箄 篦 紕 緋 羆 肥 腓 脾 膍 菲
蚍 蜚 裶 裨 諀 誹 豍 豼 豾 貔 貔 邳 郫 鈚 鉟 錍 鎞 阰
陴 霏 非 鞞 飛 餥 駓 騑 騛 鼙 鼻
● 仳 俾 備 剕 匕 匪 屝 否 啚 嚭 圮 埤 棐 奰 妣 婢 媲 屝
鼻 庀 庇 庳 俾 悱 憊 憊 批 批 拂 捭 斐 朼 枇 柲 梐 椑
棐 榧 比 毖 泌 沸 淠 濞 牝 狒 畀 痞 痱 痺 睥 祕 秕 秠
秘 篚 粃 糒 紕 翡 朏 臂 芘 芾 菲 蜚 蟁 蜚 誹 諀 譬 費
費 貱 贔 跸 轡 鄙 閟 陫 鄪 鞁 鞴 鞴 髀 鼻

빈 ○ 份 嚬 嬪 彬 斌 檳 濱 瀕 獱 玭 璸 矉 繽 薲 蘋 蠙 蠙 豳
貧 賓 贇 邠 鑌 霦 頻 顰
● 儐 擯 殯 牝 臏 覕 鬂 鬢

빙 ○ 傰 冰 凴 凭 娉 憑 淜 砅
● 凭 娉 梬 聘 騁

사 ○ 些 傞 司 唆 尖 奢 娑 師 思 抄 挲 斜 斯 查 梭 杪 楂 槎
樝 髿 沙 渣 犧 獅 獻 畲 砂 祠 禠 私 篩 簁 籭 紗 絲 苴
莎 蓑 虒 虵 蛇 螄 衺 裟 覗 詞 賖 辝 辤 辭 邪 鈔 闍 邪
鬛 鬛 髿 魦 鯊 鵬 鷥
● 乍 事 些 仕 似 伺 使 俟 傳 傻 傺 兕 剚 卸 史 咋 嗄 嗣

四 壐 士 姒 娑 寫 射 屣 巳 廈 徙 思 戺 捨 柶 榭 死 汜

泗 洒 涘 [illegible] 潟 瀉 灑 灺 璽 社 祀 䄍 禩 竢 笥 簁 縰 纚

耍 耜 肆 舍 葸 蓑 蓰 蜡 詐 謝 貰 賜 赦 躧 䠶 [illegible] [illegible] 食

飤 飼 駛 駟 駛 麝 齚

삭 ● 削 嗽 搸 數 朔 栜 槊 欶 爍 矟 箾 索 鑠

산 ○ 刪 姍 山 散 檀 潸 狻 珊 訕 跚 酸 霰

● 傘 剷 孿 嵼 散 散 柵 汕 滻 潸 犍 產 疝 祘 竿 筭 算 簅

繖 散 蒜 訕 鏟 鏟 霰 饊

살 ● 摋 撒 擦 榝 橵 殺 煞 䊛 蔡 薩 躠 鎩 䌸

삼 ○ 三 參 幓 摻 攕 杉 森 槮 椮 毿 滲 㺑 縿 纔 罧 芟 葠 蓡

蔘 衫 襂 襳 釤 雴 鬖

● 三 剡 參 摻 摲 滲 㺑 糂 糝 罧 釤 鬖

삽 ● 卅 唼 啑 扱 捷 接 揷 攝 歃 泣 澁 濇 澀 澀 瀧 牐 翣 箑

箑 翣 臿 萐 跋 鈒 鍤 霅 霎 靸 颯 馺

상 ○ 傷 償 商 喪 嚳 嘗 孀 孀 尙 常 床 庠 廂 徜 桒 桑 殤 湘

湯 牀 相 祥 箱 緗 纕 翔 裳 襄 觴 詳 賫 霜 騻 驦 驤 鱨

鷞 鸘 鷫

● 上 像 償 向 喪 嗓 塽 尙 想 搡 晌 樣 橡 潒 爽 瘙 相 磉 蟓 襐 象 賞 顙 餉 饟 騻 鱶 鷞

새 ○ 毢 腮 鰓 顋 鬛 鰓

● 塞 洒 灑 壐 簺 賽 躧

색 ● 咋 嗇 塞 愬 搇 摵 楝 槭 溹 濇 穡 索 賾 色 齚 齰

생 ○ 牲 狌 猩 生 甥 笙 鉎 鼪

● 生 瘖 省 眚

서 ○ 徐 書 栖 棲 湑 犀 糈 紓 絵 耡 胥 舒 芧 蝑 西 諝 邪 鉏 鋤

● 噬 壻 墅 婿 嶼 序 庶 恕 抒 挑 敘 暑 曙 栖 湑 溆 澨 澳 癙 筮 糈 紓 絮 緒 署 耡 胥 芧 藷 藇 誓 諝 貶 逝 遾 醑 醙 鱮 黍 鼠

석 ● 啇 夕 奭 妬 射 躰 席 惜 昔 晳 析 汐 淅 潟 澤 猎 晢 石 碩 磶 祏 穸 釋 緆 腊 舃 菥 蓆 蜴 蜥 螫 裼 襫 赫 踖 釋 鉐 錫 鼫

선 ○ 仙 僊 先 單 埏 姍 姺 嬋 宣 屳 屳 廯 扇 挻 撣 旋 次 涎
漩 漩 澶 煽 瑄 璇 璿 璿 禪 羶 朘 船 蟬 襢 詵 躚 躚 蹮
還 鋋 鮮 鱻
● 僎 先 單 善 墠 尠 廯 扇 撰 擅 旋 毨 洗 洒 涎 漩 煽 熯
燹 獮 癬 禪 鮮 綫 線 縼 繕 巽 羨 膳 蘚 蟺 詵 譔 譱 跣
選 鄯 銑 鏇 霰 霰 饍 饌 騸 鮮 鱓 鱔

설 ● 偰 偞 卨 吶 契 媟 屑 屑 挈 揲 揳 揲 搵 暬 枻 楔 泄 洩
渫 焫 紲 絏 緤 舌 薛 爇 躠 褻 設 說 猰 躠 躃 辥 雪 齧

섬 ○ 孅 憸 摻 撏 攕 攕 殲 燂 爓 痁 纖 苫 蟾 襳 譫 讇 暹 銛
霵 鐵
● 剡 掞 撊 淰 潤 痁 睒 苫 覢 贍 閃 陝

섭 ● 囁 屧 �XX 慴 懾 拾 摺 攝 椄 欇 歙 涉 渫 燮 籋 聶 葉 讋
讘 踂 躞 躡 鈒 鍱 鑷 霎 韘 驦

성 ○ 城 垶 堘 宬 惺 成 星 狌 猩 盛 筬 篂 聲 胜 腥 觪 誠 郕
醒 餳 騂 鯹
● 姓 娍 性 惺 晟 盛 省 示 箵 聖 醒

세 ● 世 勢 帨 彗 忕 挩 歲 洗 洒 稅 篲 細 繐 繐 蜕 裞 說 貰

소 ○ 佋 俏 哨 磬 宵 巢 㢝 弰 蕭 愫 捎 搔 旓 昭 梳 梢 消 溞
瀟 瀟 炤 燒 甦 疋 疎 疏 痟 硝 穌 筲 箾 簫 綀 綃 繅 繰
翛 肖 臊 艄 艘 艘 蔬 蕭 蘇 蛸 蠨 踈 逍 酥 釃 銷 霄 鞘
韶 颵 颾 飀 飌 騷 髾

● 佋 傃 削 劭 卲 召 咲 哨 嗉 喿 嘯 噪 埽 塑 塐 嫂 嫠 小
少 愫 愬 所 掃 昭 歗 毹 沼 泝 溯 炤 燒 燥 疏 瘙 笑 箾
篠 糈 素 紹 肖 袑 訴 謏 謏 譟 貾 遡 邵 鞘 韒 魈

속 ● 俗 剶 嗽 屬 愬 束 棟 樕 涑 粟 續 蔌 藚 藗 觫 謖 贖 速
遬 餗

손 ○ 孫 飡 猻 蓀 飧 飱
● 噀 巽 愻 損 潠 遜

솔 ● 帥 率 窣 蟀 䢦

송 ○ 凇 憽 松 淞 蚣 蜙 鬆 鬆

● 宋 嵷 悚 摗 竦 聳 訟 誦 送 頌 駷

솨 ● 耍

쇄 ● 刷

쇄 ● 刷 晒 曬 殺 洒 淬 灑 焠 煞 瑣 璅 碎 縰 誶 鎖 鏁 鎩 鎩
霍

쇠 ○ 瘣 衰 鞾

수 ○ 修 倕 脩 厜 叟 囚 垂 婹 姿 愉 滽 庋 廋 挍 搜 摉 收 敱
杸 殊 殳 毹 泗 洙 涑 浚 溲 濉 狻 獀 睢 琧 綏 繻 羞 脽
膰 茱 荾 蒐 詶 誰 讎 輸 酥 酬 醙 醻 銖 鋑 鏉 陲 隋 隨
雖 需 須 颼 餿 鬚 謏 鱐
● 倅 傁 受 叟 售 嗽 嗾 墜 壽 壽 嫂 嫂 守 姿 宿 岫 嗇 帥
庾 戍 手 捒 授 擻 收 數 晬 椒 樹 檖 敕 水 涑 溲 潄 滫
澻 瀡 燧 狩 獀 獸 率 琇 瑞 璲 瘦 瘶 睟 睡 瞍 祟 秀 穗
穟 竪 篲 籔 粹 綉 綬 繡 繸 韮 蔌 藪 袖 裋 褎 褏 襚 襊
訹 誶 謖 謏 豎 輸 遂 邃 酸 鐩 隧 雟 霍 首 髓

숙 ● 俶 倏 儵 叔 塾 夙 婌 孰 宿 尗 淑 熟 琡 璹 縮 翽 肅 茜
菽 蓿 蹜 驌 鱐 鷫

순 ○ 唇 峋 循 恂 揗 旬 楯 橁 洵 淳 滣 焞 犉 珣 畚 瞤 紃 純
肫 脣 荀 蒓 蓴 詢 諄 輴 巡 醇 錞 郇 馴 鶉
● 侚 徇 恂 揗 胸 栒 楯 殉 洵 盾 眴 瞚 瞬 稄 笋 筍 箕 箰
簨 舜 蕣 錞 隼 順 馴

술 ● 戌 朮 沭 潏 珬 秫 術 訹 述 驈

숭 ○ 崧 嵩 菘 鯎 鷲

슬 ● 䣛 瑟 璱 膝 蝨 蝨 飋

습 ● 什 慴 拾 拾 槢 溼 濕 熠 習 褶 襲 鈒 隰 霫 飁

승 ○ 丞 乘 僧 勝 升 塍 承 昇 椉 澠 縢 繩 蠅 陞 騬 鬙
● 乘 勝 嵊 賸 殑 甸 螣 鱦

시 ○ 偲 凘 匙 厮 嘶 塒 尸 屍 撕 施 旹 時 柂 柴 毸 澌 猜 禗 禔 絁 緦 罳 翅 腮 葹 蓍 蒔 襹 覗 詩 豺 釃 顋 颸 鰣 鳲
● 侍 使 兕 咶 啻 嗜 始 寺 屎 屣 市 廁 弒 弛 恃 施 是 柹 柴 枲 柿 殺 氏 眡 眎 矢 示 眡 翅 翤 舐 諟 葸 蒔 視 試 諟 謚 諡 豉 豕 醋 闍 阺

식 ● 埴 媳 寔 式 息 拭 栻 植 殖 湜 熄 腺 蝕 識 識 軾 食 飾

신 ○ 伸 侁 兟 呻 姺 娠 婺 宸 莘 新 晨 甡 申 神 籸 紳 臣 莘 薪 身 辛 辰 駪 鮮 鷐 麎

● 信 哂 囟 愼 脊 汛 燼 申 矧 裖 脤 腎 藎 蜃 訊 誶 賮 贐
迅 顖

실 ● 失 室 室 實 悉 蟋

심 ○ 尋 心 忱 橬 槢 深 湥 潯 灊 煁 燖 燂 蕁 蕈 諶 鄩 鐔 鬵
鱏 鱘

● 伈 嬸 審 拾 椹 沁 沈 深 淰 甚 葚 瘁 瞫 罧 葚 諗 霫 黮

십 ● 什 十

싱 ● 賸

쌍 ○ 雙 艭 雙

아 ○ 丫 俄 兒 哦 唲 娥 婭 峨 枒 枒 椏 涯 牙 疴 痾 睋 綱 芽
莪 蛾 衙 阿 鴉 鵝 鵶

● 亞 啞 婭 婀 娅 庌 御 我 旃 檬 猗 疋 瘂 砑 硪 稏 衙 哀
訝 迓 遻 雅 餓 騀

악 ● 偓 剭 咢 喔 砮 噩 堊 堮 岳 崿 嶽 幄 惡 愕 握 樂 渥 萼
葯 藿 蠆 諤 鄂 鍔 鰐 鱷 鶚 鷟 齷 齶

안 ○ 安 殷 犴 豻 鞍 顔

● 喭 岸 按 晏 案 犴 眼 矸 諺 豻 贗 鴈 鴳 鷃

알 ● 啐 嘎 圠 堨 嶭 嶭 戞 揠 揠 斡 暍 曷 枿 櫱 歇 焬 猰 瘍

瘍 絜 訐 謁 貏 軋 輵 轕 遏 钀 閼 霭 靄 頞 餲 餲 鳦 齾

암 ○ 唵 喑 壧 媕 岩 嵒 巖 庵 盦 碞 腤 菴 諳 闇 韽 馣 鵪 鶕

礹

● 俺 匼 厭 唵 喑 埯 揞 揜 晻 暗 腌 菴 裺 闇 韽 頷 頷 鎶

馣 鵪 黤 黭 黯 黶

압 ● 匌 匼 厭 呷 唈 壓 姶 押 擪 浥 殗 狎 罨 鴨 鳧 鶕

앙 ○ 卬 央 岟 昂 柍 殃 泱 袂 秧 鉠 雵 鴦

● 仰 佒 坱 怏 枊 泱 盎 詇 醠 醠 鞅 鴦

애 ○ 厓 哀 唉 唲 埃 崖 挨 捱 敳 欸 涯 獃 皚 睚 磑

● 僾 呃 嗌 嗄 噫 堨 壒 娭 怣 愛 曖 瞹 欸 毒 睚 硋 碍 磑

礙 艾 薆 藹 詬 閡 阸 隘 餲 隘 靄 靉 餲 饐 䬵 騃

액 ● 厄 啞 夜 客 戹 扼 搤 掖 搤 液 腋 袚 詻 軛 軶 阨 隘 額

額 餩 鬲

앵 ○ 嚶 罃 櫻 甖 罌 罌 䳺 鶯 鸎 鸚

야 ○ 挪 斜 枒 梛 涂 爺 琊 耶 邪 釾 鋣

● 也 冶 喏 埜 壄 夜 射 惹 若 野

약 ● 嫋 弱 搦 櫟 瀹 爚 礿 禴 箹 篛 篛 籥 約 若 葯 蒻 藥 趯

躍 躒 鄀 鑰 龠

양 ○ 佯 勷 孃 徉 揚 攘 敭 昜 暘 楊 洋 瀼 煬 瓤 痒 瘍 禳 穰

纕 羊 蘘 襄 詳 錫 陽 霷 颺 驤 鴹

● 壤 恙 懩 攘 樣 漾 瀁 煬 痒 癢 穰 羕 讓 釀 颺 養

어 ○ 扵 於 淤 漁 菸 魚䰻 齬

● 圄 圉 峿 御 敔 棜 淤 瘀 禦 籞 衙 語 鋙 飫 齬 馭 齬

억 ● 億 嶷 憶 抑 檍 疑 疑 繶 臆 薏 薿 䚊 醷

언 ○ 嗎 嫣 漹 焉 菸 蔫 言 鄢

● 偃 匽 唁 喭 堰 巘 彥 甗 蝘 諺 讞 郾 鄢 鰋 鼴 鼴 齞

얼 ● 巘 孽 孼 嵲 辥 嶭 枿 槷 櫱 櫱 臬 鼿 蘖 蠥 讞 轙 闑 隉

鴚 齾

엄 ○ 噞 嚴 崦 巖 渰 籞 醃 閹

● 俺 儼 噞 埯 奄 崦 嶮 广 弇 掩 揜 晻 曮 淹 渰 罨 腌 郁

醃 閹 隒 驗

업 ● 嶪 懍 業 浥 㡎 腌 褱 鄴

에 ● 壒 恚 曀 殪

여 ○ 予 伃 余 如 妤 旟 歟 洳 璵 畬 筎 絮 舁 與 艅 茹 蜍 蠩

譽 輿 轝 餘 駕 鷽

● 予 汝 洳 澦 豫 礜 粠 與 茹 茹 蕷 萸 譽 輿 鷽

역 ● 亦 圛 埸 域 墿 射 嶧 帟 役 懌 或 擇 斁 易 棫 淢 澤 疫

睪 襗 緎 繹 繹 罭 艗 虉 蜮 蜴 譯 逆 醳 閾 霓 驛 鶂 鷊

鷁

연 ○ 咽 囦 埏 堧 壖 妍 娟 延 悁 捐 揳 撋 椽 櫞 硏 次 沿 涓

涎 淵 烟 然 煙 燕 燃 蘡 瑌 瞁 痟 研 筵 綖 緣 胭 臙 蜎

蜒 蜵 蝡 蝝 蠕 衍 鉛 鋋 閼 鳶 鳶 蠕

● 兗 吮 咽 嚥 嬿 宴 悁 愞 懦 戭 掾 抁 曣 沇 涏 渷 演 燕

瑌 瓀 瞁 研 硯 碝 綖 緣 縯 羨 耎 莚 莄 蜎 蝡 蠕 蠕 衍

衍 讌 趼 軟 輭 醼 餇 鷰 齞

열 ● 咽 噎 悅 抉 拽 拽 熱 說 閱

염 ○ 厭 塩 恬 懕 枏 檐 櫩 炎 猒 鹽 簷 蚺 袡 閻 阽 顩 饜 髥

● 冄 冉 剡 厭 姌 厱 擪 染 檿 灎 灩 焱 焰 燄 燄 爓 猒 琰

礹 䎦 膁 艶 苒 豔 錟 黶 饜 魘 黶

엽 ● 厭 擛 擖 擪 曄 曅 殜 擪 燁 爗 聶 葉 黶 饁 魘

영 ○ 塋 嬴 嬰 嶸 攖 楹 榮 瀛 瀯 營 瑛 瑩 瓔 盈 縈 纓 英 蠑

贏 籯 迎 霙 韺

● 咏 影 映 景 暎 梬 永 泳 浧 潁 瀅 癭 禜 穎 詠 迎 郢 醟

예 ○ 倪 兒 猊 鷖 緊 翳 蜺 裞 譽 輗 霓 鯢 鷖 麑 黳 齯

● 乂 刈 勩 医 叡 呭 囈 埶 堄 瘞 嫕 寱 帠 瘱 抴 拽 拽 掜

曳 枘 枻 栧 梲 櫱 橡 汭 泄 洩 渫 濊 澮 瀿 濊 獩 � 睨

睿 瞖 穢 緊 繠 羿 翳 艾 芮 蓺 蕊 蕨 藝 蘂 蘙 蜺 蚋 裔

襼 詍 詣 詍 譽 豫 跇 轊 銳 霓 預 鶂

오 ○ 吾 吳 嗚 嗷 嶅 圬 娛 嶅 廒 惡 敖 於 杇 梧 汚 洿 浯 滶

烏 熬 爊 獒 珸 璈 磝 翶 聱 蜈 螯 謷 遨 郚 鋘 鏖 鰲 聱

鰲 鼇 齬

● 五 伍 仵 傲 午 吳 塢 墺 奡 奧 媼 寤 嶴 忤 悟 悞 迃 惡

慠 懊 捂 晤 梧 汙 澳 燠 珸 蘁 襖 誤 謷 � 迕 逜 遻 鄔

鏊 隖 隩 饋 鷔

옥 ● 剭 屋 沃 獄 玉 鈺 鋈 阿

온 ○ 嗢 氳 溫 熅 瑥 瘟 蒀 蘊 褞 轀 韞

● 媼 宛 慍 榲 溫 熅 穩 縕 薀 蘊 醞 韞 豱

올 ● 兀 杌 屼 扤 杌 榲 矹 膃

옹 ○ 喁 噰 嗈 壅 廱 灉 癰 翁 螉 邕 雍 雝 顒 饔 鶲

● 壅 擁 滃 灉 瓮 甕 罋 蓊 禭 雍 韝

와 ○ 倭 吪 哇 咼 囮 娃 媧 汙 洼 渦 窊 窩 窪 萵 蛙 蛙 蝸 訛

譌 踒 鈋 鼃 鼁 鼃

● 厄 汙 涴 涴 瓦 臥

완 ○ 刓 剜 完 岏 彎 忨 抏 灣 貿 豲 蚖 蜿 豌 頑

● 妧 婉 宛 忨 惋 捥 擥 晼 椀 浣 涴 玩 盌 睅 緩 翫 脘 腕

翫 蜿 阮

왈 ● 刖 嗗 婠 曰

왕 ○ 尫 汪 王

● 往 旺 暀 枉 汪 王 迋

왜 ○ 倭 哇 緺 闖

● 矮

외 ○ 偎 崴 嵔 巍 揋 桅 椳 煨 隈 隗

● 外 嵔 嵬 廆 猥 畏 瘣 磈 磈 聵 薈 隗 頠

요 ○ 么 傜 僥 凹 喓 嗂 坳 堯 墝 夭 妖 姚 嬈 宎 嶢 幺 紗 徭
徼 怮 愮 憿 搖 撓 擾 橈 瀁 獠 珧 瑤 祅 窯 窰 繇 䍃 腰
䍃 媄 葽 褼 蕘 蘨 褕 襓 要 訞 謠 軺 軺 遙 邀 銚 陶 隃
飆 饒 鰩 鷂

● 䲝 偠 墝 夭 姚 嬈 窔 徼 拗 撓 擾 曜 杳 樂 橈 殀 溔 澆
燿 眑 瞗 磽 穾 窈 窅 窔 約 繇 繞 耀 䍃 袎 要 趭 趯 遶
銚 靿 騕 鷂 鷂

욕 ● 辱 慾 欲 浴 溽 縟 蓐 褥 谷 鄏 鵒

용 ○ 傭 墉 容 庸 慵 慂 慵 搈 榕 溶 瑢 鏞 春 茸 蓉 踊 鄘 鎔

鏞 頌 騞 鱅

● 俑 勇 埇 宂 瘲 悀 慂 踊 桶 氄 涌 湧 用 甬 筩 聳 臾 茸
蛹 踊 踴

우 ○ 于 優 又 吁 嚘 堣 娛 尤 嵎 愚 憂 旴 杅 樞 瀀 牛 玗 疣
盂 盓 盱 禺 穥 竽 紆 耰 肬 腢 虞 訏 訧 訧 迂 邘 郵 釪
隅 雩 髃 麀 齵

● 俁 傴 佑 佑 偶 偊 偶 又 友 右 喁 嘔 嫗 宇 寓 憂 歐 敺
楀 歐 毆 漚 瑀 祐 禹 禹 紆 羽 耦 腢 芋 藕 訏 踽 遇 鄅
雨 饇 髃 麌 齲

욱 ● 勖 勗 墺 彧 旭 昱 澳 煜 燠 稶 薁 郁 隩 頊

운 ○ 云 員 妘 沄 煇 熉 篔 紜 耘 芸 蕓 鄖 雲

● 員 惲 愪 抎 暈 榲 殞 煇 運 鄆 醞 隕 霣 輝 韞 韵 韻 賱
餫 韻

울 ● 尉 欝 熨 爩 罻 菀 蔚 颮 鬱 鬱

웅 ○ 熊 雄

원 ○ 元 冤 原 員 圓 園 圜 垣 媛 嫄 宛 怨 援 楥 沅 洹 湲 源

爰 猨 猵 猿 晵 蚖 蜿 螈 袁 謜 轅 邍 邧 隕 騵 鴛 鵷 鶢
黿

● 員 婉 媛 宛 怨 愿 援 浣 琬 瑗 瑷 晼 苑 菀 蜿 謜 踠 遠
阮 院 願

월 ● 刖 曰 月 樾 狘 粤 絨 蚎 蠘 越 軏 鉞 颰

위 ○ 倭 危 圍 委 威 峗 巍 幃 楼 湋 潙 潿 爲 犩 痿 萎 葳 蝛
禕 逶 違 闈 韋

● 位 偉 僞 喟 委 威 媁 尉 熭 彙 慰 暐 渭 煟 煒 熨 䬑 爲
犩 瑋 畏 硊 磈 磈 緯 緭 罻 胃 葦 蔚 蔿 薳 藯 蝟 衛 諉
謂 躗 闆 霨 韙 韡 頠 餧 骫 骫 魏

유 ○ 儒 兪 尢 呦 唯 嚘 嚅 壝 媮 帷 幓 幽 庮 廞 悠 惟 愉 怏
懦 抗 揉 揄 毹 攸 斿 柔 桵 楢 楡 楰 櫌 歈 油 浟 渝 游
滺 濡 瀡 炷 猶 猷 瑜 㺱 由 甹 睬 窬 緌 維 綏 繇 羭 腬
腴 臾 舀 萸 蕕 蕤 薷 蚰 蝤 蝣 蝓 褕 襦 覦 諛 踰 蹂 蹹
輶 逌 遊 逾 遺 醹 鍒 鍮 闟 隃 鞣

● 丣 乳 乳 侑 卣 唯 喩 囿 囿 壝 孺 宥 窳 峳 幼 庾 怮 怏
愈 揉 揉 擩 斞 有 柚 梄 楰 楺 櫌 櫾 洧 櫌 牖 狖 猶 痏
瘉 瘐 盷 襾 窳 粿 糅 繇 羑 肉 臾 臾 莠 蚴 蜼 裕 褎 褏
褎 誘 諭 貁 貐 踓 蹂 軟 輮 輶 遺 酉 醹 鮪 黝 鼬 籲

육 ● 儥 囿 堉 毓 肉 育 粥 鬻

윤 ○ 匀 奫 尹 昀 筠

● 允 尹 潤 狁 胤 蜳 蝡 蠕 酳 鈗 閏

율 ● 汩 淈 潏 獝 矞 燏 繘 聿 遹 鐍 霱 颶 颻 驈 鴥 鷸

융 ○ 娀 戎 搣 瀜 烿 狨 絨 肜 茙 融 駥

은 ○ 嚚 圻 垠 恩 慇 殷 溵 濦 狺 磤 蒑 訢 誾 鄞 銀 齗 齦

● 傿 听 垽 嶾 憖 檼 檃 殷 濦 癮 磤 檼 讔 隱 齦

을 ● 乙 乙 仡 屹 疑 疙 鳦

음 ○ 侌 吟 唫 喑 婬 崟 愔 淫 瘖 蟫 陰 陰 黔 霪 音

● 吟 喑 廕 癊 窨 蔭 飮

읍 ● 俋 厭 唈 悒 悒 挹 揖 楫 泣 浥 湆 熤 熠 裛 邑 餢

응 ○ 凝 應 膺 蠅 蠯 鷹 鷹

● 凝 應 疑 譍

의 ○ 依 儀 溰 扆 宜 嶷 旖 椅 欹 毉 沂 漄 漪 猗 疑 禕 義 衣
鷖 醫 鱶

● 依 倚 偯 儗 劓 肴 嶷 意 懿 扆 撎 擬 旑 旖 椅 檥 毅 猗
疑 矣 縊 義 艤 薏 薿 藙 螘 蟻 衣 鷖 誼 議 輢 轙 醫 醷
錡 钀 顗 饐 鷁 齮

이 ○ 伊 侇 匜 台 咿 圯 夷 姨 宧 寅 㞔 峓 彝 徲 怡 恞 扅 施
暆 桋 栭 椸 洟 洏 洢 瓵 痍 眙 移 箷 而 耏 胹 荑 蛇 蛜
螔 訑 詒 詑 貤 貽 跠 輀 迤 酏 陝 陑 頤 飴 鮞 鮧 鴯 黟
● 㠯 二 以 傷 刵 勩 匜 咡 尒 㡸 已 异 弛 施 易 樲 毦 爾
珥 異 縙 耳 肄 胣 苡 苢 袲 訑 詒 貤 貳 迆 迤 迩 邇 酏
隶 食 餌 駬

익 ● 嗌 廙 弈 弋 杙 益 翊 翌 翼 膉 艗 謚 鄎 釴 鷁 黓 齸

인 ○ 人 仁 因 堙 夤 姻 婣 寅 歅 氤 湮 煙 禋 絪 膩 茵 螾 諲
闉 陻 鞇 駰
● 仞 刃 印 咽 呧 孕 引 忍 戭 牣 軔 紖 縯 肕 蚓 螾 訒 認
韇 韌 釰 靭 靷

일 ○ 一

● 一 佚 佾 壹 妷 日 昳 泆 洫 溢 衵 軼 迭 逸 鎰 馹 鴭 齸

임 ○ 任 壬 紝 絍 鵀

● 任 任 妊 姙 恁 稔 絍 腍 荏 衽 袵 賃 飪 餁 飪 鵀

입 ● 入 廿 廿

잉 ○ 仍 艿 芿 陾

● 剩 媵 孕 榯 賸 繩

자 ○ 仔 劑 咨 姿 孜 嵫 慈 杍 滋 玆 玼 瓷 疵 磁 粢 耔 茨 茈

孳 薋 薺 齎 訾 訾 諮 資 貲 齎 趑 鄑 鎡 雌 頿 餈 髭 鶿

齋 齊 齍

● 乍 仔 作 偨 刺 刾 咋 咱 呰 她 姊 姐 子 字 孳 左 恣 扭

玼 杍 柘 柹 梓 榨 樜 溠 滓 漬 炙 煮 牸 眦 眥 眦 禣 秭

積 笫 紫 者 耔 藉 胏 胾 胔 自 茡 苴 茬 蔗 藉 虸 蜡 詐

誎 訾 訿 詐 赭 跐 躤 這 醡 飷 髊 鷟 鮓 鷓

작 ● 作 作 勺 嚼 妁 婥 彴 怍 惗 斫 斮 昨 杓 柞 汋 灼 炤 焯

爝 爵 猎 猎 皭 皵 碏 禚 穱 笮 筰 鑿 綽 繛 繳 芍 苲 蚱

諎 踖 迮 逴 酌 酢 鈼 鑿 雀 飵 鵲

잔 ○ 僝 孱 戔 殘 潺 戔 跧

● 僝 僝 剗 棧 琖 盞 殘 輚 轏 醆 驏

잠 ○ 劖 岑 撍 橵 涔 潛 灊 箴 篸 簪 簪 簮 蚕 蠶 詁 鐕

● 劗 喒 寁 昝 暫 槧 歜 湛 蘸 詀 謙 賺 賺 蹔 鏨 饕

잡 ● 匝 咂 唼 喋 噆 帀 扱 渫 煠 霅 牐 眨 箚 枽 臿 襍 趿 迊

閘 雜 霅

장 ○ 場 墇 塲 墻 妝 嫜 嬙 將 蔣 庄 床 廧 爿 張 彰 戕 樁 樟

橦 檣 漳 漿 斨 牀 牂 牆 牫 獐 瑲 璋 暲 章 粻 糚 腸 臧

莊 萇 蔣 薔 藏 蘠 蟑 裝 贓 蹡 鄣 鏘 長 障 餦 鱂 麞

● 丈 仗 匠 墇 壯 奘 將 嶂 帳 張 悵 戇 掌 杖 槳 檣 狀 獎

瘴 臟 葬 葬 蔣 藏 醬 長 障 駔 髒

재 ○ 戋 烖 哉 才 材 栽 災 灾 戕 纔 菑 裁 財 齎 賫 齋

● 再 在 宰 材 杍 栽 梓 滓 縡 睟 裁 載 截

쟁 ○ 丁 傖 崢 崝 振 撐 棖 槍 樘 橕 橙 爭 狰 玎 琤 瞠 箏 錚

鎗 鐺 鬇

● 掙 爭 瞠 諍

저 ○ 且 低 儲 屠 岨 摴 柢 樗 豬 氐 沮 滁 瀦 狙 猪 疽 眡 砠

羝 苴 菹 菹 著 蛆 蜍 蠩 詆 諸 豬 趄 躇 除 雎 鞮

● 且 佇 咀 坻 她 姐 宁 底 底 庶 弤 怚 抯 抵 杵 杼 柢 楮

樗 氐 沮 泜 渚 煮 牴 狙 疷 竚 筯 箸 紵 羜 翥 苴 苧 著
褚 觝 詛 詆 貯 跙 躇 軧 這 邸 阺 除 陼 鸐 齟

적 ● 借 僨 勣 吊 商 啫 嚁 妬 嫡 嫡 宋 寂 弔 摘 擿 敵 樀 滴
炙 狄 猎 玓 甋 的 的 磧 積 笛 篴 籍 籊 糴 糴 績 翟 耤
芍 荻 菂 藉 蟼 襀 覿 謫 讁 賊 赤 趯 跡 踖 蹐 蹢 蹟 躤
廸 迹 逖 逐 逷 適 鏑 靮 頔 馰 鯖 鯽

전 ○ 佃 佺 傎 傳 儃 全 前 剸 塡 塼 顚 奠 專 巓 廛 悛 戔 拴
搷 旃 旜 栫 椽 檝 氈 沺 湔 滇 澶 濺 瀍 煎 牋 牷 甎 田
畋 痊 瘨 癲 顚 竇 竣 筌 箋 篯 篿 籛 絟 縓 纏 羶 膞 荃
詮 諓 邅 跧 蹎 躔 輇 邅 鄽 鈿 銓 錢 鐫 闐 戩 韉 顓 顚
飦 餰 饘 騂 騨 鬋 鱄 鱣 鸇
● 佃 傳 僎 典 剪 剸 吮 囀 塡 奠 婝 展 惟 戩 戰 揃 撰 殄
殿 涏 淀 洪 湔 澱 濺 煎 琠 瑑 瑱 甸 箭 篆 纏 翦 腆 臇
蜓 襢 褻 譔 讓 趁 跧 蹍 輾 轉 邅 鈿 錢 闐 雋 電 靦 顫
餞 驏 鬋

절 ● 凸 切 卩 咥 岊 巀 巀 截 戳 折 拙 晢 晣 嚉 梲 楶 浙 湖
準 熸 癤 竊 竊 節 絶 茁 蕝 蕝 蠞 軼 鯯 齰

점 ○ 佔 占 拈 殲 漸 熸 痁 蔪 粘 苫 覘 霑 驔 鮎 黏

● 占 坫 墊 店 扂 橝 漸 玷 菧 痁 簟 苫 蒧 蔪 詀 阽 颭 驔
點 黷

접 ● 唼 惵 慴 慹 慹 懾 接 擖 摺 攝 椄 楪 楫 榴 檝 沾 浹 渫
鰈 聶 牒 艓 萎 蜨 蝶 褋 褶 襵 讋 跕 蹀 鞊 鰈

정 ○ 丁 亭 仃 偵 停 叮 呈 娗 婷 庭 廷 彳 征 怔 情 旌 旍 晶
桯 棖 楨 檉 正 汀 渟 涏 玎 鴏 珵 疔 睛 禎 程 筳 精 綎
綎 緹 脡 莛 菁 葶 蜓 蜻 蟶 裎 貞 桱 赬 遉 酲 釘 鉦 霆
鞓 鯖 鶄 鼮
● 井 侹 偵 婧 定 幀 檉 庭 廷 打 挺 政 整 梃 正 淨 瀞 珽
町 矴 穽 竫 脡 艇 艼 裎 訂 証 逞 遉 鄭 酊 釘 鋥 鋌 錠
阱 靖 靘 靚 靜 頂 頲 頳 飣 鼎

제 ○ 儕 啼 嗁 堤 媞 折 提 擠 梯 瑅 睇 瑅 磾 禔 稊 稊 穄 綈
緹 罤 臍 苐 荑 虀 蠐 褆 諸 賫 蹄 踶 蹏 躋 醍 除 隄 隮
鞮 鼇 齏 題 騠 鮧 鯷 鵜 鶗 鷈 齊
● 傺 制 劑 嚌 娣 帝 弟 悌 懠 掜 提 擠 晢 晣 晢 嚌 泲 淛
濟 珶 癠 眦 眥 睇 祭 穄 穧 第 薺 製 禘 踶 除 際 霽 題
鮆 鮆 鶗 齊

조 ○ 佻 凋 刁 啁 嘈 嘲 嶆 庣 弴 彫 徂 恌 挑 操 敦 斛 昭 晁

曹 朝 條 槽 殂 漕 潮 炤 琱 祧 租 稠 篥 糟 罩 脁 臊 艚
芀 蓨 蜩 螬 調 跳 遭 醩 釗 銚 雕 鯈 鰷 鰷 鵰 鼂

● 佻 俎 兆 助 厝 召 吊 喿 噪 垗 姚 嬥 岨 弔 慥 懆 抓 挑
搁 措 操 旐 早 嬰 朝 棗 沼 漕 澡 瀞 炤 照 燥 爝 爪 獠
珇 璪 璪 阜 皀 皭 眺 祚 祖 窕 篠 竈 笊 笊 粜 粗 糙 糶
組 繰 繰 翟 罩 耖 肇 胙 脁 艁 莜 蔦 蓧 藋 藻 藻 蚤 覜
詛 詔 誂 調 譟 豂 趒 趙 趮 跳 躁 造 鄛 酢 醋 釂 釣 鉏
銚 錯 鑿 阻 阼 飵 駣 鳥 鼕 齟

족 ● 族 瘯 簇 蔟 足 鏃

존 ○ 存 尊

졸 ● 卒 拙 捽 柮 猝 猝 稡 踤

종 ○ 宗 崇 宻 㚇 嵸 椶 從 悰 慒 棕 椶 樅 淙 潨 潀 猣 琮 瑽
稯 種 終 緵 縱 艐 葼 蓯 螽 豵 賨 蹤 鍾 鐘 騣 鬃 鬉 鬷
鬷 鯼 鬷

● 尰 㯶 從 慫 瘇 種 粽 糉 綜 緵 縱 腫 蓯 豵 踵 輚

좌 ○ 佐 撾 檛 痤 矬 逪 髽

● 佐 剉 坐 夎 左 座 挫 脞 莝

죄 ● 罪 辠

주 ○ 侜 侏 儔 周 啁 姝 州 幬 幮 廚 朱 株 洲 犨 珠 疇 稠 籌
紬 絑 綢 舟 蛛 袾 裯 誅 調 譸 賙 躊 躕 輈 輖 邾 鯈 鵃
● 主 住 伷 作 做 胄 呪 周 咮 嗾 噣 奏 宔 宙 拄 斢 晝 枓
柱 棷 注 湊 澍 炷 疰 祝 籒 紂 紬 繇 肘 冑 腠 蔟 蛀 註
走 足 軴 輳 酒 酎 鉒 鑄 霔 鞧 鞋 靐 駐 麈 黈 黈 齟

죽 ● 竹 粥

준 ○ 僎 皴 尊 屯 捘 樽 皴 竣 罇 肫 諄 踆 踆 蹲 迍 逡 遵 鵔
鶉
● 俊 僔 僎 儁 准 剸 皴 噂 埈 埻 壿 峻 嶲 惷 捘 撙 晙 浚
準 濬 焌 畯 稕 純 繜 膞 蕁 蠢 譐 踳 鐏 隼 餕 駿 鵕 鱒
鱒 駿

줄 ● 啐 崒 窋 茁 誶

중 ○ 中 螽 衆 重 霳
● 中 仲 衆 重

즉 ● 則 卽 喞 堲 崱 熷 畟 葪 蝍 蟗 賊 鯽 鰂

즐 ● 叱 喞 垐 櫛 騭

즘 ● 怎

즙 ● 咠 戢 揖 楫 檝 汁 湒 濈 緝 葺 蕺 檝 諿 輯

증 ○ 噌 塍 增 嶒 罾 憎 曾 橧 烝 矰 繒 罾 鬷 脀 胚 蒸 蒸 鄫
● 拯 甑 證 贈 鬇

지 ○ 之 墀 持 搘 支 枝 榰 氏 池 泜 知 砥 祇 禔 秖 箎 篪 肢
胑 胝 脂 坻 芝 蚳 蜘 貾 踟 遲 鳷
● 只 咶 咫 哫 地 坁 址 底 志 忮 懥 憤 扺 抵 指 摯 旨 智
枳 止 沚 漬 疐 疻 痣 知 砥 祉 紙 耆 至 舐 舐 舓 芷 觶
誌 識 質 贄 趾 躓 躓 軹 輊 遲 阯 鷙 鷙

직 ● 樴 稷 直 稙 稷 織 織 職 膱

진 ○ 侲 唇 嗔 塡 塵 帪 振 桭 榛 津 溱 珍 珎 璡 甄 眕 眞 瞋
秦 籈 臻 蓁 蔯 螓 螴 親 轃 鎭 陳 嗽
● 侲 儘 塡 抮 振 搢 晉 晋 殄 濜 瑨 瑱 璡 眕 疢 疹 盡 眕
眹 稹 紖 紾 縉 縝 胗 聄 袗 裖 診 賑 趁 趂 軫 鬒 進 鎭
陣 陳 震 鬒 黰

질 ● 佚 劕 叱 咥 啣 垤 垔 妷 姪 嫉 帙 庢 抶 挃 昳 晊 桎 櫍
瓆 瓆 瓞 疾 眣 礩 秩 秷 窒 紩 絰 袟 耊 耋 胾 芺 蒺 蟄
蛭 蝍 袟 袠 質 跌 迭 郅 銍 鑕 騭

짐 ○ 斟
● 朕 溎 䐶 酖 鴆

집 ● 偮 咠 嗅 執 慹 戢 濈 緝 葺 蕺 䑯 諿 輯 鏶 集

징 ○ 徵 憕 懲 澄 瀓 癥
● 瞪 瞪 瞕

차 ○ 叉 嗟 嵯 差 扠 搓 搽 杈 柤 楂 樣 槎 樝 瑳 暛 痤 瘥 硨
磋 筸 罝 瞌 艖 苴 茶 蹉 車 遮 鄌 鄮 醝 釵 鎈 靫 鹺 齹
● 且 侘 佌 佽 借 吒 哆 咤 唶 奓 䶕 奼 姹 差 搓 斥 次 此
汊 泚 玼 瑳 瘥 磋 笴 欶 諎 詫 䟦 蹉 䰅 鮓

착 ● 厝 婼 婼 捉 擉 斮 斲 斸 昔 椓 浞 臭 濁 瘃 穛 穱 窄 簎
縶 縒 着 著 諑 躇 錠 錯 鑿 鷟 齪

찬 ○ 囋 巑 攢 櫕 湌 穳 菆 鄼 鑽 飡
● 弗 儹 囋 粲 撰 攛 攢 灒 燦 爨 璨 瓚 穳 竄 篡 篹 篹 纂

粲 纂 纘 讚 贊 趲 酇 鏩 鑽 饌

찰 ● 刹 咱 哳 啐 囋 察 嶻 扎 拶 擦 攃 札 獭 礤 紮 蚻 詧

참 ○ 傪 僭 儳 劖 參 嚵 嵾 嶄 巉 慚 慙 撍 攙 欃 毚 漸 瀺 讒
塹 鑱 饞 驂
● 僭 儳 參 叅 噆 塹 墋 慙 嶄 巉 慘 憯 懺 摻 撕 斬 朁 槧
澿 黲 瘆 站 譖 讖 跕 蹔 鑱 韂 黪

창 ○ 倉 倡 倀 傖 創 囪 娼 彰 窓 牕 窻 搶 摐 昌 槍 槍 滄 牎
猖 瘡 菖 蒼 蹌 鏦 閶 鶬
● 倡 倉 刱 創 剏 唱 廠 悵 惝 愴 敞 搶 氅 敞 昶 暢 滄 漲
瑒 磢 脹 蒼 鋹 韔 鬯 鶬

채 ○ 釵 靫
● 債 埰 寀 寨 差 彩 蔡 採 柴 棌 瘥 瘵 砦 祭 綵 縩 茝 菜
蔡 蠆 責 采

책 ● 冊 咋 啫 嘖 坼 拺 宅 幘 厠 栅 柞 磔 窄 笮 策 筞 筴 簀
翟 舴 諎 謮 踖 責 迮

처 ○ 凄 妻 悽 淒 緀 萋 霋

● 処 妻 絮 處 覷

척 ● 俶 倜 刺 剔 塉 墌 堿 尺 彳 慽 惕 慼 慼 戚 拓 拆 摭 擲
摘 斥 栅 滌 瘠 瞮 砉 脊 蚇 蜴 跖 踈 踢 踖 踧 蹐 蹠 蹢
躑 逷 鏚 陟 隻 鶺 鼈

천 ○ 仟 僊 千 圌 天 川 扦 搟 梴 泉 濺 燀 穿 篅 芊 豜 遄 遷
阡 韆 韆 韉
● 串 倩 俴 喘 嘽 幝 擅 栫 歂 洊 淺 濺 燀 硟 穿 竁 綪 繟
腨 荐 舛 茜 荐 荈 蒨 蒇 薦 蚕 蝙 賤 踐 輤 釧 闡 饌

철 ● 凸 剟 哲 啜 喆 徹 惙 掇 掣 揲 撤 歠 澈 啜 砉 綴 罬 耿
蕞 蜇 軼 輟 轍 醊 銕 鋑 鐵 餟 餮 驖

첨 ○ 佔 僉 尖 幨 巉 恬 惉 槧 櫼 檐 沾 添 潛 瀸 瀺 甛 瞻 簷
簽 籤 襜 覘 詹 譫 讖 酟 韂
● 幨 忝 憯 桥 槧 舔 磹 裧 褶 襜 覘 諂 讇 蹚 鉆 韂 韂 餂

첩 ● 倢 呫 啑 喋 堞 妾 婕 帖 帆 怗 惵 捷 接 擸 氎 沾 牒 疊
睞 睫 緁 菎 褶 褺 誱 諜 貼 跕 踥 鰲 輒 鉆 鍱 黏 鮿

청 ○ 圊 廳 晴 晴 淸 聽 菁 睛 靑 鯖

● 倩 凊 婧 掅 綪 聽 請 請

체 ● 傺 切 剃 嚏 屜 帖 彘 滯 蔕 掣 掦 替 杕 棣 殢 泚 涕 滯
玼 啜 疐 砌 禘 綴 締 蔕 蕞 蕝 薙 蝃 螮 裼 諦 軆 遞 逮
遰 遰 醊 釱 隸 餟 體 髢 鬀 鬄

초 ○ 初 勦 嚥 嫶 岧 巢 嶕 幧 弨 怊 憔 抄 招 椒 樵 湫 焦 燋
䳺 瘢 硝 簌 膲 艄 苕 蕉 謙 譙 貂 超 軺 轈 迢 鈔 鉊 鍫
鍬 鐎 鞘 顦 髫 鷦 鞀 齠
● 俏 僬 削 剿 剿 勦 哨 嚥 峭 悄 愀 憷 抄 楚 湫 瀟 潐 炒
熠 燋 癄 礎 樵 稍 穛 稍 艸 草 訬 誚 謅 譙 趠 趭 踔 酢
醋 醮 鈔 陗 鞘 麨 齇 齼

촉 ● 亍 促 喝 囑 屬 數 斸 曯 歜 燭 瓙 瘃 矗 矚 蜀 蠋 襡 觸
趣 躅 躅 钃 韣 髑

촌 ○ 村 邨
● 刌 寸 忖

총 ○ 匆 叢 囪 忩 怱 悤 蓯 潨 璁 簝 總 聰 蔥 蔥 虃 鏦 驄
● 偬 冢 塚 寵 憁 惷 揔 摠 惣 穗 總 縱 謥

촬 ● 撮 攥 竄 縗 茁 襊

채 ● 倅 啐 睟 淬 焠 祽 綷

최 ○ 催 嗺 崔 摧 榱 漼 縗 嶉 衰 隹

● 嘬 最 橇 洒 漼 璀 睢 稡 綷 蕞

추 ○ 啾 妯 娵 惆 愁 抽 掫 推 揪 犨 搊 棷 棸 椎 槌 樞 檇 湫

楸 犓 犨 甀 瘳 秋 穐 箃 篘 粗 緅 緧 縐 菆 萑 萩 蝤

諏 貙 趍 趎 趥 趨 踰 追 遒 鄒 騶 酋 錐 錘 鎚 陬 隹 雛

鞦 騅 騶 魋 鯫 鰍 鰌 雛 鶖 麁 麤

● 丑 僦 憱 取 墜 娶 就 出 崷 帚 掫 捶 杻 柚 棷 棰 槭 殠

甃 畜 皺 硾 磓 箒 箠 簉 縐 縋 聚 膇 臭 菙 蓫 藸 趣 醜

錘 驟 䰕 鯫 鷲

축 ● 丑 妯 搐 柷 畜 矗 祝 稸 竺 筑 築 縮 縬 舳 蓄 蓫 蹴 蹙

蹜 蹩 蹴 軸 逐 閦 顣 鱁

춘 ○ 春 杶 椿 櫄

출 ● 出 怞 怵 朮 秫 絀 黜

충 ○ 傭 充 冲 忡 忠 恍 憧 懺 沖 爞 琉 盅 穜 种 罿 狆 艟 茺
蟲 衝 衝 衷 輽
● 衷

췌 ● 悴 惴 揣 瘁 萃 贅 顇

취 ○ 吹 炊 歈
● 取 吹 嘴 娶 就 嵸 棷 橇 毳 竁 翠 聚 脆 脃 臭 萃 觜 贅
趣 醉 驟 鷲

측 ● 仄 側 厠 惻 昃 昃 測 畟 稄

츤 ● 儭 櫬 藽 襯 齓

층 ○ 層 嶒 曾
● 蹭

치 ○ 嗤 媸 嵯 差 卮 梔 椔 治 淄 瓻 甾 痴 癡 眵 絺 緇 粭 胵
菑 蚩 褫 輜 郗 錙 馳 鯔 鴟 鷂 齝 齝
● 侈 値 侍 埴 寘 峙 幟 庤 廁 廌 徵 恥 懥 慣 杝 植 峙 治
泜 滍 漬 熾 畤 畤 疐 痔 眙 稚 穉 糦 緻 織 置 致 薙 褫
觶 豸 跱 躓 躓 遲 阤 陊 雉 饎 馳 鷙 齒

칙 ● 則 勅 敕 飭 鶒 鷘 鵡

친 ● 親

칠 ● 七 桼 榛 漆

침 ○ 侵 忱 斟 梫 椹 沈 沉 湛 琛 砧 碪 祲 箴 綅 綝 葴 賝 郴 針 鍼 鍼 霃 駸

● 伈 寖 寖 寢 揕 枕 沈 沁 浸 湛 瀋 寑 祲 寖 趻 踸 針 鋟 闖

칩 ● 湁 褺 縶 蟄 㬉

칭 ○ 偁 僜 稱

● 秤 稱 騁

쾌 ● 儈 噲 夬 快 獪 駃

타 ○ 他 佗 坨 它 拕 拖 池 沱 紽 蛇 詑 跎 跪 迤 迱 酡 酏 陀 陁 馱 駝 駞 驒 鬌 鮀 鱓 鼉

● 佗 剁 吒 咤 唾 鼉 垜 埵 墮 奼 妥 媠 宅 憜 惰 打 拕 拖 挆 捶 揣 朶 朵 柁 椸 橢 涶 種 綵 舵 袉 詑 躱 陁 馱 鬌 鮹

탁 ● 侘 倬 澤 剫 卓 啄 啅 噣 坼 搙 宅 度 愪 托 拆 拓 搩 擢
斥 柝 椓 �星 橐 檯 涿 濁 澤 濯 琢 魄 籜 蘀 袥 託 諑 趠
踔 跅 踔 逴 鐲 鐸 飥 馲 驝

탄 ○ 呑 嘆 嘽 彈 撣 攤 歎 殫 灘 驒
● 僤 僤 嘆 坦 彈 憚 攤 歎 潬 灘 炭 畽 疃 組 綻 蟺 袒 綻
訑 誕

탈 ● 侻 敚 奪 挩 掇 敓 梲 涗 祋 稅 脫

탐 ○ 探 眈 耽 貪 酖
● 嗿 憛 探 撢 襑 賧 酖 黮

탑 ● 傝 嗒 噠 塔 塌 搭 搨 榻 榼 毾 沓 溻 緆 艡 荅 遢 鎝 闒
鞳 鞜 鰈 黯

탕 ○ 湯 鏜
● 宕 帑 惕 湯 盪 碭 簜 菪 蕩 踼 逿 鐊

태 ○ 台 咍 態 炱 笞 箈 胎 苔 菭 跆 邰 駘 鮐
● 兌 埭 大 太 娧 忲 怠 態 噠 棣 殆 汰 泰 硉 稅 紿 脫 蛻
詒 貸 迨 逮 銳 隸 靆 鞁 駘 駾

택 ● 垞 宅 睪 擇 澤 澤 睪

탱 ○ 撐 橕 橕

터 ○ 攄

테 ● 殢 髢 鬄

토 ● 兎 吐 土 套 菟 討 鵵 貕

톤 ○ 啍 噋

● 畽 膧

통 ○ 侗 恫 痌 筒 筩 蓪 通

● 慟 捅 桶 痛 統

퇴 ○ 僓 堆 橨 推 搥 敦 槌 焞 磓 穨 蓷 追 鎚 隤 頧 頹 魋

● 敦 腿 褪 退 鐓

투 ○ 偷 媮 廠 投 渝 牏 鍮 骰

● 套 妒 妬 諳 豟 趏 透 餖 鬪 鬭

특 ● 慝 忒 慝 特 螣 蟘 貣 貸 螣

파 ○ 坡 婆 嶓 巴 杷 波 爬 玻 琶 番 疤 皤 碆 磻 笆 耙 膰 舥
芭 葩 豝 鄱 鈀 陂 頗
● 伯 叵 壩 叵 帊 帕 弝 怕 把 播 擺 杷 欛 派 灞 爸 破 罷
簸 罷 覇 譒 跛 霸 靶 頗 駊

판 ○ 眅
● 判 坂 昄 板 汳 版 牉 瓣 販 眅 蝂 販 辦 鈑

팔 ● 八 叭 捌 杌 汃

패 ○ 佩 牌 簰
● 伂 伯 佩 倍 偝 北 唄 孛 悖 拔 捭 敗 旆 沛 派 浿 狽 珮
稗 粺 罷 肺 背 茀 芾 茷 覇 誖 貝 邶 霈 霸

팽 ○ 亨 伻 傍 弸 彭 搒 棚 澎 烹 砰 磅 祊 綳 繃 膨 蟚 祊 輣
閍 騯

퍅 ● 愎

페 ● 薜

편 ○ 便 偏 平 扁 楩 猵 篇 篇 編 緶 翩 艑 蝙 褊 諞 蹁 鞭 鯿

● 便 匾 徧 惼 扁 片 編 緶 艑 褊 諞 辨 辮 辯 遍 騙

폄 ○ 砭 砚

● 封 砭 窆 貶

평 ○ 匉 坪 平 怦 抨 枰 苹 萍 評

● 平 評

폐 ○ 陛 狴

● 吠 嬖 幣 廢 弊 敝 斃 柹 梐 狴 癈 敝 箄 肺 帥 蔽 薛 閉 陛 髀 髀

포 ○ 包 匍 匏 咆 庖 抛 晡 枹 泡 炮 炰 胞 脬 苞 葡 蒲 蒱 袍 褒 襃 誇 跑 逋 酺 鋪 鞄 餔 鯆 麃 麅

● 佈 儤 包 哺 曝 匏 圃 布 怖 拺 抱 捕 暴 曝 匏 浦 瀑 爆 瓟 砲 礮 瀑 脯 舖 蒐 蒲 虓 誧 誇 酺 醭 鉋 鋪 颮 餉 餔 骲 鮑

폭 ● 幅 暴 曝 瀑 爆 襮

표 ○ 僄 儦 剽 嘌 嫖 幖 彪 影 慓 摽 杓 標 漂 滮 瀌 熛 猋 瓢

票 穮 翲 藨 臕 瀌 藨 螵 鑣 飄 飊 麃

● 俵 傈 剽 勡 嫖 嘌 彯 摽 標 殍 漂 皫 票 縹 膘 莩 薸 藨

表褾 豹 醥 驃 鰾 鼩

품 ● 品 稟

풍 ○ 馮 凬 楓 沨 渢 澧 豊 豐 酆 靊 風 凮 飌 豐

● 諷 風

피 ○ 披 柀 疲 皮 罷 詖 鈹 陂

● 佊 儷 髀 帔 彼 披 柀 被 詖 跛 辟 避 陂 皺 髮

픽 ● 堛 幅 愊 愎 稫 稫 腷

필 ● 佖 佛 滭 匹 弼 彈 必 怭 拂 秘 比 泌 滭 珌 畢 疋 笔 筆

篳 縪 罼 苾 蓽 鷝 趩 蹕 邲 鉍 鞸 韠 飶 饆 馝 駜

핍 ● 乏 偪 姂 愊 泛 湢 逼 逼

하 ○ 何 呀 呵 河 瑕 碬 苛 荷 菏 蕸 蝦 訶 谺 赮 遐 鍜 霞 騢

鰕

● 下 假 呵 嗄 岈 嚇 夏 廈 暇 歌 瘕 罅 芐 荷 衷 禡 謔 諕

譺 賀 赫 閜

학 ● 洛 嗃 嗀 壑 學 嶨 狢 㱿 涸 澩 熇 瘧 皠 矐 睢 矐 确 礐 翯 膗 臛 虐 螯 藃 謔 謞 貈 貉 蹻 郝 鄗 鶴 鷽 鸖

한 ○ 嫺 寒 憪 榦 汗 瘑 瞯 翰 覵 邗 邯 閑 閒 韓 馯 鷳
● 僩 垾 恨 悍 扞 捍 撊 旱 暵 汗 漢 瀚 熯 狠 皯 罕 罕 翰 莧 釬 銲 閈 闞 限 䮧 骭 鼾

할 ● 割 劼 勂 喝 圔 害 愒 揭 暍 曷 歇 毼 猲 瞎 舝 蝎 螛 褐 轄 鍺 闒 鞨 鶡 黠

함 ○ 函 含 咸 唅 嗛 嗡 圅 嶮 憨 椷 欿 涵 緘 艦 蚶 銜 諴 谽 邯 酣 醎 銜 鋡 鹹
● 含 唅 喊 埳 憾 撼 檻 淦 濫 獫 琀 覽 鑒 臽 艦 莟 菡 豃 譧 轞 鑒 闞 陷 頷 顑 餡

합 ● 匣 合 呷 哈 嗑 㑚 层 敆 柙 榼 溘 狎 盍 盒 祫 䆟 蓋 蛤 迨 郃 閤 闔 欱 韐 頜 鴿

항 ○ 亢 伉 吭 姮 恆 杭 桁 沆 缸 瓨 翃 肛 舡 航 行 降 頏
● 亢 伉 僟 吭 巷 抗 桁 沆 港 炕 犺 笐 缿 翃 行 衖 閧 項

頏 骯 闀

해 ○ 侅 偕 垓 奚 孩 峐 晐 畡 痎 絯 胲 膎 荄 該 諧 賅 陔 鞋 鞵 頦 骸 鮭

● 亥 偕 儶 劾 咳 夥 妎 害 嶰 廨 懈 械 欬 海 澥 瀣 獬 絯 縩 胲 蓋 薤 蟹 解 諳 豥 邂 醢 陔 鞜 餲 駭 駴

핵 ● 劾 核 格 絯 緻 翮 覈 輅 轄

행 ○ 行

● 倖 婞 幸 悻 杏 涬 荇 莕 行

향 ○ 薌 鄕 香

● 享 向 嚮 鄉 珦 蠁 響 餉 饗 饟

허 ○ 噓 墟 嘘 歔 虛 驉 魖

● 栩 許 詡

헌 ○ 掀 軒

● 巘 憓 憲 獻 軒

헐 ● 歇 猲 蝎 蠍 颰

험 ○ 忺 薟

● 嶮 憸 擠 獫 玁 蘞 譣 險 驗

혁 ● 侐 嚇 奕 奭 弈 檄 殈 洫 淢 焱 爀 矜 砉 虩 赫 欯 赩 赫

躩 革 革 鬩

현 ○ 儇 嬛 弦 懁 懸 泫 獧 玄 玆 晵 礥 絃 縣 翾 舷 蚿 蠉 譞

賢 贙 鉉 銷 駽

● 俔 峴 憲 晛 泫 洵 炫 玹 現 琄 眩 眴 睍 絢 縣 繯 莧 蜎

衒 袨 見 賅 鉉 鋧 鞙 韗 鞻 顯 駽

혈 ● 吷 𡚁 孑 麖 擷 決 泬 烕 穴 絜 纈 翓 血 襭 鐍 頡

혐 ○ 嫌

● 獫

협 ● 俠 勰 匧 協 愶 叶 嗋 夾 峽 弽 恢 愜 愶 慊 搚 挾 接 擠

梜 歙 汁 洽 浹 熁 狹 硤 祫 筴 篋 綊 胠 脅 脇 脥 莢 蛺

郟 鋏 陜 陿 頰

형 ○ 侀 兄 刑 型 娙 形 桁 滎 瀅 熒 亨 珩 硎 脝 荊 莖 蘅 螢

衡 邢 鈃 鉶 陘 謌 馨

● 敻 泂 濴 瀅 炯 熒 瑩 脛 詗 踁 逈 迥 鎣

혜 ○ 傒 兮 奚 媄 嵇 暳 謑 徯 豯 蹊 醯 醯 鼷

● 恤 嘒 嫕 彗 徯 惠 慧 憓 暳 槥 盻 蕙 蟪 謑 譓

호 ○ 乎 呼 嘑 嘷 壕 壺 嚎 憮 弧 戲 毫 湖 滹 濠 狐 瑚 瓠 箶

糊 胡 膴 葫 蒿 嫭 虖 號 蝴 蠔 謼 譹 豪 瓠 醐 餬 鶘

● 互 号 呼 嗃 好 嫮 岵 怙 戶 戽 扈 搋 擭 旿 昊 晧 皡 枑

沍 浩 涸 滈 滸 滬 澔 濩 灝 犒 琥 瓠 皋 皐 皓 皜 皞 祜

秏 穫 縞 罟 耗 虎 號 許 謼 護 鄗 鄠 鎬 雇 頀 韄 頀 顥

鰝 鱯 鳸

혹 ● 殼 惑 或 熇 矐 翯 膗 臛 酷 鵠

혼 ○ 婚 婚 惛 昏 昆 昬 棔 殙 渾 溷 緷 閽 餛 魂 鼲

● 圂 慁 掍 棍 混 渾 溷 焜 煇 緷 鯶

홀 ● 囫 忽 惚 昒 笏 核 笏 芴

홍 ○ 弘 泓 洪 洚 烘 紅 紅 葒 虹 訌 谾 鉷 鴻

● 哄 嗊 汞 洚 澒 烘 鬨 鴻

화 ○ 化 和 咊 禾 花 華 蘤 譁 鉌 鐛 鏵 靴 韡 驊 龢

● 化 吴 吳 和 夥 嬅 崋 摦 擭 猧 樺 樗 樺 火 畫 畵 禍 禍

華 話 譮 貨 踝 輠 輵 髁 鑊

확 ● 嚄 嬳 廓 彍 彉 彏 矱 懩 擭 擴 擢 攫 漷 濩 獲 癨 矍 矐

籗 確 碻 穫 籰 蒦 蠖 躩 鑊 钁 臒 霍 靃 饉

환 ○ 圜 丸 寰 懽 桓 歡 汍 湲 澴 環 瓛 癏 矜 紈 絙 綄 芄 萑

讙 貆 貆 貛 轘 還 鍰 鐶 闤 驩 鬟 鰥 鴅

● 喚 奐 宦 幻 豢 患 換 擐 攌 晥 浣 渙 漶 煥 環 眩 睆 睅

莞 豢 轘 逭 還 鋎

활 ● 佸 括 濊 活 滑 猾 碿 豁 越 闊

황 ○ 偟 凰 喤 堭 媓 幌 徨 惶 湟 潢 煌 瑝 璜 皇 篁 簧 肓 艎

荒 蝗 衁 遑 隍 颺 餭 騜 驥 黃

● 兄 況 幌 怳 恍 慌 擴 晃 曂 榥 況 滉 皇 貺 朚 貺

홰 ● 噦 繣 罫 翽 譮 鸑

회 ○ 佪 回 廻 徊 恢 悝 懷 挔 槐 櫰 洄 淮 瀤 灰 盔 茴 虺 蛔

褱 詼 豗

● 劊 匯 回 壞 廆 悔 晦 會 檜 沬 潰 澮 濊 獪 瘣 禬 絯 繢
繪 翽 聵 膭 膾 薈 襘 誨 賄 賿 靧 闠 鄶 頮 顪 鱠

획 ● 剨 劃 嚍 嚄 嫿 擓 擭 澅 濊 獲 畫 砉 繣 膕 謋 韄 騞

횡 ○ 呟 喤 宏 弦 竑 嶸 彋 橫 泓 紘 紭 罃 翃 薨 薨 衡 訇 諻
鋐 軳 輷 轟 鉉 鍧 鍠 鐄 閎 黌 黌

● 卄 横

효 ○ 呺 哮 唬 嗃 嘐 嘵 嚆 囂 崤 憢 枵 梟 歊 殽 涍 淆 烋 熇
爻 猇 獢 筊 肴 虓 蟂 詨 謼 鄗 餚 驍 驕 髇 鴞

● 佼 傚 効 嗃 孝 恔 悋 效 斅 曉 校 滈 熇 皛 芍 謞 酵

후 ○ 侯 吁 呴 喉 姁 帿 欨 煦 猴 盱 矦 篌 糇 芋 訏 鍭 餱 齁

● 佝 候 咰 厚 后 吼 咰 嗅 堠 姁 後 怐 昫 朽 栩 煦 煦 珝
臭 蔻 訏 詡 詬 逅 郈 酗 酌 鱟 鯸

훈 ○ 勛 勳 塤 壎 曛 焄 熏 燻 獯 纁 臐 葷 薰 醺

● 爋 訓

훌 ● 欻 颮

훙 ○ 薨

훤 ○ 喧 嚾 晅 暄 暖 狟 萱 諠 諼 讙 貆

● 咺 楦 烜 暖 諼

훼 ● 卉 喙 毁 烜 焜 燬 虫 虺 譭 顪

휘 ○ 微 徽 戲 揮 撝 暉 楎 煇 翬 褘 輝 麾

● 彙 諱

휴 ○ 休 咻 隳 巂 庥 携 攜 烋 貅 茠 蠵 觿 貅 酅 鑴 隓 髹 鵂

● 叀 畜 畦 睢 巂

휵 ● 慉 畜

휼 ● 恤 潏 獝 瞲 獝 譎 賉 遹 卹 霱 鷸

흉 ○ 兇 凶 匈 哅 恟 洶 胷 訩 詾

● 兇 哅 洶 訩 詾

흑 ● 黑

흔 ○ 忻 掀 掀 昕 欣 炘 痕 礥 釁 訢 鞎

● 焮 釁 釁 衅 釁

흘 ● 仡 吃 屹 忔 扢 汔 疙 籺 紇 肸 訖 迄 釳 麧 齕

흠 ○ 廞 欽 歆

● 欠

흡 ● 吸 噏 帢 恰 扱 歙 洽 潝 翕 闟 欱

흥 ○ 興

● 興

희 ○ 俙 僖 唏 嘻 噫 嬉 巇 希 戲 戱 晞 曦 欷 熙[支] 熹 犧

睎 禧 稀 羲 譆 豨 饎 鵗

● 俙 咥 唏 喜 噫 墍 嬉 屭 愾 戲 摡 欷 熂 熹 餼 螅 豨 犧

餼 餼 隸

히 ○ 吚 屎

힐 ● 擷 故 纈 詡 肸 肹 詰 頡 黠

10. 《어정시운(御定詩韻)》에 근거한 변렴자(變簾字)의 구별(區別)

(뜻이나 음의 변화에 따라 平仄이 달라지는 한자)

※ 부호설명:

○는 평성, ●는 측성, ◑는 평성 측성 통용. 단 뜻이 같을 때만 통용. [御]는《御定詩韻》의 약칭, 숫자는《御定詩韻》영인본 원서의 쪽수.

看(간): ○ 보다. 돌보다. 방문하다. 대우하다. [御96]睎也

● 보다. 간호하다. 감시하다. 관찰하다. 관망하다. 관상하다. [御96]睎也

◑ 보다. 바라보다.

間(간): ○ 틈. 겨를. 사이. 중간. (=閒 閑)

틈[御102]隙也 中也 弩名 多間 暇也 安也

● 사이를 두다. 가깝다. 갈마들다. 훼방하다. 이간질하다. [御102]隔也 厠也 瘳也 訾也 迭也

弇(감): ○ 덮개. 뚜껑. 인명. [御180]蓋也 人名漢耿耿

(엄): ● 덮다. 좁은 길. 깊고 으슥하다. 산 이름.

[御185]蓋也 狹路 大荒 山名弇州

監(감): ○ 보다. 살피다. 거느리다. 감독하다.

[御189]察也 領也 臨下

● 거느리다. 보다. 벼슬 이름. 관청 이름.

[御189]領也 視也 臨也 官也

◑ 보다. 거느리다.

降(강 항): ○ 항복하다. 마음이 가라앉다. [御31]服也 下也

(강): ● 내리다. 떨어지다. 떨어뜨리다. 돌아가다. 꺽다.

억제하다. 비가 내리다. ~뒤.

[御30]下也 落也 貶也 歸也

强(강): ○ 강하다. 넉넉하다. 넘치다. 여유가 있음에 비유하는 말. [御139]過優

● 힘쓰다. 억지 쓰다. [御139]勉也 自是

彊(강): ○ 굳세다. 센 활. [御139]健也 弓有力

● 힘쓰다. 강인하다. [御139]勉也

牽(견): ○ 이끌다. 빠르다. 거리끼다. 희생. [御108]引也 牲也

● 당기다. 배 끄는 줄. 별 이름. [御115]挽也.

◑ 이끌다. 당기다.

傾(경): ○ 기울다. 쏟다. 무너지다. 속이 비다.

[御150]仄也 寫也 圮也 空也

● 아까. 잠깐. 쯤. [御151]俄也

更(경): ○ 고치다. 대신하다. 대체하다. 밤 시간의 단위.

[御150]改也 代也

(갱): ● 다시. 또. 더욱. 한층 더. 몹시. [御153]再也

經(경): ○ 세로로 짜다. 이미. 지나가다. 날줄. 항상. 경전. 경영하다. 곧다.

[御159]織縱絲 常也 過也 書也 營也 界也

● 실(줄)로 목매다. [御159]織縱絲 縊也

檠(경): ○ 등잔대. 도리깨. [御150]燈架 正弓器

● 등잔대. 발 달린 도마. [御150]燈架 正弓器

◑ 등잔대.

絅(경): ○ 급히 잡아당기다. (고기를) 낚다. [御162]急引 捕魚

● 홑 옷. [御159]襌縠

頃(경): ○ 머리 비뚤어지다. [御150]頭不正

● 백 이랑(땅 넓이의 단위). 조금 전. 아까. 잠깐. =傾.

[御151]百畝

稽(계): ○ 상고하다. 살피다. 멈추다. 머물다. 합하다. 계교하다. 이르다. 저축하다. 두드리다.

[御64]留也 考也 圜轉滑滑

● 머리를 숙이다. [御62]下首

膏(고): ○ 기름. 기름지다. 살지다. 명치끝. 고약.

[御126]脂也

● 윤택하다. 윤택하게 하다. 기름지게 하다.

[御126]潤也

高(고): ○ 높다. 높이. 존귀하다. 높이다. 존경하다.

[御126]崇也

● 높이를 재다. [御?]

敲(고): ○ 두드리다. 때리다. 짧은 매. [御125]橫撾 短杖

● 결매치다. [御125]擊也

供(공): ○ 이바지하다. 주다. 설치하다. 공급하다. 베풀다.

[御26]給也 設也

● 공급하다. 설치하다. 베풀다. 갖추다.

[御26]設也 具也

◑ 베풀다. 설치하다.

倥(공): ○ 분별 못하다. 지각없다. [御24]無知 倥侗

● 급박하다. 난관에 처하다. [御19]不暇 倥偬

悾(공): ○ 정성스럽다. [御1]懿也

● 넋을 잃다. 뜻을 잃다.

[御1]失意 悾愡(공총): = 倥偬. 넋 잃은 모양.

共(공): ○ 성 이름. 옛 벼슬 이름. 법칙.

[御26]河內城名 堯官名-工 法也

● 모두. 다. 함께하다. 합하다. [御26]同也

空(공): ○ 비다. 크다. 하늘. 모자라다. 관명. 성.

[御19]虛也 窮也 缺也

● 구멍. 통하다. [御19]穴也

過(과): ○ 지나가다. 지나치다. 통과하다. [御134]經也

● 지나가다. 넘다. 허물. 낫다. 과거. 과하다.

[御131]經也 越也 誤也 愆也

◑ 지나가다.

冠(관): ○ 모자의 총칭. 물체의 꼭대기 부분.

[御99]冕弁總名

● 모자를 쓰다. 우두머리가 되다. 남보다 앞서다.

존숭하다. [御100]加也 首也

◑ 모자.

莞(관): ○ 골. 왕골. 왕골자리. [御99]小蒲

(완): ● 섬 이름. 방그레 웃는 모양. [御104]笑皃

觀(관): ○ 보다. 관람하다. 관찰하다. 살펴보다. 유람하다.

형태. 모양. [御99]諦視

● 보다. 대궐. 누대. 도교의 절. 성.

[御100]視也 厥也 容也 道宮 封土 壯麗 壯觀

◑ 보다.

傀(괴): ○ 크다. 괴이하다. 우뚝하다. [御70]大皃 偉也

● 꼭두각시. 허수아비. 망석중. 탈. [御72]木偶 傀儡

魁(괴): ○ 우두머리. 크다. 별 이름. [御70]首也

● 건장한 모양. [御72]壯皃 -壘

魁(괴): ○ 괴수. 으뜸. 크다. 별 이름. [御70]首也

● 건장하다. 헌걸차다. 언덕. [御72]壯皃 魁壘

佼(교): ○ 아름답다. 출중하다. 좋아하다. 교활하게 속이다.

[御124]好也

● 좋아하는 모양. 성. [御124]好皃--

咬(교): ○ 새 지저귀는 소리. 애절한 소리. [御125]鳥聲--

● 씹다. 남을 물고 늘어지다. 모함하다. 부식하다. 침식하다. [御124]齧也

橇(교): ○ 교자(轎). [御118]泥行所乘

(취): ● 갯벌에서 타는 썰매. [御66]泥行所乘

教(교): ○ 본받다. ~로 하여금 ~하게 하다. [御125]效也 使爲

● 가르치다. 종교. 왕의 명령. [御124]訓也 王命

膠(교): ○ 갖골. 아교. 굳다. 붙다.

[御125]黏膏 不通 固也 周學 鷄鳴-- 萊州水名

● 귀가 울다. 닭 우는 소리. 요란한 모양.

[御125]和也 擾也--

蹻(교): ○ 바라다. [御118]企也

● 발 높이 들다. 날쌔다. 강직하다.

[御118]擧足 武皃 擧足 强直

句(구): ○ 굽다. 몸신. [御167]曲也 地名 [御61]晉地名 僂句

● 글 구절. 거리끼다. 맡아보다.

[御57]文詞 止處 [御167]拘也 辦也

呴(구): ○ 숨 내쉬다. 꾸짖다. [御60]吹也

● 입김 들이다. 물방울 토하다. [御58]氣以溫

嘔(구): ○ 노래하다. 소리. [御170]歌(謳)也

● 토하다. [御170]吐也

枸(구): ○ 나무가 굽다. 탱자. [御168]曲木

● 구기자. 얽히고 뒤섞기다. [御167]苦杞

歐(구): ○ 노래하다. 성. 강 이름. 유럽의 약칭. [御171]姓也

● 토하다. 쥐어박다. 종아리 치다. [御170]吐也

漚(구): ○물거품. 갈매기. [御170]水泡

● 담그다. 축이다. 불리다. [御170]久漬

瞿(구): ○ 눈 휘둥거리다. 가슴 두근거리다. 놀라서 보다.

[御57]驚視-- 鷹視

● 두려워하다. [御57]恐也

卷(권): ○ 굽다. 정성. [御115]曲也 冠武好皃 樂名

● 책. 오금. 접다. 아리땁다. [御114]膝曲 不舒 書可捲

捲(권): ○ 기세. 주먹을 꽉 쥐다. 힘 우쩍우쩍 쓰다. 거두다.

[御115]氣勢 用力-- 收也

● 걷다. 걷어 올리다. 말다. [御114]膝曲 不舒

圈(권): ○ 잔. 채반. 둥글게 그린 점. [御115]屈木爲圓

● 우리. 돌다. [御114]畜閑

斤(근): ○ 무게의 하나치. 도끼. 날. [御87]十六兩

● 밝게 살피다. [御87]明察

堇(근): ○ 진흙. 때(時). [御84]粘土 仝墐

● 바르다. 칠하다. 적다(少). [御78]粘土 塗也

禁(금): ○ 이기다. 당하다. [御176]勝也 當也 却持

● 금하다. 제지하다. 궁궐. 술그릇.

[御176]制也 止也 天子所居 酒器

紟(금): ○ =衿. 옷깃. 옷고름. 단추. 띠. [御176]衣系

● 옷깃. 홑이불. [御176]衣系 單被

◑ 옷깃. 옷고름.

幾(기): ○ 기미. 위태하다. 자못. 거의. 살피다.

[御48]微也 危也 期也 尙也 近也

● 얼마. 몇. 얼마 되지 않다. [御47]多少 幾何

跂(기): ○ 육발이. 벌레 길. [御45]足多指

● 걸터앉다. 발돋움하고 바라보다. [御34]垂足坐 望也

騎(기): ○ 말에 타다. 말 타다. [御44]跨馬

● 기병. 기사. 말수레. [御40]馬軍 車騎

那(나): ○ 편안하다. 크다. 다하다. 무슨.

[御131]何也 大也 於也 盡也 安也

● 어느. 어찌. 무슨. 저. 그. 그 사람. 어조사.

[御130]何也 語助 彼也

◑ 무슨. 어느.

暖(난): ○ 유순한 모양. 부드러운 모양. [御95]柔皃--

● 덥다. 따스하다. [御96]溫也

難(난): ○ 어렵다. 성하다. [御96]不易

● 난리. 근심. 재난. 막다. 꾸짖다. 힐난하다.

[御96]患也 阻也 責也 憂也

帑(노): ○ =孥. 자식. 처지. 새의 꼬리. [御54]藏也

(탕): ● 내탕고. 나라의 곳집. [御141]金幣所藏

尼(니): ○ 화하다. 여승. [御35]和也 女僧 比丘尼

● 정하다. 그치다. 가깝다. [御84]止也

泥(니): ○ 진흙. 약하다. 바르다(塗飾). [御63]水和土

● 성한 모양. 이슬이 많이 맺힌 모양. 막히다.

치원공니(致遠恐泥). [御62]露皃-- 不通

單(단): ○ 홑. 홀로. 크다. 엷다. [御96]獨也 大也 薄也

(선): ○ 해의 이름. 성. [御110]歲名 單于

(선): ● 산양의 현명. 선보. 성.

[御111]姓也 山陽縣名 單父 大也

擔(담): ○ 메다. 맡다. [御180]負也

● 짐. [御180]所負

淡(담): ○ 물의 모양. [御181]水皃--

● 묽다. 싱겁다. 담박하다. 무료하다. 수수하다.

희미하다. 물이 출렁이는 모양.

[御180]薄味 [御181]薄味 水皃 澹澹

湛(담): ○ 즐겁다. 빠지다. [御180]樂也

(침): ○ 깊다. 적시다. [御177]漬也 澤也

(잠): ● 편안하다. 빠지다. 두텁다. 맑다. 성.

[御190]沒也 安也 澄也 露皃-- 姓

當(당): ○ 당하다. 대적하다. 만나다. 사리에 맞다. 마땅하다.

당번. 당직. 잇다.

[御139]値也 敵也 直也 主也. 即也 承也 蔽也. 斷也

● 밑. 물건을 잡히다. 맞다. [御139]底也 質錢 中也

跳(도): ○ 뛰다. 미끄러지다. 넘다. [御119]躍也

● 달아나다. [御118]越也

陶(도): ○ 질그릇. 교화하다. 즐거워하다. 화하다.

[御127]瓦器 糾絞

(요): ● 화락한 모양. 서로 따르는 모양. 길다. 성하다.

[御127]馳皃--

敦(돈): ○ 도탑다. 성내다. 나무라다. 힘쓰다. 크다.

핍박하다. 감독하다.

[御91]厚也 勉也 詆(저)也 大也 迫也 誰何

● 외로이 있는 모양. 성내다. 뒤서다. [御91]不慧渾渾

● 세우다. 지명. [御92]豎也 地名 敦丘

浪(랑): ○ 물 흐르는 모양. 강 이름. 고을 이름.

[御140]均川水名滄- 陽武地名博- 朝鮮郡名樂-

● 물결. 파랑. 방종하다. 넘치다.

[御139]波也 不敬 謔-

狼(랑): ○ 이리. 사납다. 낭자하다. 일이 계획대로 안 된다.

별 이름. 성. [御140]似犬 鋭頭白頰

● 땅 이름. [御146]陽武地名 博-

涼(량): ○ =凉. 엷다. 서늘하다. [御144]薄也 薄寒

● 엷다. 돕다. 미쁘다. [御142]薄也

◑ 옮다.

量(량): ○ 헤아리다. 사려하다. 분별하다. 예상하다.

[御144] 槩度 多少

● 한정하다. [御142]斟斆器 五量 限也 度量

慮(려): ○ 식물 이름. 벌레 이름. 지명.

[御53]似蝎諸慮 地名林慮

● 생각. 꾀. 염려하다. 의심하다. 무려. 대개.

[御50]思也

令(령): ○ 하여금. 방울소리. 성. [御151]使也 鐶聲令令

● 법률. 명령하다. 때. 고을 이름.

[御150]善也 命也 長也

零(령): ○ 천천히 내리는 비. 떨어지다. 외로운 모양.

[御160]落也 餘也

● 떨어지다. 부서지다. [御162]落也

◑ 떨어지다.

勞(로): ○ 일하다. 피로하다. 애쓰다. 근심하다. 수고하다.

공로. 공적. [御128]倦也 功也

● 위로하다. 보답하다. [御127]慰也

論(론): ○ 이론. 논설. 생각. 토론하다. [御91]說也 思也

● 의론하다. 분별하다. [御90]議也

◑ 의론하다.

僚(료): ○ 벗. 벼슬. [御119]同官

● 예쁘다. 희롱하다. [御119]妽兒 戲兒

嘹(료): ○ 기러기나 매미 소리. 새 우는 소리. 소리가 맑고 멀다. [御120]鳴聲嘹亮

● 울다. 신음하다. 앓다. [御121]鳴也 病呼

撩(료): ○ 다스리다. 훔치다. 돋우다. [御120]取物

● 붙들다. 취하다. [御121]扶也 取也

◑ 취하다.

料(료): ○ 헤아리다.(量) 계획하다. [御120]量也 理也

● 도량. 법도. 헤아리다.(度) [御119]度也 理也 祿也 材也

◑ 헤아리다.

累(루): ○ 구류하다. 구속하다. [御33]罪也 索也

● 더하다. 거듭하다. 여러. 포개다. 더럽히다. 하자. 티. 연좌. [御33]增也 十黍 玷也 縈也 緣坐

留(류): ○ 숙박하다. 머물다. 유숙하다. [御172]住也

● 머무르다. 그치다. 오래다. 더디다. [御171]停待 宿留

離(리): ○ 새 이름. 떠나가다. 벗어나다. 헤어지다. ~로부터. 지나가다. 거치다. [御35]陳也 麗也 歷也 別也

● 잃다. 상실하다. 없애버리다. [御34]去也

麗(리): ○ 나라 이름. [御36]附著 東國高- 陳名魚-

(려): ● 곱다. 아름답다. 화려하다. 부착하다.

[御62]美也 附也

臨(림): ○ 임하다. 다단다. 당하다. 미치다. 卦名.

[御177]莅也 監也 大也

● 여럿이 곡하다. 왕림하다.

[御176]衆哭 偏向 以尊適卑

曼(만): ○ 길이 멀다. 밤이 길다. [御97]路遠

● 끝. 끝 닿는 데가 없다. 길게 뻗다. 당기다. 넓다.

윤기가 돌다. [御101]無極 -衍 末也

漫(만): ○ 넓다. 물길. [御97]水廣--

● 두루하다. 아득하다. 구름 빛. 흩어지다. 거만하다.

[御97]徧也 謾也 茫茫汗汗 分散瀾瀾 雲色--

蔓(만): ○ 순무. [御101]菁也

● 덩굴. 뻗다. [御?]

忘(망): ○ 잊다. 기억 못하다. 잃다. [御141]不記

● 잊다. 기억 못하다. [御140]不記

◑ 잊다. 기억 못하다. 잃다.

望(망): ○ 바라보다. 원망하다. [御141]瞻也 怨也

● 바라보다. 보름달. 사람들이 우러러볼 만하다.

망제. 책망하다. 인명. [御140]瞻也 人所仰

◑ 바라다. 보다. 바라보다.

盟(맹): ○ 맹세하다. 맹세. 믿다. 미쁘다. [御145]涖牲

● 고을 이름. [御153]河內邑名 盟津

暝(명): ○ 어둡다. 넓다. [御160]暗也

● 저녁. 밤. [御160]夕也

瞑(명): ○ 눈을 감다. 눈이 어둡다. 졸다. [御163]翕目

● 아찔하다. 어지럽다. [御160]目閉

旄(모): ○ 깃발 꾸미개의 하나. 깃발. [御128]幢也 丘前高

● 늙은이. 개다리의 털. [御127]老也 狗足毛

幪(몽): ○ 덮개. [御20]覆也 帲幪

● 무성한 모양. [御19]麥茂--

濛(몽): ○ 보슬비가 내리는 모양. [御20]微雨涳濛

● 두루뭉술한 모양. [御21]濛澒

文(문): ○ 글. 문서. 문자. 빛나다. 예문. 채색. 법.

[御85]經緯 天地 華也

● 꾸미다. 지내다. [御87]飾也

聞(문): ○ (말·소리)듣다. (냄새)맡다.(능동) [御85]知聲

● 들리다. 이름이 나다. 소문.(수동) [御85]聲徹 名達

◑ 듣다. 들리다.

彌(미): ○ 활을 부리다. 더욱. 마치다. 끝내다. 오래다. (시간이) 걸리다. 가득 차다. [御37]益也 久也 弛弓

● 그치다. [御34]止也

靡(미): ○ 흩어지다. 얽다. 허비하다. 없애다. [御37]散也 爛也

● 없다. 쓰러지다. 사치하다. 어여쁘다. 섬세하다.

더디다. 순종하다. [御35]無也 奢也 偃也 隨順--

反(반): ○ 듬직하다. [御89]理枉 平反 [御104]順習

● 돌이키다. 뉘우치다. 배반하다. [御89]覆也 不順

彷(방): ○ =仿. =髣. 방랑하다. 배회하다. [御142]徘徊 彷徨

● 비슷하다. [御140]相似 彷佛

傍(방): ○ 배회하다. 가깝다. 곁. [御142]側也 近也

● 넓다. 섞이다. 번잡하다. 두 갈래. 의지하다. 가깝다. [御140]依也 近也

◑ 가깝다.

防(방): ○ 둑. 제방. 방죽. 막다. 방어하다. 병풍. [御142]禦也 隄也

● 방어하다. 막다. [御140]禦也 止水

◑ 방어하다.

培(배): ○ 북돋우다. 더하다. 보태다. [御74]益也 壅也

(부): ○ 모이다. 잡다. 헤치다. 치다. [御169]聚也 把也

(부): ● 작은 언덕. [御169]小阜 培塿

拚(번): ○ 날다. [御89]飛也 反覆

(반): ○ 버리다. [御97]揮棄

(변): ● 손벽을 치다. [御109]拊手

汎(범): ○ (물 위에) 뜨다.

● 떠가는 모양. 뜨다. 넓다. [御191]浮也

◑ 뜨다.

屛(병): ○ 병풍. 가리다. 덮다. 울타리. 담.

[御161]蔽也 屛風 雨師 屛翳 醫醫 翳翳

● 제하다. 물리치다. 물러나다. 버리다. 덮다.

[御151]除也 棄也 [御151]蔽也 蕭牆

◑ 가리다. 덮다.

並(병): ○ =竝. =幷. 겸하다. 합하다. 미치다. 같게 하다.

[御151]合也 及也 同也

● 오로지. 아우르다. 나란히 하다. 겸하다.

[御151]並也 兼也 [御160]比也 皆也 併也 相扶 近也

◑ 겸하다.

封(봉): ○ 봉하다. 봉분을 짓다. 크다. 북돋우다.

[御27]聚土 大也

● 봉토를 받은 지역. 매장하다. [御28]爵土

縫(봉): ○ 꿰매다. 호다. 바느질하다. [御27]以鍼紩衣

● 혼솔. 꿰맨 자리. [御26]衣會

棓(부): ○ 치다. [御175]打也 星名天棓

(방): ● 도리깨. =棒. [御30]杖也

分(분): ○ 나누다. 분별하다. 판단하다. 베풀다. 두루.

[御85]別也 裂也 施也 十黍

● 분수. 지위. 직분. 정하다. [御86]散也 定也 名分

噴(분): ○ 꾸짖다. 뿜다. 혀를 차다. 슬퍼하다. [御92]吒也

● 물을 뿜다. [御91]鼓鼻 噀也

墳(분): ○ 무덤. 크다. 물가. 책. [御86]墓也 言大道之書 三墳

● 비옥한 땅. 흙이 부풀어 오르다. [御85]土起

奔(분): ○ 빨리 뛰다. 달아나다. [御92]走也

● 급히 달려가다. 패배하다. [御92]急赴

比(비): ○ 고르다. 나란히 하다. 차례대로 연하다.

[御38]和也 竝也 虎皮臯臯

● 견주다. 비교하다. 빽빽하다. 미치다. 기다리다.

무리. 가깝다. 가지런하다. 좇다. 64괘의 하나.

[御35]校也 竝也 密也 及也 待也 黨也

枇(비): ○ 비파나무. [御38]似杏 枇杷

● 주걱. 참빗. [御35]細櫛

思(사): ○ 생각하다. 원하다. 말씀. [御42]念也 語辭

● 생각. 의사. 뜻. [御38]慮也 意思

◑ 생각하다.

些(사): ○ 적다. 약간. 조금. [御137]少也

● 어조사. [御131]語辭

喪(상): ○ 상례. 시신. 화난(禍難). [御142]亡也 失也

● 상실하다. 사람이 죽다. 멸망하다. 도망치다.

소비하다. 잊다. 심신이 즐겁지 않는 모양.

[御140]亡也 失也

◑ 상실하다.

相(상): ○ 서로. 바탕. [御145]共也 質也

● 보다. 도우다. 재상. 상보다. 가리다. 풍류 이름.

[御142]視也 助也 儐也 導也

散(산): ○ 절룩거리다. 비틀거리다. [御98]跛行 蹣跚

● 흩어지다. 내치다. 펴다. 허탄하다. 헤어지다. 놓다. 한가하다. [御96]閒也 姓也 [御97]分離 布也 酒器五升 藥石 屑琴曲 廣陵散

生(생): ○ 낳다. 태어나다. 생기다. 살다. 살리다. 설다. 날 것. [御156]產也 出也 不熟 語辭

● 무궁하다. 닭이 알을 낳다. [御153]產也

胥(서): ○ 서로. 다. 돕다. 기다리다. 계장. 姓. [御50]相也

● 보다. 아전붙이. [御50]相也

栖(서): ○ =棲. 깃들이다. [御62]鳥宿 不安--

● 홰. 닭장. [御66]鳥所止

煽(선): ○ 활활 타오르다. [御110]火熾

● 불을 부치다. 선동하다. [御110]火熾

旋(선): ○ 돌이키다. 돌리다. 돌다. 굴다(轉). 빠르다. 요즘. 쇠북을 다는 꼭지. [御110]廻也 疾也 深也 鐘縣

● 두르다. 꽃 이름(금잔화). [御110]繞也

先(선): ○ 처음. 먼저. 앞. [御109]始也 前也

● 먼저 하다. [御110]當後以前先之

◑ 먼저. 먼저 하다.

禪(선): ○ 고요하다. 스님. [御110]靜也 僧也

● 자리하다. 터 닦다. [御111] 除地 傳位

鮮(선): ○ 생선. 나라 이름. 곱다. 빛나다. 신선하다. 새롭다.
[御109]腥魚 潔也 善也
● 적다. 드물다. [御110]少也

扇(선): ○ 부치다. 부채질하다. [御110]扇涼
● 부채. 문짝. 움직임. [御110]箑也(부채 삽) 扉也 動也

摻(섬): ○ 가늘다. 섬섬옥수. [御189]好手 仝纖
(삼): ● 취하다. 잡다. [御189]執也 取也
(참): ● 북 장단. [御182]鼓曲

盛(성): ○ 곡식 등을 그릇에 담다. [御152]容受 薦穀 粢盛
● 성하다. 많다. 크다. 무성하다. [御151]多也 茂也

哨(소): ○ 입이 바르지 않다. [御121]口不正
(초): ● 수다스럽다. 도적을 지키는 곳. [御120]多言嚌嚌

昭(소): ○ 해가 밝다. 빛나다. 분명하다. 묘위소목.
[御121]廟位昭穆 [御122]明也
● 밝다. [御121]明也--
◑ 밝다.

疏(소): ○ 성기다. 거칠다. 나누다. 소통하다. 멀다. 드물다.
[御52]通也 分也 遠也 麤也 稀也
● 밝히다. 상소하다. 주 달다. 기록하다. 조목조목 진술하다. [御51]記也 條陳

燒(소): ○ 불사르다. 태우다. 타다. [御121]爇也
● 불사르다. [御119]野火 爇也

◑ 불사르다.

涑(수): ○ 빨래하다. 양치질하다. [御175]澣也

● 물 이름. [御170]蕩口

收(수): ○ 거두다. 모으다. 잡아가두다. 받아들이다. 그치다. 모자의 이름. 수레의 뒤 가로장.

[御173]斂也 捕也 堯冠黃收

● 풍성하게 거두다. 거두어들이다.

[御172]獲多 斂之

恂(순): ○ 미덥다. 무섭다. 신실한 모양. [御77]信也 恭皃--

● 엄하다. 謹厚한 모양. [御82]嚴也 恂慄

馴(순): ○ 말이 순하다. 길들이다. 순종하다. 착하다. 점차 이루어지다. [御78]擾也 善也 從也 漸致

(훈): ● 通訓. 순하다. 가르치다. [御87]誡也 說也

乘(승): ○ 타다. 오르다. [御166]駕也 登也 跨也 因也 治也

● 수레. 역사. 곱하다. [御161]車也 史也 雙物四數

勝(승): ○ 맡기다. 들다. 견디다. 남지 않다. 참다.

[御165]擧也 堪也

● 이기다. 낫다. 경치가 좋다. 경치. 새 이름.

[御161]克己 優過 鳥名

柴(시): ○ 땔나무. 섶. 제사 이름. 성. [御69]析木

(채): ● 울타리. 막다. [御72]藩落 木柵

施(시): ○ 베풀다. 쓰다. 행하다. 더하다. 싱글벙글하다. 성.

[御38]設也 用也 [御39]自得

● 은혜. 주다. 놓다. 펴다. 버리다. 풀리다.

[御36]與也 [御42]延也

犴(안): ○ =豻. 들개. [御98]野犬

● 옥. 우리. 호박개(逐虎犬也). [御98]獄也

泱(앙): ○ 구름이 일다. 깊고 넓은 모양. 바람의 큰 소리.

[御143]水皃--

● 넓고 큰 모양. 밝지 못한 모양. 물이 탁한 모양.

[御141]水皃滃滃

攘(양): ○ 밀다. 훔치다. 물리치다. 물러나다. 덜다. 빌다.

거두다. [御146]竊也 推也 逐也 除也 祈也. 捊也

● 요란하다. 빨리 가는 모양. [御143]擾也

痒(양): ○ 옴. [御146]病也

● 가렵다. [御143]膚欲搔

淹(엄): ○ 담그다. 적시다. 머물다. 지체하다.

[御184]漬也 久留

● 빠지다. 물가. [御187]沒也

予(여): ○ 나. [御50]我也

● 주다. [御51]取也 賜也

與(여): ○ 어조사. [御51]通歟 [御53]蕃廡--

● 더불어. 함께. 및. 같다. 참여하다. 간여하다.

[御50]及也 參也 [御51]善也 許也 及也 如也 [御?]共

也 如也 干也

輿(여): ○ 수레 바탕. 여럿. 천지. 무리. 비롯하다. 짐지다.
기운 어리다. [御51]車底 衆也
● 가마. 남여. [御50]車底
◑ 수레 바탕. 가마.

悁(연): ○ 분하다. 근심. [御111]憂忿
(견): ● 조급하다. [御107]躁急

燕(연): ○ 지명. 나라 이름. [御110]召公所封
● 제비. [御111]玄鳥

瑩(영): ○ 귀막이. [御158]塡也 琇瑩
(형): ● =熒. 옥이 빛나고 깨끗하다. 거울의 맑고 밝은 모양. [御160]聽惑

迎(영): ○ 비위를 맞추다. 맞이하다. 접대하다.
[御152]逢也 迓也
● 맞이하다. [御152]壻迓婦親迎

惡(오): ○ 어찌. 어디. 감탄사. [御56]何也
(악): ● 악하다. 선하지 않다. 모질다. 못생기다. 부끄럽다.
헐뜯다. [御142]不善

汚(오): ○ =汙. 웅덩이. 낮다. 논. [御56]濁水
● 더럽다. 오염되다. [御55]穢也 染也 小池
◑ 더럽다. 오염되다.

雍(옹): ○ 화락하다. 환호하는 모양. [御28]和也

● 가리다. 주의 이름. [御26]蔽也 州名

喁(옹): ○ 물고기가 입을 치켜들고 오물거리다. 소리로 화답하다. [御27]魚口噞噞

(우): ● 서로 부르다. [御173]相呼

壅(옹): ○ 막다. [御30]塞也

● 막히다. 북돋우다. [御27]障也 培也 塞也 培也

王(왕): ○ 임금. 할아버지. 왕성하다. [御148]君也

● 왕 노릇하다. [御145]興也 長也 盛也 保有天下

要(요): ○ 요구하다. 살피다. 강박하다. 초청하다. [御121]求也 察也 勒也 招也

● 약속하다. 요긴하다. 반드시. 하고자 하다. [御120]約也 樞也 欲也

◑ 요구하다. ~을 하고자 하다.

徼(요): ○ 구하다. 가리다. 맞이하다. 모으다. [御118]求也 循也 抄也 邀也

● 순행하다. 변방의 경계선. [御118]循也 境也

撓(요): ○ 긁다. [御126]抓也 搔也

● 뜻을 굽히다. 뒤흔들다. 휘젓다. [御125]屈也 擾也

擾(요): ○ 순하다. [御122]馴也

● 요란하다. 번거롭다. 길들이다. [御120]亂也 順也

夭(요): ○ 어여쁘다. 무성하다. 아름답고 성한 모양. 화순한 모양. [御121]和舒--

● 일찍 죽다. 굴하다. 잘라 죽이다. [御120]屈也 短折

惷(용): ○ 천치. 바보. [御28]騃也

(충): ● 어리석다. [御28]愚也

頌(용): ○ 용모. 모양. 너그럽다. 용납하다. [御28]皃也

(송): ● 기리다. 칭송하다. 찬양하다. 문체의 하나.

[御27]告功之詩 誦也

怨(원): ○ 원수. 분하다. 분내다. [御93]讐也

● 원망. 원망하다. [御92]恨也

援(원): ○ 당기다. 끌다. 빼내다. 뽑다. [御94]引也 拔也

● 구원하다. 도와주다. 붙잡다. [御?]

委(위): ○ 자세하다. 주밀하다. 점잖다.

[御44]雍容-- 曲也 美也

● 맡기다. 버리다. 부치다. 쌓이다. 끝. 쌓다.

[御42]末也 積也

爲(위): ○ ~이다. ~하다. ~되다. [御44]造也

● 위하여. ~ 때문에. [御39]助也 緣也

猶(유): ○ 오히려. ~같다. [御174]似也 尙也 舒遲夷夷

● 머뭇거리다. 망설이다. 원숭이의 일종.

[御172]似麂 猶豫

唯(유): ○ 오직. 다만. ~뿐. [御34]獨也

● 허락하다. 인정하다. (그런 모습). [御33]諾也

懦(유): ○ 나약하다. [御61]弱也

(연): ● 열약하다. [御112]劣弱

(나): ● 유약하다. 겁약하다. [御131]弱也

◑ 나약하다.

揉(유): ○ 순하게 하다. [御174]

● 나무를 휘다. 곧게 하다. [御172]屈木 直也

遺(유): ○ 남기다. 잃다. 잃어버리다. 더하다. 잊다. 자취.

[御34]失也 餘也 加也

● 끼치다. 주다. 먹이다. 보내다. [御34]贈也

殷(은): ○ 성하다. 많다. 무리. 크다. 맞다. 나라 이름. 성.

[御88]衆也 大也 中也 成湯國號

● 천둥소리. 융성한 모양. 당하다. [御86]雷聲砏殷

吟(음): ○ 읊다. 탄식하다. 신음하다. [御176]咏也 嘆也 呻也

● 노래하다. [御177]長咏也

應(응): ○ 당하다. 응당. 받다. 헤아리다. 성.

[御166]當也 料度之辭 姓也

● 대하다. 응답하다. 감응하다. 승낙하다.

[御161]荅也 當也 小鞞王門

◑ 당하다.

衣(의): ○ 의복. 의상. 제복. 잠옷. [御48]所以隱形

● (옷을) 입다. [御48] 服之

依(의): ○ 의지하다. 따르다. 어렴풋하다. [御48]倚也 循也

● 비유하다. [御48]譬喩

咽(인): ○ 목구멍. [御110]喉也

● 삼키다. [御111]呑也

(열): ● 목메다. [御114]聲塞哽哽

任(임): ○ 맡다. 도탑다. 당하다. 견디다. (어깨에) 메다.

[御178]堪也 擔也 保也 姓也

● 맡기다. 일임하다. 믿다. 마음대로 하다. 멋대로.

[御177]用也 克也 所負

◑ 맡다. 맡기다.

張(장): ○ 베풀다. 활을 팽팽하게 당기다. 벌리다. 자랑하다.

수량사. 그물로 새를 잡다. 성.

[御147]開也 夸也 弦弓

● 차리다. 진설하다. 스스로 큰체하다.

[御144]設也 自大

將(장): ○ 장차. 거의. 받들다. 나아가다. 돕다. 크다.

[御146]漸也 送也 卽也 領也 奉也

● 장수. 대장. 거느리다. [御143]帥也

蔣(장): ○ 줄 풀. [御146]水草菰蔣

● 성. [御143]姓也

長(장): ○ 길다. 멀다. 오래되다.

[御147]常也 永也 [御143]大也 孟也

● 우두머리. 장관. 성장하다. 자라나다.

[御144]度也 餘也 冗也 多也 尊也 養也

栽(재): ○ 심다. [御74]種也

● 담틀. [御76]築牆長板

爭(쟁): ○ 다투다. 다스리다. [御156]競也 辨也

● 논란하다. 충고하다. 간하다. [御153]諫也

沮(저): ○ 그치다. 무너지다. 물 이름.

[御51]止也 漸洳沮洳 扶風水名

● 새다. [御50]漸洳沮洳

● 무너지다. [御51]壞也

狙(저): ○ 원숭이. 노리다. 겨누다. [御51]猿屬 伺也

● 원숭이. 간사하다. [御51]玃屬 詐也

著(저): ○ 차례. 나타나다. [御53]位次 朝著 歲戊著雍

● 밝다. 글을 저술하다. [御50]明也 述也

(착): ● 입다. 신다. 붙다. 닿다. 도착하다. 두다.

[御147]被服 置也 附也 黏也 殷樽

傳(전): ○ 전하다. 주다. 펴다. 옮기다. 이르다.

[御113]轉也 授也

● 주막. 역말. 책. 경서의 설명. [御112]旅舍 驛遞 信也

塡(전): ○ 메이다. 메우다. 오래다. 안정되다. [御84]久也

(진): ● 병들다. 어루만지다. 진압하다. [御82]定也 土星

占(점): ○ 점치다. 점보다. 엿보다. 살피다. 예측하다. 물어보다.

알아보다. 조짐. 징조. 운수. 성.

[御186]視兆 問也 候也 瞻也

● 차지하다. 점유하다. 가지다. 놓이다. 속하다.
처하다. [御186]擅據 著位 口授

漸(점): ○ 번지다. 젖다. 묻다. [御186] 流入 侵染 沒也 洽也
● 점점. 차차. [御187]稍也 進也 次也

蘄(점): ○ 보리가 팬 모양. [御186]麥秀--
(삼): ● 풀이 모도록하다. 풀을 베다. [御187]芟也

正(정): ○ 정월. 정초. 과녁. 방의 볕드는 곳.
[御153]歲首 射侯 晝布
● 바르다. 옳다. 정직하다. 마땅하다. 바로잡다. 범상
하다. 관명. 바로.
[御152]平也 當也 直也 定也 長也

庭(정): ○ 뜰. 곧다. 궁중. [御159]門內 直也
● 큰 춧불. [御160]激過逕逕

汀(정): ○ 물가의 평지. [御159]水際
● 수렁. 물이 맑다. 작은 물. [御?]

齊(제): ○ 가지런하다. 재계하다. 씩씩하다.
[御66]整也 等也 太公所封
● 공손한 모양. 엄숙하다. 정제하다. [御64]恭皃--
● 화하다. 고르다. [御65]和也

提(제): ○ 이끌다. 들다. 늦추다. 바로잡다. 가지다. 북 이름.
[御64]挈也
● 끊다. 던지다. 떼 지어 나는 모양. [御64]擲也

題(제): ○ 이마. 물건의 끝. 쓰다. 제목. 품평하다.

[御65]額也 署也

● 보다. [御64]小視

操(조): ○ 잡다. 쥐다. 조종하다. [御129]把持

● 지조. 조행. 멋. 거문고 곡조. [御128]守也 琴曲

粗(조): ○ =麤. 성글다. 거칠다. 크다. [御60]不精

● 소략하다. [御55]略也

調(조): ○ 고르다. 조정하다. 조율하다. 길들이다.

[御119]和也 柔也

● 곡조. 조세. 재간. 헤아리다. 운치.

[御118]選也 賦也 樂律 音調 韻致 才調 計也

從(종): ○ ~로부터. 따르다. 좇다. 나아가다. 순하다. 종용하다.

[御28] 舒綏 從容 [御29]自也 取也 順也 許也

● 친척. 따르는 사람. 따라다니다.

[御27]隨行 僕從 侍從 同從

縱(종): ○ 세로. 세우다. [御29]直也

● 방자하다. 비록. 완화하다. 석방하다. 어지럽다.

부추기다. 권고하다. [御27]放也 雖也 緩也 亂也

中(중): ○ 안. 속. 가운데. [御24]半也 內也 成也

● 맞추다. 적중하다. [御21]當也 的也

重(중): ○ 거듭. 재차. [御29]複也

● 무겁다. 삼가다. 높이다.

[御28]不輕 愼也 厚也 [御27]再也 厚也 尊也 重之

遲(지): ○ 더디다. 느리다. [御40]久也 徐也

● 기다리다. 이에. 밝을 녘. [御38]待也

氏(지): ○ 지명. 인명. [御40]西國月氏 單于妻閼氏

(씨): ● 성씨. 성. [御36]姓之所分

振(진): ○ 들다. 무던하다. 성하다. [御83]擧也 盛皃--

● 떨치다. 진동하다. 거두다. 들다. 진휼하다. 구제하다.

[御81]奮也 收也 擧也 整也

◑ 들다.

陳(진): ○ 지명. 오래되다. 고하다.

[御83]舜后所封 告也 列也 久也 皆除

● 행열. [御82]行列

鎭(진): ○ 수자리. 편안하다. [御84]戍也 安也

● 진압하다. 누르다. 진정시키다. [御81]壓也

徵(징): ○ 왕이 부르다. 거두어들이다. 징험하다. 이루다.

모집하다. 구하다. [御167]驗也 召也 成也 明也

(치): ● 오음의 하나. 宮商角徵羽. [御37]火音

且(차): ○ 많은 모양. 공경하는 모양. 공손하다. 어조사. 인명.

[御51]語辭 多皃 芭蕉 巴且

● 이에. 지금. 응당. 장차. 또다시. 잠시. 또한. 곧.

오히려. ~일지라도. 만약. [御52]多皃 恭順

◑ 많은 모양.

差(차): ○ 차이나다. 어긋나다. 가리다.

[御136]舛也 擇也 人名楚景差

(치): ● 기이하다. 이상하다. 부족하다. 질이 낮다. 들쭉날쭉하다. 병이 낫다. [御136]異也

漸(참): ○ 고준한 산의 모양. 흘러 들어가다. 적시다. 물들이다. [御186]高峻巉嵒, 流入 侵染 沒也 洽也

(점): ● 점점. 차츰. 나아가다. 마치다. 다하다.

[御187]稍也 進也 次也

倡(창): ○ 가무. 광대. 배우. 기생. [御147] 俳優

● (노래를)부르다. 노래. 시가. 앞장서다. 선도하다. 창도하다. [御144]導也

搶(창): ○ 모으다. 찌르다. 부딪다. 막다.

[御143]集也 突也 拒也 飛掠

● 부치다. 빼앗다. [御141]著也 爭取

聽(청): ○ 듣다. 들어주다. 꾀하다. 좇다.

[御161]聆也 受也 從也

● 듣다. 꾀하다. 따르다. [御160]聆也 待也 謀也 從也

◑ 듣다.

肖(초): ○ 쇠미하다. 쇠약하다. 흩어지다. [御123]衰微

● 같다. 작다. 성. [御119]似也 小也

梢(초): ○ 나뭇가지의 끝. 나무의 꼭대기. 사물의 끄트머리. 시간의 마지막. [御125]木杪仝

● 끝이 뾰족하다. 나무의 가지나 잎을 치다. 나무가 길고 곧은 모양. 점차. 점점. [御?]

總(총): ○ 꿰매다. 상투 짜다. 미혼 성년 남자. 많은 모양. 모인 모양. [御25]縫也

● 한데 모아 묶다. 거느리다. 합하다. 다. 상투 짜다. 곡식 짚. 곡식 단. [御20]統也 皆也

湫(추): ○ 소. 연못. 서늘한 모양. 근심하는 모양. [御174]池也 隘也

(초): ● 웅덩이. [御121]隘下

衷(충): ○ 속마음. 가운데. 정성. 바르다. 속옷. 절충하다. [御24]中也 誠也 褻衣 斷其中折衷

● 절충하다. [御21]斷其中折衷

◑ 절충하다.

吹(취): ○ 불다. 악기를 불다. [御44]噓也

● 고취하다. 충동하다. [御40]鐃歌 鼓吹

治(치): ○ 다스리다. 가리다. 익히다. [御41]理也 攻也

● 다스려지다. 익히다. 치료하다. 군현의 관청 소재지. [御38]理效

◑ 다스리다. 다스려지다.

親(친): ○ 친애하다. 가까이하다. 가깝다. [御83]愛也 近也 戚也 躬也

● 사돈가. 인척지가. [御82]婚家

椹(침): ○ 도끼 바탕. 작두. [御179]木質 木跌

(심): ● =葚. 오디. [御177]桑實

沈(침): ○ 침몰하다. [御178]沒也

(심): ● 성. [御176]汁也 臺駘後所封 姓也

針(침): ○ 바늘. 침. [御178]縫具 刺病

● 바느질하다. 찌르다. [御178]刺也 縫也

稱(칭): ○ 저울. 맞다. [御167]銓也 揚也 擧也 言也

● 벌(옷 등을 헤아리는 수량사).

[御162]愜也 副也 擧也 等也 衣單複具

嘽(탄): ○ 허덕거리다. 많다. 성한 모양. 기뻐하다.

[御99]喘息 盛也 嘽嘽 喜也

(천): ● 소리가 늘어지다. [御113]緩聲

彈(탄): ○ 탄환. 쏘다. 손톱으로 퉁김. 탄핵하다.

[御99]丸射 劾也 抨也

● 퉁기다. [御99]行丸

◑ 퉁기다.

歎(탄): ○ =嘆. 탄식하다. 한탄하다. [御99]太息

● =嘆. 탄식하다. 한탄하다. [御99]太息

◑ 탄식하다.

湯(탕): ○ 더운 물. 끓는 물. 상왕의 호.

[御144]熱水 蕩也 商王號

○ 물이 흐르는 모양. [御145]水皃--

● 끓이다. 덥히다. 국물. 온천. 탕약. 사람의 이름. 성. 뜨겁다. [御141]熱沃

駘(태): ○ 말의 재갈이 벗겨지다. 재갈을 벗기다. 노둔하다. [御74]駑馬

● 피로하다. 넓고 크다. [御73]疲也

頗(파): ○ 치우치다. 비뚤어지다. [御133]不正 偏頗

● 자못. 매우. 제법. [御132]頭不正 僅可

便(편): ○ 편안하다. 안녕하다. 당연하다. 옛 현명. 성. [御114]安也 習也 宜也 辯也 足恭 便辟 深也

● 편하다. 편리하다. 치우치다. 순종하다. 곧. [御110]利也 安也 近也 卽也 深也

◑ 편하다. 편안하다.

(변): ● 소변. 대변.

編(편): ○ =篇 엮다. 책. 정리하다. 배열하다. 짜다. [御114]次簡 錄也 婦人假紒 副編

● 땋다(辮). [御110]紐也

平(평): ○ 평탄하다. 바르다. 화평하다. 다스리다. 고르다. [御154]正也 和也 坦也 均也

● 거간꾼. 벼슬 이름. 재판관. 소리. [御153]定物價 漢官廷尉平

餔(포): ○ 먹다. [御56]申時食

● 먹이다. [御56]食在口

摽(표): ○ 치다. 지휘하다. 물리치다. 칼끝. 버리다.

[御123]擊也 麾也

● 치다. 떨어지다(落). [御121]擊也 拊心

杓(표): ○ 별 이름. [御123]斗柄

● 국자. [御146]飮器 一升

標(표): ○ 표식. 상표. 기치. 표준. 준칙. 본보기. 風度.

[御123]擧也 表也 記也 木杪

● 떨어지다. [御120]木末

漂(표): ○ 뜨다. 움직이다. 흐르다. 떠돌아다니다.

[御123]浮也 流也

● 빨래하다. [御121]水中打絮

票(표): ○ 불똥. 흔들다. 가볍게 움직이는 모양. [御123]仝標

● 증거가 될 만한 쪽지. 문서에 표지하다. [御121]仝嫖

馮(풍): ○ 말이 빨리 달리다. 의지하다. 성하다.

[御23]馬行疾 依也 牆堅聲--

(빙): ○ 타다. 업신여기다. 의지하다. 배 없이 물을 건너다.

[御167]乘也 相視 依也 徒涉

(풍): ● 벼슬 이름. 성. [御?]

風(풍): ○ 바람. 이성 간의 바람. [御23]大塊 噓氣 牝牡 相誘

● 풍자하다. [御21]誦也 微刺

披(피): ○ 헤치다. 옷 입다. [御41]開也 服也

● 흩다. 찢어지다. 쪼개지다. 열어 재치다. 책 문서

등을 펴다(보다). 분석하다. [御38]開也 散也

◑ 헤치다.

荷(하): ○ 연꽃. 메다. 나라 이름. [御134]芙蕖 擔也 怨怒--

● 맡다. 담당하다. 메다. 짊어지다. 은덕을 입다.

[御132]負也 [御132]擔也 加也

◑ 메다.

汗(한): ○ 돌궐 추장의 치호. [御99]突厥酋 可汗

● 땀. 물 질펀한 모양. [御100]人液

含(함): ○ 머금다. 용납하다. 품다. [御182]銜也

● 飯含. [御181]飯含玉 哺也

伉(항): ○ 강직하고 바른 모양. 인명. [御139]剛正

● 짝. 배우자. 배필. 건장하다. 곧다. 감당해내다.

[御139]匹也 健也 直也 藏物

楷(해): ○ 나무 이름. [御68]孔子墓木

● 본. 법. 한자의 字體. [御68]模也

行(행): ○ 가다. 다니다. 걷다. 순시하다. 오행. 대열. 항렬.

[御144]列也 複姓 中行 河內山名太行 市長

● 동배. 행동. 행실. 언행. [御142]等輩 剛强 行行

獻(헌): ○ 술 두루미. [御?]

● 드리다. 어진이. [御90]進也 賢也

軒(헌): ○ 헌함. 대부의 수레. 날다. 풍채가 출중한 모양.

춤추는 모양. 만족하게 여기는 모양. [御90]大夫車

● 육회를 굵게 썰다. [御92]肉藿葉切

泫(현): ○ 물이 깊고 넓은 모양. [御117]水深淵泫

● 물이 흐르는 모양. 이슬이 반짝거리는 모양.
[御114]露光涕流

縣(현): ○ 매달다. 동떨어지다. 멀다. [御115]繫也 絶也

● 고을. [御113]五鄙

呼(호): ○ 부르다. 숨을 내쉬다. 감탄하다. [御56]出息 喚也

● 크게 부르짖다. [御56]號也

號(호): ○ 부르짖다. 크게 울다. [御130]呼也

● 호. 부르다 호령하다. 큰 소리로 꾸짖다.
[御129]敎令 名稱

渾(혼): ○ 물 흐르는 소리. 탁하다. 두루뭉술하다.
[御92]濁也 渾淪 戎名 吐谷渾

● 혼돈. 물 흐르는 모양. 두터운 모양.
[御92]濁也 混沌 厚皃--

和(화): ○ 조화하다. 어울리다. 편안하다. 부드럽다. 화해하다. 온화하다. [御134]順也 調也

● 응하다. 부화하다. 승낙하다. 남의 시나 노래에 화답하다. 조화하다. 고르다. [御132]應也 調也 徒吹

◑ 조화하다.

還(환): ○ 반환하다. 배상하다. 여전히. 오히려. 또한. 역시. 그런대로. [御104]返也 償也 復也 顧也

● 돌아가다. 길을 돌아서 가다. 돌아오다. 귀환하다.

[御104]繞也

回(회): ○ 돌아오다. 돌다. 간사하다. 어기다. 수어사.

[御72]轉也 邪也

● 두르다. 두려워서 물러나다. [御75]遶也 曲也

姁(후): ○ 화락한 모양. 아름다운 모양. [御61]美貌 姁媮

● 할머니. 노파. 즐겁다. [御60]嫗也 樂也

兇(흉): ○ 흉악하다. [御29]惡也

● 두려워하다. 소동치다. [御29]擾懼

興(흥): ○ 일어나다. 오르다. 발동하다. 흥성하다.

[御167]起也 作也 盛也

● 기뻐하다. 시경 六義의 하나. 흥취.

[御162]悅也 比也 感物而發意思 興況

嬉(희): ○ 아름답다. 희롱하다. 즐기다. 놀다. [御45]美也

● 아름다운 맵시. [御43]桀妃 妹嬉 美姿

戲(희): ○ =麾. 대장의 기. 휘하. 감탄사. 於戲. [御44]大將旗

● 희롱하다. 놀이. 연극. [御41]

〈2부〉

소사전류휘편(小辭典類彙編)

분야별시어소사전(分野別詩語小辭典)

1. 천체사시류(天體四時類)
2. 산수풍광류(山水風光類)
3. 전원가색류(田園稼穡類)
4. 궁궐왕권류(宮闕王權類)
5. 숭조가족류(崇祖家族類)
6. 학문수양류(學問修養類)
7. 과거사환류(科擧仕宦類)
8. 사교품성류(社交稟性類)
9. 빈부귀천류(貧富貴賤類)
10. 역사고사류(歷史故事類)
11. 인명지명류(人名地名類)
12. 만물명칭류(萬物名稱類)
13. 군사전쟁류(軍事戰爭類)
14. 종교신앙류(宗敎信仰類)
15. 생로병사류(生老病死類)

1. 천체사시류(天體四時類)

1) 天體(日月星辰)

巨創(거창●●) 사물이 엄청나게 큼. 큰일.

大明(대명●○) 해. 태양. 지덕이 밝고 높음.

斗南(두남●○) 북두칠성의 이남. 천하.

斗牛(두우●○) 견우성(牽牛星)과 직녀성(織女星).

列宿(렬수●●) 천상의 뭇 별. 수(宿)는 성수(星宿), 즉 별이라는 뜻임.

明夷(명이○○) 현인이 암군(暗君)을 만나 화를 입는다는 괘(卦).

白天(백천●○) 서쪽 하늘.

碧霄(벽소●○) =碧漢. =碧虛. =碧空. 푸른 하늘.

鳳曆(봉력●●) 책력(冊曆). 鳳은 천시(天時)를 잘 안다고 해서 曆자 위에 鳳자를 붙인 것임.

否泰(비태●●) 불운과 행운. 둘 다 주역(周易)의 괘 이름.

四表(사표●●) =四方. 나라의 변두리.

三靈(삼령○○) 해와 달과 별. 또는 천·지·인.

象緯(상위●●) 성상경위(星象經緯). 또는 일월(日月)과 오성(五星).

歲華(세화●○) 세월. 광음(光陰).

霄漢(소한○●) 창공. 하늘.

宿靄(숙애●●) 오랫동안 머물러 있는 구름.

五紀(오기●●) 세(歲)·월(月)·일(日)·성신(星辰)·역수(曆數), 즉 세시(歲時)를 바르게 하는 다섯 가지 천시(天時).

玉虹(옥홍●○) 해 무리. 또는 깨끗한 폭포나 물줄기, 그리고 다리 등과 같이 무지개처럼 생긴 것을 흔히 비유해서 옥홍이라고 한다.

牛頭星(우두성○○○) 견우성(牽牛星)과 남두성(南斗星)을 말함.

月宮(월궁●○) =月府. =月球. =白兎. =玉兎. =銀兎. =千里燭. =太陰. 달.

月華(월화●○) =月光. 달빛.

六合(육합●●) 천지와 사방. 천하. 세계. 우주.

日馭(일어●●) 태양.

長庚(장경○○) 별 이름. 즉 태백성(太白星). 저녁에 서쪽 하늘에 보이는 별.

井絡(정락●●) 정수(井宿)가 위치한 구역. 정수는 하늘의 별 이름. 중국 사천성의 민산(岷山)을 가리키기도 한다.

辰極(진극○●) 北斗星.

天南(천남○○) 영남(嶺南). 남방을 이르는 범칭.

天浮(천부○○) 별 이름. 성경(星經)에 이르기를; "네 천부성은 좌기의 남북열에 있고, 시각을 주재한다(四天浮星 在坐旗南北列 主漏刻)."라고 했다.

清質(청질○●) 달의 이칭(異稱).

虛無(허무○○) 허공.

虛暈(허운○●) 달무리 또는 햇무리.

虛顥(허호○●) 밝은 하늘.

渾元(혼원●○) 우주의 원기(元氣). 천지. 우주.

厚坤(후곤●○) 대지. 땅.

2) 四時(春夏秋冬)

改火(개화●●) 계절의 바뀜을 비유하는 말. 고대에 불씨를 취하는 나무를 네 계절에 따라 바꾸어 사용하던 일. 나무를 비벼 불씨를 얻던 시대에 봄에는 유류(楡柳○●), 여름엔 조행(棗杏), 늦여름엔 상자(桑柘: 산뽕나무), 가을엔 작유(柞楢), 겨울엔 괴단(槐檀)으로 바꾸어 썼다.

敲翼(고익○●) 날개 치다.

高秋(고추○○) 하늘이 높고 청명해지는 가을. 가을이 한창인 때.

槐火(괴화○●) 괴목 태우는 불. 계절마다 다른 나무를 태워 역질(疫疾)을 예방했음. 한식 청명 시절, 즉 봄에 태우는 나무는 괴목임.

九春初(구춘초●○○) =正初(○○). 정초.

窮陰(궁음○○) =窮冬. =深冬. 마지막 가는 겨울철. 음력 선달.

祁寒(기한○○) 무서운 추위. 혹한. 큰 추위.

東風(동풍○○) 동쪽에서 불어오는 바람. 즉 봄바람.

綠房(록방●○) 꽃의 떡잎.(개화 전의 떡잎은 녹색임.)

綠雲(록운●○) 여자의 윤기 나는 검은 머리카락. 또는 젊은 여자.

綠莎(록사●○) =綠茵(녹인●○). 푸른 잔디. 푸른 풀밭.

綠扇(록선●○) =綠滋(녹자●○). 초목의 푸른 잎사귀.

綠蘚(록선●●) 이끼.

綠暗紅稀(록암홍희●●○○) 녹음이 우거지고 붉은 꽃이 시드는 늦봄의 정경. 綠葉成陰(蔭).

晩香(만향●○) 늦은 계절의 향기. 즉 국화의 향기 또는 국화를 의미한다. 이른 계절의 향기는 매화를 말하고, 늦은 계절의 향기라고 했으니, 이는 정녕 국화를 의미한다. 宋 韓琦 〈九日水閣〉: "隨慚老圃秋容淡, 且看寒花晩節香."

發色(발색●●) 색채를 드러냄. 꽃망울이 터짐. 꽃망울을 터트림.

蓓蕾(배뢰●●) =蕾蕊(●●). 破蕾(●●): 꽃봉오리. 꽃봉오리가 피어나다.

白藏(백장●○) 가을의 이칭.

碧落(벽락●●) 도가(道家)에서 말하는 동방 제1의 하늘, 즉 신선세계를 말한다.

社日(사일●●) 춘분(春分)에서 가장 가까운 무일(戊日). 이날 그해의 농사가 잘 되라고 사직단에 제사를 지낸다.

三農(삼농○○) 봄, 여름, 가을의 세 농사철.

三陽(삼양○○) ①주역의 괘를 이루는 세 개의 양효(陽爻), 곧 건괘(乾卦). ②음력 11월 동지에 처음으로 양이 생기고, 두 번째로 12월에 양이 생기고, 이듬해 정월에 세 번째로 양이 생긴다는 뜻에서 11월 12월 1월의 석 달을 이르는 말. ③세 번째로 양이 생긴다는 뜻에서 음력 정월이나 봄철을 이르는 말. “三陽肇歲, 萬物同春.”

韶光(소광○○) 봄의 화사한 경치.

素律(소률●●) 가을. 가을철.

小秋(소추●○) =碧樹秋. =五月秋. 초가을. 또는 봄에 작물이 익는 것, 가을에 익는 것은 대추(大秋)라 함. 唐 元稹 〈競舟詩〉: “年年四五月, 璽實麥小秋.”

素秋(소추●○) ①가을. 가을철. 唐 杜甫 〈秋興詩 6〉: “瞿塘峽口曲江頭, 萬里風烟接素秋.” ②노쇠함. 늘그막을 비유하는 말.

樹稼(수가●●) =樹卦(掛). =樹介. =樹氷. 木稼(●●). 霧淞(●○). 나무나 풀에 내려 눈같이 된 서리.

肅殺(숙살●●) 매섭고 살벌한 모양. 만추(晚秋) 초동(初冬)의 기운과 풍경을 형용하는 말.

始夏(시하●●) 4월의 이칭.

深秋(심추○○) 늦가을. 唐 杜甫 〈題宣州開元寺水閣詩〉: "深秋簾幕千家雨, 落日樓臺一笛風."

雙淸(쌍청○○) ①생각과 행실이 다 맑음. ②초여름.

亞歲(아세●●) 봄철에 바짝 다가선 날, 즉 동지(冬至).

鶯時(앵시○○) 꽃 피고 새 우는 좋은 시절.

炎涼(염량○○) 덥고 추운 것. 세월.

玉屑(옥설●●) 눈가루에 비유하는 말.

玉塵(옥진●○) 아름다운 티끌, 즉 내린 눈.

溫坑(온갱○○) 온돌.

畏月(외월●●) 음력 4월의 이칭.

料峭(요초●●) 봄바람이 찬 모양.

雲霧(운무○●) 구름과 안개.

雲煙(운연○○) 구름과 연기.

鬱蒸(울증●○) =울오(鬱燠). 찌는 듯한 무더위.

殘雪(잔설○●) 아직 녹지 않고 남아 있는 눈. 唐 杜審言 〈大酺詩〉: "梅花落處疑殘雪, 柳葉開時任好風."

鳥語花香(조어화향●●○○) 새 울고 꽃이 피다. 즉 봄 풍경을 말함.

朱明(주명○○) 여름의 이칭.

仲呂(중려●●) 음력 4월의 이칭. 음악 12율 중 음(陰)에 속하는 가락. 중품(中品).

天波(천파○○) 높고 먼 하늘.

青穹(청궁○○) 푸른 하늘. 창공.

淸穹(청궁○○) 넓고 맑은 하늘.

淸商(청상○○) 가을바람.

青陽(청양○○) 봄의 이칭.

淸晶(청정○○) 맑고 깨끗함.

寸晷(촌귀●●) 해 그림자. 아주 짧은 일단의 시간. 반짝 지나가는 시간.

秋香(추향○○) 가을의 향기, 즉 국화 향기.

春白地(춘백지○●●) 봄날 아직도 밭갈이를 하지 않고 쉬고 있는 땅.

春暉(춘휘○○) =春光. 봄날의 햇볕. 봄빛. 부모의 은혜에 비유해서 하는 말.

婆娑(파사○○) 초목의 잎이 떨어지고 가지가 성긴 모양. 몸이 가냘픈 모양.

風雲(풍운○○) 바람이 불고 구름이 일어남. 천문과 천체의 현상을 이르는 말.

玄律(현률○●) =현영(玄英). 겨울의 이칭.

玄陰(현음○○) ①겨울철의 지극히 성한 음기. ②달의 이칭.

嘒唳(혜려●●) 매미 우는 소리.

冱寒(호한●○) =혹한(酷寒). 심한 추위로 물체가 위축되는 것.

쩍쩍 얼어붙는 심한 추위.

火落(화락●●) 더위가 지나고 초가을이 오는 모습. 초가을. 唐 李白 〈酬張卿夜宿南陵見贈〉 詩: "當君相思夜, 火落金風高."

化先(화선●○) =初春. 이른 봄.

火正(화정●●) 중하(仲夏)를 이름. 옛날에는 금, 목, 수, 화, 토의 오행을 사시에 배합하였는데, 火(열기)는 여름에 성했기 때문에 중하를 화정이라 불렀음.

橫秋(횡추○○) 가을빛 충만한 하늘. 완연한 가을 하늘.

掀舞(흔무○●) 날개 치며 올라가다.

3) 晝夜時刻

甲夜(갑야●●) =一更. 밤을 5등분한 첫째 시간. (⇒乙夜 丙夜…. 二更 三更…. 一夜 二夜…)

竟夕(경석●●) =終夜. 밤새도록.

更籌(경주○○) 예전에 시각을 알리는 데 쓰던 물건. 이를테면 북·바라(ㄱ斗) 따위.

氣(기●) =절(節)=삼후(三候) 15일간, 즉 보름.

旣望(기망●●) 음력 16일.

旣生魄(기생백●○●) 음력 17일.

年(년○) =1기(期)=24기(氣)=24절(節)=72후(候). 365日.

登時(등시○○) =登時間. 당장. 즉시. 당시. 그때.

晩晴(만청●○) 저녁 무렵의 게인 날씨 또는 그때의 하늘.

暝色(명색●●) 해질 녘. 날이 어두워질 무렵. 唐 杜甫 〈光祿坂行〉: "樹枝有鳥亂鳴時, 暝色無人獨歸客."

無日(무일○●) 며칠 안에. 머지않아. 하루도 빠짐없이. 매일.

朏(비●) =재생명(哉生明). 음력 초 3일.

朏朒(비육●●) 음력 초순 때의 달의 모양. 초사흘 달. 음력 초삼일. 달의 기울고 차는 것.

斜暉(사휘○○) 석양 빛.

朔望(삭망●○ ●●) 음력 초하루와 보름.

上弦(상현●○) 8일 이전. 하현은 23일 이후.

歲晏(세안●●) =세만(歲晩). =세모(歲暮). 연말.

宵分(소분○○) =宵中(○○). =宵半(○●). =宵煙(○○). 밤. 밤중.

旬(순○) 10일간.

崇朝(숭조○○) 새벽에서 조반(朝飯) 때까지의 사이.

勝日(승일●●) 좋은 날.

陽生日(양생일○○●) 양기(陽氣)가 처음으로 생기는 날, 즉 동짓날.

烏欒(오란○○) 烏는 색이 검거나 또는 없다는 뜻이고, 欒은 둥근 것이니 이는 달이 없는 때, 즉 그믐을 이르는 말이다.

五夜(오야●●) 즉 오경(五更). 밤을 5등분한 마지막 시각. 오전 3시에서 5시 사이.

月(월●) = 이기(二氣): 30일간.

月晦(월회●●) = 月杪(●●) (月初). = 月末(●●). = 月尾(●●). 음력 그믐날.

伊昔(이석○●) 종전. 이전. 옛날. 여기서 伊는 유(惟)와 같은 발어사.

一伏(일복●●) 1주야. 즉 하루.

荏苒(임염●●) 세월이 덧없이 흐름에 비유하는 말.

哉生魄(재생백○○●) = 기망(旣望). 음력 16일.

終古(종고○●) 언제든지. 영구히. 영원히. 항상. 평상.

執徐(집서●○) 12간지(干支) 중에서 진년(辰年).

初吉(초길○●) = 朔日(삭일). 음력 초하루. 또는 한 달을 4등분하여 삭일에서 상현(上弦)의 날까지를 일컬음.

平昔(평석○●) 예부터. 이전부터. 일상. 항상.

下弦(하현●○) 23일 이후. 상현(上弦)은 8일 이전.

晦日(회일●●) 그믐날.

候(후●) =한(澣). = 완(浣): 5일간.

2. 산수풍광류(山水風光類)

閣道(각도●●) =잔도(棧道). 험한 벼랑에 나무로 선반처럼 내달아 만든 길.

感時(감시●○) 계절의 변천이나 시세(時勢)의 변화에 감회를 느낌.

江干(강간○○) 강변. 강안(江岸).

江介(강개○●) 강에 연한 일대의 지역.

輕舸(경가○●) 작은 배. 가벼운 배. 쾌선(快船).

瓊樓(경루○○) 화려한 누대. 눈 덮인 루.

瓊林(경림○○) =瓊樹. 옥과 같이 아름다운 나무. 인품이 고상한 사람을 비유하는 말.

瓊峯(경봉○○) =石峯. 바위로 이루어진 산봉우리.

景炎(경염●○) 해. 태양. 크게 밝은 것.

景澄(경징●○) 경치가 맑고 깨끗함.

景風(경풍●○) 상서롭고 온화한 바람.

翱翔(고상○○) 새가 높이 나는 모양. 같이 오가는 모양. 뜻을 얻은 모양. 방황함. 멀리 가버림.

汨沒(골몰●●) 물에 가라앉음. 오직 한 가지 일에만 정신을 쏟음. 부침(浮沈). 시세에 따라 변해가는 일. 물과 파도의 소리.

空濛(공몽○○) 어슴푸레하다. 희미하다. 아득하다.

空翠(공취○●) 높은 나무나 먼 산의 푸른 빛.

噭哭(교곡●●) 슬피 울다. 소리 내어 울다.

溝澮(구회○●) 논밭 사이로 나 있는 물길, 즉 도랑. 스스로의 시문 따위를 도랑물에 빗대어 낮추어서 말하기도 한다.

穹蒼(궁창○○) 창공(蒼空). 하늘.

巋然(규연○○) = 巍然(외연). 높고 크고 견고한 모양.

極目(극목●●) 시력이 닿는 끝. 시야에 닿는 모든 것. 極目傷神(눈에 닿는 모든 것이 다 내 마음을 상하게 한다.)

屐聲(극성●○) 나막신 소리. 사람이 찾아오는 소리.

金波(금파○○) 달빛. 달그림자. 달빛에 비쳐서 금빛 나는 물결. 곡식이 누렇게 익은 들판.

獨往(독왕●●) 속세를 벗어나서 혼자 가다. 아무런 구속도 받지 않고 홀로 산림에 은거하다.

落景(락경●●) 석양.

爛漫(란만●●) 꽃이 만발하여 한창 무르녹은 모양. 화려한 광채가 흐르는 모양. 빛나 번쩍이는 모양.

良天(량천○○) 아름다운 시절. 좋은 날. 좋은 시절.

連嶽(련악○●) = 滿山. 연이은 모든 산악.

連天(련천○○) 온 하늘에 가득함. 하늘가에 맞닿아 있음. 여러 날을 계속함. 끊임없이 이어짐.

綠扇(록선●●) =綠葉. 푸른 잎사귀.

磊落(뢰락●●) 마음이 활달하여 조그마한 일에는 구애받지 않는 모양. 또는 수가 많은 모양.

廖廓(료곽●●) =요곽(寥廓). 높고 멀고 넓음. 하늘.

留連(류련○○) 경치 등 좋은 환경에 취해서 돌아가는 것조차 잊어버림.

嶙峋(린순○○) 산의 낭떠러지가 몹시 깊은 모양. 산의 층이 위엄 있게 솟아오른 모양.

淋漓(림리○○) 물이나 비에 옷 등이 흠뻑 젖다.

萬籟(만뢰●●) 온갖 소리. 만 가지 소리. 萬籟俱寂(-구적●●): 아무 소리도 안 들림.

漫有(만유●●) 많이 있다. 널려 있다.

漫天(만천●○) =滿天. 하늘 가득히. 하늘에 가득하다.

鳴沙路(명사로○○●) 바람에 모래 날리는 소리가 들리는 길.

鳴雨(명우○●) 소리를 내면서 세차게 내리는 큰 비.

暮景(모경●●) =落照. 석양.

木道(목도●●) 다리처럼 나무를 사용해서 만든 길. 뱃길을 말하기도 한다.

杳冥(묘명●○) 깊고 아득하여 어두움. 아득히 먼 모양.

攀躋(반제○○) =躋攀. 붙잡고 기어오르다.

發色(발색●●) 색채를 드러내다. 곧 꽃망울이 터짐을 이름.

滂沱(방타○○) 큰 비가 내리는 모양.

白空(백공●○) 맑게 개인 하늘. 하늘.

白龍(백룡●○) 세차게 쏟아지는 폭포수.

繁翳(번예○○) 짙은 녹음.

僻介(벽개●●) =僻界(●●)=僻處(●●). 僻縣(●●). 궁벽한 곳. 그런 곳에 고립되어 있음.

碧宇(벽우●●) 푸른 하늘.

碧虛(벽허●○) =碧宇. 푸른 하늘.

步徑(보경●●) 걸어서 겨우 갈 수 있는 좁은 길.

蓬蓽(봉필○●) 가난한 사람의 집. 자기 집을 낮추어 하는 말. 蓬戶와 蓽門.

蓬蒿(봉호○○) 쑥과 다북쑥. 쑥밭. 또는 범칭해서 풀이 무성한 풀밭.

伏卵(부란●●) 조류(鳥類)가 알을 품다.

鳧藻(부조○●) 물오리가 물을 만난 것처럼 아주 좋아함.

不爨(불찬●●) 불을 때서 밥을 짓지 않음. 찬은 밥을 짓는다. 또는 아궁이 부뚜막이란 뜻.

沙尾(사미○●) 모래톱. 모래밭의 가장자리.

沙際(사제○●) 모래톱 가. 즉 강변 둔덕. 봄이 오면 맨 먼저 강가 둔덕이 봄풀로 파릇해진다.

斜暉(사휘○○) 석양 빛.

索居(삭거●○) 홀로 쓸쓸히 거처함.

三時(삼시○○) =三農(○○). 봄, 여름, 가을, 농사를 짓는 봄, 여름, 가을의 3계절.

桑楡(상유○○) 뽕나무와 느릅나무. 즉 해가 이 나뭇가지에 걸려 있는 때, 즉 저녁 무렵을 말함.

夕霏(석비●○) 저녁의 자욱한 안개.

雪練(설련●●) 새하얀 비단. 맑고 깨끗한 물줄기.

雪稜(설릉●○) 눈 쌓인 산마루.

雪煩(설번●○) 근심 걱정을 깨끗이 씻어냄.

蕭森(소삼○○) 쓸쓸하고 적막한 모양.

騷屑(소설○●) 바람이 시원스럽게 부는 모양. 살랑살랑 부는 바람 소리. "風騷屑而搖木"-楚辭

蕭疎(소소○○) 쓸쓸하고 적막한 모양.

蕭灑(소쇄○●) 말쑥하고 깨끗한 모양.

翛然(소연○○) 빠른 모양. 날개 치는 소리.

嘯傲(소오●●) 구속이 없고 자유로운 것. 인간세계나 어떤 일에서 초월한 모양. 嘯傲東籬下.

灑落(쇄락●●) ①기분이 상쾌하고 시원함. ②뚝 떨어짐.

衰颯(쇠삽○●) ①쇠락해서 쓸쓸함. ②노쇠(老衰)함.

俶裝(숙장●○) 행장(行裝)을 정리하다.

膝行(슬행●○) 무릎으로 걷다. 기다.

昇眺(승조○●) 높은 곳에 올라 멀리 바라봄.

神皐(신고○○) 신이 내린 토지. 신성한 토지. 神皐福地(○○●●): 신이 내린 복된 땅.

尋芳(심방○○) =尋花. =尋香. 꽃을 찾다. 꽃을 찾아가다. 화류계(花柳界)를 찾다. 尋花問柳.

岸壁(안벽●●) 강가의 낭떠러지. 강가의 절벽.

軋鴉(알아●○) 노를 저을 때 삐걱거리는 소리.

夜影(야영●●) 밤의 그림자. 밤의 풍경.

夜靜(야정●●) 밤의 정적.

偃蓋(언개●●) 가로 눕다. 가로 뻗다. "天陵偃蓋之松, 大谷倒生之柏." - 抱朴子

烟莎(연사○○) 안개 낀 향부자(香附子). 향부자는 강가 모래밭에 많이 나는 약초 이름.

煙樹(연수○●) 아지랑이.

煙霞(연하○○) 봄 안개. 뽀얗게 피어오르는 안개. 고요한 산수의 경치.

縈回(영회○○) =縈廻. 둘러싸다. 얽히어 돌아가다.

玉露(옥로●●) 옥 같이 맑은 이슬. "玉露凋傷楓樹林." - 杜甫.

玉樹(옥수●●) 아름다운 나무. 또는 재능이 뛰어난 사람. 남의 자식에 대한 존칭 내지는 애칭.

玉海(옥해●●) 얼음과 눈으로 뒤덮인 땅을 비유해서 하는 말.

瑤海(요해○●) 달 밝은 밤하늘의 미칭(美稱).

雲山(운산○○) 구름 덮인 높고 먼 산. 구름처럼 보이는 먼 산.

雲霞(운하○○) 아름다운 노을. 온갖 꽃을 비유하는 말. 꽃구름처럼 곱고 아름다운 무늬.

逶迤(위이○○) 비틀거리며 가는 모양.

威遲(위지○○) 구불구불 이어진 모양.

悠揚(유양○○) 멀고 긴 모양.

幽陰(유음○○) 짙은 그늘.

紫翠(자취●●) 자줏빛과 푸른색. 산의 경치를 형용하는 말.

崢嶸(쟁영○○) 산이 높고 가파른 모양.

絶地(절지●●) 멀리 떨어져 있는 곳.

躋攀(제반○○) =攀躋. 기어오르다. 붙잡고 오르다.

地北天南(지북천남●●○○) 남북으로 떨어진 거리가 매우 멀다는 뜻.

地肺(지폐●●) 부도(浮島), 즉 뜬 섬을 말한다. 들판에 물이 고이면 군데군데 섬처럼 떠오르는 모양을 가리키는 말.

趲程(찬정●○) 여행을 바쁘게 함. 여행을 급하게 함. 趲은 흩어져 달아난다는 뜻.

蒼茫(창망○●) =滄茫. 넓고 넓어서 아득하다. 망망하다. 蒼茫大地 蒼茫大海

彩雲(채운●○) 영롱한 색깔의 구름. 여기서는 색 구름무늬의 종이, 즉 편지지.

尺波(척파●○) 한 자 밖에 안 되는 물결. 즉 짧은 길이.

嵽嵲(체얼●● 절얼●●) 산 높을. 높고 험한 산.

岧嶢(초요○○) 산의 높은 모양을 일컫는 말.

翠微(취미●○) 산중의 초록색 아지랑이. 산정에서 조금 내려온 곳. 산의 8부 정도의 능선.

翠羽(취우●●) 푸른 나뭇잎.

層陰(층음○○) 자욱하게 낀 짙은 구름. 층층으로 겹친 구름.

匍匐(포복○●) 땅에 배를 대고 엉금엉금 김. 넘어져서 굴러감. 힘을 다하여 서두르는 모양.

浦沙(포사●○) 포구와 모래톱.

漂梗(표경○●) 물결에 이리저리 떠다니는 나무 인형. 방랑자를 형용하기도 함.

縹渺(표묘●●) =縹緲. 멀리 희미하게 보이는 모양. 광활한 모양. 아득한 모양. 높고 먼 모양.

縹緲(표묘●●) 아득히 넓은 모양. 높고 먼 모양.

風煙(풍연○○) 바람과 연기(또는 먼지). 경치 풍광. 어지러운 속세. 세속.

霞文(하문○○) 오색찬란한 구름.

霞纓(하영○○) =霞繞(○●). =霞聳(○●). 안개(구름)가 휘감아 오름.

霞彩(하채○●) 오색찬란한 노을.

霞片(하편○●) 조각구름.

霞披(하피○●) 노을이 흩어짐.

閒良(한량○○) 조용하고 아름다움.

閒豔(한염○●) =閒艶. 얌전하고 아름다움.

海涘(해사●●) 바닷가.

虛極(허극○●) =虛象(○●). 하늘(끝).

虛堂(허당○○) 높은 집.

虛落(허락○●) =虛里(○●). =虛邑(○●). 촌락. 마을.

虛籟(허뢰○●) 바람. 아무 소리 없이 고요함.

虛碧(허벽○●) 맑고 푸름. 푸른 하늘.

虛土(허토○●) 황무지. 부드러운 흙.

惠風(혜풍●○) 온화한 바람 또는 따스한 바람. 은애(恩愛)나 어진 정치를 비유하는 말.

湖海(호해○●) 호수와 바다. 또는 강호(江湖). 초야(草野).

黃落(황락○●) 초목 잎이 누렇게 단풍이 들어 떨어짐.

後崿(후악●●) 뒷산에 있는 낭떠러지. 벼랑.

3. 전원가색류(田園稼穡類)

稼穡(가색●●) 곡식을 심고 거두는 일. 또는 농작물.

家殷人足(가은인족○○○●) 집집마다 부유하고, 사람마다 풍족함.

吉閑(길한●○) 즐겁게 보내는 한가로움.

登樓(등루○○) 고향 생각을 하다.

老圃(로포●●) 오래도록 농사를 지어온 사람. 직업 농민.

流冗(류용○●) 정처 없이 떠돌아다니다. 또는 그런 사람. 流冗道路.

麥氣(맥기●●) 보리가 익을 때 나는 향기.

麥浪(맥랑●●) 보리가 물결치듯 바람에 흔들리는 모양.

麥隴(맥롱●○) =麥畦(●○). 보리밭.

麥芒(맥망●○) =麥鬚(●○). 보리 까끄라기.

甿庶(맹서○●) 농사짓는 백성.

甿隷(맹예○●) =氓隷(맹예). 천한 백성. 상민.

白間(백간●○) 창(窓).

卜居(복거●○) 거처를 정함. 살 집을 정함.

卜宅(복택●●) 살 집을 정하다.

徙倚(사의●●) 왔다 갔다 하다. 서성거리다. 배회하다.

社日(사일●●) 춘분(春分)에서 가장 가까운 무일(戊日). 이날 그 해의 농사가 잘 되라고 사직에 제사를 올린다.

三農(삼농○○) 평지(平地) 산지(山地) 수택(水澤) 지역에 사는 농민. 또는 봄, 여름, 가을 세 농사철.

徜徉(상양○○) 逍遙. 노닐다. 목적 없이 왔다 갔다 함.

桑梓(상재○●) = 桑里. 고향.

桑鄕(상향○○) 대대로 살아온 고향 마을.

篠驂(소참●○) = 竹馬. 대나무로 만든 장난감 말.

殊方(수방○○) 이방(異方). 타향.

秧針(앙침○○) 볏모, 즉 앙묘(秧苗).

遠情(원정●○) 깊은 정.

自如(자여●○) = 自若. 구속받지 않는 모양.

自饒(자요●○) 스스로 만족해하며 살아감.

棧樓(잔루●○) 여관. 주막집.

杖藜(장려●○) 청려장을 짚다. 또는 그 사람.

裝槖(장탁○●) 행장 도구. 전대. 자루.

早出鄕(조출향●●○) 아침 일찍 농장으로 나가는 부지런한 마을.

滌蕩(척탕●●) 더러움을 씻어 없애다.

天涯(천애○○) 하늘 끝. 하늘의 가장자리. 무한히 먼 곳을 비유하는 말.

青黃不接(청황부접○○●●) 햇곡식은 아직 익지 않아 푸르고, 가을의 익은 누런 곡물은 아직 수확의 계절이 아니라 그 사이 양식이 떨어져 기근을 면치 못하는 상황. 즉 보릿고개.

迢遞(초체○○) =迢遰. =迢遙. 먼 모양. 아득한 모양. 높은 모양.

芻豢(추환○●) 기르다. 가축을 기르다. 치다.

版築(판축●●) ①담을 쌓아올리는 도구. 담틀과 흙을 다지는 공이. ②성을 쌓아올리는 공사. 건축공사.

披衣(피의○○) 옷을 걸치다. 즉 옷을 단정하게 차려입지 않는다. 구애받지 않고 자유분방하게 살아감을 뜻한다.

疲薾(피이○●) 지치다. 고달프다. 피로하다.

遐荒(하황○○) 멀고 외진 곳. 멀고 황량한 곳. 서울에서 멀리 떨어진 미개인이 사는 곳.

虛衿(허금○○) =虛心. =虛懷. 비운 마음. 마음을 비우다.

虛籟(허뢰○●) =천뢰(天籟). 바람 소리. 《장자(莊子)》〈제물론(齊物論)〉에 천뢰(天籟), 지뢰(地籟), 인뢰(人籟) 설이 있는데, 천뢰는 바람 소리, 지뢰는 물소리, 인뢰는 생우(笙竽, 생황과 피리) 소리이다.

虛所(허소○●) =虛市(○●): 시골 장. 시장.

虛齋(허재○○) 조용한 집. 한적한 집.

軒眉(헌미○○) 눈썹을 올리다. 마음이 편안해서 눈썹을 펴다.

荊扉(형비○○) 가시나무로 만든 사립문. 매우 구차한 살림살이를 비유하는 말.

形役(형역○●) 육체를 따라 마음에도 없는 노역(勞役)을 하다. 몸에 얽매여 부림을 당하다.

壺漿(호장○○) 병에 담은 음료. 주로 술을 가리킴.

還山(환산○○) =致仕. 관직에서 물러나 은퇴하다.

驩謔(환학○●) 즐겁게 농담하다.

滑蓴(활순●○) 수련과(睡蓮科)에 속하는 다년생 풀. 차의 재료로 쓰인다. 단에 제사를 지내다.

囂嚾(효훤○○) 시끄럽게 떠들다. 지껄이다.

4. 궁궐왕권류(宮闕王權類)

京華(경화○○) 서울.

觚稜(고릉○○) 궁궐 지붕의 모진 곳, 모서리. 또는 궁궐을 가리키기도 한다.

公除(공제○○) 왕 또는 왕비가 죽은 뒤에 일반 공무를 중지하고 36일 동안 조의를 표하며 지내는 일.

宮花(궁화○○) =어사화(御賜花). 임금이 하사하는 꽃. 임금은 문무과에 급제한 사람에게 종이로 만든 꽃을 하사하였음.

金城(금성○○) 즉 대궐.

金雁(금안○●) ①금색 기러기. ②금으로 주조한 기러기. 제왕의 부장물. ③쟁주(箏株). 악기.

多門(다문○○) 정령(政令)이 왕으로부터 나오지 않고, 권력을 잡은 여기저기의 권신들로부터 나온다는 말. 즉 정치가 어지럽다는 뜻임.

丹居(단거○○) 궁전.

丹鳳(단봉○●) 임금의 말씀. 또는 궁궐(宮闕).

大庭(대정●○) ＝대정(大廷). 조정(朝廷)을 말한다.

彤闈(동위○○) ＝宮殿. 예로부터 궁전을 붉게 칠하였음으로 이렇게 부른다.

得信民(득신민●●○) 자신을 믿어주는 백성. 《論語 顔淵篇》: "子貢問政, 子曰 足食 足兵 民信之矣."라고 답하면서 공자는 이 세 가지 중에서 백성으로부터 신임을 얻는 것을 정치의 가장 중요한 요건이라 말하였다.

龍庭(룡정○○) ＝朝廷. 조정.

萬井(만정●●) 고대에는 사방 1리(里)를 일정(一井)이라 하였다. 만정(萬井)은 천가만호(千家萬戶)의 큰 동네, 즉 큰 도시를 뜻한다.

明堂(명당○○) 임금이 정치에 대해서 묻거나 또는 나라의 제사를 지내던 정전(正殿). 국가 사직 조정 등과 유사한 말. 썩 좋은 장소나 지위에 비유해서 하는 말.

無將(무장○○) ＝無狀. 업적이 없음. 성적이 불양함. 군왕이나 사직에 대해서 공헌이 없음.

扶定(부정○●) 위태로운 것을 부축하고 쓰러지는 것을 바로 세움. 扶危定傾(○○●○)의 준말.

殯殿(빈전●●) 발인 때까지 왕이나 왕비의 관을 임시로 두던 곳.

嗣君(사군●○) 대를 이어 임금이 될 사람.

使星(사성●○) 임금의 사자(使者).

上林(상림●○) 창덕궁(昌德宮) 요금문(耀金門) 밖에 있는 어원(御苑). 서원(西苑).

聖靈(성령●○) 옛 성현들의 영혼. 또는 이미 서거한 군왕의 영혼.

聖渥(성악●●) 임금의 은택.

簫韶(소소○○) 순임금이 만들었다는 악곡 이름.

首善(수선●●) 중심이 되는 중요한 곳. 즉 서울을 이름.

順明(순명●○) 현명한 자에게 순종함.

信使(신사●●) 서신을 가지고 심부름하는 사람.

宸聰(신총○○) 임금의 귀. 임금의 청취(聽取).

玉階(옥계●○) 대궐 또는 궁궐 안의 섬돌.

玉馬(옥마●●) 어진 신하.

玉殿(옥전●●) 옥으로 장식한 궁전. 아름다운 전각(殿閣). 옥루(玉樓).

玉墀(옥지●○) 옥석을 깔아놓은 마당. 궁전 또는 조정을 가리키는 말.

王者無外(왕자무외○●○●) 왕도(王道)로써 천하를 다스리는 왕자에게는 안팎의 구분이 없다는 뜻.

虞廷(우정○○) 중국 고대 하(夏)나라의 조정.

雲衢(운구○○) ①구름 속으로 난 길. ②조정. 높은 직위.

雲章(운장○○) 군왕의 어서(御書) 필적(筆跡).

魏闕(위궐●●) 높고 큰 문. 궁성의 정문으로 법령 같은 것을 게시하던 곳. 조정을 비유해서 일컫는 말.

兪音(유음○○) 신하가 아뢰는 말에 대한 임금이 내리는 대답.

珥筆(이필●●) 기록에 대비, 특히 임금의 지시사항을 받아 적기 위하여 항상 귀 옆 모자에 꽂고 다니는 붓. 또는 그 붓으로 받아 적음.

鯷岑(제잠○○) 우리나라 백성. 한국의 이칭.

朝夕(조석○●) 임금이 아침저녁으로 정사를 처리함을 이르는 말.

兆姓(조성●●) 만백성.

朝議(조의○●) 조정에서 정사를 의론함.

朝宗(조종○○) 제후(諸侯)가 봄 여름으로 천자(天子)를 뵙는 일. 또는 강하(江河)가 바다로 흘러들어가는 것을 비유하기도 한다.

中官(중관○○) 내시부(內侍府) 관원의 총칭. 내시.

芝綍(지발○●) 임금의 조칙(詔勅).

軫念(진념●●) 임금의 마음. 임금의 생각. 임금의 마음을 상하게 하다. 귀한 사람이 아래 사람의 형편을 살펴주다.

進御(진어●●) 임금의 먹고 입는 일을 높여서 하는 말.

戚畹(척완 척원●●) =戚里. 한대(漢代) 황제의 내척 외척들이 살던 곳. 외척.

天京(천경○●) 천자의 수도, 즉 명나라의 서울 연경(燕京). 지금의 북경을 말함.

天步(천보○●) 국운(國運). 나라의 운명.

天邑(천읍○●) 임금의 도읍지.

天廚(천주○○) 임금에게 제공할 음식을 만드는 주방.

淸都(청도○○) 황도(皇都). 천제(天帝)의 궁궐.

靑羊(청양○○) 궁전 이름. 청양지변(靑羊之變: 궁중에서 일어난 변란).

寵命(총명●●) =恩命. 임금이 남달리 사랑하여 내리는 명령.

忠藎(충신○●) =충성(忠誠).

致君(치군●○) 임금을 잘 보좌하여 요순(堯舜) 같은 성군에 이르게 하는 것.

太社(태사●●) 왕이 천하를 위하여 제사 지내는 사(社).

播遷(파천●○) 임금이 본궁을 떠나 난을 피함.

貝闕(패궐●●) =궁궐(宮闕). 자주색 조개로 장식한 궁궐. 화려한 궁궐을 일컫는 말.

廢徙(폐사●●) 폐위하여 거주지를 옮김.

楓禁(풍금○●) =풍신(楓宸). =궁중(宮中). =금중(禁中). 임금이 거처하는 궁전을 가리킴. 한나라의 궁성에는 단풍나무를 많이 심었기 때문에 이런 이름이 붙었다고 함.

拂士(필사●●) =弼士. 임금을 정도(正道)로 보필하는 현사(賢士).

虛國(허국○●) 방비가 없는 나라. 임금이 없는 나라. 나라를 비움.

獻替(헌체●●) 임금을 도와주다. 선(善)을 취하고 악(惡)을 버림. 獻은 進, 替는 廢의 뜻.

皇堂(황당○○) 천자의 능실(陵室). 황제의 묘.

黃麻(황마) 우리나라 남부지방에서 나는 삼의 일종. 조서(詔書). 조서를 황마로 만든 종이에 썼기 때문이다.

黃門(황문○○) 환관.

迴盪(회탕○●) 소용돌이치며 일렁임.

5. 숭조가족류(崇祖家族類)

家山(가산○○) 고향. 또는 한 집안의 묘지.

家書(가서○○) 집에서 온 편지.

家烈(가열○●) 선조의 공업(功業).

幹蠱(간고●●) 일을 하다. 부모의 실패를 아들이 만회하는 것. 과실이 있는 사람의 아들 중에 뛰어난 사람. 일을 맡아 처리함. 幹父之蠱.

簡牘(간독●●) =서장(書狀). =간찰(簡札). 옛날 종이 대신 글을 쓰던 대쪽과 나무쪽. 편지.

看山(간산●○) 묏자리를 얻으려고 산을 살펴보다. 또는 성묘하다.

介眉(개미●○) 축수(祝壽)하다.

介福人(개복인●●○) 큰 복을 비는 사람.

巾舃(건석○●) 두건과 신발. 巾舃之託: 墓所. 幽宅.

繾綣之情(견권지정●●○○) 마음 깊이 서리어 잊지 못하는(잊어지지 않는) 정의.

結褵(결리●○) 시집 갈 때 어머니가 帨巾(세건: 차는 수건, 앞치마

따위)을 띠에 매어주는 일. 즉 시집가다. 결혼.

鏡鸞(경란●○) ①헤어진 남편과 아내. ②거울.

繼年(계년●○) 여자가 비녀를 꽂는 나이. 즉 혼기(婚期).

笄年(계년○○) =繼年. 여자가 비녀를 꽂는 나이. 성년(成年) 15세.

顧復(고복●●) 부모가 자식을 양육함.

顧懷(고회●○) 염려하고 그리워함.

悃愊(곤핍 곤복●●) 진실하고 정성스러움.

工容言德(공용언덕○○○●) 지난날 부인들이 지켜야 했던 네 가지 덕목(德目). 즉 부덕(婦德), 부언(婦言), 부용(婦容), 부공(婦功). 부덕은 부인으로서 갖추어야할 덕망이요, 부언은 부인으로서 지켜야 할 언행이요, 부용은 부인으로서 지녀야 할 용모나 태도요, 부공은 부인으로서 갖추어야 할 기예(技藝)를 말한다.

悾恫(공통○○) 어리둥절하고 슬퍼함. 마음 아파하다. 슬퍼하다.

孔懷之痛(공회지통●○○●) 형이나 아우를 잃은 슬픔. 孔懷는 형제를 이름.

眷聚(권취●●) 가족. 식구.

朞服(기복○●) =기년복(朞年服). 1년의 상(喪). 즉 사자(死者)를 위하여 1년 동안 입는 상복.

箕箒(기추○●) 쓰레받기와 비. 남의 아내가 된다는 말의 겸칭.

惄焉(녁언●○) 생각하는 모양. 근심하여 슬퍼하는 모양.

惄如調飢(녁여조기●○○○) 사람을 생각하는 정이 그지없음을 이름. 조기는 아침의 공복 상태에서 느끼는 허기.

丹書(단서○○) (전설상 붉은 새가 물고 왔다는) 상서로운 편지.

團圓(단원○○) 가족이 한데 모여 즐거워함.

梁摧(량최○○) 장래가 있는 유망한 인재의 죽음을 비유하는 말. 梁摧之歎.

連枝(련지○○) 연리지(連理枝). 두 나뭇가지가 얽혀서 달라붙는 현상. 흔히 남녀 간의 사랑이나 또는 형제간의 우애를 상징하는 등 길조(吉兆)로 구전되어 오고 있음.

鴒原(령원○○) 형제 또는 형제의 만남. 鶺鴒在原(척령재원)의 준 말. 할미새가 멀리 날아가서 서로 상응하는 것을 형제에 비유해서 하는 말.

老萊子(로래자●○●) 萊子라고도 함. 중국 주(周) 시대 초나라 사람. 효성이 지극하여 나이 70에 고령인 어버이 앞에서 오색찬란한 옷을 입고 춤추며 쓰러지며 영아의 흉내를 내어 어버이를 즐겁게 해드렸다고 하는 고사가 있다.

弄璋(롱장●○) 사내아이를 낳다. 옛날 중국에서 아들을 낳으면 장난감으로 구슬(璋)을 주고, 딸을 낳으면 장난감으로 실패를 주었다고 하는 고사에서 유래함. 구슬을 가지고 놀다. 농장지경(弄璋之慶).

蓼莪(륙아●○) 새발 쑥. 시경(詩經) 소아(小雅)의 편 이름. 양친을 봉양하고 싶어도 봉양할 수 없는 효자의 슬픔을 읊은 내용.

倫叙(륜서○●) =윤서(倫序). 인륜이나 신분 등의 순서.

愍凶(민흉●○) ①부모의 사망을 이름. ②제왕이 비명에 죽음을 이름.

白眉(백미●○) ①흰 눈썹. 형제나 동료 중 가장 뛰어난 인물. ②초승달.

擗踊(벽용●●) ①몹시 슬퍼서 가슴을 치고 땅을 구르며 통곡함. ②부모상을 당하여 가슴을 치고 슬퍼함.

卜姓(복성●●) 첩을 얻을 적에 동성(同姓)을 피해서 가려 뽑는 일.

奉先(봉선●○) 선조의 덕업(德業)을 받들어 모심.

阜熙(부희●○) 번창하고 편안함.

北堂(북당●○) =萱堂(훤당). ①주부가 거처하는 곳. ②어머니. 종묘나 가묘에서 신주(神主)를 모신 곳.

不食報(불식보●●●) 부친이나 조부의 숨은 덕을 입어 자손이 잘되는 것. 음덕으로 잘 되는 응보(應報).

崩城之痛(붕성지통○○○●) 아내가 남편을 잃은 슬픔. 진시황 때 제(齊)의 범기량(范杞梁)이 부역을 갔는데, 그의 아내 맹강녀(孟姜女)가 옷을 지어 갔으나 남편은 이미 죽은 뒤여서, 성 밑에서 통곡을 하니 성이 무너지고 기량의 유해가 나타났다고 함.

匪寅(비인●○) =匪朝伊夕. =匪伊朝夕. ①하루뿐이 아님. 오래되었다는 뜻. ②아침이 아니면 바로 저녁. 시간이 극히 짧은 것을 이름.

四祀(사사●●) 춘하추동으로 조상 묘당(廟堂)에 드리는 제사.

社日(사일●●) 춘분(春分)으로부터 가장 가까운 무일(戊日).

榭庭蘭玉(사정란옥●○○●) 가문을 빛낼 자제들을 일컫는 말.

參商(삼상○○) 參과 商은 둘 다 별의 이름이다. 만날 수 없는 슬픔을 비유하는 말. 參星은 서쪽 하늘, 商星은 동쪽 하늘에 있어, 한쪽이 뜨면 다른 한쪽은 지기 때문에 두 별은 영원히 서로 만날 수 없다고 함.

傷惜(상석○●) 슬프고 애석함.

生理(생리○●) 생계(生計).

生身(생신○○) 육체(肉體). 육신(肉身).

生枝(생지○○) 신체. 몸.

西州之痛(서주지통○○○●) 외삼촌의 죽음에 대한 비통.

西河之痛(서하지통○○○●) =河西之悲. =抱痛西河. 자식 잃은 슬픔(아픔)을 애도하는 말. 史記 仲尼弟子列傳: "孔子沒, 子夏居西河敎授, 爲魏文侯師, 其子死, 哭之失明."

錫類(석류●●) 훌륭한 선물을 내리다. 복을 내리다. 자손에게 훌륭한 인물이 나오도록 해주다.

成童(성동○○) 15세 이상 젊은이의 나이가 됨.

世繫(세계●●) =世系. 자손 대대로 내려오는 가계.

素音(소음●○) 편지. 소식. 唐 皎然 詩 "安得西歸雲, 因之傳素音."

承嫡(승적○●) 서자(庶子)로서 적자(嫡子)의 자격을 이어받음.

我儀(아의●○) 나의 배필. 반려자(伴侶者).

雁鳴(안명●○) 기러기가 운다고 한 것은 고향에 있는 가족, 특히 형제들이 벌써부터 그리워하며 소식을 기다린다는 뜻임.

雁序(안서●●) 형제.

雁行(안행●○) 형제. 예로부터 의좋은 형제에 비유하는 말임.

艾年(애년●○) =艾服. =艾老. 50세. 50세 이상의 노인. 머리털이 약쑥 같이 희어진다는 데서 생긴 말.

愛日(애일●●) 날이 지나가는 것을 아까워 함. 효자가 부모 섬길 날이 자꾸 지나가는 것을 안타깝게 생각함.

讓棗(양조●●) 대추를 양보하다. 즉 형제간에 양보하며 우애 있음을 비유해서 하는 말. 중국 양(梁)나라 때 왕태(王泰)는 어릴 때 할머니가 어린 손자와 조카들을 모아놓고 대추와 밤을 상 위에 뿌려놓으면 다른 아이들은 모두 서로 다투며 집어가는데 오직 왕태만은 집지 않았다. 까닭을 물었더니 "안 집으면 따로 주시겠지 뭐."라고 대답했다는 이야기가 있다.

五福(오복●●) 다섯 가지 복. 즉 장수(長壽), 부유(富裕), 강녕(康寧), 도덕을 즐김(攸好德), 천명을 온전히 마침(考終命).

玉人(옥인●○) 미인 또는 사랑하는 사람. 임.

瑤林玉樹(요림옥수○○●●) 선계의 아름다운 꽃나무. 전하여 사람의 품격이 고결함을 이르는 말. 옥수는 남의 집 자식을 귀하게 높여 이르는 말.

雲仍(운잉○○) 운손과 잉손. 운손은 8대 손이고, 잉손은 7대 손임. 널리 통칭해서 자손 또는 후손이란 뜻으로 쓰이기도 함.

遺孽(유얼○●) 아비가 죽은 후에 남은 서자(庶子). 혈통이 낮은 아들.

遺臭(유취○●) 악명(惡名). 遺臭萬載: 악명을 만세에 남기다.

宜家(의가○○) 한 가정을 화목하게 함. 또는 가정이 화목함.

移天(이천○○) =于歸. 출가하다. 시집가다.

粢盛(자성○○) 제사에 쓰이는 서직(黍稷). 전하여 제수(祭需)를 이름.

慈闈(자위○○) =慈堂. =훤당(萱堂). 남의 어머니에 대한 존칭.

紫荊(자형●○) 박태기나무. 형제에 비유. 《續齊諧記》에 형제 3인이 있었는데, 서로 사이가 틀어져 재산을 나누어 분가하려 하였다. 그런데 그날 밤 뜰에 있던 세 그루의 박태기나무가 갑자기 시들어 버렸다. 이를 보고 형제들이 놀라서 반성하고, 탄식하면서 다시 우애 있게 지냈더니 박태기나무도 다시 살아났다고 하는 고사가 있다. 우애를 회복한 형제를 상징하는 것은 이 고사에서 비롯하였다.

庭闈(정위○○) 부모가 거처하는 방. 또는 부모.

除服(제복○●) =제상(除喪). =탈복(脫服). 상복을 벗다. 상을 마치다.

尊照(존조○●) =尊影. 사람의 인물화나 사진에 대한 존칭.

尊執(존집○●) 웃어른에 대한 존칭.

綵衣(채의●○) 알록달록한 무늬를 놓아 만든 옷. 옛날 고령의 어머니를 즐겁게 해드리려고 늙은 아들이 이런 옷을 입고 어머니 앞에서 춤을 추었다고 함.

尺書(척서●○) 편지. 소식.

棣萼(체악●●) =棣華(●○). 형제에 비유하는 말. 시경(詩經)의 당체(棠棣)는 형제를 위해 지은 시이기 때문임.

寸草(촌초●●) 부모에 대한 자식의 아주 보잘 것 없는 효심. 寸草春暉: 한치의 작은 풀은 봄볕의 큰 은혜에 보답하기 어렵다는 말.

妯娌(축리●●) 동서. 동서 간의 호칭(互稱).

春暉(춘휘○○) 봄볕. 어머니의 은혜에 비유하는 말. 전하여 어머니.

惻怛(측달●●) 가엽게 생각해서 슬퍼함.

七美(칠미●●) 일곱 개의 아름다운 것. 때로는 남의 일곱 형제를 좋게 일컫는다.

通家(통가○○) 조부와 부친의 시대부터 친하게 사귀어오는 집. 서로 통하여 왕래하는 집.

風樹(풍수○●) 풍수지탄(風樹之嘆)의 준말. 효도를 다하려고 했을 때는 이미 부모는 돌아가신 뒤라 그 효도를 다하지 못하게 됨을 탄식함. 風樹之悲: 부모를 섬기지 못하는 슬픔.

寒泉之思(한천지사○○○○) 효자가 부모를 생각하는 마음.

合婚(합혼●○) =합환(合歡). 꽃 이름. 이 꽃은 남녀 간의 애정을 상징하는 꽃이다.

奚童(해동○○) 심부름하는 아이. 구시대의 종 아이.

虛坐(허좌○●) 빈자리.

歔欷(허희○○) =虛希. 슬퍼 탄식하다.

軒屛(헌병○○) 옥내. 집안.

奕世(혁세●●) =奕代. =奕葉. 누대(累代). 대대로.

賢郞(현랑○○) =令郞. 令息. 남의 아들에 대한 존칭.

賢胤(현윤○●) 남의 맏아들에 대한 존칭.

瑚璉(호련○●) 瑚와 璉은 다 제기(祭器) 이름(名). 전하여 국가의 인재에 비유하는 말.

怙恃(호시●●) 부모.

華胄(화주○●) 귀족의 자손.

後昆(후곤●○) 후손. 후예.

塤箎(훈지○○) =훈지(壎箎). 훈과 지는 둘 다 취악기 이름. 질나팔과 피리. 형은 훈을 불고 아우는 지를 불었다는 고사에서 유래하여 형제가 서로 화목함을 뜻하기도 한다.

萱堂(훤당○○) =자당(慈堂). 남의 어머니를 높여서 부르는 말.
원추리(萱)는 망우초(忘憂草)라고도 하고 의남초(宜男草)
라고도 한다.

6. 학문수양류(學問修養類)

嘉猷(가유○○) =嘉謨. 좋은 계략.

簡編(간편●○) 서적. 책.

絳帷(강유●○) =絳帳. 사문(師門) 강석(講席)에 대한 존칭. 스승의 자리. 학자의 서재(書齋).

見獵(견렵●●) 見獵心喜의 준말. 이전에 좋아하던 일이나 기호를 잊지 못하다가 어떤 동기가 있어 다시 그것을 접했을 때 또 하고 싶어짐을 비유하는 말.

蒹葭(겸가○○) ①갈대. 자기를 부족하고 비천한 것으로 낮추어 비유하는 말. ⇄ 瓊林(경림). ②갈대처럼 마른 체질. 蒹葭之質(겸가지질).

瓊琚(경거○○) =瓊章. 瓊什(경십). 남의 시문을 높여 일컫는 말.

梗楠(경남●○) ①산 느릅나무와 매화나무. ②훌륭한 인재를 가리키는 말.

窮鬼(궁귀○●) 자신을 곤궁(困窮)하게 하는 귀신. 韓愈의 送窮文에서 "智窮, 學窮, 文窮, 命窮, 交窮" 등 다섯 귀신이

늘 자신에게 붙어 다니면서 자기와 세상이 화합하지 못하도록 함으로써 자신을 곤궁하게 한다고 말한 데서 온 말.

几席(궤석●●) 안석과 돗자리.

驥尾(기미●●) 준마의 꼬리. 파리가 천리마의 꼬리에 붙어서 천 리를 간다는 뜻. 즉 못난 제자가 훌륭한 스승의 후광으로 훌륭한 人物이 됨을 비유하는 말.

當仁不讓(당인불양○○●●) 착한 일에 당해서는 그 누구에게도 양보하지 않고 내가 솔선수범한다는 뜻. 《論語》〈衛靈公〉: "當仁, 不讓於師."

道眞(도진●○) 도덕 학문의 진체(眞諦).

駱子(락자●●) 唐의 낙빈왕(駱賓王)을 가리킨다. 初唐四傑(王勃 楊炯 盧照鄰)의 한 사람. 광택(光宅) 원년 서경업(徐敬業)이 난을 일으켰을 때, 그를 위하여 무칙천(武則天)을 토벌하는 군중 격문은 다 그가 작성하였다. 후에 서경업이 패하자 그도 피살되었다. 일설에는 삭발하고 숨어서 중이 되었다고도 한다.

聯珠(련주○○) 문체의 일종. 풍유가락을 주로 하여 대구(對句)로 연이어 나가는 일종의 시문체(詩文體).

鹿鳴(록명●○) 시경(詩經) 소아(小雅)의 편명. 내용은 군신이나 빈객을 환영하고 축하하는 연회의 광경을 읊은 시.

綸巾(륜건○○) 비단으로 만든 두건.

麟經(린경○○) 공자가 지은 춘추(春秋)의 다른 이름. 노(魯)나라의 역사를 기록한 것으로 은공(隱公) 원년에서 애공(哀公) 14년 봄 남부(南符) 획린(獲麟)에서 끝마쳤기 때문에 麟經이라고 부른다.

發軔(발인●●) 수레가 떠나간다는 말로, 무슨 일의 시작을 이름.

鳳求凰(봉구황●○○) 곡조 이름. 한나라 사마상여(司馬相如)가 과부로 있던 탁문군(卓文君)에게 구애할 때 연주했던 거문고 곡조. 그 가사에 "鳳兮鳳兮歸故鄉, 遨遊四海求其凰)."라는 구절이 있다.

墳典(분전○●) =竹素. =黃卷. 서적. 옛 전적.

頻呵(빈가○○) 얼어붙은 붓을 자주 입김을 불어서 녹인다는 뜻.

三物(삼물○●) 세 가지 일. 육덕(六德), 육행(六行), 육예(六藝). 육덕은 知, 仁, 聖, 義, 忠, 和를 말하고, 육행은 孝, 友, 睦, 婣, 任, 恤을 말하며, 육예는 禮, 樂, 射, 御, 書, 數를 말한다.

三餘(삼여○○) 독서를 할 수 있는 셋 여가를 말한다. 즉 겨울과 밤과, 그리고 흐리고 비오는 날(冬者歲之餘, 夜者日之餘, 陰雨者時之餘.)이라는 말이 있다. 후에 와서는 넓은 의미에서 '한가한 틈'을 말하기도 한다.

書帷(서유○○) 서재에 쳐놓은 휘장. 서재.

繕完(선완●○) 수선하여 완전하게 함.

先正(선정○●) =先哲. =先賢. 철인이나 현인.

小詞(소사●○) 악보에 맞추어 가사를 채워 넣는 단편 가사.

紹修(소수●○) 서원 이름. 계승해서 닦는다는 뜻. 즉 학업이든 덕행이든 선현들이 예던길을 계승해서 닦아 나간다는 뜻.

垂拱(수공○●) ①옷을 드리우고 두 손을 배 위에 모아 하는 경례. ②팔짱을 끼고 아무 일도 하지 않음.

垂天(수천○○) 하늘을 뒤덮는 웅대한 포부.

詩籌(시주○○) 주령(酒令)을 행할 때 사용하는 제비의 일종. 혹 도박을 할 때도 사용한다. 제비에다가 시구 시인 결자 또는 직석 작시 등등 여러 가지 형태의 문제를 내어서 이를 맞히면 이기고 못 맞히면 지는 놀이.

失喜(실희●●) 자제할 수 없을 정도로 기쁨이 극도에 달함. 미칠 듯이 기쁨.

言志(언지○●) 속마음을 말로 표현하다. 〈虞書〉에 "詩言志, 歌永言."이라 했음.

衍溢(연일●●) 치렁치렁 차서 넘침. 가득 차서 넘침.

郢斤(영근●○) 시문(詩文)의 첨삭을 다른 사람에게 구할 때 쓰는 말. 영(郢) 지방의 한 사람이 자기의 코끝에 흙을 엷게 발라놓고 장석(匠石)이라고 하는 유명한 목수에게 그것을 깎아내라고 했더니, 목수는 그의 코를 조금도 상하지 않고 번개처럼 빠르게, 그리고 말끔히 깎아내었다고 하는 고사에서 나온 말.

隸事(예사●●) 시문(詩文)에서 전고(典故)를 인용하는 일. 고사(故事)를 열거함. 清 袁枚《隨園詩話補遺1》: "其隸事, 不隸事. 作詩者不自知, 讀詩者亦不知, 方可謂之眞詩."

玉龍(옥룡●○) 눈 쌓인 나뭇가지.

羽儀(우의●○) 높은 지위에 있으면서 재덕(才德)이 있어 사람들로부터 존경을 받고 귀감(龜鑑)이 됨.

雲心(운심○○) 흘러가는 구름처럼 한가로운 마음을 형용하는 말. 唐 白居易〈初夏閑吟兼贈韋賓客〉: "雪鬢隨身老, 雲心著處安."

韻藻(운조●●) 운률(韻律)이 있는 문사(文辭). 주로 시(詩)나 사(詞)를 이름.

鬱悠(울유●○) 근심하는 모양. 근심이 쌓인 모양.

骫骳(위피●●) 문세(文勢)나 세상사에 굴곡이나 곡절이 많은 모양.

有脚春(유각춘●●○) 유각양춘(有脚陽春)의 준말. 가는 곳마다 은덕을 베푸는 사람. 다리가 있는 따뜻한 봄날이란 말이니, 그 인덕을 베푸는 것을 따뜻한 봄날이 만물을 소생시키는 것에 비유해서 하는 말이다. 당대에 송경(宋璟)이란 태수가 백성을 사랑하고 잘 보살펴서 당시의 사람들이 모두 그를 '유각양춘'이라고 불렀다.

儒素(유소○●) 유자(儒者)의 평소의 소질(素質). 유가사상의 품격과 덕행에 부합함. 또는 그런 사람. 명유(名儒).

鷹擊(응격○●) 응격장공(鷹擊長空)의 준말. 숫 매가 홰를 치고 창공으로 비상하다. 웅장한 뜻을 가진 사람이 광활한 공간에서 자기의 재능을 마음껏 펼치는 것에 비유하는 말.

儀章(의장○○) 의례적(儀禮的)인 문장. 훌륭한 몸가짐의 모양.

爾雅(이아●●) 중국 13경의 하나. 사물이나 낱말을 풀이한 일종의 백과사전. 노(魯)의 주공(周公)이 지었다는 설이 있음.

逸足(일족●●) 걸음걸이가 빠름. 훌륭한 것 또는 그런 사람.

逸響(일향●●) 분방한 음악. 분방한 시문(詩文).

褚公(저공●○) 당나라 저수량(褚遂良)을 가리킴. 그는 고종(高宗) 때 무소의(武昭儀)를 황후로 책립할 것을 간하다가 담주(潭州=長沙)의 도독(都督)으로 좌천당한 일이 있음. 당시의 명신이었으며 서예가로도 이름이 높았다.

謫仙(적선●○) 속세로 귀양을 온 신선. 곧 당나라 시인 이백(李白, 字는 太白)을 가리킴. 당나라 시인 하지장(賀知章)이 李白을 처음 만나서 바로 "당신은 적선인(謫仙人)이요."라고 평해서 후세 사람들이 따라서 이백을 적선인이라고 했다.

塡字(전자○●) (글자를) 채우다. 메우다. 시문을 짓거나 읊음.

藻思(조사●○) 시나 글을 쓰는 재능. 글 짓는 재주. 문재(文才).

藻翰(조한●●) 화려한 문사(文詞).

遒勁(주경○●) 글씨의 획이나 그림의 그림세가 힘차다. 필력(筆力)이 세다. 굳세다.

珠樹(주수○●) =선수(仙樹). =옥수(玉樹). 아름다운 나무. 눈 쌓인 나무. 또는 준재(俊才)를 가리키는 말.

竹素(죽소●●) =竹帛(죽백). =墳典. =黃卷. 흔히 사서(史書) 등을 가리킨다.

竹枝(죽지●○) 가사(歌詞)의 일종으로, 그 내용은 대체로 남녀 간의 연정이나 또는 한 지방의 풍속 따위를 읊은 것.

俊彩(준채●●) 뛰어나고 빛나는 인물.

知丘(지구○○) 작가와 그의 작품에 대해서 깊이 이해함을 이르는 전고(典故)로 쓰는 말. 孔子가 《春秋》를 찬술한 뒤에 "나를 알아줄 사람은 春秋로 판단할 것이다."라고 말한 데서 유래한 말.

蹉跎(차타○○) 발을 헛디디어 넘어짐. 시기를 잃음. 기대가 어긋남. 불행하여 뜻을 이루지 못함. 실패함.

贊襄(찬양●○) 도와서 성취하게 하다.

撰次(찬차●●) 편집하다. 편찬하다.

天資(천자○○) 타고난 성품.

青衿(청금○○) 학생.

青門(청문○○) 곡조 이름. 唐 李賀의 〈黃頭郎〉 詩: "玉瑟調青門, 石雲濕黃葛"

淸時(청시○○) =淸世. 잘 다스려지는 시대. 태평한 시대.

菁莪(청아○○) 인재를 교육하는 일. 많은 인재.

淸標(청표○○) 재능이 출중함. 재능이 뛰어남.

焦尾(초미○●) 즉 초미금(焦尾琴). 옛 중국 오(吳)나라에 오동나무를 땔감으로 태우고 있는 사람이 있었다. 이때 마침 채옹(蔡邕)이 그 타는 소리를 듣고서 바로 그것이 좋은 나무라는 것을 알고 주인에게 청해서 얻어 가지고 가서 그것으로 거문고를 만들었더니 과연 아름다운 소리가 났다. 그 오동나무 끝부분이 마치 파초 같이 생겨서 '초미금'이라고 불렀다.

趨庭(추정○○) 자식이 아버지 곁에서 그 가르침을 받는다는 뜻. 《論語》〈계씨편(季氏篇)〉에 의하면, 공자의 아들 공리(孔鯉)가 종종걸음으로 뜰을 지나갈 때 공자가 불러서 시(詩)와 예(禮)의 중요성을 일깨운 일이 있다. 추정이란 말은 여기서 나왔다.

親炙(친적○●) 친히 가르침을 받다.

嘆蜡(탄사●●) =嘆蠟. 자신의 이상을 실현하지 못했는데 세월만 흘러가는 것을 개탄하는 말. 蜡는 납일(臘日)에 여러 신에게 지내던 큰 제사 이름.

擇善(택선●●) 좋은 점을 본받다. 착한 자를 따르다. 《論語 述而》: "三人行, 必有我師焉. 擇其善者而從之, 其不善者而改之."

通門(통문○○) 동문, 한 스승 밑에서 공부한 문하생. 또는 현달 한 가문, 권세 있는 집.

推敲(퇴고○○) 퇴고 또는 추고라고도 함. 시문을 지을 때 자구(字句)를 여러 번 생각하여 고치는 일. 가도(賈島)가 마상(馬上)에서 "僧敲月下問"이란 시구(詩句)를 얻어, '推'자로 할까 '敲'자로 할까 고심하다가 결정을 내리지 못하고 결국은 당대의 대가 한유의 권고로 '敲'자로 정하였다고 하는 일화가 있음.

泡影(포영○●) 물거품. 漚浮泡影의 준말. 쉽게 사라지는 사물에 비유함.

筆耕(필경●○) 최치원의 시문집 계원필경(桂苑筆耕)을 가리킴.

筆囊(필낭●○) 지은 시가(詩歌)를 넣어두는 주머니.

下帷生(하유생●○○) 하유는 휘장을 치다. 제자를 가르치다. 또는 방에 들어앉아서 독서를 하다. 때로는 학문적인 수혜자를 가리키기도 함.

盍簪(합잠●○) 친구들의 모임.

海日(해일○●) 바다 위에 돋은 해.

弦箭(현전○●) 활시위에 올린 화살. 어쩔 수 없이 반드시 실행해야 하는 일.

豁目(활목●●) =刮目. 눈을 뜨다.

黃卷(황권○●) =竹素. =墳典. 서적. 고적.

黌堂(횡당○○) =庠序. 즉 학교.

薈萃(회췌●●) =薈粹(회수●●). 모음. 모으다. 모임. 문장(文章) 인재(人才) 또는 정미(精美)한 사물에 흔히 쓰인다.

希賢(희현○○) 어진 이를 앙모하여 그와 대등해지기를 바란다는 말. 宋 周敦頤《通書 志學》: "聖希天, 賢希聖, 士希賢."

7. 과거사환류(科擧仕宦類)

嘉志(가지○●) 훌륭한 덕.

簡書(간서●○) 고계(告誡), 책명(策命), 맹서(盟誓), 징소(徵召) 등의 일에 사용하는 문서.

坎坷(감가●●) =埳軻(감가). 뜻을 이루지 못하다. 불우하다. 半生坎坷.

監丞(감승○○) 목장을 관리하던 벼슬아치.

巨擘(거벽●●) 엄지손가락, '으뜸'이란 의미. 뛰어난 인물.

騫騰(건등○○) 비등(飛騰)하다. 비상(飛翔)하다. 지위가 올라가다.

建白(건백●●) 위에 의견을 밝히다. 건의하다.

乞骸骨(걸해골●○●) 임금에게 자기 몸을 돌려달라고 요청하는 것. 사직을 요청함.

檢候(검후●●) 관찰사의 체후. 검(檢)은 검사하고 관찰한다는 뜻이니, 곧 관찰사를 가리킨다.

見幾(견기●○) 견기(見機)와 유사한 말. 되어가는 조짐 또는 징조(徵兆)를 예견하다.

見機(견기●○) 기미를 알아 챔. 기회를 봄.

甄拔(견발○●) 재능이 있고 없고를 잘 밝혀서 인재를 등용함. 선발하다.

公車(공차○○) 거인(擧人) 응시(應試)의 대칭(代稱).

冠冕(관면○●) 仕宦(사환). 관리.

舊稿(구고●●) 지난날에 써놓았던 원고. 宋 陸游 〈龜堂雜興詩〉: "筆端小技深知悔, 舊稿如山欲盡焚."

摳衣(구의○○) 옷의 뒷자락을 걷어 올림. 옛날의 경례(敬禮).

郡齋(군재●○) =郡衙. 군수에게 편지를 쓸 때, 앞에 붙이는 용어.

君平(군평○○) 후한 엄준(嚴遵)의 자(字). 당시 유명한 점쟁이. 흔히 군자의 은둔생활에 비유함.

旂常(기상○○) 기. 깃발.

驥足(기족●●) 천리마와 같은 준마의 다리. 이에 비유해서 뛰어난 재능을 말한다.

吉士(길사●●) 좋은 사람. 좋은 군인. 신라 17관등(官等) 중 제 14번째 계지(稽知).

內翰(내한●●) 벼슬 이름. 송대의 한림학사(翰林學士)를 말하며, 문필(文筆)을 맡아 참의(參議) 간쟁(諫諍)을 하는 직책.

年兄(년형○○) =年家. =年誼. 같은 해에 과거에 급제한 사람들끼리의 호칭.

恬退(념퇴 염퇴○●) 관직에서 편안한 마음으로 조용히 물러남.

丹書(단서○○) 전설상의 적작(赤雀)이 물고 왔다는 상서로운 편지.

短亭(단정●○) 5리마다 두었던 숙역(宿驛). 10리마다에는 장정(長亭)이 있었음.

徒流(도류○○) 도형(徒刑)과 유형(流刑). 도형은 죄인을 복역시키는 형벌을 말하는데, 그 기한은 1년부터 3년까지 다섯 등급으로 나누었고, 곤장 10대와 복역 반년을 한 등급으로 하였다. 유형은 죄인을 먼 땅이나 섬으로 유배하는 형벌을 말한다.

都房(도방○○) 고려 때 경대승(慶大升)이 정중부(鄭仲夫) 일파를 숙청한 뒤에 자신들의 신변을 보호하기 위하여 문하(門下)에 두었던 일종의 사병집합소. 최충헌(崔忠獻) 집정 때도 계속 유지하였다. 그러나 여기서는 집의 별채에 있는 큰 방. 또는 화방(花房), 즉 화초를 기르는 온실 등을 가리킨다.

鑾坡(란파○○) 한림원(翰林院)의 별칭. 한림원을 금란파(金鑾坡)라고 불렀음.

濫竽(람우●○) =濫吹(●○). 함부로 우(피리를 닮은 악기)를 불다.

郎官(랑관○○) 벼슬 이름. 즉 낭중(郎中). 상서(尙書)를 도와 정무를 맡아보았음.

郎僚(랑료○○) =郎吏. =郎官. 각 관아의 당하관(堂下官)을 이르는 말. 주로 육조(六曹)의 정랑(正郎) 좌랑(佐郎)이나 그

밖의 실무를 담당하는 육품(六品)의 관원(官員)을 이른다.

良守(량수○●) =良牧(○●) 우량한 지방 군수.

聯簪(련잠○○) =聯職. =連職. =同事. 같은 일을 이어받음. 같은 부서에서 같은 일을 함.

龍圖閣(룡도각○○●) 송대 관서 이름. 태종의 글씨, 문집, 전적, 그림, 보물 등을 보관하던 곳. 학사(學士), 직학사(直學士), 대제(待制), 직각(直閣) 등의 벼슬을 두었음.

鳴玉(명옥○●) 조정의 공경대부들을 뜻함. 그들은 모두 옥 장식물을 허리에 차고 다녔고, 걸음을 걸을 때는 서로 부딪쳐 소리가 났기 때문에 명옥이라 했음.

懋官(무관●○) 벼슬을 제수(除授)하고 격려하다.

膴仕(무사○●) 후한 봉록으로 벼슬하다. 또는 그 관리.

薇垣(미원○○) 사간원(司諫院)의 별칭.

薄宦(박환●●) 박봉의 관리. 지체 낮은 벼슬아치.

發凡(발범●○) 요지(要旨)를 이해하다.

邦伯(방백○●) 주군(州郡)의 수장.

白過(백과●●) 명백한 과실.

白卷(백권●●) =白卷子. 백지 답안.

百辟(백벽) 조정대관을 범칭하는 말.

栢府(백부●●) =백부(柏府). 사헌부(司憲府)의 별칭. 전한(前漢) 때 어사대에 잣나무 숲이 있었던 데서 유래함.

蕃闑(번얼○●) 나라의 변방. 국경지방. 울타리 蕃, 문지방 闑. 얼내(闑內)는 문의 안쪽.

普通院(보통원●○●) 고려시대 기관의 이름. 주로 사회사업을 해서 부랑자, 병자, 빈한한 자들에게 의복·음식 등을 무료로 지급했음.

覆盆(복분●○) 근거 없는 억울한 죄를 뒤집어쓰다.

鳳翔(봉상●○) 봉황이 날아오르다. 상서로운 현상을 나타내는 말.

賦斂(부렴●●) 세금을 매겨서 거두어들임.

符節(부절○●) 옛날 사신들이 가지고 다니던 일종의 증명서. 부신(符信). 둘로 나누어서 하나는 조정에 보관하고 다른 하나는 사신이 지님.

符竹(부죽○●) 군수(郡守)를 달리 부르는 말.

粉署(분서●●) 중국 상서성(尙書省)의 별칭으로 분성(粉省)이라고도 함. 간혹 일정한 부서를 지적하지 않고 주로 육조를 비롯한 중앙의 관서를 범칭하기도 한다.

焚黃(분황○○) 사람이 죽은 후에 벼슬을 받았을 때, 관고(官誥)의 부본(副本)을 쓴 누런 종이를 무덤 앞에서 태우는 일.

不撓(불요●○) =不屈. 흔들리지 않다. 굽히지 않다.

批目(비목○●) 벼슬아치의 임명, 승진, 사면 등에 관한 발령을 벌여 적은 기록.

裨益(비익○●) 보태어 도움. 보태어 도움이 되게 함. 유익함.

기여하다.

賜暇(사가●●) 사가독서(賜暇讀書)의 준말. 임금이 나이 젊고 재능이 있는 문신에게 휴가를 주어서 학문을 탐구하게 하던 조선시대의 제도. 이 혜택을 받은 젊은 학자들은 장차 국가에서 크게 등용될 인재들이었음으로 모두 영광스럽게 여겼다.

卸韁(사강●○) 고삐를 풀다. 짐을 벗어놓다.

卸肩(사견●○) 현 직책에서 물러나다. 책임을 면하다. 짐을 벗다.

査同官(사동관○○○) 과거의 고선(考選) 시 선관들이 시권(試券)의 필체를 알아보지 못하게 서리들이 붉은 글씨로 베껴 쓴 주초(朱草)를 가지고 본디의 시권을 읽어주는 관리를 말함.

斯文(사문○○) 예악교화(禮樂教化)와 전장제도(典章制度)를 이르는 말.

使相(사상●○) 관찰사나 중앙의 판서급에 해당하는 벼슬. 당(唐)대에는 절도사(節度使)로서 중서문하평장사(中書門下平章事)를 겸임한 사람을 이름.

司評(사평○○) 조선시대 변정원(辨定院), 장례원(掌隷院)의 정6품 벼슬 이름.

謝笏(사홀●●) 벼슬을 사퇴하다. 홀은 관리들이 어전에서 받쳐 들었던 상아 등으로 만든 좁고 길쭉한 판, 때로는 여기에 임금의 유지를 받아 적어서 실천에 대비하기도 한다.

上舍(상사●●) =上齋. 성균관 유생으로서 생원 진사 시험에 합격한 사람. 진사의 별칭.

署郞(서랑●○) 관서의 우두머리. 서장(署長), 서정(署正)과 비슷한 말.

釋褐(석갈●●) 처음으로 벼슬길에 나아감.

善鳴(선명●○) 세상에 이름을 날림. 잘 울다. 韓愈 〈送孟東野序〉: "維天之于時也亦然, 擇其善鳴者而假之鳴. 是故以鳥鳴春, 以雷鳴夏, 以蟲鳴秋, 以風鳴冬. 四時之相推敚, 其必有不得其平者乎?"

蟾窟(섬굴○●) 과거시험에 비유하는 말.

世器(세기●●) 경세지재(經世之才)를 이름.

疏狂(소광○○) 호방함. 구속을 받지 않음.

素侯(소후●○) =素封. 작록(爵祿), 봉토(封土) 없이도 그 부(富)가 왕후(王侯)와 비등한 자를 가리킨다.

繡衣(수의●○) 수를 놓은 의복. 어사(御史)가 입는 옷. 어사(御史).

承宣(승선○○) 승정원의 승지(承旨)를 달리 이르는 말.

御下(어하●●) 아랫사람을 지배하다.

與聞(여문●○) 참여하다.

穎人(영인●○) 빼어난 사람. 훌륭한 사람.

迎刃而解(영인이해○●○●) 일의 해결이 극히 쉬운 것을 비유하는 말.

睿奬(예장●●) 임금으로부터의 칭찬.

五馬(오마●●) 자사(刺史). 한대(漢代)의 지방 장관인 태수(太守)는 다섯 마리 말이 끄는 수레를 타고 다녔다. 당대(唐代)의 자사는 한대의 태수와 비등한 벼슬.

玉墀(옥지●○) 옥석을 깔아놓은 마당. 궁전 또는 조정을 가리키는 말.

冗故(용고●●) 별로 중요하지 않은 사고(事故).

雨露仁(우로인●●○) 비와 이슬 또는 빗물. 은택. 은택을 입음.

雲路(운로○●) 구름이 오가는 길. 벼슬에 올라 현달(顯達)함. 또는 그 길.

鴛鷺(원로○●) 조정에 줄이어 선 백관의 모양이 침착하고 아담하며 고상한 모양.

有脚陽春(유각양춘●●○○) 관리의 덕정을 칭송하는 말. 당 현종(玄宗) 때의 현상(賢相) 송경(宋璟)을 지칭함. 그는 백성을 사랑하여 덕정(德政)을 행하고 구휼(救恤)을 잘하여 조야에서 칭송이 자자했으며, 그 당시 사람들이 그를 가리켜 有脚陽春(다리 달린 덕정)이라고 했다는 고사가 있다.

銀臺(은대○○) 승정원(承政院)을 달리 부르는 말.

隱地(은지●●) 관청의 장부에서 빠져 있는 땅. 탈세의 땅.

衣冠(의관○○) 사대부를 가리킴.

儀注(의주○●) =儀註. 나라의 전례에 관한 절차를 적은 것.

李牛(이우●○) 당나라의 당쟁 때, 이덕유(李德裕) 파와 우승유(牛僧儒) 파의 영수를 빗대어 조선조의 그 당시 서인과 남인이 싸우던 당쟁을 비유 지칭한다.

佁儗(이의●●) 정체되어 나아가지 못함. 한가하고 느린 모양. 머뭇거리고 결단을 내리지 못함.

引年(인년●○) 옛날 연로한 현신에게 존봉시양(尊奉侍養)을 가하는 일. 후에는 늙음을 이유로 벼슬을 사퇴한다는 뜻으로 사용됨.

紫綬金章(자수금장●●○○) 자주 색깔의 인끈. 수대(綬帶)와 금으로 만든 인장(印章). 전하여 고위현관(高位顯官) 또는 그런 자리에 있는 관리.

簪裾(잠거○○) =顯貴. =簪裳. =簪帶. 비녀와 옷자락. 복장을 갖추어 입음. 현귀자의 복식.

簪纓(잠영○○) 비녀와 갓끈. 고관. 簪纓世族. =簪紳.

簪組(잠조○●) 관잠(冠簪)과 관대(冠帶). 현관(顯官). 환관(宦官)과 같은 뜻.

簪筆(잠필○●) 붓을 관이나 홀(笏)에 꽂음. 미관이 됨. 하찮은 벼슬을 함.

簪筆之臣(잠필지신○●○○) 예문관의 검열(檢閱)이나 승정원의 주서(注書).

長亭(장정●○) 국가에서 10리마다 설치해 두었던 출장 관리들의 역사(驛舍). 그들은 여기서 숙박도 하고 말도 갈아탔음. 5리마다에는 단정(短亭)을 두었음. 국가에서 공무로 장도에 오르는 관리를 전송하던 곳이기도 하다.

宰輔(재보●●) =宰相. =宰臣. =宰執. =宰衡. =宰匠. 재상

裁書(재서○○) 격문(檄文)을 쓰다. 편지를 쓰다.

轉運(전운●●) 송나라 대의 벼슬 이름. 즉 전운판관(轉運判官). 宋 주돈이(周敦頤)는 주위의 추천으로 전운판관을 지낸 적이 있음.

程文(정문○○) 과거 볼 때 쓰던 일정한 법식(法式)의 문장.

定數(정수●●) 정해진 운수.

製錦(제금●●) 현자(賢者)가 현령(縣令)에 임명되어 나감.

擠抑(제억●●) 남을 물리치고 억누름. 승진 같은 것을 못하게 억제함.

條貫(조관○●) 일을 해가는 도리. 일의 경로.

詔使(조사●●) 중국의 사신.

朝右(조우○●) 조정의 높은 벼슬아치.

照律(조율●●) =擬律(의율). 법원이 죄의 경중(輕重)에 따라 법을 적용함.

朝隱(조은○●) 높은 벼슬에 있으면서도 경쟁 같은 것은 않고 담담하게 은사의 지조를 지킴.

佐幕(좌막●●) 비장(裨將), 감사(監司), 유수(留守), 병사(兵使), 수사(水使), 견외(遣外), 사신(使臣) 등에게 따라다니는 관

리의 하나. 막객(幕客). 막료(幕僚).

佐平(좌평●○) 백제 때의 벼슬 이름. 즉 16품 관등 중 첫째 등급. 내신(內臣), 내두(內頭), 내법(內法), 위사(衛士), 조정(朝廷), 병관(兵官) 등 여섯 좌평이 있었음.

注擬(주의●●) 이조(吏曹)·병조(兵曹)에서 관리 후보자를 뽑을 때, 적임자인지 아닌지를 심사하고, 그에 알맞은 벼슬을 의논하여 작정하는 일.

中戟(중극●●) 과거에 급제하다.

枝同官(지동관○○○) 지동관은 사동관이 읽어주는 데에 따라 잘못 쓴 데가 있나 없나를 살펴보는 임시 벼슬. 또는 그 벼슬아치를 말함.

直學(직학●●) 벼슬 이름. 고려 및 조선시대 국자감 또는 성균관의 종9품 벼슬. 직학사(直學士)는 고려시대 각 부처의 정3품 또는 정4품 벼슬. 조선 말기 규장각 규장원의 한 벼슬.

搢紳(진신●○) =縉紳. =薦紳. =紳士. 속대(束帶)할 때에 홀(笏)을 대대(大帶)에 끼우는 일. 공경(公卿). 고관(高官). 벼슬아치의 총칭. 지위가 높고 행실이 점잖은 사람. 搢紳章甫: 관원과 유생(儒生).

晉爵(진작●●) =進爵. 진급하다. 승진하다. 벼슬이 올라가다.

趁限(진한●●) 기한이 다 차다. 기한에 다다르다.

徵貢(징공○●) 노비가 상전의 집에서 직접 노역하지 않고 다른 곳에서 사는 경우에 신역(身役) 대신 매년 정해진 공물을 바쳐야 하는데, 이 바치는 공물을 징수하는 것을 말한다. 보통 1년에 노(奴)는 면포 2필, 비(婢)는 1필 반이었다고 함.

蒼生(창생○○) =蒼氓(창맹). =창민(蒼民). 백성. 인간. 중생.

彩衣(채의●○) 오색 수를 놓은 화려한 옷. 오색 무늬의 옷. 관복. 예복.

戚畹(척완 척원●●) =戚里. 한대(漢代) 황제의 내척과 외척들이 살고 있던 곳. 외척.

千鍾(천종○○) 鍾은 량(量)의 단위. 1종은 6곡(斛) 4두(斗), 일설에는 8곡, 혹은 10곡이라는 설도 있음.

淸時(청시○○) =淸世. 잘 다스려지는 시대. 태평성대.

淸要(청요○●) 중요한 직분을 갖는 지위. 청환(淸宦)과 요직(要職). 높은 관리.

靑雲(청운○○) 푸른 구름. 맑은 하늘. 학덕이 높아 일세에 명성이 있음을 비유하는 말. 또는 고위직의 관리.

貂蟬(초선○○) 담비의 꼬리와 매미의 날개. 그것으로 장식한 모자. 고관들이 이런 모자를 썼기 때문에 고관을 가리키는 말로 쓰인다.

推轂(추곡○●) 남을 천거함. 추천하다. 추천.

推官(추관○○) 당~청대까지 이어져 있던 절도사 관찰사에 속해 있던 벼슬로 형옥(刑獄)을 관장했음.

推奴(추노○○) 달아난 종을 찾아내어 붙잡는 일.

春闈(춘위○○) =春試. 식년과(式年科)·경과(經科)·별시(別試)로 서 봄철에 보이는 과거(科擧).

就列(취열●●) =就位. =任職. 반열에 오르다. 직위를 맡다.

豸冠(치관●○) 집정관(執政官)의 모자. 집정관. 豸라는 신수(神獸)는 인간의 시비곡직(是非曲直)을 잘 알아, 나쁜 사람에게는 잘 덤벼든다고 함.

豸史(치사●●) 어사(御史)의 별칭. 어사도 豸처럼 범죄자를 잘 잡아냄으로 이런 별명이 붙었음.

侵責(침책○●) 간접으로 관계되는 사람에게 책임을 추궁함.

帑藏(탕장●○) 재화(財貨)를 간직하던 내탕고(內帑庫).

太師(태사●○) 벼슬 이름. 주(周)나라 삼공(三公), 즉 태사(太師), 태부(太傅), 태보(太保)의 하나. 삼공은 천자를 보좌하고 국사를 경위하며 음양을 섭리하는 직책을 가진 최고의 관리였다.

太史(태사●●) 벼슬 이름. 천시(天時), 성력(星曆), 제사(祭祀) 등의 일을 맡아보는 관리. 또는 역사를 기록하는 일을 맡은 관리.

通事(통사○●) 통역하는 일.

通籍(통적○●) 궁문 출입을 허가받은 자의 성명·연령 등을 기재해 놓은 괘찰(掛札). 또는 벼슬을 하다. 관직에 임하다.

通判(통판○●) =監州. 송초(宋初) 주(州)나 부(府)의 장관에 버

금가는 벼슬. 관리를 검찰하는 실권을 가졌음.

通顯(통현○●) 지위가 높아져 세상에 알려짐.

投簪(투잠○○) 관(冠)을 고정시키는 비녀를 던져버리다. 즉 벼슬을 그만두다. 관직에서 사퇴하다.

佩服(패복●●) ①몸에 차고 다님. ②오래 잊지 않고 마음에 간직함. ③감복함. 탄복함.

伻當(팽당○○) 하인. 노예.

抱關(포관●○) 아주 낮은 직무. 직책이 아주 낮음, 또는 그런 사람. 감문(監門) 수위(守衛) 등.

布政司(포정사●●○) 조선시대 監司(감사)가 사무를 보던 관청.

表彰(표창●○) 세상에 널리 드러내어 칭찬함.

豊碑(풍비○○) 공덕을 기려 세운 큰 비석.

豊羽(풍우○●) 새털이 풍만해야 높이 날 수 있음을 비유. 사람이 자립해서 일을 성사시킴을 이름.

解衣(해의●○) 옷을 벗다. 베풀다. 등용하다. 옷을 벗어서 남에게 입혀준 데서 은혜를 베풀다. 또는 임금이 등용해 주다라는 뜻으로 되었음.

行營(행영○○) 꾀하여 구함. 도모함.

行意(행의○●) =行志. 자기 뜻대로 일을 하다.

行藏(행장○○) =출처(出處). 나아가서 벼슬하는 것과 물러나서 은거하는 것.

行地(행지○●) 세상을 살아가면서 실천함. 《莊子》〈人間世〉:

"絶迹易, 無行地難."

杏村(행촌●○) =杏堂. =杏宮. 성균관(成均館)의 별칭.

香案吏(향안리○●●) 향로나 향촉을 담아놓는 탁상을 관리하는 관리.

革凡(혁범●○) 범상한 것을 개혁하다.

弦歌(현가○○) 거문고를 타면서 부르는 노래. 《논어》의 〈양화편〉에 "공자께서 무성읍으로 가서 현가의 소리를 들었다.(子之武城, 聞弦歌之聲.)"라고 하였다. 온 고을에 현가의 소리가 흘러나온다는 것은 그 고을이 잘 다스려지고 있음을 뜻한다.

顯彰(현창●○) 사실을 환히 드러나게 해서 백세지하에 그것이 헛된 것이 아님을 알리다.

華選(화선○●) 華銜淸選의 준말. 현귀한 관직.

化育仁(화육인●●○) 천지자연이 만물을 생육함. 교화시켜 양육함.

還珠(환주○○) 후한(後漢)시대에 합포(合浦)의 신임 군수 맹상(孟嘗)이 청렴한 정치를 해서 다른 고을로 빠져나가던 진주를 다시 돌아오게 하였다는 고사가 있음.

黃綬(황수○●) 황색의 인 끈. 흔히 승(丞)이나 위(尉)와 같은 지위의 벼슬아치를 가리킨다.

勳業(훈업○●) 나라를 위해서 세운 큰 공적.

欽恤(흠휼○●) 죄수에 대하여 신중히 심의하다.

8. 사교품성류(社交稟性類)

嘉稱(가칭○○) 좋은 평판.

艱貞(간정○○) 고난을 참고 견디어 굳게 절개를 지킴.

艮止(간지●●) 행동거지가 때에 맞음.

簡亢(간항●●) 고결(高潔)하다. 청고(淸高)하다.

羹牆(갱장○○) 성현 같은 훌륭한 윗사람을 그리워하고 추앙 추종하고자 하는 마음가짐.

遽色(거색●●) 당황하는 안색. 기색.

居然(거연○○) ①안온함. 마치 ~와 같다. 매우 흡사하다. ②뜻밖에. 의외로.

遽然(거연●○) 돌연. 갑자기. 갑자기 성내는 모양. 성급한 모양.

愆戾(건려○●) =愆尤(건우). 허물. 과실.

乾沒(건몰○●) 투기하여 이익을 도모하는 것. 요행을 위하여 모험을 하다. 탐하다. 탐내다. 관가나 혹은 남의 재물을 횡령 또는 갈취하는 것.

斂約(검약●●) =斂約(염약). 간단명료하다.

抉摘(결적●●) 숨겨진 것을 찾아내다.

抉剔(결척●●) 도려내다.

傾盖(경개○●) 경개여고(傾盖如故) 또는 경개여구(傾盖如舊)의 준말. 즉 잠시 만났어도 구면 같이 친하다는 뜻. 경개는 노상에서 우연히 만나 차문을 열고 마주보며 서로 인사하고 담론하는 것처럼 한번 보고 서로 친해지는 것을 이름.

鯨鏗(경갱○○) 큰 종을 치듯이 소리가 맑고 크게 울려 퍼짐.

契分(계분●○) 친한 벗 사이의 두터운 정분.

稽緩(계완○●) 지연시키다. 늦추다.

契闊(계활●●) 부지런히 노력하다. 헤어지는 일과 만나는 일. 계약을 맺다.

高衢騁足(力)(고구빙족○○●●) 高衢는 큰길. 또는 중요한 길이나 중요한 지위를 비유해서 하는 말. 騁足은 말을 달리다. 빨리 달리는 말의 발, 즉 양마(良馬)를 가리킨다. 두 단어를 합치면 이 말은 '역량을 떨쳐 드러내다' 또는 '힘센 것을 뽐내다'라는 뜻임.

考槃(고반●○) =考盤. =考磐. 成德樂道. 덕을 이루고 도를 즐기다. 考는 이룩하다, 槃은 즐긴다는 뜻.

瞽言(고언●○) 이치에 맞지 않는 어리석은 이론.

乖常(괴상○○) 상도(常道)가 어그러짐. 상도에 어긋나다.

交驩(교환○○) 함께 즐김. 일제히 즐거워함. 상대방의 환심을 얻는 것을 이르는 말.

垢含(구함●○) =含垢. 결점을 용납하다. 결점을 포용하다. 치욕을 참다.

窮妙(궁묘○●) ①정묘(精妙)함이 극에 달함. ②현묘(玄妙)한 경지를 적극적으로 구함.

眷厚(권후●●) 사랑하고 신임함.

襟度(금도○●) 남을 이해하고 남의 뜻을 받아들일 만한 마음의 여유. 즉 도량.

矜憐(긍련○○) =矜愍. 불쌍히 여기다. 가엽게 생각하다.

矜式(긍식○●) 공경하여 표본으로 삼음.

起敬(기경●●) 더욱 더 공경심을 발하다.

氣岸(기안●●) =氣丈. 마음을 확고하게 가지고 있는 것. 어떠한 기상에도 굴하지 않는 것. 활기를 가지고 비등하는 세(勢)를 나타내는 것.

器宇(기우●●) 덕량(德量). 인품(人品). 도량(度量).

緊忙(긴망●○) 몹시 다급함. 황급함.

拮据(길거●○) 쉴 사이 없이 열심히 일함. 재정이 넉넉지 못해 곤란을 당함.

拮抗(길항●●) 뛰어오르고 뛰어내리는 일. 반항함. 서로 버티고 대항함.

恬憺(념담○●) =恬淡. 마음이 편안하여 욕심이 없음. 이익을 탐내지 않음.

惱殺(뇌살●●) 몹시 번뇌스럽게 함. 쇄(殺)는 정도가 깊음을 표시하는 어조사.

惱人(뇌인●○) 남을 화나게 하다. 남을 고심하게 하다. 남을 상심하게 하다.

潭府(담부○●) =潭第. =貴宅. 상대방의 집을 높여 이르는 말.

潭恩(담은○○) 당신의 큰 은혜.

潭祉(담지○●) 댁내의 평안하심. 귀댁의 행복. 주로 척독문(尺牘文)에서 많이 사용함.

德庸(덕용●○) 공덕(功德). 공용(功用).

陶然(도연○○) 취하여 즐거운 모양. 기뻐하고 즐거워하는 모양.

韜晦(도회○●) 재지(才知)나 학식을 감추다.

冬心(동심○○) 고적(孤寂)한 심정을 이름.

狼藉(랑자○○) 낭자하다. 어지럽다. 어지럽게 흩어져 있다. 杯盤狼藉.

魯莽(로망●●) =鹵莽(노망). 경솔하다. 경망(輕妄)하다.

凌兢(릉긍○○) 戰慄. 떨다. 전율.

良宵(량소○○) 아름다운 밤.

良會(량회○●) 좋은 만남. 좋은 기회.

麗澤(려택●●) 군자가 벗들과 서로 화합하도록 강구하고 연습하다.

聊博(료박○●) 좀 얻다. 聊博一笑.

龍斷(룡단○●) 이익을 독점하다.

律身(률신●○) =律己(율기). 자기 자신을 다스리다. 태도를 취하다.

銘膈(명격○●) 가슴에(마음에) 새기다.

明哲(명철○●) 총명하고 사리에 밝음.

問遺(문유●○) 안부를 묻고 물건을 선사함.

芳澤(방택○●) 고대 여성들의 머리에 바르는 향유(香油), 또는 여자의 의용을 가리키는 말. 의로운 혜택이란 뜻으로도 쓰인다.

白客(백객●●) 청백하여 아무런 잘못이 없는 사람.

白劫(백겁●●) 대낮에 남의 물건을 약탈함. 공공연히 약탈함.

白望(백망●●) 헛된 명성.

白眼(백안●●) 홀대 또는 멸시하는 눈빛. 위(魏)나라의 완적(阮籍)이 속물들을 대할 때는 백안으로 대하고, 동지 선비들을 대할 때는 청안(青眼)으로 대했다는 고사가 있음. 청안은 환대하는 눈빛.

法性(법성●●) 불교어. 진실되고 변하지 않으며, 있지 않는 곳이 없는 체성(體性).

碧血(벽혈●●) 충신열사가 흘린 피. 나라를 위한 희생정신. 전하여 열사(烈士). 지사(志士).

扶傾(부경○○) 기울어진 것을 부축해서 바로 세우다.

頫視(부시●●) 머리 숙여 내려다보다.

俯仰(부앙●●) 굽어보고 쳐다봄. 속세의 흐름에 적당히 따름. 부침(浮沈)하다.

頫仰(부앙●●) 머리를 숙여 내려다보고, 고개를 들어 쳐다보다. 눈치를 보다. 기회를 살피다.

朋簪(붕잠○○) 같은 연배의 친구.

蜚英(비영●○) 우수하다. 뛰어나다. 이름을 날리다.

氷蘗(빙벽○●) =氷檗. 가난하면서도 지조를 지킴.

索居(삭거●○) 벗과 헤어져 있음. 쓸쓸하게 홀로 떨어져 있음.

山陰夜雪(산음야설○○●●) 친구의 방문을 비유해서 하는 말. '山陰乘興'이라고도 함. 《世說新語 任誕》: "王子猷居山陰, 夜大雪, 眠覺, 開室, 命酌酒. 四望皎然, 因起彷徨, 詠左思 〈招隱詩〉. 忽憶戴安道, 時戴在剡, 卽便夜乘小船就之. 經宿方至, 造門不前而返, 人問其故, 王曰: '吾本乘興而行, 興盡而返, 何必見戴'" 이 고사에서 유래하여 친구의 방문을 가리키는 말이 되었음. 줄여서 '방대(訪戴)'라고도 한다.

三鑑(삼감○○) 자신을 세 번 비추어 볼 수 있는 세 가지 대상. 즉 거울, 역사, 사람.

三愆(삼건○○) 세 가지 허물. 즉 조(躁): 조급함. 은(隱): 숨기기. 고(瞽):분별이 없음.

三觀(삼관○○) 불교어. 진리를 관찰하는 세 가지 지혜.

三關(삼관○○) 인체의 세 기관. 즉 입, 손, 발. 불법(佛法)을 아는 세 관문.

三窮(삼궁○○) 人窮(속임). 獸窮(뭂), 鳥窮(쪼음).

三難(삼난○○) 세 가지 어려움. 즉 알기 어려움, 애증(愛憎)을 자제하기 어려움, 진위(眞僞)를 밝히기 어려움.

三亡(삼망○○) 나라를 망하게 하는 세 가지 사단(邪端). 《戰國策 秦策1》: "以亂攻治者亡, 以邪攻正者亡, 以逆攻順者亡."

三災(삼재○○) 세 가지 재난(災難). 즉 대삼재: 불(火), 물(水), 바람(風). 소삼재: 인병(刃兵), 역질(疫疾), 기근(饑饉).

三好(삼호○●) 세 가지 좋아하는 것. 漢 揚雄《法言 修身》: "衆人好己從; 賢人好己正, 聖人好己師."

三惑(삼혹○●) 술(酒), 여자(色), 재물(財).

三患(삼환○●) 세 가지 걱정되는 일. 즉 ①아들이 많아서, 걱정이 많아서, 재산이 많아서. ②병들고, 늙고, 죽는 일. ③군자가 귀로 들을 수 없는 것, 듣고서도 배우지 못하는 것, 배우고서도 실행하지 못하는 것.

相饒(상요○○) 서로 용서하다. 서로 양보하다. 서로 다투지 않는다.

石席(석석●●) 돌(바위)과 돗자리. 의리가 굳고 정직함. 《詩經》〈邶風 柏舟〉: "我心匪石, 不可轉也. 我心匪席, 不可卷也."

仙味(선미○●) 속세를 초탈한 고상한 취미.

纖芥(섬개○●) 미세한 먼지. 약간. 미세한 것. 사소한 것.

盛言(성언●○) 역설(力說)하다. 極力申說.

笑妍(소연●○) 웃음을 지으며 부리는 교태.

嘯傲(소오●●) 구속없이 자유로운 것. 어느 경지에서도 추월한 모양.

掃榻(소탑●●) 상 위를 깨끗이 청소하고 정성으로 손님 또는 친구를 맞이하다. 친구를 열성으로 상대하다.

俗情(속정●○) 이익만 추구하는 속인들의 생각.

續貂(속초●○) 훌륭한 물건에 변변찮은 것이 뒤따름. 狗尾續貂(담비속초).

松筠(송균○○) 소나무와 대나무. 남자의 지조를 상징한다.

心腸(심장○○) 우려하고 불안해 함.

心折(심절○●) 마음이 꺾임. 두려워서 마음이 불안함을 형용하는 말.

心旌(심정○○) 마음이 불안함에 비유하는 말.

心火(심화○●) ①불처럼 타오르는 격렬한 마음. ②심중에 일어나는 울화. 심중의 화기로 가슴이 아프고 조급해하는 병. ③별 이름.

心灰(심회○○) 마음이 사그라진 재와 같음. 의기소침해 있음을 비유하는 말.

雅達(아달●●) 올바르고 사리(事理)에 통효(通曉)해 있음을 말한다.

雅望(아망●●) 높고 고상한 명망.

晏然(안연●○) 편안한 모양. 안정된 모양.

仰羨(앙선●●) =仰溸(앙소). 우러러 부러워함. 사모하고 동경함. 仰羨古風.

宴然(연연●○) 편안한 모양. 안정된 모양.

枘鑿(예조●●) 네모난 촉꽂이와 둥근 구멍. 본질적으로 다른 의견은 서로 화합할 수 없음을 이르는 말. 枘鑿不相容.

雍容(옹용○○) 온화한 모습.

搖尾(요미○●) 개가 꼬리를 흔들다. 아첨하다.

妖雲(요운○○) 기괴한 구름. 불길한 징조의 구름.

妖兇(요흉○○) 요사스런 흉물.

迂闊(우활○●) 사리에 어둡고 세상 물정을 잘 모름.

雲中白鶴(운중백학○○●●) 인품이 고결하고 뜻이 원대한 사람에 비유하는 말.

委頓(위돈●●) 힘이 빠짐. 쇠약해짐.

危言(위언○○) 고상한 말. 참고가 되고 도움이 되는 훌륭한 말.

威懷(위회○○) ①위력으로 굴복시키고 은덕으로 감화시킴. 위덕을 아울러 사용함. ②겁내다.

遺歎(유탄○●) 전인이 남긴 노래나 탄식. 탄식을 남김.

狺噬(은서○●) 개가 물려고 짖어대다. 으르렁대다.

衣錦尙絅(의금상경○●●●) 남에게 뽐내는 것을 싫어하다. 비단옷 위에 선의(禪衣)를 겹쳐 입음으로써 남에게 자기의 화려함이나 문장 등을 드러내기 싫어함.

懿躅(의촉●●) 훌륭한 업적.

怡然(이연○○) 화기애애하다. 화평한 기운이 돌다. 기뻐하다. 편안하다. 상쾌하다. 상쾌한 모양.

自是(자시●●) 스스로 옳다고 여김. 자연히. 당연히. 원래.

自在(자재●●) 편안하고 여유가 있음. 몸과 마음이 편안하고 즐거움.

皭然(작연●○) 밝다. 결백하다.

戩穀(전곡●●) 최선을 다하다.

剪燭(전촉●●) 촛불의 심지를 자름. 밤에 무릎을 맞대고 늦도록 대화함을 이르는 말.

鳥鳴(조명●○) 새 우는 것을 사람이 친구 찾는 것에 비유하는 말.

從龍(종룡○○) 윗사람의 뜻을 따르다. 또는 중차대한 일을 쫓다.

宗英(종영○○) 한 집안이나 무리에서 가장 걸출한 인재.

朱愚(주우○○) 바보 천치.

準擬(준의●●) 견주어 흉내 내다.

中夜舞(중야무○●●) 지사(志士)가 분발함을 비유하는 말.

池魚(지어○○) 까닭도 모르고 화를 당함. 죄 없이 해를 입음.

直截(직절●●) 즉시 분간하여 알음. 거추장스럽지 않고 간략함.

眞源(진원○○) 본원(本源). 본성(本性).

疾言(질언●○) 빠른 말투. 말을 급하게 함.

疾言遽色(질언거색●○●●) 말이 거칠고 표정이 사나움.

僭濫(참람●●) 분수없이 예의에 거슬림. 제 분수를 지나쳐서 방자함.

諂笑(첨소●●) 아첨하는 웃음.

沾臆(첨억○●) 마음에 더하다. 마음을 적시다.

瞻依(첨의○○) 우러러 의뢰함. 앙모하여 의지함.

淸儉(청검○●) 청렴하고 검소함.

淸勁(청경○●) 청렴하고 강직함.

淸耿(청경○●) 청렴하고 정직함.

淸狂(청광○○) 제정신이 아니다. 미쳤다. 백치. 정신은 맑으면서도 언행이 일반 상규에 얽매이지 않는 것.

淸貞(청정○○) 결백하고 올곧음.

淸塵(청진○○) 훌륭한 유풍. 사람을 존경하는 말, 그 존경하는 사람의 족하(足下)의 먼지를 일컬음.

淸風(청풍○○) 맑고 은혜로운 교화.

怊悵(초창○●) 원망하는 모양. 실망하는 모양.

叢脞(총좌○●) 자질구레하고 번잡하여 통일이 없음.

椎魯(추로○●) =椎鈍. 어리석고 둔함.

鯫生(추생○○) 소인(小人). 문제도 되지 않는 변변치 못한 사람. 자신을 겸손하게 낮추어 하는 말.

推恩(추은○○) 은혜 애정 등을 남에게 밀어주다.

忠讜(충당○●) =忠直. =忠正. 성실하고 정직함.

醉夢(취몽●●) 취중인 듯 꿈인 듯 정신이 흐리멍덩함.

縶束(칩속●●) 잡아매다. 구속하다. 묶어놓다.

殫竭(탄갈○●) 남김없이 다함.

闒茸(탑용●○) 용렬하고 둔하고 어리석음.

蕩析(탕석●●) 망해서 흩어져 없어지다.

偸閒(투한○○) 게으름을 피우다. 틈을 내다. 둘러대어 시간을 내다.

闖伺(틈사●●) 엿보다.

抱慤(포각●●) 마음이 성실함. 성실한 마음.

逋客(포객○●) 방랑 표류하는 나그네. 뜻을 잃은 사람.

抱柱(포주●●) 신의를 중하게 여김. 미생(尾生)이란 청년이 다리 밑에서 애인과의 약속을 지키기 위해 기다리다가 강물이 갑자기 불어나자 다리 기둥을 부둥켜안고 견디다가 끝내 익사하고 말았다는 고사가 있음.

標格(표격○●) 모범. 본보기.

風裁(풍재○○, ○●) =風采. 또는 고상한 명성.

遐思(하사○○) 먼 곳에 있는 사람을 생각함. 공상한 이상. 원대한 생각.

遐情(하정○○) 멀리 있는 사람이나 혹은 사물에 대해서 그리워하고 동경하는 정. 고원한 생각.

河淸之會(하청지회○○○●) 절호의 만남. 오랜만의 만남.

駭愕(해악●●) 깜짝 놀람.

虛遜(허손○●) 겸손함.

虛靜(허정○●) 텅 비고 고요함. 마음의 동요가 없음을 이름.

虛坐(허좌○●) 빈자리.

虛套(허투○●) 체면치레. 형식만 있고 실용이 없음.

顯軌(현궤●●) 명확한 대도(大道).

顯德(현덕●●) 명확한 덕이 있는 사람. 덕성이 드러난 사람.

顯道(현도●●) 명확한 준칙.

脅肩諂笑(협견첨소●○●●) 어깨를 굽히고 아첨하는 웃음.

脅息(협식●●) 몹시 두려워 숨을 죽임.

慧黠(혜할●●) 지혜롭고 영특함.

惠恤(혜휼●●) =惠卹(혜휼, 혜술). 자비심을 가지고 어루만져 돌보아줌. 惠卹耆老.

恢台(회태○○) 왕성한 모습. 광대한 모습.

薰沐(훈목○●) 향기를 쐬고 목욕함. 경건함을 나타냄.

休戚(휴척○●) 기쁜 일과 슬픈 일. 편안함과 근심.

屹然(흘연●○) 홀로 굴하지 않고 굳세게 선 모양.

9. 빈부귀천류(貧富貴賤類)

家殷人足(가은인족○○○●) 집집마다 부유하고, 사람마다 풍족함.

坎坷(감가●●) = 埳軻(감가). 뜻을 이루지 못하다. 불우하다. 半生坎坷.

孤露(고로○●) 감싸주는 사람 없어 외로운 처지에 있음을 비유하는 말.

拮据(길거●●) 열심히 일함. 쉴 사이 없이 일함. 고생스럽게 일함. 매우 힘들게 일함.

東波(동파○○) 총총 흘러가는 세월이 마치 동쪽으로 흘러가는 강물과 같이 아깝다는 뜻. 東波可惜.

零替(령체○●) 쇠락하다. 몰락하다. 家事零替. 零敗一墜.

零悴(령췌○○) 시듦. 零替와 비슷한 말. "春生者繁華, 秋榮者零悴."

屢空之患(루공지환●○○●) 항상 가난함, 그리고 그에 대한 걱정.

幕燕(막연●●) 막 위에 집을 지은 제비. 매우 위험한 지경에 처해 있음을 비유함.

物心(물심●○) 인심.

物阜(물부●●) 물산이 풍요하다. 물품이 풍성하다.

百朋(백붕●○) 수많은 돈. 재화(財貨)를 일컬음.

蓬門(봉문○○) 쑥 같은 잡초가 대문을 가릴 만큼 가난한 집. 주문(朱門), 즉 대문에 붉은 칠을 한 호문(豪門) 귀족과 반대되는 말로 쓰이기도 함.

不貲(부자●○) ①헤아릴 수 없음. 셀 수 없음. 재산이 많음. ②대단히 귀중함. ③생각하지도 못함. 엄두도 못 냄. ④헐뜯지 않음.

貧約(빈약○●) 빈곤함. 빈곤한 사람.

三災(삼재○○) 곧 전쟁, 질병, 기아.

傷感(상감○●) 슬퍼함. 애달파함. 애달픈 감정.

傷惜(상석○●) 슬프고 애석해하다.

桑楡暮景(상유모경○○●●) =晩景. =老來. =老境. 늘그막.

桑梓(상재○●) =桑里. 고향.

生黎(생려○○) 인민. 백성.

生津(생진○○) 생로(生路). 생계(生計). 살 길.

蕭索(소삭○●) 쓸쓸함. 처량함. 陶潛 〈自祭文〉: "天寒夜長 風氣蕭索 鴻雁于征 草木黃落."

蕭颯(소삽○●) ①의성어. 비바람이 초목을 두드려 나는 소리. ②쓸쓸함. 杜甫 〈相從歌贈嚴二別駕〉: "成都亂罷氣蕭颯,

浣花草堂亦何有?”

蕭蕭(소소○○) 의성어. 말 울음. 비바람 소리. 陶潛 〈詠荊軻〉: “蕭蕭哀風逝, 淡淡寒波生.” 杜甫 〈登高〉: “無邊落木蕭蕭下, 不盡長江袞袞來.”

蕭瑟(소슬○●) 바람에 나뭇가지 흔드는 소리. 宋 蘇軾 〈仙都山鹿詩〉: “長松千樹風蕭瑟, 仙宮去人無咫尺.”

素業(소업●●) =儒業. 선대(先代)로부터 이어져 온 가업(家業).

叔世(숙설●●) =末世(●●). =叔季(●●). =叔代(●●). =叔末(●●). =叔葉(●●). 여기서 叔은 쇠락하다. 몰락하다의 뜻.

臥雪(와설●●) 중국 후한(後漢) 때 원안(袁安)이란 사람은 큰 눈이 내려 집이 파묻혔는데도 그대로 집안에서 움직이지 않고 있었다. 이때 마침 낙양령(洛陽令)이 시찰을 나서 보니 인가에서는 모두 눈을 제치고 나왔고 걸식하는 사람도 있었다. 원안의 집 앞에 와보니 아직 길도 나있지 않아 수령은 원안이 이미 집안에서 얼어 죽은 줄로 알고 사람을 시켜서 눈을 치우고 집안으로 들어가 보게 하였다. 뜻밖에도 원안은 방안에 태연히 누워있지 않는가? 수령이 왜 나오지 않았느냐고 물었더니 “큰 눈이 오면 사람들은 다 굶게 되어있는데 나가서 걸식하기가 마땅치 않습니다.”라고 대답했다. 수령은 그를 현명하다고 여겨 효렴으로 천거하였다. 이 고사에 근거하여 훗날 안빈청고(安貧淸高)한 인물의 전형을 ‘臥雪’이라 비유해서 말한다.

遠役(원역●●) 먼 곳에 나가 수자리를 삶.

章皇(장황○○) 방황하다. 서성거리다.

顚連(전련○○) 심히 곤란함. 몹시 어려움.

征夫(정부○○) 나그네. 길손. 지나는 사람.

鼎食(정식●●) 큰 솥을 나란히 걸어 놓고 사는 부호를 가리킴. 갑제(甲第)와 비슷한 말.

振窮(진궁●○) =振困(●●). =振貧(●○). 곤궁한 사람을 구제함.

振窮恤貧(진궁휼빈●○●○) 궁한 사람을 구제하고 빈곤한 사람을 구휼하다.

振貧(진빈●○) 궁한 사람을 구제하고 빈곤한 사람을 구휼하다.

蜀道(촉도●●) 중국 사천성으로 들어가는 길인데, 자고로 험하기로 이름나 있다. 때로는 인정과 세로의 어려움에 비유하기도 함.

嘆蜡(탄사●●) 자신의 이상은 실현하지 못했는데 세월만 흘러가는 것을 개탄하는 말. 蜡는 제사명. 납일(臘日)에 지내던 백신(百神)에 대한 큰 제사.

飄零(표령○○) 정처 없이 떠돌아다님.

飄蓬(표봉○○) =漂蓬. 가을바람에 뿌리 뽑혀 이리저리 나뒹구는 쑥. 정처 없이 떠도는 나그네에 비유해서 쓰는 말.

飄遊(표유○○) 둥둥 떠다님.

飄塵(표진○○) 정처 없이 떠돌아다니는 생활을 비유하는 말.

豊羽(풍우○●) 자립함을 이르는 말. 새의 깃털이 풍만해야 높이 날 수 있다는 말에서 유래.

河淸海晏(하청해안○○●●) =河淸海宴. ①황하가 맑아지고 바다가 잔잔함. ②태평성대의 상서(祥瑞)를 상징함.

閒空(한공○●) 한가한 시간. 틈.

閒時(한시○○) 한가한 때.

閒情(한정○○) 한가로운 마음.

閒休(한휴○○) 일을 그만두고 물러섬. 일을 쉼.

惠風(혜풍●○) 온화하고 따스한 바람. 인애(仁愛)나 인정(仁政)을 비유하는 말로도 쓰임.

蒿藜(호려○○) 쑥과 명아주. 옛날의 구황식품.

10. 역사고사류(歷史故事類)

干羽(간우○●) 옛 무인(舞人)들이 손에 들고 춤추던 무구(舞具)로 방패와 조류의 깃을 말함. 즉 문무(文舞)와 무무(武舞)로 옛 하(夏)의 우왕(禹王)이 간우의 춤을 연주하여 남방의 묘족(苗族)까지도 귀복(歸服)시켰다고 전한다.

瓊瑤(경요○○) 당(唐) 가도(賈島)의 시에 "欲買雙瓊瑤, 慙無一木瓜."라고 읊었듯이, 상호 선물하는 물건을 예시하는 말로 사용된다. 경요는 아름다운 옥(玉)으로 귀한 선물에 비유해서 말하고, 목과는 하찮은 선물에 비유해서 말한다. 원래는 시경 위풍(衛風) 木瓜편에 "投我以木瓜, 報之以瓊琚."라고 한 데서 유래하였다.

谷口(곡구●●) 계곡의 어구. 한나라 정자진(鄭子眞)의 무언의 노래, 즉 곡구요(谷口謠)를 가리킨다. 이것은 그 당시 공직사회의 청정화에 기여하였다. 정자진은 성제(成帝)가 불러도 사양하고 벼슬길에 나아가지 않고 곡구에 살면서 도를 닦고 침묵을 지킨 사람이었다.

龜毛(구모○○) 거북의 털. 아주 드물고 희귀한 물건. 거북이가 천년을 묵으면 몸에서 털이 난다고 하는 전설이 있음. 결코 있을 수 없는 일에 비유해서 하는 말.

棄繻生(기수생●○○) 어느 곳을 항상 통과하는 관졸로 증명서 없이도 알아볼 수 있는 관리를 가리킨다. 수는 비단 보람(符帛). 전한(前漢) 시대에 종군(終軍)이 관문을 나아갈 때, 비단 보람을 찢어서 둘로 나누어 후에 들어올 때 증명서로 삼으려 하자, 대장부가 그런 것 따위가 무슨 필요가 있느냐 하면서 내버리고 갔는데, 그 후에 관문의 관리들이 그를 보고는 지난번 수를 버리고 갔던 사람이라고 바로 알아보았다고 하는 고사가 있음. 후세에 와서는 棄繻(기수), 즉 '수를 포기한다'는 말은 관중(關中)에서 창업하고자 하는 결심을 나타낸 것이며, 이것이 젊어서 큰 뜻을 세운다는 전고(典故)가 되었다.

南州(남주○○) 남쪽 나라. 남쪽 지방. 또는 지명. 사천성 남천현(南川縣). 유종원(柳宗元)의 〈하중우작(夏中偶作)〉 시에: "南州溽暑醉如酒 隱几熟眠開北牖. 日午獨覺無餘聲 山童隔竹敲茶臼."라고 읊은 것이 있다.

丹檻折(단함절○●●) 단함(丹檻)은 궁전의 난간을 이른다. 그것을 꺾었다(折檻)는 말은 아주 강경하게 간했다는 뜻이다. 한(漢)의 효성제(孝成帝)가 주운(朱雲)의 충간에 노한 나머지 주운을 끌어내라고 명했더니, 그가 난간을 꼭 붙잡고 놓지 않아 마침내 난간이 부러지고 말았다는 고사가 있다.

東門(동문○○) 오자서(伍子胥)는 오왕(吳王)이 준 명검 속루(屬鏤)로 자결하고 사자에게 유언하기를, 내가 죽거든 내 눈알을 도려내어 동문 위에 내달아서 월(越)이 결국 오를 멸망시키는 것을 볼 수 있게 해달라고 했다.

落帽(락모●●) 진(晉)의 맹가(孟嘉)가 중양절에 용산(龍山)에서 만취하여 자기도 모르는 사이에 모자를 떨어뜨려 주위로부터 놀림을 당하였는데, 이에 답하는 훌륭한 시를 지어 좌중을 탄복시켰다는 고사가 있음. 그 후로는 중양절에 높은 곳에 오름을 이르는 전고(典故)로 쓰이게 되었음.

樂昌之鏡(락창지경●○○●) 진(陳)의 서덕언(徐德言)이 거울을 둘로 나누어 한동안 아내와 헤어졌다가 훗날 다시 그 반경(半鏡)을 합쳐서 원만히 생애를 함께 했다고 하는 고사가 있음.

鸞鏡(란경○●) 거울. 배면에 란새의 모양이 있는 거울. 란새는 본래 암수의 사이가 좋은 새로, 짝을 잃은 란새가 거울을 보고 자기의 모습을 연모한 나머지, 비명을 지르고 죽었다고 하는 고사가 있다.

鸞膠(란교○○) 선가(仙家)에서 전해오는 말로, 봉의 부리와 기린의 뿔을 한데 삶아서 연고로 만든 일종의 아교로, 이는 능히 잘라진 활의 시위도 다시 붙일 수 있는 대단한 접착력을 지니고 있다고 한다. 이것을 속현교(續弦膠)라

하고 또 란교라고도 한다. 후세에 와서는 속현(續弦)의 뜻으로 사용하기도 한다.

濫竽(람우●○) 참다운 재주나 학문이 없는 사람을 이르는 말. 자신의 겸사로 쓰이기도 함. 전국(戰國)시대 제(齊) 선왕(宣王)이 악기 우(竽)의 합주(合奏)를 좋아하여 연주자를 3백 명으로 구성하였는데, 연주에 서툰 남곽처사(南郭處士)가 그들 틈에 끼어 잘 지냈으나, 선왕의 아들 민왕(湣王)이 등극하여 독주(獨奏)를 좋아하여 한 사람씩 연주하게 하자, 처사가 그만 슬그머니 도망하였다는 고사에서 유래.

連城(련성○○) 연이어 있는 여러 성. 중국 전국시대 조(趙)의 혜문왕(惠文王)이 화씨(和氏)의 옥을 얻었는데, 진(秦)의 소왕(昭王)이 그 소식을 듣고 혜문왕에게 편지를 보내, 자기네 15개의 성과 바꾸기를 원하였다는 이야기가 사기(史記)에 보인다. 여기에 유래하여 후세에는 '연성'이라고 하면 화씨의 벽(璧) 또는 진귀한 물건을 가리키는 말이 되었다.

龍池(룡지○○) 연못 이름. 당(唐) 현종(玄宗)이 때때로 제왕(諸王)들과 함께 묵었던 융경방(隆慶坊)의 고택에 있던 연못. 그 후 중종(中宗) 때는 때때로 운룡(雲龍)의 길상(吉祥)이 나타났다고 함.

蓂莢(명협○●) 중국 고대의 초하루 보름 그믐, 즉 달의 운행에 따라 나날이 잎이 피어나고 떨어지는 력초(曆草). 즉 초하루부터 보름까지는 한 잎씩 피어나고 보름부터 그믐까지는 한 잎씩 떨어지므로 하루하루가 지나가는 것을 알게 됨.

木瓜(목과●○) 시경 위풍(衛風) 목과편에 "投我以木瓜, 報之以瓊琚."라고 한 데서 유래하여 후세에서는 상호 선물하는 물건을 목과와 瓊琚(경거) 또는 瓊瑤(경요)를 예로 들어서 말한다. 목과(모과)는 과일 이름으로 하찮은 선물에 비유하고, 경거는 보석(옥)으로 귀한 선물에 비유해서 말한다. 당(唐) 가도(賈島)의 시에 "欲買雙瓊瑤, 慙無一木瓜."라고 읊은 것이 있다.

木奴(목노●○) 중국 남조시대(南朝時代) 단양(丹陽) 태수 이형(李衡)은 감귤나무 천 그루를 심었다. 훗날 임종 때 아들에게 말하기를: "네 어머니는 내가 집안 다스리는 것을 싫어했기 때문에 집이 이렇게 가난하게 되었다. 그러나 우리 고을에는 천명이나 되는 나무종(木奴)이 있으니 네가 먹고 입는 것은 부담 가질 필요가 없다. …일 년에 비단 한 필이면 충분할 것이다."라고 일러주었다. 그 후 오나라 말엽에 그 감귤이 숙성해서 수천 필의 비단을 확보함으로써 가세가 넉넉하게 되었다. 이 고사에서 유래하여 후세에 감귤을 '목노'라고도 부른다.

巫山(무산○○) 무산신녀(巫山神女). 자고로 남녀 간의 깊은 사랑을 나누는 일과 그 장소의 대명사로 쓰인다. 초(楚)나라 회왕(懷王)이 고당(高唐)에서 놀던 중 피곤해서 낮잠을 잤다. 꿈속에서 어떤 여인이 나타나 자기는 무산의 여인인데, 고당에 손님이 오셨다는 말을 듣고 침석에 시중들기를 바란다고 해서 왕은 그녀와 함께 하룻밤을 보냈다. 그리고 헤어질 때 여인은 말하기를: "저는 무산의 남쪽 고구(高丘)의 돌산에서 아침에는 구름이 되고 저녁에는 비가 되어 아침저녁으로 양대(陽臺)의 아래에 있겠습니다."라고 했다. 다음날 아침에 보았더니 과연 그녀가 말한 그대로였다. 그래서 회왕은 그 자리에 묘당(廟堂)을 짓고 이름을 조운(朝雲)이라고 붙였다고 하는 고사가 전한다.

潘楊之睦(반양지목○○○●) 혼인으로 인척관계가 겹쳐진 오래 사귀어 온 좋은 사이. 진(晉) 반악(潘岳)의 부친과 양무중(楊仲武)의 조부가 예로부터 친교가 있었고, 반악의 아내가 중무의 고모였기 때문에 반악과 양중무는 더욱 친밀했다는 이야기에서 유래되었음.

潘輿(반여○○) 어버이를 봉양하는 의식. 중국 진(晉)의 반악(潘岳)의 한거부(閑居賦)에, 태부인은 이에 판여(版輿)를 타고 가볍게 마루에 올라가서 멀리는 수도를 가까이는 집안의 정원을 바라볼 수가 있었다. 마음을 편안하게 해드리고 좋은 약과 음식으로 봉양함으로써 지병이 완치되었다고 한 문장이 있는데, 이로부터 후세에서는 '반여'를 어버이를 봉양하는 의식을 뜻하는 말이 되었다.

班筆(반필○●) 문서나 정리하는 등 자질구레한 일. 보람 없는 하찮은 일. 중국 후한의 반초(班超)는 일찍이 집이 가난하여 남의 글이나 베껴주고 얻는 돈으로 부모를 공양했다. 그러다가 일이 너무 고달프고 보람이 없음으로 붓을 내던지고 탄식하기를 "대장부가 다른 지략이 없으면, 남들처럼 이역에서 공을 세워 봉후(封侯)를 취하는 것이 마땅하지, 어찌 붓과 벼루에만 오래도록 묻혀 지낼 수 있겠는가?"라고 하였다. 이 고사에서 유래하여 후세에서 문서쇄사(文書瑣事)를 반필이라고 한다.

班荊(반형○○) 班荊道故의 준말. 가시를 길에 깔아놓고 앉다. 도중에 친구를 만나 옛정을 나누다. 춘추시대 초(楚)의 오거(伍擧)가 진(晉)으로 달아나려고 했는데, 정(鄭)의 교외에서 친구 성자(聲子)를 만나 가시나무를 깔아놓고 앉아 초로 돌아갈 것을 의논하였다는 고사가 있음.

別鶴(별학●●) 악부(樂府)의 가야금 곡조 이름. 멀리 헤어져서 만나지 못하는 슬픔을 노래했음. 상릉(商陵)의 목자(牧子)는 아내를 맞이하였으나 5년 동안 자식이 없자, 그 부형들이 다시 다른 곳으로 장가를 보내려고 했다. 이 소리를 들은 아내가 슬피 울어대니 목자도 슬픔에 못이겨 이 곡을 지었다고 한다. 학은 한번 날면 천 리를 가기 때문에 한번 멀리 헤어져서 다시는 못 만나는 슬픔을 노래했음.

黼扆(보의●●) 도끼를 그려 넣은 빨간 비단으로 만든 병풍. 옛날 황제가 제후를 대할 때, 어좌의 뒤에 세우던 것으로, 도끼는 위엄을 나타내고 자루를 그리지 않은 것은 이를 사용하지 않음을 뜻한다. 그냥 임금이란 뜻으로도 사용하였다.

伏蒲(복포●○) 한(漢) 원제(元帝)가 세자를 폐하려 하자, 사단(史丹)이 원제가 홀로 취침하는 시간을 기다렸다가 침실로 들어가 청포(青蒲) 위에 엎드려서 울면서 간하였다는 고사가 있음. 후에는 伏蒲를 犯顏直諫(임금이 싫어하는 안색을 보여도 관계하지 않고 직간함)의 전고(典故)로 삼고 있음.

鳳城(봉성●○) 단봉성(丹鳳城). 춘추시대 진(秦)나라 목공(穆公)의 딸 농옥(弄玉)은 퉁소를 잘 불었는데, 훗날 봉황이 그 성(城)으로 내려와 농옥은 결국 남편 소사(簫史)와 더불어 봉황을 타고 신선이 되어갔다고 하는 전설이 있다. 그 성을 단봉성이라 불렀다고 함.

附驥(부기●●) 파리가 천리마(千里馬)의 꼬리에 붙어 천 리를 간다는 뜻이니, 후배가 선배의 뒤에 붙어 더불어 명성을 얻음을 비유하는 말.

三鼎(삼정○●) 옛날의 제례(祭禮)는 등급에 따라서 규제도 달랐는데, 사(士)는 셋 정을 사용했고 대부(大夫)는 다섯 정을 사용했다. 따라서 삼정을 넘어섰다는 말은 이제 선비의 서열을 넘어서서 대부의 반열에 들어섰음을 말한다.

三晉(삼진○●) 춘추시대에 조위한(趙魏韓) 세 성씨가 진(晉)나라에 출사해서 경이 되었는데, 그 후에 진을 나누어서 각각 독립했기 때문에 삼진이라고 한다.

上林賦(상림부●○●) 문장 이름. 한(漢)의 사마상여(司馬相如)가 지은 부(賦)로, 천자가 상림원(上林苑)에서 수렵하는 모습을 잘 서술하여 이것으로 그는 무제(武帝)의 총애를 받게 되었다고 함.

桑弧(상호○○) 옛날에 남아를 낳으면 뽕나무로 활을 만들어 천지사방을 쏘게 하여 남아는 응당 뜻을 사방에 두어야 함을 상징하였다. 그것이 후세에는 사람은 마땅히 큰 뜻을 품어야 한다는 격려의 말이 되었다.

書空(서공○○) 허공에다 글자를 씀. 《세설신어(世說新語)》〈출면(黜免)〉을 보면, 동진(東晋)의 은호(殷浩)는 패전으로 파직된 뒤, 집에서 종일 허공에다 '咄咄怪事(돌돌괴사: 전연 생각지도 못했던 괴이한 일)' 네 글자를 썼다고 한다.

單父(선보●●) 중국 춘추(春秋)시대 노(魯)나라의 읍 이름. 당시 복자천(宓子賤)이 선보읍을 다스렸는데, 가야금을 울리는 방법으로 모든 백성들이 가정을 지키고 정서를 순화하게 함으로써 잘 다스렸다고 전함.

洗耳(세이●●) 더러운 말을 들은 귀를 깨끗이 씻어버린다는 뜻. 중국 고대 요(堯)임금이 제위를 허유(許由)에게 물려주려고 말하자, 허유는 은자는 명예나 권위를 싫어하고 자기의 본분을 지키기를 좋아한다고 하면서 단호히 거절하고, 그 더러운 말을 들은 자기의 귀를 깨끗이 씻었다고 하는 고사가 전함.

邵平瓜(소평과●○○) 은퇴한 관리가 가꾸는 외밭에 대한 미칭(美稱). 진(秦)의 동릉후(東陵侯) 소평(邵平)이 나라가 망한 뒤에 은퇴하여 장안의 동쪽 청문(靑門) 밖에서 외를 길렀는데, 그 맛이 달고 시원하여 사람들이 동릉과 즉 소평과라 불렀다는 고사가 있다.

羞澁(수삽○●) 부끄러워하다. 겸연쩍어하다. 진대(晉代)의 완부(阮孚)가 회계(會稽) 땅을 유람하는데, 그가 청색의 주머니를 두르고 있는 것을 보고, 어떤 사람이 그 주머니에는 무엇이 들어있느냐고 물었다. 그가 대답하기를 "주머니를 지키는 동전 한 푼이 있을 뿐입니다. 그것마저 없으면 주머니가 몹시 부끄러워할까 염려되어서 넣어두었습니다."라고 대답하였다는 고사가 있다.

蓴鱸(순노○○) 순갱노회(蓴羹鱸膾)의 준말. 순나물로 끓인 국과 노어의 회. 진(晉)나라 장한(張翰)이 자기 고향의 특산인 이 두 가지 음식을 먹기 위하여 벼슬조차 그만두고 귀향했다는 고사가 있음. 전용해서 고향을 그리워하는 정을 말한다.

循墻(순장○○) =순장(循牆). 도로의 중앙을 피해서 담장 곁으로 조용히 가다. 겸손하게 행동하고, 내로라는 듯이 뽐내지 않는다는 말.

食葚(식심●●) 오디를 먹는다는 말은, 솔개는 원래 듣기 싫은 소리로 우는데, 반수(泮水)의 나무에 앉아 오디를 먹고 나서는 그 울음소리가 선한 소리로 변하였다는 고사에서 나온 말로 사람이 은혜에 감화한다는 것을 비유한 것이다. 그래서 식심(食葚)이란 단어가 후에는 타인으로부터 은혜를 입는 것을 비유해서 하는 말이 되었다.

雙鯉(쌍리○●) 두 마리의 잉어라는 말로 편지를 뜻한다. 중국 고악부(古樂府) '음마장성굴행(飮馬長城窟行)'에, 옛날에 어떤 사람이 멀리서 보내온 잉어 두 마리를 받았는데, 그 잉어 뱃속에 편지가 들어있었다는 이야기가 있다. 이 고사로 인해서 후세 사람들이 편지를 흔히 쌍리라고 부른다.

雙鳧(쌍부○○) =仙鳧. ①한 쌍의 물오리 또는 청둥오리. ②지방관을 말함. 중국 후한의 왕교(王喬)는 신선술을 터득했었는데, 일찍이 초하루 보름으로 현(縣)에서 조정까지 출근을 하면서도 수레를 이용하는 것이 보이지 않았다. 태사(太史)가 살펴보게 하였더니 그가 도착할 때는 매번 한 쌍의 물오리가 동남쪽에서 날아왔다고 했다. 이에 그물을 놓아 그것을 잡고 보니 단지 한 마리밖에 없었고 거기에는 왕교의 신발이 있었다. 이는 바로 왕교가 4년 동안 그 오리를 타고 다녔던 증거였다.

顔瓢(안표○○) 안회(顔回)의 표주박. 공자는 그의 제자 안회가 밥 한 공기, 국 한 그릇을 가지고 식사를 하면서 누추한 골목에 살고 있으면서도 고생이라 생각하지 않고 즐거운 마음으로 학문에 열중하는 것을 보고 어질다고 칭찬한 일이 있다.

揚州鶴(양주학○○●) 여러 가지 소원을 한꺼번에 다 이룩하는 것을 형용하는 말. 남조(南朝) 양(梁) 은운(殷芸)의 '소설(小說)'에 "몇 사람이 어울려서 제각기 소망을 피력했는데, 혹자는 양주자사(揚州刺史)가 되기를 원했고, 혹자는 돈(재물)을 원했으며, 또 혹자는 학을 타고 신선이 되는 것을 원하였다. 그런데 한 사람은 허리에 10만 관(貫)의 돈 꾸러미를 차고, 학을 타고, 자사가 되어 양주로 날아가겠다고 세 가지 욕망을 한꺼번에 말하였다."는 이야기가 있다.

遨頭(오두○○) 태수(太守)가 출유(出遊)하는 것을 가리킴. 옛날 중국에서 태수가 출유하면 부녀자들이 목상(木牀)에서 구경을 하는데, 이를 오상(遨牀)이라고 했음으로 따라서 태수를 오두(遨頭)라고 불렀음.

臥雪(와설●●) 중국 후한 때 원안(袁安)이란 사람은 큰 눈이 내려 집이 파묻혔는데도 그대로 집안에서 움직이지 않고 있었다. 이때 마침 낙양령(洛陽令)이 시찰을 나서보니 인가에서는 모두 눈을 제치고 나왔고 걸식하는 사람도 있었다. 원안의 집 앞에 와보니 아직 길도 나있지 않아 수령은 원안이 이미 집안에서 얼어 죽은 줄로 알고 사람을 시켜서 눈을 치우고 집안으로 들어가 보게 하였다. 뜻밖에도 원안은 방안에 태연히 누워 있지 않는가? 수령이 왜 나오지 않았느냐고 물었더니 "큰 눈이 오면 사람들은 다 굶게 되어 있는데 나가서 걸식하기가 마땅치 않습니다."라고 대답했다. 수령은 그를 현명하다고 여겨 효렴으로 천거하였다. 이 고사에 근거하여 훗날 안빈청고(安貧淸高)한 인물의 전형을 '臥雪'이라 비유해서 말한다.

牛刀割鷄(우도할계○○●○) 《논어》 양화(陽貨) 편에 "닭을 잡는데 어찌 소 잡는 칼을 쓰겠느냐?"라고 한 말에서 나왔음. 작은 일을 하는 데에 큰 도구를 씀. 대사를 처리할 수 있는 기능을 소사에 사용함.

刖趾(월지●●) 발꿈치를 자르다. 刖趾適屨(월지적구): 발꿈치를 잘라 신발에 맞춘다. 즉 안 되는 일을 강행하려고 하는 어리석은 행동을 비유하는 말.

有脚春(유각춘●●○) 유각양춘(有脚陽春)의 준말. 가는 곳마다 은덕을 베푸는 사람. 다리가 있는 따뜻한 봄날이란 말이니, 그 인덕을 베푸는 것을 따뜻한 봄날이 만물을 소생시키는 것에 비유해서 하는 말이다. 당(唐) 대에 송경(宋

璟)이란 태수가 백성을 사랑하고 잘 보살펴서 당시의 사람들이 모두 그를 '유각양춘'이라고 불렀다.

遺安(유안○○) 자손에게 재산이나 권세가 아닌 덕(德)을 물려줌으로써 그들로 하여금 순박함을 지켜서 무사태평(無事太平)하게 함. 《후한서(後漢書)》〈일민전(逸民傳)〉에 방공(龐公)이 처자와 더불어 밭일을 하고 있었는데, 누가 묻기를 "선생은 힘들게 농사를 지으면서 관록(官祿)은 마다하시니 나중에 무엇을 자손에게 물려주려고 하십니까?" 라고 하니, 방공이 말하기를 "세상 사람들은 다 위험한 것을 물려주지만 나만은 편안한 것을 물려주려고 합니다."라고 했다.

游刃(유인○●) 식칼을 능숙하게 쓰다. 고기를 썰 때, 육편과 육편 사이에 틈이 있는 듯 식칼이 자유로이 움직이는 것. 즉 어떤 일에 당해서 여유 있게 움직이는 모습을 비유해서 이르는 말.

殷牛(은우○○) 위독한 병으로 정신이 혼미하여 환청에 시달림을 형용하는 말. 진(晉) 은중감(殷仲堪)의 부친이 병으로 허약할 때, 침대 밑에서 개미가 움직이는 소리를 듣고 황소가 싸우는 것으로 알았다는 고사에서 유래.

炙鷄(자계●●) 자계지주(炙雞漬酒)의 준말. 옛 은혜를 잊어버리지 않음. 중국 후한 때 서치(徐穉)는 태위 황경(黃瓊)으로부터 벼슬을 하라는 부름을 받고 감사했으나 나아가지는 않았다. 그 후에 황경이 죽자, 그는 닭 한 마리를 구워서 미리 준비한 술에 적셔 말린 솜으로 싸가지고 상가의 무덤 가까이 가서는 다시 그것을 물에 적셔 주기(酒氣)를 내어 밥 등 제수와 함께 제상에 올려놓고 고유를 한 다음, 상주도 보지 않고 돌아왔다는 고사가 있다. 은혜를 잊지 않고 있다가 남몰래 보답함.

紫荊(자형●○) 박태기나무. 형제를 상징하기도 한다. 《속제해기(續齊諧記)》에, 형제 3인이 있었는데 서로 사이가 틀어져 재산을 나누어 분가하려 하였다. 그런데 그날 밤 뜰에 있던 세 그루의 박태기나무가 갑자기 시들어버렸다. 이를 보고 형제들이 놀라서 반성하고, 탄식하면서 다시 우애 있게 지냈더니 박태기나무도 다시 살아났다고 하는 고사가 있다. 우애를 회복한 형제를 상징하는 것은 이 고사에서 비롯하였다.

樗櫟(저력○●) 저와 력, 둘 다 가죽나무 종류에 속하고 별로 쓸모가 없다고 함. 무능한 사람을 비유해서 하는 말.

折檻(절람●●) 임금에게 강력하게 간하는 일. 한(漢)의 효성제(孝成帝)가 주운(朱雲)이 강하게 간함에 진노하여 그를 조정에서 끌어내려고 했을 때, 주운은 어전의 헌람(軒檻)을 붙잡고 늘어져 결국은 그 헌람이 부러졌다는 고사에서 유래한다.

井田(정전●○) 중국 주대에 이미 있었던 제도로, 농토를 우물

정자 모양으로 9등분 하여 8가구에서 경작하게 하여 중앙의 1등분은 공동 경작하여 그 수확을 세금으로 국가에 납세토록 하는 농지제도를 말한다.

祖鞭(조편●○) =祖生之鞭. 선수를 치다. 남보다 먼저 착수하다. 진(晉)의 류곤(劉琨)이 조적(祖逖)이 먼저 임용되었다는 소식을 듣고 "조생(祖生)에게 선수를 빼앗겼다(당했다)."고 말했다는 고사가 있음.

終南(종남○○) 즉 종남산. 중국 당나라의 노장용(盧藏用)이 전시(殿試)에 낙제한 뒤, 궁성에서 가까운 종남산에 은거함에 그 소문이 황제의 귀에 들어가 마침내 등용되었다는 고사가 전해옴. 종남산은 예로부터 도교 신봉자들이 모이는 곳이며 등선(登仙)하는 산으로 유명함.

翟公客(책공객●○●) 권세가 있을 때는 아첨하고, 권세가 없어지면 푸대접을 하는 세태를 이르는 말. 한나라 무제 때, 책공이 정위(廷尉) 벼슬에 있을 때는 많은 사람들이 찾아왔으나 벼슬을 그만두자 찾지 않다가 복직되자 다시 찾기 시작했다는 고사에서 유래.

天雨粟(천우속○●●) 곡식의 비. 진왕(秦王)이 연(燕) 태자 단(丹)을 억류해 놓고, 만약 하늘에서 곡식비가 오게 하고, 까마귀의 머리가 희어지고, 말의 머리에서 뿔이 돋아나게 한다면 돌려보내 주겠다고 약속하여, 이에 태자 단이 하늘을 쳐다보고 탄식하자 하늘에서 곡식비가 내리고 까마귀

머리가 희게 변하고 말머리에 뿔이 돋았다고 하는 전설이 있다.

鐵牛(철우●○) 쇠로 만든 소. 고대 중국에서 황하를 다스릴 때 물속에 넣어서 부적과 같은 용도로 사용했다고 한다. 후세에 와서는 실질적인 가치가 없는, 다시 말하면 가시적인 역할을 못하는 것에 비유하여 일컫는 말로 쓰인다.

焦尾(초미○●) 즉 초미금(焦尾琴). 옛 중국 오(吳)나라에 오동나무를 땔감으로 태우고 있는 사람이 있었다. 이때 마침 채옹(蔡邕)이 그 타는 소리를 듣고서 바로 그것이 좋은 나무라는 것을 알고 주인에게 청해서 얻어 가지고 가서 그것으로 가야금을 만들었더니 과연 미음(美音)이 났다. 그 오동나무의 끝부분이 마치 파초 같이 생겨서 '초미금'이라고 불렀다.

芻豢(추환○●) 추환(芻豢). 풀을 먹는 마소나 곡물을 먹는 개나 돼지 따위. 《맹자(孟子)》에 "이의가 내 마음을 즐겁게 하는 것은 고기가 내 입을 즐겁게 하는 것과 같다.(理義之悅我心, 猶芻豢之悅吾口.)"라고 한 구절이 있다. 의리(義理)를 중시한다는 뜻임.

澤中戎馬(택중융마●○○●) 자고로 천자가 덕으로 선정을 베풀면 연못에서 상서로운 신마(神馬)가 나온다고 하는 전설이 있음. 이는 위용을 과시하는 군정(軍政)보다는 덕치(德治)가 훨씬 낫다는 것을 말해주고 있다.

投轄(투할○●) 은근히 손님을 유숙(留宿)하게 하다. 한나라 진준(陳遵)은 자기 집에 온 손님 차량의 열쇠(鍵)를 우물 속에 던져서 손님이 떠나지 못하도록 말렸다고 함.

八風舞(팔풍무●○●) 춤 이름. 당(唐) 축흠명(祝欽明)이 만든 춤으로 팔방풍(八方風)의 이름을 빌려서 음탕하고 추(醜)한 자태를 갖춘 춤.

捭闔(패합●●) 열고 닫다. 개합하다. 귀곡자(鬼谷子)의 편명으로, 여기에는 사람과 대화를 할 때에는 말하고 침묵하는 것을 반복해서 그 속셈을 살펴야 한다는 내용이 담겨 있다고 함.

吠日(폐일●●) 촉견폐일(蜀犬吠日)의 준말. 개가 해를 보고 짖다. 중국 촉(蜀) 땅은 비가 많이 오는 지역이어서 어쩌다가 날이 개어 해가 나오면 개들이 이상하게 여기고 짖어댄다는 것이다.

豊城之劍(풍성지검○○○●) 중국 강서성(江西省) 예장군(豫章郡) 풍성 땅에 묻혀 있던 룡천(龍泉)과 태아(太阿) 두 명검(名劍)이 빛을 발해 하늘에까지 미쳐 자기(紫氣)가 나타났다고 하는 고사가 있음. 豊城之氣(풍성지기)와 비슷한 말.

河朔飮(하삭음○●●) 하삭(河朔)은 하북(河北) 땅. 후한 말 광록대부(光祿大夫) 류송(劉松)이 북으로 원소(袁紹)의 군대를 진압하고 그의 자제와 더불어 날마다 주연을 열었는데, 특히 삼복(三伏) 중에 하삭에서 주야로 주연을 베풀고 술에 얼큰히 취해서 더위를 피했다고 하는 고사가 있음.

鶴書(학서●○) 서체의 이름. 학두서(鶴頭書)라고도 한다. 고대에서는 제왕이 어질고 능력 있는 인사를 초빙할 때 이 서체를 사용하였다고 한다. 후에는 군왕이 초빙하는 조서를 일컫는 말이 되었다.

合浦(합포●●) 진주(珍珠)가 많이 나는 중국 남쪽 고을의 이름. 합포는 진주를 많이 생산했지만 태수(太守)들이 탐을 내어 착취함으로써 주민들이 진주를 외부로 옮겨가 결국 합포는 가난하게 되었다. 후한의 맹상(孟嘗)이라는 청렴한 태수가 부임한 후에는 진주가 다시 합포로 돌아왔다고 한다. 合浦珠還.

弦歌(현가○○) 거문고를 타면서 부르는 노래. 《논어》의 〈양화편〉에 "공자께서 무성읍으로 가서 현가의 소리를 들었다.(子之武城, 聞弦歌之聲.)"라고 하였다. 온 고을에 현가의 소리가 흘러나온다는 것은 그 고을이 잘 다스려지고 있음을 뜻한다.

刑馬(형마○●) 고대 중국에서 맹약을 맺을 때는 흔히 말을 죽여 그 피를 마시며 맹서를 하는 것으로써 서로 간의 신의를 표하였는데, 이를 형마라고 한다.

縞紵(호저●●) 오(吳)나라의 계찰(季札)이 정(鄭)나라의 초청을 받고 가서, 친구인 자산(子產)에게 호대(縞帶, 흰 비단띠)를 선물하자, 자산이 답례로 계찰에게 저의(紵衣, 모시옷)

를 보냈다고 하는 고사에서 온 말로, 친구지간의 두터운 우의나 또는 서로 선물을 주고받는 일을 뜻함.

華表(화표○●) 중국 고대에 백성들의 불만을 수집하거나, 혹은 또 국가의 공지사항을 백성들에게 알리기 위하여 도로 가에 세워두었던 나무 기둥, 또는 고대에 교량 궁전 성곽 분묘 등의 앞에 장식용으로 세워두었던 큰 기둥을 말하기도 한다. 또 옛날 정령위(丁令威)라는 사람은 요동(遼東) 사람으로 영허산(靈虛山)에서 도술을 배웠는데, 후에 학이 되어서 고향으로 돌아와 성문 앞의 화표주(華表柱)에 앉았다. 이때 한 소년이 활로 그를 쏘려고 해서 학은 공중으로 날아올라서 하는 말이 "학이 된 정령위가 집 떠난 지 천년 만에 고향으로 돌아와 보니, 성곽은 옛날 그대로인데 사람들은 옛사람이 아닐세. 어찌하여 사람들은 신선술을 배우지 않아 무덤이 저렇게도 총총하단 말인가?"라고 하면서 마침내 하늘 높이 올라가 버렸다. 이 고사로 인해서 후세에서는 '화표학(華表鶴)'이라고 하면 오랫동안 헤어졌던 사람을 가리키게 되었다.

效顰(효빈●○) 찡그리는 것을 흉내 내다. 나쁜 것을 모방하다. 중국 월(越)나라의 미녀 서시(西施)가 고민이 있어 얼굴을 찡그렸더니 그 모습이 예쁘다고 추녀들이 얼굴을 찡그리고 다녔다는 고사가 있음.

11. 인명지명류(人名地名類)

1) 人名

賈傅(가부●●) 한나라의 유명한 정치가 가의(賈誼). 그는 문제(文帝) 때 시사(時事)에 관해서 책(策)을 올렸다가 황제의 노여움을 사서 그 당시 장사왕(長沙王: 文帝의 아들)의 태부(太傅)로 좌천당한 일이 있음. 그래서 후세인들이 가부라고 부른다.

賈浪仙(가랑선●●○) 당대(唐代)의 시인 가도(賈島)를 가리킴. 낭선(浪仙)은 그의 자(字).

郤縠(각곡●●) 人名. 춘추시대 진(晉) 문공(文公)은 삼군(三軍)을 편성하고 지휘관을 모집하고 있었는데, 이때 조쇠(趙衰)가 "각곡은 예악을 좋아하고 시서(詩書)에 조예가 깊으니 틀림없이 군대를 통솔하는 방법에도 능통할 것입니다."라고 추천하였다. 이에 공은 각곡을 중군(中軍)의 장(將)으로 임명하였다고 한다.

康伯(강백○●) 후한의 은사 한강(韓康)을 가리킨다. 자는 백휴

(伯休), 일찍이 명산을 찾아다니며 약초를 캐서 장안 시장에 내다 팔았는데, 30년간 단 한 번도 에누리를 해주지 않은 것으로 유명했다. 장안의 부녀자들까지도 다 알고 있었으며, 나중에는 패릉산(霸陵山)으로 들어가 은거하였다.

孤雲(고운○○) 최치원(崔致遠)의 자. 최치원은 신라시대의 학자로, 경문왕 9년(869)에 당에 유학하여 과거에 급제하고 고병(高駢)의 종사관이 되었다. 그때 지은 '토황소격문(討黃巢檄文)'이 유명하다. 귀국 후에는 대산(大山), 천령(天嶺), 부성(富城) 등의 태수를 역임하고 아찬(阿飡)에까지 올랐다. 만년에는 난세를 비관하여 각지를 유랑하다가 가야산 해인사로 들어가 여생을 마쳤다.

管鮑(관포●●) 관중(管仲)과 포숙(鮑叔)을 합쳐 부르는 말. 둘은 춘추시대 제(齊)나라 사람들이다. 처음에는 다 미천했으나 관중은 후일 제나라 환공(桓公)을 도와서 최초로 패업(霸業)을 이루게 한 큰 인물이 되었다. 그러나 그들의 빈천했을 때의 우정은 훗날 귀 불귀를 떠나서 '관포지교(管鮑之交)'란 성어가 생겨날 만큼 평생 우정에 변함이 없었다.

寇恂(구순●○) 후한 창평(昌平) 사람으로, 여러 번 도적 무리를 평정하여 옹노후(雍奴侯)에 봉해졌고, 후에 집금오(執金吾)가 되었다. 한 번은 광무제(光武帝)를 따라 영천(潁川)의 도적을 정벌한 다음, 군리(郡吏)를 남겨두고 귀환하려고 했을 때 백성들이 무제의 앞길을 가로막고 구순을 1년 동안 영천에 더 머물러 있도록 빌려달라고 청했다는 고사가 있다.

句踐(구천●●) 중국 춘추시대 월(越)나라의 임금. 오(吳)나라의 임금 합려(闔閭)를 죽였는데, 그의 아들 부차(夫差)와는 회계산(會稽山)산에서 싸워 패해서 사로잡혔다. 그러나 후에 풀려나와서도 뜻을 굽히지 않고 미인계를 쓰면서 와신상담(臥薪嘗膽) 끝에 결국 20년 만에 오나라를 멸망시켜 복수하였다.

鞠武(국무●●) 연(燕)나라 태자 단(丹)의 사부.

汲君(급군●○) 급암(汲黯). 한대 복양인(濮陽人), 자는 장유(長孺), 유협(遊俠)을 좋아하고 기절(氣節)을 숭상했다. 무제(武帝) 때의 알자(謁者)였고, 뒤에 동해태수(東海太守)가 되었다. 황로(黃老)의 말을 배웠으며, 한때는 정부의 곡창을 독단으로 열어 빈자들을 구제한 뒤 스스로 죄를 청하였지만 현명한 조처였다는 이유로 풀려나기도 했다. 후에 회양(淮陽) 태수로 나아갔다.

岐軒(기헌○○) 기백(岐伯)과 황제(黃帝) 헌원씨(軒轅氏), 이 두 사람은 중국 상고시대의 명의(名醫)로 전해온다. 그래서 의가(醫家)의 조(祖)로 알려졌으며, 특히 신병의 치료와 더불어 나라의 병폐를 고치는 데까지 업적을 남기게 되었다고 한다.

妲己(달기●●) 은(殷) 주왕(紂王)의 총비(寵妃). 주왕은 그녀에게 빠져 나라를 망쳤고, 그녀는 결국 주(周)나라 무왕(武王)에게 살해됨.

戴逵(대규●○) 중국 진대(晉代) 사람으로 자는 안도(安道), 서화에 뛰어났고 가야금을 잘 탔다. 태재(太宰) 무릉왕 희(晞)가 거문고를 잘 탄다는 소문을 듣고 사람을 시켜 그를 불렀으나 그는 사자 앞에서 거문고를 부수면서 "나 대안도은 왕가의 악사는 되지 않는다."라고 소리쳤다고 한다. 그리고 회계(會稽)의 섬현(剡縣)으로 옮겨 살았다. 그 후 무제 때는 여러 차례 벼슬을 주려고 불렀으나 나아가지 않았고 결국은 오나라로 도망을 갔다고 한다. 명필 왕희지(王羲之)도 그를 찾았다는 이야기가 있다.

董氏(동씨●●) 중국 삼국시대 오나라의 동봉(董奉)을 가리킨다. 자는 군이(君異), 여산(廬山)에 살았다. 의술에 뛰어나 수많은 환자를 치료해 주었음에도 치료비를 받지 않고 그 대신 자기 집 동산에 살구나무를 심게 했는데 그 나무 수가 10만 그루에 이르렀다고 한다. 후세에 의사를 행림(杏林)이라고 부르는 것도 여기에서 유래한다.

杜康(두강●○) 중국 고대 인명. 술을 너무 좋아해서 후세에 술의 대명사가 됨.

駱子(락자●●) 당(唐)의 낙빈왕(駱賓王)을 가리킨다. 초당사걸(初唐四傑)의 한 사람. 광택(光宅) 원년 서경업(徐敬業)이

난을 일으켰을 때, 그를 위하여 무측천(武則天)을 토(討)하는 군중 격문은 다 그가 작성하였다. 후에 서경업이 패하자 그도 피살되었다. 일설에는 삭발하고 숨어서 중이 되었다고도 한다. 그는 왕발(王勃) 양형(楊炯) 노조린(盧照鄰) 등과 더불어 국내에서 문사(文詞)로 어깨를 나란히 하였다.

老萊子(로래자●○●) 萊子라고도 함. 중국 주(周) 시대 초나라 사람. 효성이 지극하여 나이 70에 고령인 어버이 앞에서 오색찬란한 옷을 입고 춤추며, 쓰러지며 영아의 흉내를 내어 어버이를 즐겁게 해드렸다고 하는 고사가 있다.

留侯(류후○○) 한의 개국공신 장량(張良)을 가리킨다. 한 고조가 천하를 평정한 후 장량에게 제(齊)의 3만호를 스스로 택하게 하였으나 그는 고조와 만났던 작은 지방인 유(留)로 만족하고 더 이상 바라지 않는다고 하여 드디어 유후로 봉하였다.

陸子(륙자●●) 당대(唐代)의 육우(陸羽)로 자는 홍점(鴻漸), 호는 상저옹(桑苧翁) 경릉자(竟陵子) 동원선생(東園先生) 등으로 불린다. 샘 이름, 즉 육우천(陸羽泉). 중국 강소성 오현(吳縣)의 호구산당(虎口山塘). 속명으로는 관음천(觀音泉)이라고 부른다. 육우는 초계(苕溪)에 은거하였으며 차를 좋아해서 다경(茶經) 3편을 지었다. 후에 차를 좋아하는 자들은 그를 차신(茶神)으로 제사지냈다. 그가 일찍이

이 샘물을 맛보고 천하 제 2천이라고 품평함으로써 유명해졌다.

吏部眠(리부면●●○) 진대(晉代)의 이부랑(吏部郞) 필탁(畢卓)을 가리킨다. '필탁의 잠'이란 뜻. 그는 이웃집의 술을 훔쳐 먹고 그 술독 옆에서 곤히 잠들었다고 한다.

林逋(림포○○) 송(宋) 전당(錢塘) 사람으로 자는 군복(君復), 시호는 화정선생(和靖先生)이라 했다. 박학하고 시서(詩書)에 뛰어났다. 서호의 고산에서 20년간 여막을 짓고 살면서 시중에는 한 번도 나가본 일이 없었다고 한다. 결혼도 하지 않고 다만 매화와 학을 기르며 살아, 당시 사람들이 매처학자(梅妻鶴子)라고 불렀다고 한다.

馬直(마직●●) 당(唐) 신책장군(神策將軍). 희종(僖宗)은 궁중에서 외투를 만들어 요새에서 근무하는 이사(吏士)들에게 하사하였는데, 그때 마직은 외투에 놓은 솜 속에서 금열쇠 하나와 시 한 수를 발견했다. 이 소식이 궁중에 알려져서 희종은 마직을 궁중으로 불러 궁인 1명을 하사하여 그의 아내가 되게 하였다. 그런 일이 있은 후, 호사자가 '금쇄곡(金鎖曲)'을 지어서 세상에 유행시켰다고 한다.

妺喜(말희●●) 하(夏) 걸왕(桀王)의 총희(寵姬). 걸왕은 그녀에게 빠져 나라를 망쳤고 그녀는 결국 은나라 성탕(成湯)에게 살해됨.

無懷(무회○○) 무회씨(無懷氏). 중국 상고시대의 제왕 이름.

文宣(문선○○) 文宣王. 즉 孔子.

尾生(미생●○) 중국 고대 전설 중, 약속을 굳게 지킨 남자. 장자 도척(盜跖) 편에 나오는 이야기로, 미생은 여자친구와 다리 밑에서 만나기로 약속을 하고 기다렸으나 그 여자는 오지 않았고, 뜻밖에도 강물이 불어났지만 그래도 그는 그곳을 떠나지 않고, 다리 기둥을 안고 기다리다가 그만 익사하고 말았다는 고사가 있다. 약속을 굳게 지킴을 이르는 전고(典故)로 쓰임.

博望侯(박망후●●○) 한나라의 장건(張騫)을 가리킴. 그는 교위(校尉)로 대장군을 따라 출정, 흉노를 격파한 공로로 박망후(博望侯)에 봉하였다. 그에 얽힌 전설로, 뗏목을 타고 천궁(天宮)에 올라간 이야기가 전하고 그것을 박망사(博望槎)라고 한다.

龐德公(방덕공○●○) 은자(隱者). 처음에는 호북성 양양(襄陽)의 현산(峴山)에 은거하다가 후에는 온 가족을 이끌고 양양의 녹문산(鹿門山)으로 들어갔다. 형주자사(荊州刺史) 유표(劉表)가 "일신을 보전하는 것이 어찌 천하를 보전하는 것만 하겠는가?"라고 하면서 속세로 나올 것을 권유하였지만 그는 응낙하지 않았다.

龐氏(방씨○●) 한나라 때 방공(龐公)은 자손에게 위험한 것(財)을 물려주지 않고, 편안한 것, 즉 덕(德)을 물려주었다는 고사가 있음.

伯牙(백아●○) 춘추시대 사람으로 거문고를 잘 탔다. 그의 거문고 실력은 그의 친구인 종자기(鍾子期)가 알아주었는데, 종자기가 죽자 그는 자기의 거문고를 알아서 들어주는 사람이 없음을 한탄하고 다시는 거문고를 타지 않았다고 한다. 따라서 '백아의 거문고'라고 하면 친한 친구의 죽음을 상심한다는 말이 된다.

伯仁(백인●○) 진(晋) 주의(周顗)의 자. 원제(元帝) 때 그는 복야(僕射)를 지냈으며 왕도(王導)와는 친한 친구였다. 영창(永昌) 원년에 왕도의 종형 강주(江州) 자사 왕돈(王敦)이 반란을 일으키자, 왕도가 바로 입궐하여 대죄하였고 이를 본 주의가 황제 앞으로 나아가 왕도를 위해 변호하니 황제는 그의 말을 받아들여 무사하게 되었다. 그런데 왕도는 그런 사실을 전혀 모르고 있었다. 그 후에 왕돈이 조정으로 들어와서 왕도에게 주의를 어떻게 처치하면 좋은지를 물었는데 왕도는 아무 대답도 하지 않았다. 이에 왕돈은 그만 주의를 죽이고 말았다. 그 후 왕도는 주의가 자기를 구해주었다는 사실을 알고서 "내가 주의를 죽였다, 주의는 나 때문에 죽었다."라고 소리치며 통곡하였다고 한다. 이 고사에 연유하여 후세에서는 백인(伯仁)이 망우(亡友)의 대명사가 되었다.

白帝(백제●●) 서방(西方)을 다스리는 천제(天帝). 서악(西嶽) 화산(華山)도 그 관할 지역이다.

奉朝賀(봉조하●○●) 종2품 이상의 벼슬아치가 치사(致仕)한 뒤에 임명되는 벼슬 이름. 종신 봉록을 받으며, 의식(儀式)에만 참여한다.

夫差(부차○○) 춘추시대 오(吳)나라의 임금. 월(越)나라 왕 구천(句踐)에게 망함.

匪風(비풍●○) 시경의 편명. 주실(周室)이 쇠퇴해 갈 때, 후인이 문왕(文王), 무왕(武王), 주공(周公)의 정령(政令)을 사모하여 지은 시.

三皇五帝(삼황오제○○●●) 중국 태고의 복희씨(伏羲氏), 신농씨(神農氏), 수인씨(燧人氏)의 세 제왕과 그 뒤를 이은 황제(黃帝), 전욱(顓頊), 제곡(帝嚳), 요(堯), 순(舜)의 다섯 황제를 말함.

西施(서시○○) 춘추시대 월(越)나라의 미인. 월왕 구천(句踐)이 오(吳)나라를 멸망시키기 위해서 그녀를 미인계로 이용하여 오왕 부차(夫差)의 애비(愛妃)가 되었음.

薛居州(설거주●○○) 중국 전국시대 송(宋)나라의 선인(善人). 당시 대불승(戴不勝)이 왕을 선화(善化) 시키려고 그를 왕이 있는 곳에 기거하게 하였는데, 맹자가 불승에게 말하기를 "설거주가 혼자서 송나라 왕을 어떻게 하겠는가?" 라고 했다는 고사가 있다.

蘇卿(소경○○) 한나라 무제 때의 소무(蘇武)를 가리킴. 그는 흉노에게 사신으로 갔다가 억류되어 19년 동안 있다가 그

후 소제(昭帝)가 흉노와 화친을 맺음으로써 비로소 풀려 나서 환국하였다.

巢父(소부○●) 허유(許由)와 더불어 요(堯)나라 때의 은사(隱士). 허유는 요(堯)로부터 제위(帝位)를 맡아달라는 간청을 일언지하에 거절했고, 소부는 그 말을 허유로부터 전해 듣고 자기의 귀가 더렵혀졌다고 해서 맑은 강물에 귀를 씻었다고 함.

蘇仙(소선○○) 당송팔대가의 한 사람인 소식(蘇軾), 즉 소동파를 달리 좋게 부르는 칭호. 그의 운문 가운데는 달에 대한 말이 특별히 많이 나온다.

昭氏(소씨○●) 옛날의 음악가 소문(昭文)을 가리킴. 그가 거문고를 타면 일이 성공하고, 그가 거문고를 타지 않으면 일이 실패했다고 함.

昭王(소왕○○) 중국 춘추전국시대 연(燕)의 소왕을 가리킨다. 그는 천금을 들여서 천리마의 뼈를 사는 방법을 써서 현자(賢者)를 구하였다고 하는 고사가 있다.

蕭育(소육○●) 중국 한나라 소망지(蕭望之)의 아들로, 자는 차군(次君). 애제(哀帝) 때 벼슬이 집금오(執金吾)에 이르렀다. 사람이 씩씩하고 위엄이 있었으며 벼슬을 할 때는 좌천을 당하는 일이 거의 없었다.

蕭何(소하○○) 장량(張良), 한신(韓信)과 더불어 한나라 개국공신 세 사람 중의 한 사람. 한신을 추천하여 대장으로 삼게 했다.

蘇蕙(소혜○●) 중국 5호16국 시기 전진(前秦)의 여인이다. 남편 두도(竇滔)가 진주(秦州)의 자사(刺史)였다가 죄를 얻어서 유사(流沙)로 보내지자, 아내 소혜가 그리움을 담은 회문선기도(回文璇璣圖)라는 시를 지어, 이를 비단실로 수를 놓아서 남편에게 보냈다. 후세에 흔히 독수공방하는 아낙네의 수심에 찬 심정을 소혜에 비유해서 말한다.

巽翁(손옹●○) 조선 주세붕(周世鵬, 1495~1554) 선생의 호

宋玉(송옥●●) 전국시대 초(楚)나라 초사(楚辭) 작가로 유명하다. 그의 작품으로는 '구변(九辯)'이 있다.

宋意(송의●●) 송여의(宋如意), 형가(荊軻)의 친구, 고점리(高漸離) 송의는 다 연나라 태자 단(丹)의 문객.

樂羊(악양●○) 즉 악양자(樂羊子). 후한서(後漢書) 열녀전에 보면, 악양자(樂羊子)는 길을 가다가 금괴 하나를 주워서 집으로 와서 아내에게 주었는데, 그의 아내는 "지사(志士)는 도천(盜泉)의 물을 마시지 않았고, 염자(廉者)는 차래(嗟來)의 음식을 받아먹지 않았다고 하는데, 하물며 길에서 주운 물건으로 이득을 봄으로써 장부의 행실을 더럽히려고 하십니까?"라고 크게 나무라자, 그는 부끄러움을 감추지 못하고 바로 금괴를 들판에 내다버리고 돌아왔다고 하는 고사가 있다.

顏回(안회○○) 공자의 제자. 자는 연(淵), 노나라 사람으로 공

문에서 학덕이 가장 뛰어난 제자였으나 아깝게도 스승인 공자보다 일찍 32세로 세상을 떠났다.

冶長(야장●○, ●●) 공야장(公冶長). 제(齊)나라 사람으로 공자의 제자이며 사위이기도 하다. 그는 한때 구속된 일이 있었지만 그의 잘못이 아니라 억울한 누명을 쓴 것이었다.

揚子(양자○●) 즉 양웅(揚雄)을 가리킴. 한나라 성도인(成都人)으로 자는 자운(子雲), 문장으로 이름을 날렸다. 당시 양웅은 태현경(太玄經)을 초사하고 있었는데, 누가 그를 도(道)에 아직 미숙하다고 비웃었다는 이야기가 있음. 현(玄)은 도를 말하고, 백(白)은 그 도가 아직 성숙되지 못하였음을 이른다.

永和(영화●○) 중국 동진(東晉) 목제(穆帝)의 연호(345-356). 때로는 명필 왕휘지(王羲之)가 영화 연간에 유명한 '난정집서(蘭亭集序)'를 썼으므로 왕희지를 지칭하기도 한다.

羿(예●) 중국 고대의 전설상의 인물. 서왕모로부터 불사약을 얻어왔는데, 그의 처 항아(嫦娥)가 훔쳐먹고 단궁(丹宮)으로 달아났다는 신화가 있음.

王謝(왕사○●) 진(晉)의 왕도(王導)와 사안(謝安)의 두 명문가를 가리킴. 두 사람 다 국가의 고관을 지내면서 부귀영화를 누렸음.

王祥(왕상○○) 중국 진(晉)나라 때의 효자 이름. 계모가 하루는 물고기를 먹고 싶어 했다. 때는 겨울이라 하천은 이미 꽁꽁 얼어붙어 있었지만 왕상은 옷을 벗고 얼음을 깨려고 했더니 갑자기 얼음이 부서지면서 잉어 한 마리가 뛰어 올라와서 그것을 잡아 돌아가 어머니에게 봉양했다는 고사가 있음.

王生(왕생○○) 중국 삼국시대 위의 학자 왕필(王弼)을 가리킨다. 그는 노자(老子)와 주역(周易)에 주를 달았다. 후세에 권위 있는 주(註)로 전해온다.

王昭君(왕소군○○○) 중국 전한시대(前漢時代) 원제(元帝)의 후궁에 있던 미인. 본명은 왕장(王嬙). 흉노(匈奴) 왕의 요구를 거절 못하고 궁녀 한 명을 시집보내야 했을 때, 궁중 화공(畵工)에게 뇌물을 주지 않아 화공이 악의적으로 그녀의 초상화를 추녀로 그려 황제에게 보고하였기 때문에, 불행히도 선발되어 흉노 왕에게로 보내졌음. 후세 사람들은 너무도 안타까워 무한히 동정하였고, '만공주(蠻公主)'라고 불렀음.

王粲(왕찬○●) 한말(漢末) 문학가로 건안칠자(建安七子)의 한 사람. 산동성 추현(鄒縣) 사람이다. 일찍이 혼란을 피해 형주자사(荊州刺史) 유표(劉表)에 의탁했으나 중용되지는 못했다. 호북성 양양(襄陽) 땅 현산(峴山) 아래에 살았으며, 집 앞에 우물이 하나 있었다고 한다. 그의 유명한 작품으로는 칠애시(七哀詩) 등루부(登樓賦) 등이 있다.

元龍(원룡○○) 중국 삼국시대 위(魏)나라의 진등(陳登)의 자.

진등은 주객의 도를 지키지 않고 허범(許氾)이 찾아왔을 때, 자기는 높은 침대에 눕고 허범에게는 낮은 침대에 눕게 했다는 고사가 있음. 후세에 그는 호기 있는 인사로 전해옴.

袁安(원안○○) 중국 후한시대 여양(汝陽) 사람으로, 자는 소공(邵公), 효렴(孝廉)에 급제하여 초군태수(楚郡太守)를 지냈다. 그는 엄정하고 위엄이 있었으며, 조정에서 국사를 논할 때는 항상 감격하여 눈물을 흘리면서 자신의 성의를 피력하였기 때문에 천자에서 대신들에 이르기까지 여러 가지 일을 다 그에게 의뢰하였다고 한다.

衛玠(위개●●) 진대(晉代) 사람으로, 그 용모가 아름다워 사람들이 옥인(玉人)이라고 불렀다 함.

衛蘧(위거●○) 중국 춘추시대 위(衛)나라의 거원(蘧瑗)이란 뜻. 거원은 자가 백옥(伯玉), 영공(靈公) 때의 대부(大夫)였다. 송 소식(蘇軾)이 '李杞寺丞見和前篇復用元韻答之' 시에서 "吾年凜凜今幾餘, 知非不去慙衛蘧."라고 읊은 시가 있다.

子胥(자서●○) 즉 오자서(伍子胥)로, 중국 춘추시대 초(楚)나라 사람. 아버지와 형이 초의 평왕(平王)에게 살해되자 오(吳)나라로 도망가서 오를 도와 초를 쳤다. 그때는 평왕이 이미 죽은 후라 그의 묘를 파서 시체에 300대를 치는 형벌을 가하였다고 한다. 그 후 오와 월(越)이 싸우는 과정에서 오왕(吳王) 부차(夫差)가 철저히 월을 멸망시켜야 한다고 한 자서의 간언을 듣지 않고, 월과 화친을 주장한 태재(太宰) 백비(伯嚭)의 참언을 좇아 결국 자서에게 자결을 강요하여 억울하게 죽게 하였다. 그 후 오는 마침내 월에게 멸망하고 말았다.

子晉(자진●●) 주(周) 영왕(靈王)의 아들로 이름은 진(晉). 직간을 하다가 폐출(廢出)되어 서민이 되었다. 일설에는 생(笙)을 잘 불어 봉황(鳳凰)을 울게 하였고, 이(伊)·낙(洛) 사이로 가서 도사 부구공(浮丘公)과 함께 숭산(嵩山)에 오르기를 30여 년, 결국 구지산(緱氏山)에서 백학(白鶴)을 타고 신선이 되어갔다고 하는 전설이 있음.

子夏(자하●●) 공자의 제자. 성은 복(卜), 이름은 상(商), 자하는 그의 자이다. 공자의 시학(詩學)을 전하였다고 함. 논어 선진편에 "덕행에는 안연 민자건…, 문학에는 자유 자하라."고 하였다.

張良(장량○○) 자는 자방(子房), 한국인(韓國人)으로 한 고조의 충신. 진(秦)이 한(韓)을 멸하자 가산을 털어 자객을 모아서 박랑사(博浪沙)에서 진왕을 저격하였으나 부차(副車)에 맞아 실패하였다. 이에 변성명을 하고 하비(下邳)로 숨어들어 그곳의 이교(圯橋)에서 노인으로부터 병서를 얻었다. 그 후 한고조를 도와 항우(項羽)를 이기고 천하를 통일, 한나라를 세웠다. 소하(蕭荷) 한신(韓信)과 더불어 한 삼걸(三傑)이라 부른다. 고조가 즉위하자 유후(留侯)에 봉해졌다.

莊舃(장석○●) 중국 전국시대 월(越)나라 사람으로, 월석(越舃)이라고도 부른다. 그는 일찍이 초나라의 관리를 지냈는데, 그때 병중에 고국 월나라를 그리워하며 월나라의 소리를 읊었다. 그래서 후세에 고향이 그리워서 읊는 노래나 감상적인 감정을 흔히 '장석월음(莊舃越吟)'이라고 말한다.

長孺(장유○●) 즉 급암(汲黯). 장유는 그의 자.

褚公(저공●○) 당(唐) 저수량(褚遂良)을 가리킴. 그는 고종(高宗) 때 무소의(武昭儀)를 황후로 책립할 것을 간하다가 담주(潭州: 長沙)의 도독(都督)으로 좌천당한 일이 있음. 당시의 명신이었으며 서예가로도 이름이 높음.

謫仙(적선●○) 속세로 귀양을 온 신선. 여기서는 당대 시인 이백(李白, 자는 太白)을 가리킴. 당대 시인 하지장(賀知章)이 이백을 처음 만나서 바로 "당신은 적선인이요."라고 평해서 후세 사람들이 따라서 이백을 적선인(謫仙人)이라고 했다.

田光(전광○○) 연나라의 은사(隱士), 국무(鞠武)의 소개로 태자 단을 만났고, 단에게 형가를 추천했음. 그리고 자기는 기밀을 지키기 위해서 스스로 목숨을 끊었다.

漸離(점리●○) 즉 고점리(高漸離), 축(筑)을 잘 타는 형가의 친구.

祖龍(조룡●○) 진시황(秦始皇)을 달리 부르는 말. 조(祖)는 처음이란 뜻이고, 용(龍)은 인군(人君)의 위상이므로 그렇게 불렀다.

曹子(조자○●) 집안의 귀공자, 조씨 집안의 훌륭한 사람. 연(燕) 태자 단(丹)을 가리킴.

鍾繇(종요○○) 중국 삼국시대 위나라 사람으로, 자는 원상(元常), 서예에 뛰어났다. 호소(胡昭)와 더불어 유덕승(劉德升)에 사사하였고 '호비종수(胡肥鍾瘦)'의 칭이 있다.

仲蔚(중위●●) 후한의 부풍(扶風) 사람으로, 성은 장(張)이다. 천문학 등 학문에 뛰어나고 시를 좋아했으나, 벼슬에는 전혀 마음이 없이 가난하게 살았으며, 그가 사는 곳에는 쑥 풀이 무성하여 사람이 파묻혀 보이지 않았다고 함.

周公(주공○○) 주 문왕의 아들, 무왕의 아우로, 성명은 희단(姬旦). 무왕을 도와 주(紂)를 토벌했고, 무왕이 죽은 후에는 성왕(成王)을 위해 섭정을 하고 제도(制度)와 예악(禮樂)을 정하고 관혼상제의 의례(儀禮)를 제정한 중국 역사상 현정(賢政)의 상징적인 인물로 전해온다. 그는 만년에 정치에서 손을 떼고 동쪽으로 가서 거주하였다.

重腫(중종○●) 순임금. 그는 눈동자가 둘이었다는 전설이 있음.

重華(중화○○) 순임금의 이름.

曾點(증점○●) 중국 춘추시대 노(魯)나라 사람으로, 공자의 제

자. 사기(史記)에는 증점(曾蒧)으로 되어 있음. 그는 자로, 염유, 공서화 등과 함께 스승인 공자를 모시고 제각기 심중의 포부를 말하였는데, 그때 모춘(暮春)에 어른아이 모두 10여 명과 함께 기수(沂水)에 가서 목욕하고 무우(舞雩)에서 바람을 쏘이고 시를 읊으면서 돌아오겠다고 하였다. 공자가 한숨을 내쉬며 말하기를 "나도 점과 똑같은 생각이다."라고 하였다.

稷契(직설●●) 둘 다 순제(舜帝) 때의 현신(賢臣). 직은 농사를 관장했고 설은 교육을 관장했다고 함.

陳琳(진림○○) 중국 삼국시대 위나라 사람으로, 자는 공장(孔璋), 조조의 기실(記室)이 되어 군국(軍國)의 격문을 대부분 그가 지었다. 왕찬(王粲) 등과 더불어 문학으로 이름을 나란히 하였으며, 죽림칠현(竹林七賢)의 한 사람이다.

崔灝(최호○●) 당 최고의 樓臺시인. 중국 무창(武昌)에 있는 황학루(黃鶴樓)에 제하여 놓은 황학루 시는 이태백도 탄복한 바 있는 회자인구(膾炙人口)하는 걸작으로 전한다.

褒姒(포사○●) 주(周) 유왕(幽王)의 총희(寵姬). 유왕은 그녀에게 빠져 나라를 망쳤음.

馮唐(풍당○○) 한대의 정치인. 직언을 마다하지 않아 늙어서도 하급 관료를 면치 못했다. 문제(文帝) 때는 중랑서장(中郎署長)으로 좋은 정책을 제안하여 황제의 총애를 받았고, 무제(武帝) 때는 현량(賢良)으로 추천되었지만, 나이가 이미 90이 되어 벼슬을 더 이상 할 수가 없어서, 그의 아들 수(遂)가 낭(郎)에 임명되었다.

畢卓(필탁●●) 진대(晉代) 사람으로 이부랑(吏部郎)을 지냄. 그는 이웃집의 술을 훔쳐먹고 술독 옆에서 곤히 잠들었다고 하는 고사가 있다. 그래서 '필탁의 잠(吏部眠)'이란 별명을 얻었다.

許由(허유●○) 소부(巢父)와 더불어 요(堯)시대의 은사(隱士). 소부는 요임금으로부터 제위(帝位)를 맡아달라는 간청을 일언지하에 거절했고, 소부는 그 말을 허유로부터 전해 듣고 자기의 귀가 더렵혀졌다고 해서 맑은 강물에 귀를 씻었다고 함.

荊卿(형경○○) 즉 형가(荊軻). 중국 전국시대 제(齊)나라 사람으로 위(衛)에 가있을 때, 위나라 사람들은 그를 경경(慶卿)이라 불렀고, 연(燕)나라에 갔을 때 그곳 사람들은 형경이라 불렀다. 자객으로 진시황을 암살하려고 갔으나 실패하고 피살되었음.

黃綺(황기○●) 한 고조 때, 상산(商山)에 은거하던 사호(四皓) 중 하황공(夏黃公)과 기리계(綺里季)를 합쳐 부르는 말. 나머지 두 사람은 동원공(東園公)과 녹리선생(甪里先生)임. 商山四皓.

2) 地名

瓊雷(경뢰●○) 경주(瓊州)와 뢰주(雷州)를 함께 부르는 말. 지금의 중국 해남도와 뢰주반도 일대를 가리킨다. 송 소식(蘇軾)이 해남도에서 유배생활을 할 때 지은 '기자유(寄子由)' 시에 "경주와 뢰주 서로 구름바다로 막혀있음을 꺼리지 마라, 성상의 은혜는 그래도 멀리 서로 바라볼 수 있도록 윤허하셨으니(莫嫌瓊雷隔雲海, 聖恩尙許遙相望.)"란 시구가 있는데, 이를 인용한 것이다.

薊門(계문●○) 연(燕)나라 도성의 성문.

鶻岳(골악●●) 산 이름. 평안남도 성천(成川) 지방에 있다.

灌壇(관단●○) 강태공(姜太公)이 다스렸던 고을 이름.

冠山(관산○○) 전라도 장흥(長興)의 별명.

琴臺(금대○○) 중국 성도 두보의 초당 곁을 흐르는 완화계(浣花溪) 북쪽에 있는 누대. 한(漢) 무제(武帝) 때의 저명한 부(賦) 작가였던 사마상여(司馬相如)와 그의 아내 탁문군(卓文君)이 술집을 열어 거문고를 타던 곳이라 전한다.

金陵(금릉○○) 지금의 중국 남경(南京).

南紀(남기○●) 남쪽의 잘 다스려진 지방. 오(吳)와 초(楚)를 가리킴. 남쪽 지방.

南荊(남형○○) 남쪽에 있는 초나라. 초나라가 있었던 지방. 그곳에서 좋은 옥이 많이 생산된다고 함.

帶方(대방●○) 남원 지방의 옛 이름.

大王浦(대왕포●○●) 포구 이름. 충남 부여읍 왕포리(旺浦里)에 있던 포구. 백제의 무왕이 여기서 신하들과 술을 마시며 놀던 곳이라 하여 대왕포라고 불렀다 한다.

岱宗(대종●○) 중국 오악(五嶽)의 하나인 동악(東嶽), 즉 태산(泰山)을 달리 부르는 말.

洞庭湖(동정호●○○) 중국 호남성 북부에 위치한 큰 호수로 경관이 매우 아름다움. 옛 문인들의 시문 중에 많이 등장함.

隴西(롱서●○) 중국 감숙성에 있는 지명. 여기서는 한대(漢代) 농서를 통치하던 장군을 말함.

遼山(료산○○) 황해도 수안(遂安)의 옛 이름.

龍灣(룡만○○) 압록강의 다른 이름. 또는 용만관(龍灣館), 조선시대 의주(義州)에 있던 중국 사신을 접대하던 곳. 평북 의주(義州)의 고려 초기 명칭.

龍城(룡성○○) 전라도 南原의 옛 이름.

漠北(막북●●) 고비사막의 북쪽 지방, 지금의 외몽고 일대.

巫閭(무려○○) 산 이름. 무산(巫山)과 여산(閭山). 또는 의무려산(醫無閭山)의 준말로, 역시 산 이름이다. 산은 중국 요녕성 북진현(北鎭縣) 서쪽, 대릉하(大凌河)의 동쪽에 있으며, 광녕산(廣寧山)이라고 부르며, 주봉의 아름은 망해산(望海山)이다.

茂陵(무릉●○) 지명. 사마상여가 만년에 살았던 곳.

白帝城(백제성●●○) 구당협 입구 북안(北岸)의 백제산(白帝山)에 위치한 산성.

鳳山館(봉산관●○●) 봉산은 황해도에 있는 군 이름. 봉산관이 봉산군에 있었던 어떤 건물인지는 지금 분명하지 않음. 강원도 춘천도 한때는 봉산이라고 했다.

泗洙(사수●○) 중국 산동성(山東省) 추현(鄒縣), 옛 노(魯)를 흐르는 사수(泗水)와 수수(洙水), 공자의 고향을 이름. 또는 공자의 학문을 가리킴.

山南(산남○○) 즉 산남도. 경상도의 옛 이름. 고려 성종 14년에 경내를 10개 도로 나누어 진주(晉州) 소관을 산남도라 하였다.

三山(삼산○○) 신라시대 국가의 수호신이 있다고 하여 큰 제사를 지내던 내력(奈歷), 골화(骨火), 혈례(穴禮)의 세 산. 또는 현 이름, 충청도 보은현(報恩縣)의 다른 이름. 막연히 고향산천을 이르기도 한다.

山陰(산음○○) 중국 절강성(浙江省) 회계군(會稽郡)에 속해있던 현(縣)의 이름. 왕희지가 쓴 '난정집서(蘭亭集序)'가 유명하다. 난정이 바로 회계의 산음에 있었기 때문이다.

三秦(삼진○○) ① 진나라가 망한 후, 항우(項羽)는 관중(關中)을 셋으로 나누어, 진(秦) 항장(降將) 장한(章邯)은 옹왕(雍王)으로, 사마흔(司馬欣)은 새왕(塞王)으로, 동예(董翳)

는 적왕(翟王)으로 각각 봉하였는데, 이를 합칭하여 삼진이라고 했다. 후에는 지금의 섬서(陝西) 일대를 지칭하였다. ②중국의 진주(秦州), 동진주(東秦州), 남진주(南秦州)를 합쳐서 칭하는 말.

三峽(삼협○●) 중국 호남성 장강(長江)의 구당협(瞿塘峽), 무협(巫峽), 서릉협(西陵峽)을 이름.

上黨(상당●●) 전국시대 한(韓)의 군 이름. 진나라가 천하를 합병하고 이 군을 설치했다.

上林(상림●○) 창덕궁(昌德宮) 요금문(耀金門) 밖에 있는 어원(御苑). 서원(西苑).

西城(서성○○) 즉 화성(華城).

西州(서주○○) 충청도 서천(舒川)의 옛 이름.

西湖(서호○○) 경기도 수원시에 있는 호수 이름. 그 호수 서쪽에 있는 지방. 즉 충청도 일대를 가리킨다.

單父(선보●●) 중국 춘추시대 노(魯)나라의 읍 이름. 당시 복자천(宓子賤)이 선보읍을 다스렸는데, 가야금을 울리는 방법으로 모든 백성들이 가정을 지키고 정서를 순화하게 함으로써 잘 다스렸다고 전함.

神州(신주○○) 중국을 달리 부르는 말.

楊花津(양화진○○○) 지금의 서울 마포구 당인리 한강 가에 있던 나루터. 양화도(楊花渡).

驪山(여산○○) 당나라 때의 별궁인 화청궁(華淸宮)이 있던 곳.

장안성에서 멀지 않은 곳에 있다. 현종은 양귀비와 함께 자주 이곳 화청지로 행차하여 온천욕을 즐겼다고 한다.

易水(역수●●) 중국 하북성 역현(易縣)에 있는 강. 형가(荊軻)가 연(燕) 태자 단(丹)의 부탁을 받고, 진시황을 살해하러 갈 때 출발했던 곳.

燕山(연산○○) 산 이름. 중국 하북성 계현(薊縣)의 동남쪽에 있다.

五嶽(오악●●) 중국의 다섯 군데의 영산(靈山). 즉 동악 태산(泰山), 남악 형산(衡山), 서악 화산(華山), 북악 항산(恒山), 중악 숭산(嵩山). 단 이설(異說)이 있음.

玉帶(옥대●●) 하천 이름. 즉 옥대하(玉帶河). 대청하(大淸河)와 하북성 신진현(新鎭縣) 경계에 있음.

玉河館(옥하관●○●) 옛날 중국 북경에 있었던 외국 사신들이 묶던 집.

嵎夷(우이○○) 해가 돋는 곳. 일본을 가리키는 말이기도 함.

虞廷(우정○○) 중국 고대 하(夏)나라의 조정.

雲和(운화○○) 지명. 이곳은 거문고에 적합한 좋은 목재를 생산했음. 거문고로 전용하기도 함.

元陵(원릉○○) 조선 영조(英祖)와 그 계비 순정왕후(純貞王后) 김씨의 능. 경기도 남양주에 있음.

幽幷(유병○●) 유주(幽州)와 병주(幷州)를 합쳐서 부르는 말. 고대에 연(燕)과 조(趙)나라가 있던 지방.

維揚(유양○○) 중국의 양주(揚州)를 말한다. 원래는 유양(惟揚)이라 했다.

圯橋(이교○○) 흙다리 이름. 한나라의 장량(張良)이 이 다리 위에서 황석공(黃石公)이란 이인(異人)으로부터 태공망(太公望)의 병서를 얻었다고 전해온다.

鰈域(접역●●) =제잠(鯷岑). =해동(海東). 한반도 조선을 달리 일컫는 말.

蒼梧(창오○○) 순임금이 죽은 곳이라고 전하는 곳, 지금의 광서성(廣西省) 창오현(蒼梧縣).

滄洲(창주○○) 전설에 나오는 섬. 신선이 사는 곳이라고 함.

天磨山(천마산○○○) 산 이름. 경기도 개풍군(開豊郡) 영북면(嶺北面)과 영남면(嶺南面) 사이에 있다.

楚域(초역●●) 원래 중국 고대에 있었던 나라 이름이나, 옛날 우리나라 마한(馬韓)에도 초리국(楚離國)이란 작은 나라가 있었다. 때로는 신라를 가리키기도 한다.

灞橋(파교●○) 서울 조정 동쪽에 있는 다리 이름.

灞上(파상●●) 파수(灞水)의 물가. 파수는 장안 동쪽에 있었으며, 예로부터 장안 사람들은 이별할 때 파상의 버들가지를 꺾어 상대방에게 주어 석별의 정을 표시했다고 한다.

彭澤(팽택○●) 중국 동진(東晉) 때의 도잠(陶潛, 字는 淵明)이 다스렸던 고을 이름. 도연명(陶淵明)은 한때 팽택령(彭澤令)을 지냈으나 5말(斗)의 쌀을 받기 위해서 상사에게 허리를 굽히기가 싫어서 그만두고 전원(田園)으로 돌아갔다 고 한다.

下邳(하비●○) 지명. 장량이 황석공을 처음으로 만난 곳이라 전함.

邯鄲(한단○○) 전국시대 조나라의 서울. 진이 6국을 통일하고 여기에 한단군을 설치했음.

瀚渤(한발●●) 바다 이름. 북해와 발해, 즉 지금의 발해만과 황해를 합쳐서 부른 것으로, 지금 우리가 말하는 서해라는 뜻.

荊國(형국○●) 옛 중국의 초(楚)나라.

荊岑(형잠○○) 즉 형산(荊山). 옛 초나라 경내의 높은 산을 두루 일컫는 말.

渾河(혼하○○) 강 이름. 중국 산서(山西) 하북성의 상건하(桑乾河). 중국 요녕성(遼寧省)의 동가강(佟家江), 혼강(渾江)이라고도 한다. 중국 요녕성의 소요하(小遼河).

鴻山(홍산○○) 지금의 충남 부여군 홍산면 지역.

淮陰(회음○○) 지명. 한신(韓信)이 회음 사람이었기 때문에 한신을 가리키기도 한다. 한신은 한(漢)의 개국공신으로 회음후(淮陰侯)에 책봉되었다.

淮海(회해○●) 회수와 바다가 만나는 언저리 지방.

興陽(흥양○○) 전라도 고흥(高興) 장흥부(長興府)의 일부 지방.

12. 만물명칭류(萬物名稱類)

鶡冠(갈관●○) 갈단 새의 꽁지깃으로 장식해 만든 모자. 무인이나 은사들이 많이 사용했음.

鶡旦(갈단●●) 새의 일종. 갈단 새. 파랑새. 산박쥐. 꿩 비슷한 산새 이름.

巾衍(건연○●) 두건 서권(書卷) 등을 넣어두는 작은 상자.

乾鵲(건작○●) =喜鵲. 까치. 예로부터 문간에서 까치가 울면 반가운 사람이 온다는 전설이 있음. 《西京雜記》 권3: "乾鵲噪而行人至, 蜘蛛集而百事嘉."

兼金(겸금○○) 보통 금보다 값이 배나 되는 질 좋은 황금.

瓊香(경향○○) =美酒. 좋은 술.

鯤鵬(곤붕○○) 《장자(莊子)》의 〈소요유(逍遙遊)〉 편에 나오는 큰 물고기 이름. 곤(鯤)은 북해(北海)에 사는데, 이것이 변화하면 붕(鵬)이라는 큰 새가 되며, 이 붕새는 9만 리 창천을 날아서 남해(南海)로 비행을 한다고 함. 흔히 큰 인물을 곤붕에 비유하기도 함.

公寓(공우○●) 아파트.

金甌(금구○○) =疆土. 국토.

關鬲(관격○●) =관격(關膈). ①배와 가슴 사이를 가리킴. ②=관격(關格). 대소변도 통하지 않고, 음식을 먹으면 토하는 질병의 일종.

鮫館(교관○●) 교인(鮫人), 즉 인어(人魚)가 사는 집. 남해(南海) 수중에 교인들이 살고 있는데, 그들은 쉬지 않고 비단을 짜고 있다 하며, 그들이 짠 비단을 교초(鮫綃)라고 한다는 이야기가 있음.

漚泡(구포○○) 漚浮泡影(구부포영○○○●)의 준말. 물거품.

漚鳥(구조○●) =漚鷺(○○). 갈매기.

九霞觴(구하상●○○) =九霞巵. =九霞盃. 술잔 이름. 때로는 미주(美酒)를 가리키기도 한다.

麴櫱(국얼●●) 누룩. 누룩으로 빚은 술.

宮簫(궁소○○) 정교하게 만든 퉁소.

金蛇(금사○○) 번갯불. 전광(電光), 또는 섬광(閃光).

琴樽(금준○○) 거문고와 술그릇.

羈韁(기강○○) 말굴레와 고삐. 즉 남 또는 외부로부터의 구속이나 속박을 말한다.

桔槹(길고●○) 두레박. 나뭇가지를 지렛대로 이용해서 장대를 걸쳐놓고 한쪽 끝에는 돌을 매달고, 다른 한쪽 끝에는 두레박을 달아서 사용하는 일종의 물 깃는 틀.

南龜(남귀○○) 남해에 서식하는 거북. 수명이 가장 길다 함.

丹鳥(단조○●) ①반딧불이. ②봉황새.

堂隍(당황○○) =堂皇. 큰 대청. 광대한 전당, 또는 기세가 웅대함.

戴勝(대승●●) 뻐꾸기(소쩍새 두견새)의 별명.

大貝(대패●●) 큰 조개. 금이나 마찬가지로 옛날에는 조개도 화폐로 사용했을 만큼 보배였다.

桃李(도리○●) ①복숭아와 자두. ②弟子에 비유하여 일컫기도 한다.

桃花(도화○○) ①복숭아꽃. ②말털 색깔의 이름. 월모마(月毛馬) 또는 도화모(桃花毛)라고도 부른다.

豆莢(두협●●) 콩꼬투리.

鸞笙(란생○○) 관악기인 생(笙)에 대한 미칭. 생을 아름답게 부르는 말.

冷艶(랭염●●) =寒梅. 이른 봄에 피는 매화.

荔挺(려정●●) =荔枝. 여지.

鴷(렬●) 딱따구리.

蛚蛩(렬공●○) 귀뚜라미.

鴒(령○) 할미새.

酃醁(령록○●) 미주(美酒) 이름. 중국 장사현(長沙縣)에서 나는 술로, 옛적에 술맛 좋기로 이름이 나있었음. 酃은 장사현의 옛 이름.

綠卿(록경●○) 대나무의 별칭.

轆轤(록로●○) 두레박. 또는 옹기나 토기를 만들 때 발로 돌려 가면서 그 모형이나 균형을 잡을 때 쓰이는 물레.

綠林(록림●○) 산중에서 반정부 행동이나 재물을 약취하는 집단. 산적(山賊).

綠粉(록분●●) 대나무의 별칭. 새로 난 죽순이 변해서 대나무로 자랄 때, 마디 사이에서 분이 생기므로 녹분이라고 함.

綠玉(록옥●●) 대나무의 별칭. 대나무로 만든 지팡이를 가리키기도 한다.

綠衣郎(록의랑●○○) 하급 관원, 또는 진사 급제자. 이들은 모두 녹색의 관복을 입었기 때문임.

綠字(록자●●) 비석에 새긴 글자. 전에는 비석 글자에 녹색을 먹였기 때문임.

綠錢(록전●○) =靑苔. 이끼의 별칭.

綠窓(록창●○) 반대말은 홍루(紅樓). 가난한 여자의 방. 본래는 여자의 방.

籠燭(롱촉○●) 대나무 바구니처럼 생긴 손으로 들고 다니는 등불.

龍泉(룡천○○) =龍淵. 보검의 이름. 용천과 태아(太阿)는 이름난 보검(寶劍). 본래는 용연(龍淵)이었으나 당 고조의 휘자인 연(淵) 자를 피해서 용천으로 바꾸었다고 함.

螻蟈(루괵○●) 청머구리. 땅강아지. 청개구리.

栗房(률방●○) 밤을 둘러싸고 있는 가시가 돋친 껍데기.

栗刺(률자●●) 밤송이 가시.

栗皺(률추●●) 밤송이.

芒鞋(망혜○○) 미투리.

梅花信(매화신○○●) 편지를 말함.

麥鷄(맥계○●) = 鶬鴰(○●). 왜가리.

明蟾(명섬○○) 달. 밝은 달.

茅茨(모자○○) 띠와 남가새. 지붕에 덮는 띠, 또는 그것으로 지붕을 이은 집.

木覓山(목멱산●●○) 서울 남산의 옛 이름. 평양에도 같은 이름의 산이 있음.

舞石(무석●●) 제비. 옛 기록에 의하면, 석연산(石燕山)에 제비 모양의 큰 바위와 작은 바위가 있었는데, 비바람을 만나면 마치 모자지간처럼 작은 바위가 큰 바위를 따라 춤추며 날고, 비가 지나가고 나면 다시 제자리로 내려왔다고 하는 고사가 있다. 그래서 무석(舞石)은 풍우(風雨)를 지칭할 때도 있다.

反舌(반설●●) = 百舌鳥. 새의 일종. 떼 까치.

盤飧(반손○○) 쟁반 접시 소반 등에 담은 음식에 대한 총칭.

盤盂(반우○○) 주로 음식을 담는 원반(圓盤)과 방우(方盂)를 아울러 일컫는 말. 그러나 예부터 흔히 음식을 담지 않고 거기에 자성(自省)이나 격려의 말을 써서 장식용으로 사용하기도 한다.

白脚(백각●●) 맨발.

白鳥(백조●●) 모기(蚊).

百昌(백창●○) 지구상에 있는 수많은 생물을 말함. 즉 백물(百物).

碧石(벽석●●) 푸른 돌. 벽옥(碧玉), 또는 대나무의 이칭.

壁魚(벽어●○) =衣魚. =紙魚. =銀魚. 좀.

寶靨(보엽●●) 여인들의 머리 장신구인 꽃 모양의 비녀.

鳧乙(부을○●) 물오리와 제비. 모양이 서로 닮아 구별하기 어려움을 비유하는 말.

浮蟻(부의○●) 술 위에 떠있는 거품. 술. 부의(浮螘)라고도 한다.

蚍蜉(비부○○) 왕개미.

髀肉(비육●●) 넓적다리에 붙은 근육.

沙雞(사계○○) 새 이름. 송계(松鷄)라고도 함. 메추리의 일종.

四關(사관●○) 인체의 넷 기관. 귀, 눈, 마음, 입.

參商(삼상○○) 둘 다 별 이름. 삼은 서방 하늘에 있고, 상은 동방 하늘에 있으며, 하나는 초저녁에 뜨고 하나는 새벽에 뜨기 때문에 각각 따로 돌아감으로써 결코 서로 만나지 못함. 사람이 서로 헤어져 만나지 못함을 비유해서 쓴다.

桑鳩(상구○○) =布穀. 뻐꾸기의 별명.

石塘(석당●○) 돌로 쌓은 바닷가의 제방.

雪魄(설백●●) 매화.

雪羽(설우●●) 흰색의 새.

素琴(소금●○) 아무런 장식도 없는 소박한 거문고. 줄 없는 거문고.

宵燭(소촉○●) =夜照. 반딧불이의 별명.

垂堂(수당○○) 집 처마 아래. 지붕의 기와가 떨어지면 다칠 수 있으므로, 매우 위험한 곳을 수당이라고 말하기도 한다.

溲勃(수발○●) 우수마발(牛溲馬勃)의 준말. 거칠고 천한 물건.

水衣(수의●○) =青苔. =蒼苔. =水苔. 물속의 이끼.

水花(수화●○) 연꽃의 별칭. 부평초의 별칭. 물속에서 피는 모든 꽃의 통칭.

牙關(아관○○) 위아래 턱 사이의 관절, 또는 구강(口腔).

鷖(애, 예●) 뱁새. 굴뚝새.

魚鑰(어약○●) 물고기 모양으로 생긴 자물쇠.

玉骨(옥골●●) 매화의 별칭.

玉溜(옥류●●) ①낙숫물 또는 고드름. ②때로는 상대방의 붓을 높여서 하는 말.

玉屑(옥설●●) 눈[雪]의 이칭.

瑤鐫(요전○○) =요함(瑤函). =요함(瑤緘). 남의 편지를 아름답게 높여서 일컫는 말.

雨師(우사●○) =雨神. 비를 다스리는 신(神).

猿臂(원비○●) 원숭이와 같은 긴팔. 활쏘기에 알맞은 좋은 팔.

幃幔(위만○●) 장막. 휘장.

乙鳥(을조●●) 제비의 이칭.

日馭(일어●●) 태양.

日下(일하●●) ①해가 비치는 아래, 즉 천하(天下). ②경사(京師), 즉 서울을 말하기도 한다.

長年三老(장년삼로●○○●) 삼협(三峽) 지역의 뱃사공에 대한 경칭. 장년(長年)은 상앗대를 잡은 사공이고, 삼노(三老)는 노를 잡은 사공임.

氈罽(전계○●) 모직물.

傳舍(전사○●) 주막. 여관.

蜩蟬(조선○○) 말매미. 당조(螗蜩): 매미의 일종, 머리에 반점이 있음.

照夜白(조야백●●●) 명마의 이름. 당나라 현종 때 서방의 대원국(大宛國)에서 바친 말.

踪跡(종적○●) 발자취. 행방. 뒤에 드러난 행적.

朱華(주화○○) =朱花. 芙蓉. 연꽃.

鳷雀(지작○●) ①새 이름. 새매. ②한 무제의 甘泉宮에 있는 누대 이름. 전하여 대궐 안에 있는 누대.

倉庚(창경○○) =倉鶊(창경). =黃鳥. =黃鸝(황리). =商庚. 꾀꼬리.

天政臺(천정대○●○) 바위 이름. 충남 부여의 백마강 북쪽 절벽

위 산봉우리에 있다. 전설에 의하면, 백제 때 재상을 임용하려면 먼저 그 사람의 이름을 적어서 함 속에 넣어 봉한 다음, 이 바위 위에 놓았다가 뒤에 열어보고 이름 위에 도장의 흔적이 있어야만 비로소 그 사람을 등용했다고 한다.

天池(천지○○) 남쪽의 바다.

淸客(청객○●) =淸友. 매화나무에 대한 애칭.

靑樓(청루○○) 기방. 기생집. 주막.

靑萍(청평○○) 옛날 보검의 이름.

貂裘(초구○○) 담비의 가죽으로 만든 겉옷. 일종의 고급 방한복.

楚萍(초평●○) 초(楚)나라 소왕(昭王)이 강을 건너다가 얻었다는 큰 평실(萍實). 얻기 어려운 진기한 식품.

春盤(춘반○○) 당대(唐代)의 풍속으로 입춘을 맞아 춘병(春餠)과 생채(生菜)를 상 위에 차려놓고 먹었다고 하는데, 이 상을 춘반(春盤)이라고 한다.

土梟(토효●○) 부엉이의 다른 이름.

八珍(팔진●○) 여덟 가지 진기한 요리. 설이 분분해서, 시대나 지방에 따라 여러 가지 학설이 있음. 그 가운데 하나는 용간(龍肝), 봉수(鳳髓), 표태(豹胎), 이미(鯉尾), 효자(鴞炙), 성순(猩脣), 웅장(熊掌), 소락선(酥酪蟬)이다.

蒲劍(포검○●) 부들 잎. 모양이 칼처럼 생겨 단오절에 문 위에 걸어놓고 사기(邪氣)를 쫓았음.

豹囊(표낭●○) 표범 가죽으로 만든 배낭.

菡萏(함담●●) 연꽃봉오리. 연꽃의 일종.

香魂(향혼○○) 미인의 넋.

玄鬢(현빈○●) 매미의 별칭. 唐 駱賓王 〈在獄詠蟬詩〉: "那堪玄鬢影, 來對白頭吟."

螢火(형화○●) 반딧불이.

弧矢(호시○●) 활과 화살. 전쟁을 뜻하기도 한다.

鴻雁(홍안○●) ①기러기, 큰 것은 홍(鴻), 작은 것은 안(雁)이다. 鯉魚(잉어)와 더불어 흔히 편지 혹은 소식을 뜻할 때도 있다. ②=애홍(哀鴻). 《시경》 소아의 편명. 재난으로 흩어져 떠돌아다니는 백성을 주(周) 선왕(宣王)이 구제한 사실을 적었음. 여기에 근거하여 떠돌아다니는 백성의 고통을 비유해서 이르기도 한다.

黃獨(황독○●) 넝쿨 식물 이름. 흉년에 식용으로도 먹는다고 함.

黃耳(황이○●) =黃狗. 개.

黃精(황정○○) ①황토의 정(精). 토덕(土德). ②약초 이름. 다년생 초본. 허기를 다스려서 흉년에는 구황식으로 먹는다고 함.

梟獍(효경○●) 효는 올빼미, 경은 아비를 잡아먹는다는 짐승의 이름. 파경(破鏡)이라고도 부름. 올빼미도 어미를 잡아

먹는 불효조이므로, 이들은 모두 흉악하고도 배은망덕한 짐승들임.

糇糧(후량○○) 양식. 주로 여행할 때 휴대하는 말린 식량.

13. 군사전쟁류(軍事戰爭類)

干戈(간과○○) 방패와 창. 무기. 전쟁.

鶡冠(갈관●○) 갈새의 꽁지깃으로 장식해 만든 모자. 무인이나 은사들이 많이 사용했음.

鼓鼙(고비●●) 군중(軍中)에서 쓰는 큰 북과 작은 북.

關山(관산○○) 관새(關塞)와 산령(山嶺). 〈木蘭辭〉: "萬里赴戎機, 關山度若飛."

九伐(구벌●●) 죄악을 징계하는 아홉 가지 종류의 토벌(討伐), 또는 정벌(征伐)을 이름.

國步(국보●●) 나라의 운명. 나라의 정세. 국운.

奇正(기정○●) 병법의 기병(奇兵)과 정병(正兵). 정병은 기책(奇策)을 쓰지 않고 정당한 전술로 싸우는 군대. 기병은 그 반대말.

驥足(기족●●) 천리마와 같은 준마의 다리. 이에 비유해서 뛰어난 인물을 말한다.

女牆(녀장●○) =城堞. =睥睨. 성가퀴. 몸을 숨겨 적을 공격할 수 있도록 성 위에 덧쌓은 낮은 담.

駑駘(노태○○) 노둔한 말. 우둔한 말.

盟歃(맹삽○●) 희생(犧牲)을 잡아 그 피를 마셔 입술을 벌겋게 하고 서약을 꼭 지킨다는 단심(丹心)을 신에게 맹세하는 일. 일설에는 피를 입술에 바르는 것이라고도 함.

班馬(반마○●) 대열에서 홀로 떨어져 나온 말, 또는 친구를 태우고 가기 위해서 데려온 말.

半壁(반벽●●) 반쪽. 빼앗기고 남은 반쪽. 갈라진 반쪽.

跋扈(발호●●) 제멋대로 날뛰다. 아랫사람이 제멋대로 날뛰어 윗사람을 침범함.

百蠻(백만●○) 중국 고대 서남 지역의 여러 소수민족에 대한 폄칭(貶稱).

白羽(백우●●) 흰 깃털로 장식해 만든 화살.

白虹(백홍●○) ①해. 달의 흰빛무리. ②보검(寶劍) 이름.

碧血(벽혈●●) =化碧. 선혈이 푸른 옥색으로 변함. 충신 열사가 흘린 피. 나라를 위한 희생정신. 전하여 지사. 열사. 《莊子 外物篇》: "萇弘死於蜀, 藏其血, 三年而化爲碧." 元 鄭元佑 〈汝陽張御史死節歌〉: "孤忠旣足明丹心, 三年猶須化碧血."

邊心(변심○○) ①변방 문제를 대비하는 마음. ②변새에서 고향을 그리워하는 심정.

兵火(병화○●) 전쟁.

烽火(봉화○●) 산봉우리에서 놓는 군사용 신호체계의 횃불.

전쟁.

粉堞(분첩●●) 흰 분칠한 낮은 성곽 울타리.

飛樓(비루○○) ①성을 공격할 때 사용하는 일종의 누차(樓車). ②높은 루(樓).

貔貅(비휴○○) 맹수의 이름. 범 같다고도 하고 곰 같다고도 함. 또는 용맹한 군대.

死節(사절●●) 국가를 위해서 목숨을 바칠 수 있는 절개.

喪亂(상란○●) 전쟁, 전염병, 천재지변 등으로 인하여 사람들이 많이 죽는 일.

塞上(새상●●) 변새(邊塞). 일선. 변두리.

城堞(성첩○●) = 女牆(녀장). 성 위에 덧쌓은 낮은 담.

神機(신기○○) 신묘한 계기. 헤아릴 수 없는 기략(機略)이나 신령한 활동.

牙城(아성○○) 군중에서 주장(主將)이 거처하는 성.

妖塵(요진○○) 요사한 먼지. 곧 난을 일으킨 무리.

羽林軍(우림군●○○) = 御林軍. 황제 근위군(近衛軍)의 이름.

轅門(원문○○) 군문(軍門). 진영의 문, 또는 관청의 외문.

楡塞(유새○●) 변방의 요새. 서방(西方)의 요새. 유(楡)나무를 심어서 요새를 만들었으므로 이런 말이 생겼음.

帷幄(유악○●) 진영에서 사용하던 장막. 작전 계획을 짜는 본부. 참모. 핵심 참모.

戎馬(융마○●) 병마(兵馬). 전란 또는 전쟁이란 뜻으로 쓰이기도 한다.

肘腋(주액●●) 팔꿈치와 겨드랑이. 가장 친근한 사이를 비유하는 말. '주액(肘腋)의 화(禍)': 가장 친했던 사람으로부터 입는 화. 이를테면 충실했던 심복이나 믿었던 친구 등으로부터 당하는 배신.

中夜舞(중야무○●●) = 中宵舞. ①밤중에 일어나 춤을 추다. 밤중에 추는 춤. ②지사(志士)가 분발함을 비유하는 말. 晉書 祖逖傳: "(逖)與司公劉琨 俱爲司州主簿, 情好綢繆 共被同寢. 中夜聞黃鷄鳴 蹴琨覺曰: '此非惡聲也.' 因起舞."

鎭守(진수●●) 군사상 아주 소중한 곳을 든든히 지킴.

借一(차일●●) 적과 최후의 결전을 벌여 승패를 판가름하다. 《左傳 成公2年》: "收合餘燼, 背城借一." 杜預注: "欲於城下, 復借一戰."

天機(천기○○) 하늘 또는 천지의 기밀.

天驕(천교○○) 흉노(匈奴)를 가리킴.

天險(천험○●) 천연적으로 험한 곳. 자연의 요새지(要塞地). 天險之地.

請纓(청영●○) 공을 세우기 위해 자진해서 종군하는 것. 한(漢) 무제(武帝) 때 종군(終軍)이란 자가 장영(長纓)을 주면 남월(南越)왕을 사로잡아 오겠다고 청하였다는 고사가 있음.

秋水(추수○●) 칼의 다른 이름.

出塞(출새●●) 변방으로 나가다. 출정(出征)하다.

七萃(칠췌●●) 임금의 금위군(禁衛軍)이나 정예군(精銳軍).

枕戈(침과●○) 창을 베고 눕다. 즉 잠도 자지 않고 철통 경비를 하다.

投荒(투황○○) 핍박에 의해서 황량하고 먼 곳으로 쫓겨나다.

覇業(패업●●) =패업(霸業). 제후(諸侯)의 우두머리가 되는 사업, 또는 무력으로 천하를 통일하는 일.

驃騎(표기○○, ●○) 장군의 명호(名號)로 한(漢) 무제(武帝) 때에 처음으로 두었다.

韓鉞(한월○●) 수(隋)나라 맹장(猛將) 한금호(韓擒虎)의 도끼.

合沓(합답●●) 중첩(重疊). 중첩(重疊)되다.

險浪(험랑●●) 나와 다른 사람의 위태로운 대치 상황을 의미함.

玄塞(현새○●) 북방의 城砦(성채) 堡壘(보루). 즉 만리장성(萬里長城).

荊蠻(형만○○) 이전에 중국 한족들이 형초(荊楚) 지방의 소수민족을 폄하해서 부르던 말.

形勝(형승○●) 지세나 경치가 뛰어남. 요지. 형승지국(形勝之國): 지세가 좋아서 승리하기에 편리한 위치에 있는 나라.

弧矢(호시○●) 활과 화살. 무공(武功) 전쟁. 전란. 뽕나무로 만든 활과 쑥대화살(桑弧蓬矢)인데, 아들을 낳으면 문밖에 걸어 장부(丈夫)의 사방지(四方志)를 기원했다 함. 남아

(男兒)의 큰 뜻.

畵角(화각●●) 그림 무늬로 꾸민 각적(角笛), 지금의 군용 나팔과 같은 용도의 악기.

橫亡(횡망○○) =橫死. 재앙을 만나 비명에 죽음.

14. 종교신앙류(宗敎信仰類)

1) 佛敎

袈裟(가사○○) 스님의 옷으로 탐(貪), 사(裟), 치(痴)의 삼독(三毒)을 버린 표적으로 어깨에 걸치는 것임. 삼의(三衣), 법의(法衣), 인욕의(忍辱衣)라고도 한다.

紺宇(감우●●) =蓮宇. =蓮舍. =佛寺. =梵宮. 절.

結夏(결하●●) 음력 4월 15일에 승니(僧尼)가 선사(禪寺)에 안거(安居)하기 시작하는 일. 입안거(入安居) 또는 결제(結制)라고도 한다.

給孤園(급고원●○○) 급고독원(給孤獨園). 불사(佛寺)를 가리키는 말.

機緣(기연○○) 기회와 인연. 불교 용어로 중생(衆生)에게 선(善)의 기근(機根)이 있어서 불(佛)의 교법(敎法)을 받을 인연이 되는 것.

祇園(기원○○) 기수원(祇樹園), 기타원(祇陀園), 기수급고독원(祇樹給孤獨園)의 준말. 옛 인도의 기타태자(祇陀太子) 소유의 원림(園林)을 수달장자(須達長者), 즉 급고독(給孤獨)이 구입하여 석존(釋尊)에게 받쳤던 것. 절. 사원(寺院).

衲錫(납석●●) 납의(衲衣)와 석장(錫杖). 승려의 장삼과 지팡이.

大千(대천●○) 불교에서 말하는 대천세계(大千世界). 무변(無邊) 광대한 세계로, 하나의 수미산(須彌山), 하나의 일월(日月), 하나의 사천하(四天下), 그리고 육욕범세천(六欲梵世天)에 이르는 것을 일세계(一世界)로 해서 그것을 백만개 모은 세계를 말한다.

蓮宇(련우○●) 蓮舍. 蓮宮. 절.

立雪(립설●●) 불자가 정성으로 불법을 구함. 선종(禪宗) 이조(二祖) 혜가(慧可)가 그의 스승 달마(達摩)에게 널리 중생을 구제해줄 것을 밤을 새워 큰 눈이 무릎에 쌓이도록 서서 빌어서 그 스승이 감동했다는 이야기에서 유래함.

梵家(범가●○) 梵宮. 佛舍. 寺刹을 지칭한다.

佛日(불일●●) 불교에서는 불법(佛法)을 온 대지를 밝게 비추는 태양에 비유해서 말한다.

寺社(사사●●) 佛舍. 佛寺. 절.

三身(삼신○○) 불교에서 말하는 법신(法身), 보신(報身), 화신(化身)을 이르는 말. 〈圓覺經 注〉: “六祖曰: 淸淨法身, 汝之性也; 圓滿報身, 汝之智也; 千百億化身, 汝之行也.” 淸阮葵生 〈茶餘客話14〉: “凡佛皆有三身, 一曰法身, 謂圓心所證; 二曰報身, 謂萬善所感; 三曰化身, 謂隨緣所現.”

隨喜(수희○●) 불상을 참배함에 따라서 기쁜 마음이 생기는 것. 사찰 여기저기를 다니며 참배하는 것.

雙林(쌍림○○) 석가모니가 열반한 곳. 사찰을 뜻하기도 함.

長齋(장재●○) 오랫동안 부정(不淨)한 것을 피하는 것. 또는 내내 채식(菜食)을 하는 것.

俊上人(준상인●●○) 큰스님. 상인은 학덕이 높은 중. 중에 대한 존칭.

招提(초제○○) 절. 사방의 중들이 모여사는 곳.

火宅(화택●●) 불교어. 불난 집. 번뇌처. 고민. 번뇌하는 이유.

2) 道教 神仙

鶡冠(갈관●○) 갈새의 꽁지깃으로 장식해 만든 모자. 무인이나 은사들이 많이 사용했음.

葛洪(갈홍●○) 진조(晉朝)의 도교(道教) 이론가. 연단술(煉丹術)로 유명. 《포박자(抱朴子)》를 지음.

降格(강격●●) 신령이 하늘에서 내려오다. 여기서 격(格)은 이르다(至)의 뜻.

高唐(고당○○) 중국 무산현(巫山縣)에 있는 초왕대(楚王臺)를 가리킨다. 초나라 회왕(懷王)이 꿈에서 신녀(神女)를 만났던 곳이다.

崑崙(곤륜○○) 산 이름. 서방의 낙토(樂土)로 서왕모(西王母)가

사는 곳이며, 미옥이 난다고 함.

句漏(구루●●) 산 이름. 광서성(廣西省) 북류현(北流縣)의 동북에 위치. 그중 보규동(寶圭洞)은 도교(道敎) 제22 동천(洞天)으로 진(晉)나라 갈홍(葛洪)이 수련(修煉)하던 곳으로 전함.

句芒(구망●○) 산림(山林)에 관한 일을 맡아보던 벼슬 이름. 오행신(五行神)의 하나인 나무를 주관하는 신(神).

緱山(구산○○) 즉 구지산(緱氏山). 중국 하남성 언사현(偃師縣)의 남쪽에 있음. 혹 복부퇴(覆釜堆) 또는 무부퇴(撫父堆)라고도 함.

羣玉(군옥○●) 산 이름. 서왕모(西王母)가 사는 곳이라고 함. 또 옛날 제왕의 장서부(藏書府)를 말하기도 한다. 여러 인재들이 모여 있는 조정 또는 중앙을 의미하기도 한다.

箕潁客(기영객○●●) 기산(箕山)과 영수(潁水)의 나그네. 중국 상고(上古)시대 기산에 은거한 허유(許由)와 영수에 은거한 소부(巢父)를 가리킨다. 은자(隱者)를 뜻함.

滕六(등륙●●) 설신(雪神)의 이름.

鸞驂(란참○○) 선인(仙人)이 타는 수레.

閬風(랑풍●○) 현포(玄圃)와 더불어 전설상의 신선이 산다는 곳. 서쪽 곤륜산(崑崙山)에 있음. 巫女(무녀): 무산(巫山)의 신녀(神女). 송옥(宋玉)의 〈고당부(高唐賦)〉에, 초(楚)나라 회왕(懷王)이 꿈에서 한 여인을 만났는데, 이르기를

"저는 무산의 신녀이온데, 아침에는 구름이 되고 저녁에는 비가 되옵니다."라고 하였다.

茂陵(무릉●○) 한 무제의 능으로, 중국 섬서성(陝西省) 흥평현(興平縣)의 동북쪽에 있음. 따라서 무제를 가리키는 말로도 사용함.

巫峀(무수○●) 무산(巫山).

方丈(방장○●) 신선이 산다는 삼신산(三神山)의 하나. 삼신산은 봉래(蓬萊), 방장(方丈), 영주(瀛州).

白鹽(백염●○) 산 이름. 중국 삼협(三峽) 지방에 있음. 장강을 사이에 두고 북쪽의 적갑산(赤甲山)과 대치하고 있다.

蓬門(봉문○○) 쑥을 엮어 만든 문. 가난한 집, 또는 은자의 집.

封禪書(봉선서○○○) 천자가 하늘과 산천에 지내는 제사를 내용으로 하는 문장 또는 자료.

蓬壺(봉호○○) =봉래산(蓬萊山). 동해(東海)에 있다는 세 신산(神山) 중의 하나. 신선이 산다고 하는 섬 이름. 그 모양이 병 모양과 비슷하다고 해서 이렇게 부른다고 함.

飛舃(비석○●) 신고 날아다닐 수 있는 신선의 신발.

四明(사명●○) 도서(道書)에 제9동천으로 되어 있는 산 이름. 중국 절강성 영파시(寧波市) 서남쪽에 있음. 봉우리는 모두 282개나 되고 그중에 부용봉이 있으며, 마치 천창(天窓)과 같은 네 동굴이 있고, 산을 격하여 일월성신(日月星辰)의 빛이 통하고 있음으로 사명산이라 부른다. 신선이 살고 있는 산.

三淸客(삼청객○○●) =우객(羽客). 선인(仙人).

上淸(상청●○) 신선(神仙)이 산다는 삼청(三淸), 즉 옥청(玉淸), 상청(上淸), 태청(太淸), 도관(道觀) 중의 하나. 신선(神仙)의 경지를 범칭하는 말.

仙韻(선운○●) 선계(仙界)와 같은 운치(韻致). 속세(俗世)를 초탈(超脫)한 정취(情趣).

仙仗(선장○●) 신선 또는 천자의 의장(儀仗).

星槎(성사○○) 신선이 하늘로 올라갈 때 타고 간다는 뗏목. 성사(星使)가 타고 가는 배. 한(漢)의 장건(張騫)이 뗏목을 타고 하늘의 은하(銀河)로 올라가서 견우와 직녀를 물어보았다고 하는 고사가 있음.

星軺(성초○○) 선계(仙界)로 사자(使者)가 타고 가는 차. 사자(使者).

瀟湘(소상○○) 형초(荊楚, 지금의 湖南省) 땅의 소수(瀟水)와 상수(湘水)를 합쳐 부르는 말.

少海(소해●●) 동방에 있는 바다의 이름.

巽二(손이●●) =風伯. 풍신(風神)의 이름.

神功(신공○○) 사람의 지력(智力)으로는 할 수 없는 신의 공덕.

崖仙(애선○○) 애산(崖山)의 신선. 애산은 중국 광동성 신회현(新會縣) 남쪽 바다 가운데 있는 산 이름.

烏角巾(오각건○●○) 은자(隱者)들이 쓰던 검은 두건. 은자(隱

者).

玉界(옥계●●) 선경(仙境). 즉 신선세계.

玉壘(옥루●●) 문신(門神)의 이름.

玉山(옥산●○) 곤륜산(崑崙山)의 서쪽에 있는 옥이 나는 산으로, 서왕모(西王母)가 살았다고 하는 산. 신선세계 또는 눈 덮인 산.

瑤界(요계○●) =仙境. =玉界. 신선이 산다는 세계.

瑤池(요지○○) 곤륜산(崑崙山)에 있는 서왕모(西王母)가 산다는 곳.

羽仙(우선●○) 양쪽 겨드랑이에 날개가 돋아 신선이 되어 하늘로 올라가는 것. 우화이등선(羽化而登仙)의 준말.

雲嶠(운교○○, ○●) ①고대 신화 전설 중 바다 가운데에 있다는 선산(仙山). 즉 원교(員嶠). ②구름에 닿을 듯 뾰족하게 높이 솟은 산.

月窟(월굴●●) 달이 뜨는 굴, 또는 달 속에 있는 바위 굴.

遺逸(유일○●) ①은거인(隱居人). 은사(隱士). 유재(遺才). ②전조(前朝)에서 물려준 인사(人士).

幽貞(유정○○) 은사(隱士). 고결하고 굳은 절조(節操).

紫清(자청●○) 천상(天上). 신선이 산다는 곳.

赤甲(적갑●●) 산 이름. 기주(夔州) 북쪽 30리쯤에 있다. 長江(장강)을 사이에 두고 아래의 백염산(白鹽山)과 대치하고 있다.

靜者(정자●●) 세속적인 이욕(利慾)이 단절되어 그 마음이 고요한 자. 은자(隱者).

鼎湖(정호●○) 지명. 하남성(河南省) 문향현(閿鄕縣) 남쪽 형산(荊山) 아래. 황제가 구리로 솥을 주조해서 호염(胡髥)을 늘어트린 용을 타고 상선(上仙)한 곳이라고 전함.

造化(조화●●) 조물(造物)과 같음. 조물주.

地行仙(지행선●○○) 지상을 걸어 다니는 신선. 지상에 사는 선인(仙人). 축수하는 말로도 쓰임.

眞宰(진재○●) 노장학(老莊學)에서 말하는 천지(天地)의 주재자(主宰者), 즉 조물주(造物主). 또는 하늘을 말하기도 함.

天慳(천견○○) 신(神)이 아까워서 숨겨둔 것.

天根(천근○○) 하늘의 맨 끝. 신선의 세계.

天浮(천부○○) 별 이름. 성경(星經)에 이르기를, "네 천부성은 좌기(坐旗)의 남북열(列)에 있고, 시각(時刻)을 주재한다."

祝融(축융●○) 여름·불 등을 관할하는 신의 이름.

就木之日(취목지일●●○●) 죽는 날. 죽은 날. 취목(就木)은 입관(入棺). 사망을 뜻함.

太淸(태청●○) 도가(道家)에서 말하는 삼청(三淸)의 하나, 40리 상층(上層)의 공간. 하늘, 또는 천도(天道).

貝闕(패궐●●) 자색의 조개로 화려하게 장식한 궁으로 황하의 신 하백(河伯)이 산다는 곳. 속칭 용궁(龍宮)과 유사한 곳.

寒瑤(한요○○) =요지(瑤池). 곤륜산(崑崙山)에 있다는 서왕모

(西王母)를 비롯한 신선들이 산다는 곳.

行雲(행운○○) 무산(巫山)의 신녀(神女)를 가리킨다. 무산의 신녀가 초 회왕에게 이르기를, "아침에는 구름이 되고 저녁에는 비가 되겠습니다."라고 하였다.

香車(향차○○) 향목으로 만든 수레. 화려하고 아름다운 수레나 교자(轎子)에 대한 범칭.

玄霜(현상○○) 도가(道家) 선약(仙藥)의 이름.

玄圃(현포○●) =懸圃. 곤륜산(崑崙山)에 있다고 하는 신선이 사는 곳.

洪勻(홍균○○) =洪鈞. 우주의 만물을 창조하는 신(神). 조화(造化). 鈞은 도기(陶器)를 만드는 녹로(轆轤)로 조물자(造物者)를 말함.

化人(화인●○) 즉 선인(仙人). 또는 불보살이 거짓으로 모습을 바꾸어 사람이 된 것, 또는 불보살의 신통력으로 사람의 모습을 만든 것.

環堵(환도○●) 집 주위의 울타리. 협소한 집, 즉 은자(隱者)의 집을 뜻함. 環堵蕭然: 집 주위가 쓸쓸함.

黃冠(황관○○) 도사(道士)의 모자, 또는 도사(道士).《幽怪錄》云: 蕭至忠欲獵 有老麋求救黃冠曰: "若滕六降雪巽二起風 卽蕭使君不出矣." 翼日風雪大作.

15. 생로병사류(生老病死類)

嘉祉(가지○●) 복된 운수. 좋은 복.

襁褓(강보●●) 영아(嬰兒). 갓난아기의 포대기. 갓난아기.

介壽(개수●●) =庄椿(○○) 축수(祝壽)하다. 장수를 축하하다.

膏肓(고황○○) 가슴 아래쪽과 명치 끝. 이 부위는 치료하기 어려운 곳이므로, 사물(事物)의 구하기 어려운 병폐를 비유하는 말로도 쓰인다.

耆耉(기구○●) 늙은이. 늙다. 기는 60세, 구는 90세.

耆舊(기구○●) 늙은이와 옛 친구. 기로(耆老)와 고구(故舊).

耆年(기년○○) 60이 넘은 나이. 노인.

耆德(기덕○●) 덕이 높은 노인.

耆老(기로○●) 약 70세 이상 되는 늙은이에 대한 통칭.

耆耄(기모○●) =기로(耆老). 연로한 사람.

年侵(년침○○) ①나이가 점점 늙어감. 年侵腰脚衰-杜甫. 自覺年侵身力衰-白居易. ②연말이 가까워오다, 또는 바로 그런 때. 年侵頻悵望, 興遠一蕭疎. -杜甫.

丹脣(단순○○) =紅脣(○○). =烏頭(○○). 소년.

大夜(대야●●) 끝없이 긴 밤을 맞는다는 말로 사망을 뜻함. 죽음.

大化(대화●●) =壽骨. =壽命. 생명. 陶淵明 還舊居 詩: "常恐大化盡, 氣力不及衰." 우주(宇宙) 및 대자연(大自然)이란 뜻도 있음.

梁甫吟(량보음○●○) 고곡(古曲) 이름. 양보는 태산(泰山) 아래에 있는 산 이름으로 장지(葬地)였다. 따라서 양보음은 일종의 장송곡이라고 할 수 있다. 특히 이 고곡은 제갈량이 아직 이름을 날리기 전에 한나라의 쇠란(衰亂)을 탄식하여 지어서 불렀다고 전한다.

良死(량사○●) 천수(天壽)를 누리고 죽음.

龍鐘(룡종○○) 노쇠한 모습.

冥府(명부○●) =泉下(○●). 저승.

暮年(모년●○) =晚年(●○). =楡景(○●). =桑楡(○○). 늘그막. 桑楡晚景의 준말.

歿齒(몰치●●) 한평생. 죽을 때까지.

尨眉(방미○○) 반백의 눈썹.

浮生(부생○○) 부평초 같은 인생, 또는 생애.

不淑(불숙●●) ①착하지 못함. ②불행함. 국가의 멸망이나 사상(死傷) 기근(饑饉) 등을 당했을 때 위로로 하는 말. ③우둔함. 어리석음.

匪朝伊夕(비조이석●○○●) =匪伊朝夕. ①하루뿐만이 아님. 오래되었다는 뜻. ②아침이 아니면 바로 저녁. 시간이 극히 짧은 것을 이름.

私謚(사시○●) 벼슬은 높이 못했지만 학문과 덕망이 높은 이에게 제자들이나 학계 또는 친지들이 사적으로 드리는 시호(謚號).

桑楡(상유○○) =晩年. 桑楡晩景의 준말.

雙角(쌍각○●) 青少年: 白齒青媚(●●○○). 華年(○○). 五丁(●○): 壯年力士.

西昆(서곤○○) =咸池. 해가 지는 곳. 노쇠함을 비유함. 늘그막. 해 뜨는 곳은 동사(東汜○●).

昔歲(석세●●) 왕년.

省事(성사●●) 철이 날 무렵. 유소년 시절.

垂髫(수초○○) =齠年(○○). =髫髮(○●). 青絲(○○). 綠髮(●●). 黑頭(●○). 頑童(○○). 더벅머리 총각. 아동.

夜臺(야대●○) 분묘. 무덤, 또는 저승. 음계(陰界).

藥石(약석●●) 약(藥)과 석침(石針). 훈계가 되는 말.

崦嵫(엄자○○) 늘그막을 비유하는 말. 해가 지는 곳. 중국 감숙성에 있는 산 이름.

易簀(역책●●) 침석(寢席)을 바꾸다. 簀은 화려한 대나무자리. 증자(曾子, 參)가 임종 때, 계손(季孫)으로부터 받은 자리를 바꾸게 하고 죽었다. 당시는 대부(大夫)가 아니면 그런 자리를 사용할 수 없었고, 증자는 대부가 아니었기 때문임. 이로 인해서 후세에는 사람이 병이 위독해서 죽음에 임하게 된 것을 '역책'이라고 한다.

捐館(연관○●) 살고 있던 집을 버림. 사망. 특히 귀인의 죽음.

延諡(연시○●) 조상에게 내리는 시호(諡號)를 배명(拜命)하는 것.

五紀(오기●●) 1기가 12년이니, 5기는 60년.

五福(오복●●) 인생의 다섯 가지 행복. 즉 壽, 富, 康寧, 攸好德(도덕을 즐김), 考終命(天命을 온전히 마침).

楡景(유경○●) =晩年. 桑楡晩景의 준말.

二毛(이모●○) 두 가지 색깔의 머리카락. 즉 희끗희끗해진 반백의 머리.

一世(일세●●) =歿齒(●●). =終生(○○). 일생. 한평생.

壯年(장년●○) =壯齒(●●). 장정.

壯議(장의●●) 장정(壯丁). 건장한 남자.

壯長(장장●●) 성인으로 크다. 전하여 어른. 존장.

中男(중남○○) 옛 기록에 조금씩 차이가 있어, 당서 식화지(唐書 食貨志)에는 "以十八爲中男, 二十二爲丁."이라 했고, 또 다른 기록에는 "今民十八以上爲中男, 二十三以上成丁."이라고 했다. 두보(杜甫) 시에 나오는 중남은 18세 밖에 안 되는 남자를 가리킴.

地上(지상●●) 이승. 속세.

執紼(집불●●) 관(棺)의 줄을 잡다. 장송(葬送)하다. 장송하는 일.

慘慼(참척●●) 자녀나 손자 손녀가 아버지나 할아버지보다 먼저 죽음.

蒼頭(창두○○) 머리카락이 반백이라 나이 든 사람을 이른다.

添丁(첨정○○) = 得男(●○). 남자아이를 낳다.

寸景(촌경●●) = 寸陰(●○). 아주 짧은 시간.

痌瘝(통환○○) 병들다. 병으로 아파하다.

平居(평거○○) = 平生. 평소. 한평생.

布韋(포위●○) 어린 시절. (어릴 때는 천과 가죽으로 만든 옷을 입음.)

風燈(풍등○○) 불교어. 인생무상. 세사무상.

虛度(허도○●) = 虛送(○●). 헛되게 보내다.

虛老(허로○●) 헛되이 늙음.

虛徐(허서○○) 망설임. 머뭇거림.

玄景(현경○●) 검은 그림자. 검은 빛. 머리가 검은 젊은 시절.

蒿里(호리○●) 태산 남쪽에 있는 사람이 죽으면 그 영혼이 와서 머문다고 하는 산. 묘지(墓地).

華顚(화전○○) = 華首 = 白首 = 蒼頭(○○) = 蒼顔(○○). 노인.

矍鑠(확삭●●) 노인이 눈동자가 초롱초롱하고 정신력이 왕성한 모양. 늙어서도 오히려 건장(健壯)한 모양.

黃髮(황발○●) 누른빛의 두발. 즉 70~80세의 노인을 가리킨다. 고생을 많이 하면 일찍이 황발이 된다고 함.

黃壤(황양○●) = 黃泉. 무덤.

이칭어소사전(異稱語小辭典)

| ㄱ |

[가공인물] 無是公○●○.

[가난뱅이 가난 가난한 생활] 苦胎●○. 蓬門○○. 蓬戶○●. 壁立●●. 三旬九食○○●●. 牛衣歲月○○●●. =幷日而食●●○●. 冷窓凍壁●○●●. 家徒四壁○○●●.

[가난한 선비] 氷子○●. 孤雲○○. 寒儒○○. 寒士○●: 미천한 출신의 선비.

[가랑비] 霢霂(맥목)●●.

[가래나무] 木王●○.

[가마우지] 烏鬼○●.

[가령·만약] 就令●●. 假令●●. 設令●●. 設使●●.

[가마·교자] 步輦●●: 교자. 軟輿●○: 푹신한 교자. 肩輿○○: 어깨에 메는 교자.

[가물치] 玄鱧○●.

[가수] 郢人●○. 郢客●●.

[가서(家書)] 家耗○●. =家問○●.

[가을] 素秋●○: 오행설에서 가을은 金에 속하고, 색은 흰색인데서 유래함. 素商●○. 白藏●●. 白商●○. 高秋○○. 金素○●. 金秋○○. 金行○○. 素律●●. 玄肅○●: 가을, 하늘이 드높고 날씨가 스산함. 小秋●○: 초가을. =初秋. 晩秋●○: 늦가을. =窮秋○○. =深秋○○. 高秋○○. 殘秋○○. 霜秋○○. 霜候○●. 秋杪(추초)○●. 秋末○●. 衰節○●. 授衣●○. 詩經 豳風 七月: "七月流火, 九月授衣.". 雁天●○.

[가족] 家眷○●. 金聚○●: 남의 가족을 높여 이르는 말.

[가지] 草鼈甲●●●.

[간질병] 風眩○●.

[갈대] 蒹葭○○. 蘆雪○●:갈대꽃. 蘆葦○●.

[갈매기] 海翁●○. 春鋤○○. 玉羽●●. 漚鳥○●. 漚鷺○●. 鷗鷺○●.

[갈치] 鱭○. 白圭夫子●○○●.

[감] 丹果○●. 朱果○●.

[감귤] ☞ 귤.

[감람 橄欖] 青子○●: 橄欖科에 속하는 상록교목.

[감옥] 福堂●○. 福舍●●.

[강태공] 非熊○○.

[강아지] 小狗●●. 小犬●●: 남에게 자기의 자식을 겸손하게 이르는 말.

[개(狗)] 獒(오)○. 烏龍○○. 尨(방)○: 삽살개. 金獒○○: 사냥개를

아름답게 이르는 말. 神獒○○: 맹견. 虎酒●●: 범이 개를 먹으면 취한다는 속설에서 생긴 말. 護兒●○: 가정의 개. 집안의 개. 宋鵲●●: 춘추시대 송나라 良犬의 이름. 黃耳○●. 韓盧○○: 전국시 韓나라의 良犬. 守門使●○●.

[개구리] 蛙蟈(와괵)○●. 蛙蛤○●. 蛙蝦○○: 개구리 종류를 두루 이르는 말. 雪嬰兒●○○: 연못에 사는 개구리.

[개구리밥] 水萍●○. 水花●○. 丹良○○. 丹鳥○●.

[개나리] 辛夷○○. 女郎花●○○. 木筆●●.

[개똥벌레] ☞ 반딧불이.

[개미] 玄駒○○. 馬蟻●●. 蚍蜉○○: 왕개미.

[개암] 蓁子○●.

[개이다] 小霽●●: 궂은 날이 잠깐 개임.

[갯버들] 風蒲○○.

[거머리] 至掌●●. 草蛭●●.

[거간꾼·중개인] 牙人○○. 牙家○○. 牙郎○○. 牙子○●. 牙主○●. 牙行○○. 牙戶○●.

[거문고] 槀梧(고오)●○. 桐君○○. 絲桐○○. 焦桐○○. 焦尾琴○●○.

[거미] 蜘蛛○○. 繩虎○●. 蛛螯○○. 蛛繩○○: 거미줄. 蟢子●●: 거미의 일종. 蛸蠨○○: 거미의 일종.

[거북이] 玄夫○○. 玄衣○○. 玄衣督郵○○●○. 神蔡○●: 큰 거북의 미칭. 僂句○●: 원래는 거북이가 나타난 곳이나 전하여 거북. 玄介卿○●○. 冥靈○○. 藏六○●: 머리 꼬리 네발 여

섯 부분을 귀갑(龜甲) 속에 감추므로 이렇게 부름.

[거울] 金鵲鏡○●●. 凌花○○. 容成○○. 玉盤●○. 壽光●○. 青鸞○○. 曉鏡●●. =明鏡. 菱花○○. 淸蟾○○: 둥근 거울. 碧銅●○: 구리로 만든 거울.

[거위] 家雁(鴈)○●.

[거짓말] 簧言○○: 듣기 좋은 말로 속이는 말. 謊語○●: 거짓말. 잠꼬대.

[걸음] 風步○●: 빠른 걸음.

[게(蟹)] 蟹(해)●. 螃蟹○●: 방게. 尖團○○. 團臍○○: 암게. 招潮○○. 郭索●●. 虎蟳●○: 게의 한 종류. 內黃侯●○○. 無腸公子○○○●. 橫行公子○○○●. 桀步●●. 執火●●.

[겨울] 玄冬○○. 玄序○●. 玄雲○○. 玄律○●. 菱花○○. 太陰●○.

[견우성] 河鼓○●. 擔鼓○●.

[결점·허물·과실] 愆(건)○: 흠. 잘못. 咎(구)●. 忒(특)●. 玷缺●●: 백옥 중의 반점, 즉 결함 과실. 흠. =瘢疣(반우)○○. 瘢痍○○.

[결혼] 跨鳳●●: 결혼 또는 사위를 택하다. 蘋蘩○○: 혼례.

[경치] 風光○○. 風月○●: 아름다운 경치. 風景○●. 景光●○. 風色○●. 風水○●.

[계천·계곡] 青澗○●. 淸澗○●. 碧溪●○.

[고관대작] 冠冕○●. 紫綬●●. 簪纓○○. 簪組○●. 顯官●○. 朝右○●. 纓紳○○ 淸要○●: 고관. 요직에 있는 관리. 貂蟬●○.

華選○●: 현귀한 관직. 華銜淸選의 준말. 金魚袋○○●: 고관대작.

[고드름] 玉指●●. 玉塔●●. 簷凌○○.

[고래] 魚虎○●.

[고사리] 薇蕨○●.

[고승(高僧)] 闌士●●: 고승에 대한 존칭. =猊下(예하). =狻下(산하). 산은 부처가 앉는 자리, 즉 獅子座.

[고슴도치] 毛刺○○.

[고양이] 狸貍奴○○. 啣蟬(함선)○○. 虎舅●●. 烏圓○○. 白老●●. 似虎●●. 家狸○○.

[고적(古籍)] 九丘●○. 三墳○○. *둘 다 전설 속의 고대 전적임. 이를 합쳐서 '丘墳'이라고 부른다. 墳籍○●. 墳典○●: 三墳과 五典을 함께 부르는 약칭.

[고향] 桑梓○●. 桑里○●. 故居●○. 鄕井○●. 鄕郡○●. 鄕縣○●. 鄕關○○. 鄕村○○. 桑域○●. 井邑●●. 舊丘●○. 靈丘○○: 출생지. 고향에 대한 미칭. 枌梓○○. 枌楡○○: 원래는 한고조의 고향. 지금은 고향에 대한 범칭.

[고향 생각] 桑思○○. 登樓○○. 白雲●○. 土思●○. 庾愁●○.

[골목] 衚衕○○: 작은 거리. 골목. 小路●●. 小衚衕●○○: 작은 거리.

[공부벌레] 流麥○●: 《後漢書 逸民傳》에 高鳳이란 사람이 주야불철 공부만 하다가 마당에 널어놓은 보리가 비에 떠

내려가도 몰랐다는 고사가 있음. 懸頭○○: 苦學하다. 잠을 쫓기 위해 두 발을 대들보에 묶어놓고 공부를 함. 囊螢○○.

[공자] 龍蹲○○. 東家○○. 東家丘○○○. 玄聖○●. 聖尼●○.

[공작새] 鸞鳳友○●●. 鳳友●●. 文离○○.

[과거시험] 蟾窟○●. 青錢選○○●. 就貢●●: 과거에 응시함. 風檐簷○○: 과거시험장. 風簷寸晷(풍첨촌귀)○○●●: 바람은 불고, 시간은 촉박한 과거장의 고달픔을 비유하는 말. 日落途遠과 비슷한 말. 文戰○●. 辰選○●: 어전시. 임금이 주관하는 과거시험.

[과거급제] 中鵠●●. 月桂●●. 丹枝○○. =丹桂○●. 折桂●●. 芳桂○●. 春風得意○○●●: 과거급제에 비유하는 말. 桂客●●: 과거급제자에 대한 미칭. 登龍○○: 과거급제자에 비유하는 말.

[과거낙제] 点額●●.

[과부] 孤嫠○○.

[관(棺)] 靈柩○●. 神櫬○●.

[관대한 처분] 小挺●●.

[관리] 仕宦●●. 宦官●○. 懸魚○○. 懸枯○○. 懸枯魚○○○: 청렴한 관리. 漢 廬江太守 羊續의 고사에서 온 말. 搢紳●○: 벼슬아치의 대칭.

[관악기] 風管○●.

[교외] 郊墟○○. 玄郊○○: 수도 북쪽의 교외.

[구기자] 枸杞○●. 苦杞●●.

[구름] 羊角○●. 雯華○○. 雲精○○. 翳景●●: 여기서 景은 影과 통함. 纖翳○●: 엷은 구름. 뜬구름. 纖凝○○: 잔 구름. 엷은 구름. =纖雲○○. 天公絮○○●. 天衣○○: 공중에 나부끼는 구름. 玉葉●●. 霞片○●: 조각 구름. 小雲●○: 얇은 구름. 微雲○○: 살짝 낀 구름. =微陰○○. 炎雲○○: 붉은 구름. 雪氣●●: 흰 구름. 雲皐○○: 구름이 가득 낀 하늘. 구름바다. 雲幔○●: 조각구름. =雲葉○●: 구름조각. 구름송이. =雲花○○. =雲掌○●. =雲朶(운타)○●: 구름덩이. 구름송이. =雲牙○○: 구름송이. =雲片○●. 雲屛○○: 구름. 먹구름. =雲陰○○. 雲步○●: 구름 위를 걷듯 가벼운 걸음걸이. 雲水○●: 구름이나 물처럼 자유로이 유람함을 비유함. 중이나 도사. 雲眼○●: 구름 사이, 구름의 틈. 雲族○●: 구름 층. 雲蒸○○: 구름이 뭉게뭉게 피어오름. 그런 구름.

[구름안개] 雲霧○●. 雲煙○○. 青林○○.

[구월] 玄月○●. 菊月●●. 無射○●. 素秋●○. 戌月●●. 霜月○●. 朽月●●. 季秋●○. 杪秋●○. 五陰月●○●. 季商●○.

[국운(國運)] 天步○●. 國步●●.

[국도(國都)] 京轂○●. 上國●●.

[국토] 金甌○○.

[국화] 女莖●○. 女華●○. 九花●○: 9월에 피니까. 禽華●○. 霜英○○. 金蕊○●. 霜蕊○●. 黃花○○. 晩香●○. 黃金甲○○●. 黃金花○○○. 傅延年●○○. 金靨(금엽)○●. 禽華○○. 笑靨金(소엽금)●●○. 隱君子●○●. 壽容●○. 東籬君子○○○●.

[군대(軍隊)] 阡陌○●. 戎行○○. 犀甲○●. 調戈○○.

[군수] 縣令●●. 縣監●○. 遨頭○○. 五馬●●: 漢代에선 다섯 말이 태수의 수레를 끌었음. 太守●●. 雙鳧○○: 縣令. 專城居○○○. 百里君●●○: 현령의 별칭. 符竹○●.

[국왕의 은택] 丹臒○●. 靈雨○●. 天澤○●. 宸眷○●: 은택 은총.

[굴] 牧蛤●●.

[굴뚝새·뱁새] 桑飛○○.

[굴레] 絆羈●○.

[굴원(屈原)] 楚大夫●●○. 楚靈均●○○: 굴원의 자가 靈均임.

[굼벵이] 蠐螬○○. 地蠶●○. 蝤蠐(추제)○○.

[궁궐] 禁城●○. 金城○○. 彤闈○○. 丹鳳○●: 또는 임금의 말씀. 玉階●○. 玉殿●●. 玉墀(옥지)●○. 貝闕●●. 楓禁○●. 禁中●○. 宮闕○●. 魏闕●●. 青羊○○: 궁전 이름.

[권력] 刀尺○●.

[권력에 아부하는 관료] 媚竈(미조)●●.

[귤·귤나무·감귤] 木奴●○. 皇樹○●. 金丸○○. 金顆○○. 金衣丹○○○. 黃團○○. 橘奴●○. 玉果●●. 柑子○●. 柑橘○●.

[귀] 胥候●●.

[귀관·고관] 華簪○○. 靑紫○●. 簪纓○○. 紱冕●●. 金鰲○○.

[귀문·망족] 巨室●●. 朱門○○. 高門○○.

[귀뚜라미] 絡緯●●. 蟋蟀●●. 秋蛩○○. 蛩機○○. 蜊蛩●○: 귀뚜라미 또는 그 소리. =蜊蛬●○○. =蛩吟○○. =蛩音. =蛩語. =蛩韻. 蛩蠻○○: 귀뚜라미와 가을 매미. 寒緯○●. 寒蛩○○: 늦가을의 귀뚜라미. 蜻蜊○●. 懶婦●●. 王孫○●. 促織●●.

[귤] 木奴●○. 柑橘○●.

[그늘] 玄蔭○●: 짙은 그늘.

[그림] 無聲詩○○○: 그림이 시적인 운치를 담고 있다는 뜻.

[그믐] 烏欒○○. 月晦●●. 月梢(월초)●○. 月尾●●.

[근심·걱정] 寸腸●○.

[기녀·기생] 鶯花○○. 弱柳●●. 粉頭●○. 煙花○○. 紅裙○○.

[기러기] 金鴻○○: 가을 기러기, 또는 편지. 陽鳥○●. 陽禽○○. 信禽●○: 大雁. 朔禽●○. 送書雁●○●. 蜚鴻○○: 大雁. =瀟湘○○. 霜群○○: 기러기 무리. 鷫鷞霜●○: 기러기의 일종. 숙상 새. 霜信○●.

[기린] 肉角●●. 仁獸○●.

[기왓고랑] 雪瓴●○: 눈 싸인 기왓고랑.

[기장(黍)] 薌合○●.

[기쁜 일] 玄休○○: 하늘이 내려준 慶事.

[길(道路)] 周道○●: 큰 길. 綺陌●●: 경치 좋은 교외 도로. 蘭

途○○: 도로의 미칭.

[까마귀] 畢逋(필포)●○. 靈烏○○: 까막까치. 까마귀 또는 까치.

白脰烏●●○: 갈 까마귀의 일종. 白頭烏●○○.

[까마중] 龍葵○○. 苦葵●○.

[까치] 喜鵲●●. 神女○●. 鴉鵲○●. 苦吻鳥●●●: 떼 까치.

[깔보다] 小視●●.

[꽃] 香紅○○.

[꽃봉오리] 蓓蕾●●: 꽃봉오리. 菡(함)●: 꽃봉오리. 葩(파)○.

含葩(함파)●○. 小蕊●●: 꽃 수술. 꽃봉오리.

[꽃송이] 花豔○●. 小豔●●: 처음 피어나는 아름다운 꽃송이.

[꽃잎] 花瓣○●. 瓊片○●: 아름다운 꽃잎.

[꽈리] 苦珠●○. 苦藏●●. 苦耽●○. 苦蒧(고침)●○. 酸漿○○.

[꾀꼬리] 倉庚○○. 倉鶊○○. 商庚○○. 黃鳥○●. 黃袍○○. 黃鸝(황리)○○. 鸝庚○○. 金衣○○. 鵹黃(려황)○○.

[꿀] 卉醴●●.

[꿀벌] 蜜官●○. 蜜蟲●○. 蜜蜂●○.

[꿈결·꿈속] 夢鄕●○.

[꿩] 文禽○○. 華蟲○○. 野鷄●○. 樹鷄●○. 原禽○○.

ㄴ

[나] 小人●○: 자기를 낮추어서 부르는 말. 不肖●●. 不佞(불

녕)●●. 鯫生(추생)○○. 卑人○○. 賤躬●○. 賤子●●. 醜末●●. 蕭艾○●. 鳩拙○●: 스스로를 바보라고 칭하는 겸어. 樗材(저재)○○: 쓸모없는 인재. 자기 자신을 낮추어 하는 겸사. 當家○○.

[나귀] 靈耳○●. 靈耳○○○.

[나그네] 旅人●○. 旅客●●. 征人○○. 南枝鳥○○●. 痴客○●: 감정이나 경치에 빠져 돌아갈 줄 모르는 나그네.

[나막신] 木突●●.

[나무] 雲木: 우뚝 솟은 나무.

[나무꾼] 樵蘇○○.

[나비] 胡蝶○●. =蝴蝶○●. 玉腰奴●○○. 蝶羽●●. 野蛾●○. 蛺蝶●●. 風蝶○●. 野蝶●●. 春駒○○: 호랑나비의 별칭.

[나팔꽃] 長十八○●●. 牽牛花○○○.

[낙천가] 靑莊○○. 靑翰○●.

[낙화(落花)] 紅雨○●. 芳塵○○. 雨色●●. 殘紅○○. 虹雨○●. 落紅●○. 遺英○○. 蜚紅○○.

[낚시] 釣魚●○. 釣榜●●: 낚싯배. 獨繭●●: 낚싯줄.

[난신적자] 靑袍白馬○○●●. 靑絲白馬○○●●. 閑官卑位○○○●. 作亂人●●○.

[난초·난화] 花魁○○. 芳友○○. 九畹花●●○. 王者香○●○. 鄭女花●●○: 춘추시대 鄭文公의 첩 燕姞이 꿈에 천사를 만나 난화를 받아서 穆公을 낳았다는 고사에서 온 말. 螺女○

●. 幽客○●. 香祖○●.

[날개] 風翎○○: 날짐승의 날개.

[날씨] 風日○●: 바람, 햇빛, 날씨, 기후.

[남방·남쪽] 朱方○○. 朱冥○○. 赤位●●. 炎方○○. 南紀○●. 南庭○○. 離南○○. 暑門●○.

[남북] 青竹丹楓○●○○: "青竹生南方, 丹楓長北地."라는 말에서 비롯함.

[남편] 稾砧(고침)●○. 稾椹●○. 佳人○○: 아내가 남편을 칭할 때. =郎伯○●. 所天●○: 의지하는 사람이란 뜻에서.

[낮·대낮] 晝漏●●. 長天老日○○●●: 긴긴 낮. 기나긴 낮. 炎晝○●: 무더운 대낮.

[낮 시간] 晝漏●●. 晝晷(주귀)●●.

[낮잠] 攤飯○●: 午睡. 黑甛(흑첨)●○. 午睡●●.

[내심] 中腸○○.

[냉이] 甘薺○●.

[너삼] 苦蔘●○. 苦骨●●.

[넝쿨·덩굴] 青線○●: 푸른색의 藤蔓○●.

[노(櫓)] 玉棹●●: 노의 미칭. =桂棹●●. 一棹●●: 짧은 노. 巨楫: 큰 배. 큰 노. 布帆●○: 작은 배. 蘭舟: 배의 미칭. =蘭棹○●.

[노복(奴僕)] 平頭○○. 蒼頭○○. 阿段●●: 노복의 범칭. 長鬚○○.

[노승(老僧)] 老衲●●: 노승이 자신을 낮추어서 이르는 말.

[노을] 火雲●○. 夕霞●○: 저녁노을. 炎霞○○: 붉은 노을.

[노인] 耆老○●. 耆年○○: 60세 이상의 노인. 耆耈○●: 耆는 60세, 耈는 90세. 期頤○○: 百年 百歲. 齒宿●●.

[노자(老子)] 青牛○○. 玄祖○●. 玄經○○.

[녹수(綠水)] 青靛(청전)○○●.

[논두렁 밭두렁] 阡陌○●.

[농민] 豳人○○. 跨牛父●○●: 농사꾼.

[농어] 鱸魚○○.

[뇌물] 苞苴○○: 원래는 선물을 증정한다는 말.

[누에] 吳蠶○○. 蠶婦○●. 蠶姬○○. 龍精○○. 蠶駒○○. 爾雅蟲●●○.

[눈(目)] 綠老●●: 눈의 속칭. 寸眸●○: 눈. 눈동자. 六老●●. 星眸○○: 반짝거리는 눈동자. 琉璃○○.

[눈(雪)] 玉雪●●. 玉塵●○. 玉屑●●. 玉花●○. =雪兒●○. 玉霙●○. 天花●○. 銀花○○. 銀沙○○. 銀粟○●. 瑞花●○. 銀泥○○. 六出●●. 六花●○. 六葩●○. 六英●○. 白絮●●. 白灰●○. 白蕊●●. 細雪●●: 가랑 눈. =細粉●●. 細霰●●: 눈, 싸락눈. =雪糝. =雪牀●○. =雪珠●○. 雪陣●●: 눈보라. =雪風. 雪蕚●●: 눈송이. 雪隱●●: 쌓인 눈이 녹음. 玉絮●●. 鵝毛○○. 凝雨○●. 頃刻花○●○. 瑞白●●.

[눈물] 眼淚●●. 淚水●●. 紅氷○○. 玉箸●●. 梨花雨○○●: 미녀의 눈물. 啼紅○○. 啼珠○○. 霑灑○●: 눈물을 흘리다. 雪泣●●: 눈물을 닦다. =雪涕●●.

[눈물] 淸血○●.

[눈이 내림] 飄素○●.

[눈썹] 眉毛○○. 神蓋○●. 月牙●○. 蛾黛○●: 미녀의 눈썹.

[눈초리] 小眥●●.

[늘그막] 榆景○●. 老景●●. 歸軫○●. 西景○●. 桑榆○○. 西昆○○.

[늦가을(晚秋)] 霜序○●.

[늪지대] 草澤●●: 황량한 교외.

ㄷ

[다듬잇돌] 砧石(침석)○●. 寒砧○○: 가을의 다듬이 방망이 소리.

[다람쥐] 松鼠○●. 栗鼠●●. 拱鼠●●. 豹紋鼠●○●. 黃鼠○●.

[다리(橋梁)] 石步●●: 작은 계천에 놓은 돌다리. 小彴(소작)●●: 외나무다리. 獨木橋●●○: 외나무다리. =橫木橋○●○. 雲霓○○. 玉龍●○: 긴 다리. 玉腰●○. 河梁○○. 虹梁○○: 무지개다리. 玉虹●○. 溪彴(계박)○●: 산 개울에 놓은 외나무다리. 蜚梁○○: 공중에 놓은 다리.

[다시마] 昆布○●. 綸布○●.

[달(月)] 淸質○●. 月宮●○. 月府●●. 月球●○. 月姊●●. 玉兎●●. 玉杵●●. 玉羊●○. 玉盤●○. 玉魄●●. 玉鏡●●. 玉蟾●○. 氷盤○○. 玉輪●○. 明蟾○○. 金蟾○○: 달 속에 두꺼비가 있다

는 전설에서 온 말. 夜魄●●. 夜魂●○. 金魄○●. 金丸: 황금색 과일을 뜻할 때도 있음. 金壺○○. 金鏡○●. 金娥○○. 金盆○○. 金兎○●. 銀兎○●. 千里燭○●●. 太陰●○. 銀蟾○○. 素蟾●○. 小蟾●○. 素舒●○. 明弓○○. 玄度○●. 玄兎○●. 白兎●●. 玄陰○○. 飛鏡○●. 扇月●●: 둥근 달. 銀丸○○. 晶輪○○. 霜輪○○. 霜魄○●. 霜蟾○○. 氷輪○○. 素魄●●. 素娥●○. 水精●○. 陰宗○○. 陰兎○●. 桂窟●●. 桂輪●○. 桂魄●●. 桂蟾●○. 桂月●●. 蟾宮○○. 蟾輪○○. 蟾盤○○. 蟾魄●○. 蟾蜍○○. 蟾兎○●. 夜光●○. 姮宮○○. 嫦娥○○. 姮娥○○.

[달걀·계란] 白團●○.

[달무리] 風虹○○. 月暈(월훈)●●. 風暈○●: 햇무리 또는 달무리.

[달빛] 月華●○. 月光●○. 月色●●. 金波○○. 玄暉○○. 雪輝●○.

[담배] 南草○●.

[담장] 雲墉○○: 높은 담장.

[당귀 當歸] 白蘄●○.

[당나귀] 小蹇●○: 마르고 작은 나귀. 雪精●○: 백색 당나귀. 蹇衛●●: 어리석고 둔한 당나귀. 蹇瘠●●: 마르고 약한 당나귀.

[달래] 小蒜●●.

[달팽이] 瓜牛○○. 蠡牛(려우)●○. 蝸牛(와우)○○. 山蝸●●. 蚹

羸●○. 草螺子●○●.

[닭·장닭] 司晨○○. 巽羽●●. 五德●●: 고래로 닭은 벼슬文, 발武, 감투勇, 먹을 것이 있으면 서로 알림仁, 밤 시간을 정확히 알림信, 이 다섯 가지 덕을 지녔다고 함. 玉鷄●○: 장닭. =花冠○○: 닭 벼슬. 장닭. 龍鄉○○: 원래는 닭이 많이 생산되는 고장 이름인데 德禽●○. 燭夜●●. 時夜○●: 닭이 울어 때를 알리기에. 翰音: 닭의 울음소리가 멀리까지 들림으로 이렇게 부르고, 후에는 닭의 대명사가 되었음.

[닭·암닭] 草雞●○.

[따뜻함] 小暄(소훤)●○ : 조금 따뜻함, 또는 그런 날. 宋 楊萬里 〈積雨小霽詩〉: "雨足山雲半欲開, 新秧猶待小暄催."

[딸] 千金○○. 金瓠○●: 요절한 딸을 비유하는 말.

[땅강아지] 螻蛄○○. 鼫鼠●●. 石鼠●●. 天螻○○.

[대나무] 綠粉●●. 綠卿●○. 雪裏青●●○. 碧石. 碧玉. 碧玉椽●●○. 綠玉●●. 綠玉君●●○. 青士○●. 青君○○. 青玉○●: 푸른 대나무. 青筠○○. 青節○●. 青鳳. 龍種○●. 抱節君●●○. 虛中子○○●. 九節●●. 雲母○●: 중국 안휘성 봉양현 운모산에서 나는 대나무. 이 산에서 나는 운모석과 색깔이 비슷해서 붙인 이름. 不秋草●○●. 玉干●○. 玉管●●. 玉槊(옥삭)●●. 此君●○: 중국 晉 王徽之가 자기 집 공터에 대나무를 심게 했다. 누가 그 까닭을 물었더니 "하루라도 차

군이 없을 수 있으랴!"라고 했다는 고사에서 온 말. 貞勁○●. 氷碧○●. 池鳳○●: 연못가의 대나무. 靑士○●. 靑君○○. 明玕○○. 斑竹○●. 淚竹●●. 靑琅玕○○○. 美箭●●. 素節●●. 粉節●●: 분가루 나는 대나무의 마디, 즉 대나무. =雪節●●. =雪竹●●. 浮筠○○. 寒靑○○: 죽림. 翠筠●○. 綠竹●●. 墨君●○: 그림 속의 대나무. 霜節○●. 霜筠○○. 霜筱(상소)○●. 鶴膝枝●●○: 대나무 모양이 학의 무릎처럼 생겨서. 蒼筤○○: 푸른 대나무. 碧虛郞●○○. 瀟碧○●: 대단히 푸르다는 뜻으로. 寒玉○●. 雙弓米○○●.

[대만(臺灣)] 鯤洋○○. 鯤海○●.

[대모(玳瑁)] 文甲○●: 바다거북의 일종.

[대소변] 更衣○○: 옛날 대소변을 완곡하게 부르던 말.

[대자리] 玉簟●●: 대나무 자리의 미칭. =銀筵○○. 露簟●●: 대나무 자리.

[대지(大地)] 后土●●. 坤維○○. 重壤○●

[대추] 羊角○●. 紅皺○●●: 말린 붉은 대추. 鷄心○○. 木蜜●●: 대추 또는 대추나무. 百益紅●●○.

[대해·큰 바다] 鵬壑○●. 鯤壑○●.

[더위] 暑熱●●. 炎天○○. 炎熱○●. 炎威○○: 기승을 부리는 더위. 炎虐: 혹심한 더위. =炎酷. 蒸炎○○: 무더위. =炎曛○○. =炎赫. =溽暑●●: 습기가 많은 무더위. 溽熱●●: 축축한 무더위. =溽蒸●○. 溽夏●●: 습하고 무더운 여름. 酷

暑●●: 독한 더위. 炎溽○●: 눅눅한 무더위. 炎燠(염욱)○●: 타는 듯한 더위.

[데릴사위] 就壻●●.

[도교] 玄教○●. 玄宮○○. 玄壇○○. 道壇●○. 道觀●●: 도교의 절. 玄空○○. 黃老○●.

[도교신도] 靑城客○○●. 靑書○○: 도가의 전적.

[도둑·도적] 小偷●○: 좀도둑. =小盜●●. =狗盜●●. =狗偷●○. 夜客●●. 盜跖●●: 도적 악인. 梁上君子○●○●.

[도리깨] 連耞○○. =連枷. =連架○●.

[도마뱀] 守宮●○. 無角龍○●○. 蜥蜴(석척)●●. 蝘蜓●○. 玄螈○○. 壁虎●●. 綠螈●○. 泉龍○○.

[도미] 家鷄魚○○○.

[도사(道士)] 羽士●●. 羽人●○: 羽衣를 입었으므로 이렇게 부름. 丹侶○●. 丹井客○●●. 若士●●.

[도잠(陶潛)] 柴桑(시상)○○. 陶公○○. 陶叟○●. 陶栗里○●●: 도연명은 일찍이 율리에 살았음. 靖節●●.

[도토리] 草斗●●.

[독서인] 靑藜○○. 靑藜學士○○●●.

[돈·동전] 金子○●. 泉布○●. 泉貨○●. 刀泉●○. 靑蚨○○. 蚨母○●. 靑蚨○○. 孔方兄●○○. 錢貫○●. 阿堵○●.

[돌(石)] 土骨●●. 地骨●●. 山骨○●: 산중 암석. 雲骨○●.

[돌고래] 海豚●●. 江豚○●.

[동남방] 辰巳○●.

[동방·동쪽] 靑方○○. 春方○○. 震方●○. 震維●○.

[동백] 山茶○○.

[동안(童顔)] 齠容○○.

[동지(冬至)] 景旦●●. 亞歲●●. 春陽○○: 동지와 입춘 사이 한 달 반 동안의 시간.

[동지 전날] 小至●●.

[돛·돛대] 風席○●: 배의 돛. 宋 曾鞏 〈寄舍弟詩〉: "空江挂風席, 扁舟與誰安."

[돼지] 烏鬼○●. 猪都○○. 豪猪○○. 小豝●○: 새끼 암돼지. 腯肥(돌비)●○. 草豬●○: 암돼지.

[된서리] 玄霜○○.

[두견새·뻐꾸기] 周燕○●. 杜鵑●○. 杜宇●●. 杜魄●●. 蜀鳥●●. 蜀魂. 蜀魄●●. 蜀帝魂●●○. 姊歸●○. 子規●○. 姊雉●●. 怨鳥●●. 怨魄●●. 思歸樂○○●. 望帝●●. 謝豹●●. 催歸○○. 戴勝●●. 桑鳩○○. 思歸鳥○○●. 嶲周(휴주)○○. 仙客○●.

[두견화] 杜鵑花●○○. 山榴○○. 山石榴○●○. 躑躅●●. 紅躑躅○●●. 映山紅●○○.

[두꺼비] 蟾蜍○○. 蟾蠩○○. 風鷄○○. 苦蠪●○.

[두루미] ☞ [학]

[두보(杜甫)] 杜陵●○. 杜陵叟●○●. 杜陵布衣●○●○. 杜陵野老●○●●. 詩聖○●.

[두부] 白玉●●. 白虎●●. 小宰羊●●○. 白玉●●. 白虎●●.

[들국화] 苦薏●●.

[등심초(燈心草)] 虎鬚●○.

[등잔·등잔불] 玉蟲●○. 香欒○○. 金羊○○: 등잔불. 靑焰○●. 靑穗○●: 등불 또는 촛불. 瓊枝○○. 明缸○○. 星缸○○. 紅缸○○. 燭籠●●. 檠燈○○.

[딱따구리] 鴷●.

[땅강아지] 碩鼠●●.

[떠도는 말, 유언비어] 風言○○.

[떠돌이·방랑인] 雁戶●●.

[떼 까치] 反舌●●. 百舌鳥●●●.

[뗏장] 草坯子●○●. 草根坯●○○. 草垡●●●.

[뛰어난 사람] 穎人●○. 淸要○●: 높고 중요한 직분의 자리. 그런 자리에 앉은 관리. 驥足●●: 뛰어난 재능. 簪纓○○: 비녀와 갓끈. 높은 관리. 簪組○●: 冠簪과 冠帶. 宰輔●●. =宰相 =宰臣●○. 宰執●●. 宰衡●○. 朝右○●: 조정의 고관. 搢紳●○: 공경. 고관. =縉紳●○. 薦紳●○.

[뜬구름] 無心雲○○○. 浮雲○○.

[뜰(庭院)] 風庭○○.

[뜸부기] 鸂鶒.

ㄹ

[라일락] 丁香○○. 丁子○●. 丁子香○●○. 百結花●●○.

[락화(落花)] 紅雨○●: 꽃이 떨어지다, 또는 떨어진 꽃. =紅粉○●. =芳塵○○. 狂塵○○: 분란하는 낙화. 雨色●●. 殘紅○○: 떨어진 꽃. =殘花○○. =殘葩(잔파)○○. 虹雨○●. 破艶●●. 皺白●○. 衰紅○○: 시들어 지는 꽃. 落紅●○. 遺英○○. 遺榮○○. =殘花. 遺香○○: =殘花. =遺萼○●: 殘花. 蜚紅○○.

[려명] 露白●●. 戒旦●●. 拂旦●●. 明發○●: 새벽. 昧旦●●.

[련꽃(蓮花)] 水花●○. 水華●○. 水芝●○. 澤芝●○. 溪客○●. 荷花○○. 蓮花○○. 青蓮○○. 深杯○○. 雷芝○○. 芙蕖(부거)○○. 君子花○●○. 菡萏(함담)●●. 金蕖○○. 靜客●●. 芙蓉○○.

[련씨·련밤] 湖目○●. 蓮子○●. 蓮的○●. 白玉蟬●●○.

[련잎] 青盤○○. 風蓋○●. 雨盖●●. 青玉盤○●○. 荷錢○○: 연잎이 마치 작은 동전 같아서. 荷盤○○. 碧傘●●. 綠蓋●●.

[로자(老子)] 青牛翁○○○. 青牛句○○●: 노자의 도덕경. 柱下●●: 노자 또는 도덕경의 대칭.

[룡(龍)] 時乘○○. 鱗髯○○. 鱗鬣(인렵)○●. 雲螭○○. 智蟲●○.

[류산(流產)] 小蓐●●. 小產●●.

[릉소화(凌霄花)] 紫葳●○. 瞿陵●○. 鬼目●●. 武威●○. 勢客●● 凌霄花○○○.

[리백(李白)] 清蓮居士○○○●. 詩仙○○. 醉白●●. 錦袍仙●○○.

[리별] 分索○●: 분산. 이별. 分襟○○: 이별. 雨散●●: 친구와의 이별. 河梁○○: 이별하던 곳의 대명사. 參商○○: 두 별의 이름. 영원히 만나지 못함을 비유하는 말. 驪駒○○: 고대 이별할 때 지은 가사 이름, 후세에는 고별을 뜻하기도 함. 驪歌○○: 고별 이별의 노래. 解袂(해몌)●●: 헤어짐. 이별.

ㅁ

[마(薯)] 山藥○●. 山芋○●. 薯蕷(서여)●●.

[마누라] 細君●○.

[마늘] 大蒜(대산)●●. 胡蒜○●.

[마름꽃] 水客●●. 水栗●●.

[마을] 小聚●●: 작은 마을. 雲莊○○: 운무에 휩싸인 마을. =雲村○○.

[마음] 心襟○○. 靈臺○○. 靈知○○. 靈府○●. 玄鑑○●. 天君○○. 中君○○. 智府●●.

[만리장성] 紫塞: 흙이 자줏빛인 까닭에 이렇게 부름.

[만약에] 假令●●. 設令●●. 就使●●. 就令●●.

[말(馬)] 雲鞍○○. 風鬣○●. 征鞍○○. 駿馬●●. 飛龍○○. 良馬○●. 駿駒●○. =駿珍●○. =駿骨. =駿驪. =駿驥●○. =駿蹄●○. 神驥○○. 神駿○●. 金珂○○. 金喙(금훼)○●: 준마 이름. 青驄○

○: 털색이 청백으로 섞인 준마. 青驪○○: 털빛이 청과 흑으로 섞인 준마. 神馬○●. 八尺龍○●○. 千里足○●●. 千里馬. 天馬○●. 玉霜●○. 雲螭○○. 玉勒●●. 珠勒○●. 白魚●○: 말 이름. 白騎●○: 백말. 白鵠●●: 준마 명. =白口. 蘭筋○○: 천리마. 玉花驄●○○: 준마. 華鑣○○. 汗血●●: 良馬. 紅叱撥○●●: 양마의 이름. 赤電●●: 양마의 범칭. 赤免●●: 준마의 이름. 雪花驄●○○: 백색 준마. 花驄○○: 五花馬. 時龍○○: 駿馬. 妙足 ●●: 준마. 青虬○○: 준마. 的盧●○. =雁檢: 준마. 虎脊●●: 털빛이 범과 닮은 준마. 獅子花○●○: 준마의 이름. 俊乘●○. 追風○○. 驊騮○○: 양마의 이름. 素驥●●: 백마. 桂條●○: 명마. 高足○●: 상등 말. 拳毛○○: 양마의 범칭. 驪駒○○: 순흑색의 말. 駿駮●●: 털색이 얼룩진 양마. 雪虬●○: 백색 준마. 逸足●●. 逸景●●: 쾌마. 騏驎○○: 양마. =驌驦●○. =蜚鴻○○. 玄龍○○: 검은 말. 小頸●● 준마의 하나. *진시황의 일곱 명마: 追風, 白兎, 躡景, 奔電, 飛翮, 銅爵, 神鳧.

[말(言語)] 言辭○○. 語言●○. 言句○●: 말귀. 말씨.

[말다툼] 口角●●.

[망부석] 化石婦●●●.

[망아지] 草駒●○.

[매(鷹)] 凌霄君○○○. 蒼鳥○●. 迅羽●●. 決雲兒●○○.

[매미] 蟪蛄○○: 가을 매미. 脫骨仙●●○. 齊女○●: 제 왕후가 왕

에 대한 원한을 품고 죽어서 매미가 되었다는 고사가 있음. 齊后○●. 齊蟬○○. 玄鬢○●. 垂緌(수유)○○. 寒螿○○: 가을 매미. 蜩蚻(조찰)○●: 일종의 작은 매미. 蜩蟬○○조선: 말매미. 蜩螗○○. 蟪蛄●●. 玄蟬○○. 寒蟬○○. 玄蟲○○. 蛣蟟●○.

[매실] 梅子○●. 曹公○○: 조조가 항상 장사들에게 매실을 바라보고 갈증을 풀게 하였다는 고사에서 유래. 靑子○●.

[매화·매화나무] 淸客○●. 淸友○●. 寒梅○○. 寒英○○. 寒香○○. 暗香●○. 氷心○○. 氷魂○○. 雪魄●●. 雪骨●●. 雪虆●○. 玉骨●●. 玉面●●. 玉奴●○. 玉妃●○. 裁玉○●. 一枝春●○○. 梅魁○○. 羅浮夢○○●: 전설에 이르기를, 隋 開皇 중, 趙師雄이 羅浮山에서 한 여자를 만났는데 몸에서 향기가 나고 말씨가 매우 맑고 고왔다. 그녀와 함께 술을 마시다가 만취해서 인사불성이 되었다. 그런데 술에서 깨어보니 자신이 매화나무 밑에 있었다고 한다. 玲瓏○○. 南枝○○. 香雪○●. 酥花○○. 縞衣●○: 흰 매화. 臘梅●○. 小黃香●○○: 臘梅의 다른 이름. 冷金●○. =冷艷●●.

[맨발] 雪足●●. 白脚●●.

[맨주먹] 虛捲拳○○.

[맷돌] 碾磑(년애)●●.

[명검·보검] 龍泉○○. 太阿●○. 龍淵○○. 秋水○●: 일반적으로 칼의 이칭.

[머리 모발 장식] 步搖●○. 翠花●○: 비취 등으로 만든 꽃송이 같은 首飾.

[머리카락] 腦華●○.

[먹(墨)] 玄雲○○. 陳玄○○. 玄圭珪○○. 玄霜○○. 玄珠○○. 玄香○○. 玄笏○●. 烏玉玦○●●. 烏丸○○. 玉泉●○. 松烟○○. 金不換○●●: 먹 이름. 金壺墨○○●: 고품질의 먹을 범칭. 珍翰○●: 진귀한 먹.

[먹물] 麟髓○●.

[먼지 티끌] 塵埃○○. 風埃○○: 바람에 날리는 흙먼지, 또는 어지러운 세속. 벼슬길. 紅塵○○: 티끌. 먼지. 속세. 風塵○○: 고난의 세상. 苦海.

[멍청하다] 迂闊○●: 사리에 어둡고 세상 물정을 모름.

[메뚜기] 春黍○●. 沙溪○○. 虎螽(호종)●●.

[메추라기] 族味●●.

[명약·특효약] 橘井●●.

[모기] 蚊蟲○○. 蚊蚋(문예)○●. 黍民●○. 白鳥●●.

[모닥불] 篝火(구화)○●.

[목단·모란꽃] 花王○○. 百花王●○○. 玉版●●. 京花○○: 겹꽃잎 목단. 洛陽●○: 당송 때 낙양에서 목단이 많이 생산되었기에. 姚黃魏紫○○●●: 송대 낙양의 요씨 위씨 가에서 기르던 명귀한 목단의 품종 이름. 洛花●○: 낙양화의 준말. 茜金(천금)●○. 富貴花●●○. 玉玲瓏●○○. 鼠姑●○. 醒酒花●

●○. 雄紅○○. 姚黃○○: 姚氏 집에서 나온 黃花라는 뜻. 鹿韭●●.

[목도리] 風領○●: 폭이 넓은 털목도리.

[목련] 辛夷○○: 紫木蓮●●○. 木筆●●. 木蓮●○. 女郎花●○○: 백목련.

[목화·면화] 棉花○○. 白絮●●.

[무] 溫菘(온숭)○○. 辣玉●●: 무의 미칭.

[무궁화] 時客○●. 花奴○○.

[무당] 神奴○○. 神漢○●: 남자 무당. 巫婆○○: 여자 무당.

[무덤·분묘] 金隧○●. 神寢○●. 玄堂○○. 遺墟○○. 玄廬○○. 玄穸(현석)○●. 玄室○●. 玄宅○●. 山丘○○. 丘壟○●. 丘墟○○. 青墩○○. 松嶠○○. 松楸○○: 묘 가엔 흔히 솔과 추나무를 많이 심기에. 幽宅○●. 幽宮○○. 幽堂○○. 蒿丘○○. 佳城○○: 무덤의 미칭.

[무쇠] 玄金○○. 隕石●●.

[무신(武臣)] 爪牙●○: 무신을 비유하는 말. 干城○○.

[무지개] 天弓○○. 蝃蝀●○. 螮蝀(체동)●○: 무지개의 별명. 다리라는 뜻도 있음. 彩練●●. 赤蝁●●. 烟虹: 구름 낀 날의 무지개. 氣母●●. 帝弓●○. 天弓○○. 雲霓○○.

[문예계] 文苑○●. 文林○○.

[문장] 金章玉句○○●●: 화려한 시문.

[문호] 巨筆: 큰 작가. 문호. 文豪○○. 文雄○○.

[물·정한수] 玄酒○●: 고대 제사용 청수. 壬公○○. 壬夫○○.

[물거품] 水泡●●. 水漚●○.

[물결] 風脚○●. 風漣○○: 바람이 불어 인 물결. 風紋○○: 바람으로 인해 생기는 물결. 風漪(풍의)○○: 수면의 물결무늬.

[물고기] 一鱗●○: 玉尺●●. =玉鱗●○. 白鱗●○. 金鱗○○. 錦鱗●○. 雪片●●. 銀梭○○. 娵隅○○. 錦鱗●○. 小鱗●○: 작은 물고기. 飛沈○○: 새와 물고기. =飛潛○○. 鮫人○○: 전설 속의 인어. 鱗介○●: 물에 사는 동물. 어패류를 통칭. =鱗甲. 小鮮●○: 작은 물고기.

[물굽이] 風灣○○: 강의 물굽이. 唐姚合 〈秋晩江次詩〉: "沙渚幾行雁, 風灣一隻船."

[물오리·오리] 綠頭●○. 綠鴨●●. 綠豆鴨●○●. 鳧乙○●.

[미나리] 白芹●○: 미나리의 한 품종. 芹菜○●

[미녀] 天香○○. 玉娥●○. 紅袖○●. 紅裙○○. 花枝○○. 妖艶○●. 花容月貌○○●●: 여자의 미모를 형용하는 말. =明眸皓齒○○●●. 傾國傾城○●○○. 落雁沈魚●●○○.

[미친한 사람의 집] 單門○○.

[미치광이] 風發○●. =風子. 風疾○●. 風魔○○: 정신병. =風癲○○. 風患○●. 風欠○●. 風漢子○●●: 미친 모양과 행동을 형용하는 말.

[민들레] 蒲公英○○○. 白鼓釘●●○.

[밑 없는 자루] 無底囊○●○.

[바느질] 刀尺○●.

[바다] 蒼海○●. 滄海○●. 靑冥○○. 巨壑●●.

[바둑] 爛柯●○. 手談●○. 忘憂●○. 坐隱●●. 圍棊棋○○. 圍碁○○. 奕棊●○. 座蔭●●. 坐陰●○. 烏鷺○●: 색이 흑과 백이기 때문임. 玉沙●○: 바둑알. 枯枰○○: 바둑판.

[바둑을 두다] 角奕●●.

[바람] 虛籟○●. 東風○○: 봄바람. =靈風○○. =柔風○○. =惠風●○. 蕙風●○. =暄風○○. 金風○○: 가을바람. =金吹○○. =桐風○○. =雁風●○. =素風●○. =昌風○○. =虎風●○. =西風○○. 金飈○○: "銀河披曀, 金飈送清." 凱風●○: 화풍, 즉 남풍. 小風●○: 산들바람. =微風○○. =風絲○○. 風禽○○. 風梭○○. 唐 上官昭容 〈遊長寧公主流杯池詩〉: "石畫妝苔色, 風梭織水文." 風緖○●: 唐 劉禕之 〈酬鄭沁州詩〉: "節變風緖高, 秋深露華溽." 風箒○●: 바람이 비로 쓸듯이 불기 때문. 迅商●○: 서쪽 바람. 扶搖○○: 급히 상승하는 돌개바람. 朔風●○: 북풍. 箕風○○.

[바람의 신] 風伯○●. 風師○○. 屛翳○●. 飛廉○○. 孟婆●○. 箕伯○●.

[바위] 雲根○○.

[바지락조개] 玄蛤○●.

[박봉] 三餔(삼부)○●.

[박쥐] 蝙蝠○○. 天鼠○●. 仙鼠○●. 玉鼠●●: 흰색 박쥐. 伏翼○●. 簷鼠○●.

[반딧불이] 螢火○●. 螢火蟲○●○. 金螢○○. 馬蠲(마견)●○. 丹良○○. 丹螢○○. 宵燭○●. 螢點○●. 螢鑒○●. 熠耀●●. 據火●●. 夜光●○. 自照●●. 丹鳥○●: 봉황새.

[발(簾)] 蟹鬚○○. 蟹帘○○: 정밀하게 만든 대나무발.

[밤(夜)] 夜半●●. 三更○○. 三夜○●. 丙夜●●. 子夜●●. 玄夜○●: 캄캄한 밤. 玄景○●: 밤경치.

[밤(栗)] 栗皺●●: 밤송이. 栗房●○: 밤을 둘러싸고 있는 가시가 돋친 껍데기. 栗刺●○: 밤송이 가시.

[밤새도록·온밤] 竟夕●●. 竟夜●●.

[밭] 小圃●●: 집 주위에 있는 작은 밭. 작은 남새밭.

[밝은 달] 雪月●●. =明月○●.

[배(梨)] 含消○○: 배 이름. 快果●●. 玉乳●●.

[배꽃] 蝶影●●: 바람을 맞아 춤추듯 휘날리는 배꽃.

[배(船)] 小艇●●: 작은 배. =舴艋●●. =小舟●○. =一葉●●. =小鷁(소익)●●. =一帆●○. =一葦●●. 風帆○○: 돛단배. =風檣○○. 一篷●○: 범선. 千帆○○: 많은 배. 飛楫○●: 쾌선. 片帆: 외로운 배. 青舸○●: 큰 배. 藻舟●○: 화려한 배.

[배짱이] 絡緯●●: 여치과에 속하는 곤충. 莎鷄○○. 紡織娘●●○. 織布娘●●○.

[배추] 白菘●○. 白菜●●. 菘菜(숭채)○●.

[배회하다] ☞ 서성이다.

[백거이] 白傅●●. 司馬○●.

[백로(白鷺)] ☞ [해오라기] 風標公子○○○●: 唐 杜牧이 우아한 공자를 비유한 데서 유래함. =雪鷺●○. 雪衣兒●○○. 雪客●●.

[백발] 雪髮●●. 雪絲●○.

[백성·평민] 蒼生○○. 蒼赤○●. 蒼民○○. 蒼氓○○. 蒼甿○○. 蒼萌○○. 蒼黎○○. 蒸黎○○. 蒸庶○●. 蒸人○○. 氓庶○●. 生黎○○. 黔首○●. 黔愚○○. 鯷岑○○ 한국 백성. 甿隷○● 氓=甿, 천한 백성. 神主○●. 韋帶○●: 평민. =春泥○○. =布衣●○. 布袍●○. =布褐●●. =凡百○●. =塵凡○○. =草菜●○. 兆姓●●: 만민, 서민, 백성.

[백일홍] 紫薇●○.

[백지] 雲肪○○. 雪膚●○. 雪楮●●.

[백치·천치] 無慧○●.

[백합꽃] 山丹○○.

[백화만발] 萬紫千紅●●○○. 百花盛開●○●○.

[뱁새] 工雀○●. 巧婦鳥●●●. 桃雀○●. 桃蟲○○. 桑飛○○.

[배] 雲航○○: 놀잇배.

[배짱이] 蜙蝑○○.

[뱃멀미] 苦船●○.

[뱃사공] 嘉長.

[버드나무] 陶令株○●○: 晉 陶淵明의 五柳先生傳에서 유래. 天棘(천극)○●.

[버드나무 가지] 曲塵絲●○○. 柳條●○. 柳絲●○. 狂絲○○: 바람 따라 나풀거리는 버들가지. 垂絲○○. 金縷○●. 香絲○○. 春絲○○. 烟縷○●. 煙翠○●: 楊柳. 金穗○●.

[버들 솜·버들개지] 柳絮●●. 吹綸○○. 香錦○○. 粉絮●●. 雪絮●●. 倡園花○○○.

[버들잎] 黛蛾●○.

[버짐] 風癬○●: 마른버짐.

[번개] 天缺○●. 列缺●●. 天閃○●. 金蛇○○. 急電●●. 銀繩○○.

[번갯불] 金蛇○○. 雷光○○. 電鞭●○.

[벌(蜂)] 蜜蜂●○: 꿀벌. 小峭●●. 蒲蘆○○: 나나니벌.

[범·호랑이] 山君○○. 戾蟲●○. 毛虫祖○○●. 白額●●: 맹호. 老饕●○. 伏猛●●. 素威●○: 백호의 별칭. 黃斑○○. 伏猛●●. 烏菟○○. =於菟. 虎目豕喙(시훼)○●●●: 범의 눈과 돼지의 주둥이. 탐욕이 많은 모습에 비유하는 말. 虎尾春氷●●○○: 범의 꼬리를 밟고 봄 강의 얼음을 건넘. 매우 위험한 상황에 비유하는 말. 虎步●●: 위풍당당한 행동을 비유하는 말. 虎士●●: 범처럼 용맹한 전사. 戾蟲(려충)●○: 사나운 동물이라는 뜻. 炳彪●○. 寅客○●.

[법규·법도] 繩墨○●.

[벗·친구] 朋友○●. 故人●○.

[베짱이] 梭鷄○○. 莎鷄○○. 絡絲娘●○○.

[벼(稻)] 罷亞●●: 벼의 일종. 綠針●○: 벼의 새싹에 비유하는 말. 麞牙○○: 노루의 이빨에 비유하는 말.

[벼루] 金池○○. 陶泓○○. 石友●●. 石丈人●●○. 石田●○. 石泓●○. 石硯●●. 石硏●○. 石鄕侯●○○. 金硯○●: 벼루를 아름답게 이르는 말. 墨海●●. 紫石●●. 卽墨侯●●○. 寒泓○○. 離石卿侯○●○○. 紅絲○○: 진기한 벼루 이름. 硏硯田●○. 潤色先生●●○○.

[벼슬] 官吏○●. 仕宦●●: 小闇●○: 작은 벼슬아치. 宦官●○. 小底●●. 또는 벼슬하다.

[벼슬에 오르다] 出仕●●. 釋褐●●: 처음으로 벼슬길에 오름. 出山●○. 鳴佩○●. 振纓●○. 筮仕●●: 처음으로 벼슬에 오름. 옛사람들은 처음으로 벼슬에 오를 때는 먼저 점을 보아서 길흉을 물었음. 解巾●○: 두건을 벗고 관모로 갈아 쓴다는 뜻에서.

[벼슬에서 물러나다] 致仕●●. 還山○○. 卸肩●○. 卸韁●○. 投簪○○. 謝笏●●. 抽簪○○. 振冠●○. 解佩●●.

[별(星)] 白楡●○: 별. 성신. 東方星○○○: 啓明星, 즉 金星. 二靈●○: 견우와 직녀 두 별. 九英●○: 북두칠성과 보좌 이성. 天孫○○: 직녀성. 九精●○: 일월성신을 범칭. 星珠○○: 성신을 범칭. 女牛●○: 직녀와 견우. 五緯●●: 금목수화토

의 오성. 斗柄●●: 북두성. =玉斗●●. 辰極○●: 북두성. 玉繩●○: 群星. 玉瓊●○: 북두성 중 제2성. 玉衡●○: 북두성 중 제5성. 靈匹○●: 견우와 직녀. 河鼓○●: 견우성. 黃姑○○: 견우성. 黃姑女○○●: 직녀성. 曉河●○: 새벽의 은하. 織婦●●: 직녀성. 妖星○○: 彗星. 帝車●○: 북두성. 星箭○●: 流星. 南極老人○●●○: 남극성. 曉緯●●: 새벽별. 璇璣○○: 북두 전 4성, 또는 북두성. 璇衡○○: 天璇, 즉 북두2성과 玉衡을 병칭. 星象을 범칭. 玄宿○●.

[별장] 別墅●●. 別業●●.

[병법] 黃石術○●●. 黃石略○●●. 黃石符○●○.

[병졸] 小軍●○.

[병아리] 小雞●○.

[병환] 疾病●●. 病患●●. 恙●. 小恙●●: 작은 병환. 微恙○●: 심하지 않은 병.

[병풍] 淸防○○. 罘罳(부시)○○: 실내의 병풍.

[보리] 來牟○○: 고대 보리와 밀을 총칭하던 말. 黃雲○○: 보리와 벼.

[보리 까끄라기] 麥鬚●○. =麥芒●○.

[보리 알갱이] 麥人●○: 껍질 벗긴.

[보리·이삭] 麥穗●●.

[보조개] 笑印●●.

[복숭아] 妖客○●. 宋 姚寬 〈西溪叢語〉: "桃爲妖客." 仙果○●.

黍雪●●.

[복숭아꽃] 夭采○●. 夭桃○○: 아리따운 복숭아꽃. 紅百葉○●●.

桃綬○●.

[본성] 天璞○●: 사람의 본성.

[봄] 青皇○○. 青陽○○. 青帝○●: 봄 신. 春韶○○. 東君○○. 東帝○

●. 天端○○: 계절의 첫 번째. 化先●○: 초봄. 초봄에 만물

이 소생하고 싹트기 시작하기 때문.

[봄날] 遲日○●.

[봄바람] 東風○○. 青風○○.

[봉선화] 金鳳○●. 羽客●●.

[봉황새] 九苞禽●○○. 長离○○. 丹禽○○. 丹山鳥○○●. 丹穴鳥○

●●. 瑞羽●●. 玄鳳○●. 鶤雞(곤계)○○: 큰 닭이라는 뜻. 丹

鳳○●. 仁鳥○●. 聖鳥●●.

[부끄러움] 汗顔●○: 또는 부끄러워하다.

[부모] 怙恃(호시)●●. 庭闈(정위)○○: 부모가 거처하는 방. 부

모. 萱椿○○.

[부부·짝·배우자] 鳳鸞●○. 伉儷●●. 好逑●○: 좋은 짝 배필.

嬿婉●●: 금슬 좋은 부부. 鄕里○●: 부부 상호 간의 호칭.

[부엉이·올빼미] 角鴟(각치)●○. 木兎●●. 鵋鵙(기기)●○. 鸋鴂

(녕결)○●. 鵂鶹(휴류)○○. 鴟梟(치효)○○. 土梟●○. 鵵(토)●.

[부작(符作)] 符籍○●. 符籙○●. 神符○○.

[부채] 青雉○●: 꿩꼬리 부채. 白團●○. 仄影●●. 仁風○○. 白

團●○. 白羽●●. 輕羽○●. 便面●●. 屛面○●.

[부처(佛)] 竺乾公●○○: 竺乾은 天竺, 즉 印度를 말함. 等覺●●: 깨달음은 평등하다는 의미. 覺帝●●. 覺海●●.

[부추] 堯韭(요구)○●. 韭韮菜●●. 青絲○○.

[북(鼓)] 吹雲○○.

[북두성] 斗柄●●. 辰極○●. 帝車●○. 維斗○●: 北斗七星.

[북쪽] 伏方●○. 北方●○. 朔方●○.

[불경(佛經)] 貝編●○. 金牒○●. 竺經●○. 貝多●○. 衲葉(납엽)●●.

[불교] 佛門●○. 玄教○●. 禪門○○. 玄門○○. 蓮邦○○: 극락세계.

[불쏘시개] 火兒●○.

[불안] 氛氳○○: 심란하고 불안함.

[불탑] 玉龕(옥감)●○. 불탑의 미칭.

[붓] 斑管○●. 毛筆○●. 小毫●○: 작은 붓. 柔毫○○. 玄毫○○. 月毫●○. 白毫●○. 玉兎毫●●○. 黑頭公●○○. 毛錐子○○●. 管城子●○●. 毛穎○●. 毛錐○○. 毛錐子○○●. 柔翰○●: 翰은 붓을 뜻함. 弱翰●●. 輕翰○●. 寸翰●●. 霄翰○●. 霜毫○○. 寸毫●○. 寸管●●. 竹管●●. 素毫●○. 栗尾(율미)●●: 鼬鼠(유서)●●: 즉 족제비 털로 만든 붓.

[붕어] 鯽魚●○. 鮒魚●○.

[비(帚)] 淨君●○.

[비·빗물] 雨水●●. 神乳○●. 苦雨●●: 궂은 비. 오래 내려 재난을 일으키는 비. 白撞雨●●●: 소나기. 暴雨●●. 炎雨○●:

여름비. 廉纖○○: 가랑비. 雨沫○○: 빗방울. 雨毛●○: 가랑비. 보슬비. 雨絲●○: 실비.

[비신] 雨師●○: 비를 관장하는 神.

[비결] 秘訣●●. 神訣○●.

[비둘기] 靑鳩○○. 勃姑●○. 拙鳩●○. 拙鳥●●. 飛奴○○: 날아다니며 소식을 전하였음으로 이렇게 불렀음.

[비듬] 風屑○●.

[비석] 貞珉○○. 貞石○●. 翠珉●○.

[비운 마음] 虛心○○. 虛衿○○. 虛懷○○.

[비자(秕子)] 禾弟○●.

[비취새·물총새] 魚狗○●. 魚虎○●.

[비파(枇杷)] 盧橘○●. 黃金丸○○○. 無憂扇○○○: 비파나무 잎.

[빗(梳)] 齒丹●○. 梳洗○●: 머리를 빗고 얼굴을 씻다. 梳頭○○: 머리카락을 빗다. 洗髮하다.

[빗줄기·빗발] 雨脚●●.

[빛] 光彩○●: 고운 빛. 微光○○: 희미한 빛. 微明○○: 어슴푸레한 빛.

[뺨] 頰車●○.

[뻐꾸기·두견새] 戴勝●●. 鳲鳩○○. 郭公●○. 布穀●●. 桑鳩○○. 呼子鳥○●●.

[뽕나무 밭] 桑林○○. =桑田○○.

[뽕나무의 싹] 桑眼○●: 뽕나무의 새싹.

[뽕나무의 여린 잎] 桑柔○○: 뽕나무의 여린 잎.

[뿔뿔이 흩어짐] 雨別●●.

ㅅ

[사과 능금] 林檎○○. 文林果○○●.

[사기와 한서] 龍門扶風○○○○: 저자들의 출생지가 司馬遷은 용문이고, 班固는 부풍임으로 이렇게 부름.

[사랑] 風情○○: 남녀 간의 애정. 風情月思○○●○: 남녀 간의 서로 사랑하는 감정을 이름. =風情月意○○●●.

[사마귀(螳螂)] 勁斧●●: 사마귀의 발톱.

[사막] 白漠●●. 乾海○●. 瀚海●●.

[사망·죽음] 易簀●●: 자리를 바꾸다. 捐館○●: 살고 있던 집을 버림, 즉 귀인의 죽음. 徂落○●. 神遷○○. 大歸●○. 歸休○○. 棄世●●. 淪沒○●. 大夜●●. 下世●●. 靈化○●. 隱化●●. 上賓●○. 昇天○○. 昇仙○○. 化鶴●●. 雲馭○●: 사람의 죽음을 완곡하게 이르는 말. =不諱●●. 不祿●●: 요절. 冥寞○●. 昇遐○○: 임금의 죽음을 완곡하게 이르는 말. =登遐○○. 撒手●●: 죽음을 완곡하게 이르는 말. 雲歸○○. 雲馭○●.

[사방] =四表●●. 四維●○: 동서남북 사방.

[사병·졸병] 甲士●●. 甲兵●●. 甲卒●●. 組甲●●. 丘八○●. 控

弦●○. 征蓬○○: 출정한 졸병.

[사슴] 仙獸○●. 仙客○●. 角仙●○. 斑龍○○.

[사월] 槐月○●. 余月○●. 仲呂○●. 淸和月○○●. 乏月●●. 麥秋月●○●. 正陽月●○●. 農月○●. 卯月●●. 孟夏●●. 乾月○●. 畏月●●. 夏首●●. 始夏●●. 雩月○●. 六陽●○.

[사위] 玉潤●●: 사위의 미칭. 倩君●○. 東床客○○●. 東床嬌婿○○○●. 嬌客○●. 乘龍○○: 훌륭한 사위.

[사자] 百獸王●●○.

[사학가] 靑箱家○○○: 史學을 전할 수 있는 家門 또는 사람.

[산·산봉우리] 劍岫●●. 靑髻(청계)○●, 髻는 상투. 碧岑●○: 청산. 玉尖●○: 웅장하고 아름다운 산봉우리. 玉岫●●: 산봉우리의 미칭. 靑尖○○. 髻子(계자)●●.

[산귀신] 魑魅○●: 전설 중의 산귀신 악인.

[산꿩] 文离○○.

[산돼지] 烏鬼○●.

[산비둘기] 桑扈○●. 雨鳩●○.

[산호(珊瑚)] 絳樹●●. 絳樹●●. 水花●○.

[살구꽃] 及第花●●○.

[삼백육십오 일간] 年. 1期. 24氣. 24節. 72候.

[삼십 일간] 月. 二氣.

[삼월] 桃月○●. 櫻月○●. 桃李月○●●. 暮春●○. 五陽月●○●. 花月○●. 季春●○. 竹秋●○. 嘉月○●. 蠶月○●. 姑洗○●. 禊

月●●. 寎月●●. 小清明●○○: 음력 3월의 별칭, 또는 10월 3일.

[삼족오] 玄烏○○: 전설상의 3족의 상서로운 새.

[삿대(櫓)] 划(화)○: 배를 젓는 기구. 배를 젓다. 櫓.

[상어(鮫)] 鮫魚○○. 虎沙●○. 胡沙○○.

[상중인] 棘人●○: 친상 중인 사람의 자칭.

[싸라기눈] 米雪●●. 米粒雪●●●. 珠霰○○. 晧雪●●. 皓霰●○. 微霰○○. 粒雪●●. 稷雪●●.

[쌀(白米)] 白粲●●. 長腰○○. 長腰相○●●. 雲子○●: 쌀 혹은 쌀밥. 犬牙●○: 햅쌀. 玉粒●●. 雪花●○. 雲子○●: 쌀알. 쌀밥.

[새(鳥)] 鳥禽●○. 金烏○○: 새를 아름답게 부르는 말. 鳥鳳●●: 봉황새. 羽翮(우핵)●●: 새 깃. 날개.

[새매] �雀○●.

[새 지저귀는 소리] 禽言○○.

[새우(蝦鰕)] 虎頭公●○○. 季遐●○. 長鬚公○○○. 曲身小子●○●●.

[생일] 慶旦●●: 남의 생일을 높여서 하는 말. 初度○●: 처음으로 태어난 때. 후에 와서는 생일로 변하였음.

[상고대 나무나 풀에 내려 눈같이 된 서리] 木稼●●. 霧淞●○. 樹稼●●. 樹介●●. 樹卦掛●●. 樹氷●○.

[서남방] 朱天○○.

[서리] 青女○●: 서리와 눈을 관장하는 여신. 서리와 눈, 또는

흰 머리카락에 비유하는 말.

[서성이다] 徘徊○○. 徙倚●●. 徜徉○○: 노닐다. 彷徨○○. 章皇○○. 盤桓○○.

[서신] ☞ [편지]

[서울] 京師○○. 京華○○. 京都○○. 京城○○. 日下●●: 天下란 뜻도 있음. 華京○○. 華洛○●.

[서자(庶子)] 小枝●○.

[서재(書齋)] 芸窓○○. 南齋○○: 서재의 미칭.

[서적] ☞ [고적] 芸帙○●. 青簡○●. 青編○○. 竹帛●●. 墳典○●. 竹素●●. 黃卷○●. 簡編●○. 尺書●○. 塵編○○: 고서. =陳編○○.

[서쪽·서방] 金虎○○. 西園○●. 西商○○. 秋方○○.

[석류] 石醋醋●●●. 涂林○○. 金櫻○○. 金罌○○. 丹若○●.

[석양] 黃昏○○. 落景●●. 暮景●●. 落照●●.

[석유] 石液●●. 石漆●●. 石脂水●○●.

[석탄] 烏銀○○.

[선경(仙境)] 小壺天●○○.

[선비] 素士●●: 가난한 선비. =白士●●.

[선생님] 絳帳●●.

[선인장(仙人掌)] 麒麟閣○○●.

[선현(先賢)] 先哲○●. 先正○●.

[선달그믐] 除夕○●. 小除●○: 선달 그믐밤의 전야.

[설사] 河魚○○.

[섬(島)] 小沚(소지)●●: 물 가운데에 있는 작은 섬.

[성(城)] 塞垣●○: 長城을 가리킴. 邊關城墻○○○○.

[썰매] 雪馬●●. 橇(취)○.

[세모] 歲除●○. 歲晏●●. 歲殫●○. 殘年○○.

[세월] 光陰○○. 歲次●●. 歲華●○. 歲星●○. 星歲○●. 龍集○●. 歲神●○. 星霜○○. 歲龠●●. 歲光●○. 弦望○●. 寒暄○○. 羲娥○○.

[세월의 빠름] 東波○○: 총총 지나가는 시간이 동쪽으로 흘러가는 강물 같음을 비유함. 唐 李群玉 詩: "百志不成一, 東波擲年光." 露電●●: 시간의 빠름에 비유하는 말. "朝露易乾, 閃電卽逝." 宋 陸游 〈感事〉 詩: "若吾生死均露電, 未應富貴勝漁樵." 玉走金飛●●○○: 해와 달이 뛰고 나는 것 같다. 광음의 빠름에 비유하는 말. 玉은 玉兎, 즉 달이고, 金은 金烏, 즉 해를 가리킴. =兎走烏飛: 해와 달이 운행하고 광음이 흘러가다.

[소(牛)] 觳觫(곡속)●●: 소의 두려워하는 모습에서 온 말. 黑牧丹●●○. 一元大武●○●●. 大武●●. 黃毛菩薩○○○●. 斑特處士○●●●.

[소나기] 驟雨●●. 白雨●●.

[소나무] 木公●○. 倉官○○. 乳毛●○. 十八公●●○: 솔 송자는 十八 公 세 글자로 이루었기에 이렇게 부름. 蒼官○○: 松 혹

은 柏의 별칭. 赤螭●○: 꾸불꾸불 똬리를 튼 것 같은 솔. 鱗鬣(인렵)○●: 껍질이 고기비늘 같은 솔. 蒼髯叟○○●.

[소년] 丹脣○○. 烏頭○○. 玉樹●●: 미소년. 玄髮○●. 靑衿○○. 垂髫○○.

[소매·옷소매] 袪○. 袂(메)●. 袖●. 袘. 風袂○●: 바람에 나풀거리는 소매. =風袖○●.

[소백산] 活人山●○○.

[소식·소문] 風息○●. 風信○●. 風迅○●. 風音: 소식 또는 서신. 風謠○○: 헛소문. =風聞○●.

[소식(蘇軾)] 玉局●●: 그는 일찍이 玉局觀提擧를 지냈음. 蘇仙○○. 儋耳翁○●○: 소식은 일찍이 儋耳, 지금의 해남도로 유배된 적이 있었음.

[소주] 汗酒○●: 汗은 오랑캐 이름.

[소쩍새] 布穀鳥●●●. 雨穀●●. 郭公○○.

[쏘가리] 鱖魚●○. 白龍臛(백룡학)●○●.

[속세] 塵寰○○. 紅塵○○.

[속세에 얽매임] 塵羈○○: 속세의 작은 일에 얽매임.

[손바닥] 手掌●●. 虎膺●○.

[손오공] 石猴●○.

[손자(孫子)] 孫枝○○.

[수국(水菊)] 雪逑(설구)●○.

[수도(首都)] 京都○○. 帝都●○. 神京○○. 仙都○○. 京師○○. 京

華○○.

[수면(水面)] 魚天○○. 鯨背○●.

[수명] 壽骨●●.

[수박] 寒瓜○○. 西瓜○○.

[수병(水兵)] 黃頭○○.

[수선화] 栗玉花●●○. 金盞銀臺○●○○.

[수정] 金晶○○.

[순간(瞬間)] 迅指●●.

[술] 杜康●○. 白醪●○. 玄露○●. 白蜜●●. 歡伯○●. 紅友○●. 汗酒●●. 花露○●. 瓊香○○: 미주. 瓊酥○○. 瓊蘇○○. 雲液○●. 升斗○●. 綠蟻●●. 浮蟻○●. 浮螘(부의)○●. 壺漿. 麴蘖: 누룩으로 빚은 술. 靑田酒: 미주의 대명사. 玉露●●. 玉液●●. 玉醞●●. 雪乳●● 芳醪○○. 狂藥○●. 香泉. 蛾黃. 乳泓. 米泉. 金液○●. 金漿○○. 金蕉○○. 石凍春●●○: 미주명. 滎陽의 土窟春, 富平의 石凍春, 劍南의 燒春. 玄露○●: 맛좋은 술. =玄酎(현주)○●: 진하고 맛 좋은 술. =玄漿○○. 小酒●●: 봄에서 가을까지 더운 계절에 빨리 빚어서 먹는 薄酒. 小斟●○: 가볍게 한잔함. 明 趙寬 〈詩〉: "村釀小斟狂不醉, 野雲閒臥俗猶仙." 十旬●○. 十酒●●: 청주. =三淸○○. 春物○●. 賢人○○: 탁주의 별명. 酒軍●○. 酒兵●○. 般若湯○●○. 掃愁帚●○●. 阿伽陀○○○. 酒聖●●. 歡伯○●. 福水●●. 玉壺●○. 靑州從事○○○●.

[술그릇] 酒壺●○. 樽○: 술단지. 小榼●●: 작은 술통.

[술안주] 就酒●●.

[술에 취함] 小醺●○: 잠깐 취함. 조금 취함. 微醺○○: 약간 취함. 宋 楊萬里 〈暮春小雨詩〉: “宿酒微醒尙小醺, 似癡如病不多欣.”

[술잔] 玉舟●○. 仙尊○○. 紅螺(홍루)○○. 靑尊○○.

[술집] 靑帘○○. 蘧廬○○.

[숫돌] 玄礵(현숙)○●: 검은 숫돌.

[숭어] 步兵鱸●○○. 烏魚○○.

[쉬다(休息)] 小歇●●: 조금 쉬다. 잠깐 휴식함.

[스님] 白足●●. 白雲人●○○: 고승. 杖錫●●. 空門士○○●: 스님. 和尙. 淸蓮客○○●. 衲客●●. 衲僧●○: 和尙. 緇衣○○. 緇叟○●: 노승. 緇素○●: 승려. 緇褐○●. 毳客(취객)●●. 禪客○●. 髡首(곤수)○●: 박박 깎은 머리, 즉 승려.

[스승] 西賓○○. 師傅○●.

[승당(僧堂)] 雲堂○○.

[승방] 靑豆房○●○. 靑豆舍○●●.

[시동생] 小郞●○. 小來●○: 또는 소년 어린 시절이란 뜻도 있음.

[시월] 梅月○●. 陽月○●. 應鐘○○. 良月○●. 吉月●●. 亥月●●. 孟冬●○. 上冬○●. 玄冬○○. 小春●○. 小陽春●○○.

[시인] 風人○○. 騷人○○.

[시장·장터] 玄市○●: 농촌이나 소도시에 정기적으로 서는 시장. 草市●●: 시골 시장.

[시집가다] 移天○○. 出嫁●○. 于歸○○. 結縭●○.

[시끄러움] 炎囂(염효)○○: 세상의 시끄러움. 세속의 시끄러움.

[식사] 餐飡○○. 小飧(소손)●○: 간단한 저녁식사. 朝餐○○: 아침식사.

[식초(食醋)] 苦酒●●.

[신·신발] 仙舄○○. 草鞋●○: 집신. 草履●●. 皮鞋○●: 가죽 신발.

[신기루(蜃氣樓)] 雲樓○○.

[신·신령] 神君○○. 神仙○○. 神皇○○. 神眞○○. 金容○○: 신을 높여 이르는 말. 火帝●●: 불의 신. =祝融●○. =回祿○●.

[신선세계] 碧落●●. 瑤天○○. 瑤界○●.

[신위] 神位牌○●○. 神版○●. 神座○●. 神坐○●. 靈位○●.

[신체] 生枝○○. 生身○○. 肉身●○. 肉體●●.

[심야] 漏斷●●.

[심장] 一寸●●.

[심지] 小炷●○: 가늘고 작은 燈 심지.

[십이월] 臘月●●. 涂月○●. 大呂●●. 蜡月●●. 嘉平○○. 餘月○●. 除月○●. 嚴月○●. 地正月●●●. 氷月○●. 二陽月●○●. 季冬●○. 杪冬●○. 除臘○●.

[십 일간] 열흘 旬○.

[십일월] 冬月○●. 冬子月○●●. 冬至月○●●. 暢月○●. 復月●●. 子月●●. 紙月●●. 仲冬○○. 黃鐘○○. 辜月○●. 天正月○●●. 一陽月●○●.

[쑥] 氷臺○○.

[쓰르라미] 蟪蛄●○.

[쓸쓸하다] 蕭颯○●. 衰颯○○. 蕭索○●.

[씀바귀] 苦菜●●. 苦苣●●.

[씨름] 脚戲●●. 觝戲●●. 角觝●●.

| ㅇ |

[아가위나무 山查子] 木桃●○.

[아내(妻)] 中婦○●. 內舍●●. 箕帚(기추)○●. 荊妻○○. 孺人○○. 令人●○. 令攸●○: 어진 아내. =令室●●. 令閤●●: 남의 아내에 대한 경칭. 故劍●●: 원래의 아내. 原婦人. 渾家○○. 荼婦○●. 荼妻○○. 弱室●●. 扊扅(염이)●○: 일찍이 가난과 고생을 함께 하던 아내. 糟糠○○: 애초에 함께 고생하던 아내. 燕侶●●: 반려.

[아내를 잃은 아픔] 梧桐半死○○●●.

[아버지] 春庭○○: 아버지의 교훈. 전하여 아버지.

[아버지의 가르침] 過庭之訓○○○●.

[아버지(돌아가신)] 翼考●●. 先考○●.

[아연(亞鉛)] 黑錫●●.

[아지랑이] 野馬●●. 遊絲○○. 遊氣○●. 煙樹○●.

[아카시아] 洋槐○○. 莿槐●○.

[아편(阿片)] 烏香○○.

[악인] 良莠●●: 사악한 사람. 狂獝(광휼)○●: 악귀, 즉 悖逆之徒.

[안개] 風嵐(풍람)○○: 산간에 떠도는 안개. =山嵐○○.

[안경] 靉靆(애체)●●: 원래는 구름이 성한 모양을 뜻함.

[안정(安定)] 小清●○: 혼란 뒤에 전국이 조금 안정됨. 小康●○.

[암노루] 草獐●○.

[암말] 草馬●●.

[애정 사랑] 風懷○○: 남녀 간의 애정.

[앵두(櫻桃)] 臘珠●○. 麥英●○. 含桃○○. 荊桃○○. 崖蜜○●. 石蜜●●. 李桃●○.

[앵무새] 隴鳥●●: 隴西에서 많이 產出됨. 西客○●. 隴客●●. 隴禽●○. 倒挂●●: 앵무새의 일종. 南越鳥○●●. 雪衣女●○●: 흰 앵무새.=雪衣娘. 翠哥●○. 綠衣使者●○●●. 綠朝雲●○○.

[야자] 趙王頭●○○.

[약혼] 羔雁○●: 약혼 또는 약혼식.

[양(羊)] 青鳥○●. 長髯主簿○○●●. 柔毛○○.

[양·양고기] 氈根(전근)○○. =羶根. 羶薰○○: 양고기 종류의 음식. =羶葷○○.

[양귀비(楊貴妃)] 羞花○○: 양귀비의 미모에 꽃도 수줍어 고개를 떨어트린다는 뜻. 麗春花●○○. 虞美人草○●○●.

[양화(楊花)] 雪球●○: 흰색에다 구슬처럼 생겼기에. 瓊屑○●.

[어른의 말씀] 咳唾(해타)○●: 말할 때 침이 튀어나오므로 이렇게 비유함.

[어릿광대] 小丑●●: 연극에서 어릿광대.

[어망] 罾罛(증고)○○.

[어머니] 慈闈○●. 萱慈○○. 萱草○●. 慈堂○○: 남의 어머니에 대한 존칭. =萱堂○○. =令堂●○.

[어머니의 사랑] 春暉○○. 慈竹○●.

[어머니의 교훈] 慈訓○●.

[어물] 風魚○○: 건어물, 또는 물고기 이름.

[어사(御史)] 風憲○●. 豸史(치사)●●. 驄馬○●.

[어사화] 宮花○○.

[얼굴·외모] 神采○●. 風度○●. 風標○○. 尺宅●●.

[얼음] 石鏡●●.

[엉겅퀴] 苦芺●●: 가시엉겅퀴. =苦板●●.

[여가·틈] 小閑●○: 조금 짬이 있음. 小暇●●. 小間●○.

[여년(餘年)] 餘華○○. 殘年○○.

[여드름] 小皰●●: 작은 여드름.

[여론] 風論○●. 物聽●○: 여러 사람의 언론.

[여름] 朱明○○. 長贏○○. 雙淸○○: 초여름. 火正●●: 한여름. 火

老●●: 늦여름. 끝 여름. 炎序○●. 炎陽○○. 炎節○●.

[여름 신] 炎帝○●. 火帝●●. 祝融●○. 朱明○○. 赤帝●●.

[여비] 盤川○○.

[여우] 玄丘校尉○○●●. 元模○○.

[여주] 苦瓜●○.

[여지(荔枝)] 一枝香●○○. 十八娘●●○: 전설에, 중국의 閩王 王氏의 열여덟 번째 딸이 있었는데, 여지를 잘 먹었다고 해서 전래된 말. 方紅○○. 不憶子●●●: 여지의 일 품종 이름. 紅雲○○. 陳紫○●: 명품 여지의 이름. 妃子笑○●●. 虎眼○●: 여지의 일종. 側生●○. 香囊○○. 綠羅●○. 皺皮○○ 白啖(백담)●●.

[여치] 聒聒兒(괄괄아)●●○. 蟪蛄●○.

[여씨춘추] 呂覽●●.

[역사] 金册○●: 국사를 기록한 사서.

[연(鳶)] 風槎○○. 風鳶○○. 風箏○○. 紙鳶●○: 솔개 연. 飛行殿○○●.

[연말] 歲晏●●. 歲晚●●. 歲暮●●. 窮陰○○. 窮冬○○. 深冬○○. 除夕○●. 除夜○●.

[열쇠] 金魚○○. 魚鑰○●: 열쇠 또는 자물쇠. 鑰匙●○: 열쇠.

[엽전] 孔方●○. 方兄○○.

[영의정] 領揆●○. 元輔○●.

[영지버섯] 神芝○○. 三秀○●: 영지버섯은 1년에 세 번 개화하

니까. 雲芝○○.

[옛날] 昔日●●. 玄古○●: 먼 옛날. =上古●●.

[오가피나무] 白刺●●.

[오곡] 五黃●○. 火粒●●.

[오동나무] 小義●●: 梧桐의 별칭. 鳳條●○: 오동나무 가지.

[오디] 桑椹○●. 桑實○●.

[오랜 시간, 세월] 天荒地老○○●●: 시간이 오래됨. 天長地久○○●●: 천지는 영원함. 시간이 오래됨.

[오랜 친구] 素舊●●.

[오리] 仙鳧○○. 青頭雞○○○. 舒鳧○○.

[오미자] 玄及○●.

[오얏] 嘉慶子○●●. 俗客●●: 오얏꽃. =幽客○●.

[오월] 榴月○○. 皐月○●. 蕤賓○○. 蒲月●●. 端陽月○○●. 暑月●●. 鶉月○●. 午月●●. 仲夏○●. 鳴蜩○○. 小刑●○.

[오이] 玄骭(현한)○●. 水芝●○.

[오일 간] 候●. 澣●. 浣●.

[오줌] 小便●●. 小遺●○: 오줌을 누다. =小溲○●. =小汋●●. =小解●●. 小斡●●: 오줌을 누다. 작은 볼일.

[옥(玉)] 圭珙○●: 미옥에 대한 통칭. =寶璐●●. =瓊玖○● =瓊琇○●. =瓊琋○●. =瓊瑤○●. =瑤瓊○●. =瑾瑜●○.

[옥당] 玉堂●○: 弘文館의 요직을 통틀어 일컫는 말.

[온 세상] 八域●●. 八荒●○. 八極●●. 八紘(팔굉)●○. 九州●○.

[올챙이] 蝌蚪○●. 懸針○○. 玄魚○○. 玄針○○.

[왕릉] 玄宮○○: 신선이 사는 궁전이란 뜻도 있음.

[왕소군(王昭君)] 落雁●●: 漢나라 왕소군의 비파 소리에 날아 가던 기러기도 슬퍼서 내려앉는다(떨어진다)는 뜻.

[왕안석] 半山●○: 왕안석의 별호. 荊公○○.

[외적(外敵)] 犬羊●○: 외적에 대한 卑稱.

[외출] 小出●●: 잠깐 외출. 微行○○. 暗行●○.

[왜가리] 麥鷄●○.

[왜·어찌하여] 河渠○○. =何遽○●.

[요강] 虎枕●●. 虎子●●.

[요괴(妖怪)] 妖魔○○: 사악한 세력에 비유하는 말.

[요리사·주방장] 饔子○●: 식사를 담당하던 벼슬 이름이기도 하다.

[용(龍)] 潛珍○○.

[용안(과일 이름)] 桂圓●○. 龍目○●. 荔枝奴●○○.

[용모] 神標○○. 神采○●. 神韻○●. 風采○●. 風度○●. 風標○○.

[우레] 雷震○●.

[우리나라] 三韓○○. 高麗○●. 朝鮮○○. 鯷岑(제잠)○○. 海東●○. 海左●●. 東國○●. 大東●○. 震檀●○. 青丘○○. 鰈域●●. 槿域●●. 槿園●○.

[우박] 雨凍●●.

[우산] 雨蓋●●.

[우주·온 세계·천지] 寰宇○●. 寰埏○○. 大包●○.

[운모(雲母)] 雲英○○. 雲精○○.

[웅변] 折角●●.

[원단(元旦)] 春旦○●. 春期○○.

[원소절(元宵節)] 燒燈○○.

[원숭이] 黑衣郎●○○. 猿狖(원유)○●. 猿猱(원노)○○. 鞠侯●○.
山公○○. 猢猻○○. 胡孫○○.

[원앙새] 韓凭○○.

[원추리(萱草)] 忘憂●○. 療愁○○. 妓女●●.

[월계꽃(桂花) 계수나무] 金粟○●: 금처럼 노랗고 꽃이 좁쌀처럼 작기 때문. 九里香●●○. 木犀●●. 金鵝蕊○○●. 桂花●○.
木犀●○.

[위(胃)] 太倉●○.

[유구무언(有口無言)] 木舌●●: 입 다물고 말을 하지 않음.

[유리] 火齊●○.

[유생(儒生)] 青袍烏帢(청포오갑)○○○●.

[유서(柳絮)] 絮雪●●.

[유성(流星)·별똥별] 石星●○. 星箭○●. 唐 太宗 〈秋日卽目〉 詩
"落野飛星箭, 弦虛半月弓."

[유월] 荷月○●. 暑月●●. 且月●●. 林鐘○○. 焦月○●. 伏月●●.
未月●●. 遯月●●. 晚夏●●. 季夏●●. 二陰月●○●.

[육교] 飛梁○○.

[육례(六藝)] 小藝●●. 禮 樂 射 御 書 數.

[윤월] 天縱○●.

[은어] 白小●●.

[은자(隱者)] 隱士●●. 遺逸○●. 遺才○○. 靜者●●. 青林客○○●. 青門○○: 隱退處를 통칭함. 青門隱○○●: 隱居. 青冥客○○●: 山中隱居. 環堵○●: 집 주위의 울타리. 협소한 집, 즉 은자의 집. 黃冠○●: 도사. 幽貞○○: 고결하고 굳은 節操. 箕潁客○●●: 箕山의 許由와 潁水의 巢父에 비유하여 은자를 가리킴. 烏角巾○●○: 은자들이 쓰던 검은 두건. 鶡冠●●: 꿩 비슷한 할단새의 꽁지깃으로 만든 모자. 무인이나 은자들이 많이 썼음. 고로 은자를 가리키기도 함. 山人○○. 山侶○●. 仙客○●. 逋客○●: 피세 은거자. 潁客●●.

[은자의 식구] 鶴口●●.

[은하수] 天漢○●. 天江○○. 天河○○. 天津○○. 天潢○○. 雲河○○. 雲漢○●. 雲津○○. 雲渚○●. 雲川○○. 金漢○●. 銀漢○●. 銀波○○. 銀浦○●. 銀灣○○. 銀潢○○. 靈漢○●. 靈河○○. 銀波○○. 銀浦○●. 銀潢○○. 九河●○. 星河○○. 漢渚●●. 漢沂(한기)●○: 은하수의 가장자리. 玉河●○. 白河●○. 鵲河●○. 斜漢○●. 牛津○○. 長漢○●. 長河○○. 玉津●○. 西漢○●. 靈津○○. 明河○○. 河漢○●. 傾河○○. 淸漢○●. 淸淺○●. 穹漢○●. 飮牛津●○○. 星漢○●. 晴河○○. 鵲河●○. 星津○○. 星潢○○. 絳河●○. 碧漢●●. 橫漢○●.

[은행나무] 鴨脚樹●●●: 잎사귀가 오리발처럼 생겨서. 白果樹●●●. 公孫樹○○●.

[음력 그믐] 烏欒○○. 烏는 없음, 欒은 둥글다는 뜻이니, 달이 없는 때, 즉 그믐.

[음력 그믐날] 月晦●●. 月杪●●. 月尾●●. 月末●●.

[음력 동짓날] 陽生日○○●. 陽氣가 처음으로 생기는 날, 즉 冬至.

[음력 보름간] 氣●. 節●. 三候○●. 즉 15일간.

[음력 16일] 旣望●○. 哉生魄○○●.

[음력 17일] 旣生魄●○●.

[음력 23일 이후] 下弦●○.

[음력 초3일] 朏●. 哉生明○○○.

[음력 초순의 달 모양] 朏朒(비육)●●.

[음력 8일 이전] 上弦●○.

[응접실·사랑방] 雨堂●○.

[의미 없는 싸움] 燕蝠爭●●○. =蝸角鬪爭.

[의사·의생] 方家○○. 醫伯○●.

[의술·약물] 刀圭○○. 刀圭術○○●.

[의학계] 杏林●○.

[이리] 毛狗○●.

[이슬] 靈液○●. 雲滋○○.

[이슬비] 濛雨○●. 濛濊○●:이슬비가 자욱한 모양. 濛濛○○.

[이월(二月)] 春風○○. 春寒○○. 餘寒○○. 峭寒(초한)●○. 春陽○○. 春陰○○. 春晴○○: 朝鮮 寒喧箚錄 時令 二月에 의함. 花月○●. 杏月●●. 如月○●. 夾鐘●○. 令月●● 仲陽●○. 麗月●●. 中和月○○●. 仲春●○. 酣春○○. 春中○○. 婚月○●. 竹秋●○. 媒月○●. 氷泮月○●●. 四陽月●○●. 小草生月●●○●. 華景○●.

[이끼] 青苔○○. 筶藻. 青蘚. 苔錢○○. 綠錢●○. 紫錢●○. 水衣●○. 苔衣○○. 蒼苔. 水苔●○. 青膚○○. 青錦○●. 石苔. 石髮. 土花●○. 石蘚. 苔蘚. 水髮●●. 苔髮○●: 물속의 이끼. 苔絮○●: 물속의 이끼. 魚衣○○. 土花●○. 石衣●○.

[인도(印度)] 象主●●: 인도에는 코끼리가 많아서 붙여진 이름.

[인물·뛰어난 인물] 逸足●●. 驥足●●. 俊彩●●. 清標○○. 駿足●●. 龍翰○●. 鳳翼●●. 天馬○●: 비범한 인물. 不世●●: 일세에 보기 드문 비범한 인물. 巨手●●: 고수. 걸출한 인물. =巨擘●●. 長頭○○: 박학다문한 인물. 芹茆(근묘)○○: 才學之士. 絶足●●: 천리마. 우수한 인재에 비유하는 말. 珪瑁(규모): 귀중한 옥기. 걸출한 인재에 비유하는 말. =珪璋○○. 瑚璉○●: 종묘 제사에 쓰는 제기. 治國安邦의 인물에 비유하는 말.

[인물·못난 인물] ☞ [자기: 자기를 낮추어 말할 때]

[인삼] 神草○●. 人銜○○. 五葉●●. 三椏○○: 인삼에는 세 가장귀(나뭇가지의 아귀)가 있기에 붙여진 이름.

[인생] 尺波●○: 잔파도, 짧은 인생에 비유하는 말. 晉 陸機 〈長歌行〉: "寸陰無停晷, 尺 波豈徒旋."

[인욕(人慾)] 身火○●: 불교어.

[인품] 度量●○. 德量●○. 器宇●●.

[일본] 扶桑○○. 搏桑(搏자는 扶자와 통함)●○. 三島○●: 일본의 옛 영토가 세 섬으로 이루어졌다고 해서 붙여진 이름.

[일월] 正月○●. 春正○○. 元月○●. 元春○○. 新春○○. 獻春●○. 陬月○●. 孟陬●○. 太簇●●. 歲始●●. 始春●○. 發春●○. 謹月●●. 端月○● 上春●○. 開歲○●. 孟春●○. 孟陽●○. 泰月●●. 肇歲●●. 寅孟月○●●. 首歲●●. 王月○●. 寅月○●. 正陽○○.

[잉어] 鯉魚●○. 文魚○○. 三十六鱗○●●○. 琴高○○: 잉어를 타고 昇天하였다는 신선의 이름에서 유래. 白騏●○: 흰 잉어. 玄駒○○: 검은 잉어. 개미를 칭할 때도 있음.

ㅈ

[자기 자신] ☞ [나]

[자기 작품] 芻蕘(추요)○○: 자기의 문장이나 작품을 낮추어 하는 말. 禿筆(독필)●●.

[자기의 병] 採薪之憂●○○●: 자기의 병을 낮추어 이르는 말. 노송이 늙어 고사하면 땔감이 되는 것을 걱정하는 말.

[자녀사랑] 分甘○○: 부모의 자녀사랑. 牛折齒○●●.

[자라(鱉)] 神守○●.

[자손] 苗裔○●: 먼 후대 자손. 貽厥●○: 자손이나 後嗣를 이르는 말.

[자욱하다. 자욱한 모양] 濛○. 濛鬆○●. 濛翳○●. 濛漠○●. 濛昧○●: 자욱하여 어두움.

[작약(芍藥)] 紅葯○●. 近客●●. 余容○○. 白犬●●. 嬌客○●. 婪尾春(람미춘)○●○. 花宰相○●●.

[작품] 玉藻●●: 佳作. 玄藻○●: 아름다운 문장. 玉韻●●: 남의 시문에 대한 미칭. 玉瑕●○: 옥의 티. 작품 중의 작은 결함. 壓卷●●: 다른 작품을 압도할만한 가작. 芳音○○: 시문의 가작. =芳風○○: 고아한 시문. 芳翰○●: 아름다운 文辭. 郢唱●●: 품격이 높은 시문. 秋月華星○●○○: 시문을 예찬하는 말. 逸韻●●: 미묘한 시가. 啜英咀華●○●○시문 중의 정화한 부분을 음미 감상하다. 瓊琚○○: 아름다운 옥 장식, 미묘한 시문에 비유하는 말. =瓊瑰○○. =瓊瑤○○. =瓊璇○○. =藻翰●●: 아름다운 문사나 문장.

[잠자리] 蜻蜓○○. 蜻蛉○○. 桑根○○. 龍孫○○: 고추잠자리. 赤衣使者●○●●: 고추잠자리. =赤卒●●. 水蠆(수채)●●.

[잠깐 사이·순식간] 斯須○○. 須臾○○. 斯須○○. 刹那●●. 小様●●: 짧은 시간. 一頃●●. 一晌(일상)●●. 一息●●. 一瞬●●. 一瞥●●. 寸陰●○. 俯仰●●: 한번 쳐다보고 내려보는 사이. 즉 잠깐 사이.

[잡초·초야·민간] 草茅●○.

[장군] 大樹●●. 爪牙●○: 武將.

[장맛비] 伏雨●●: 그침 없이 계속 내리는 비. 霖雨○●: 장맛비. =霪雨○●. =霖澍○●. =愁霖○○. 鳴雨○●: 세차게 내리는 비.

[장미(薔薇)] 玫瑰○○. 長春花○○○.

[장안] 斗城●○: 漢나라 長安의 별칭.

[장인] 岳父●●. 氷叟○●. =氷淸○○. 令岳●●: 남의 장인에 대한 존칭.

[재상·정승·장관] 天老○●. 宰相●●. 宰輔●●. 台輔○●. 宰臣●○. 宰執●●. 宰衡●○. 宰匠●●. 玉機●○. 百辟●●: 조중 대관을 범칭. =卿月○●. 當軸○●. 具瞻●○: 고관. 和鼎○●: 군주를 보좌하는 宰相. 蓮府○●: 승상 대신. =蓮幕○●. 調鼎○●. 皤皤國老○○●●: 나라의 원로 중신.

[재앙] 沴孽●●. 妖孽●●. 陰沴○●.

[재앙의 씨앗] 孽牙●○: 災禍의 불씨.

[재해(災害)] 小敗(소패)●●: 작은 재해.

[저승] 泉下○●. 冥府○●. 冥界○●. 冥路○●. 冥漠(莫)○●. 冥司○○. 冥陰○○. 冥中○○. 冥鄕○○. 靈府○●. 黃泉○○. 黃壤○●. 九泉●○. 九壤●●. 重泉●○. 泉臺○○. (신선이 사는 곳): 神府○●. 仙府○●. 洞府●●. 閻羅府○○●. 玄臺○○. 玄壤○●. 玄鄕○○. 玄泉○○.

[적군(敵軍)] 黑雲●○. 鯨鵬○○: 강대하고 흉악한 敵.

[전당포] 小解●●: 작은 전당포, 또는 오줌을 눈다는 뜻도 있음.

[전어(鱣魚)] 黃魚○○. 黃花魚○○○.

[전쟁·전란] 干戈○○. 兵火○●. 兵燹(병선)○●. 兵亂○●. 弧矢○●: 활과 화살. 烽火○●. 兵馬○●. 戎馬○●. 金革○●: 무기. 또는 무기와 甲冑를 아울러 이르는 말. 風煙○○: 明 許承欽 〈白溝河詩〉: "遼宋曾戎馬, 風煙十六州." =風塵○○. 風火○●. 雙鵝○○. 赤風●○: 戰禍의 징조.

[전족] 小足●●. 纏足○●.

[전투] 鏖戰(오전)○●: 격렬한 전투. =鏖兵○○.

[절(寺刹)] 紺宇●●. 蓮宇○●. 蓮舍○●. 蓮宮○○. 佛舍●●. 佛舍●●. 佛宇●●. 招提○○. 梵宮●○. 給孤園●○○. 祇園. 寺院●●. 寺社●●. 青蓮宇○○●. 青蓮宮○○○. 青蓮城○○○. 雙林○○: 석가모니가 열반한 곳. 靈宮○○. 香界○●. 香閣○●. 伽藍○○. 金田○○. 神廟○●. 叢林○○. 貝葉宮●●○. 香刹○●. 珠林○○. 蕭寺○●. 梵宇●●. 琳宮○○. 鷲嶺●●. 兜率宮○●○.

[젓가락] 玉柱●●.

[정신(心靈)] 心弦○○. 心性○●. 心魄○●. 神魂○○. 神魄○●.

[정오] 卓午●●. 當午○●. 亭午○●. 傍午●●.

[정월] ☞ [일월]

[정자] 風亭○○.

[제비] 燕子●●. 鷰子●●. 神女○●. 乙鳥●●. 社客●●. (社日 즉 春社와 秋社 후 다섯 번째 戊日에 토지신에게 제사 지내는 날에 왔다가 돌아간다고 해서 붙여진 이름): 社燕●●. 金燕○●: 제비 새끼. 烏衣○○. 玄鳥○●. 玄乙○●. 玄禽○○. 天女○●. 燕婢●●: 제비를 戲稱하는 말.

[제주(祭酒)] 神酒○●.

[조개] 含漿○○.

[조금·약간] 少許●●.

[조기] 石首●●. 石首魚●●○. 石魚●○. 石頭魚●●○. 黃魚○○. 小黃魚●○○.

[조물주] 天匠○●. 汗漫●●.

[조상] 神先○○: 조상에 대한 敬稱.

[조서(詔書)] 鳳書●○. 紫書●○. 鶴書●○.

[조정·궁전] 朝廷○○. 大庭●○. 魏闕●●. 青禁○●. 青闕○●. 金城○○. 金階○○. 禁城●○. 槐庭○○.

[조칙(詔勅)] 絲綸○○.

[족제비] 鼠狼●○.

[좀] 花虫○○. 壁魚●○. 蠹虫○○. 蠹魚●○. 蛀虫●○. 蟫魚○○. 白魚●○. 紙魚●○.

[좁쌀] 小米●●.

[종(奴僕)] 小蒼頭●○○. 小奚奴●○○: 젊은 사내 종. 小奚●○. 小青●○. =侍婢●●.

[종달새] 天鷚(천류)○●. 雲雀○●. 告天子●○●.

[종이] 雲藍○○. 楮先生●○○.

[종일·온종일] 竟日●●.

[주량] 酒腸●○.

[주먹밥] 團飯○●: 둥글게 뭉친 밥.

[주석] 白鑞●●: 朱錫의 별칭.

[죽(粥)] 雲母粥○●●: 흰죽.

[죽마(竹馬)] 篠驂(소참)●○.

[죽부인] 竹奴●○. 竹姬●○.

[죽순] 玉版●●. 竹胎●○. 龍孫○○. 玉嬰●○: 새로 돋아난 연한 대나무. 玉節●●. 玳瑁簪●●○. 犀角○●. 稚子●●. 稚龍●○. 籜龍●○. 箭茁●●.

[죽음] 易簀(역책)●●: 훌륭한 사람의 죽음. 捐館○●: 살던 집을 버린다는 뜻. 죽음에 대한 경칭. =隱化●●.

[줄다리기] 拔河●○. 繩技○●. 繩戲○●.

[중(僧)] 衲僧●○. 衲子●●.

[중국] 神州○○. 禹域●●.

[중매인] 月下老人●●●○. 月下老●●●. 月老●●. 氷人○○. 蹇脩(修)●○. 繫足人●●○. 執柯●○: 중매를 서다. =執斧●●. =伐柯●○. =作伐●●. =析薪●○.

[중양절] 吹花節○○●. 黃花節○○●. 菊花節●○●. 淸秋節○○●. 暮節●●.

[쥐구멍] 穹窒○●.

[쥐며느리] 草鞋蟲○●●.

[지난 해·세월] 徂年○○.

[지네] 蝍蛆(즉저)●○. 即且●●. 土蟲●○.

[지당(池塘)] 幽鏡○●

[지렁이] 土龍●○. 蚯蚓○●. 歌女○●. 無心蟲○○○.

[지팡이] 烏藤○○. 綠玉枝●●○. 綠玉杖●●●: 신선의 지팡이. 扶老○●. 杖藜●○. 青節○○: 푸른 대나무로 만든 지팡이. 桂策: 지팡이의 미칭. 瘦節●○.

[지평선] 金繩○○. "閒雲隨錫杖, 落日低金繩."

[지푸라기] 草芥●●: 쓸모없고 하찮은 것에 비유하는 말.

[지혜·총명] 玄光○○: 타고난 총명.

[직녀성] 織婦●●. 黃姑(女)○○(●). 天女○●. 天孫○○.

[진드기] 草蜱(비)●●.

[진시황] 祖龍●○.

[진주] 神胎○○. 神珠○○. 明珠○○. 蚌胎●○. 蚌中月●○●. 寒胎○○.

[질서] 貫魚●○: 질서가 정연함에 비유하는 말. 唐 元稹 〈遣行〉 詩: "每逢危棧處, 須作貫魚行."

[집오리] 家鳧○○.

[찌꺼기] 土苴●●.

[찔레나무] 小南强●○○. 茉莉●●.

ㅊ

[차(茶)] =茗○. 龍章○○. 雲腴○○. 雲脚○●. 雲膏○○. 甘潮○○. 露芽●○. 石花●○: 茶의 일종. 중국 四川産. =石乳●●. =紫笋●●. 小峴春●●○. 六安茶●○○. 綠舌●●: 차 또는 찻잎. =仙芽○○. =青瓊○○. 金葉○●: 찻잎을 아름답게 부르는 말. 瑞芽●○: 어린 연한 차. 酪奴●○. 花乳○●.

[찬기운] 玄陰○○: 한겨울의 찬 기운.

[찰나] 迅指●●. 須臾○○.

[참새] 瓦雀●●.

[참새우] 斑節蝦○●○.

[참언(讒言)] 赤舌●●: 남을 중상하는 말.

[참외] 土芝●○.

[찹쌀] 江米○●. 糯米●●.

[창·창문] 風牖○●. =風窓○○.

[창업] 披榛○○: 披는 개척하다. 榛은 잡목의 숲.

[창작] 布字●●: 창작을 하다. 글을 짓다. =扣寂●●. =硯耕●○. =搖筆○●. =濡毫○○.

[창작을 멈추다] 棲毫○○.

[창포] 蘭蓀○○. 青刀○○: 창포잎. 香節○●. 隱客●●.

[처마] 簷楣○○.

[천자(天子)] 黃屋○●: 천자의 수레는 노란 비단으로 덮었음으

로 이렇게 불렀음.

[천지사방] 六幕●●. 六合●●.

[천하] 九州●○. 四海●●. 萬宇●●.

[첫날밤] 春宵○○.

[채소] 嫩甲(눈갑)●●.

[책(書籍)] 黃卷○●: 좀 방지로 황벽나무 잎으로 물들인 누런 종이로 책의를 한 데서 온 말.

[철(鐵)] 烏金○○.

[철새] 陽鳥○●: 기러기와 같은 후조.

[철쭉] 躑躅●●.

[첩(妾)] 小寵●●. 小渾家●○○.

[청렴] 淸風兩袖○○●●.

[청룡] 翠虯●○.

[청춘] 青秋○○. 青歲○●.

[초가을] 小秋●○. 火落●●.

[초겨울] 開冬○○. 孟冬●○: 음력 시월.

[초고·원고] 玄草○●.

[초봄] 化先●○.

[초선(貂蟬)] 閉月●●: 후한 초선의 미모에 달조차 구름 속으로 얼굴을 가린다는 뜻.

[초승달] 朏魄(비백)●●. 白眉●○.

[초여름] 小郢●●. 試暑●●. 雙淸○○.

[총(銃)] 風槍○○: 공기총. =氣槍●○.

[추수(秋收)] 西成○○: 가을 햇볕의 위치는 서쪽에 있고, 이때 만물이 성숙하기 때문.

[추위] 沍寒●○: 심한 추위. =酷寒●○.

[춘분] 分日○●.

[춘추(春秋)] 책 이름, 13경 중의 하나. 魯經○○. 麟經○○. 麟史○●: 孔子의 《春秋》는 哀公 14년 봄에 서쪽으로 사냥을 나가 麒麟을 잡는 데서 쓰기를 끝마쳤기에 이렇게 불렀음. 素文●○ 특히 《春秋》를 지칭한다.

[출가(出嫁)] 于歸○○. 百兩●●.

[치마] 風裳○○: 나풀거리는 치마.

[친구] 朋友○●. 朋簪○○. 青眼客○●●. 知己○●. 金友○●: 유익한 친구. 匹儕●○: 벗. 동반자. 朋儕○○: 같은 또래의 벗. 의기투합하는 친구. =朋從○○. 朋輩○●. 朋齒○●. 二難●○: 상하 구별 없는 어질고 덕망 있는 친구. 今雨○●: 새 친구. 舊雨●●: 옛 친구. 心交: 마음이 통하는 친구. =石交●○: 우의가 변치 않는 친구. =蘭交○○. 鶯友○●: 좋은 친구. 游鳳○●: =知音. 西窓剪燭: 친구랑 밤 깊이 서창 가에서 등불 아래 마음을 털어놓고 이야기함. 좋은 친구와의 만남. 盟兄○○: 친구에 대한 경칭.

[칠석] 良日○●. 靈夕○○. 蘭夜○●. 秋期○○. 唐 杜甫 〈月〉 詩 "天上秋期近, 人間月影淸." 星期○○. 雙夕○●: 음력 7월 7

일 저녁. 칠석날 밤. 綺絶●●.

[칠월] 梧月○●. 梧秋○○. 相月○●. 夷則○●. 瓜月○●. 申月○●. 蘭月○●. 涼月○●. 孟秋●○. 三陰月○○●. 肇秋●○. 蘭秋○○. 孟商●○.

[침] 神水○●. 口液●●. 唾液(타액)●●. 津唾○●. 津頤(진이)○○.

[침범하다] 侵撓○○. =侵擾○●. 侵傷○○: 침범하여 상해를 입히다.

[침실] 金閨○○: 침실에 대한 미칭.

ㅋ

[칼(短刀)] 伏突●●. 匕首●●.

[칼(寶劍)] 青劍○●. 青鋒劍○○●. 青龍偃月刀○○●●●. 神鋒○○. 神劍○●. 吳鉤○○. 青萍○○. 明 郎瑛《七修類稿 辨證6 刀劍錄缺》孫權의 六劍: 白蛇●○. 白虹●○. 紫電●○. 辟邪●○. 流星○○. 青龍○○. 玄蛟○○. 龍泉○○: 명검. =干將○○. =莫邪(막야)●○. 文鋒○○. 玉龍●○. 龍淵○○. 吹毛○○: 예리한 칼. 轆轤●○: 도르래 모양의 검.

[코 고는 소리] 鼻息○●. 鼾聲●○.

[코끼리] 封獸○●: 큰 코끼리 또는 큰 짐승의 범칭. 伽那○○.

[콩] 嘉菽○●: 콩과 작물의 미칭.

[콩나물] 玉髯●○.

[키(身長)] 七尺●●.

| ㅌ |

[탁주(濁酒)] 賢人○○: 賢人酒의 준말.

[탐욕] 苦本●●: 고통의 근본이 된다고 여긴 데서 온 말.

[태산(泰山)] 齊岱○○. 天孫○○.

[태양] ☞ [해]

[태자] 東宮○○. 青宮○○. 青陛○●. 青闈○○.

[태평성세] 壽域●●. 河清○○: 天下昇平. 時清海晏○○●●. 河清海晏○○●●. 鶯歌燕舞○○●●. 舜日堯年●●○○.

[토끼] 決鼻●●. 明視○●.

[토란] 蹲鴟(준치)●○. =踆鴟○○: 모양이 올빼미가 웅크리고 있는 것 같은 데서 온 말.

[토시] 臂衣●○.

[퇴고(推敲)] 撚須●○.

[투쟁] 逐鹿●●: 집권 투쟁. 통치권의 쟁탈에 비유함.

[퉁소(簫)] 石弦●○.

| ㅍ |

[파도·물결] 玄波○○: 큰 파도. 雲雷○○: 모습은 구름처럼 뭉치

고, 소리는 우레처럼 크기에 붙여진 이름.

[파도] 雪滷(설로)●●. 雪浪●●: 흰 물보라.

[파리] 青蠅○○: 참소를 잘하는 소인. 魚目○●: 세속 소인배. 寒蠅○○: 겨울 파리. 우둔하고 바보 같은 사람에 비유.

[파초(芭蕉)] 綠玉●●. 綠蠟●●. 甘蕉○○. 綠天●○. 巴且○○. 雲帝○●.

[팔뚝] 小膊●●.

[팔월] 桂月●●. 桂秋●○. 柘月(자월)●●. 酉月●●. 清秋○○. 中律○●. 仲秋●○. 仲商●○. 壯月●●. 南呂○●. 雁來月●○●. 四陰月●○●.

[패랭이꽃] 石竹●●. 石竹花●●○. 天菊○●. 蘧花○○. 瞿麥(적맥))●●.

[편지·서신] ①替面●●. 尺書●○. 尺帛●●. 尺素●●. 素札●●. 書狀○●. 書札○●. 札翰●●. 珍翰○●: 남의 來信에 대한 미칭. =瓊翰○●. 簡札●●. 緘札○●. 緘封○○. 瑤緘○○: 남의 편지에 대한 미칭. =雲翰○●. 簡牘●●. 梅花信○○●.

②雙鯉○●. 雙魚○○. 鯉素●●. 魚書○○. 魚雁○●. 鴻雁○●. 金鴻○○. 鯉魚●○: 멀리서 보내온 두 마리의 잉어 뱃속에 편지가 들어 있었다는 고사에서 유래. =鱗游○○.

③雁足○●. 雁帛○●. 雁魚●○. 青鳥○●: 편지를 전하는 使者에서 온 말.

④瑤鐫○○. 瑤函○○. 瑤緘○○. 慶削●●. 良書○○. 惠書●○.

金竹○●: "星霜俄九換, 金竹遽三遷.": 이상 모두 남의 편지를 높여 이르는 말.

[편지를 쓰다] 裁書○○.

[포도] 草龍●○. 草龍珠●○○. 馬乳●●. 月支藤●○○. 玄玉○●. 玄珠○○. 珠帳○●. 賜紫櫻桃●●○○.

[폭포] 懸水○●. 懸泉○○. 懸河○○. 懸布○●. 懸瀑○●. 瀑練●●. 瀑溜●●. 飛流○○. 玄泉○○. 天紳○○. 立泉●○. 谷雷●○: 산곡으로 떨어지는 소리가 우레 소리 같아서 붙여진 이름. 虹泉○○. 雲泉○○.

[표시·표기(標旗)] 風帘(풍렴)○○: 주막집의 표기. 酒旗.

[표주박] 酒瓢●○.

[풀무·풍구] 風箱○○.

[풀뿌리] 草荄●○.

[풋내·비린내] 草氣●●. 腥氣○●.

[풍경(風磬)] 風磬○●. 風綴○●. 風鐸○●. 風鐵○●. 鐵馬●●. 簷馬○●. 簷鐸○●.

[풍모·풍채] 風制○●. =風指○●.

[풍수(風水)] 堪輿術○○●. 青烏○○: 감여술 명당자리. 青烏術○○●. 地官●○.

[피리] 胡竹○●.

[하녀(下女)] 小鬟●○: 쪽진 머리 하녀. 婢女●●. 侍婢●●. 綠衣●●○. 上清●○. 小青●○: 어린 하녀. =小鬟●○. 丫頭○○. 梅香○○. 樵青○○.

[하늘] 空明○○. 碧霄●○: 푸른 하늘. =碧漢●●. =碧落●●. =碧虛●○. =碧宇●●. =碧空●○. =蒼空○○. =蒼穹○○. =蒼天○○. =蒼極○●. =蒼冥○○. =蒼旻○○. =蒼宇○●. =蒼昊○●. =蒼顥○●. 宵漢○●. 穹蒼○○. 青天○○. 青旻○○. 青空○○. 青穹○○. 紫虛●○: 높은 하늘. 青虛○○. 青蒼○○. 青遠○●: 하늘 끝. 青廓○●. 青瞑○○. 青霄○○. 九霞●○. 九遐●○: 끝없이 넓은 하늘. 九蒼●○: 하늘의 가장 높은 곳. 九天●○: 하늘의 중앙과 팔방, 즉 하늘 전체. =九靈●○. =九乾●○. =九野●●. 金天○○: 서쪽 하늘. 가을 하늘 또는 가을. 玄間○○. 玄天○○: 북녘 하늘. 玄乾○○. 玄蓋○●. 玄區○○. 玄穹○○. 玄極○●. 玄蒼○○. 玄清○○. 玄虛○○. 玄昊○●. 玄渾○○. 玄顏○○. 鳥外●●: 높은 하늘. 珍宇○●: 하늘의 미칭.

[하늘과 땅] 天地○●. 乾坤○○. 覆載●●. 玄黃○○. 穹壤○●.

[하늘 끝] 天涯○○. 天際○●. 天末○●. 天垂○○.

[하지(夏至)] 日永●●. 長嬴○○.

[학·백학·두루미] 青田○○. 青田翁○○○. 青田鶴○○●. 黑裳●○.

丁令○●. 九皐●○. 九皐禽●○○. 丹哥○○. 仙馭○●. 仙羽○●. 陰羽○●. 胎禽○○. 仙客○●. 仙禽○○. 皐禽○○: 백학. 露禽●○. 雪翎●○. 赤頰●●. 雪意●●. 玄裳○○.

[학교] 庠序○●. 設庠●○. 庠黌(상횡)○○. 黌序○●. 庠斅(상효)○●. 庠塾○●: 지방학교. 黌宮○○. 太學●●. 國子學●●●. 國子館●●●. 虎館●●: "觀書虎館, 學劍龍亭." 虎門●○. 虎闈●○. 成均館○○●. 鄕校○●. 書院○●. 左學●●: 소학. 학교. 東序○●: 고대의 학교. 芹宮○○. 國庠: 국립학교. 辟雍●○: 서주 때 설립한 대학. 《禮記 王制》: "大學在郊 天子曰辟雍, 諸侯曰泮宮." 稷下●●: 옛 제나라 臨緇 稷門 부근에 있던 지역으로, 戰國時代 각 학파에서 모여서 학문을 강의하던 곳.

[학생] 靑衿○○. =靑襟○○. 上足: 우수한 학생.

[한국] 三韓○○. 辰韓○○. 槿域●●. 海東●○. 海左●●.

[한강(漢江)] 洌水(열수)●●: 한강의 옛 이름.

[한림(翰林)] 詞林○○.

[한식(寒食)] 禁煙○○. 冷節●●.

[한식절] 禁火●●. 禁煙●○. 熟食節●●●.

[한평생] 歿齒●●.

[할미새] 鴒○.

[항복·투항] 牽羊○○: 항복 또는 항복하다. 倒戈●○: 무기를 내려놓다. 즉 투항하다. 倒戟●●: 투항하다. 창을 아군 쪽

을 향하여 돌려놓음으로써 투항을 표시하다.

[해(太陽)] 神景○●. 天陽○○. 日光●○. 日輪●○. 日鏡●●. 白景●●. 大明●○. 景炎●○. 炎精○○. 炎燭○●. 懸珠○○. 金烏○○. 金虎○●. 飛金○○. 烏輪○○. 織烏●○. 赤鴉●○. 赤羽●●. 赤龍●○. 軒龍○○. 玄暉○○. 龍燭○●. 陽宗○○. 陽輝○○. 陽魂○○. 陽曜○●. 陽精○○. 暘烏○○. 陽烏○○: 해 속에 세 발 달린 까마귀가 있다는 전설이 있음. 九烏●○. 九陽●○. 火輪●○. 火精●○. 火鏡●●. 東烏○○. 靈曜○●. 靈暉○○. 靈烏○○. 丹亞烏○○.

[해당화] 川紅○○. 名友○●. 花仙○○. 蜀紅●○: 해당을 일명 蜀客이라 하고 그 색이 붉기 때문에 이렇게 부름. 蜀錦●●.

[해 뜨는 곳] 日域●●. 東汜●●. 扶桑○○: 일본을 가리키기도 함.

[해삼] 沙噀(사손)○●.

[해오라기(白鷺)] 雪客●●.

[해 지는 곳] 咸池○○. 若木●●. 崦嵫(엄자)○○: 또는 늘그막을 비유하는 말. =西昆○○. =西汜(서사)○●. 日汜●●: 해 지는 곳. 또는 물가.

[해질녘] 夕陽●○. 黃昏○○. 瞑色○●. 斜暉○○. 落景●●. 落照●●. 暮景●●. 桑榆○○. 薄暮●●: 땅거미. 해질녘. 薄陰●○. 薄晚●●. 薄暝●○. 晚晡●○. 曛黃○○. 曛暮○●.

[해치] 獬豸(해치)●●: 상상의 동물 이름, 소와 비슷함. 獬豸

冠●●●. 神羊○○.

[향로] 玉鼎●●. 寶鴨●●. 銀鴨○●: 은으로 만든 오리 모양의 향로. =瑞鴨●●.

[허물] ☞ [흠]

[허세] 虛聲○○: 거짓 명성. 산 메아리.

[허튼소리] 虛談○○: 빈말.

[혀(舌)] 三寸○●.

[현묘한 文詞] 玄藻○●.

[현인군자] 杜衡●○: 현인군자에 비유하는 말. 향초 이름. 蘭芳○○.

[형제] 壎篪○○: 둘 다 악기 이름. 우애 있는 형제에 비유하는 말. 如壎如篪=壎篪相和. 雁行●○: 남의 兄弟에 대한 존칭. =雁序●●. 棣萼(鄂)●●(체악): 詩經 棠棣(형제를 위해 지은 시)에서 유래. 棣華●○. 鶺遠(척원)●●. 鶺鴒●●: 鶺鴒在原: 할미새가 멀리서 서로 그리워하며 울부짖음. 鴒原(영원)○○. 天生羽翼○○●●: 형제는 양 날개처럼 서로 돕는다는 뜻에서 유래한 말. 玉季●●: 남의 형제에 대한 미칭. 玉昆金友●○○●: 형제의 미칭 友于●○. 同父○●. 同根○○. 金昆○○.

[형제간의 우애] 華鄂○●. 角弓●○: 형제간의 情誼.

[형집행장] 雲陽○○: 韓非가 李斯의 모함으로 옥에 갇혀 죽은 곳으로 형집행장의 대명사가 되었음.

[호랑나비] 春駒○○.

[호랑이] ☞ [범]

[호부원시랑(戶部員侍郞)] 小版●●.

[홀(笏)] 魚須○○. 魚笏○●.

[홀아비] 鰥老○●. 鰥魚○○.

[화살] 白羽●●. 銀鏑○●: 화살에 대한 미칭. =蒲矢○●. 突羽●●: 날아가는 화살. 流羽○●: 빗나가는 화살.

[화장(化粧)] 小朱●○: 엷게 편 臙脂. 옅은 화장. 飛燕外傳: "爲薄眉號遠山黛, 施小朱號慵來粧."

[환관(宦官)] 小閹●○. 使喚●●. 小底●●. 黃門○○: 후한 때 환관이 禁門을 지켰음. 搢紳●○.

[황금] 別銀●○.

[황새] 白鸛(백관)●●.

[황제의 궁궐] 清都○○. 皇都○○. 帝都●○. 玉墀●○.

[황혼] ☞ [해질녘]

[황후] 秋宮○○.

[홰나무(槐木)] 玉樹●●.

[횃불] 長火○●. 燎炬○●.

[회임하다] 懷孕○●. 夢蘭●○.

[효도를 다하다] 泣杖●●. 泣竹●●. 臥氷●○.

[후손] 後裔●●. 後嗣●●. 神孫○○: 後嗣의 美稱. 支條○●: 후손 후예. 苗裔○●: 먼 후손. 오래된 훗날의 자손.

[후회] 泔魚○○: 지난 잘못을 후회하는 말.

[휴전·정전] 偃伯●●: =偃霸. 휴전하다. 偃은 쉰다는 뜻이고, 伯은 군대의 업무 또는 지휘하는 장수를 지칭한다. 偃革●●: 여기서 革은 바꾸다, 또는 혁신한다는 뜻.

[흉년] 無年○○.

[흉폭한 사람] 凶頑○○.

[흑단(黑檀)] 烏文木○○●.

[흠 허물] 過失●●. 愆(건)○. 小疵●○: 작은 흠. 缺陷●●. 缺點●●. 瑕疵○○.

한한관용어구소사전(韓漢慣用語句小辭典)

○가소롭기 짝이 없다.

噴飯○●.

○갈매기와 벗하며 지냄. 은퇴하여 사는 삶.

鷗盟○○.

鷗鷺盟○○○ : 갈매기와 해오라기를 벗해서 삶.

○(개가) 꼬리를 흔들다. 아첨하다.

搖尾○○.

○게으름을 피우다. 꾀부리다. 틈을 내다. 둘러대어 시간을 내다.

偸閒○○.

○결코 있을 수 없는 일.

龜毛○○.

거북이 천년을 살면 몸에서 털이 난다고 하는 전설이 있지만, 결코 있을 수 없는 일에 비유하는 말.

○高低나 大小가 서로 비슷해서 분별하기 어렵다:

人心如九疑山峰○○○●○○○.

(中國南方有九疑山, 山有九個峯, 高低大同小異, 難以分別.)

○공자님 앞에서 문자를 쓰다.

班門弄斧○○●●.

자기의 분수도 모르고 날뛰는 자를 비유해서 하는 말.

옛 중국 魯나라에 班輸라는 아주 유명한 목공이 있었는데, 어느 서투른 목공이 그 집 문 앞에서 함부로 도끼를 휘두르며 자기의 기능을 자랑했다.

○관직에서 물러나다. 낙향(落鄕)하다.

還山○○. 卸肩●○.

○권세가 있을 때는 아첨하고 권세가 없어지면 푸대접을 하다.

翟公客(●○●책공객):

원님 댁의 개가 죽으면 문상하는 사람이 많이 찾지만, 원님 본인이 죽으면 개미 새끼 한 마리 오지 않는다.

한나라 무제 때, 책공이 廷尉 벼슬에 있을 때는 많은 사람들이 찾아왔으나, 벼슬을 그만두자 찾지 않다가 복직이 되자 다시 찾아오기 시작했다는 고사에서 유래.

○꾸밈이 없다. 文辭를 숭상하지 않는다.

不文●○.

○남의 문서나 정리해 주는 따위의 자질구레하고 하찮은 일을 하다.

班筆○●.

○노끈이 나무를 자르다: 작은 힘이라도 오랫동안 계속하면 어렵고 큰일을 해낼 수 있다.

繩鋸木斷○○●●. = 水滴石穿●●●○.

○누워서 떡 먹기. 일의 해결이 극히 쉽다.

迎刃而解○●○●.

○눈에 보이는 것이 없다. 남을 멸시함에 비유하는 말.

目空●○. 白眼●●.

○더러움을 씻어 없애다.

滌蕩(●●척탕)

○도적이 제 발 저리다. 도둑질을 한 사람은 겁이 많다.(심장이 비정상적으로 뛴다.)

做賊心虛●●○○. 作賊人心虛.

○돌연 지나가 버려 생각할(마음에 색일) 틈이 없다.

蚊虻過耳○○●●.

○득남한 경사.

弄璋之慶●○○●.

○때를 놓친 다음에 손 쓸려고 해도 소용이 없다. 버스 지나간 다음에 손을 들다.

江心補漏○○●●.

○마음 깊이 서리어 잊지 못하는 情誼.

繾綣之情●●○○.

○마음을 비우다.

虛衿○○.

○망국의 슬픔 또는 망국의 탄식.

黍麥之嘆●●○○. 黍油麥秀●○●●. 黍秀宮庭●●○○.

西周가 망한 뒤, 궁실이 있던 자리가 모두 기장이나 보리밭으로 변했다고 전함.

○모양이나 크기가 서로 어긋나거나 맞지 않음.

枘鑿(○○ 예조) : 枘鑿不相容.

○못쓰게 된 몽당비라도 나에게는 귀한 보배다. 몽당비를 천금의 가치로 여김.

敝帚自珍●●●○. =敝帚自享. =敝帚千金.

貧者一燈 : 부처님은 가난한 사람의 촛불 하나도 부자의 값진 보물 못지않게 귀하게 여긴다는 뜻.

○무슨 면목으로……. 무슨 낯으로…….

胡顔○○.

○무슨 일이 점점 잘못되어가기만(나쁘게만 되어감) 하는 것.

江河日下○○●●.

○미숙한 무당이 노숙한 무당을 보면 기가 죽는다. 강한 자 앞에 서면 자신감을 잃음.

小巫見大巫●○●●○.

○바람은 불고 시간은 촉박한 과거장의 고달픔을 비유하는 말. 해는 지는데 갈 길은 멀다.

風簷寸晷○○●●. 日落途遠●●○●.

○바쁜 중에서도 틈(시간)을 내다.

偸閑○○.

○발꿈치를 잘라 신발에 맞추다.

刖趾(●●월지). 刖趾適屨●●●●(월지적구)의 준말.

○밤에 무릎을 맞대고 대화를 나누다.

剪燭●●. 唐 李商隱 〈夜雨寄北詩〉: "何當共剪西牕燭, 却話巴山夜雨時." 清 蒲松齡 〈聊齋志異連〉: "與談詩文, 慧黠(혜할: 지혜롭고 영특함.) 可愛, 剪燭西窗, 如得良友."

○방법이 없다.

無術○●. 宋 王安石 〈和吳御史汴渠〉: "救世詎無術, 習傳自先王."

○뱁새가 황새의 걸음을 따르려다 가랑이 찢어진다. 片舟가 어찌 陽侯 馮夷의 물결을 헤쳐 나아갈 수 있으랴?

馮夷陽侯○○○●: 풍이양후는 모두 파도 神의 이름.

螳螂拒轍○○●●: 사마귀가 팔뚝으로 수레바퀴를 막으려 한다.

○벼락출세하다. 갑자기 명성이 높아지다.

刺天●○.

○보릿고개.

青黃不接○○●●.

○부모가 돌아가시어 섬기지 못하는 탄식.

風樹之嘆○●○●.

○부모를 봉양하고 싶어도 봉양 못하는 효자의 슬픔.

蓼莪之痛(●○육아 료아). —《詩經 小雅》

○사람들의 발자국이 끊이지 않고 계속 이어지다. 많이 몰린다는 뜻.

踵跡(足)相接●●○●. **踵接肩摩**●●○○.

踵(종)은 발꿈치를 잇는다는 뜻.

○사리에 어둡고 세상 물정을 잘 모름.

迂闊○●.

○사후에 흔적을 남기다.

鴻爪留泥○●○○.

○생명이 조석에 달려 있음을 비유하는 말.

小水魚●●○. 朝不慮夕○●●●. 風前燈火○○○●.

○선수를 치다. 기선을 잡다.

祖生之鞭●○○○. 先鞭○○.

○세월을 머물게 하다. 긴 밧줄로 흘러가는 시간을 묶어놓다.

長繩繫日○○●●.

○세월이 빠름을 비유해서 하는 말.

白駒過隙●○●●. 玉走金飛●●○○. 光陰如流○○○○.

光陰如梭○○○○. 光陰似箭○○●●. 歲不我與●●●●.

○손님을 정중히 맞이하다.

吐飯●●. 握髮吐哺●●●●.

○술에 취해 넘어질 듯 비틀거리다.

玉山頹(●○○옥산퇴). 줄여서 玉頹.

=玉山倒. =玉山傾. =玉山崩.

(魏나라 嵇康의 술 취한 모습을 형용한 데서 유래한 말.)

○시시비비를 신중히 가리다. 상대방의 속셈을 파악하기 위하여 밀고 당기다.

捭闔(●●패합) 열고 닫다.

○아니 땐 굴뚝에 연기 날까?

風不搖○●○, **樹不動**●●●.

○아무 까닭 없이 위험에 처한다. 이유 없이 화를 입는다.

池魚幕燕○○●●.

○약은 꾀를 곧잘 부리지만 사실은 크게 어리석음. 약삭빠른 고양이 밤눈 어둡다.

小黠大癡●●●○. 小貪大失●○●●.

○엿보다.

闖伺(●●틈사).

○옛 뜻을 깊이 연구하다.

深考古義○●●●. =深究古義.

○오류를 답습하다.

踵謬(●●종류).

○옥의 티.

点壁●●.

○외삼촌의 죽음에 대한 비통.

西州之痛○○○●. 晉나라 羊曇이 江蘇省 南京市에 있었던 西州城에서 謝安(외삼촌)의 죽음을 듣고 통곡했다는 고사에서 유래.

○윗니 아랫니가 서로 맞지 않고 어긋나다. 사물이 서로 모순됨.

齟齬(●●저어).

○웃음거리가 되다.

博笑●●.

博笑大方. 博은 구하다. 얻다. 취하다의 뜻.

○위력으로 굴복시키고 은덕으로 감화시킴. 매질과 당근을 함께 사용하다.

威懷○○.

○위아래 사람의 뜻이 잘 맞음.

風飛雲會○○○●.

○은퇴한 관리가 가꾸는 외밭을 높게 평가하는 말.

邵平瓜(●○○ 소평과).

秦의 東陵侯 邵平이 나라가 망한 뒤에 은퇴하여 장안의 동쪽 青門 밖에서 외를 길렀는데, 그 맛이 달고 시원하여 사람들이 '동릉과'라 불렀다는 고사가 있음.

○은혜를 잊어버리지 않는다. 은혜를 갚다.

桑下餓人○●●○ : 炙鷄●○. 漬雞(●○지계). 結草報恩.

춘추시대 晉나라 趙盾(조돈)이 首山 뽕나무 아래에서 굶주린 사람에게 먹을 것을 주어 아사를 면하게 해주었다. 그랬더니 훗날 조돈이 진나라의 고관이 되어서 복병을 만나 죽게 되었을 때, 그 굶주렸던 사람이 조돈을 구출해 주었다고 한다.

○음모에 말려들어 해를 입다. 발이 걸려 넘어지다.

絆翻●○.

○의외의 만남. 기적적인 만남.

奇遇○●. 邂逅●● : 오랜만의 만남.

○이익에 눈이 멀다. 이익에 발목이 잡히다.

絆利●●.

○이익을 독점하다.

龍斷○●.

○일소에 부치다. 하찮게 여기다.

付之一笑●○●●.

○임기응변(臨機應變).

亡珠○○.

춘추시대 초나라의 伍子胥가 도망을 치다가 邊候에게 붙잡히자, "우리 임금이 나를 찾는 것은 내가 아름다운 구슬을 가지고 있었기 때문인데, 나는 그 구슬을 잃어버렸다. 당신이 그 구슬을 빼앗아서 삼켜버렸다고 말하겠다."고 겁을 주어 말하자, 당장 그만 오자서를 풀어주었다고 하는 고사에서 유래한 말.

○자식 없는 근심.

伯道之憂●●○○.

無子를 탄식하는 고사로 쓰임. 伯道는 晉나라 鄧攸의 字, 그는 자식이 없었음.

○자식 잃은 슬픔.

西河之痛○○○●.

○작은 일을 하는 데에 큰 기구를 씀. 큰일을 처리할 수 있는 기능을 하찮은 일에 씀. 논어 양화(陽貨) 편에 "닭을 잡는데 어찌 소 잡는 칼을 쓰겠느냐?"라고 한 말에서 왔음.

牛刀割鷄(○○●○우도할계).

○작은 힘으로는 큰일을 감당하기 어렵다.

一柱難支●●○○. **一繩何繫**●○○●.

○잠깐 만나보고 옛 친구처럼 친해지다.

傾蓋如舊○●○●. = 傾蓋如故.

○장래가 유망한 인재의 죽음을 한탄함.

梁摧之嘆○○○●.

○재앙을 미연에 방지하다.

桑道茂○●●.

당나라 사람으로, 벼슬은 待詔翰林, 太一遁甲術에 능했음. 德宗 때 奉天城을 修築하면서 성을 더 높이 쌓을 것을 주장했는데, 후일 덕종이 이곳에서 朱泚(주체)의 난을 안전하게 피할 수가 있었다고 함.

桑土綢繆(○●○○상토주무) : 새가 비가 내리기 전에 뽕나무 뿌리의 껍질을 물어다가 둥지를 빈틈없이 단속한다는 말에서 유래. =有備無患.

徙薪●○.

○前日의 習慣이나 嗜好를 잊지 못하다가 그것을 다시 보았을 때 또다시 하고 싶어짐.

見獵心喜●●○●.

淸 梁紹壬《兩般秋雨盦隨筆 陶篁村》: "乾隆甲寅, 春田以新補弟子員立場, 先生見獵心喜, 意欲重攜鉛槧."《典論自序(三國魏 曹丕)》

宋 程顥(明道)年十六七時 好田獵, 十二年, 暮歸, 在田野間見田獵者, 不覺有喜心.《二程遺書 七》

○제구실을 못하다. 쇠로 만든 소. 고대 중국에서 황하를 다스릴 때 물속에 넣어서 부적과 같은 용도로 사용했다고 한다.

鐵牛●○.

○조금만 굽히면 크게 펼 날이 온다. 지는 게 이기는 것이다.

小屈大申(伸)●●●○.

○지아비를 잃은 아픔.

崩城之痛○○○●.

○차바퀴의 흔적을 지우다. 인사 교제를 끊어버리다.

掃軌●●.

○처신이 아주 어렵게 된 신세에 비유함.

井鮒●● : 우물 안에 갇힌 붕어 신세.

○철저히 없애 후환을 남기지 않음.

剪草除根●●○○.

○철통 경비를 서다. 창을 베고 누워 잠도 자지 않고 경비하다.

枕戈●○.

○청렴하다.

清風兩袖○○●●.

○최선을 다하다.

戳穀●●.

○타인으로부터 은혜를 입는다는 말을 비유적으로 하는 말.

食葚●● :

솔개는 본래 듣기 싫은 소리로 우는데, 泮水의 뽕나무에서 오디를 따 먹은 후부터는 그 울음소리가 선하게 변하였다는 고사가 있음.

○파리가 준마의 꼬리에 붙어 앉아 천리를 간다. 제자가 스승의 가르침을 충실히 받아 자기도 스승과 같은 명성을 얻는다는 뜻.

驥尾●●. **附驥**●●. 附驥之尾●●○●.

○한마디 말로는 전체를 다 말하기 어렵다.

一言難盡●○○●.

○형세가 살벌하다. 험악하다.

血雨腥風●●○○.

○형이나 아우를 잃은 슬픔.

孔懷之痛●○○●.

○활활 타는 화로 위의 한 송이 눈. 전하여 事物이 일순간에 사라짐을 비유하는 말.

紅爐點雪○○●●.

○효자가 부모를 생각하는 마음.

寒泉之思○○○○. -《詩經 邶風 凱風》

○후회막급이다. 지난 일은 후회해도 소용이 없다.

噬臍莫及●○●●. "老大噬臍, 將後莫及."

○흘러가는 구름처럼 한가로운 마음을 갖는다.

雲心處安○○●○.

唐 白居易 〈初夏閑吟兼贈韋賓客〉 詩: "雪鬢隨身老, 雲心著處安."

동부수이자어소사전(同部首二字語小辭典)

袈裟(가사○○) 僧衣로 貪(탐), 裟(사), 痴(치)의 三毒(삼독)을 버린 표적으로 어깨에 걸치는 것임. 三衣, 法衣, 忍辱衣라고도 한다.

稼穡(가색●●) 농작물을 심는 것과 거두어들이는 것. 농사.

伽倻(가야○○) 옛 나라 이름.

轕轇(갈교●○) =輵轇. 수레 소리. 시끄러운 수레 소리.

坎坷(감가●●) =埳軻. 뜻을 이루지 못하다. 불우하다. 半生坎坷.

愷悌(개제●●) 용모와 기상이 화락하고 단아함.

繾綣(견권○●) 뒤엉키고 휘감김. 단단히 결합하여 떨어지지 않음. 서로 헤어지지 않음.

畎畝(견무●●) 밭의 고랑과 이랑.

抉摘(결적●●) 숨겨진 것을 찾아내다.

蒹葭(겸가○○) ①갈대. 자기를 부족하고 비천한 것으로 낮추어 비유하는 말. ⇄ 瓊林(경림). ②갈대처럼 마른 체질. 蒹葭之質(겸가지질): 나약한 자질. 마른 체질.

瓊琚(경거○○) =瓊章. 瓊什(경십). 남의 詩文을 높여 일컫는 말.

梗楠(경남●○) 산 느릅나무와 매화나무. 여기서는 훌륭한 인재를 가리키는 말.

哽咽(경열●●) 목이 메다. 슬퍼하다.

莖葉(경엽○●) 줄기와 잎.

瓊瑤(경요○○) 서로 선물하는 물건을 예시하는 말로 쓰임. 경요는 아름다운 옥(玉)으로 귀한 선물에 비유해서 말하고, 목과는 하찮은 선물에 비유해서 말한다. 원래는 시경 위풍(衛風) 木瓜 편에 "投我以木瓜, 報之以瓊琚."라고 한 데서 유래하였다. 당(唐) 가도(賈島)는 "欲買雙瓊瑤, 慙無一木瓜."라고 읊었음.

耕耘(경운○○) 밭 갈고 김을 매다.

翺翔(고상○○) 새가 높이 나는 모양. 같이 오가는 모양. 뜻을 얻은 모양. 방황함. 멀리 가버림.

膏肓(고황○○) 가슴 아래쪽과 명치 끝. 이 부위는 치료하기 어려운 곳이므로, 사물(事物)의 구하기 어려운 병폐를 비유하는 말로도 쓰인다.

崑崙(곤륜○○) 중국의 산 이름.

悃愊(곤핍, 곤복●●) 진실하고 정성스러움.

汩沒(골몰●●) 물에 가라앉음. 오직 한 가지 일에만 정신을 쏟음. 부침(浮沈). 시세에 따라 변해가는 일. 물과 파도의 소리.

悾恫(공통○○) 어리둥절하고 슬퍼함. 마음 아파하다. 슬퍼하다.

悾憁(공총○●) = 倥偬. 뜻을 잃음. 넋을 잃은 모양.

灌漑(관개●●) 논에 물을 대다. 물을 주다.

嘔啞(구아○●) 수레 달리는 소리. 악기가 가락에 맞지 않는 거친 소리.

溝澮(구회○●) 논밭 사이로 나 있는 물길, 즉 도랑. 자신의 시문 따위를 도랑물에 빗대어 낮추어서 말하기도 한다.

跼躅(국촉●●) 몸을 구부리고 힘들여 걷는 모양. 騏驥之--

琴瑟(금슬○●) 거문고. 부부지간의 정.

耆耈(기구○●) 늙은이. 노인. 기는 60세, 구는 90세.

崎嶇(기구○○) 지세나 산이 울퉁불퉁 험악하다. (운명이) 기구하다. (앞길이) 험악하다.

剞劂(기궐○●) 새기다. 조각칼로 새기다. 조각하다. 조각칼.

耆老(기로○●) 연로한 사람. 약 60세 이상의 노인.

麒麟(기린○○) 목이 긴 동물 이름. 전설상의 동물 이름.

耆耄(기모○●) 연로한 사람. 대체로 70세 이상인 늙은이.

拮据(길거●●) 쉴 사이 없이 열심히 일함. 손을 놀려 열심히 일함. 재정이 넉넉지 못해 곤란을 당함.

桔槔(길고●○) 나뭇가지를 지렛대로 이용해서 장대를 걸쳐 놓고 한쪽 끝에는 돌을 매달고, 다른 한쪽 끝에는 두레박을 달아서 사용하는 일종의 물 긷는 틀. 두레박.

拮抗(길항●●) 뛰어오르고 뛰어내리는 일. 반항함. 서로 버티고 대항함. 아름다운 문장.

碾磑(년애●●) 물레방아.

僮僕(동복○●) 하인. 종. 어린 종.

爛熳(란만●●) 꽃이 만발하여 무르녹은 모양. 화려한 광채가 흐르는 모양. 빛나는 모양.

壈坎(람감●●) 뜻을 얻지 못한 모양. 불우한 모양.

琅玕(랑간○○) 옥돌. 옥처럼 아름다운 돌. 美竹의 다른 이름.

狼狽(랑패○○) 허둥지둥 어찌할 바를 모르는 모양.

漣漪(련의○○) 물결. 잔물결.

浶浪(로랑○●) 놀라 소동하는 모양.

轆轤(록로●○) 옹기나 토기를 만들 때 발로 돌려가면서 그 모형이나 균형을 잡을 때 쓰이는 물레. 여기서는 우물의 물을 퍼올릴 때 사용하는 일종의 도르래식 두레박.

聾聵(롱외○●) 어리석은 모양.

蘢茸(롱용○○) 초목이 돋아 나오는 모양.

蘢葱(롱총○○) 초목이 우거진 모양. =蘢蓯.

哢吭(롱항●○) 새가 지저귐.

轠轤(뢰로○○) 왕래가 연락부절인 모양.

磊磈(뢰외●●) 돌이 많이 쌓여있는 모양. 가슴에 쌓인 불평이나 불만을 비유하는 말

雷霆(뢰정○○) 천둥소리.

繚繞(료요○●) 둘러싸다. 얽히고 설키다.

硉矹(률올●●) 돌 비탈. 위험한 곳.

嶙峋(린순○○) 단애의 몹시 깊은 모양. 산의 층이 위엄 있게 솟아오른 모양.

淋漓(림리○○) 물이나 비에 옷 등이 흠뻑 젖다. 축축하게 젖다. 물기가 흘러내리는 모양. 풍부함.

魍魎(망량●●) 도깨비. 대중 없이 날뛰는 불법의 무리를 비유하는 말.

魍魅(망매●●) 도깨비. 대중 없이 날뛰는 불법의 무리를 비유하는 말.

漭泱(망앙●○) =漭瀰. 물이 넓고 큰 모양.

霢霂(맥목●●) 가랑비.

蠛蠓(멸몽●●) 누에 놀이. 누에 놀이과에 속하는 작은 곤충.

蓂莢(명협○●) 중국 고대의 초하루 보름 그믐, 즉 달의 운행에 따라 나날이 잎이 피어나고 떨어지는 曆草. 즉 초하루부터 보름까지는 한 잎씩 피어나고, 보름부터 그믐까지는 한 잎씩 떨어진다고 함. 여기서는 하루하루가 지나가는 것을 말함.

茅茨(모자○○) 띠와 남가새. 지붕에 덮는 띠, 또는 그것으로 지붕을 이은 집.

麋鹿(미록●○) 사슴.

泯滅(민멸●●) 멸하다. 멸망하다. 제거하다.

盤盂(반우○○) 주로 음식을 담는 원반(圓盤)과 방우(方盂)를 아울러 일컫는 말. 그러나 예부터 흔히 음식을 담지 않고 거기에 자성(自省)이나 격려의 말을 써서 장식용으로 사용하기도 한다.

彷佛(방불●●) 비슷하다. 닮았다.

芳草(방초○●) 꽃다운 풀. 향기로운 풀.

滂沱(방타○○) 큰 비가 내리는 모양. 비가 퍼붓듯 내리는 모양.

彷徨(방황○○) 방황하다. 어정거리다.

徘徊(배회○○) =徊徨. 노닐다. 어정거리다. 방황하다.

胼胝(변지○○) 더께. 굳은살.

撇捩(별렬●●) 당기고 삐치다. 당기고 비틀다. 오른쪽으로 삐치다.(書法용어)

簠簋(보궤●○) 제기 이름.

黼黻(보불●●) 군왕의 대례복 치마에 꾸며 놓은 수. 문장. 도움. 찬조함.

蓬萊(봉래○○) 신선이 산다는 봉래(蓬萊), 방장(方丈), 영주(瀛州)의 삼신산 중의 하나.

蓬蓽(봉필○●) 가난한 사람의 집. 자기 집을 낮추어 하는 말. 蓬戶와 蓽門.

蓬蒿(봉호○○) 쑥과 다북쑥. 쑥밭, 또는 범칭해서 풀이 무성한 풀밭.

鳳凰(봉황●○) 전설상의 새. 상서로운 새 이름.

浮游(부유○○) 물 위에 떠서 놀다. 떠다니다.

符節(부절○●) 옛날 사신들이 가지고 다니던 일종의 증명서. 부신(符信). 둘로 나누어서 하나는 조정에 보관하고, 다른 하나는 사신이 지님.

芬芳(분방○○) 향기.

氛氳(분온○○) ①왕성한 모양. ②정서가 어지러운(불안한) 모양.

紛紜(분운○○) 어지러운 모양.

蚍蜉(비부○○) 왕개미.

睥睨(비예●●) ①몰래 봄. 흘겨봄. (거만함을 드러내는 모습). ②성 위의 톱니처럼 쌓아놓은 낮은 담. =성첩(城堞). =여장(女牆).

朏朒(비육●●) 음력 초순 때의 달의 모양. 초사흘 달. 음력 초삼일. 달의 기울고 차는 것.

貔貅(비휴○○) 맹수의 이름. 범 같다고도 하고, 곰 같다고도 함. 또는 용맹한 군대.

鬢髮(빈발●●) 귀밑머리와 두발.

絲綸(사륜○○) 제왕의 조서. 낚싯줄. 실의 통칭.

娑婆(사파, 사바○○) 범어 Saha의 음역. 괴로움이 많은 이 세상이란 뜻. 娑婆世界.

泗洙(사수●○) 山東省 鄒縣, 옛 魯를 흐르는 泗水와 洙水, 공자

의 고향을 이름, 또는 공자의 학문을 가리킴.

徜徉(상양○○) 逍遙. 노닐다. 목적 없이 왔다 갔다 함.

笙笛(생적○●) 생과 피리.

笙簧(생황○○) 생과 황. 관악기의 일종. 아악에 많이 쓰임.

淅瀝(석력●●) 의성어. 눈, 비, 바람, 베틀 등의 소리.

媟嬻(설독●●) = 親狎. 어른에게 버릇없이 굶.

性情(성정●○) 성질과 심정. 타고난 성품.

逍遙(소요○○) 거닐다. 소요하다.

松柏(송백○●) = 松栢. 소나무와 잣나무, 또는 소나무와 측백나무.

酬酌(수작○●) 술잔을 주거니 받거니 하다.

齷齪(악착●●) 악착스럽다.

偃仰(언앙●●) 俯仰과 비슷한 말.

崦嵫(엄자○○) = 咸池. 해 지는 곳. 산이 가파르다.

梧桐(오동○○) 오동나무.

寤寐(오매●●) 자나 깨나.

嗚呼(오호○○) 감탄사. 아! 오!

廖廓(요곽●●) = 요곽(寥廓). 높고 멀고 넓음. 하늘.

窈窕(요조●●) 아리땁다. 정숙하다. 그윽하다.

迂遠(우원○●) 사리에 어두움.

羽翮(우핵●●) 날개.

雲霄(운소○○) 하늘. = 天霄.

鵷鷺(원로○●) 조정에 줄이어 선 백관의 모양이 침착하고 아담하며 고상한 모양.

蜿蜒(원연○○) 용 산맥 등이 꿈틀거리며 나아가는 모양. =蜿蜒(완연).

幃幔(위만○●) 장막. 휘장.

葳蕤(위유○○) 초목이 드리워져 무성한 모양.

逶迤(위이○●) 꾸불꾸불 가다.

骫骳(위피●●) 문세(文勢)나 세상사에 굴곡이나 곡절이 많은 모양.

蚴蟉(유류●●) 蟉는 료 또는 규로도 읽음. 용이 꿈틀거리는 모양. 용이 머리를 흔들며 나아가는 모양.

帷幄(유악○●) 진영에서 사용하던 장막. 작전 계획을 짜는 본부. 참모. 핵심 참모.

蓼莪(육아●○) 새발 쑥. 詩經 小雅의 篇 이름. 양친을 봉양하고 싶어도 봉양할 수 없는 효자의 슬픔을 읊은 내용.

慇懃(은근○○) 은근하다. 친절하다.

迤邐(이리●●) =迤逶(이위). 구불구불 이어진 모양.

蛜蝛(이위○○) 쥐며느리.

佁儗(이의●●) 정체되어 나아가지 못함. 한가하고 느린 모양. 머뭇거리고 결단을 내리지 못함.

荏苒(임염●●) 세월이 덧없이 흐르다. 光陰荏苒.

雌雄(자웅○○) 암컷과 수컷.

簪筆(잠필○●) 붓을 관이나 笏에 꽂음. 미관이 됨. 하찮은 벼슬을 함.

牆垣(장원○○) 담.

墻壘(장루○●) 성루.

傽偟(장황○○) 놀라고 무서워하는 모양.

崢嶸(쟁영○○) 산이 높고 가파른 모양.

樗櫟(저력○●) 樗와 櫟, 둘 다 가죽나무 종류에 속하고 별로 쓸모가 없다고 함. 여기서는 무능한 사람을 비유해서 하는 말.

齟齬(저어●●) 윗니 아랫니가 서로 어긋나다. 사물이 서로 모순됨.

寂寞(적막●●) 적막하다. 쓸쓸하다.

鱣鮪(전유○●) 철갑상어와 다랑어.

輾轉(전전●●) 이리저리 뒤척거리다. 구르다.

旌旄(정모○○) 깃발.

擠抑(제억●●) 남을 물리치고 억누름. 승진 같은 것을 못하게 억제함.

踪跡(종적○●) 발자취. 행방. 뒤에 드러난 행적.

躊躇(주저○○) 머뭇거리다.

砥礪(지려●●) 숫돌. 砥는 고운 숫돌. 礪는 거친 숫돌.

踟躕(지주○○) =주저(躊躇). 머뭇거리다.

咫尺(지척●●) 아주 가까운 거리.

疾癘(질려●●) =질역(疾疫). 돌림병. 유행병.

嵯峨(차아○○) 산이 높이 불쑥 솟아 험한 모양.

侘傺(차제●●) 낙망하는 모양.

蹉跎(차타○○) ①발을 헛디디어 넘어짐. ②시기를 잃음. 때를 놓침. "玄景蹉跎, 忽淪桑榆." - 晉 曹攄 贈韓德眞 ③쇠퇴하다. "嘆息人生能幾何, 喜君顔貌未蹉跎." - 唐 薛逢 追昔行 ④뜻을 잃다. 허송세월하다. "宿昔青雲志, 蹉跎白髮年." - 張九齡

芊蔚(천위○○) 초목이 무성한 모양. =芊葳.

儃佪(천회○○) 머뭇거리고 잘 나아가지 않는 모양.

呫囁(첩섭●●) 귀에 대고 소곤소곤 이야기하는 모양.

踥蹀(첩접●●) 바삐 왕래하는 모양. 총총히 걷는 모양.

鷦鷯(초료○○) 뱁새. 黃雀. 굴뚝새.

僬僥(초요○○) 중국 서남쪽의 키 작은 소수민족 이름 또는 그 나라 사람을 얕잡아 일컫는 말. 비천한 소인. 나이 어린 사람.

招搖(초요○○) 부르다. 오라고 손짓하다.

悄愴(초창●●) 상심하는 모양. 고요한 모양. 쓸쓸한 모양.

怊悵(초창○●) 슬퍼하는 모양. 실망해서 멍하니 있는 모양.

慙愧(참괴●●) 부끄러워하다. 부끄럽다.

慘憺(참담●●) =慘澹. =慘惔. 참혹하고 암담하다.

蒼茫(창망○○) =滄茫. 넓고 넓어서 아득하다. 망망하다. 蒼茫

大地. 蒼茫大海.

悽愴(처창○●) =悽悵. 처량하다. 슬프다.

菁莪(청아○○) 인재를 교육하는 일. 많은 인재.

涕淚(체루●●) 눈물.

嵽嵲(체얼●●) 산 높을. 높고 험한 산.

怊悵(초창○●) 원망하는 모양. 실망하는 모양.

迢遰(초체○○) =迢遞. =迢遙. 먼 모양. 아득한 모양. 높은 모양.

璀璨(최찬●●) 옥이 빛나다. 아름다운 옥.

惆愴(추창○●) 슬퍼하다.

妯娌(축리●●) 동서. 兄弟 妻의 互稱.

惻怛(측달●●) 가엽게 생각해서 슬퍼함.

馳驟(치취○●) 빨리 달리다. 질주하다.

沈潛(침잠○○) 가라앉다.

痌瘝(통환○○) 병들다. 병으로 아파하다.

婆娑(파사○○) 초목의 잎이 떨어지고 가지가 성긴 모양. 몸이 가냘픈 모양.

芭蕉(파초○○) 파초. 바나나 나무.

匍匐(포복○●) 땅에 배를 대고 엉금엉금 김. 넘어져서 굴러감. 힘을 다하여 서두르는 모양.

捕捉(포착●●) 잡다. 죄인을 붙잡다.

驃騎(표기○○, ●○) 장군의 명호(名號)로 한 무제 때에 처음으로 두었다.

飄颻(표요○○) 새가 나는 모양. 나부끼는 모습.

披拂(피불○●) 바람에 흔들리다. 나풀거리다. 헤쳐 열다.

蝦蟆(하마○○) 두꺼비.

邯鄲(한단○○) 전국시대 趙나라의 서울. 秦이 6국을 통일하고 여기에 한단군을 설치했음.

汗漫(한만●○) 물 질펀하다.

瀚渤(한발●●) 바다 이름. 북해와 발해, 즉 지금의 발해만과 황해를 합쳐서 부른 것으로, 지금 우리가 말하는 서해라는 뜻.

海涯(해애●○) 바닷가. 바다의 끝.

歔欷(허희○○) =虛希. =噓唏. 슬퍼 탄식하다. 左右歔欷.

篋笥(협사●●) 대나무로 짠 상자.

蟪蛄(혜고●○) 쓰르라미. 여치.

怙恃(호시●●) 부모.

縞紵(호저●●) 吳나라의 季札이 鄭나라의 초청을 받고 가서, 친구인 子產에게 縞帶(흰 비단띠)를 선물하자, 자산이 답례로 계찰에게 紵衣(모시옷)을 보냈다고 하는 고사에서 온 말로, 친구지간의 두터운 우의나 또는 서로 선물을 주고받는 일을 뜻함.

浩汗(호한●●) 한없이 넓고 커서 질펀한 모양. =浩瀚●●.

湖海(호해○●) 호수와 바다, 또는 강호(江湖). 넓은 것에 비유하는 말.

魂魄(혼백○●) 넋. 정신.

渾河(혼하○○) 강 이름. 중국 산서(山西)·하북성의 상건하(桑乾河). 중국 요녕성(遼寧省)의 동가강(佟家江), 혼강(渾江)이라고도 한다. 중국 요녕성의 소요하(小遼河).

澒洞(홍동●●) 어지러운 모양. 서로 연속된 모양.

樺榴(화류●○) 자작나무와 석류나무.

煥爛(환란●●) 빛나다. 찬란하다.

驊騮(화류○○) 말의 이름. 화류 말.

淮海(회해○●) 회수와 바다가 만나는 언저리 지방.

첩자어용례소사전(疊字語用例小辭典)

ㄱ

呵呵(가가○○) 의성어. 웃는 소리. 唐 寒山 〈我見東家女〉: "含笑樂呵呵, 啼哭受殃抉." 朝鮮 丁若鏞 〈上瀨〉: "慚愧岸上人, 呵呵一拍掌."

閣閣(각각●●) ①튼튼한 모양. 《詩經 小雅 斯干》: "約之閣閣, 椓之橐橐." ②개구리 울음 소리. 麗末鮮初 金克己 〈村家〉: "纖雨廢池蛙閣閣, 相風高樹鵲査査."

衎衎(간간●●) ①즐거워하는 모양. 朝鮮 金宗直 〈書黃著作璘榮親詩卷〉: "四座列宗姻, 具慶樂衎衎." ②강직한 모양. 朝鮮 李麟祥 〈先祖文貞公遺惠碑在錦營東路邊〉: "衎衎澄淸志, 進以贊洪謨."

侃侃(간간●●) ①차분한 모양. 淸 唐孫華 〈贈趙松一〉: "說經常鏗鏗, 陳史亦侃侃." ②강직한 모양. 朝鮮 金宗直 〈驄馬契軸詩卷〉: "侃侃何曾嫌物論, 遑遑唯欲奉官箴." ③화락한 모양. 朝鮮 河弘度 〈挽河仲珍〉: "弟忝重表姻, 相看樂

侃侃."

懇懇(간간●●) 정성스러운 모양. 唐 寒山 〈自從出家後〉: "今日懇懇修, 願與佛相遇." 朝鮮 奇大升 〈南宮觀察使〉: "孜孜緝爾雅, 懇懇戒無逸."

箇箇(개개●●) ①각각. 淸 孫枝蔚 〈聽春禽作〉: "枝頭箇箇多歡喜, 只有詩人類杜鵑." 朝鮮 洪貴達 〈江陵東軒〉: "城南日日多遊冶, 綠鬢朱顏箇箇仙." ②하나씩. 宋 徐鉉 〈春分日〉: "燕飛猶箇箇, 花落已紛紛."

喈喈(개개○○) ①새소리. 《詩經 周南 葛覃》: "黃鳥于飛, 集于灌木, 其鳴喈喈." 高麗 鄭夢周 〈送禮部主事林實週還京師〉: "靑雲人杳杳, 白日鳳喈喈." ②종소리. 《詩經 小雅 鼓鐘》: "鼓鐘喈喈, 淮水湝湝." ③울음소리. 唐 孟郊 〈送淡公〉: "江湖有故莊, 小女啼喈喈." ④비바람이 세찬 모양. 唐 元稹 〈痁臥聞幕中諸公徵樂會飲因有戲呈〉: "穹蒼眞漠漠, 風雨漫喈喈."

湝湝(개개○○) 물이 흐르는 모양. 《詩經 小雅 鼓鐘》: "鼓鐘喈喈, 淮水湝湝." 朝鮮 朴祥 〈走筆書四韻〉: "明日分飛南北乖, 漢江官渡水湝湝."

鏗鏗(갱갱○○) ①말소리가 또렷한 모양. 淸 唐孫華 〈贈趙松一〉: "說經常鏗鏗, 陳史亦侃侃." ②금석이 부딪히는 소리. 朝鮮 丁若鏞 〈滯寺六月三日値雨〉: "鏗鏗晚鐘動, 鹽菽隨僧餐."

居居(거거○○) ①미워하는 모양. 清 黃遵憲 〈以蓮菊桃雜供一甁作歌〉: "一花傲睨如居居, 了更嫵媚非粗疏." ②안정된 모양. 朝鮮 徐居正 〈三和〉: "四壁圖書萬卷餘, 塊然獨坐自居居."

渠渠(거거○○) ①깊고 넓은 모양. 《詩經 秦風 權輿》: "於我乎, 夏屋渠渠." 朝鮮 李滉 〈臨皐書院〉: "圃翁風烈振吾東, 作廟渠渠壯學宮." ②은근한 모양. 宋 梅堯臣 〈將赴表臣會呈杜挺之〉: "學語渠渠問, 牽裳步步隨."

虔虔(건건○○) 공경하는 모양. 明 劉基 〈甘露頌〉: "寅畏天命, 翼翼虔虔." 朝鮮 成汝學 〈奉送沈相國陪大夫人赴安邊〉: "貴極拖金猶翼翼, 誠深執玉盡虔虔."

劫劫(겁겁●●) ①=汲汲. 바쁘고 급한 모양. 清 惠周惕 〈從赤城至國清寺〉 詩: "唸昔平生俱道長, 行驂劫劫無停鞭." 朝鮮 丁壽崑 〈鄭牧使趙正郎具邀轉谷川邊詩以謝之〉: "東華劫劫趍清晨, 急流何人能勇退." ②=刦刦. 世世. 代代로. 唐 賈島 〈贈無懷禪師〉 詩: "身從劫劫修, 果以此生周."

決決(결결●●) ①물이 흐르는 모양. 宋 梅堯臣 〈和仲文西湖野步〉: "決決堰根水, 層層湖上田." ②물이 흐르는 소리. 唐 盧綸 〈山店〉: "登登山路行時盡, 決決溪泉到處聞." 朝鮮 丁若鏞 〈復陰〉: "濛濛雲更起, 決決水爭鳴."

玦玦(결결●●) 의성어. 옥소리에 비유한 계곡 물소리. 朝鮮 金誠一 〈夜聞灘聲〉: "官舍臨溪畔, 秋灘入耳清. 泠泠飜古

調, 玦玦轉新聲."

烱烱(경경●●) ☞炯炯(형형). ①빛나는 모양. 朝鮮 張維〈寶劍〉: "寶劍光烱烱, 出自歐冶手." ②밝은 모양. 唐 杜甫〈偪側行贈畢四曜〉: "徒步翻愁長官怒, 此心烱烱君應識." 朝鮮 奇大升〈陶山書堂〉: "緬想前修心炯炯, 一軒棲息俗緣疎." ③잠 못 이루는 모양.《楚辭 哀時命》: "夜炯炯而不寐兮, 懷隱憂而歷玆."

惸惸(경경○○) ①근심하는 모양.《詩經 小雅 正月》: "憂心惸惸, 念我無祿." ②외로운 모양. 魏 曹丕〈燕歌行〉: "賤妾惸惸守空房, 憂來思君不敢忘." 高麗 鄭樞〈聞倭賊破江華郡達旦不寐作蛙夜鳴以叙懷〉: "文恬武嬉莫爲慮, 我心焉得不惸惸."

庚庚(경경○○) ①무늬가 가로놓인 모양. 朝鮮 金宗直〈中峰望海中諸島〉: "前島庚庚後立立, 蒼茫天水相接連." ②새소리. 朝鮮 李德懋〈途中雜詩〉: "雁字何天乙乙, 禽言特地庚庚." ③웅장한 모양. 朝鮮 金誠一〈八月二十八日登舟山 觀倭國都〉: "芙蓉千朶立火維, 融結一氣何庚庚."

耿耿(경경●●) ①불안한 모양. 三國 魏 曹丕〈燕歌行〉: "耿耿伏枕不能眠, 披衣出戶步東西." 朝鮮 丁若鏞〈古詩〉: "耿耿思故池, 圉圉憂心縈." ②굳게 믿는 모양.《楚辭 九歎》: "進雄鳩之耿耿兮, 讒介介而蔽之." 朝鮮 李潡〈六臣墓〉: "丹心耿耿今猶在, 惟有蒼天白日知." ③빛나는 모양. 南

朝 齊 謝朓 〈暫使下都夜發新林至京邑贈西府同僚〉: "秋河曙耿耿, 寒渚夜蒼蒼." ④뚜렷한 모양. 宋 蘇軾 〈次韻答袁公濟〉: "歸來讀君詩, 耿耿猶在目." ⑤상승하는 모양. 南朝 梁 庾肩吾 〈侍宴餞張孝總應令〉: "層臺臨廻漲, 耿耿晴煙上." ⑥높고 먼 모양. 南朝 梁 何遜 〈日夕望江山贈魚司馬〉: "日夕望高城, 耿耿青雲外."

硜硜(경경○○) ①고집스러운 모양. 朝鮮 權韠 〈麕兒行〉: "豈學群小態, 爭鬪紛硜硜." ②강직하고 침착한 모양. 清 唐孫華 〈贈趙松一〉: "說經常硜硜, 陳史亦侃侃." ③강한 것이 부딪치는 소리. 朝鮮 李惟樟 〈謝金士行侃贈青藜杖〉: "看來蜿蜿蛟螭活, 撫去硜硜鐵柱堅."

煢煢(경경○○) 외로운 모양. 《楚辭 遠游》: "夜耿耿而不寐兮, 魂煢煢而至曙." 朝鮮 李惟樟 〈戊辰元日有感〉: "八八行年顏子倍, 煢煢孤影魯宮哀."

契契(계계●●) 근심하는 모양. 南朝 宋 謝靈運 〈彭城宮中直感歲暮〉: "草草眷徂物, 契契矜歲殫." 朝鮮 張混 〈辛未冬與好古子松石子宿步庚山房用陶詩念子實多各賦古體一篇今閱原軸三友已又用此作四篇余亦走和〉: "知爾契契心, 所好非綺羅."

故故(고고●●) ①누누이. 늘. 唐 杜甫 〈月〉: "時時開暗室, 故故滿青天." 麗末鮮初 鄭摠 〈過揚子江〉: "白鷗也識忘機客, 故故飛來近葉舟." ②일부러. 宋 徐鉉 〈九月三十夜雨寄

故人〉: “別念紛紛起, 寒更故故遲.” 朝鮮 丁若鏞 〈次季父遣愁韻〉: “永日眞堪愛, 歸帆故故遲.” ③새소리. 宋 陸游 〈晚起〉: “雛鶯故故啼簷角, 飛絮翩翩墮枕前.” 朝鮮 李瀷 〈次桃谷八景韻〉: “時見山禽來故故, 帶將蒼翠入幽欄.”

呱呱(고고○○) 아이 울음소리. 宋 王禹偁 〈感流亡〉: “呱呱三兒泣, 惸惸一夫鰥.” 朝鮮 權尙夏 〈李相仲庚子婦挽〉: “眼前遺穉呱呱泣, 想得慈懷倍慘然.”

杲杲(고고●●) 환한 모양. 《詩經 衛風 伯兮》: “其雨其雨, 杲杲出日.” 朝鮮 南孝溫 〈題聖居山元通庵窗壁〉: “東日出杲杲, 木落神靈雨.”

穀穀(곡곡●●) ①빗방울 소리. 五代 盧士衡 〈花落〉: “近風嘯未已, 和雨落穀穀.” ②새소리. 宋 陸游 〈航頭晚興〉: “篝爐火煖牀敷穩, 臥聽黃鴉穀穀聲.” 朝鮮 金宗直 〈寒食村家〉: “鳩鳴穀穀棣棠葉, 蝶飛款款蕪菁花.”

滾滾(곤곤●●) ①강물이 일렁거리는 모양. 唐 杜甫 〈登高〉: “無邊落木蕭蕭下, 不盡長江滾滾來.” 高麗 李奎報 〈江上偶吟〉: “滾滾長江流向東, 古今來往亦何窮.” ②세월이 흐르는 모양. 朝鮮 金斗南 〈漢陰會葬日適値歲暮有感〉: “歲時何滾滾, 愁緖更多端.”

袞袞(곤곤●●) ①끊임없이 흐르는 모양. 宋 王安石 〈望越亭〉: “亂山千頃翠相圍, 袞袞滄江去復歸.” 朝鮮 蔡壽 〈快哉亭〉: “光陰袞袞繩難繫, 雲路悠悠馬不前.” ②한없이 이어

지는 모양. 宋 秦觀 〈秋興擬杜子美〉: “車馬憧憧諸道路, 市朝袞袞共埃塵.” 高麗 李穀 〈過龍頭洞次前賢詩韻故相趙狀元所居〉: “地靈人傑言堪信, 看取公卿袞袞生.” ③간곡히 설명하는 모양. 朝鮮 張維 〈贈林實之〉: “停盃問京洛, 袞袞意彌眞.”

混混(곤곤●●) 강물이 힘차게 흐르는 모양. ☞滾滾. 宋 范成大 〈四月十日出郊〉: “漲江混混無聲綠, 熟麥騷騷有意黃.” 高麗 李奎報 〈苦雨歌〉: “江湖混混莫分沱, 空舟獨艤無魚蓑.”

搰搰(골골●●) ①힘쓰는 모양. 宋 范成大 〈偶書〉: “已甘搰搰勤爲圃, 休向滔滔苦問津.” ②절구질 소리. 朝鮮 丁若鏞 〈山翁〉: “東隣繅絲聲軋軋, 西隣舂麥聲搰搰.”

空空(공공○○) ①빈 모양, 집착하지 않는 모양. 唐 張瀛 〈贈琴棋僧歌〉: “河沙世界盡空空, 一寸寒灰冷燈畔.” 朝鮮 尹拯 〈次聘君見示韻〉: “學無誠似水無源, 心地空空浪騁言.” ②허공. 清 黃景仁 〈步從雲溪歸偶作〉: “疏樹語摵摵, 薄雲卷空空.” ③새소리. 朝鮮 金時習 〈和鐘陵山居詩〉: “露逼夜床蟲唧唧, 風吹山木鳥空空.”

霍霍(곽곽●●) ①칼 가는 소리. 《樂府詩集 橫吹曲辭 木蘭詩》: “小弟聞姊來, 磨刀霍霍向豬羊.” 朝鮮 丁若鏞 〈荒年水村春詞〉: “磨刀霍霍上山墟, 劙取松皮滿口茹.” ②반짝거리는 모양. 唐 王建 〈春詞〉: “菱花霍霍繞帷光, 美人對鏡著

衣裳." 朝鮮 蔡彭胤 〈水村奉酬博泉丈前惠古風用其韻〉: "江光霍霍山下動, 帆影離離天際低." ③빠른 모양. 朝鮮 李德懋 〈銅雀津〉: "冷紅京樹著霜紋, 霍霍空船櫓響勤."

關關(관관○○) ①새소리. 《詩經》〈周南 關雎〉: "關關雎鳩, 在河之洲." 朝鮮 曺偉 〈遊南湖示同遊二子成仲淹鄭希良〉: "游儵鼓鬣綠波深, 林鳥關關和我吟." ②수레 소리. 明 何景明 〈憶昔行〉: "明星迢迢車關關, 遙向楚水辭燕山." ③화락한 모양. 唐 錢起 〈暇日覽舊詩因以題詠〉: "逍遙心地得關關, 偶被功名涴我閑."

款款(관관●●) ①성실한 모양. 宋 王安石 〈次韻酬陸彥回〉: "款款故情初未愁, 飄飄新句總堪傳." 朝鮮 張維 〈雨中伏枕漫興用前韻〉: "老夫詩句欠淸新, 說出心情款款親." ②화락한 모양. 南朝 梁 劉孝標 〈廣絶交論〉: "范張款款於下泉, 尹班陶陶於永夕." 朝鮮 朴誾 〈戲擇之〉: "酒盃款款無違拒, 憂喜悠悠倂一空." ③느린 모양. 唐 杜甫 〈曲江〉: "穿花蛺蝶深深見, 點水蜻蜓款款飛." 朝鮮 兪好仁 〈次祈大人韻〉: "扁舟款款煙波外, 今古詩人孰重輕."

觥觥(굉굉○○) ①건장한 모양. 淸 龔自珍 〈題王子梅盜詩圖〉: "君狀亦觥觥, 可啖健牛百." ②강직한 모양. 高麗 李穡 〈卽事〉: "鼎鼎光陰速, 觥觥節操移."

轟轟(굉굉○○) 굉음이 잇따라 울리는 모양. 宋 曾鞏 〈沂河〉: "莫如此水極凶鷔, 土木暫觸還轟轟." 朝鮮 鄭道傳 〈進新

都八景詩〉: "鐘鼓轟轟動地, 旌旗旆旆連空."

皎皎(교교●●) ①깨끗한 모양. 宋 曾鞏 〈明妃曲〉: "喧喧雜虜方滿眼, 皎皎丹心欲語誰." 朝鮮 奇大升 〈古詩〉: "風輪雪桂忽騰踴, 皎皎藹藹緣蒼穹." ②빛나는 모양. 〈古詩十九首 迢迢牽牛星〉: "迢迢牽牛星, 皎皎河漢女." 朝鮮 徐居正 〈雲月軒〉: "白白山上雲, 皎皎天中月." ③분명한 모양. 唐 孟郊 〈秋懷〉: "單牀寤皎皎, 瘦臥心兢兢." 朝鮮 奇大升 〈淸江詞〉: "風塵兩濯辭, 皎皎幽意多."

膠膠(교교○○) ①닭울음소리. 唐 李益 〈聞鷄贈主人〉: "膠膠司晨鳴, 報爾東方旭." 朝鮮 張維 〈風雨〉: "獨有寒鷄叫, 膠膠不改音." ②분란한 모양. 朝鮮 金宗直 〈呈藏義寺讀書諸公七首〉: "擇焉不精語何詳, 百氏膠膠大道荒."

皦皦(교교●●) ①맑고 깨끗한 모양. 漢 劉楨 〈贈徐幹〉: "仰視白日光, 皦皦高且懸." 朝鮮 李荇 〈謝村嫗〉: "往時三閭公, 皦皦以自欺." ②공명정대한 모양. 唐 杜甫 〈詠懷〉: "皦皦幽曠心, 拳拳異平素."

矯矯(교교●●) ①씩씩한 모양. 《詩經 魯頌 泮水》: "矯矯虎臣, 在泮獻馘." 朝鮮 金宗直 〈書金貴一詩卷〉: "矯矯幽幷兒, 縮手不敢縱." ②굳건한 모양. 淸 田雯 〈碧嶢書院歌弔楊升庵先生〉: "仗節抗疏言矯矯, 干觸蠆尾投蠻荒." 朝鮮 奇大升 〈題靜存別帖〉: "山北休休老, 湖西矯矯臣." ③높이 솟은 모양. 淸 姚鼐 〈觀飛來峰入靈隱寺〉: "矯矯北高峰,

獨瞰西南隅.” ④나는 모양. 唐 李益 〈置酒行〉: “西山鸞鶴群, 矯矯煙霧翮.” ⑤탁월한 모양. 高麗 林椿 〈留別金璿〉: “我性非好高, 矯矯豈其誠.”

驕驕(교교○○) ①풀이 무성한 모양. 《詩經 齊風 甫田》: “無田甫田, 維莠驕驕.” 朝鮮 李瀷 〈花浦雜詠〉: “聚落仍成居井井, 鋤耰何患莠驕驕.” ②교만한 모양. 朝鮮 金錫胄 〈復疊驕字韻〉: “久聞柔亦勝, 嗟爾莫驕驕.”

噭噭(교교●●) 구슬피 우는 소리. 三國 魏 曹植 〈雜詩〉: “飛鳥繞樹翔, 噭噭鳴索群.” 朝鮮 鄭百昌 〈傷春詞〉: “飛鳥亦有得, 噭噭鳴相求.”

佼佼(교교●●) 뛰어난 모양. 清 曹寅 〈雨夕偶懷桐皐僧走筆得二十韻却寄〉: “小詩亦有法, 立論復佼佼.” 朝鮮 蔡裕後 〈醉呈同行求教〉: “沙河驛畔駐征輪, 關柳佼佼又一春.”

咬咬(교교●●) 새소리. 宋 歐陽脩 〈綠竹堂獨飮〉: “清和況復値佳月, 翠樹好鳥鳴咬咬.” 朝鮮 權韠 〈奉寄車五山吟契〉: “暮江煙漠漠, 春館鳥咬咬”

嘐嘐(교교○○) 짐승소리. 바람 소리. 唐 柳宗元 〈游朝陽巖遂登西亭二十韻〉: “晨雞不余欺, 風雨聞嘐嘐.” 高麗 高惇謙 〈龍藏寺獨妙樓〉: “吾師宴坐無心處, 檻外嘐嘐萬竅風.”

區區(구구○○) ①보잘 것 없는 모양. 高麗 李穀 〈五十〉: “區區爭尺寸, 役役度晨昏.” ②마음. 방촌(方寸). 宋 梅堯臣 〈金陵有美堂〉: “願公樂此殊未央, 愼勿區區思故鄕.” ③정성

을 다하는 모양. 南唐 伍喬 〈林居喜崔三博遠至〉: "幾日區區在遠程, 晩煙林徑喜相迎."

拳拳(권권○○) ①성실한 모양. 唐 孟簡 〈惜分陰〉: "業廣因苦功, 拳拳志士心." 朝鮮 丁若鏞 〈古詩〉: "拳拳經世志, 獨見磻溪翁." ②보살피는 모양. 唐 白居易 〈訪陶公舊宅〉: "每讀五柳傳, 目想心拳拳." 高麗 李穡 〈古風〉: "聖賢在吾心, 景仰當拳拳."

憒憒(궤궤●●) 근심하는 모양. 三國 魏 曹丕 〈折楊柳行〉: "追念往古事, 憒憒千萬端." 朝鮮 張維 〈苦雨柬子謙〉: "昏昏氣不爽, 憒憒病相仍."

規規(규규○○) ①고집스러운 모양. 晉 陶潛 〈飮酒〉: "規規一何愚, 兀傲差若穎." 朝鮮 尹拯 〈次韻呈市南氈城配所〉: "玩理高明眞蕩蕩, 忘情榮辱亦規規." ②둥근 모양. 朝鮮 李光庭 〈方廣道中半嶺小憩〉: "而今始識乾坤大, 向日規規井裏天."

赳赳(규규○○) 당당한 모양. 용맹한 모양. 규규(糾糾). 《詩經 周南 兎罝》: "赳赳武夫, 公侯干城." 朝鮮 金宗直 〈東都樂府 陽山歌〉: "赳赳花娘徒, 報國心靡遑."

畇畇(균균○○) ①개간한 모양. 淸 舒大成 〈自城子山還宿白家灘贈主人〉: "畇畇原隰廣, 藹藹桑麻繁." 朝鮮 趙士秀 〈題延安客館〉: "微忙巨野望無邊, 原隰畇畇盡甫田." ②넓고 평탄한 모양. 朝鮮 尹鑴 〈作禹碑歌 效韓文公石鼓歌體〉:

"原濕畇畇萬流朝, 雲萋雨祈稻粱芾."

斤斤(근근●●) ①환히 살피는 모양. 《詩經 周頌 執競》: "自彼成康, 奄有四方, 斤斤其明." 朝鮮 金宗直 〈送芮少尹赴平壤〉: "歸來諫掖陣讜議, 斤斤宜受興王賞." ②근신하는 모양. 朝鮮 任相元 〈雜感〉: "斤斤戒宴惰, 矻矻忘作輟."

岌岌(급급●●) 높은 모양. 고상한 모양. 明 李東陽 〈題應寧所藏馬敬瞻山水圖〉: "詩成畫去兩無聊, 空對西山高岌岌." 高麗 李奎報 〈謙師方丈 觀柳紳乞米書 書其後〉: "謂君繼家聲, 立朝冠岌岌."

汲汲(급급●●) 마음이 다급한 모양. 唐 白居易 〈讀史〉: "遂使中人心, 汲汲求富貴." 高麗 李奎報 〈鵲巢〉: "汲汲望巢成, 擡眼仰高樹."

兢兢(긍긍○○) ①조심하는 모양. 《詩經 小雅 小旻》: "戰戰兢兢, 如臨深淵, 如履薄冰." 朝鮮 安鼎福 〈有感〉: "頂天立地有斯身, 夙夜兢兢愼笑嚬." ②두려워하는 모양. 唐 韓愈 〈南山詩〉: "空虛寒兢兢, 風氣較搜漱." 朝鮮 朴趾源 〈叢石亭觀日出〉: "邨裏一犬吠仍靜, 靜極寒生心兢兢." ③강건한 모양. 《詩經 小雅 無羊》: "爾羊來思, 矜矜兢兢, 不騫不崩."

祈祈(기기○○) ①느린 모양. 늦은 모양. 《詩經 小雅 大田》: "有渰萋萋, 興雨祈祈." 南朝 梁 何遜 〈從主移西州寓直齋內〉: "祈祈寒枝動, 濛濛秋雨駛." ②흡족한 모양. 朝鮮 權

近〈次黃州板上韻〉: "祈祈雨足盈畦稻, 轡轡雲籠滿壑松."

| ㄴ |

諾諾(낙낙●●) 승낙하는 모양. 순종하는 모양. 朝鮮 丁若鏞〈重熙堂賜對〉: "昌邑素狂縱, 定策何諾諾." 朝鮮 沈錥〈示遁谷〉: "千人爭諾諾, 一个乏期期."

喃喃(남남○○) ①속삭이는 소리. 唐 寒山〈無題詩〉: "仙書一兩卷, 樹下談喃喃." 高麗 李奎報〈贈禪者〉: "老衲從何至, 喃喃話祖心." ②책 읽는 소리. 唐 寒山〈欲得安身處〉: "下有斑白人, 喃喃讀黃老." 朝鮮 丁若鏞〈智異山僧歌示有一〉: "喃喃念經千百遍, 忽爾寂然無聲響." ③새소리. 淸 孫枝蔚〈道院乳燕〉: "雷雨欲作蟲亂飛, 乳燕喃喃苦訴饑." 高麗 鄭知常〈醉後〉: "桃花紅雨鳥喃喃, 繞屋靑山間醉嵐."

納納(납납●●) ①포용하는 모양. 唐 杜甫〈野望〉: "納納乾坤大, 行行郡國遙." 朝鮮 李浤〈歸來亭〉: "乾坤納納卽爲家, 七十堂堂奈老何." ②젖은 모양. 宋 梅堯臣〈石笋峰〉: "明明落溪口, 納納喧灘齒."

呶呶(노노○○) ①말이 많은 모양. 朝鮮 金訢〈詠對馬島〉: "發語毋呶呶, 相力嘉躍躍." ②떠드는 소리. 唐 盧仝〈苦雪憶退之〉: "病妻煙眼淚滴滴, 飢嬰哭乳聲呶呶." 朝鮮 南孝

溫 〈東皐八詠〉: “東華門外競是非, 呶呶聒耳不聞聲.”

嫋嫋(뇨뇨●●) ①바람이 살랑살랑 부는 모양. 朝鮮 徐居正 〈水原樓次朴延城韻〉: “嫋嫋崇光風泛夜, 亭亭淨植水明時.” ②간드러지는 소리. 朝鮮 崔岦 〈次副使漢江韻〉: “嫋嫋殘聲尙有餘, 梁爲前庶吉士云.” ③하늘거리는 모양. 朝鮮 魯認 〈洪秀才汝訥四時八景屛風〉: “嫋嫋長楊垂百尺, 金衣公子一雙飛.” ④늘어진 모양. 朝鮮 張維 〈踏青日臥病信筆書懷〉: “長楊碧嫋嫋, 細草青毿毿.”

| ㄷ |

漙漙(단단○○) 이슬이 촉촉이 내린 모양. 朝鮮 姜希顔 〈齋室讀黃庭內景一篇其久視長生之術不過離世累斷人慾二事耳復用前韻寄景醇〉: “沈水香燒煙矗矗, 步虛聲斷露漙漙.” 朝鮮 成俔 〈東踰狄餘嶺〉: “山深崖潤無早乾, 木蘭墜露淸漙漙.”

團團(단단○○) ①둥근 모양. 漢 班婕妤 〈怨歌行〉: “裁爲合歡扇, 團團似明月.” 朝鮮 王錫輔 〈秋日山中卽事〉: “高林策策響西風, 霜果團團霜葉紅.” ②둥근 달. 宋 蘇軾 〈次韻毛滂法曹感雨詩〉: “我豈不足歟, 要此淸團團.” 朝鮮 奇大升 〈送景肅出按關東〉: “冥心覰破虛空裂, 桂樹團團不足攀.” ③무리를 이룬 모양. 前蜀 韋莊 〈登漢高廟閑眺〉:

"天畔晚峰青簇簇, 檻前春樹碧團團." 高麗 李崇仁 〈感興〉: "冉冉蘆花白, 團團菊蘂黃." ④에워싼 모양. 唐 顧雲 〈築城篇〉: "畫閣團團眞鐵甕, 堵闊巉巖齊石壁." ⑤불안한 모양. 唐 李賀 〈漢唐姬飮酒歌〉: "妾身晝團團, 君魂夜寂寂." 朝鮮 許筠 〈初到咸山用初到江州韻〉: "簌簌寒階飄竹雪, 團團幽戶颯桐風."

潭潭(담담○○) ①물이 깊고 넓은 모양. 唐 唐彦謙 〈拜越公墓因游定水寺有懷源老〉: "越公已作飛仙去, 猶得潭潭好墓田." 朝鮮 張維 〈用淸陰韻 贈別商嶺金使君尙宓〉: "秋陰結遠岑, 江漢淼潭潭." ②북소리. 宋 歐陽脩 〈黃牛峽祠〉: "潭潭村鼓隔溪聞, 楚巫歌舞送迎神."

澹澹(담담●●) ①물이 출렁이는 모양. 三國 魏 曹操 〈步出東門行〉: "水何澹澹, 山島竦峙." 朝鮮 申欽 〈次陳子昂感遇〉: "步屧臨東陂, 澹澹溪水淸." ②바람이 부는 모양. 明 王嘉謨 〈西句橋〉: "微風何澹澹, 楊柳蔭重闉." ③넓은 모양. 唐 杜牧 〈登樂游原〉: "長空澹澹孤鳥沒, 萬古銷沈向此中." 高麗 李齊賢 〈松都八景 北山煙雨〉: "澹澹靑空遠, 亭亭碧巘重." ④색깔이 엷은 모양. 唐 元稹 〈早春尋李校書〉: "款款春風澹澹雲, 柳枝低作翠櫳裙." 朝鮮 朴繼姜 〈山行聞笛〉: "澹澹夕陽外, 遲遲過遠村, 一聲牛背笛, 吹破滿山雲." ⑤얌전한 모양. 朝鮮 丁若鏞 〈消暑八事 西池賞荷〉: "藐姑冰雪超超想, 越女裙衫澹澹姿."

淡淡(담담●●) ①색깔이 엷은 모양. 宋 徐鉉 〈寒食日作〉: "過社紛紛燕, 新晴淡淡霞." 朝鮮 金澍 〈三聖臺〉: "長空淡淡夕陽盡, 遠水溶溶孤島浮." ②가볍고 약한 모양. 宋 晏殊 〈寓意〉: "梨花院落溶溶月, 柳絮池塘淡淡風." 朝鮮 張維 〈田家〉: "落日荒荒山際白, 鹽煙淡淡鹵中靑." ③냉담한 모양. 宋 陸游 〈筑舍〉: "與人元淡淡, 不是故相忘." 朝鮮 郭再祐 〈退居琵琶山〉: "守靜彈琴心淡淡, 杜窗調息意淵淵."

湛湛(담담●●) ①이슬이 짙은 모양. 淸 孫枝蔚 〈貧農夏日吟〉: "露湛湛兮晨出, 月高高兮夜歸." 朝鮮 洪大容 〈贈元若虛〉: "湛湛繁露色, 惻惻寒螿吟." ②농후한 모양. 唐 韋應物 〈善福精舍示諸生〉: "湛湛嘉樹陰, 淸露夜景沈." ③많이 쌓인 모양. 朝鮮 李德懋 〈卽事〉: "樂哉祖子孫, 半宵湛湛甁." ④물이 깊은 모양. 南朝 梁 武帝 〈逸民〉: "巖巖山高, 湛湛水深." 朝鮮 朴祥 〈彈琴臺〉: "湛湛長江上有楓, 仙臺孤截白雲叢." ⑤밝고 깨끗한 모양. 南朝 梁 江淹 〈淸思〉: "秋夜紫蘭生, 湛湛明月光." 朝鮮 奇大升 〈西澗〉: "窮源不見人, 湛湛自淸澈."

幢幢(당당○○) ①늘어진 모양. 朝鮮 鄭顯德 〈禁直〉: "官槐翳日影幢幢, 金碧樓臺十二窗." ②둥글게 덮인 모양. 唐 元稹 〈松樹〉: "華山高幢幢, 上有高高松." ③빠르게 지나가는 모양. 唐 鮑溶 〈途中旅思〉: "天光見地色, 上路車幢幢."

堂堂(당당○○) ①뜻이 큰 모양. 宋 岳飛 〈題伏魔寺壁〉: "膽氣堂堂貫斗牛, 誓將直節報君仇." 朝鮮 成三問 〈題夷齊廟〉: "當年叩馬敢言非, 大義堂堂日月輝." ②유원(悠遠)한 모양. 清 汪懋麟 〈荼邨枉過和見投原韻〉: "十年眞忽忽, 舊事已堂堂." ③밝게 빛나는 모양. 唐 方幹 〈送婺州許錄事〉: "之官便是還鄉路, 白日堂堂著錦衣." ④당당한 모양. 唐 薛能 〈春日使府寓懷〉: "青春背我堂堂去, 白髮欺人故故生." 朝鮮 張維 〈哭鄭亮之〉: "欝欝通身膽, 堂堂報主略."

滔滔(도도○○) ①물이 세차게 흐르는 모양. 《詩經 齊風 載驅》: "汶水滔滔, 行人儦儦." 朝鮮 金誠一 〈矗石樓〉: "長江萬古流滔滔, 波不渴兮魂不死." ②끊이지 않는 모양. 元 薩都刺 〈燈蛾來〉: "爾爲微物不自覺, 往來就死何滔滔." ③시류(時流)를 따르는 모양. 唐 杜甫 〈惜別行送劉判官〉: "劉侯奉使光推擇, 滔滔才略滄溟窄." 高麗 李奎報 〈四月六日松廣山道者無可因事到洛師還山次乞詩〉: "自說滔滔一天地. 何東何北又何西." ④따스한 모양. 《楚辭 九章》: "滔滔孟夏兮, 草木莽莽." 朝鮮 丁若鏞 〈次韻洌水端午日見寄〉: "仲夏滔滔草樹香, 楝花風盡麥朝凉."

陶陶(도도○○) ①화락한 모양. 《詩經 王風 君子陽陽》: "君子陶陶, 左執翿, 右招我由敖, 其樂只且." 高麗 李奎報 〈扶寧馬上記所見〉: "役役皆王事, 陶陶亦聖恩." ②양기가 성한

모양. 漢 徐幹 〈答劉公幹詩〉: "陶陶諸夏別, 草木昌且繁." ③취한 모양. 唐 李咸用 〈曉望〉: "好駕觥船去, 陶陶入醉鄉." ④넓고 큰 모양. 朝鮮 金宗直 〈梁山澄心軒夜坐記所見〉: "忽覺夜氣勝, 散髮情陶陶."

忉忉(도도○○) 근심하는 모양. 唐 白居易 〈寄獻北都留守裴令公〉: "動人名赫赫, 憂國意忉忉." 朝鮮 張維 〈留贈金櫟翁〉: "忽此欲分張, 悵焉心忉忉."

焞焞(돈돈, 순순○○) 빛나는 모양. 高麗 李承休 〈病課詩〉: "原田聽莓莓, 天策占焞焞." 朝鮮 成俔 〈送義根禪宗還山〉: "如如不動常澄源, 發光觸處森焞焞."

咄咄(돌돌●●) 탄식하는 소리. 晉 陸機 〈東官〉: "冉冉逝將老, 咄咄奈老何." 朝鮮 李滉 〈次韻惇敘風穴臺金生窟〉: "怪奇筆法留巖瀑, 咄咄應無歎逼人."

曈曈(동동○○) ①해가 떠오르는 모양. 宋 王安石 〈餘寒〉: "曈曈扶桑日, 出有萬里光." 朝鮮 申欽 〈有屋〉: "綺閣深潭潭, 瑣窗明曈曈." ②밝은 모양. 宋 范成大 〈新岭〉: "曈曈赤幟張, 昱昱金鉦上."

憧憧(동동○○) ①끊임없이 내왕하는 모양. 朝鮮 崔岦 〈發懷遠抵鞍山〉: "才難何益役愚千, 自笑憧憧來往年." ②마음이 안정되지 못한 모양. 淸 曹寅 〈哭東山修撰〉: "戚戚意如失, 憧憧心孔悲." 朝鮮 尹拯 〈嘲美叔〉: "四十藏六叟, 憧憧何所冀."

童童(동동○○) ①무성한 모양. 唐 杜甫 〈病柏〉: “有柏生崇岡, 童童狀車蓋.” ②겹친 모양. 淸 袁枚 〈題江天雲樹圖〉: “越王城下樹, 童童千扶桑.” 朝鮮 丁若鏞 〈耽羅村謠〉: “山茶接葉冷童童, 雪裡花開鶴頂紅.” ③휑한 모양. 宋 梅堯臣 〈楊公蘊之革亭宰〉: “今年拗都盡, 禿株立童童.” 朝鮮 李恒福 〈己亥二月 次月沙覽鏡自歎韻〉: “頭似童童老太顚, 榮華難得待餘年.”

鼕鼕(동동○○) 북소리. 唐 顧況 〈公子行〉: “朝遊鼕鼕鼓聲發, 暮遊鼕鼕鼓聲絶.” 朝鮮 金守溫 〈贈性哲上人〉: “兀兀殿閣崇, 鼕鼕鐘鼓聲.”

得得(득득●●) ①만족한 모양. 宋 黃庭堅 〈和甫得竹數本于周翰喜而作詩和之〉: “人知愛酒耳, 不解心得得.” 朝鮮 張維 〈和淸陰遊淸平錄〉: “仙區物色詩囊滿, 石室先生得得歸.” ②빈발하는 모양. 唐 王建 〈洛中張籍新居〉: “雲山且喜重重見, 親故應須得得來.” 朝鮮 徐居正 〈金頤叟赴京 多購書籍而來 詩以爲借 兼述戲意〉: “一鴟解辨君家送, 知有奇書得得來.” ③특별히. 마음먹고. 唐 貫休 〈入蜀詩〉: “一瓶一鉢垂垂老, 千水千山得得來.” ④때맞추어. 宋 范成大 〈萬州〉: “前山如屛墻, 得得正當戶.” 高麗 李奎報 〈飮家園薔薇下贈全履之〉: “去年方種花, 得得君適至.” ⑤말발굽 소리. 淸 黃景仁 〈道中秋分〉: “瘦馬羸童行得得, 高原古木聽空空.”

騰騰(등등○○) ①날아오르는 모양. 唐 鮑溶 〈琴曲歌辭 湘妃列女操〉: “目眄眄兮意蹉跎, 魂騰騰兮驚秋波.” ②끊임없이 요동치는 모양. 唐 韓偓 〈倚醉〉: “抱柱立時風細細, 遶廊行處思騰騰.” ③어떤 일이 심각한 상황에 도달함. 唐 李紳 〈憶漢月〉: “燕子不藏雷不蟄, 燭煙昏霧暗騰騰.” ④느긋한 모양. 편안한 모양. 唐 司空圖 〈柏東〉: “冥得機心豈在僧, 柏東閑步愛騰騰.” 唐 寒山 〈盤陀石上坐〉: “騰騰自安樂, 悠悠自淸閑.” ⑤몽롱한 모양. 宋 楊萬里 〈迓使客夜歸〉: “淨洗紅塵煩碧酒, 倦來不覺睡騰騰.” ⑥북소리. 종소리. 唐 韓愈 〈汴泗交流贈張僕射〉: “短垣三面繚逶迤, 擊鼓騰騰樹赤旗.” 朝鮮 張維 〈禪房夜雨吟成示鄭儀曹君平〉: “晨鍾暮鼓自騰騰, 形役眞慙物外僧.”

登登(등등○○) ①두드리는 소리. 부딪히는 소리. 宋 蘇軾 〈孫莘老求墨妙亭〉: “龜趺入坐螭隱壁, 空齋晝靜聞登登.” 高麗 李奎報 〈腹皷歌 戲友人獨飮〉: “腹爲皮鼓手爲搥, 登登終日聲相續.” ②많은 모양. 唐 盧綸 〈山店〉: “登登山路行時盡, 決決溪泉到處聞.”

ㄹ

落落(락락●●) ①듬성듬성한 모양. 朝鮮 尹湜 〈槐〉: “蒼槐落落倚庭阿, 一半淸陰覆屋多.” ②고상한 모양. 탁월한 모

양. 北周 庾信 〈謝趙王示新詩啓〉: "落落詞高, 飄飄意遠." 高麗 李穡 〈卽事〉: "寄懷落落雲松下, 鵠去鳳來誰得齊." ③작은 일에 구애되지 않는 모양. 唐 楊炯 〈和劉長史答十九兄〉: "風標自落落, 文質且彬彬." 朝鮮 丁壽崗 〈次君度枕流堂韻〉: "落落淸標橫素秋, 紛囂世隔百無愁."

爛爛(란란○○) 빛나는 모양. 朝鮮 申欽 〈景星〉: "景星爛爛, 垂輝于天. 陪日爲明, 其光燀燀." 朝鮮 李荇 〈放歌〉: "五色爛爛終不轉, 百年役役非常身."

欒欒(란란○○) 수척한 모양. 《詩經 檜風 素冠》: "庶見素冠兮, 棘人欒欒兮." 朝鮮 張維 〈南府尹夫人挽〉: "欒欒憐孝子, 寄挽淚橫斜."

瀾瀾(란란○○) 흘러내리는 모양. 唐 元稹 〈聽庾及之彈烏夜啼引〉: "今君爲我千萬彈, 烏啼啄啄淚瀾瀾."

琅琅(랑랑○○) ①옥이 부딪히는 소리, 또는 낭랑한 목소리. 高麗 李奎報 〈冠成置酒朴生園餞梁平州公老得黃字〉: "入門語琅琅, 告去將餞梁." ②물이 흐르는 소리, 또는 빗물 소리. 高麗 崔瀣 〈三月二十三日雨〉: "雨意作蕭蕭, 簷語俄琅琅." 朝鮮 金時習 〈竹筧〉: "刳竹引寒泉, 琅琅終夜鳴." ③웃음소리. 朝鮮 李山海 〈哭子〉: "琅琅汝笑語, 如對兩兄謔."

朗朗(랑랑●●) ①밝은 모양. 唐 張籍 〈關山月〉: "秋月朗朗關山上, 山中行人馬蹄響." 朝鮮 尹拯 〈金弟汝圭挽〉: "外朗朗

兮有英氣, 內淵淵兮多深識." ②맑은 소리. 唐 韓愈 〈奉使常山早次太原呈副使吳郎中〉: "朗朗聞街鼓, 晨起似朝時." ③높은 모양. 唐 張說 〈同皇太子過荷恩寺〉: "朗朗神居峻, 軒軒瑞像威."

浪浪(랑랑○○) 빗소리. 물이 흐르는 소리. 宋 蘇軾 〈雨中游天竺靈感觀音院〉: "蠶欲老, 麥半黃, 前山後山雨浪浪." 朝鮮 張維 〈苦雨〉: "南山北山雲漠漠, 出門入門雨浪浪."

冷冷(랭랭●●) ①선뜻하고 차가움. 唐 杜甫 〈橋陵詩三十韻因呈縣內諸官〉: "雲闕虛冉冉, 松風肅冷冷." 高麗 李穡 〈驅儺行〉: "病餘無力阻趨班, 破窗盡日風冷冷." ②청아한 소리. 明 高啓 〈稚兒塔〉: "尋跡殊窅窅, 聞聲每冷冷." 朝鮮 南龍翼 〈喚仙樓〉: "雲間笙鶴冷冷響, 不是安期卽洞賓."

歷歷(력력●●) ①또렷한 모양. 唐 崔顥 〈黃鶴樓〉: "晴川歷歷漢陽樹, 芳草萋萋鸚鵡洲." 朝鮮 尹新之 〈宿安州五美軒〉: "湖山歷歷曾相識, 鬢髮星星半已明." ②일일이. 明 高啓 〈門有車馬客行〉: "對案未能食, 歷歷問桑梓." 朝鮮 金尙憲 〈次韻第三〉: "歷歷英雄事, 由來見未頻." ③바람이나 샘물 소리. 唐 曹唐 〈贈南岳馮處士〉: "穿廚歷歷泉聲細, 繞屋悠悠樹影斜."

連連(련련○○) ①끊이지 않는 모양. 漢 陳琳 〈飮馬長城窟行〉: "長城何連連, 連連三千里." 朝鮮 金堉 〈山海關〉: "城峻隨天壁, 連1連睥睨侵." ②눈물을 줄줄 흘리는 모양. 연련

(漣漣). 唐 酒肆布衣 〈醉吟〉: "一旦形羸又髮白, 舊遊空使淚連連."

漣漣(련련○○) 눈물을 줄줄 흘리는 모양. 唐 白居易 〈和微之詩和晨興因報問龜兒〉: "因玆漣漣際, 一吐心中悲." 朝鮮 丁若鏞 〈宿荷潭〉: "啁啾有棲雀, 那禁涕漣漣."

冽冽(렬렬●●) 추운 모양. 차가운 모양. 唐 儲光羲 〈同王十三維偶然作〉: "冽冽玄冬暮, 衣裳無準擬." 朝鮮 鄭道傳 〈偶題〉: "冬寒冽冽風霜苦, 春暖昏昏瘴霧深."

烈烈(렬렬●●) ①불길이 거센 모양. 《詩經 商頌 長髮》: "如火烈烈, 則莫我敢曷." 朝鮮 崔淑精 〈棘城懷古〉: "當年怒寇闌塞門, 猛焰烈烈如燎原." ②찬란한 모양. 唐 牟融 〈贈浙西李相公〉: "長庚烈烈獨遙天, 盛世應知降謫仙." ③당당한 모양. 唐 柳宗元 〈鼓吹鐃歌 高昌〉: "烈烈王者師, 熊螭以爲徒." 朝鮮 申欽 〈寓感〉: "皎皎秋浦公, 烈烈霜後松." ④꿋꿋한 모양. 高麗 李穡 〈有感〉: "烈烈丈夫志, 寥寥君子交." ⑤높은 모양. 《詩經 小雅 蓼莪》: "南山烈烈, 飄風發發." ⑥상심한 모양. 三國 魏 阮籍 〈詠懷〉: "軍旅令人悲, 烈烈有哀情." ⑦추운 모양. 漢 王粲 〈贈蔡子篤〉: "烈烈冬日, 肅肅淒風." 朝鮮 崔岦 〈次韻和鴨島監刈官趙直長寄示自嘲詩〉: "蕭蕭蘆葦晩, 烈烈風霜緊." ⑧소리의 형용. 三國 魏 曹植 〈七哀詩〉: "北風行蕭蕭, 烈烈入吾耳." 南朝 宋 謝惠連 〈搗衣〉: "肅肅莎雞羽, 烈烈寒螿啼."

獵獵(렵렵●●) ①나부끼는 모양. 宋 司馬光 〈夏夜〉: "小冠簪短髮, 衣裙輕獵獵." 宋 道潛 〈臨平道中〉: "風蒲獵獵弄輕柔, 欲立蜻蜓不自由." 朝鮮 鄭汝昌 〈遊頭流到花開縣〉: "風蒲獵獵弄輕柔, 四月花開麥已秋." ②바람 소리. 빗소리. 북소리. 南朝 宋 鮑照 〈上潯陽還都道中〉: "鱗鱗夕雲起, 獵獵晚風遒." 高麗 鄭誧 〈送白介夫彌堅游河東〉: "獵獵秋風吹破帽, 淒淒朝雨濕征鞍."

泠泠(령령○○) ①맑고 시원한 모양. 漢 徐幹 〈情詩〉: "高殿鬱崇崇, 廣厦淒泠泠." 朝鮮 張維 〈次韻維楊崔使君大容遊西澗有題〉: "翳翳長林影, 泠泠古澗源." ②결백한 모양. 《楚辭 七諫》: "淸泠泠而殲滅兮, 溷湛湛而日多." ③소리가 맑고 멀리 퍼지는 모양. 宋 朱熹 〈次秀野韻題臥龍庵〉: "更把枯桐寫奇趣, 鵾絃寒夜獨泠泠." 朝鮮 金誠一 〈夜聞灘聲〉: "泠泠飜古調, 玦玦轉新聲."

碌碌(록록●●) ①옥석이 아름다운 모양. 唐 韋應物 〈雜體詩〉: "碌碌荊山璞, 卞和獻君門." ②바쁘게 다니며 애쓰는 모양. 唐 牟融 〈游報本寺〉: "自笑微軀長碌碌, 幾時來此學無還." 朝鮮 丁壽崗 〈次酒軒示韻〉: "百年碌碌成何事, 虛度天生七尺軀." ③수레바퀴 소리. 唐 賈島 〈古意〉: "碌碌復碌碌, 百年雙轉轂." ④부화뇌동하는 모양. 唐 杜甫 〈可歎〉: "吾輩碌碌飽飯行, 風后力牧長迴首." 朝鮮 徐居正 〈寄咸吉許元戎幙下〉: "平生謾有平戎策, 碌碌無成已

兩毛."

磊磊(뢰뢰●●) ①돌이 잔뜩 쌓인 모양. 뇌뢰(礫礫). 唐 張籍〈新桃行〉: "明年結其實, 磊磊充汝家." 朝鮮 卞季良〈謝惠林檎〉: "磊磊堆前碧玉團, 瓊漿透齒膽應寒." ②지조가 분명한 모양. 朝鮮 申欽〈短歌行〉: "腸頭磊磊千古情, 腰下煌煌三尺水." ③높고 큰 모양. 朝鮮 金宗直〈廣城君李參判克堪挽章〉: "英材磊磊早超群, 玉貝金章麟閣勳."

了了(료료●●) ①또렷한 모양. 唐 李白〈代美人愁鏡〉: "明明金鵲鏡, 了了玉臺前." 朝鮮 丁若鏞〈七懷〉: "讀書常了了, 作賦已蒼蒼." ②잘 아는 모양. 이치에 통달한 모양. 朝鮮 李滉〈齋中夜起看月〉: "神襟了了燭幽鑑, 更覺先賢爲後生."

縷縷(루루●●) ①가늘고 섬세한 모양. 宋 蘇軾〈和蔡準郎中見邀游西湖〉: "船頭斫鮮細縷縷, 船尾炊玉香浮浮." 朝鮮 奇大升〈幽居雜詠〉: "古篆香煙起, 臥看縷縷尖." ②끊임없이 이어지는 모양. 朝鮮 奇大升〈次諸公期韻〉: "茶煙縷縷當簷散, 月影微微入戶隨." ③인정이 넘치는 모양. 高麗 李奎報〈呈內省諸郎上右正言崔光遇〉: "阻接縷縷好, 那堪眷眷傾."

累累(루루●●) ①여러 차례. 朝鮮 沈彥光〈寄閔耆叟〉: "翛翛失侶鴻, 累累喪家狗." ②중첩된 모양. 唐 張祜〈游天台山〉: "群峰日來朝, 累累孫侍祖." 朝鮮 金宗直〈己酉冬至〉: "身

上累累艾炷瘢, 挼挲日夜淚潺湲." ③이어지는 모양. 朝鮮 丁若鏞〈騎省應教賦得王吉射烏詞一百韻〉: "綠綬黃緺垂累累, 韶顔皓髮仰娟娟."

隆隆(륭륭○○) ①소리가 큰 모양. 高麗 釋 達全〈次李賀將進酒韻〉: "隆隆一撾呼月鼓, 醉擊珊瑚如意舞." 朝鮮 丁若鏞〈孟春同諸生春塘臺侍宴〉: "宮林曉日鼓隆隆, 太學班成御座東." ②세력이나 명성이 큰 모양. 朝鮮 徐居正〈演雅回文六言贈李次公〉: "貂蟬家世赫赫, 鵷鷺聲名隆隆."

懍懍(름름●●) ①두려운 모양, 또는 위태로운 모양. 朝鮮 奇大升〈百祥樓次雲岡韻〉: "隋兵曾懍懍, 麗業竟悠悠." ②추운 모양. 朝鮮 朴誾〈壬戌七月旣望與南士華李擇之共泛蠶頭峰下效蘇東坡故事同遊李永元有今日蠶頭飲當年赤壁遊之句各占韻〉: "水氣欲雨雲淰淰, 江風吹鬢寒懍懍."

澟澟(름름●●) ①위엄이 있는 모양. 宋 蘇軾〈謁敦詩先生因留一絶〉: "澟澟人言君似雪, 我言澟澟雪如君." ②추운 모양. 朝鮮 具思孟〈寒溪山〉: "陰崖常澟澟, 白雪留朱夏."

凜凜(름름●●) ①추운 모양. 唐 岑參〈與獨孤漸道別長句〉: "冰片高堆金錯盤, 滿堂凜凜五月寒." 朝鮮 丁壽崗〈詠秋呈酒軒〉: "長空不見黑雲飛, 凜凜商飇木葉稀." ②위엄이 있는 모양. 朝鮮 張維〈寄淸陰〉: "凜凜歲寒後, 蕭蕭風雨餘." ③날카로운 모양. 宋 羅燁《醉翁談錄 吳氏寄夫歌》: "昔君初奏三千牘, 凜凜文鋒誰敢觸."

稜稜(릉릉○○) ①차가운 모양. 唐 王昌齡 〈大梁途中作〉: "郊原欲下雪, 天地稜稜寒." 朝鮮 金時習 〈謾興〉: "秋月團團秋露凝, 明河皎潔風稜稜." ②위엄이 있는 모양. 唐 李白 〈天馬歌〉: "逸氣稜稜凌九區, 白璧如山誰敢沽." 朝鮮 姜希孟 〈墨戲八幅題其上〉: "秋氣稜稜洞壑深, 葡萄引蔓接輕陰." ③앙상한 모양. 南唐 李建勛 〈贈送致仕郎中〉: "鶴立瘦稜稜, 髭長白似銀." 朝鮮 張維 〈和東陽見寄〉: "輕寒渾怯換春衣, 詩瘦稜稜幾日肥." ④높이 솟은 모양. 唐 韓偓 〈南亭〉: "松瘦石稜稜, 山光溪澱澱."

離離(리리○○) ①많은 모양. 前蜀 貫休 〈經弟妹墳〉: "淚不曾垂此日垂, 山前弟妹塚離離." 朝鮮 成俔 〈金子固高陽庄後園拾栗〉: "繞屋參差碧樹枝, 秋深結子正離離." ②빽빽한 모양. 三國 魏 曹操 〈塘上行〉: "蒲生我池中, 其葉何離離." 朝鮮 金富賢 〈三清洞〉: "溪上離離草, 侵入坐處生." ③밝은 모양. 明 唐寅 〈七夕贈織女〉: "神雲矯矯月離離, 帝子飄颻卽故期." 朝鮮 張維 〈被酒夜行〉: "夜深行草逕, 星斗光離離." ④뚜렷한 모양. 明 李東陽 〈赤壁圖歌〉: "姦雄僭竊何足數, 青史離離後人看." 朝鮮 李植 〈次韻謝曺子實洪一初見訪〉: "藹藹青山暮, 離離白露秋." ⑤희미한 모양. 唐 李賀 〈長歌續短歌〉: "夜峰何離離, 月明落石底." 高麗 李仁老 〈宋迪八景圖 江天暮雪〉: "雪意嬌多着水遲, 千林遠影已離離." ⑥이어지는 모양. 隋 盧

思道 〈孤鴻賦〉: “行離離而高逝, 響嚨嚨而相續.” 朝鮮 李恒福 〈漾碧亭八詠〉: “天畔離離紫翠堆, 回頭已失半邊赤.” ⑦나부끼는 모양. 唐 白居易 〈雜興〉: “東風二月天, 春雁正離離.” 朝鮮 金宗直 〈允了作善山地理圖 題十絶其上〉: “爲問遺祠在何處, 壞城秋草自離離.” ⑧상심하는 모양. 唐 韓愈 〈秋懷詩〉: “離離掛空悲, 慼慼抱虛警.” ⑨고독한 모양. 唐 常建 〈客有自燕而歸哀其老而贈之〉: “離離一寒騎, 嫋嫋馳白天.”

灑灑(리리●●) 끊이지 않는 모양. 唐 錢珝 〈客舍寓懷〉: “灑灑灘聲晚霽時, 客亭風袖半披垂.” 朝鮮 李滉 〈次韻惇敍風穴臺金生窟〉: “一床巖穴人猶敬, 灑灑仙風襲杖鞋.”

鱗鱗(린린○○) ①구름무늬. 南朝 宋 鮑照 〈還都道中作〉: “鱗鱗多雲起, 獵獵晚風遒.” ②물결무늬. 唐 李群玉 〈江南〉: “鱗鱗別浦起微波, 汎汎輕舟桃葉歌.” 高麗 李穡 〈卽事〉: “天際晴雲飛片片, 池中新水漾鱗鱗.” ③기와지붕. 宋 陸游 〈苦熱〉: “萬瓦鱗鱗若火龍, 日車不動汗珠融.” 朝鮮 丁若鏞 〈練帶亭十二絶句〉: “鐵馬山前鐵馬村, 鱗鱗碧瓦盡名園.” ④밝은 모양. 唐 張謂 〈九日宴〉: “秋葉風吹黃颯颯, 晴雲日照白鱗鱗.” ⑤꽃잎. 宋 梅堯臣 〈賦孔雀送魏生〉: “聳冠翕翼脩尾張, 鱗鱗團花金縷翠.” ⑥물고기 떼. 朝鮮 朴誾 〈癸丑移舟〉: “磨舟石鑿鑿, 媵客魚鱗鱗.”

潾潾(린린○○) ①물이 맑은 모양. 唐 杜甫 〈雜述〉: “泰山冥冥

崒以高, 泗水瀰瀰瀰以淸." 朝鮮 許穆 〈三月寓居嶺西述懷〉: "西涉江漢源, 水石何潾潾." ②물빛이 반짝이는 모양. 唐 溫庭筠 〈三洲歌〉: "月隨波動碎潾潾, 雪似梅花不堪折." 朝鮮 申欽 〈疊甲寅寒字韻〉: "喬林翳翳蔭溪干, 淥波潾潾揚遠瀾."

磷磷(린린○○) 반짝이는 모양. 唐 薛能 〈秋題〉: "磷磷甃石堪僧坐, 一葉梧桐落半庭." 朝鮮 丁若鏞 〈蛾生〉: "明河夕如練, 列宿光磷磷."

嶙嶙(린린○○) ①산석(山石)이 우뚝한 모양. 淸 陳夢雷 〈靑靑陵上柏〉: "嶙嶙澗底石, 郁郁振喬柯." ②산이 높은 모양. 朝鮮 金義貞 〈渭濱懷古〉: "傷心欲問承相事, 沙鳥飛去山嶙嶙."

轔轔(린린○○) ①수레 소리. 唐 杜甫 〈兵車行〉: "車轔轔, 馬蕭蕭, 行人弓箭各在腰." 高麗 李穀 〈節毛詩句題稼亭貢師泰〉: "大田多黍高過人, 車載輦負聲轔轔." ②우렛소리. 漢 崔駰 〈東巡頌〉: "天動雷霆, 隱隱轔轔."

❘ ㅁ ❘

漠漠(막막●●) ①광활한 모양. 唐 王維 〈積雨輞川莊作〉: "漠漠水田飛白鷺, 陰陰夏木囀黃鸝." 朝鮮 鄭光弼 〈謫金海初到配所作〉: "漠漠孤峰雲潑墨, 茫茫大野雨飜盆." ②구름

따위가 짙은 모양. 朝鮮 張維 〈今是齋次韻〉: "漠漠溪煙淡, 蒼蒼村樹稀." ③적막한 모양. 五代 齊己 〈殘春連雨中偶作遇故人〉: "漠漠門長掩, 遲遲日又西." 朝鮮 金尙憲 〈李豐德義傳妻挽詞〉: "箱奩錯亂塵土掩, 虛室靑燈夜漠漠."

莫莫(막막●●) ①무성한 모양. 《詩經 周南 葛覃》: "葛之覃兮, 施于中谷, 維葉莫莫, 是刈是濩." ②공경하는 모양. 《詩經 小雅 楚茨》: "君婦莫莫, 爲豆孔庶, 爲賓爲客, 獻酬交錯." ③아득한 모양. 朝鮮 徐居正 〈卽事〉: "此心吾已斷, 莫莫更休休."

邈邈(막막●●) ①요원한 모양. 明 夏完淳 〈夜亭度雁賦〉: "茫茫河海兮征南, 邈邈雲山兮向北." 朝鮮 金宗直 〈讀史〉: "黃虞邈邈成千古, 孔孟棲棲志九州." ②세속을 벗어난 모양. 唐 吳筠 〈高士詠 河上公〉: "邈邈河上叟, 無名契虛沖." 朝鮮 尹鑴 〈和權思誠韻〉: "邈邈追高步, 寥寥和大音."

漫漫(만만●●) ①아득한 모양. 宋 范成大 〈題山水橫看〉: "煙山漠漠水漫漫, 老柳知秋渡口寒." 朝鮮 李滉 〈南郊飛雪〉: "窮陰垂地雪飛天, 銀海漫漫漲野川." ②호탕한 모양. 宋 王安石 〈胡笳十八拍〉: "東風漫漫吹桃李, 盡日獨行春色裏." ③흰 모양. 朝鮮 申欽 〈雪後〉: "望中山逕白漫漫, 店外靑帘幾處竿." ④느린 모양. 朝鮮 金正喜 〈雪霽窗明 書

鐵虯扇〉: "雪後烘晴暖似還, 夕陽漫漫小窗間."

曼曼(만만●●) 아득한 모양. 《楚辭 離騷》: "路曼曼其脩遠兮, 吾將上下而求索." 朝鮮 金誠一 〈匡州阻雪六言〉: "十日匡州客舍, 夢中南路曼曼."

忙忙(망망○○) ①바쁜 모양. 唐 高駢 〈遣興〉: "浮世忙忙蟻子群, 莫嗔頭上雪紛紛." ②서두르는 모양. 唐 李中 〈獻中書潘舍人〉: "忙忙罹險阻, 往往耗精神." 朝鮮 徐居正 〈自廣陵村墅還京途中有作〉: "自斷此身胡不斷, 紅塵歸路又忙忙."

惘惘(망망●●) 마음이 멍한 모양. 唐 韓愈 〈寄皇甫湜〉: "昏昏還就枕, 惘惘夢相値." 高麗 李奎報 〈與玄上人遊壽量寺 記所見〉: "斥來心惘惘, 愁坐鬢颼颼."

茫茫(망망○○) ①드넓은 모양. 宋 王安石 〈化城閣〉: "俯視大江奔, 茫茫與天平." 朝鮮 張維 〈送辛榮吉從事奉使日本〉: "積水茫茫不可窮, 九州之外好觀風." ②아득한 모양. 唐 楊衡 〈桂州與陳羽念別〉: "茫茫從此去, 何路入秦關." 高麗 李穀 〈次洞仙驛觀瀾亭詩韻〉: "三島茫茫天共遠, 百川浩浩海幷吞." ③분명하지 않은 모양. 唐 高適 〈苦雨寄房四昆季〉: "茫茫十月交, 窮陰千餘里." 朝鮮 張維 〈次樂齋韻追記陵下舊會〉: "才情袞袞還吾輩, 化理茫茫問阿誰." ④분잡한 모양. 지친 모양. 唐 李白 〈古風〉: "俯視洛陽川, 茫茫走胡兵." 朝鮮 李龍秀 〈泛舟流霞亭〉: "世劫茫

茫同一意, 鳴榔盡日此中流." ⑤무성한 모양. 唐 劉長卿〈經漂母墓〉: "春草茫茫綠, 王孫舊此遊."

莽莽(망망●●) ①무성한 모양. 《楚辭 九章》: "滔滔孟夏兮, 草木莽莽." 朝鮮 南孝溫 〈花園〉: "高宮基在艸莽莽, 頹垣秋樹擁前後." ②끝없는 모양. 唐 杜甫 〈秦州雜詩〉: "莽莽萬重山, 孤城山谷間." 高麗 釋 達全 〈登燕京昊天寺九層大塔〉: "眼中一粟大元國, 莽莽茫茫是何色." ③아득한 모양. 元 黃溍 〈卽事〉: "浮生莽莽吾何計, 獨立看雲竟落暉." 朝鮮 奇大升 〈別山〉: "萬古橫天瞻莽莽, 三才拱極仰崇崇." ④하찮은 모양. 朝鮮 奇大升 〈傾字韻〉: "紛紛事故魚鱗襲, 莽莽形骸鳥毳輕."

望望(망망●●) ①바라보며 그리워하는 모양. 南朝 齊 謝朓 〈懷古人〉: "望望忽超遠, 何由見所思." 朝鮮 李光文 〈泛舟流霞亭〉: "望望西湖綠滿洲, 酒餘携手下書樓." ② 실망하는 모양. 唐 唐彦謙 〈感物〉: "豈無魚鼈交, 望望爲所憎." 朝鮮 金宗直 〈鄭弼善孝常遊洪濟院僕無奴馬不赴作詩以寄〉: "北郭繚仁王, 望望空轉頭." ③성급히 바라는 모양. 宋 梅堯臣 〈寄李獻甫〉: "望望當速來, 止琴視孤鴻." 朝鮮 金正喜 〈寄趙君秀三催硯〉: "懸懸屢支踵, 望望幾瞳眶."

芒芒(망망○○) ①크고 넓은 모양. 清 顧炎武 〈山海關〉: "芒芒碣石東, 此關自天作." 高麗 李穀 〈節毛詩句題稼亭〉: "宅燕土芒芒, 海外同文軌." ②유원(悠遠)한 모양. 장구(長久)

한 모양. 宋 陸游 〈寓懷〉: "芒芒百年夢, 底物堪控摶." 朝鮮 金宗直 〈送李牧使之任羅州〉: "嵩嶽神人具海舟, 芒芒南浦宿貔貅." ③흐리멍덩한 모양. 三國 魏 阮籍 〈詠懷〉: "世有此聾瞶, 芒芒將焉如." 高麗 李穡 〈幽居〉: "浩然元自足, 何必更芒芒." ④서두르는 모양. 清 錢謙益 〈玉川子歌〉: "君今江頭老布衣, 胡爲乎芒芒奔波亦爲此."

邁邁(매매••) ①업신여기는 모양. 《樂府詩集 清商曲辭 獨曲歌》: "視儂轉邁邁, 不復來時言." ②지나가는 모양. 晉 陶潛 〈時運〉: "邁邁時運, 穆穆良朝." 朝鮮 李山海 〈哭子〉: "汝何棄我去, 邁邁不我顧."

脈脈(맥맥••) ①바라보기만 하고 말이 없는 모양. 唐 杜牧 〈題桃花夫人廟〉: "細腰宮裏露桃新, 脈脈無言幾度春." 朝鮮 丁壽崗 〈次狼川東軒韻〉: "駐節憑欄多少思, 含言脈脈送斜陽." ②끊이지 않는 모양. 朝鮮 奇大升 〈和奉令案〉: "脉脉虛經日, 依依謾達晨."

冪冪(멱멱••) ①덮어씌운 모양. 唐 白居易 〈古意〉: "玉琴聲悄悄, 鸞鏡塵冪冪." 朝鮮 金宗直 〈梁山龍堂〉: "滿洞腥雲來冪冪, 渾江怪雨響疎疎." ②빽빽하게 퍼져 있는 모양. 宋 梅堯臣 〈送葛都官南歸〉: "江南冪冪梅雨時, 風帆差差並鳥飛." 朝鮮 申欽 〈閑居四詠〉: "冪冪霜如繭, 蕭蕭風似刀." ③짙은 모양. 唐 韓愈 〈叉魚招張功曹〉: "蓋江煙冪冪, 拂掉影寥寥." 朝鮮 徐居正 〈春日〉: "草欲芳時花欲開,

輕陰羃羃護樓臺."

緜緜(면면○○) ☞綿綿(면면). ①연속되는 모양. 唐 白居易 〈長恨歌〉: "天長地久有時盡, 此恨緜緜無絶期." 朝鮮 丁若鏞 〈騎省應敎賦得王吉射烏詞一百韻〉: "漢家流慶福綿綿, 皇極斂民自上天." ②미약한 모양. 宋 蘇轍 〈送琳長老還大明山〉: "我適病寒熱, 氣力纔緜緜." ③안정된 모양. 《詩經 大雅 常武》: "緜緜翼翼, 不測不克."

勉勉(면면●●) 열심히 노력하는 모양. 宋 陸游 〈自規〉: "修身在我爾, 勉勉盡餘生." 朝鮮 奇大升 〈次韻鄭子中述懷呈退溪先生〉: "猶如一寸心, 勉勉思不二."

冥冥(명명○○) ①어둑한 모양. 漢 蔡琰 〈悲憤詩〉: "沙漠壅兮塵冥冥, 有草木兮春不榮." 朝鮮 韓章錫 〈送林鼎汝〉: "西風吹動白蘋花, 山日冥冥十里沙." ② 저녁. 밤중. 南朝 陳 徐陵 〈雜曲〉: "只應私將琥珀枕, 冥冥來上珊瑚牀." 朝鮮 金尙憲 〈螢〉: "踈簾虛幌夜冥冥, 草際流螢一點青." ③현묘하여 전혀 모르는 모양. 朝鮮 奇大升 〈次友人韻〉: "冥冥不可解, 汩汩徒自傷." ④가득한 모양. 朝鮮 張維 〈大雪日大雨次張生韻〉: "大雨冥冥大雪時, 堅冰銷盡漲前池." ⑤아득한 모양. 唐 沈千運 〈感懷弟妹〉: "冥冥無再期, 哀哀望松柏." ⑥높고 먼 모양. 宋 王安石 〈餘寒〉: "冥冥鴻雁飛, 北望去成行." 朝鮮 李荇 〈平沙落雁〉: "人間着足盡機穽, 何似冥冥雲際飛." ⑦깊숙한 모양. 唐 張籍

〈猛虎行〉: "南山北山樹冥冥, 猛虎白日繞林行."

穆穆(목목●●) ①언행이 훌륭한 모양. 《詩經 大雅 文王》: "穆穆文王, 於緝熙敬止." 朝鮮 卞季良 〈得此字〉: "膺圖嗣曆服, 穆穆光西被." ②정숙한 모양. 온화한 모양. 《楚辭 遠游》: "形穆穆而浸遠兮, 離人群而遁逸." 朝鮮 李德懋 〈卽事〉: "穆穆疏花來夜氣, 琅琅遠漏入書聲." ③위의(威儀)가 넘치는 모양. 朝鮮 丁若鏞 〈奉和聖製親享大報壇韻〉: "穆穆皇靈若可親, 禁中除地揭王春." ④아름다운 모양. 朝鮮 金宗直 〈中秋王世子代祭文昭殿與李校理幹柳校理休復權典籍俱爲大祝有作〉: "枚枚原廟敞重門, 穆穆金波麗掖垣."

濛濛(몽몽○○) ①아득한 모양. 망망한 모양. 唐 吉師老 〈鴛鴦〉: "江島濛濛煙靄微, 綠蕪深處刷毛衣." 朝鮮 丁若鏞 〈獨坐〉: "裊娜煙絲寂歷中, 春眠起後野濛濛." ② 분잡한 모양. 唐 賈島 〈送神邈法師〉: "柳絮落濛濛, 西州道路中." ③짙은 모양. 唐 張籍 〈惜花〉: "濛濛庭樹花, 墜地無顔色." ④보슬비가 내리는 모양. 高麗 王伯 〈山居春日〉: "村家昨夜雨濛濛, 竹外桃花忽放紅." ⑤깊은 모양. 朝鮮 丁若鏞 〈松風樓雜詩〉: "紈袴小兒休哆口, 老夫高枕睡濛濛."

藐藐(묘묘●●) ①높고 먼 모양. 《詩經 大雅 瞻卬》: "藐藐昊天, 無不克鞏." 南朝 宋 謝靈運 〈石室山〉: "莓莓蘭渚急, 藐藐

苕嶺高." ②아름다운 모양. 《詩經 大雅 崧高》: "有俶其城, 寢廟旣成. 旣成藐藐, 王錫申伯." ③냉담한 모양. 《詩經 大雅 抑》: "誨爾諄諄, 聽我藐藐." ④어린 모양. 朝鮮 奇大升 〈偶吟〉: "藐藐孤身不自持, 半生隨俗每趍歧."

眇眇(묘묘●●) ①가느다란 모양. 唐 杜甫 〈子規〉: "眇眇春風見, 蕭蕭夜色淒." 朝鮮 丁若鏞 〈題寒岸聚市圖〉: "列坐餅湯煙眇眇, 遠來牛馬雪陰陰." ②고독한 모양. 朝鮮 李惟樟 〈次權聖則首尾吟〉: "孤蒙眇眇兼多病, 離合怱怱可不悲." ③아득한 모양. 朝鮮 丁若鏞 〈重寄洪七〉: "風煙穿眇眇, 談謔聽期期."

渺渺(묘묘●●) ①먼 모양. 아득한 모양. 宋 王安石 〈憶金陵〉: "想見舊時游歷處, 煙雲渺渺水茫茫." 高麗 李集 〈寄鄭相國〉: "平林渺渺抱汀州, 十頃煙波漫不流." ②미약한 모양. 唐 許渾 〈嘗與故宋補闕秋夕游練湖南亭今復登賞愴然有感〉: "西風渺渺月連天, 同醉蘭舟未十年."

杳杳(묘묘●●) ①어두운 모양. 宋 歐陽脩 〈和徐生假山〉: "陰穴覷杳杳, 高屏立巉巉." ②그윽한 모양. 唐 柳宗元 〈早梅〉: "欲爲萬里贈, 杳杳山水隔." 朝鮮 張維 〈九月八日途中作〉: "杳杳違京國, 飄飄作旅人." ③아득한 모양. 唐 許渾 〈韶州驛樓宴罷〉: "簷外千帆背夕陽, 歸心杳杳鬢蒼蒼." 高麗 李穀 〈七夕〉: "神仙杳杳合歡少, 兒女紛紛乞巧多." ④어렴풋한 모양. 朝鮮 李植 〈望浦亭八景香郊牧笛〉:

“杳杳一聲殘, 秋郊煙雨晦.”

淼淼(묘묘●●) 물이 드넓고 세차게 흐르는 모양. 清 金農 〈懷張機客淮陰黃樹谷客廣陵〉: “清淮淼淼接雷塘, 二子淹留各異鄉.” 朝鮮 金尙憲 〈贈別李晉州存吾〉: “淼淼乎南海之水, 粤萬重兮度千尋.”

貿貿(무무●●) ①어지러운 모양. 宋 蘇軾 〈和黃魯直效進士作歲寒知松柏〉: “那憂霜貿貿, 未喜日遲遲.” 元 鄭祐 〈送友還鄉〉: “蕭蕭風前柳, 貿貿霜下草.” ②경솔한 모양. 朝鮮 金時習 〈和秋江〉: “世人何貿貿, 斥鷃笑南爲.” ③멍청한 모양. 朝鮮 尹拯 〈病中記事〉: “得病二十有五日, 便作貿貿老醜翁.”

膴膴(무무○○) 기름진 모양. 晉 張載 〈七哀詩〉: “恭文遙相望, 原陵鬱膴膴.” 朝鮮 金誠一 〈穩城夜坐書懷〉: “周原何膴膴, 漢塞更茫茫.”

瀰瀰(미미○○) ①물이 가득한 모양. 《詩經 邶風 新臺》: “新臺有泚, 河水瀰瀰.” 朝鮮 趙絅 〈河股途中〉: “河水流瀰瀰, 客行亦不息.” ②구름이 퍼진 모양. 明 陳子龍 〈上巳城南雨中〉: “渫雲行瀰瀰, 平田紛漠漠.” ③성하고 많은 모양. 清 趙翼 〈六哀詩 故相劉文正公〉: “此情何能忘, 回首淚瀰瀰.”

微微(미미○○) ①보잘것없는 모양. 朝鮮 丁若鏞 〈又次韻田家夏詞〉: “濯濯蒲牙白, 微微杏頰紅.” ②어슴푸레한 모양.

唐 陳子昂 〈酬暉上人秋夜山亭有贈〉: "皎皎白林秋, 微微翠山靜." 朝鮮 奇大升 〈寒食〉: "淡淡春光漏, 微微遠峀斑." ③미세한 모양. 明 張煌言 〈立秋同諸子限韻〉: "淸露微微霑薜荔, 凉風淡淡拂松杉." 高麗 陳澕 〈秋〉: "釦砌微微著淡霜, 裌衣新護玉膚凉."

亹亹(미미●●) ①부지런한 모양. 《詩經 大雅 崧高》: "亹亹申伯, 王纘之事." 朝鮮 金誠一 〈次監司洪淵喜雨韻〉: "亹亹聖心乾不息, 昭昭帝德日同明." ②나아가는 모양. 晉 陸機 〈赴洛〉: "亹亹孤獸騁, 嚶嚶思鳥吟." 朝鮮 張維 〈奉和澤堂觀海畸菴三學士省中言志之作〉: "亹亹節序徂, 飄風襲中堂." ③물이 흐르는 모양. 宋 蘇軾 〈雙池〉: "泝流入城郭, 亹亹渡千家." ④시문이나 담론이 감동적임. 宋 文彦博 〈奉陪伯溫中散等作同甲会〉: "清談亹亹風生席, 素髮蕭蕭雪滿肩." 朝鮮 洪大容 〈次孫蓉洲有義寄秋詩韻仍贈蓉洲〉: "亹亹千百言, 纏綿到日昃." ⑤끊이지 않는 모양. 朝鮮 奇大升 〈天上秋期近〉: "紛紛摧老物, 亹亹送流年."

靡靡(미미●●) ①지지부진한 모양. 晉 陶潛 〈己酉歲九月九日〉: "靡靡秋已夕, 淒淒風露交." 高麗 張仲陽 〈成川途中〉: "行邁靡靡道里延, 郊原處處草如煙." ②풀이 바람에 쓰러진 모양. 晉 陸機 〈擬青青河畔草〉: "靡靡江離草, 熠燿生河側." ③분란한 모양. 明 高啓 〈九日無酒步至西汀

閑眺〉: “悠悠寒川駛, 靡靡晴巒矗.” ④맥이 빠진 모양. 풀이 죽은 모양. 清 梁啓超 〈讀陸放翁集〉: “詩界千年靡靡風, 兵魂銷盡國魂空.” 朝鮮 丁若鏞 〈送外舅洪節度和輔謫雲山〉: “靡靡踰鶴嶺, 沓沓出龍河.” ⑤아름다운 모양. 元 李序 〈嗽金鳥行〉: “美人自擣明月珠, 赤玉盤中光靡靡.” ⑥끊이지 않는 모양. 朝鮮 李植 〈西行有懷〉: “靡靡越山川, 頓頓經險巘.”

泯泯(민민●●) ①물이 맑은 모양. 唐 杜甫 〈漫成〉: “野日荒荒白, 春流泯泯清.” 朝鮮 金誠一 〈夕渡石津〉: “塞河清泯泯, 鬼谷暝沈沈.” ②매우 많은 모양. 漢 蔡邕 〈京兆樊惠渠頌〉: “泯泯我人, 既富且盈.” ③분란한 모양. 朝鮮 丁若鏞 〈宿汀村〉: “落日凄凄盡, 春江泯泯流.” ④사라진 모양. 朝鮮 崔岦 〈松禾次尹伯升先生韻〉: “邂逅風流兩泯泯, 無心相借一言譽.” ⑤적막한 모양. 朝鮮 金麟厚 〈有所思〉: “泯泯幾春秋, 至今猶未死.”

憫憫(민민●●) 상심한 모양. 唐 韓愈 〈與張十八同效阮步兵一日復一夕〉: “不知久不死, 憫憫尙誰要.” 高麗 陳澕 〈追和歐梅感興〉: “嗟予聞道淺, 憫憫空此生.”

悶悶(민민●●) ①어리석은 모양. 唐 韋應物 〈善福精舍答韓司錄清都觀會宴見憶〉: “嗷嗷仰時彥, 悶悶獨爲愚.” 高麗 李穡 〈卽事〉: “悶悶心如漆, 紛紛事似毛.” ②마음이 답답한 모양. 高麗 安軸 〈是日馬上卽事〉: “積雨難堪悶悶愁, 喜

看晴日出雲頭."

ㅂ

拍拍(박박●●) ①날아오르려고 활개 치는 소리. 唐 韓愈〈病鴟〉: "青泥掩兩翅, 拍拍不得離." 朝鮮 丁若鏞〈縱鷹篇〉: "初來拍拍試猣翻, 昂昂漸入浮雲層." ②충만한 모양. 朝鮮 李滉〈山居四時各四吟共十六絶〉: "庭宇新晴麗景遲, 花香拍拍襲人衣." ③가볍게 흔들리는 모양. 朝鮮 丁若鏞〈陪家君還苕川〉: "春風滿天地, 拍拍吹人衣."

薄薄(박박●●) ①수레가 달리는 소리. 《詩經 齊風 載驅》: "載驅薄薄, 簟茀朱鞹." ②작은 모양. 高麗 李奎報〈江上晚雨〉: "輕雲薄薄那成雨, 海氣干天偶作霏." ③많은 모양. 朝鮮 金宗直〈上元前一日因待客獨坐海平東軒至暮〉: "波澄空館岸綸巾, 薄薄春愁觸惱人."

膊膊(박박●●) 물건을 세차게 찢는 소리. 宋 陸游〈反感憤〉: "膊膊庭樹鷄初鳴, 嗈嗈王衢雁南征." 朝鮮 丁若鏞〈兩頭纖纖〉: "腷腷膊膊裂帛紈, 兩頭纖纖一年氣."

盤盤(반반○○) ①꼬불꼬불한 모양. 唐 李白〈蜀道難〉: "青泥何盤盤, 百步九折縈巖巒." 朝鮮 權韠〈次韻柳康翎 歸盤亭〉: "壺裏乾坤特地寬, 亂山回合勢盤盤." ②넓고 큰 모양. 金麻革〈短歌行送秦人薛微之赴中書〉: "盤盤胸臆間,

猶掛太華月.

斑斑(반반○○) ①많은 모양. 宋 王庭珪 〈春日山行〉: "迸林新笋斑斑出, 隔水幽禽款款飛." 朝鮮 金宗直 〈寒食〉: "淸明寒食一年春, 節物斑斑入眼新." ②선명한 모양. 唐 白居易 〈利仁北街作〉: "草色斑斑春雨晴, 利仁坊北面西行." 朝鮮 李恒福 〈從軍行〉: "師行千里日兼程, 石上斑斑馬蹄血."

般般(반반○○) 하나같이. 唐 方幹 〈海石榴〉: "亭際天姸日日看, 每朝顔色一般般." 高麗 釋 達全 〈禪源寺淸遠樓〉: "般般形勝誰家具, 榧兀明窗有毳禪."

潑潑(발발●●) ①바람 소리. 물소리. 明 文徵明 〈畵鶴〉: "小雨初收風潑潑, 亂飛叢竹送歡聲." 朝鮮 李裕元 〈靑邱風雅〉: "河水之流潑潑兮, 曷維其極萬山低." ②물고기가 뛰는 소리. 朝鮮 金宗直 〈密陽府使與敎授官淸道郡守省峴察訪遊楡川驛下招之未赴馬上寄呈〉: "衆水滔滔下, 群魚潑潑游." ③왕성한 모양. 淸 趙翼 〈落皮樹〉: "豈知察其顚, 生意方潑潑."

發發(발발●●) ①바람이 부는 모양, 또는 그 소리. 《詩經 小雅 四月》: "冬日烈烈, 飄風發發." 朝鮮 李穡 〈送申碩甫歸寧海府〉: "飄風何發發, 白雲亦茫茫." ②세차게 흐르는 물소리. 淸 錢謙益 〈謝藐姑太僕送酒〉: "枯腸發發澆成浪, 醉眼騰騰看作嵐." ③물고기가 뛰는 소리. 唐 杜甫 〈題張氏隱居〉: "霽潭鱣發發, 春草鹿呦呦." ④많은 모양. 高麗

李奎報 〈淵首座方丈 觀鄭得恭所畫魚蔟子〉: “一掃數十尾, 發發皆鮪鱣.”

艴艴(발발●●) ①홍성하는 모양. 朝鮮 張維 〈送李尙輔學士掌試嶺南長句〉: “中間一條洛江流, 地靈艴艴人材優.” ②연기가 피어오르는 모양. 朝鮮 金得臣 〈偶吟〉: “野煙青艴艴, 沙鳥白雙雙.”

幡幡(번번○○) ①잎이 펄럭이는 모양. 《詩經 小雅 瓠葉》: “幡幡瓠葉, 采之亨之.” 朝鮮 金宗直 〈贈楊秀才浚洪貢生裕孫〉: “幡幡架上匏, 纂纂園中棗.” ②오가는 모양. 되풀이하는 모양. 宋 范成大 〈題潭帥王樞使佚老堂〉: “匹馬幡幡恃天日, 危言岌岌愁鬼神.” ③경솔한 모양. 《詩經 小雅 賓之初筵》: “曰既醉之, 威儀幡幡.” 朝鮮 金錥 〈醉後漫吟〉: “幡幡只戒威儀失, 却恠周卿戒不深.”

飜飜(번번○○) ①나부끼는 모양. 唐 元稹 〈冬白紵〉: “西施自舞王自管, 雪紵飜飜鶴翎散.” 高麗 李穡 〈風聲〉: “風聲搖我心, 飜飜如旌懸.” 朝鮮 金誠一 〈雨後遊山庄〉: “溪雲尙含滋, 露葉風飜飜.” 朝鮮 張維 〈卽事〉: “灌木垂蘿翠蔓籠, 飜飜豆葉動西風.” ②새가 퍼덕이는 모양. 唐 柳宗元 〈初秋夜坐贈吳武陵〉: “稍稍雨侵竹, 飜飜鵲驚叢.” 高麗 李奎報 〈蛛網〉: “胡蝶亦來縈, 飜飜徒自強.”

汎汎(범범●●) 범범(泛泛). ①배를 띄운 모양. 물에 떠가는 모양. 《詩經 邶風 二子乘舟》: “二子乘舟, 汎汎其景.” 朝

鮮 金富賢 〈驪江〉: "東來一洗世間憂, 泛泛滄波任遠遊." ②물이 흐르는 모양. 漢 劉楨 〈贈從弟〉: "汎汎東流水, 磷磷水中石." 朝鮮 金履喬 〈舟到鷺梁經山從驛使寄詩相與和之〉: "中流泛泛遠思君, 沙際紛飛白鷺群." ③아득히 넓은 모양. 唐 張說 〈離會曲〉: "何處送客洛橋頭, 洛水泛泛中行舟." ④가득한 모양. 唐 杜甫 〈九日〉: "菊花香泛泛, 坐客醉紛紛."

娉娉(빙빙○○) 유연하고 아름다운 모양. 宋 秦觀 〈春日雜興〉: "娉娉弱絮墮, 圉圉文魴馳." 朝鮮 金尙憲 〈祭天妃迎送曲〉: "夜將半兮風泠泠, 忽降臨兮娉娉婷婷."

炳炳(병병●●) ①빛나는 모양. 朝鮮 趙昱 〈閑中披閱梅月堂集〉: "從茲宇泰定, 天光常炳炳." ②밝은 모양. 朝鮮 金堉 〈敬次晦菴先生感興詩韻〉: "積善必有慶, 聖訓垂炳炳." ③문채가 선명한 모양. 朝鮮 洪裕孫 〈四韻〉: "詞華炳炳耀青丘, 困詠苦吟今古羞."

蓬蓬(봉봉○○) ①무성한 모양. 가득한 모양. 《詩經 小雅 采菽》: "維柞之枝, 其葉蓬蓬." 朝鮮 李植 〈義林池〉: "不待噴雷霆, 蓬蓬決渠雨." ②수염이나 두발이 더부룩한 모양. 朝鮮 金昌業 〈次壁上所題放翁韻〉: "草草飯充腹, 蓬蓬髮懶梳." ③바람이 부는 모양. 朝鮮 權近 〈北風歌〉: "蓬蓬拂拂隨激揚, 聲如萬騎鳴刀鎗."

負負(부부●●) 몹시 부끄러워하는 모양. 朝鮮 金宗直 〈恩除直

提學〉: "黃卷聖賢眞負負, 彤闈顧問但期期." 朝鮮 李荇〈奉別辛德優〉: "出處各異謀, 沒齒慙負負."

奔奔(분분○○) 급히 달리는 모양. 분주한 모양. 朝鮮 鄭士龍〈上山奉和蕃仲韻〉: "奔奔涉世少安足, 忽忽見山多厚顔."

紛紛(분분○○) ①어지러운 모양. 宋 王安石〈桃源行〉: "重華一去寧復得, 天下紛紛經幾秦." 朝鮮 崔岦〈銀臺〉: "汎汎紛紛點綠漪, 閑時看作一般奇." ②많은 모양. 晉 陶潛〈勸農〉: "紛紛士女, 趨時競逐." 朝鮮 張維〈次韻詶張生希稷贈歌〉: "世間兒子苦紛紛, 雅操英姿兩難具." ③분주한 모양. 宋 王安石〈尹村道中〉: "自憐許國終無用, 何事紛紛客此身." 朝鮮 李象秀〈訪友不遇〉: "小婢留人沽酒去, 滿園芳草蝶紛紛."

芬芬(분분○○) 향기가 나는 모양.《詩經 大雅 鳧鷖》: "旨酒欣欣, 燔炙芬芬." 朝鮮 許蘭雪軒〈感遇〉: "盈盈窗下蘭, 枝葉何芬芬."

拂拂(불불●●) ①퍼지는 모양. 唐 白居易〈紅線毯〉: "綵絲茸茸香拂拂, 線軟花虛不勝物." ②바람이 부는 모양. 唐 李賀〈舞曲歌辭 章和二年中〉: "雲蕭索, 風拂拂, 麥芒如篲黍如粟." 朝鮮 丁若鏞〈嘉興江放船〉: "拂拂風醒酒, 搖搖水擊舷." ③멋대로 움직이는 모양. 高麗 李奎報〈次韻英上人見和 平沙落雁〉: "紛紛已擾水葒花, 更向沙汀拂拂斜."

飛飛(비비○○) ①나부끼는 모양. 唐 韓愈〈池上絮〉: "池上無

風有落暉, 楊花暗後自飛飛." 朝鮮 權遇 〈秋日〉: "落葉亦能生氣勢, 一庭風雨自飛飛." ②날아다니는 모양. 南朝 陳 徐陵 〈鴛鴦賦〉: "飛飛兮海濱, 去去兮迎春." 朝鮮 丁若鏞 〈竹欄菊花盛開 同數子夜飮〉: "飛飛歸鴈向江洲, 獨捲寒簾生遠愁." ③어지러운 모양. 唐 杜甫 〈絶句〉: "藹藹花蕊亂, 飛飛蜂蝶多." ④새소리. 明 袁宏道 〈揚州舟中晨起〉: "薄月層冰上, 飛飛叫去鴻."

霏霏(비비○○) ①비나 눈이 몹시 내리는 모양. 《詩經 小雅 采薇》: "今我來思, 雨雪霏霏." 朝鮮 洪良浩 〈舟中望皐蘭寺〉: "江雨霏霏滿客船, 扶蘇王氣冷如煙." ②안개와 구름이 짙은 모양. 《楚辭 九章》: "霰雪紛其無垠兮, 雲霏霏而承宇." 高麗 李穀 〈送李中父使征東行省序 送詩〉: "李君捧制馳駉歸, 海門六月雲霏霏." ③성한 모양. 뿌리는 모양. 唐 賈至 〈銅雀臺〉: "撫弦心斷絶, 聽管淚霏霏." 朝鮮 丁壽崗 〈醉歸〉: "欲晴微雨尙霏霏, 路入殘山翠四圍."

菲菲(비비○○) ①화초의 향기가 진함. 宋 梅堯臣 〈依韻和吳季野馬上口占〉: "溪頭三月草菲菲, 城畔春遊惜醉稀." 朝鮮 柳得恭 〈松京雜絶〉: "紫霞洞裡草菲菲, 不見宮姬迸馬歸." ②꽃이 지는 모양. 唐 杜甫 〈春遠〉: "肅肅花絮晩, 菲菲紅素輕."

騑騑(비비○○) 말이 멈추지 않고 가는 모양. 淸 李調元 〈送吳壽庭觀察件送魁制軍解任進京〉: "暫送褰帷上帝京, 騑騑

四牡又遄征." 朝鮮 奇大升 〈南宮觀察使歌謠〉: "四牡駕騑騑, 霜節懸秋月."

彬彬(빈빈○○) ①내용과 꾸밈이 어우러진 모양. 朝鮮 尹淮 〈正朝〉: "彬彬禮樂侔中華, 濟濟衣冠拱北辰." ②빛나는 모양. 朝鮮 金訢 〈東郊觀獵三十韻應製〉: "周文郁郁監商夏, 漢業彬彬邁晉唐."

ㅅ

査査(사사○○) 새소리. 麗末鮮初 金克己 〈村家〉: "讖雨廢池蛙閣閣, 相風高樹鵲査査." 朝鮮 李山海 〈至日〉: "終朝簷外査査鵲, 似報新陽一線長."

絲絲(사사○○) ①가느다란 모양. 明 文徵明 〈素髮〉: "素髮絲絲不滿梳, 衰容覽鏡已非吾." 高麗 陳澕 〈春興〉: "漁店閉門人語少, 一江春雨碧絲絲." 朝鮮 丁若鏞 〈得舍兄書〉: "病髮絲絲短, 愁詩字字窮." ②미세한 느낌의 형용. 宋 蘇軾 〈江上值雪效歐陽體〉: "江空野闊落不見, 入戶但覺輕絲絲." ③빗소리. 高麗 崔瀣 〈追次郭密直預賞蓮詩韻〉: "想得去年崇教過, 薄雲殘照雨絲絲."

爍爍(삭삭●●) ①불꽃이 흔들리는 모양. 漢 李陵 〈錄別詩〉: "爍爍三星列, 拳拳月初生." 朝鮮 張維 〈燈花謠〉: "艾蒳煙銷繡閣空, 牕間爍爍搖殘紅." ②몹시 더운 모양. 宋 梅堯

臣 〈依韻和僧說夏日閑居見寄〉: "炎飆正爍爍, 溪水徒瑟瑟."

索索(삭삭●●) ①물레 돌아가는 소리. 朝鮮 張維 〈村夜卽事〉: "索索繅車隔壁鳴, 夜深燈火有餘淸." ②바람 소리. 朝鮮 林億齡 〈橫城納涼〉: "梨葉受風聲索索, 蛛絲照日影紛紛." ③빗소리. 朝鮮 李滉 〈秋夜〉: "索索雨葉隕, 飄飄栖鵲驚." ④낙엽 지는 소리. 朝鮮 金萬基 〈閒作淸詩斷送秋〉: "索索葉如雨, 閒居驚歲遒."

數數(삭삭●●) ①자주. 때때로. 唐 白居易 〈醉後走筆酬劉五主簿長句之贈〉: "張賈弟兄同里巷, 乘閑數數來相訪." 高麗 李穡 〈途中自詠〉: "擊鮮數數吾鄕事, 橐底何須使越金." ②바쁜 모양. 빠른 모양. 朝鮮 金誠一 〈問歸雁〉: "嗷嗷彼鳴雁, 往來何數數."

鑠鑠(삭삭●●) 빛이 번쩍이는 모양. 南朝 梁 江淹 〈貽袁常侍〉: "鑠鑠霞上景, 懵懵雲外山." 朝鮮 奇大升 〈群花晚吐芬〉: "敷敷浥晨露, 鑠鑠媚斜陽."

珊珊(산산○○) ①패물이 부딪치는 소리. 朝鮮 權韠 〈古意〉: "衣冠散廣陌, 劍佩聲珊珊." ②반짝이는 모양. 前蜀 韋莊 〈白櫻桃〉: "只應漢武金盤上, 瀉得珊珊白露珠." 朝鮮 金正喜 〈玉筍峰〉: "若比人間凡艸木, 芙蓉萬朶自珊珊." ③고결한 모양. 淸 奇麗川 〈和高靑邱梅花〉: "珊珊仙骨誰能近, 字與林家恐未眞."

姍姍(산산○○) 동작이 느린 모양. 漢 孝武帝 〈李夫人〉: "是耶非耶, 立而望之, 偏何姍姍 其來遲." 朝鮮 丁範祖 〈無題〉: "清讌堂深夜, 姍姍來不忙."

毿毿(삼삼○○) ①늘어져 헝클어진 모양. 宋 陸游 〈題閻郎中溧水東皐園亭〉: "毿毿華髮映朱紱, 同舍半已排雲翔." 朝鮮 丁若鏞 〈再疊 槐岸鞦遷〉: "毿毿兎目蔭芳堤, 綵索雙垂簇立齊." ②어지럽게 흩어진 모양. 宋 蘇軾 〈過嶺〉: "誰遣山雞忽驚起, 半巖花雨落毿毿." 朝鮮 成俔 〈登鏡浦臺〉: "鷗鳥飛來蹴晴雪, 春風玉羽飜毿毿."

三三(삼삼○○) ①동요(童謠) 이름. 明 袁宏道 〈法華庵同諸開士限韻〉: "農人占九九, 童子契三三." ②삼삼경(三三徑). 清 曹寅 〈寄題東園〉: "桃塢下多蹊, 三三別一徑." ③불교에서 말하는 세 가지 삼매(三昧). 공삼매(空三昧)·무상삼매(無想三昧)·무원삼매(無願三昧). 朝鮮 金宗直 〈贈蘿月軒明上人〉: "勘破三三時出定, 更將清料弔孤雲."

森森(삼삼○○) ①무성한 모양. 晉 張協 〈雜詩〉: "翳翳結繁雲, 森森散雨足." 朝鮮 金誠一 〈次五山詠筍〉: "異域何人會我心, 蠻庭欲喜竹森森." ②우뚝 솟은 모양. 宋 王安石 〈古松〉: "森森直幹百餘尋, 高入青冥不附林." ③으슥한 모양. 五代 齊己 〈短歌寄鼓山長老〉: "行圍坐遶同一色, 森森影動旃檀香." 朝鮮 張維 〈次杜陵秋興八首韻〉: "一夜霜風撼石林, 千山落木影森森." ④위엄이 있는 모양. 唐

李白〈經亂離後贈江夏韋太守良宰〉: "朱門擁虎士, 列戟何森森." ⑤질서가 있는 모양. 唐 元結〈酬裴雲客〉: "符印隨坐起, 守位常森森." ⑥맛이 깊은 모양. 宋 蘇軾〈橄欖〉: "紛紛青子落紅鹽, 正味森森苦且嚴." 朝鮮 丁壽崗〈無絃琴〉: "浪撫峨洋猶歷歷, 虛彈商羽更森森."

颯颯(삽삽●●) ①바람 소리. 가을소리.《楚辭 九歌》: "風颯颯兮木蕭蕭, 思公子兮徒離憂." 朝鮮 金誠一〈按樂于扶桑贈諸樂師〉: "漢壽琵琶馬上音, 龍沙颯颯悲風起." ②빗소리. 麗末鮮初 金克己〈夜坐〉: "嘘嘘石硯寒雲色, 颯颯銅瓶驟雨聲." ③노쇠한 모양. 唐 寒山〈各謂是風顛〉: "今日觀鏡中, 颯颯鬢垂素." ④질주하는 모양. 明 高啓〈太湖〉: "茫茫雁飛過, 颯颯帆度快."

湯湯(상상○○) ①물이 도도하게 흐르는 모양.《詩經 衛風 氓》: "淇水湯湯, 漸車帷裳." 麗末鮮初 趙浚〈安州懷古〉: "薩水湯湯漾碧虛, 隋兵百萬化爲魚." ②드넓은 모양. 朝鮮 金宗直〈洛東謠〉: "黃池之源纔濫觴, 奔流到此何湯湯." ③금세 지나가는 모양.《楚辭 七諫》: "徐風至而徘徊兮, 疾風過之湯湯." ④물소리. 宋 范成大〈初發太城留別田父〉: "流渠湯湯聲滿野, 今年醉飽雞豚社."

摵摵(색색●●) ①낙엽 지는 소리. 晉 盧諶〈時興詩〉: "摵摵芳草零, 槃槃芬華落." 朝鮮 張維〈秋思〉: "柴門倚杖數歸鴻, 槭槭枯桑響晚風." ②바람 소리. 朝鮮 丁若鏞〈秋心〉:

"秋風摵摵柳彊彊, 拂盡千條舞不長."

索索(색색●●) ①물건이 부딪히는 소리. 슬슬(瑟瑟). 唐 白居易 〈五弦彈〉: "第一第二絃索索, 秋風拂松疏韻落." 朝鮮 張維 〈村夜卽事〉: "索索繅車隔壁鳴, 夜深燈火有餘淸." ②바람 소리. 朝鮮 申欽 〈次仙源〉: "江風索索江雲寒, 江上萬疊愁群山." ③생기가 없는 모양. 北周 庾信 〈擬詠懷〉: "索索無眞氣, 昏昏有俗心." ④텅 빈 모양. 宋 梅堯臣 〈旌義港阻風〉: "茆屋何颼颼, 瓦罌空索索."

棲棲(서서○○) ☞栖栖(서서). ①허둥대는 모양. 唐 姚合 〈武功縣中作〉: "誰念東山客, 棲棲守印床." 朝鮮 金宗直 〈讀史〉: "黃虞邈邈成千古, 孔孟栖栖志九州." ②시드는 모양. 宋 范成大 〈潺陵〉: "春草亦已瘦, 栖栖晚花少." 朝鮮 李惟樟 〈寄李德升〉: "樸樕棲棲作館賓, 不才何幸得芳隣."

絮絮(서서●●) 말이 끊이지 않는 모양. 淸 黃景仁 〈八月十四日夜偕華峰放舟城東醉歸歌此〉: "謂我兀坐不解事, 絮絮呰我如熱譫." 朝鮮 李彦瑱 〈衕衚居室〉: "車馬丁丁當當, 婦女叨叨絮絮."

淅淅(석석●●) 바람 소리. 唐 杜甫 〈秋風〉: "秋風淅淅吹巫山, 上牢下牢修水關." 朝鮮 高時彦 〈曉出東郭〉: "曉嶂尙衣微, 林風吹淅淅."

泄泄(설설●●) ①날갯짓하는 모양. 《詩經 邶風 雄雉》: "雄雉於飛, 泄泄其羽." ②화락한 모양. 《詩經 魏風 十畝之間》:

"十畝之外兮, 桑者泄泄兮." 朝鮮 李瀷 〈十畝桑者〉: "桑者泄泄兮, 行與子逝兮." ③늘어진 모양. 《詩經 大雅 板》: "天之方蹶, 無然泄泄." 朝鮮 申欽 〈宇之傾〉: "無徒然泄泄, 臍其可噬."

屑屑(설설●●) ①애쓰는 모양. 唐 元稹 〈曉將別〉: "屑屑命僮御, 晨裝儼已齊." 朝鮮 徐居正 〈向村墅〉: "吾行多屑屑, 漂泊半生涯." ②자질구레한 모양. 朝鮮 安鼎福 〈次南公瑞韻〉: "何異貧家女, 屑屑爭瓶粟." ③쓸쓸한 소리. 唐 孟郊 〈往河陽宿峽陵寄李侍御〉: "暮春寒風悲屑屑, 啼鳥遶樹泉水噎." 高麗 李奎報 〈對春雪偶吟 得長句二十六韻奉寄芸閣李學士需秋部河郎中千旦內省李起居淳牧〉: "掩戶初聞聲屑屑, 卷簾方見色瀌瀌."

洩洩(설설●●) ①화락한 모양. 高麗 李齊賢 〈十一月十五日〉: "夜深更講家人禮, 和氣融融仍洩洩." ②바람에 날리는 모양. 高麗 鄭誧 〈黃山歌〉: "過雨霏霏濕江樹, 薄雲洩洩凝晴光."

閃閃(섬섬●●) ①빛이 반짝이는 모양. 高麗 李奎報 〈燈夕〉: "燈隔紅紗光閃閃, 佩敲蒼玉響珊珊." ②허둥대는 모양. 唐 唐彥謙 〈長溪秋望〉: "寒鴉閃閃前山去, 杜曲黃昏獨自愁." 高麗 李齊賢 〈放舟向峨嵋山〉: "一片紅旗風閃閃, 數聲柔櫓水悠悠."

纖纖(섬섬●●) ①작은 모양. 北周 庾信 〈周五聲調曲 徵調曲

五〉: "纖纖不絶林薄成, 涓涓不止江河生." 朝鮮 丁若鏞 〈田家晩春〉: "荊桑芽吐魯桑舒, 螘子纖纖出殼初." ②가녀린 모양. 唐 羅鄴 〈題笙〉: "最宜輕動纖纖玉, 醉送當觀灩灩金." 高麗 李穡 〈夏日〉: "箇中只欠纖纖手, 調送花瓷白雪漿." ③정교한 모양. 古詩 〈爲焦仲卿妻作〉: "纖纖作細步, 精妙世無雙." 朝鮮 丁若鏞 〈舞劍篇贈美人〉: "纖纖細步應疏節, 去如怊悵來如喜." ④뾰족한 모양. 唐 韓愈 〈答張十一功曹〉: "篔簹競長纖纖筍, 躑躅閑開灩灩花." 高麗 李穡 〈曉雨〉: "江上平田煙漠漠, 山崖細逕草纖纖." ⑤길고 가는 모양. 唐 孫魴 〈柳〉: "春風多事剛牽引, 已解纖纖學舞腰." 朝鮮 丁若鏞 〈秋夜絶句〉: "端坐曲房如靜女, 一爐香縷上纖纖."

星星(성성○○) ①머리카락이 흰 모양. 宋 梅堯臣 〈次韻答黃介夫七十韻〉: "散帙空堂上, 垂冠髮星星." 朝鮮 尹新之 〈宿安州五美軒〉: "湖山歷歷曾相識, 鬢髮星星半已明." ②작게 말하는 모양. 朝鮮 李恒福 〈漾碧亭八詠〉: "煙中漁舍語星星, 新水入扉魚上瀨."

猩猩(성성○○) ①포유류 동물의 하나인 성성이. 唐 李白 〈遠別離〉: "日慘慘兮雲冥冥, 猩猩啼煙兮鬼嘯雨, 我縱言之將何補." ②선홍색. 성성혈(猩猩血). 唐 皮日休 〈重題薔薇〉: "濃似猩猩初染素, 輕如燕燕欲淩空." ③성성필(猩猩筆). 朝鮮 金宗直 〈答蘇進士等乞筆〉: "棠陰只有猩猩族, 聊與

陳玄托後車."

惺惺(성성○○) 정신이 맑은 모양. 唐 杜甫 〈喜觀卽到復題短篇〉: "應論十年事, 愁絶始惺惺." 朝鮮 姜希孟 〈謝重卿送酒〉: "長笑醒翁著惺惺, 有酒不飮徒爾爲."

細細(세세●●) ①작은 모양. 唐 杜甫 〈宣政殿退朝晩出左掖〉: "宮草微微承委珮, 鑪煙細細駐游絲." 朝鮮 朴彭年 〈政府宴〉: "柳綠東風吹細細, 花明春日正遲遲." ②자세한 모양. 宋 蘇轍 〈葺居〉: "時來拾瓦礫, 細細留花地." 朝鮮 卞季良 〈責友人學琴〉: "將子聆我言, 細細相斟量." ③느린 모양. 宋 王安石 〈招葉致遠〉: "山桃溪杏兩三栽, 嫩蕊商量細細開." 朝鮮 李荇 〈十四日作〉: "暮雨蕭蕭過, 殘尊細細斟." ④빽빽한 모양. 宋 蘇軾 〈風水洞和李節推〉: "細細龍鱗生亂石, 團團羊角轉空巖." ⑤바람이 살랑살랑 부는 모양. 朝鮮 張維 〈春日遣興 回文〉: "姸姸暖日薰黃柳, 細細輕風漾白蘋."

昭昭(소소○○) ①밝은 모양. 淸 方苞 〈七思 兄子道希〉: "春陽兮載歌, 白日兮昭昭." 朝鮮 金誠一 〈次監司洪淵喜雨韻〉: "亹亹聖心乾不息, 昭昭帝德日同明." ②또렷한 모양. 朝鮮 許筠 〈夢二子詩〉: "昭昭夢中語, 已喜返其眞." ③명랑한 모양. 《詩經 魯頌 泮水》: "其馬蹻蹻, 其音昭昭."

瀟瀟(소소○○) ①비바람이 휘몰아치는 모양. 《詩經 鄭風 風雨》: "風雨瀟瀟, 鷄鳴膠膠." 朝鮮 丁若鏞 〈奉簡五沙李參

判〉: "風雨瀟瀟滿漢城, 侍郎門巷不勝淸." ②가랑비가 내리는 모양. 南唐 王周 〈宿疎陂驛〉: "誰知孤宦天涯意, 微雨瀟瀟古驛中." 高麗 李齊賢 〈憶松都八詠 南浦煙蓑〉: "一灣蒲葦雨瀟瀟, 隔岸人家更寂寥." ③적막한 모양. 唐 劉長卿 〈石梁湖有寄〉: "瀟瀟淸秋暮, 嫋嫋凉風發." 朝鮮 張維 〈寄懷畸翁白洲〉: "十日風和雨, 瀟瀟斷送秋."

蕭蕭(소소○○) ①쓸쓸한 모양. 唐 皎然 〈往丹陽尋陸處士不遇〉: "寒花寂寂偏荒阡, 柳色蕭蕭愁暮蟬." 朝鮮 張維 〈感興〉: "蕭蕭衡茅下, 中有至樂在." ②빗소리. 바람 소리. 물소리. 말 울음소리. 악기 소리의 형용. 宋 王安石 〈試院中五絶句〉: "蕭蕭疏雨吹檐角, 噎噎暝蛩啼草根." 朝鮮 沈彦光 〈鍾城館遇雨〉: "蕭蕭落木關山夜, 旅館靑燈惱客眠." ③누추한 모양. 唐 牟融 〈送范啓東還京〉: "蕭蕭行李上征鞍, 滿目離情欲去難." 朝鮮 奇大升 〈宿根峴小菴書示玄策上人〉: "松櫪陰森擁小天, 蕭蕭茅屋構三椽."

騷騷(소소○○) ①행동이 빠른 모양. 宋 黃庭堅 〈寄裴仲謨〉: "騷騷家治具, 夫子且歸沐." 朝鮮 李荇 〈宗聖以謝恩使朝京詩以送之〉: "騷騷行李又朝天, 王事何曾怨獨賢." ②근심하는 모양. 《楚辭 九歎》: "聊假日以須臾兮, 何騷騷而自故." ③처량한 모양. 唐 姚合 〈秋日書事寄秘書竇少監〉: "秋氣日騷騷, 星星雙鬢毛." 朝鮮 李惟樟 〈雪冒臺逵似連瑙權學士重經蔡學士彭胤應製有詩次之〉: "頑雲潑

墨冽風銛, 半夜騷騷雪意嚴.” ④바람 소리. 나뭇잎 소리. 물소리. 벌레소리 등의 형용. 南朝 梁 何遜 〈入西塞示南府同僚〉: “黯黯連障陰, 騷騷急沫響.” 唐 徐凝 〈莫愁曲〉: “玳瑁牀頭刺戰袍, 碧紗窗外葉騷騷.” 宋 張耒 〈寒蛩〉: “寒蛩振翼聲騷騷, 夜深月影在蓬蒿.” 淸 姚鼐 〈題唐人關山行旅圖〉: “耳邊不斷風騷騷, 猿鳥悲嘯兕虎嗥.” 朝鮮 奇大升 〈喜雨〉: “同風鏖暑隮氛氳, 瓦響騷騷夜轉聞.”

簌簌(속속●●) ①꽃잎 따위가 떨어지는 모양. 唐 元稹 〈連昌宮詞〉: “又有牆頭千葉桃, 風動落花紅簌簌.” ②짙은 모양. 元 迺賢 〈三峰山歌〉: “曠野天寒霜簌簌, 夜靜愁聞山鬼哭.” ③뱀이 지나가는 소리. 흙이 떨어지는 소리 따위의 형용. 朝鮮 李堣 〈題礪原山莊〉: “風聲聞簌簌, 日影漏團團.”

蔌蔌(속속●●) ①누추한 모양. 《詩經 小雅 正月》: “佌佌彼有屋, 蔌蔌方有穀.” ②바람이 매서운 모양. 唐 韓愈 〈雨〉: “坐來蔌蔌山風疾, 山雨隨風暗原隰.” 朝鮮 丁若鏞 〈截瘧詞示李醫〉: “寒蔌簌洒肌肉, 熱熇熇煎肺腸.” ③바람에 날려 떨어지는 모양. 朝鮮 許筠 〈向南平道中〉: “春晩岸花飄蔌蔌, 雨晴沙鴨語咬咬.” ④졸졸 흐르는 모양. 宋 蘇軾 〈食甘〉: “淸泉蔌蔌先流齒, 香霧霏霏欲噀人.” ⑤작은 소리의 형용. 朝鮮 丁壽崑 〈通津客舍曉起張燭走筆〉: “霜葉含風蔌蔌鳴, 閑庭寂寂有餘淸.”

謖謖(속속●●) ①세찬 바람 소리. 宋 蘇軾 〈西湖壽星院此君軒〉: "臥聽謖謖碎龍鱗, 俯看蒼蒼立玉身." 朝鮮 尹拯 〈貸米僧舍不得戱題〉: "乞米也難粥也乏, 謖謖唯聞松下風." ②강인한 모양. 清 龔自珍 〈己亥雜詩〉: "眉痕英絶語謖謖, 指揮小婢帶韜略."

碎碎(쇄쇄●●) ①가느다란 모양. 미세한 모양. 唐 李賀 〈上雲樂〉: "天江碎碎銀沙路, 嬴女機中斷煙素." ②반짝이는 모양. 朝鮮 丁若鏞 〈蟬唫三十絶句〉: "十丈黃楡日上遲, 金鱗碎碎葉間窺."

灑灑(쇄쇄●●) ①사방으로 흩어지는 모양. 唐 陸龜蒙 〈迎潮送潮辭 送潮〉: "潮西來兮又東下, 日染中流兮紅灑灑." ②깨끗한 모양. 朝鮮 金誠一 〈看雲亭〉: "雲意自閑閑, 禪襟何灑灑."

瑣瑣(쇄쇄●●) ①용렬한 모양. 《詩經 小雅 節南山》: "瑣瑣姻亞, 則無膴仕." 朝鮮 洪大容 〈與申念齋賦贈朴燕巖趾源〉: "瑣瑣側陋子, 慚愧停筆耕." ②작은 소리. 唐 杜牧 〈送劉三復郎中赴闕〉: "玉珂聲瑣瑣, 錦帳夢悠悠." ③말이 많은 모양. 元 黃溍 〈上京道中雜詩 劉蕡祠堂〉: "瑣瑣談得失, 無乃市井言." ④곤궁한 모양. 朝鮮 鄭道傳 〈夢陶隱自言常渡海裝任爲水所濡盖有憔悴之色焉〉: "草草勞苦色, 瑣瑣羇旅姿."

颼颼(수수○○) ①빗소리. 바람 소리. 唐 杜甫 〈秋雨嘆〉: "雨聲

颼颼催早寒, 胡雁翅濕高飛難." 朝鮮 鄭道傳 〈中秋歌〉: "秋風颼颼動林莽, 物像蕭條何悄然." ②음산한 모양. 金 元好問 〈游龍山〉: "石門無風白日靜, 自是林響寒颼颼." 朝鮮 張維 〈曉行〉: "曉月蒼茫挂山頭, 東方漸白風颼颼."

垂垂(수수○○) ①점점. 元 耶律楚材 〈和漁陽趙光祖〉: "十年歎我垂垂老, 萬里憐君得得來." 朝鮮 朴忠元 〈傷春〉: "燕子光陰來鼎鼎, 杏花消息老垂垂." ②느린 모양. 늦은 모양. 宋 岳飛 〈過張溪贈張完〉: "花下少年應笑我, 垂垂羸馬訪高人." 朝鮮 金宗直 〈湖南李節度使 季仝 寄示冠山東亭四詩要和〉: "春事垂垂晩, 徵書鼎鼎來." ③낮게 드리운 모양. 唐 薛能 〈盩厔官舍新竹〉: "心覺清涼體似吹, 滿風輕撼葉垂垂." 朝鮮 丁若鏞 〈夏日田園雜興效范楊二家體〉: "春事微茫不可追, 青梅結子柳垂垂." ④떨어지는 모양. 내리는 모양. 宋 蘇舜欽 〈送人還吳江道中作〉: "江雲春重雨垂垂, 索寞情懷送客歸." 朝鮮 李德懋 〈四時調歌〉: "垂垂白雨水亭東, 禾滿畦中荷滿塘中." ⑤뻗어나간 모양. 明 王韋 〈閣試春陰詩〉: "野色垂垂十餘里, 草綠柔茵低迤邐." 朝鮮 徐居正 〈將往法泉寺與子武遇驪江繼有權上舍綸金上舍命中來會偕往途中有作〉: "納納乾坤蕩, 垂垂道路遙."

肅肅(숙숙●●) ①엄정한 모양. 清 龔自珍 〈題鷺津上人書册〉: "氣莊志定欬肅肅, 筆冲墨粹神亭亭." 朝鮮 張維 〈和李

祭酒子時重植狀元柏之作〉: "肅肅芹藻宮, 侁侁瑚璉器." ②빠른 모양. 唐 杜甫 〈喜晴〉: "出廓眺西郊, 肅肅春增華." ③공경하는 모양. 《詩經 大雅 思齊》: "雝雝在宮, 肅肅在廟." ④음산한 모양. 宋 范成大 〈寒夜〉: "肅肅月浸樹, 滿庭穠李花." 高麗 李崇仁 〈感興〉: "亹亹天機運, 肅肅秋氣悲." ⑤바람 소리. 날갯짓 소리. 낙화 소리의 형용. 宋 蘇軾 〈壽星院寒碧軒〉: "清風肅肅搖窗扉, 窗前修竹一尺圍." 麗末鮮初 金克己 〈田家四時〉: "鴻雁已肅肅, 蟪蛄仍啾啾."

恂恂(순순○○) ①공손한 모양. 朝鮮 權近 〈賀門下左侍中平壤伯趙公〉: "恂恂禮彌恭, 事師如事父." ②두려워하는 모양. 朝鮮 丁若鏞 〈送李護軍爲晉陽節度使〉: "報國思蹇蹇, 律己宜恂恂."

淳淳(순순○○) ①돈후한 모양. 唐 張紹 〈冲佑觀〉: "皇風蕩蕩, 黔首淳淳." ②빛나는 모양. 朝鮮 蔡裕後 〈早起卽事〉: "蒹葭露淳淳, 秋竹正交翠."

諄諄(순순○○) ①되풀이 가르치는 모양. 宋 王安石 〈楊劉〉: "疑似已如此, 況欲諄諄誨." ②간절한 모양. 朝鮮 丁若鏞 〈聞默齋許相國復其官爵〉: "血書朝懇懇, 恩綍暮諄諄."

崇崇(숭숭○○) ①높고 큰 모양. 朝鮮 丁壽崑 〈萬松山〉: "紺宇凌霄塔半空, 萬松含翠鬱崇崇." ②우렛소리. 晉 夏侯湛 〈雷賦〉: "掣丹霆之燄燄兮, 奮迅雷之崇崇."

瑟瑟(슬슬●●) ①짙푸름. 唐 白居易 〈暮江吟〉: "一道殘陽鋪水中, 半江瑟瑟半江紅." 朝鮮 李德懋 〈途中雜詩〉: "箇箇珊瑚瑟瑟, 刺叢紅顆青實." ②바람 소리. 漢 劉楨 〈贈從弟〉: "亭亭山上松, 瑟瑟谷中風." 朝鮮 丁若鏞 〈行次成歡〉: "紅稻打時風瑟瑟, 黃花開後雨輕輕." ③쓸쓸한 모양. 唐 劉希夷 〈擣衣篇〉: "秋天瑟瑟夜漫漫, 夜白風清玉露團." 朝鮮 金宗直 〈和克己饋西瓜韻兼敍昨日林下之歡九月二十五日也〉: "何必娛君絲與竹, 楓能瑟瑟澗冷冷." ④차가운 모양. 唐 雍陶 〈和河南白尹西池北新葺水齋招賞十二韻〉: "坐中寒瑟瑟, 牀下細冷冷."

習習(습습●●) ①화창한 모양. 산들바람이 부는 모양. 唐 吳筠 〈游仙〉: "靈風生太漠, 習習吹人襟." 麗末鮮初 金克己 〈西樓晚望〉: "江風習習獵春叢, 塞日濛濛臥晚空." ②새가 나는 모양. 晉 左思 〈詠史〉: "習習籠中鳥, 擧翮觸四隅." ③빗소리. 唐 陳潤 〈宿北樂館〉: "溪流潺潺雨習習, 燈影山光滿窗入." ④청아한 모양. 朝鮮 奇大升 〈詠滿開紅桃〉: "詞荒愧未酬妖艶, 留與閑吟習習香."

繩繩(승승○○) ①조심하는 모양. 北周 庾信 〈周祀圜丘歌〉: "思虔肅肅, 致敬繩繩." ②많은 모양. 끊이지 않는 모양. 《詩經 周南 螽斯》: "螽斯羽, 薨薨兮. 宜爾子孫, 繩繩兮." 朝鮮 申欽 〈冠孫冕〉: "繩繩七百禩, 圭組繼舃赫."

偲偲(시시○○) 격려하는 모양. 唐 白居易 〈代書一百韻寄微之〉:

"交賢方汲汲, 友直每偲偲." 朝鮮 丁若鏞 〈宿寺〉: "怡怡復偲偲, 衷素發忱悃."

侁侁(신신○○) ①끊임없는 오가는 모양. 《楚辭 招魂》: "豺狼從目, 往來侁侁些." 朝鮮 張維 〈和李祭酒子時重植狀元柏之作〉: "肅肅芹藻宮, 侁侁瑚璉器." ②많은 모양. 唐 杜甫 〈題衡山縣文宣王廟新學堂〉: "侁侁胄子行, 若舞風雩至." 高麗 李穡 〈有感〉: "侁侁函丈閑, 搖脣勿容易."

申申(신신○○) ①화평한 모양. 元 耶律楚材 〈和李世榮韻〉: "憂國心情常悄悄, 閑居容止自申申." 朝鮮 李德懋 〈絶句〉: "溫溫元若虛, 申申朴次修." ②반복되는 모양. 清 陸奎勛 〈湖上念金心齋〉: "寧料湘潭憔悴客, 仍逢嬃女詈申申." 朝鮮 張維 〈吊箕子賦次姜編修韻〉: "聊申申以敷告兮, 謇身抑而道揚."

莘莘(신신○○) 무성한 모양. 清 納蘭性德 〈擬古〉: "南山有閑田, 不治委荊榛. 今年適種豆, 枝葉何莘莘." 朝鮮 李滉 〈將出山留山諸君送至場巖〉: "雨雲浩浩濃還淡, 儒釋莘莘去或留."

甡甡(신신○○) 촘촘한 모양. 唐 李商隱 〈戊辰會靜中出貽同志二十韻〉: "金鈴攝群魔, 絳節何甡甡." 朝鮮 金宗直 〈十月上田于江原道〉: "甡甡麋鹿藪, 蕩蕩漆沮原."

沁沁(심심) 흐트러진 모양. 唐 杜甫 〈放船〉: "江市戎戎暗, 山雲沁沁寒." 朝鮮 徐居正 〈豐閏縣〉: "野日荒荒去, 山雲沁

淰橫."

深深(심심○○) ①깊숙한 모양. 高麗 李穀 〈七夕小酌〉: "笑談款款罇如海, 簾幙深深雨送秋." 朝鮮 張維 〈送兪子先宰伊川〉: "深深白玉堂, 粲粲三珠樹." ②짙은 모양. 唐 崔櫓 〈華清宮〉: "草遮回磴絶鳴鑾, 雲樹深深碧殿寒." 朝鮮 趙明鼎 〈青石嶺〉: "山木深深石棧開, 春衣一振最高臺." ③뚜렷한 모양. 唐 薛逢 〈君不見〉: "人生倏忽一夢中, 何必深深固權位."

| ㅇ |

峩峩(아아○○) 우뚝한 모양. 위엄이 있는 모양. 高麗 李穡 〈白雲〉: "峨峨大華峯, 絶頂堪棲遲." 朝鮮 張維 〈題臺監契會圖〉: "清朝濟濟殿中班, 法府峩峩柱後冠."

啞啞(아아○●) ①새소리. 唐 李白 〈烏夜啼〉: "黃雲城邊烏欲棲, 歸飛啞啞枝上啼." 朝鮮 鄭枏壽 〈冬夜口占〉: "霜樹凍鴉啼啞啞, 月庭寒竹翠蕭蕭." ②아이의 말소리. 웃는 소리. 唐 于鵠 〈古詞〉: "新長青絲髮, 啞啞言語黠." 朝鮮 安鼎福 〈閉口吟〉: "捫耳且指口, 相對笑啞啞." ③기물이 울리는 소리. 唐 劉言史 〈買花謠〉: "澆紅湮綠千萬家, 青絲玉轤聲啞啞." 朝鮮 申欽 〈估客樂〉: "啞啞十八櫓, 上灘灘路窄."

峨峨(아아○○) ①우뚝한 모양. 唐 韋應物 〈擬古詩〉: “峨峨高山巓, 浼浼青川流.” ②성대한 모양. 《詩經 大雅 棫樸》: “濟濟辟王, 左右奉璋. 奉璋峨峨, 髦士攸宜.” 清 王士祿 〈顧云美八分書歌〉: “當年海內無干戈, 留都之物尤峨峨.” ③음악이 고상함. 高麗 禹天啓 〈聽琴〉: “雍容恬淡古意深, 峨峨洋洋山水中.”

雅雅(아아●●) ①조용한 모양. 宋 王令 〈夢蝗〉: “雍雍材能官, 雅雅仁義儒.” ②깨끗한 모양. 朝鮮 李種徽 〈贈報恩寺上人〉: “雅雅梵音處, 迢迢寶殿層.”

諤諤(악악●●) ①우뚝 선 모양. 漢 王延壽 〈魯靈光殿賦〉: “神仙諤諤於棟間, 玉女窺窗而下照.” ②직언하는 모양. 朝鮮 李荇 〈哭金仁老〉: “忠言諤諤動天扉, 行路猶知御史威.”

喔喔(악악●●) 닭 울음소리. 唐 張籍 〈羈旅行〉: “晨雞喔喔茅屋傍, 行人起掃車上霜.” 高麗 鄭夢周 〈己酉冬宿長守驛寄益陽太守李容〉: “驛亭中夜起, 鷄鳴聲喔喔.”

戛戛(알알●●) ①사물이 서로 어긋난 모양. 高麗 李穡 〈至王京〉: “有心應戛戛, 賦命只蒼蒼.” ②몹시 어려운 모양. 宋 沈遼 〈雜詩〉: “乃知戛戛行, 皆爲名所縛.” ③학이나 기러기의 울음소리. 朝鮮 金安國 〈十詠〉: “戛戛鶴唳空, 皎皎月掛梁.” 朝鮮 朴誾 〈十四日〉: “斷鴻戛戛煩相喚, 獨立蒼茫有所思.”

軋軋(알알●●) ①잘 나아가지 못하는 모양. 宋 歐陽脩 〈謝景山遺古硯歌〉: "有時屬思欲飛灑, 意緒軋軋難抽繰." ②소란스러운 모양. 성가신 모양. 唐 羅隱 〈自貽〉: "漢武巡游虛軋軋, 秦皇吞併謾驅驅." ③수레 소리, 베 짜는 소리, 노 젓는 소리 등의 형용. 唐 許渾 〈旅懷〉: "征車何軋軋, 南北極天涯." 朝鮮 丁若鏞 〈蟬唫三十絶句〉: "繅車軋軋手如荑, 抽出鐺中萬縷絲."

黯黯(암암●●) ①어두운 모양. 검은 모양. 漢 陳琳 〈游覽〉: "蕭蕭山谷風, 黯黯天路陰." 宋 王安石 〈望淮口〉: "白煙彌漫接天涯, 黯黯長空一道斜." 朝鮮 丁若鏞 〈夜〉: "黯黯江村暮, 疏籬帶犬聲." ②낙담한 모양. 唐 李商隱 〈自桂林奉使江陵道中感懷寄獻尙書〉: "江生魂黯黯, 泉客淚涔涔." 朝鮮 蘇世讓 〈燕京卽事〉: "春愁黯黯連空館, 歸興翩翩落故山."

泱泱(앙앙○○) ①물이 깊고 넓은 모양. 宋 范仲淹 〈桐廬郡嚴先生祠堂記〉: "雲山蒼蒼, 江水泱泱." 朝鮮 金誠一 〈次慶源東軒韻〉: "層冰不見水泱泱, 天塹難分漢虜鄕." ②기세가 큰 모양. 南朝 梁 何遜 〈七召 治化〉: "蕩蕩薰風, 泱泱大典." ③광활한 모양. 高麗 李奎報 〈次韻吳東閣世文呈誥院諸學士三百韻詩〉: "翼翼呀雙闕, 泱泱闢大池."

昂昂(앙앙○○) ①출중한 모양. 고결한 모양. 宋 梅堯臣 〈讀蟠桃詩寄子微永叔〉: "其人雖憔悴, 其志獨昂昂." 朝鮮 張維

〈送朴德雨出宰靈光〉: "昂昂天馬駒, 不受金絡頭." ②도량이 넓은 모양. 唐 韋應物 〈上東門會送李幼擧南游徐方〉: "令姿何昂昂, 良馬遠遊冠." 朝鮮 鄭道傳 〈得座字謹題左侍中卷末〉: "昂昂志氣高, 藉藉名聲大." ③높이 쳐다보는 모양. 元 趙孟頫 〈題耕織圖奉懿旨撰〉: "四月夏氣淸, 蠶大已屬眠. 高首何昂昂, 蛾眉復娟娟." ④자부하는 모양. 高麗 李穡 〈摩尼山紀行〉: "自擬昂昂如野鶴, 奈何行色趁昏鴉."

怏怏(앙앙●●) 만족하지 않은 모양. 울분에 찬 모양. 앙앙(鞅鞅). 唐 王昌齡 〈大梁途中作〉: "怏怏步長道, 客行渺無端." 唐 杜甫 〈奉贈韋左丞丈二十二韻〉: "焉能心怏怏, 祇是走踆踆." 朝鮮 金世濂 〈次權學官韻〉: "聖恩尙羈縻, 夷情頗怏怏."

欸欸(애애○○) ①탄식하는 소리. 唐 皮日休 〈卒妻怨〉: "誰知白屋士, 念此飜欸欸." ②고함지르는 소리. 朝鮮 朴誾 〈廣津渡風雨甚惡力棹泊三田渡晩來波濤稍安乘月下棹子島宿狎鷗亭下曉到漢江下岸〉: "移舟欸欸趁落日, 互歌軋軋驚水府."

靄靄(애애●●) ①구름이 짙은 모양. 唐 張祜 〈夜雨〉: "靄靄雲四黑, 秋林響空堂." 朝鮮 奇大升 〈寄友〉: "漢陰雲靄靄, 湖上月娟娟." ②흐린 모양. 明 高啓 〈秋日江居寫懷〉: "漁村靄靄緣江暗, 農徑蕭蕭入圃斜." 朝鮮 李承召 〈次益

齋瀟湘八景詩韻〉: "靄靄千林暗, 悠悠一水圍."

藹藹(애애••) ①무성한 모양. 晉 陶潛 〈和郭主簿〉: "藹藹堂前林, 中夏貯淸陰." 朝鮮 金宗直 〈矗石樓雜詩寄贈安東趙敎授昱曾任晉學有所盼嘗著香夢錄〉: "長林藹藹連蒼壁, 粧點臺隍晩色新." ②많은 모양. 晉 陸機 〈艶歌行〉: "藹藹風雲會, 佳人一何繁." 朝鮮 張維 〈詠錦陽都尉新第八景〉: "小塢濛濛花影暗, 長堤藹藹草香浮." ③온화한 모양. 明 何景明 〈立春日作〉: "藹藹春候至, 天氣和且淸." 朝鮮 金劬 〈貫虹樓〉: "人在靈臺春藹藹, 詩謌天保日渢渢." ④운무(雲霧) 등이 짙은 모양. 南朝 宋 鮑照 〈采桑詩〉: "藹藹霧滿閨, 融融景盈幕." 朝鮮 李宜顯 〈病起野望〉: "江城雪後似春歸, 藹藹平原映夕暉." ⑤흐린 모양. 明 何景明 〈白菊賦〉: "簷蕭蕭以下月, 庭藹藹而降霜."

曖曖(애애••) ①어둑한 모양. 明 何景明 〈述歸賦〉: "塵曖曖以蔽空兮, 風發發而揚衢." 朝鮮 金宗直 〈古意五韻五篇〉: "羲和曖曖迫崦嵫, 玉軑雲旗何處之, 攀援桂枝渴且飢." ②어슴푸레한 모양. 晉 陶潛 〈歸園田居〉: "曖曖遠人村, 依依墟里煙." 朝鮮 崔岦 〈微雪復次坡詩韻〉: "疎疎未遽爭頭白, 曖曖飜疑是眼花." ③번성한 모양. 唐 孟郊 〈獻襄陽于大夫〉: "物色增曖曖, 寒芳更萋萋." 朝鮮 奇大升 〈向湖堂〉: "陽坡松曖曖, 陰澗水涓涓."

哀哀(애애○○) 슬퍼하는 모양. 唐 李咸用 〈湘浦有懷〉: "鴻雁哀

哀背朔方, 餘霞倒影畫瀟湘.” 朝鮮 卞季良 〈莘野行〉: “哀哀烝民沸煎熬, 奚啻炎火玉石焚.”

皚皚(애애○○) 하얀 모양. 唐 呂岩 〈七言〉: “晩醉九巖回首望, 北邙山下骨皚皚.” 朝鮮 李惟樟 〈題李君則金剛山詩卷後次卷中韻〉: “皚皚雪色半空石, 隱隱雷聲何處鐘.”

若若(약약●●) ①늘어진 모양. 清 錢謙益 〈渡淮河聞何三季穆之訃〉: “自言星星髮, 不紆若若綬.” 朝鮮 丁壽崗 〈奉別青松府使柳震卿陽春〉: “若若腰間印綬横, 嶺南千里送君行.” ②번번이. 高麗 李奎報 〈奉寄張學士自牧褒天院湍兼簡足庵聆首座〉: “雖紆綬若若, 屢有尋僧期.”

穰穰(양양○○) ①곡식이 풍성하게 익은 모양. 《詩經 商頌 烈祖》: “自天降康, 豐年穰穰.” ②많은 모양. 唐 韓愈 〈劉生詩〉: “天星廻環數纔周, 文學穰穰囷倉稠.” 朝鮮 丁若鏞 〈內閣應教〉: “野色油油遠, 秋香穰穰多.” ③어지러운 모양. 唐 溫庭筠 〈寒食節日寄楚望〉: “颸颸楊柳風, 穰穰櫻桃雨.” 朝鮮 丁若鏞 〈豆卮津〉: “穰穰往來摠爲利, 誰能挽世途耳目.”

壤壤(양양●●) ①어지러운 모양. 宋 王安石 〈和農具詩〉: “蓬蓬戲場聲, 壤壤戰時伍.” ②많은 모양. 朝鮮 丁若鏞 〈十二月三日文山至越三日夜設饅頭侑以長句〉: “熙熙壤壤路縱横, 物外清標見此行.”

攘攘(양양●●) 어지러운 모양. 清 唐孫華 〈四月七日携家南廣

寺飯僧〉: "側目窺帝所, 攘攘逐朝簪." 朝鮮 申欽 〈述懷〉: "俯視夸毗子, 攘攘那可述."

洋洋(양양○○) ①광활한 모양. 《詩經 大雅 大明》: "牧野洋洋, 檀車煌煌." 朝鮮 徐居正 〈望海吟〉: "天地茫茫何所依, 河海洋洋何所歸." ②성대한 모양. 《詩經 衛風 碩人》: "河水洋洋, 北流活活." 朝鮮 奇大升 〈點瑟天機鳴〉: "洋洋萬物與同流, 意思妙絶韶與謳." ③많은 모양. 《詩經 魯頌 閟宮》: "萬舞洋洋, 孝孫有慶." 朝鮮 李裕元 〈竹西樓〉: "分明可數還無數, 前隊洋洋後隊同." ④득의한 모양. 宋 朱淑眞 〈春上亭上觀魚〉: "春暖長江水正淸, 洋洋得意漾波生." 朝鮮 李德懋 〈絶句〉: "牧隱黃蘇圃隱唐, 高麗家數韻洋洋."

揚揚(양양○○) ①득의한 모양. 高麗 李穡 〈途中獨詠〉: "奈何自畫者, 揚揚誇寸功." ②나부끼는 모양. 朝鮮 李荇 〈淸明後有感〉: "揚揚兩株柳, 嫋嫋黃金絲."

漾漾(양양●●) ①반짝이는 모양. 唐 皇甫曾 〈山下泉〉: "漾漾帶山光, 澄澄倒林影." 唐 許渾 〈春望思舊游〉: "花光晴漾漾, 山色晝峨峨." ②출렁이는 모양. 朝鮮 奇大升 〈次漢江舟中〉: "寒江漾漾泛樓船, 霞碎雲銷媚遠天."

抑抑(억억●●) ①삼가 살피는 모양. 《詩經 大雅 抑》: "其未醉止, 威儀抑抑." 淸 黃景仁 〈將爲北行留贈沈楓墀〉: "君才十倍我, 抑抑善謙退." 朝鮮 卞季良 〈勤政殿〉: "嚴恭體無

逸, 箴儆觀抑抑.” ②아름다운 모양.《詩經 大雅 假樂》: “威儀抑抑, 德音秩秩.” ③우울한 모양. 宋 陳傅良 〈寄題陳同甫抱膝亭〉: “此意太勞勞, 此身長抑抑.”

嶷嶷(억억●●) ①아이가 영리한 모양. 唐 韓愈 孟郊 〈城南聯句〉: “乳下秀嶷嶷, 椒蕃泣喤喤.” ②높이 솟은 모양. 宋 曾鞏 〈京師觀音院新堂〉: “駢羅嶷嶷三秀石, 蘩迸娟娟兩脩竹.” ③위무(威武)가 있는 모양. 朝鮮 奇大升 〈贈別〉: “關塞迢迢路無極, 風標嶷嶷思彌鮮.”

業業(업업●●) ①위태로운 모양.《詩經 大雅 雲漢》: “旱既大甚, 則不可推. 兢兢業業, 如霆如雷.” ②크고 웅장한 모양. 明 夏完淳 〈野哭〉: “駟馬駸駸車業業, 日高鵝鸛不成列.” ③장엄한 모양.《詩經 大雅 常武》: “赫赫業業, 有嚴天子.” ④조심하는 모양. 朝鮮 崔淑精 〈送李觀察使赴黃海道〉: “宵衣仍業業, 夕惕又乾乾.”

曀曀(에에●●) 바람이 불고 흐린 모양. 南朝 宋 鮑照 〈學劉公幹體〉: “曀曀寒野霧, 蒼蒼陰山柏.” 朝鮮 南孝溫 〈奉別季父子寅之嶺南〉: “終風曀曀雪霏霏, 大嶺峨峨亙一涯.”

如如(여여○○) ①진여(眞如). 唐 白居易 〈讀禪經〉: “攝動是禪禪是動, 不禪不動卽如如.” 朝鮮 成俔 〈送義根禪宗還山〉: “如如不動常澄源, 發光觸處森焞焞.” ②영원함. 唐 賈島 〈寄無得頭陀〉: “落澗水聲來遠遠, 當空月色自如如.” 朝鮮 李植 〈李書狀佐价朝天以患舡暈爲憂戲用外教語追作二

頌奉寄〉: "四儀自如如, 心息常勻停."

役役(역역●●) ①열심히 일하는 모양. 宋 梅堯臣 〈依韻奉和永叔感興〉: "秋蟲至微物, 役役網自織." 高麗 釋 懶翁 〈警世〉: "終世役役走紅塵, 頭白焉知老此身. 名利禍門爲猛火, 古今燒盡幾千人." ②권세를 좇는 모양. 清 汪紹焻 〈劉伯倫〉: "利名役役眞成醉, 只有先生是獨醒." 朝鮮 孫舜孝 〈張良〉: "堪笑世人長役役, 功成勇退是英雄."

悁悁(연연○○) ①슬퍼하는 모양. 唐 韓愈 〈贈別元十八協律〉: "如何又須別, 使我抱悁悁." 高麗 李奎報 〈奉寄張學士自牧 裵天院湍 兼簡足庵聆首座〉: "北望苦悁悁, 目與心俱注." ②간절한 모양. 宋 楊萬里 〈寄謝蜀帥袁起巖尙書閣學寄贈藥物〉: "只有綿城袁閣學, 寄詩贈藥意悁悁."

姸姸(연연○○) ①예쁜 모양 高麗 李奎報 〈地棠〉: "姸姸眞有仙子態, 安知不向閬風蓬島鍾其精." ②나긋나긋한 모양. 朝鮮 張維 〈春日遣興 回文〉: "姸姸暖日薰黃柳, 細細輕風漾白蘋."

淵淵(연연○○) ①깊고 넓은 모양. 심오한 모양. 元 揭傒斯 〈得程翰林揚州消息〉: "淵淵賢達心, 悢悢情內傷." 朝鮮 郭再祐 〈退居琵琶山〉: "守靜彈琴心淡淡, 杜窗調息意淵淵." ②북소리. 南朝 梁 何遜 〈宿南洲浦〉: "沈沈夜看流, 淵淵朝聽鼓." 高麗 李存吾 〈石灘行〉: "憶昔唐將航海至, 雄兵十萬鼓淵淵."

涓涓(연연○○) ①물이 졸졸 흐르는 모양. 晉 陶潛 〈歸去來辭〉: "木欣欣以向榮, 泉涓涓而始流." 朝鮮 姜希孟 〈田家〉: "流水涓涓已沒蹄, 煖煙桑柘鵓鳩啼." ②맑고 밝은 모양. 唐 王初 〈銀河〉: "歷歷素楡飄玉葉, 涓涓淸月濕冰輪." 朝鮮 奇大升 〈湖亭偶吟 贈諸公〉: "涓涓玉飛還數, 艶艶黃花笑自如."

娟娟(연연○○) ①자태가 고운 모양. 唐 杜甫 〈寄韓諫議注〉: "美人娟娟隔秋水, 濯足洞庭望八荒." 高麗 李奎報 〈山寺詠月〉: "故人唯月在, 入詠已娟娟." ②길고 굽은 모양. 唐 沈佺期 〈自昌樂郡溯流至白石嶺下行入郴州〉: "娟娟潭裏虹, 渺渺灘邊鶴." ③아름다운 모양. 宋 司馬光 〈和楊卿中秋月〉: "嘉賓勿輕去, 桂影正娟娟." 朝鮮 奇大升 〈寄友〉: "漢陰雲靄靄, 湖上月娟娟." ④나부끼는 모양. 唐 杜甫 〈小寒食舟中作〉: "娟娟戲蝶過閑幔, 片片輕鷗下急湍." 朝鮮 丁若鏞 〈酬金佐郎〉: "雲生紫閣娟娟去, 江出丹陽遠遠來." ⑤물이나 눈물이 흐르는 모양. 前蜀 韋莊 〈夜景〉: "欲把傷心問明月, 素娥無語淚娟娟." 高麗 釋 宏演 〈奉和思謙題西宇鍊師山水圖〉: "飛泉娟娟石鑿鑿, 淸輝粲爛開吟瞳."

軟軟(연연●●) 바람이 부는 모양. 朝鮮 徐居正 〈奉寄姜景醇判書〉: "菡萏池塘風軟軟, 葡萄院落雨絲絲." 朝鮮 盧守愼 〈次林塘賞心軒韻〉: "踏盡街南軟軟塵, 那知有路可尋眞."

蠕蠕(연연○○) 벌레가 기어가는 모양. 唐 李賀 〈感諷〉: "越婦未織作, 吳蠶始蠕蠕." 高麗 釋 天因 〈題權學士法華塔〉: "金言六萬九千字, 字字蠕蠕如蟻旋."

咽咽(열열●●) 목메어 우는 소리. 唐 僧鸞 〈贈李粲秀才〉: "愁如湘靈哭湘浦, 咽咽哀音隔雲霧." 朝鮮 李惟樟 〈龍門寺贈丁君翊〉: "冰江咽咽惜分襟, 春草萋萋喜盍簪."

灩灩(염염●●) 염염(灧灧). ①달빛이 물에 반짝이는 모양. 唐 張若虛 〈春江花月夜〉: "灩灩隨波千萬里, 何處春江無月明." 朝鮮 金履喬 〈舟到鷺梁經山從驛使寄詩相與和之〉: "汀洲灩灩新生月, 關海迢迢欲暮雲." ②물이 일렁이는 모양. 唐 張籍 〈朱鷺〉: "避人引子入深塹, 動處水紋開灩灩." 高麗 李穡 〈寄呈韓評理〉: "雨過鳳池波灩灩, 雲開螭陛日曈曈." ③물이 넘치는 모양. 唐 李群玉 〈長沙陪裴大夫夜宴〉: "泠泠玉漏初三滴, 灩灩金觴已半酡." 高麗 李穀 〈癸未元日崇天門下〉: "壽觴灧灧浮春色, 仙仗摐摐立曉風."

焰焰(염염●●) 염염(燄燄). ①불씨가 일어나는 모양. 明 方孝孺 〈過寧陵縣學〉: "滔滔未有艾, 燄燄安所從." ②화염이 치솟는 모양. 北周 庾信 〈燈賦〉: "輝輝朱燼, 焰焰紅榮." ③밝은 모양. 宋 范仲淹 〈覽秀亭〉: "焰焰衆卉明, 袞袞新泉流." ④더운 모양. 宋 梅堯臣 〈和江鄰幾景德寺避暑〉: "鐵城何燄燄, 鐵牀亦彤彤." ⑤기세가 성한 모양. 金 元好問 〈贈修端卿張去華韓君傑三人〉: "異時三客俱焰焰, 人

倫東國吾無慙." 高麗 李齊賢 〈井陘〉: "火旂焰焰驚趙壁, 鯨鯢血汚蓮花鍔."

豔豔(염염●●) ☞艶艶(염염). ①아름다운 모양. 南朝 梁 武帝 〈歡聞歌〉: "豔豔金樓女, 心如玉池蓮." 高麗 元凱 〈秋日偶書〉: "艶艶黃花啼曉露, 蕭蕭赤葉下庭柯." ②깊은 모양. 唐 李群玉 〈感春〉: "春情不可狀, 豔豔令人醉."

冉冉(염염●●) ①세월이 흐르는 모양. 《楚辭 離騷》: "老冉冉其將至兮, 恐脩名之不立." 朝鮮 李先齊 〈春日昭陽江行〉: "光陰冉冉不我延, 花飛悄悄粘蒼苔." ②연약한 모양. 三國 魏 曹植 〈美女篇〉: "柔條紛冉冉, 落葉何翩翩." 朝鮮 丁若鏞 〈古詩〉: "冉冉園中竹, 修節擢澹素." ③흐리멍덩한 모양. 宋 范成大 〈秋日雜興〉: "西山在何許, 冉冉紫翠間." 朝鮮 鄭元容 〈暮行〉: "冉冉山暉薄, 輕輕錦纜過." ④사로잡힌 모양. 唐 劉長卿 〈送孔巢父赴河南軍〉: "邊心冉冉鄉人絶, 塞色青青戰馬多." 朝鮮 李德懋 〈奉寄白良叔抱川閑居〉: "冉冉天弢脫, 翛翛地籟聆." ⑤바쁜 모양. 南朝 梁 何遜 〈聊作百一體〉: "生途稍冉冉, 逝水日滔滔."

炎炎(염염○○) ①이글대는 모양. 《詩經 大雅 雲漢》: "赫赫炎炎, 云我無所." 朝鮮 權近 〈次溫井用歧灘韻〉: "陰火炎炎煮玉泉, 浴來肌骨便翛然." ②불길이 거센 모양. 朝鮮 申欽 〈苦寒〉: "涸陰吾所安, 炎炎或易滅." ③기세가 커지는

모양. 朝鮮 徐居正 〈端午翼日 用前韻寄日休〉: "天中纔瞥眼, 時序向炎炎." ④권세가 대단한 모양. 朝鮮 申欽 〈生死吟〉: "炎炎竟熄滅, 鬼瞰高明室."

苒苒(염염●●) ①초목이 무성한 모양. 唐 孫魴 〈芳草〉: "萋萋綠遠水, 苒苒在空林." ②세월이 덧없이 흘러가는 모양. 염염(冉冉). 清 趙翼 〈偶得〉: "清晨自覽鏡, 苒苒老已至." 朝鮮 梁慶遇 〈正朝寄舍〉: "天時苒苒又新年, 到老離居益可憐." ③연약한 모양. 唐 元稹 〈會眞詩三十韻〉: "華光猶苒苒, 旭日漸曈曈."

厭厭(염염○○) ①편안하고 조용한 모양. 晉 陶潛 〈詠二疏〉: "厭厭閭里歡, 所營非近務." 高麗 陳澕 〈從海安寺乞松枝〉: "疎慢年來困暑炎, 小亭那更晝厭厭." ②병든 모양. 唐 韓偓 〈春盡日〉: "把酒送春惆悵在, 年年三月病厭厭." ③긴 모양. 宋 蘇軾 〈次韻子由種杉竹〉: "吏散庭空雀噪簷, 閉門獨宿夜厭厭." 朝鮮 李瀷 〈挽崔進士〉: "夜讀厭厭引白初, 曾言借與一瓻書."

厭厭(염염●●) 무성한 모양. 《詩經 周頌 載芟》: "厭厭其苗, 緜緜其麃." 清 金農 〈秋雨坐槐樹下書懷〉: "階前老槐十圍大, 碧羅張繖高厭厭." 高麗 李穀 〈節毛詩句題稼亭〉: "厭厭實含活, 綿綿或耘耔."

盈盈(영영○○) ①가득한 모양. 宋 張孝祥 〈雨中花漫〉詞: "神交冉冉, 愁思盈盈, 斷魂欲遣誰招." 朝鮮 奇大升 〈幽居雜

詠〉: "皚皚銀成地, 盈盈玉作簷." ②용모와 자태가 고운 모양. 唐 杜甫 〈早花〉: "盈盈當雪杏, 艶艶待春梅." 朝鮮 徐居正 〈七夕吟〉: "玉女盈盈雙手纖, 忙擲金梭織霜縑." ③맑고 빛나는 모양. 淸 吳牲 〈感懷〉: "盈盈星與漢, 咫尺猶相望." 朝鮮 張維 〈芍藥〉: "芍藥飜階上, 盈盈媚晩晴."

營營(영영○○) ①벌레가 나는 소리. 宋 歐陽脩 〈和聖兪聚蚊〉: "群飛豈能數, 但厭聲營營." 朝鮮 徐居正 〈次日休詩韻詠蠅〉: "營營何事集毫頭, 拔劍無端怒不休." ②빙빙 도는 모양. 唐 白居易 〈白牡丹〉: "城中看花客, 旦暮走營營." ③바쁜 모양. 朝鮮 崔岦 〈次申舍人敬叔利城縣題詠韻〉: "堪哀浮世營營計, 此變桑田問幾回." ④불안한 모양. 元 趙孟頫 〈題耕織圖二十四首 奉懿旨撰〉: "小人好爭利, 晝夜心營營." ⑤악착같이 이익을 좇는 모양. 朝鮮 申欽 〈次陳子昂感遇〉: "顧視市賈徒, 營營寧滿嗤."

英英(영영○○) ①빛나는 모양. 唐 皎然 〈答道素上人別〉: "碧水何渺渺, 白雲亦英英." 朝鮮 李荇 〈次韻正使夜宿大平館醉起口占〉: "英英天上雲, 持以贈我客." ②인물 좋고 재주 있는 모양. 唐 李益 〈自朔方還與鄭式瞻等會法雲寺〉: "英英二三彥, 襟曠去煩擾." 朝鮮 尹拯 〈挽金天錫〉: "可惜寧馨子, 英英好秀才." ③광채가 뚜렷한 모양. 唐 皎然 〈答裴集陽伯明二賢〉: "何似雙瓊璋, 英英曜吾手." 朝鮮 張維 〈沈家女挽〉: "英英珠一顆, 出自蚌胎中." ④걸출한

모양. 唐 韓愈 〈贈別元十八協律〉: "英英桂林伯, 實維文武特." 朝鮮 李滉 〈蓮臺寺〉: "同遊盡英英, 曾到亦濟濟." 朝鮮 金誠一 〈奉送柳晦甫根赴京〉: "皎皎金閨彥, 英英令聞脩." ⑤무성한 모양. 明 張居正 〈詠懷〉: "英英園中槿, 朱榮媚朝陽." 朝鮮 徐居正 〈秋興〉: "英英東籬菊, 時至亦可翫."

翳翳(예예●●) ①어둑한 모양. 晉 陶潛 〈癸卯歲十二月中作與從弟敬遠〉: "凄凄歲暮風, 翳翳經日雪." 高麗 李齊賢 〈達尊杏花韻〉: "翳翳紫煙迷遠近, 離離紅日照高低." ②그늘진 모양. 宋 王安石 〈半山春晩卽事〉: "翳翳陂路靜, 交交園屋深." 朝鮮 張維 〈次韻維楊崔使君大容遊西澗有題〉: "翳翳長林影, 泠泠古澗源."

洩洩(예예●●) 바람을 따르는 모양. 高麗 鄭誧 〈黃山歌〉: "過雨霏霏濕江樹, 薄雲洩洩凝晴光."

嗷嗷(오오○○) ①슬피 우는 소리. 宋 歐陽脩 〈綠竹堂獨飮〉: "殘花不共一日看, 東風送哭聲嗷嗷." 朝鮮 丁若鏞 〈海南吏〉: "嗷嗷百家哭, 可以媚權夫." ②부르짖는 소리, 또는 모양. 三國 魏 曹植 〈美女篇〉: "衆人徒嗷嗷, 安知彼所觀." 高麗 李穡 〈扶桑吟〉: "愚氓嗷嗷誠可憐, 老幼赤立哀呼天."

俁俁(오오●●) 체구가 장대한 모양. 《詩經 邶風 簡兮》: "碩人俁俁, 公庭萬舞." 唐 李商隱 〈寄太原盧司空三十韻〉: "俁俁

行忘止, 鰥鰥臥不瞑."

沃沃(옥옥●●) 초목이 무성하고 광택이 있는 모양. 宋 葉適 〈奉賦成都新園詠歸堂〉: "沃沃葵莧畦, 焰焰棠杏塢." 朝鮮 李山海 〈三次〉: "我思古人獲我心, 沃沃無知羨萇楚."

穩穩(온온●●) 평온한 모양. 唐 李商隱 〈和孫樸韋蟾孔雀詠〉: "紅樓三十級, 穩穩上丹梯." 高麗 李奎報 〈陳君見和 復次韻答之〉: "期君穩穩上頭登, 蒼生重望非君復誰勝."

溫溫(온온○○) ①부드러운 모양. 겸손한 모양. 唐 杜甫 〈贈鄭十八賁〉: "溫溫士君子, 令我懷抱盡." 朝鮮 張維 〈送姜吏部復而從儐使往關西〉: "溫溫永嘉公, 受命迎送際." ②윤택한 모양. 朝鮮 李滉 〈古意〉: "溫溫荊山玉, 淑氣含精英." ③따뜻한 모양. 唐 皎然 〈答豆盧次方〉: "賢士勝朝暉, 溫溫無冬春." 高麗 李奎報 〈次韻禪師見和〉: "待我病瘳當造謝, 溫溫得接煦如春."

兀兀(올올●●) ①높이 솟은 모양. 元 李庭 〈咸陽懷古〉: "連雞勢盡覇圖新, 兀兀宮牆壓渭濱." 朝鮮 張維 〈送閔侍郎士尙按節嶺北〉: "巖巖鐵嶺關, 兀兀長白山." ②벌거벗은 모양. 宋 沈遼 〈次韻酬李正甫對雪〉: "反積軒砌發幽層, 枯樹兀兀愁饑鷹." ③고독한 모양. 清 龔自珍 〈十月廿夜大風不寐起而書懷〉: "城南省客夜兀兀, 不風尙且淒心神." 朝鮮 丁若鏞 〈追和文山綠陰卷〉: "深房兀兀苦低垂, 藥火燒殘口自吹." ④조용히 머물러 있는 모양. 唐 韓愈 〈雉

帶箭〉: "原頭火燒靜兀兀, 野雉畏鷹出復沒." 高麗 崔惟清 〈雜興〉: "兀兀復騰騰, 且作大憨漢." ⑤무지몽매한 모양. 唐 寒山 〈人生在塵蒙〉: "兀兀過朝夕, 都不別賢良." 高麗 李仁老 〈竹醉日移竹〉: "此君獨酩酊, 兀兀忘所如." ⑥흐리멍덩한 모양. 宋 范成大 〈次韻徐廷獻機宜送自釀石室酒〉: "百年兀兀同渠住, 何處能生半點愁." 朝鮮 姜希孟 〈謝重卿送酒〉: "昏昏借得嵇康懶, 兀兀添成甯武痴." ⑦흔들리는 모양. 元 李孝光 〈飮濡須守子衡君宅〉: "客子東來向西楚, 河流兀兀舞輕舠." ⑧부지런한 모양. 굴굴(矻矻). 高麗 李穀 〈同禁內諸生遊紫霞洞〉: "青山笑我不出門, 兀兀窮年文字間."

顒顒(옹옹○○) ①공경하는 모양. 五代 和凝 〈宮詞〉: "赤子顒顒瞻父母, 已將仁德比乾坤." ②응시하는 모양. 宋 曾鞏 〈歸雲詞〉: "天下顒顒望霖雨, 豈知雲入此中來." ③바라는 모양. 朝鮮 卞季良 〈題上洛伯詩卷〉: "抑抑群公表, 顒顒一世望." ④온화한 모양. 《詩經 大雅 卷阿》: "顒顒卬卬, 如圭如璋, 令聞令望."

翁翁(옹옹○○) 술이 익은 모양. 高麗 李穡 〈卽事〉: "童童松挺色, 翁翁酒生香." 朝鮮 李荇 〈獨酌長言〉: "玉蛆翁翁星布甖, 頭上葛巾安用旃."

雝雝(옹옹○○) ①새가 함께 지저귀는 소리. 옹옹(噰噰). 明 李東陽 〈畫禽〉: "雝雝在何樹, 此鳥衆所悅." 麗末鮮初 成石

璘〈謝黃海李觀察使隨 惠獐雁〉: "雝雝雙野雁, 亦帶故人書." ②화락한 모양. 《詩經 周頌 雝》: "有來雝雝, 至止肅肅."

婉婉(완완●●) ①구불구불한 모양. 北周 庾信〈游山〉: "婉婉藤倒垂, 亭亭松直竪." ②온순한 모양. 南朝 宋 謝瞻〈張子房〉: "婉婉幙中畫, 輝輝天業昌." 朝鮮 金宗直〈和陶淵明述酒〉: "婉婉安與恭, 乃是劉氏君." ③아름다운 모양. 高麗 李穡〈採蓮曲 奉寄舅氏〉: "有女婉婉白如玉, 笑向波間撑畫船."

宛宛(완완●●) ①굽은 모양. 唐 柳宗元〈哭連州凌員外司馬〉: "宛宛凌江羽, 來棲翰林枝." 高麗 李仁老〈竹醉日移竹〉: "宛宛虹霓垂半天, 倒捲酒泉千斛水." ②길이 구불구불한 모양. 唐 張祜〈車遙遙〉: "碧川迢迢山宛宛, 馬蹄在耳輪在眼." ③머뭇거리는 모양. 심취한 모양. 明 方孝孺〈喜嘉猷秀才至〉: "宛宛心所慕, 盈盈日興思." ④연약한 모양. 唐 陸羽〈小苑春望宮池柳色〉: "宛宛如絲柳, 含黃一望新." ⑤유연한 모양. 朝鮮 丁若鏞〈再疊 西池賞荷〉: "新開菡萏滔滔愛, 半擺臙脂宛宛姿."

緩緩(완완●●) 느린 모양. 宋 蘇軾〈陌上花〉: "遺民幾度垂垂老, 遊女長歌緩緩歸." 朝鮮 李植〈晩泊雙溪〉: "蟾津渡口晩潮回, 百丈牽船緩緩來."

巍巍(외외○○) 높고 큰 모양. 漢 王粲〈公讌詩〉: "願我賢主人,

與天享巍巍.” 高麗 鄭夢周 〈賀李秀才就登第還鄉三十韻〉: “鷗波深浩浩, 鳳闕望巍巍.”

嵬嵬(외외○○) 우뚝 솟은 모양. 宋 曾鞏 〈冬望〉: “麻姑最秀插東極, 一峰挺立高嵬嵬.” 朝鮮 申欽 〈金墉行〉: “金墉何嵬嵬, 南風吹不止.”

窅窅(요요●●) ①깊은 모양 唐 戴叔倫 〈贈徐山人〉: “針自指南天窅窅, 星猶拱北夜漫漫.” 朝鮮 奇大升 〈以小雨晨光內初來葉上聞 分韻 得小字〉: “晨光稍明晦, 霧雨來窅窅.” ②먼 모양. 南朝 宋 鮑朓 〈擬行路難〉: “故鄕窅窅日夜隔, 音塵斷絶阻河關.” ③음악소리. 唐 韓愈 孟郊 〈遠游聯句〉: “靈瑟時窅窅, 霧猿夜啾啾.”

眑眑(요요●●) 심원한 모양. 高麗 李奎報 〈次韻吳東閣世文呈誥院諸學士三百韻詩〉: “潛心彌眑眑, 索句益孶孶.”

寥寥(요요○○) ①공허한 모양. 宋 曾鞏 〈將之江淛遂書懷別〉: “功名竟安在, 富貴空寥寥.” ②적막한 모양. 唐 宋之問 〈溫泉庄臥疾寄楊七炯〉: “移疾臥兹嶺, 寥寥倦幽獨.” 朝鮮 朱大畜 〈湖上卽事〉: “霜後渾黃草, 人稀湖上道, 寥寥心事閑, 欲共乾坤老.” ③적은 모양. 唐 權德輿 〈舟行見月〉: “月入孤舟夜半晴, 寥寥霜雁兩三聲.” ④넓은 모양. 三國 魏 曹操 〈善哉行〉: “寥寥高堂上, 凉風入我室.” 朝鮮 申翊聖 〈杞泉宅賦得〉: “深院寥寥繡幕低, 雜花零落新草齊.” ⑤소리가 청아한 모양. 唐 姚合 〈過無可上人院〉: “寥寥

聽不盡, 孤磬與疏鐘."

繞繞(요요●●) ①뒤엉킨 모양. 宋 梅堯臣〈水苔〉: "繞繞水仙髮, 茸茸蛟客髯." 朝鮮 崔岦〈山海關次台韻〉: "繚繞遙尊龍虎勢, 隄防永戢犬羊情." ②돌아가는 모양. 唐 羅鄴〈夏日題遠公北閣〉: "人煙紛繞繞, 諸樹共蒼蒼." 高麗 卞仲良〈松山〉: "松山繞繞水縈廻, 多少朱門盡綠苔."

搖搖(요요○○) ①마음이 흔들리는 모양. 《詩經 王風 黍離》: "行邁靡靡, 中心搖搖." 朝鮮 張維〈雨後和張生希稷〉: "默默度朝曛, 搖搖愁緒紛." ②의지할 데가 없는 모양. 明 高啓〈風樹操〉: "朝風之飄飄兮, 維樹之搖搖兮." 高麗 李穀〈次韻題李僧統詩卷〉: "宰樹搖搖風不止, 佳城鬱鬱日長昏." ③먼 모양. 唐 權德輿〈祗役江西路上以詩代書寄內〉: "搖搖結遐心, 靡靡卽長路."

遙遙(요요○○) ①먼 모양. 明 文徵明〈瀟湘八景〉: "遙遙萬里情, 更落青山外." 朝鮮 丁壽崑〈赴燕京途中〉: "故國縹緲倚鰈域, 長路遙遙不可極." ②오랜 모양. 南朝 梁 江淹〈青苔賦〉: "晝遙遙而不暮, 夜永永以空長." 朝鮮 奇大升〈南樓中望所遲客〉: "遙遙望已久, 徘徊愁日夕." ③흔들리는 모양. 唐 張籍〈車遙遙〉: "征人遙遙出古城, 雙輪齊動駟馬鳴." 朝鮮 丁若鏞〈惠藏至高聲寺遣其徒相報 余遂往逆之 値小雨留寺作〉: "誰知吾與若, 遙遙含悲憐."

擾擾(요요○○) 분란한 모양. 唐 武元衡〈南徐別業早春有懷〉:

"生涯擾擾竟何成, 自愛深居隱姓名." 高麗 金倫 〈題玄悟大禪師蘭若〉: "山靈應笑紅塵客, 擾擾曾無一日閑."

夭夭(요요○○) 아름다운 모양. 《詩經 周南 桃夭》: "桃之夭夭, 灼灼其華." 朝鮮 申欽 〈折楊柳歌〉: "倡條何裊裊, 冶葉何夭夭."

譊譊(요요○○) 말이 많은 모양. 朝鮮 張維 〈用郡望姓名字 成離合詩〉: "詩書資發塚, 言語徒譊譊."

嫋嫋(요요○○) ☞嬝嬝(요요). ①가냘픈 모양. 南朝 梁 武帝 〈白紵辭〉: "纖腰嫋嫋不任衣, 嬌態獨立特爲誰." ②하늘거리는 모양. 唐 李白 〈送蕭三十一之魯中〉: "夫子如何涉江路, 雲帆嫋嫋金陵去." 朝鮮 張維 〈踏青日臥病 信筆書懷〉: "長楊碧嫋嫋, 細草青毿毿." ③바람이 부는 모양. 《楚辭 九歌》: "嫋嫋兮秋風, 洞庭波兮木葉下." 高麗 金富軾 〈臨津有感〉: "秋風嫋嫋水洋洋, 回首長橋思渺茫." ④은근한 모양. 唐 張說 〈東都酺宴詩〉: "入雲歌嫋嫋, 向日妓叢叢." 朝鮮 崔岦 〈次副使漢江韻〉: "堪羞橫笛非華譜, 嫋嫋殘聲尙有餘."

裊裊(요요●●) ①흔들리는 모양. 南朝 宋 謝靈運 〈擬魏太子鄴中集詩 平原侯植〉: "平衢修且直, 白楊信裊裊." 朝鮮 張維 〈馬病留金堤村舍閑看園中雜植謾成五詠 烏竹〉: "玄玉彫成裊裊枝, 此君標格此尤奇." ②섬세하고 아름다운 모양. 南朝 梁 王台卿 〈陌上桑〉: "鬱鬱陌上桑, 裊裊機頭

絲.” ③소리가 은은한 모양. 唐 杜甫 〈猿〉: “裊裊啼虛壁, 蕭蕭掛冷枝.” 新羅 崔承祐 〈鄴下和李秀才與鏡〉: “紛紛舞袖飄衣擧, 裊裊歌筵送酒頻.” ④에워싸인 모양. 널리 퍼지는 모양. 宋 蘇軾 〈青牛嶺高節處有小寺人迹罕到〉: “暮歸走馬沙河塘, 爐煙裊裊十里香.” 朝鮮 張維 〈焚香〉: “淸夜坐焚香, 香煙裊裊起.” ⑤미풍이 부는 모양. 宋 陸游 〈舟中對月〉: “江空裊裊釣絲風, 人靜翩翩葛巾影.” 高麗 鄭夢周 〈江南柳〉: “江南柳江南柳, 春風裊裊黃金絲.”

溶溶(용용○○) ①강물이 질펀히 흐르는 모양. 《楚辭 九歎》: “揚流波之潢潢兮, 體溶溶而東回.” 朝鮮 金澍 〈三聖臺〉: “長空淡淡夕陽盡, 遠水溶溶孤島浮.” ②마음이 넓은 모양. 《楚辭 九歎》: “心溶溶其不可量兮, 情澹澹其若淵.” ③밝고 깨끗한 모양. 唐 許渾 〈冬日宣城開元寺贈元孚上人〉: “林疏霜摵摵, 波靜月溶溶.” 朝鮮 李承召 〈次益齋瀟湘八景詩韻 洞庭秋月〉: “皛皛波橫練, 溶溶月上空.” ④구름이 피어오르는 모양. 朝鮮 丁若鏞 〈古詩〉: “溶溶滿碧虛, 奇光照邇遐.”

茸茸(용용○○) ①섬세한 모양. 唐 白居易 〈紅線毯〉: “綵絲茸茸香拂拂, 線軟花虛不勝物.” ②몽롱한 모양. 唐 韓偓 〈厭花落〉: “忽然事到心中來, 四肢嬌入茸茸眼.” ③무성한 모양. 朝鮮 權韠 〈河源留別申質夫〉: “無限離愁春酒濃, 雪消南浦草茸茸.” 朝鮮 金宗直 〈三月十六日扈從慕華館觀

試武士〉: "臺前小埰莎茸茸, 五革之間纔十弓."

芋芋(우우●●) 무성한 모양. 우거진 모양. 朝鮮 丁若鏞 〈酬葛山尹逸人喆健〉: "幽棲少經過, 蓬藋晚芋芋."

優優(우우○○) ①너그러운 모양. 宋 歐陽脩 〈桐花〉: "優優穎川守, 能致鳳凰來." 朝鮮 李植 〈孟夏自京還驪江詠懷用老杜韻〉: "深深未是花間見, 栩栩飜疑夢裡成." ②한적한 모양. 淸 汪懋麟 〈送力臣都諫假歸揚州〉: "此行何優優, 惜別徒耿耿." 朝鮮 李瀷 〈閑事〉: "優優閑事永吾年, 不費心勞享自然." ③풍성한 모양. 朝鮮 奇大升 〈挽章〉: "成教吾東國, 優優見禮儀."

喁喁(우우○○) ①물고기가 입을 벌렁대는 모양. 唐 韓愈 〈南山詩〉: "喁喁魚闖萍, 落落月經宿." 朝鮮 李滉 〈旱餘大雨 溪漲旣水落而出 泉石洗淸 科坎變遷 魚之得意遠去 其樂可知〉: "向來斗水喁喁族, 何去江湖萬里鯫." ②악기 소리. 朝鮮 許穆 〈怪石〉: "喁喁虛籟響虛牝, 陽烏閃閃箕簸揚."

踽踽(우우●●) 천천히 걷는 모양. 朝鮮 鄭希得 〈次魯認韻〉: "踽踽非狂客, 昏昏豈醉眠."

郁郁(욱욱●●) ①문체가 성한 모양. 唐 羅讓 〈梢雲〉: "梢梢含樹彩, 郁郁動霞文." 朝鮮 金訢 〈東郊觀獵三十韻應製〉: "周文郁郁監商夏, 漢業彬彬邁晉唐." ②향기가 짙은 모양. 《楚辭 九章》: "紛郁郁其遠承兮, 滿內而外揚." 朝鮮 許琛 〈阿房宮畫屛二首奉教製進〉: "琪樹香風春郁郁, 玉

樓雲氣曉濛濛." ③단정한 모양. 朝鮮 尹拯 〈挽金進士〉: "芝蘭郁郁滿階庭, 爭道尊公福最丁." ⑤무성한 모양. 울울(鬱鬱). 晉 陸雲 〈爲高彦先贈婦往返〉: "翩翩飛蓬征, 郁郁寒木榮."

煜煜(욱욱●●) ①세찬 모양. 宋 蘇軾 〈武昌銅劍歌〉: "蛇行空中如枉矢, 電光煜煜燒蛇尾." 朝鮮 丁若鏞 〈夜過銅雀渡〉: "參星煜煜斗柄燦, 芒角森昭環北極." ②마음에 거리낌이 없는 모양. 明 袁宏道 〈過彭城弔西楚霸王〉: "鴻門放亭長, 肝腸何煜煜."

昱昱(욱욱●●) 밝게 빛나는 모양. 宋 范成大 〈新嶺〉: "曈曈赤幟張, 昱昱金鉦上." 朝鮮 金誠一 〈謹次伯氏藥峰韻〉: "幽軒清且曠, 海日明昱昱."

沄沄(운운○○) ①물결이 일렁대는 모양. 唐 宋務光 〈海上作〉: "浩浩去無際, 沄沄深不測." 朝鮮 張維 〈鼇頭峰〉: "砥柱何年移矗矗, 頹波萬古閱沄沄." ②빨리 지나가는 모양. 清 姚鼐 〈詣嶽麓書院有述〉: "回艫天地晚, 空悵逝沄沄."

芸芸(운운○○) 많은 모양. 清 龔自珍 〈乞糴保陽〉: "蒼生何芸芸, 帝命蘇其窮." 朝鮮 丁若鏞 〈夏日對酒〉: "芸芸首黔者, 均爲邦之民."

蔚蔚(울울●●) ①무성한 모양. 朝鮮 申欽 〈後十九首〉: "蔚蔚園中草, 秋來霜悴之." ②많은 모양. 高麗 李奎報 〈東明王篇〉: "自古帝王興, 徵瑞紛蔚蔚." ③아름다운 모양. 朝鮮

張維〈留贈金櫟翁〉: "煌煌白玉堂, 蔚蔚神仙曹."

鬱鬱(울울●●) ①무성한 모양. 〈古詩十九首 青青河畔草〉: "青青河畔草, 鬱鬱園中柳." 高麗 李穀〈紀行 贈清州參軍〉: "茂樹坐鬱鬱, 清泉飮泠泠." ②번다한 모양. 宋 蘇軾〈中山松醪寄雄守王引進〉: "鬱鬱蒼髯千歲姿, 肯來盃酒作兒嬉." ③아름다운 모양. 明 唐寅〈詠懷〉: "鬱鬱梁棟姿, 落落璠璵器." 朝鮮 趙絅〈日光山題詠〉: "青青受命同松栢, 鬱鬱爲材笑杞楠." ④ 연기나 구름이 피어오르는 모양. 唐 白居易〈傷大宅〉: "一堂費百萬, 鬱鬱起青煙." 朝鮮 權近〈次黃州板上韻〉: "祈祈雨足盈畦稻, 鬱鬱雲籠滿壑松." ⑤근심하는 모양. 唐 王昌齡〈贈宇文中丞〉: "鬱鬱寡開顏, 默默獨行李." 朝鮮 張維〈送春日 平丘途中作〉: "愁邊鬱鬱長爲客, 馬上悠悠更送春." ⑥향기가 퍼지는 모양. 金 元好問〈泛舟大明湖〉: "蘭襟鬱鬱散芳澤, 羅襪盈盈見微步."

蜿蜿(완완○○) 굽은 모양. 꿈틀거리는 모양. 明 高啓〈硯池〉: "醉後欲濡毫, 蜿蜿見蝌蚪." 朝鮮 崔岦〈洛山寺八月十七日朝〉: "蜿蜿百怪皆啣火, 送出金輪黃道中."

元元(원원○○) ①사물의 본원. 清 吳履泰〈讀書一章示諸童子〉: "元元復本本, 千載窮冥搜." ②백성. 朝鮮 尹鑴〈次白湖禹碑歌韻〉: "鼓腹擊壤人自得, 率土元元皆願戴."

由由(유유○○) ①기뻐함. 朝鮮 金宗直〈和鷗波軒韻與善源克

己同賦〉: “方外如師有幾流, 橫拈一錫笑由由.” ②머뭇거리는 모양. 《楚辭 九歎》: “默順風以偃仰兮, 尙由由而進之.” 朝鮮 李植 〈秋述〉: “由由俗同流, 碌碌世不數.”

唯唯(유유●●) ①뒤따르는 모양. 唐 李咸用 〈贈友弟〉: “誰能終歲搖頳尾, 唯唯陽陽向碧濤.” 高麗 李穡 〈憶家山〉: “束髮出游今白頭, 只知唯唯雜悠悠.” ②공손히 응답하는 소리. 高麗 李穡 〈奉呈西隣〉: “唯唯都堂愧有餘, 憂君閑念又如初.”

呦呦(유유○○) 흐느끼는 소리, 또는 입속에서 내는 낮은 소리. 唐 白居易 〈新豐折臂翁〉: “應作雲南望鄕鬼, 萬人塚上哭呦呦.” 朝鮮 丁若鏞 〈掌試關西〉: “聞道西人習弓馬, 試場須唱鹿呦呦.”

悠悠(유유○○) ①생각하는 모양. 걱정하는 모양. 高麗 張鎰 〈過昇平燕子樓〉: “霜月凄凉燕子樓, 郎官一去夢悠悠.” ②아득한 모양. 晉 陶潛 〈飮酒〉: “世路廓悠悠, 楊朱所以止.” 朝鮮 蔡壽 〈快哉亭〉: “光陰衮衮繩難繫, 雲路悠悠馬不前.” ③장구한 모양. 唐 杜甫 〈發秦州〉: “大哉乾坤內, 吾道長悠悠.” ④이어지는 모양. 淸 許承欽 〈回風磯〉: “不分乾坤意, 悠悠盡向東.” ⑤많은 모양. 晉 傅玄 〈兩儀詩〉: “日月西流景東征, 悠悠萬物殊品名” 麗末鮮初 李孟畇 〈松京懷古〉: “秋風客恨知多少, 往事悠悠水自東.” ⑥세속(世俗). 晉 陶潛 〈飮酒〉: “擺脫悠悠談, 請從余聽

之.” 朝鮮 劉敞 〈幽興〉: “悠悠浮世無知己, 只有山禽解我心.” ⑦나부끼는 모양. 唐 武元衡 〈長安叙懷寄崔十五〉: “蕭蕭霓旌合仙仗, 悠悠劍佩入爐煙.” ⑧흔들리는 모양. 변덕스러운 모양. 唐 元稹 〈酬樂天得微之詩知通州事〉: “知得共君相見否, 近來魂夢轉悠悠.” 朝鮮 金益熙 〈次皐蘭寺韻〉: “滿目邱園禾黍稠, 不堪興廢兩悠悠.” ⑨빈둥거리는 모양. 唐 高適 〈漣上送別王秀才〉: “行矣當自愛, 壯年莫悠悠.” ⑩한적한 모양. 唐 高適 〈封丘縣〉: “我本漁樵孟諸野, 一生自是悠悠者.” ⑪느리고 가는 소리. 唐 王維 〈秋夜獨坐〉: “夜靜群動息, 蟪蛄聲悠悠.”

幽幽(유유○○) ①심원(深遠)한 모양. 清 龔自珍 〈寒月吟〉: “幽幽東南隅, 似有偕隱宅.” 朝鮮 徐居正 〈青山白雲圖辭〉: “青山之幽幽兮, 白雲之漠漠.” ②적막한 모양. 清 錢謙益 〈次韻何慈公歲暮感事〉: “空堂莞秸正幽幽, 高枕慙非抱膝流.” 朝鮮 李荇 〈用前韻 再呈止亭〉: “四山松籟夜幽幽, 白首無眠意轉悠.” ③소리나 광선 따위가 미약한 모양. 唐 溫庭筠 〈罩魚歌〉: “兩槳鳴幽幽, 蓮子相高低.” ④한가로운 모양. 唐 呂巖 〈又記〉: “數載樂幽幽, 欲逃寒暑逼.” 朝鮮 張維 〈次韻酬畸翁學士直廬見寄〉: “曉雲籠月意幽幽, 雨後輕寒襲弊裯.” ⑤어두운 모양. 唐 韓愈 〈將歸操〉: “秋之水兮其色幽幽, 我將濟兮不得其由.” 朝鮮 李山海 〈夢覺〉: “起坐室幽幽, 落月滿窗紙.”

戎戎(융융○○) 성한 모양. 짙은 모양. 清 錢謙益 〈天都瀑布歌〉: "亭午雨止雲戎戎, 千條白練回沖融." 朝鮮 李德懋 〈滯雨在先秋室夜來月星朗然〉: "暝色戎戎赴磵樓, 雨歸欣覩月橫秋."

融融(융융○○) ①화목한 모양. 편안한 모양. 高麗 李穡 〈冬日〉: "待漏君臣憂悄悄, 圍爐妻子樂融融." 朝鮮 金宗直 〈大王大妃挽章〉: "帝鄕應會合, 爲樂想融融." ②따뜻한 모양. 아름다운 모양. 唐 張籍 〈春日行〉: "春日融融池上暖, 竹牙出土蘭心短." 朝鮮 成俔 〈田家詞〉: "融融土榻榾柮溫, 山下斜陽戱群翟." ③밝게 빛나는 모양. 唐 元稹 〈夜合〉: "綺樹滿朝陽, 融融有露光." ④무성한 모양. 朝鮮 丁若鏞 〈獨坐吟〉: "龍井玉壺天籟靜, 瀟湘露下竹融融." ⑤물이 끓는 소리. 朝鮮 成俔 〈窮村詞〉: "土榻微溫煙火足, 瓦釜融融泣豆粥."

誾誾(은은○○) ①개가 으르렁대는 소리. 唐 孟郊 〈秋懷〉: "聲如窮家犬, 吠竇何誾誾." ②우뚝한 모양. 唐 韓愈 〈南山詩〉: "誾誾樹墻垣, 巘巘架庫廏." ③화락한 모양. 朝鮮 奇大升 〈次韻鄭子中述懷 呈退溪先生〉: "誾誾奉誘掖, 侃侃承風刺."

狺狺(은은○○) 개가 으르렁대는 소리. 宋 陸游 〈旅舍〉: "勿爲無年憂寇竊, 狺狺小犬護籬門." 高麗 李奎報 〈九月六日聞虜兵來屯江外國人不能無驚以詩解之〉: "狺狺吠高耳, 高

德亦何累.”

殷殷(은은○○) ①근심하는 모양. 唐 李益 〈華陰東泉同張處士詣藏律師〉: “忽忽百齡內, 殷殷千慮迫.” 朝鮮 李瀷 〈伊川先生〉: “殷殷心憂天下大, 巖巖氣像泰山巍.” ②수레 소리. 금속 소리. 金 郭邦彦 〈讀毛詩〉: “至今三百篇, 殷殷金石聲.” 朝鮮 徐居正 〈夏日〉: “雲藏雷殷殷, 山送雨絲絲.”

慇慇(은은○○) 간절한 모양. 清 吳甡 〈五日寄王子象山〉: “緘書江上雲, 慇慇結情縷.”

隱隱(은은●●) ①어렴풋한 모양. 南朝 宋 鮑照 〈還都道中〉: “隱隱日投岫, 瑟瑟風發谷.” 朝鮮 李鼎輔 〈暮至山寺〉: “老栢風生一院清, 踈林隱隱暮鍾鳴.” ②근심하는 모양. 《楚辭 九歎》: “志隱隱而鬱怫兮, 愁獨哀而冤結.” ③우레 소리. 宋 司馬光 〈柳枝詞〉: “屬車隱隱遠如雷, 陳后愁眉久不開.” 朝鮮 丁若鏞 〈斗尾値驟雨〉: “晴空隱隱響雷公, 片刻濃雲八表同.” ④많은 모양. 朝鮮 張維 〈次韻寄東岳詞丈〉: “胸中隱隱藏千甲, 筆下森森列五兵.”

淫淫(음음○○) ①흘러내리는 모양. 朝鮮 丁若鏞 〈又爲五言示僧〉: “既醉淚淫淫, 玆懷難語汝.” ②차츰 나아가는 모양. 清 黃景仁 〈雜詠〉: “溪頭浣紗女, 日暮愁淫淫.” ③소리가 유장함. 唐 李賀 〈相勸酒〉: “歌淫淫, 管愔愔, 横波好送雕題金.”

吟吟(음음○○) 웃는 모양. 高麗 李穡 〈食罷坐睡 覺而有作〉: “有

興便吟吟便輟, 譏評付與後來人." 朝鮮 金正喜 〈贈草衣〉: "入佛復入魔, 但自笑吟吟."

陰陰(음음○○) ①어두침침한 모양. 唐 李端 〈送馬尊師〉: "南入商山松路深, 石牀溪水晝陰陰." 朝鮮 趙緯韓 〈宮詞〉: "柳葉陰陰荷葉肥, 水晶簾外落薔薇." ②깊은 모양. 南朝 齊 謝朓 〈直中書省〉: "紫殿肅陰陰, 彤庭赫弘敞." ③많은 모양. 朝鮮 丁若鏞 〈題寒岸聚市圖〉: "列坐餠湯煙眇眇, 遠來牛馬雪陰陰."

愔愔(음음○○) ①화락한 모양. 宋 王禹偁 〈唱山歌〉: "夜闌尙未闋, 其樂何愔愔." 朝鮮 張維 〈又和樂全閱陶詩有感之作〉: "愔愔韶頀韻, 杳杳羲皇思." ②유심(幽深)한 모양. 漢 蔡琰 〈胡笳十八拍〉: "雁飛高兮邈難尋, 空腸斷兮思愔愔." 高麗 李奎報 〈天壽寺偶書廻文〉: "心似月淸肌似鶴, 愔愔入妙養天全." ③유약한 모양. 宋 沈遼 〈讀書〉: "病骨愔愔百不如, 不應投老更看書." 朝鮮 金宗直 〈學士樓下梅花始開病中吟詩〉: "春慵和疾過淸明, 官況愔愔睡易成."

依依(의의○○) ①가볍게 흔들리는 모양. 唐 李商隱 〈離亭賦得折楊柳〉: "含煙惹霧每依依, 萬緖千條拂落暉." 朝鮮 曺文秀 〈遣愁〉: "陌頭楊柳正依依, 遠客登樓恨未歸." ②연연하는 모양. 唐 劉商 〈胡笳十八拍〉: "淚痕滿面對殘陽, 終日依依向南北." 朝鮮 鄭麟卿 〈江頭送別〉: "大醉不知離別苦, 夕陽西下轉依依." ③아련한 모양. 晉 陶潛 〈歸園田

居〉: "曖曖遠人村, 依依墟里煙." 朝鮮 黃赫 〈將赴謫所寄景至〉: "玉樹依依雲樹暗, 臨歧涕淚漳江邊."

猗猗(의의○○) ①무성한 모양. 宋 蘇軾 〈鴉種麥行〉: "畦西種得青猗猗, 畦東已作牛毛稀." 朝鮮 姜希孟 〈作墨戲八幅題其上贈金太守〉: "幽蘭奕葉征猗猗, 相伴秋風剡棘枝." ②부드러운 모양. 晉 石崇 〈楚妃嘆〉: "猗猗樊姬, 體道履信." 晉 鄭豐 〈答陸士龍〉: "猗猗碩人, 如玉如金."

薿薿(의의●●) 무성한 모양. 清 錢謙益 〈昔我年十七〉: "皇天可憐我, 如禾秋薿薿." 高麗 李穀 〈節毛詩句題稼亭〉: "有黍方與與, 有稷又薿薿."

怡怡(이이○○) ①온순한 모양. 朝鮮 李湜 〈廣陵村莊偶題〉: "村老見我至, 出門顏怡怡." ②화목한 모양. 朝鮮 洪貴達 〈灤河驛丞陳君〉: "君家怡怡六兄弟, 一一乾坤精氣委." ③기뻐하는 모양. 唐 白居易 〈三適贈道友〉: "三適今爲一, 怡怡復熙熙." 朝鮮 金誠一 〈我所思〉: "怡怡一堂樂且湛, 豈知離別愁人心."

耳耳(이이●●) ①화려하고 성한 모양. 《詩經 魯頌 閟宮》: "龍旂承祀, 六轡耳耳." ②불만스러움의 형용. 元 柯芝 〈耳耳〉: "耳耳非佳語, 陸陸難爲顏." 朝鮮 金宗直 〈十月十一日緄亡十五日藁葬于日峴〉: "我今半百日衰朽, 雖有二娘徒耳耳." ③우뚝한 모양. 宋 梅堯臣 〈得餘幹李尉書錄示唐人乾越亭詩因以寄題〉: "南斗戛湖波不起, 長刀剡峰碧

耳耳."

翼翼(익익○○) ①공경하는 모양. 《詩經 大雅 大明》: "惟此文王, 小心翼翼." 朝鮮 尹鑴 〈感遇〉: "皇皇聖哲心, 翼翼承天意." ②가지런한 모양. 《詩經 小雅 信南山》: "疆埸翼翼, 黍稷彧彧." 高麗 李奎報 〈走筆賀高先生宅成 兼敍廉察命搆之意〉: "命開新宇咄嗟就, 飛軒翼翼瓦鱗鱗." ③장엄한 모양. 《詩經 大雅 緜》: "縮板以載, 作廟翼翼." 朝鮮 丁若鏞 〈題陶林子左右長廊圖〉: "翼翼雕甍遠, 潭潭獸闥深." ④융성한 모양. 唐 張說 〈先天應制〉: "翼翼宸恩永, 煌煌福地開." 朝鮮 鄭道傳 〈遠遊歌〉: "翼翼唐虞都, 崇崇夏殷丘." ⑤나는 모양. 晉 陶潛 〈歸鳥〉: "翼翼歸鳥, 晨去于林." 朝鮮 許筠 〈普德窟〉: "仰看霞甍張, 翼翼騫霄漢." ⑥많은 모양. 明 何景明 〈霍山辭〉: "鳥萃兮翼翼, 獸伏兮般般." 高麗 崔瀣 〈高巒感興〉: "峰巒同翼翼, 浦溆轉蜿蜿."

仍仍(잉잉○○) 잦은 모양. 빈빈(頻頻). 元 戴良 〈詠雪三十二韻贈友〉: "罅隙仍仍掩, 高低故故平."

ㅈ

孶孶(자자○○) ☞ 孜孜(자자). 부지런히 애쓰는 모양. 朝鮮 李惟樟 〈夢覺有感〉: "六十年來何所爲, 惟將誠正也孶孶." 朝

鮮 崔岦 〈四詠〉: "養苗心孳孳, 去莠意汲汲."

剌剌(자자●●) ①말이 많은 모양. 金 元好問 〈入濟源寓舍〉: "睡中剌剌聞人語, 季子金多過洛陽." 朝鮮 丁若鏞 〈秋懷〉: "喃喃剌剌皆瞞語, 纔得秋風棄我歸." ②시시콜콜함. 朝鮮 徐居正 〈送李都事赴咸吉節制幙下〉: "出門拂袖行, 何曾剌剌爲." ③바람 소리. 宋 梅堯臣 〈送曹測崇班駐泊相州〉: "寒風吹枯草, 草短聲剌剌."

孜孜(자자○○) ①부지런히 애쓰는 모양. 자자(孳孳). 朝鮮 奇大升 〈南宮觀察使〉: "孜孜緝豳雅, 懇懇戒無逸." ②화락한 모양. 晉 陶潛 〈答龐參軍〉: "伊余懷人, 欣聽孜孜."

灼灼(작작●●) ①밝은 모양. 唐 韓濬 〈淸明日賜百僚新火〉: "灼灼千門曉, 煇煇萬井春." 朝鮮 李敏敍 〈燈夕渚船擧火〉: "雲間灼灼紅千點, 水面輝輝白一邊." ②선명한 모양. 晉 陸機 〈擬靑靑河畔草〉: "粲粲妖容姿, 灼灼美顔色." 朝鮮 李滉 〈寓感五絶〉: "猩紅灼灼映山堂, 鴨綠粼粼蕩鏡光."

綽綽(작작●●) 여유로운 모양. 唐 張祜 〈箏〉: "綽綽下雲煙, 微收皓腕鮮." 朝鮮 尹拯 〈追次李兄惠仲南謫韻〉: "先民有進退, 綽綽好前程."

潺潺(잔잔○○) ①물이 흐르는 모양. 明 王錂 〈春蕪記 宴賞〉: "看霏霏山抹微雲, 更潺潺水遶孤村." 朝鮮 金宗直 〈鮑石亭〉: "我來弔古獨長嘯, 風愁雲慘溪潺潺." ②물이 흐르는 소리. 唐 孟郊 〈弔盧殷〉: "百川空相弔, 日久哀潺潺."

高麗 李齊賢 〈九曜堂〉: "溪水潺潺石逕斜, 寂寥誰似道人家." ③빗소리. 唐 柳宗元 〈雨中贈仙人山賈山人〉: "寒江夜雨聲潺潺, 曉雲遮盡仙人山." 高麗 李穡 〈卽事〉: "何日歸休洗雙耳, 月明溪上聽潺潺."

涔涔(잠잠○○) ①비가 그치지 않고 내리는 모양. 淸 曹寅 〈夜雨宿玉山寺〉: "檻外寒江百丈深, 一龕側塞雨涔涔." 朝鮮 南九萬 〈李判書輓〉: "篋中遺墨在, 開眼淚涔涔." ②날씨가 음산한 모양. 宋 黃庭堅 〈送杜子卿歸西淮〉: "雪意涔涔滿面風, 杜郎馬上若征鴻." ③질병으로 번민하는 모양. 唐 杜甫 〈風疾舟中伏枕書懷三十六韻奉呈湖南親友〉: "轉蓬憂悄悄, 行藥病涔涔." 朝鮮 李植 〈韓延安挽〉: "冥期應不遠, 吾已病涔涔."

岑岑(잠잠○○) ①아픈 모양. 宋 范成大 〈初發桂林〉: "我亦頭岑岑, 中若磨蟻旋." 高麗 李奎報 〈卯飮〉: "今朝飮狂藥, 頗覺頭岑岑." ②높은 모양. 唐 白居易 〈池上作〉: "華亭雙鶴白矯矯, 太湖四石青岑岑."

鏘鏘(장장○○) ①음악소리. 금석이 부딪치는 소리. 唐 宋若憲 〈和御制麟德殿宴百僚〉: "御筵多濟濟, 盛樂復鏘鏘." 朝鮮 李滉 〈寄宰姪〉: "只應鳴玉臺前水, 天樂鏘鏘萬古新." ③풍성한 모양. 많은 모양. 唐 溫庭筠 〈雉場歌〉: "彩仗鏘鏘已合圍, 繡翎白頭遙相妬." 朝鮮 金綺秀 〈奉呈倉山金先生〉: "宛猶仙樂發, 鏘鏘洗塵耳." ④높은 모양. 朝鮮 許

穆 〈感遊〉: “陟神嶽之鏘鏘兮, 瞰維火之窮隅.”

將將(장장●●) 대장(大將)의 대장. 곧 대장을 잘 부릴 수 있는 재능. 麗末鮮初 趙浚 〈題永興客舍壁〉: “只緣廊廟多遺策, 未是吾身將將才.” 朝鮮 金宗直 〈賀關西擒制使李同知季仝〉: “收功實在善將將, 噫非公也疇登壇.”

適適(적적●●) ☞ 的的(적적). ①또렷한 모양. 宋 陳造 〈閑寂〉: “槁木山麓正適適, 從來里舍議家丘.” 朝鮮 金誠一 〈送尹尙中卓然赴京〉: “伊我守埳井, 適適終何爲.” ②놀라는 모양. 朝鮮 申欽 〈側聲體〉: “寂寞獨適適, 六欲得釋脫.”

的的(적적●●) ①또렷한 모양. 唐 陳子昂 〈宿空舲峽青樹村浦〉: “的的明月水, 啾啾寒夜猿.” 朝鮮 丁若鏞 〈登北嶽〉: “新貴樓臺花的的, 正陽宮殿艸霏霏.” ②깊은 모양. 明 高啓 〈春日懷諸親舊〉: “涉世悠悠夢, 懷人的的思.” ③노랫소리. 唐 韓偓 〈夜坐〉: “格是厭厭饒酒病, 終須的的學漁歌.”

寂寂(적적●●) ①적막한 모양. 唐 王維 〈寒食汜上作〉: “落花寂寂啼山鳥, 楊柳青青渡水人.” 朝鮮 李尙毅 〈次韻酬任叔英〉: “落盡小桃春寂寂, 滿城風雨掩門多.” ②상심하는 모양. 唐 孟郊 〈與王二十一員外涯游昭成寺〉: “洛友寂寂約, 省騎霏霏塵.”

滴滴(적적●●) ①한 방울 한 방울. 唐 蘇頲 〈興州出行〉: “滴滴泣花露, 微微出岫雲.” 朝鮮 申欽 〈回文詩賦漫興〉: “濕草

露滴滴, 凉月晴娟娟." ②떨어지는 소리. 唐 段成式 〈醉中吟〉: "只愛槽牀滴滴聲, 長愁聲絶又醒醒." 新羅 崔承祐 〈獻新除中書李舍人〉: "銀燭剪花紅滴滴, 銅臺輸刻漏遲遲." ③빛깔이 짙은 모양. 唐 唐彦謙 〈留別〉: "野花紅滴滴, 江燕語喃喃." 朝鮮 權愈 〈應製喜雨〉: "甘膏滴滴自知時, 東海春天散若絲."

籊籊(적적●●) 길고 뾰족한 모양. 唐 白居易 〈洗竹〉: "青青復籊籊, 頗異凡草木." 朝鮮 金誠一 〈清溪亭八景 溪邊釣月〉: "閑來理釣絲, 一竿橫籊籊."

塡塡(전전○○) ①수레가 줄지어선 모양. 朝鮮 許積 〈夏日 許水使客堂戲題〉: "塡塡車馬音, 靄靄雲煙霏." ②천둥소리. 《楚辭 九歌》: "靁塡塡兮雨冥冥, 猨啾啾兮又夜鳴." 朝鮮 蔡彭胤 〈壬午九月立冬後大雷雨述懷下篇奉懷仲兄兼致意三猶子〉: "雷塡塡兮雨冥冥, 白雲連天六百里." ③잇달은 북소리. 明 夏完淳 〈觀濤〉: "海女霓旌乍有無, 雷鼓塡塡屛翳怒." 朝鮮 尹鑴 〈步韓文公石鼓歌〉: "嘽嘽徒御皷塡塡, 幽靈奔走鬼叱訶."

翦翦(전전●●) ①많은 모양. 족족(簇簇). 唐 杜牧 〈感懷詩〉: "蒼然太行路, 翦翦還榛莽." 朝鮮 徐居正 〈用前韻〉: "剪剪黃茅覆小宮, 歸來欲作釣魚翁." ②바람이 쌀쌀한 모양. 唐 韓偓 〈寒食夜〉: "測測輕寒翦翦風, 杏花飄雪小桃紅." 朝鮮 徐居正 〈入黃州〉: "峭寒剪剪入重裘, 客裏光陰窘督

郵.”

田田(전전○○) ①잎이 무성한 모양.《樂府詩集 相和歌辭 江南》: “江南可采蓮, 蓮葉何田田.” 朝鮮 徐居正 〈寄七休亭孫同年〉: “知子如吾酷愛蓮, 方塘半畝葉田田.” ②푸른 모양. 宋 陳造 〈早夏〉: “安石榴花猩血鮮, 凉荷高葉碧田田.” 朝鮮 徐憲淳 〈偶詠〉: “簾外忽聽微雨響, 滿塘荷葉碧田田.” ③진한 모양. 唐 元稹 〈張舊蚊幬〉: “昔透香田田, 今無魂惻惻.”

闐闐(전전○○) ①북소리. 麗末鮮初 金克己 〈權場〉: “忽見氈廬臨野市, 高旗獵獵鼓闐闐.” ②수레 소리. 朝鮮 丁若鏞 〈探花宴〉: “甲科繡轂闐闐去, 俊少紅韉冉冉斜.” ③우렛소리. 또는 우레가 치는 모양.《楚辭 九辯》: “屬雷師之闐闐兮, 通飛廉之衙衙.” 麗末鮮初 金克己 〈權場〉: “忽見氈廬臨野市, 高旗獵獵鼓闐闐.”

切切(절절●●) ①상심한 모양. 唐 韋夏卿 〈別張賈〉: “切切別思纏, 蕭蕭征騎煩.” 朝鮮 金尙憲 〈次持國東岡愴懷之作〉: “詩來切切動悲凉, 舊跡難尋綠野堂.” ②성실한 모양. 朝鮮 金宗直 〈書上洛君詩卷〉: “相規只爲謙謙得, 莫逆須因切切求.” ③처량한 소리. 唐 白居易 〈琵琶行〉: “大絃嘈嘈如急雨, 小絃切切如私語.” 朝鮮 尹定鉉 〈淸凉館會吟〉: “鳴蟬會人意, 切切不知休.”

蔪蔪(점점○○) 무성한 모양. 점점(漸漸). 淸 吳嘉紀 〈送吳眷西

歸長林〉: "小麥蕲蕲秀, 雉來麥上飛." 朝鮮 李德懋 〈謁崇仁殿〉: "道寄姬書陳蕩蕩, 時開鮮雅詠蕲蕲."

漸漸(점점●●) ①점점. 唐 張籍 〈早春病中〉: "更憐晴日色, 漸漸暖貧居." 高麗 李穡 〈織布吟〉: "白日漸漸短, 清夜方悠悠." ②무성한 모양. 朝鮮 南孝溫 〈謁箕子廟庭〉: "故都麥漸漸, 浿江流悠悠."

井井(정정●●) ①깨끗한 모양. 唐 羊滔 〈游爛柯山〉: "路期訪道客, 游衍空井井." ②조리가 있는 모양. 朝鮮 金宗直 〈送人歸日本〉: "蠻衢井井分三町, 鰲頂茫茫冠五山."

丁丁(정정○○) ①나무 베는 소리. 《詩經·小雅 伐木》: "伐木丁丁, 鳥鳴嚶嚶." 朝鮮 金時習 〈題水落山聖殿庵〉: "山中伐木響丁丁, 處處幽禽弄晚晴." ②물방울 떨어지는 소리. 唐 方幹 〈陪李郎中夜宴〉: "間世星郎夜宴時, 丁丁寒漏滴聲稀." 朝鮮 張維 〈次韻酬畸翁學士直廬見寄〉: "疎燈翳翳迷殘夢, 促漏丁丁喚獨愁." ③바둑 두는 소리. 清 金農 〈水北蘭若與孔毓銘對棋卽送歸里〉: "僧寮一局子丁丁, 本欲忘機機反生." 朝鮮 金正喜 〈詠棋〉: "蓬萊清淺非高着, 橘裏丁丁鶴夢輕." ④말뚝 박는 소리. 朝鮮 金訢 〈東郊觀獵三十韻應製〉: "椓杙丁丁包洞壑, 張罘肅肅截山岡." ⑤다듬이소리. 朝鮮 李德懋 〈卽事〉: "孺人勞弱腕, 帛杵鳴丁丁."

亭亭(정정○○) ①높이 솟은 모양. 宋 蘇軾 〈虎跑泉〉: "亭亭石

塔東峰上, 此老初來百神仰." 朝鮮 權近 〈金剛山〉: "雪立亭亭千萬峰, 海雲開出玉芙蓉." ②꼿꼿하게 선 모양. 唐 溫庭筠 〈夜宴謠〉: "亭亭蠟淚香珠殘, 暗露曉風羅幕寒." 朝鮮 張維 〈寥天一齋〉: "此物是何物, 亭亭獨無匹." ③아득한 모양. 唐 韋應物 〈發廣陵留上家兄兼寄上長沙〉: "漾漾動行舫, 亭亭遠相望." ④고결한 모양. 清 龔自珍 〈題鷺津上人書冊〉: "氣莊志定效肅肅, 筆冲墨粹神亭亭." 朝鮮 徐居正 〈水原樓次朴延城韻〉: "娟娟祟光風泛夜, 亭亭淨植水明時." ⑤아름다운 모양. 宋 蘇轍 〈中秋夜〉: "漸高圍漸小, 雲外轉亭亭." 朝鮮 丁若鏞 〈次韻冽水書懷〉: "亭亭月出開樽夜, 冉冉雲歸倚枕時."

鼎鼎(정정●●) ①늑장을 부리는 모양. 明 張煌言 〈山中屢空泊如也偶讀淵明饑驅句猶覺其未介遂作反乞食詩仍用其韻〉: "奈何饕餮者, 朵頤鼎鼎來." 朝鮮 朴忠元 〈傷春〉: "燕子光陰來鼎鼎, 杏花消息老垂垂." ②허송세월함. 宋 陸游 〈老身〉: "百年殊鼎鼎, 萬事祗悠悠." 高麗 李穡 〈獨夜〉: "鼎鼎吾將老, 悠悠只此心." ③성대한 모양. 唐 元稹 〈高荷〉: "亭亭自擡擧, 鼎鼎難藏擫." 朝鮮 徐居正 〈水原樓次朴延城韻〉: "登臨佳節繁華地, 鼎鼎淸懽不用悲."

晶晶(정정○○) 반짝이는 모양. 宋 范成大 〈三月十五日華容湖尾看月出〉: "晶晶浪皆舞, 翳翳星欲避." 朝鮮 丁若鏞 〈夜與尹彝敍韓徯父飮酒賦菊花〉: "露洗晶晶結, 風吹裊裊

孤.”

濟濟(제제●●) ①많은 모양. 唐 盧綸 〈元日早朝呈故省諸公〉: “濟濟延多士, 躚躚舞百蠻.” 高麗 徐甄 〈述懷〉: “千載神都隔漢陽, 忠良濟濟佐明王.” ②가지런한 모양. 朝鮮 申欽 〈在彌串送雪村朝京師〉: “迢迢博望槎, 濟濟延陵樂.” ③정중한 모양. 朝鮮 尹淮 〈正朝〉: “彬彬禮樂侔中華, 濟濟衣冠拱北辰.”

嘈嘈(조조○○) ①악기 소리. 唐 白居易 〈琵琶行〉: “大弦嘈嘈如急雨, 小弦切切如私語.” 朝鮮 張維 〈次正使登鼇頭峰有感韻〉: “簫鼓嘈嘈殷太虛, 憑高未覺壯心舒.” ②짐승이나 곤충의 울음소리. 唐 李白 〈春日陪楊江寧及諸官宴北湖感古作〉: “雞棲何嘈嘈, 沿月沸笙竽.” 朝鮮 丁若鏞 〈蟬唫三十絶句〉: “東枝一唱已安流, 西樹嘈嘈始礪喉.” ③빗소리. 朝鮮 丁若鏞 〈破屋歎爲白澤申佐郎作〉: “嘈嘈哳哳聲可聽, 大珠小珠瑤田播.” ④웃음소리. 高麗 釋 宏演 〈舂米行〉: “大郎小婦驚相問, 謔浪笑傲聲嘈嘈.”

慥慥(조조●●) 독실한 모양. 성의 있는 모양. 唐 權德輿 〈送別沅泛〉: “溫溫稟義方, 慥慥習書詩.” 朝鮮 奇大升 〈匹士能光國〉: “慥慥求諸己, 頎頎立本朝.”

刁刁(조조●●) ①바람 소리. 宋 程俱 〈雜興〉: “濯濯簷下溜, 刁刁樹間鳴.” 朝鮮 丁若鏞 〈十一月六日 大風雪猝寒〉: “橫飛倒立態全狂, 萬竅刁刁吼更長.” ②흔들리는 모양. 朝

鮮 朴祥 〈錦江次使相贈悅上人韻〉: "窗櫺窣窣千峰雨, 松檜刁刁萬壑風."

條條(조조○○) ①질서가 있는 모양. 高麗 安軸 〈穿島詩〉: "滿島石狀奇, 條條均削截." ②하나하나. 朝鮮 金錫胄 〈次副使韻〉: "來日凍陰冰片片, 歸時春色柳條條." 唐 戎昱 〈送陸秀才歸覲省〉: "堤上千年柳, 條條卦我心."

懆懆(조조●●) 근심하는 모양. 明 張以寧 〈題韓氏十景卷〉: "白霽趙子詩句好, 三年不見心懆懆."

朝朝(조조○○) 날마다. 唐 孟浩然 〈留別王維〉: "寂寂竟何待, 朝朝空自歸." 朝鮮 張維 〈寄夢賚田居〉: "滿眼兒孫好, 朝朝課讀書."

簇簇(족족●●) ①하나씩 무리 지은 모양. 唐 白居易 〈開元寺東池早春〉: "簇簇青泥中, 新蒲葉如劍." 朝鮮 金誠一 〈次山前見寄韻〉: "吟罷好山青簇簇, 夢回凉月白紛紛." ②대열을 지어 행하는 모양. 唐 王建 〈横吹曲辭 隴頭水〉: "隴東隴西多屈曲, 野麋飲水長簇簇." 朝鮮 張維 〈送崔大容赴關西巡檢幕府〉: "簇簇紅旗夾路迎, 滿前鐃鼓雜班聲."

卒卒(졸졸●●) 조급한 모양. 빠른 모양. 朝鮮 申欽 〈感事吟〉: "悲歡與榮辱, 卒卒歸老洫." 朝鮮 金誠一 〈有感〉: "坐待雀賀日, 流年何卒卒."

瑽瑽(종종○○) 패옥 소리. 清 魏禧 〈早發華陽鎭〉: "中秋夜泊華陽鎭, 琵琶琥珀聲瑽瑽." 高麗 李穡 〈天寶歌過薊門有感

而作〉: "馬嵬山下飛塵紅, 天子劍佩鳴瑽瑽."

種種(종종●●) ①각양각색. 朝鮮 徐居正 〈途中〉: "漏雲斜日長林晩, 無數山禽種種啼." ②머리카락이 빠진 모양. 늙고 쇠약함의 형용. 宋 曾鞏 〈上翁嶺〉: "顚毛已種種, 世患方紛紛." 朝鮮 徐居正 〈送南原梁君誠之詩百韻〉: "自慙頭種種, 人笑腹便便."

淙淙(종종○○) ①물이 흐르는 소리. 唐 高適 〈賦得還山吟送沈四山人〉: "石泉淙淙若風雨, 桂花松子常滿地." 朝鮮 張維 〈行莞島中〉: "颯颯聞天籟, 淙淙響暗泉." ②음악소리. 淸 金農 〈旅夜聞箏贈別孔氏兄弟〉: "彈箏峽裏響淙淙, 豈是秦聲按瑣牕."

朱朱(주주○○) ①닭을 부르는 소리. 朝鮮 李德懋 〈夜到潮邨智叔家同心溪楚亭賦〉: "朱朱擲紅粒, 霜旭招鷄孫." ②만발한 붉은 꽃. 唐 韓愈 〈感春〉: "晨遊百花林, 朱朱兼白白."

周周(주주○○) 머리가 무거워 물을 마시려면 넘어지므로, 언제나 깃을 입에 물고 물을 마신다는 새 이름. 三國 魏 阮籍 〈詠懷〉: "周周尙銜羽, 蛩蛩亦念饑." 朝鮮 申欽 〈送李同知朝京師〉: "銜羽愧周周, 夷庚猶落落."

蠢蠢(준준●●) ①벌레가 기어가는 모양. 唐 李咸用 〈放歌行〉: "蠢蠢荼蓼蟲, 薨薨避葵薺." 高麗 李奎報 〈庚子十二月日夢升天〉: "俯親下界內, 蠢蠢黑頭虫." ②어지럽게 무리지은 모양. 唐 寒山 〈三界人蠢蠢〉: "三界人蠢蠢, 六道人

茫茫.” ③어리석은 모양. 明 方孝孺 〈勉學詩〉: “及時不努力, 老大成蠢蠢.” 朝鮮 奇大升 〈勉學詩贈鄭子中〉: “蠢蠢縛朝紳, 閔默思空蜿.” ④잘 나아가지 못하는 모양. 唐 杜甫 〈魏將軍歌〉: “平生流輩徒蠢蠢, 長安少年氣欲盡.”

蹲蹲(준준○○) ①춤추는 모양. 唐 白居易 〈郡中春宴因贈諸客〉: “蠻鼓聲坎坎, 巴女舞蹲蹲.” 朝鮮 李逗春 〈丹陽峽中〉: “山欲蹲蹲石欲飛, 洞天深處客忘歸.” ②무성한 모양. 南朝 宋 鮑照 〈擬行路難〉: “但見松柏園, 荊棘鬱蹲蹲.”

踆踆(준준○○) 발걸음이 무거운 모양. 宋 陸游 〈示客〉: “世間可笑走踆踆, 誤認虛空作汝身.” 朝鮮 河演 〈詣闕偶吟〉: “轎輿荷擔去踆踆, 後從前馳辟路人.”

重重(중중○○) ①겹친 모양. 층층(層層). 唐 張說 〈同趙侍御望歸舟〉: “山庭迴迴面長川, 江樹重重極遠煙.” 朝鮮 李晩秀 〈降仙樓敬次月沙先祖板上韻〉: “朱欄畫棟重重暎, 錦纜牙檣泛泛休.” ②빽빽한 모양. 宋 葉適 〈寄柳秘校〉: “籬風索索苦瓠晩, 山雨重重甘菊疎.” 朝鮮 李德懋 〈錦江〉: “潑盡羈愁付酒鍾, 山何疊疊樹重重.” ③되풀이되는 모양. 唐 張籍 〈秋山〉: “草堂不閉石牀靜, 葉間墜露聲重重.” 高麗 趙簡 〈次李密直學士宴詩〉: “觴中壽可重重獻, 堂上親皆兩兩存.”

喞喞(즉즉●●) ①탄식 소리. 唐 白居易 〈琵琶行〉: “我聞琵琶已

歎息, 又聞此語重喞喞.” 朝鮮 張維 〈感興〉: “唧唧何所歎, 悠悠臨岐路.” ② 새나 벌레의 울음소리. 唐 王維 〈靑雀歌〉: “猶勝黃雀爭上下, 喞喞空倉復若何.” 朝鮮 鄭榛 〈栗里幽興〉: “雨態濛濛滋翠草, 蟲聲喞喞濕黃昏.”

緝緝(즙즙●●) 속닥거리는 모양. 참소하는 말이나 꼬드기는 말의 비유. 《詩經 巷伯》: “緝緝翩翩, 謀欲譖人.” 朝鮮 張維 〈次韻詶張生希稷贈歌〉: “九關深深足虎豹, 靑娥緝緝工讒愬.”

烝烝(증증○○) 지극한 효도. 朝鮮 李耔 〈翼日又命以陸績懷橘爲題用前韻〉: “陸子聲名動妙齡, 烝烝深孝若天成.” 朝鮮 金宗直 〈大王大妃挽章〉: “烝烝長樂孝, 忽忽帝鄉仙.”

遲遲(지지○○) ① 천천히 걷는 모양. 唐 來鵠 〈古劍池〉: “秋水蓮花三四枝, 我來慷慨步遲遲.” 朝鮮 崔岦 〈次方伯金公過曹南冥宅韻〉: “沿谿莫怪遲遲去, 處士當年此着家.” ② 햇살이 따뜻한 모양. 《詩經 豳風 七月》: “春日遲遲, 采蘩祁祁.” 朝鮮 朴彭年 〈政府宴〉: “柳綠東風吹細細, 花明春日正遲遲.” ③ 먼 모양. 宋 蘇軾 〈送陳伯修察院赴闕〉: “豈知二十年, 道路猶遲遲.” 朝鮮 金正喜 〈與今軒共拈鐘竟陵韻〉: “東門芳草路遲遲, 看取楣間去後詩.” ④ 오랜 모양. 宋 王禹偁 〈次韻和朗公見贈〉: “欲問勞生心擾擾, 强酬佳句思遲遲.” 高麗 李穀 〈眞州新妓名詞〉: “客路春風醉不歸, 笙歌緩緩夜遲遲.” ⑤ 점점. 唐 陳子昂 〈感遇〉: “遲

遲白日晩, 嫋嫋秋風生.” 朝鮮 朴繼姜 〈山行聞笛〉: “澹澹夕陽外, 遲遲過遠村.” ⑥늦어짐. 唐 司空圖 〈僧舍貽友人〉: “舊山歸有阻, 不是故遲遲.” 朝鮮 南有容 〈憶幼子〉: “積雨連旬苦不開, 遲遲幼子信書來.” ⑦느긋한 모양. 唐 張喬 〈孤雲〉: “舒卷因風何所之, 碧天孤影勢遲遲.” 朝鮮 權韠 〈別顧天使代遠接使作〉: “別語在心徒脈脈, 離杯到手故遲遲.” ⑧연연하는 모양. 晉 陶潛 〈讀史述九章箕子〉: “去鄕之感, 猶有遲遲.” 朝鮮 金希祖 〈秋日〉: “世上相逢難袞袞, 尊前欲去更遲遲.”

津津(진진○○) ①넘치는 모양. 淸 周亮工 〈庚子嘉平五日雪初聞欲徙塞外〉: “遙看松栝葉, 生意已津津.” 朝鮮 崔岦 〈夕陰梨〉: “畏景西南烘不到, 含消爽氣已津津.” ②배어나오는 모양. 宋 王安石 〈澶州〉: “津津北河流, 嶭嶭兩城峙.” 朝鮮 張維 〈葡萄〉: “顆顆摩尼瑩, 津津瑞露香.” ③기쁜 모양. 朝鮮 李植 〈止足窩八詠 爲沈德顯作〉: “歸遺細君燒短茁, 渾家兒女喜津津.” ④홍미진진한 모양. 朝鮮 徐居正 〈次韻文良見寄〉: “滿帽菊花一樽月, 唯餘佳興自津津.”

陳陳(진진○○) ①묵은 양식. 宋 蘇軾 〈用前韻再和孫志擧〉: “期子如太倉, 會當發陳陳.” 高麗 李穡 〈朝吟〉: “咄咄無牛後, 陳陳或鼠餘.” ②오래된 모양. 朝鮮 盧守愼 〈夜悲〉: “私意還如几上塵, 須臾不掃只陳陳.”

振振(진진●●) ①성한 모양. 朝鮮 李植 〈昌麟島〉: “詩人詠振

振, 郊藪迺效祥." ②성실한 모양. 明 張居正 〈應制題百子圖〉: "應知皇澤遠, 麟趾自振振." 麗末鮮初 金自知 〈賀李中樞貞幹年七十壽九十慈親〉: "群孫揔振振, 迭獻仍醉醒." ③벌벌 떠는 모양. 唐 李咸用 〈春宮詞〉: "眼光滴滴心振振, 重瞳不轉憂生民."

塵塵(진진○○) ①세계(世界). 宋 范成大 〈十月二十六日偈〉: "窗外塵塵事, 窗中夢夢身." ②한량이 없음. 唐 常達 〈山居八詠〉: "眞性寂無機, 塵塵祖佛師."

榛榛(진진○○) ①초목이 무성한 모양. 明 何景明 〈懮旱賦〉: "攬翳翳之無卉兮, 樹榛榛之脩棘." 朝鮮 申光漢 〈蟾江有和 復用前韻〉: "頹垣不補樹榛榛, 庭下萋迷艸色新." ②잘 갖추어진 모양. 元 趙孟頫 〈題耕織圖奉懿旨撰〉: "伐葦作薄曲, 束縛齊榛榛."

蓁蓁(진진○○) ①초목이 무성한 모양. 《詩經 周南 桃夭》: "桃之夭夭, 其葉蓁蓁." 朝鮮 張維 〈田家秋興〉: "屋後十畝園, 侯栗何蓁蓁." ②많이 쌓인 모양. 《楚辭 九辯》: "蝮蛇蓁蓁, 封狐千里些." 朝鮮 申欽 〈送秋浦使日本〉: "封狐竟千畝, 蝮蛇亦蓁蓁."

陣陣(진진●●) 그쳤다가 이어졌다 하는 모양. 朝鮮 李深源 〈雲溪寺〉: "陣陣暗香通鼻觀, 遙知林下有殘花." 朝鮮 丁若鏞 〈憶南皐對雨〉: "淋鈴淅瀝打花枝, 陣陣溪風入幔吹."

秩秩(질질●●) ①물이 흐르는 모양. 《詩經 小雅 斯干》: "秩秩

斯干, 幽幽南山.” ②삼가고 공경하는 모양. 《詩經 小雅 賓之初筵》: “賓之初筵, 左右秩秩.” 高麗 金富軾 〈謝崔樞密灌宴集〉: “禮重賓儀瞻秩秩, 義深朋舊賦嚶嚶.” ③지혜로운 모양. 《詩經 秦風 小戎》: “厭厭良人, 秩秩德音.” 朝鮮 尹拯 〈挽姜掌令〉: “休休晩擅鄕園勝, 秩秩終看子姓蕃.” ④질서정연한 모양. 朝鮮 權好文 〈送圖上人還清凉山〉: “秩秩架書欣有托, 床床屋漏苦無乾.”

叱叱(질질●●) 가축을 부리는 소리. 宋 陸游 〈致仕後述懷〉: “叱叱驅黃犢, 行行跨白驢.” 朝鮮 徐居正 〈田家謠〉: “泥融無塊田可耕, 原頭叱叱驅犢聲.”

戢戢(집집●●) ①밀집한 모양. 清 唐孫華 〈狎客〉: “戢戢附群蟻, 殷殷聚飛蚊.” 朝鮮 金宗直 〈和克己及康甥安國寺浴後之作〉: “戢戢筠籠看鱉脚, 颼颼銚聽松聲.” ②순종하는 모양. 高麗 李承休 〈病課詩〉: “馬牛何戢戢,禾稼何芸芸.” ③아주 작은 소리. 唐 元稹 〈表夏〉: “翩翩簾外鷰, 戢戢巢內雛.” ④물고기가 입을 벌리는 모양. 唐 杜甫 〈又觀打魚〉: “小魚脫漏不可記, 半死半生猶戢戢.”

澄澄(징징○○) 맑고 깨끗한 모양. 晉 阮修 〈上巳會詩〉: “澄澄綠水, 澹澹其波.” 朝鮮 李海壽 〈次清心樓韻〉: “驪江秋水鏡澄澄, 江上青山面面層.”

ㅊ

纂纂(찬찬●●) 주렁주렁 매달린 모양. 唐 韓愈 〈遊青龍寺贈崔大補闕〉: "桃源迷路竟茫茫, 棗下悲歌徒纂纂." 朝鮮 金宗直 〈贈楊秀才洪貢生〉: "皤皤架上匏, 纂纂園中棗."

粲粲(찬찬●●) ①또렷한 모양. 晉 陸機 〈日出東南隅行〉: "暮春春服成, 粲粲綺與紈." 朝鮮 奇大升 〈梅花〉: "一盞傾來一首詩, 粲粲枝頭春有期." ②웃는 모양. 宋 梅堯臣 〈謝師厚歸南陽 效阮步兵〉: "解劍登北堂, 幼婦笑粲粲."

燦燦(찬찬●●) ①반짝반짝 빛나는 모양. 唐 韓愈 〈和李相公攝事南郊覽物興懷呈一二知舊〉: "燦燦辰角曙, 亭亭寒露朝." 朝鮮 金宗直 〈和士廉〉: "什一征民邁舊章, 宸奎燦燦照銀光." ②색깔이 고운 모양. 明 何景明 〈憶昔行〉: "花邊燦燦丹鳳雛, 天上矯矯石麒麟." 朝鮮 申欽 〈秋懷〉: "燦燦籬菊華, 團團園栗顆."

慘慘(참참●●) ①근심하는 모양. 唐 戴叔倫 〈邊城曲〉: "胡笳聽徹雙淚流, 羈魂慘慘生邊愁." 麗末鮮初 金克己 〈讀林大學詩卷〉: "愁腸慘慘涕漣漣, 獨掩塵篇一問天." ②어둑한 모양. 明 李夢陽 〈臺寺夏日〉: "積雪洞門常慘慘, 炎天松柏轉蕭蕭." 朝鮮 丁若鏞 〈暮踰椵嶺作〉: "暮抵七羊村, 慘慘雲滿天."

巉巉(참참○○) ①산세가 가파른 모양. 唐 張祜 〈游天台山〉:

"巉巉割秋碧, 媧女徒巧補." 朝鮮 金誠一〈黔義嶺〉: "巉巉一嶺峻, 東北獨爲尊." ②산석(山石)이 중첩된 모양. 宋 陸游〈題傳神〉: "巉巉骨法吾能相, 難着凌煙劍佩中." 高麗 李仁老〈早春江行〉: "碧岫巉巉攢筆刃, 蒼江杳杳漲松煙." ③뾰족하고 예리한 모양. 高麗 李承召〈途中〉: "翠壁巉巉鐵削成, 石潭無底漾虛明."

瀺瀺(참참●●) 물이 튀기는 소리. 朝鮮 李植〈竹島洋中見大小魚騰擲彌滿眼界甚可壯也仍賦寄懷〉: "不識區區尋丈間, 瀺瀺瀺灂終何竣." 朝鮮 任相元〈隣人餽魚〉: "苞携遠江魚, 瀺瀺煦沫繁."

嶄嶄(참참●●) 우뚝한 모양. 唐 杜牧〈杜秋娘詩〉: "嶄嶄整冠珮, 侍宴坐瑤池." 朝鮮 申欽〈冠孫冕〉: "嶄嶄露頭角, 落筆諧聲律."

蹌蹌(창창○○) ①걸음걸이가 신중한 모양.《詩經 小雅 楚茨》: "濟濟蹌蹌, 絜爾牛羊." 朝鮮 尹鑴〈漫效唐人早朝大明宮體〉: "翼翼儀容瞻黼座, 蹌蹌劒珮擁三台." ②뛰어오르는 모양. 朝鮮 奇大升〈松亭接宰臣〉: "濟濟夔龍渾接武, 蹌蹌鸞鵠更聯翩." ③춤추는 모양. 朝鮮 丁若鏞〈竹欄小集與尹彝敍李周臣韓徯父賦得田家夏詞八十韻〉: "蝦蟆吹聒聒, 鶖鷺舞蹌蹌." ④술에 취해 걷는 모양. 蹌蹌(●●). 清 褚人穫〈醉學士歌〉: "宋生微飲兮早醉, 忽周旋兮步驟蹌蹌."

摐摐(창창○○) ①뒤섞인 모양. 겹겹이 선 모양. 高麗 李穀 〈癸未元日崇天門下〉: "壽觴灔灔浮春色, 仙仗摐摐立曉風." 朝鮮 金世濂 〈渡海〉: "獵獵飛大旆, 摐摐列劍戟." ②금속이 부딪치는 소리. 麗末鮮初 李詹 〈夜過涵碧樓聞彈琴聲有作〉: "神仙腰佩玉摐摐, 來上高樓掛碧窗." ③바람 소리. 朝鮮 申欽 〈口呼江字韻寄懷〉: "孤襟耿耿倚山窗, 杉檜磨颸聲摐摐."

蒼蒼(창창○○) ①짙푸른 모양. 宋 蘇軾 〈留題仙都觀〉: "山前江水流浩浩, 山上蒼蒼松柏老." 朝鮮 閔遇洙 〈堤川途中懷尊甫〉: "孤村四面亂雲飛, 峽樹蒼蒼斂晚暉." ②무성한 모양. 《詩經 秦風 蒹葭》: "蒹葭蒼蒼, 白露爲霜." 朝鮮 河緯地 〈送徐剛中兄弟榮親歸大丘〉: "回首月波亭下路, 滿山松栢鬱蒼蒼." ③희끗한 모양. 唐 白居易 〈賣炭翁〉: "滿面塵灰煙火色, 兩鬢蒼蒼十指黑." 麗末鮮初 尹紹宗 〈冬至〉: "今臣紹宗髮蒼蒼, 及事玄陵敬孝王." ④넓은 모양. 五代 齊己 〈送人潤州尋兄弟〉: "閑遊登北固, 東望海蒼蒼." 朝鮮 許筠 〈旅懷〉: "瑤絃一曲動文君, 關塞蒼蒼日欲曛." ⑤흐릿한 모양. 明 何景明 〈與賈郡博宿夜話〉: "蒼蒼季冬夕, 悄悄昆蟲閉." 朝鮮 朴燁 〈南營送申敬叔還京〉: "歌低琴苦別離難, 關月蒼蒼隴水寒." ⑥하늘. 唐 李白 〈酬殷明佐見贈五雲裘歌〉: "爲君持此淩蒼蒼, 上朝三十六玉皇." 高麗 李穡 〈絶句〉: "老境開懷知有數, 一樽相對謝

蒼蒼."

漲漲(창창●●) 흩날리는 모양. 朝鮮 李承召 〈二月十二日入京十四日朝謁奉天門〉: "街霧飛漲漲, 市雨揮汗成."

采采(채채●●) ①많은 모양. 明 高啓 〈菊鄰〉: "采采霜露餘, 繁英正鮮新." 朝鮮 金堉 〈晚香亭次松江韻〉: "采采黃金花, 吾從陶處士." ②곱게 단장한 모양. 明 唐寅 〈題菊花〉: "御袍采采楊妃醉, 夜半扶歸挹露華." 朝鮮 尹拯 〈次舍弟韻 示可教〉: "眼裏英英玉, 階前采采衣."

嘖嘖(책책●●) ①가느다란 목소리. 宋 陸游 〈枕上感懷〉: "三更投枕窗月白, 老夫哦詩聲嘖嘖." ②새소리. 벌레 울음소리. 清 金農 〈雀啄覆粟曲〉: "雀爭殘粟天色黳, 啃啃嘖嘖聲惻悽." 朝鮮 鄭希得 〈倭徒以扇求題詩 惟恐不得〉: "嘖嘖雀引雛, 稍稍筍成竹." ③탄식 소리. 朝鮮 申欽 〈門前有車馬客行〉: "道傍爭嘖嘖, 此子昔貧賤." ④의견이 분분한 모양. 朝鮮 申叔舟 〈題仁山君洪允成使還詩卷〉: "華人見者說不置, 萬口嘖嘖爲一辭."

策策(책책●●) ①가을바람 소리. 朝鮮 王錫輔 〈秋日山中卽事〉: "高林策策響西風, 霜果團團霜葉紅." ②낙엽 지는 소리. 朝鮮 李山海 〈落葉〉: "屋角蕭蕭響, 窗前策策鳴." ③새의 날갯짓 소리. 唐 韓愈 〈秋懷詩〉: "秋風一披拂, 策策鳴不已." ④말발굽 소리. 朝鮮 丁若鏞 〈夜過銅雀渡〉: "寒沙策策響馬蹄, 朔風急急吹雁翼." ⑤슬픈 모양. 宋 葉

適 〈送高仲發〉: "細君吁久寂, 季弟猶長貧, 棄我涉遠道, 策策傷心神."

磔磔(책책●●) ①새소리. 宋 陸游 〈露坐〉: "磔磔禽移樹, 芒芒月墮空." 高麗 李穀 〈用李生韻寄龍頭釋老〉: "我行正値花時節, 珍禽磔磔鳴春山." ②거문고 소리. 宋 蘇軾 〈游桓山會者十人以春水滿四澤夏雲多奇峰爲韻得澤字〉: "彈琴石室中, 幽響淸磔磔." ③폭죽 소리. 宋 潁濱 〈除日〉: "楚人重歲時, 爆竹鳴磔磔." ④머리털이 쭈뼛 서는 모양. 朝鮮 丁若鏞 〈夏日述懷 奉簡族父吏曹參判〉: "轉頭毛磔磔, 當面語姁姁."

凄凄(처처○○) ①바람이 쌀쌀한 모양. 宋 曾鞏 〈九月九日〉: "凄凄風露滋, 靡靡塵靄屛." 朝鮮 柳尙運 〈望春亭次閔按使韻〉: "短簷風露暮凄凄, 雲逗斜陽半嶺西." ②처량한 모양. 宋 王安石 〈勿去草〉: "觸目凄凄無故人, 惟有芳草隨車輪." 朝鮮 金堉 〈付書瀋陽〉: "高梧葉落雨凄凄, 塞路三千夢亦迷." ③무성한 모양. 처처(萋萋). 唐 無名氏 〈甘棠靈會錄〉: "春草凄凄春水綠, 野棠開盡飄香玉." 朝鮮 許筠 〈無題〉: "芳草凄凄人未歸, 羅幃瘦盡雪膚肌."

萋萋(처처○○) ①초목이 무성한 모양. 唐 崔顥 〈黃鶴樓〉: "晴川歷歷漢陽樹, 芳草萋萋鸚鵡洲." 朝鮮 金尙容 〈錦江〉: "江南江北草萋萋, 滿目春光客意迷." ②구름이 짙은 모양. 唐 鮑溶 〈范眞傳侍御累有寄因奉酬〉: "萋萋巫峽雲,

楚客莫留恩.” 朝鮮 丁若鏞 〈端午日次韻陸放翁初夏閑居〉: “雨意萋萋作晝冥, 瓜田依舊漢陰甁.” ③화려한 모양. 晉 潘岳 〈藉田賦〉: “襲春服之萋萋兮. 接游車之轔轔.” ④쇠약한 모양. 漢 王嫱 〈怨詩〉: “秋木萋萋, 其葉萎黃.”

悽悽(처처○○) 처량한 모양. 清 顧炎武 〈歲暮〉: “良友日零落, 悽悽獨無伴.” 朝鮮 趙龜錫 〈晩發鳳山夕後有雨〉: “春雲漠漠轉悽悽, 十里官街柳色迷.”

刺刺(척척●●) ①수다스러운 모양. 金 元好問 〈入濟源寓舍〉: “睡中刺刺聞人語, 季子金多過洛陽.” 朝鮮 奇大升 〈第四十七〉: “開懷談刺刺, 撥悶醉醺醺.” ②바람에 초목이 흩날리는 소리. 宋 梅堯臣 〈送曹測崇班駐泊相州〉: “寒風吹枯草, 草短聲刺刺.”

惕惕(척척●●) ①애태우는 모양. 《詩經 陳風 防有鵲巢》: “誰侜予美, 心焉惕惕.” 宋 王禹偁 〈籍田賦〉: “修農事以惕惕, 襲春服之重重.” ②두려워하는 모양. 朝鮮 金隆 〈讀心經〉: “但能常惕惕, 庶可學聖賢.”

戚戚(척척●●) ①친밀한 모양. 《詩經 大雅 行葦》: “戚戚兄弟, 莫遠具爾.” ②근심하는 모양. 高麗 林椿 〈次韻鄭侍郎敍詩〉: “至人齊寵辱, 困窮無戚戚.” 晉 陶潛 〈五柳先生傳〉: “不戚戚於貧賤, 不汲汲於富貴.” ③바쁜 모양. 唐 孟郊 〈弦歌行〉: “暗中崒崒拽茅鞭, 倮足朱裈行戚戚.” ④쓸쓸한 모양. 朝鮮 成侃 〈送李子野赴京〉: “離別若斷絃, 臨歧

情戚戚."

滌滌(척척●●) ①황량한 모양. 明 王翃 〈憂旱〉: "山川滌滌赤日烈, 昊天降酷同燔燒." 朝鮮 張維 〈悶旱〉: "滌滌山川仰赫曦, 農夫輟耒只嗟咨." ②따뜻해지는 모양. 唐 韓鄂 《歲華紀麗 正月》: "風惟滌滌, 木漸欣欣."

慼慼(척척○○) 슬픈 모양. 근심하는 모양. 唐 杜甫 〈嚴氏溪放歌〉: "況我飄蓬無定所, 終日慼慼忍羈旅." 朝鮮 李瀷 〈歲晏行〉: "存余順事沒余寧, 慼慼愁怨果何濟."

淺淺(천천●●) ①물이 얕은 모양. 宋 王安石 〈與微之同賦梅花〉: "淺淺池塘短短牆, 年年爲爾惜流芳." ②짧고 작은 모양. 唐 溫庭筠 〈春野行〉: "草淺淺, 春如翦." ③은은한 모양. 唐 方幹 〈牡丹〉: "花分淺淺臙脂臉, 葉墮殷殷膩粉腮." 朝鮮 丁若鏞 〈次韻洌水書懷〉: "小小草花淺淺緋, 桃笙隨處坐斜暉." ④하찮은 모양. 高麗 李穡 〈喜晴〉: "所望非淺淺, 天公感精誠." ⑤물살이 빠른 모양. 清 錢謙益 〈費縣道中〉: "石瀨咽沙流淺淺, 野花眠草吐茸茸." ⑥천박한 모양. 高麗 李穡 〈用圓齊韻〉: "圓齋所得非淺淺, 如有用我邦命新."

濺濺(천천●●) ①물이 흐르는 소리. 唐 白居易 〈引泉〉: "誰教明月下, 爲我聲濺濺." 朝鮮 徐居正 〈送柳士初休復之全羅村舍〉: "送君不可隨, 別淚徒濺濺." ②물살이 빠른 모양. 흩뿌리는 모양. 宋 王安石 〈初夏卽事〉: "石梁茅屋在

灣碕, 流水濺濺度兩陂." 朝鮮 奇大升 〈喜見黃梅雨〉: "長空暗集轉濺濺, 政慰田家望有年."

蒨蒨(천천●●) ①아름다운 모양. 唐 皎然 〈觀裴秀才松石障歌〉: "何年蒨蒨苔黏跡, 幾夜潺潺水擊痕." ②무성한 모양. 唐 韓愈 〈庭楸〉: "夜月來照之, 蒨蒨自生煙." 朝鮮 丁若鏞 〈山木〉: "四月楊子山, 草樹日蒨蒨."

芊芊(천천○○) ①초목이 무성한 모양. 唐 張聿 〈餘瑞麥〉: "仁風吹靡靡, 甘雨長芊芊." 朝鮮 曺偉 〈半月城〉: "羅王宮殿盡爲塵, 碧草芊芊走麋鹿." ②푸른 모양. 明 劉績 〈早春寄白虛室〉: "帝城佳氣接煙霞, 草色芊芊紫陌斜."

捷捷(첩첩●●) ①동작이 민첩한 모양. 《詩經 大雅 烝民》: "征夫捷捷, 每懷靡及." 朝鮮 成海應 〈思美人曲解〉: "花叢飛處處, 止起更捷捷." ②교언(巧言)하는 모양. 《詩經 小雅 巷伯》: "捷捷幡幡, 謀欲譖言."

喋喋(첩첩●●) 말이 많은 모양. 北周 庾信 〈擬連珠〉: "蓋聞膏脣喋喋, 市井營營." 朝鮮 金正國 〈偶言〉: "紛紛新代舊, 喋喋舌如戟."

帖帖(첩첩●●) ①순종하는 모양. 宋 梅堯臣 〈月下懷裴如晦宋中道〉: "我馬臥我庭, 帖帖垂頸耳." 朝鮮 權槃 〈龜潭書堂次李密菴韻〉: "清波帖帖淨無埃, 更有懸崖仍作臺." ②편안한 모양. 朝鮮 柳得恭 〈三湖打魚〉: "帖帖橫波蝶, 輕輕點沙鷗." ③다가오는 모양. 元 薩都剌 〈繡鞋〉: "羅裙習

習春風輕, 蓮花帖帖秋水擎.” ④평범한 모양. 朝鮮 林億齡 〈藏秋臺〉: “秋臺平帖帖, 秋氣爽淩淩.”

青青(청청○○) ①짙푸른 모양. 唐 劉商 〈山中寄元二侍御〉: “桃李向秋彫落盡, 一枝松色獨青青.” 朝鮮 崔岦 〈四詠〉: “青青俱受生, 毋乃仁恕乏.” ②검은 모양. 南朝 宋 何長瑜 〈嘲府僚詩〉: “青青不解久, 星星行復出.” 朝鮮 李恒福 〈無題〉: “風塵變盡青青鬢, 夢入毬門劍血紅.” ③매우 젊은 모양. 高麗 李穡 〈上巳日〉: “歸來萱草何青青, 彩衣舞影飄中庭.”

玼玼(체체●●) 빛이 곱거나 선명한 모양. 元 陳孚 〈過臨洺驛大雨雪寒甚〉: “山冰忽陰沍, 急雪白玼玼.” 高麗 李穀 〈節毛詩句題稼亭〉: “徂東拜省郎, 錦衣爛玼玼.”

迢迢(초초○○) ①높은 모양. 宋 司馬光 〈次韻和宋復古春日〉: “殘春擧目多愁思, 休上迢迢百尺樓.” 朝鮮 張維 〈送崔子迪侍郎泛海朝天〉: “迢迢不可上, 淼淼誰能沿.” ②깊은 모양. 唐 李涉 〈六嘆〉: “迢迢碧甃千餘尺, 竟日倚闌空歎息.” 朝鮮 鄭礥 〈海州芙蓉堂〉: “十二曲欄無夢寐, 碧城秋思正迢迢.” ③아득한 모양. 晉 潘岳 〈內顧詩〉: “漫漫三千里, 迢迢遠行客.” 朝鮮 金安國 〈七夕〉: “只應萬劫空成怨, 南北迢迢不自由.” ④기나긴 모양. 唐 戴叔倫 〈雨〉: “歷歷愁心亂, 迢迢獨夜長.” 朝鮮 宋寅明 〈暮春途中〉: “迢迢盡日伴山花, 望望前林已晚霞.”

楚楚(초초••) ①또렷한 모양. 唐 白居易 〈早朝〉: "翩翩穩鞍馬, 楚楚健衣裳." 朝鮮 張維 〈復疊酬得之〉: "漢廩陳陳粟, 曹風楚楚衣." ②무성한 모양. 清 趙翼 〈園居〉: "微雨過林端, 楚楚出新碧." ③출중한 모양. 朝鮮 鄭道傳 〈走筆送高少尹〉: "少尹乃其後, 楚楚抽華英." ④슬퍼하는 모양. 唐 元稹 〈聽庾及之彈烏夜啼引〉: "後人寫出烏啼引, 吳調哀弦聲楚楚." 朝鮮 南孝溫 〈經圃隱故宅〉: "操鷄鴻業半千年, 楚楚朝綱仗老臣." ⑤청초한 모양. 朝鮮 金宗直 〈古意〉: "美人楚楚居巖嶅, 通天箭筈豻虎嘷."

草草(초초••) ①불안한 모양. 宋 陸游 〈龍興寺弔少陵先生寓居〉: "中原草草失承平, 戍火胡塵到兩京." 朝鮮 申欽 〈次簡易韻〉: "千里龍灣路苦脩, 相迎草草淚江頭." ②분주한 모양. 明 李東陽 〈春寒二十韻〉: "年華草草催雙鬢, 宦跡悠悠寄一身." 朝鮮 李玄逸 〈絶筆〉: "草草人間世, 居然八十年." ③초라함. 초초(艸艸). 明 唐寅 〈除夜坐蛺蝶齋中〉: "燈火蕭蕭歲又除, 盤餐艸艸食無魚." 朝鮮 丁若鏞 〈烏淵汎舟〉: "草草盃盤酬漫興, 時花留待武陵春." ④걱정하는 모양. 唐 李白 〈閨情〉: "織錦心草草, 挑燈淚斑斑." ⑤허망함. 朝鮮 張維 〈挽李家少婦〉: "人生何草草, 神理本茫茫."

悄悄(초초••) ①상심하는 모양. 충충(忡忡). 唐 權德輿 〈薄命篇〉: "閑看雙燕淚霏霏, 靜對空牀魂悄悄." 高麗 李穀 〈過

西州龍堂長岩二祠〉: "我縱閑遊心悄悄, 千里煙波空滿目." ②고요한 모양. 宋 朱熹 〈聞蟬〉: "悄悄山郭暗, 故園應掩扉." ③나즈막한 소리. 唐 韓愈 〈落葉送陳羽〉: "悄悄深夜語, 悠悠寒月輝." 朝鮮 閔齊仁 〈夜坐有感〉: "起望雲河應不寐, 胡笳悄悄使人悲." ④으슬으슬한 모양. 元 迺賢 〈京城燕〉: "三月京城寒悄悄, 燕子初來怯淸曉." 朝鮮 許蘭雪軒 〈寄荷谷〉: "悄悄深夜寒, 蕭蕭秋葉落."

招招(초초○○) ①손짓으로 부르는 모양. 清 許潤 〈己巳六月拜別家慈之楚〉: "舟子招招促行李, 殘書數卷裹破被." 高麗 鄭誧 〈黃山歌〉: "招招舟子來何所, 掛帆却下魚山莊." ②흔들리는 모양. 南朝 齊 謝朓 〈始之宣城郡〉: "招招漾輕檝, 行行趨巖趾."

矗矗(촉촉●●) ①우뚝 솟은 모양. 清 錢謙益 〈王師二十四韻〉: "豐碑並崇廟, 矗矗夕陽西." 朝鮮 奇遵 〈義相庵〉: "孤臺矗矗入煙空, 雲盡滄溟一望窮." ②중첩된 모양. 宋 梅堯臣 〈依韻和孫都官河上寫望〉: "魚腥矗矗橋邊市, 花暗深深竹裏窗." 高麗 李穡 〈述懷〉: "三疊一篇成韻語, 炊煙矗矗映山橫." ③위풍당당한 모양. 朝鮮 張維 〈吊箕子賦次姜編修韻〉: "噺帝命而使東藩兮, 慫玉節之矗矗."

屬屬(촉촉●●) 공경하는 모양. 朝鮮 崔岦 〈復贈五山 兼示金秀才靜厚 疊韻〉: "想當愼奉持, 屬屬而洞洞."

葱葱(총총○○) ☞蔥蔥(총총). ①초목이 무성한 모양. 宋 黃庭堅

〈奉和文潛贈無咎〉: "庭柏鬱葱葱, 紅榴鋳多子." 朝鮮 申欽 〈桂之樹行〉: "桂之樹, 何葱葱." ②안개가 자욱한 모양. 高麗 金富軾 〈赤道寺〉: "聖祖樓船憩此中, 江山王氣尙蔥蔥."

怱怱(총총○○) ①다급한 모양. 清 杜濬 〈淮陰送別徐松之〉: "可笑淹留余失策, 翻疑君去太怱怱." 高麗 李穀 〈紫汀臺〉: "策馬悤悤看不足, 扁舟載酒要重來." ②허둥대는 모양. 宋 蘇軾 〈元修菜〉: "是時青裙女, 採擷何怱怱." 朝鮮 趙文命 〈燕坐〉: "奔走衣冠日在公, 怱怱時節百憂中."

崔崔(최최○○) 산이 높고 험한 모양. 宋 沈遼 〈金鵝方丈〉: "金鵝山勢高崔崔, 乘興已泛滄洲廻." 朝鮮 丁若鏞 〈三嶽和五盤〉: "崔崔席破嶺, 是蓋三嶽餘."

啾啾(추추○○) 짐승소리, 귀신소리, 악기 소리 따위의 형용. 《古樂府 隴西行》: "鳳皇鳴啾啾, 一母將九雛." 唐 杜甫 〈兵車行〉: "新鬼煩寃舊鬼哭, 天陰雨溼聲啾啾." 高麗 禹天啓 〈墨竹〉: "猩猩苦叫猿啾啾, 草木搖落風颼颼." 朝鮮 李德懋 〈彌陀山〉: "庚申萬鬼啾啾哭, 似恨悍當時張使君."

蹙蹙(축축●●) ①쪼그라드는 모양. 《詩經 小雅 節南山》: "我瞻四方, 蹙蹙靡所騁." 朝鮮 張維 〈吊箕子賦次姜編修韻〉: "瞻四海以蹙蹙兮, 獨躊邑而安之." ②불안해하는 모양. 朝鮮 張顯光 〈無題〉: "獨行不須離群立, 肯向昏風蹙蹙愁." ③급한 모양. 宋 王令 〈贈李定資深〉: "湍激日蹙蹙,

風稜勢漫漫." ④주름이 잡힌 모양. 宋 陸游 〈西村〉: "蹙蹙水紋生細縠, 蜿蜿沙路臥修蛇." 朝鮮 徐居正 〈與諸友遊清凉洞日暮乃還〉: "春風飜浪花, 蹙蹙生龍鱗."

忡忡(충충○○) ①근심하는 모양. 清 譚瑩 〈聞試炮聲感賦〉: "側聽心忡忡, 蒼茫立殘照." 高麗 鄭知常 〈春日〉: "物象鮮明霽色中, 勝遊懷抱破忡忡." ②늘어진 모양. 《詩經 小雅 蓼蕭》: "既見君子, 鞗革忡忡."

沖沖(충충○○) 얼음 깨는 소리. 《詩經 豳風 七月》: "二之日, 鑿冰沖沖." 朝鮮 金宗直 〈初二日入憩竹山〉: "窗櫳竟日沖沖響, 村北村南盡鑿冰."

蟲蟲(충충○○) 작열(灼熱)하는 모양. 宋 王安石 〈酬王濬賢良松泉二詩〉: "蟲蟲夏秋百源乾, 抱甕復道愁蹣跚." 朝鮮 丁若鏞 〈次韻洌水端午日見寄〉: "何當掃盡蟲蟲氣, 催遣陰官決土囊."

惴惴(췌췌●●) 두려워서 경계하는 모양. 《詩經 小雅 小宛》: "惴惴小心, 如臨于谷." 朝鮮 宋時烈 〈自警吟〉: "凡玆莫可追, 一心徒惴惴."

惻惻(측측●●) ①비통한 모양. 처량한 모양. 唐 杜甫 〈夢李白〉: "死別已吞聲, 生別常惻惻." 朝鮮 金誠一 〈母別子〉: "今行目擊始驚歎, 揮淚中逵心惻惻." ②쌀쌀한 모양. 元 趙孟頫 〈絶句〉: "春寒惻惻掩重門, 金鴨香殘火尙溫." 高麗 李穡 〈卽事〉: "春寒惻惻歲華移, 掩戶淸香有所思."

③간절한 모양. 高麗 李穡 〈有感〉: "讀書有力誰得知, 白髮老翁心惻惻."

蚩蚩(치치●●) ①중후한 모양. 《詩經 衛風 氓》: "氓之蚩蚩. 抱布貿絲." ②어리석은 모양. 朝鮮 申欽 〈冠孫冕〉: "蚩蚩夸毘儔, 窖鑿爭劫劫." ③소란스러운 모양. 清 姚鼐 〈詠七國〉: "蚩蚩六國主, 虫豸力爭競."

駸駸(침침○○) ①말이 쏜살 같이 달리는 모양. 宋 梅堯臣 〈送景純使北〉: "驛騎駸駸持漢節, 邊風慘慘聽胡笳." 朝鮮 李瀷 〈嘉村送時中寄示大猷〉: "古峽天寒楓葉紅, 駸駸驅馬踏秋風." ②빠르게 지나가는 모양. 南朝 梁 簡文帝 〈納凉〉: "斜日晚駸駸, 池塘半生陰." 朝鮮 丁若鏞 〈和寄陟州都護李見寄之作〉: "駸駸暮景忽焉徂, 牢落田間一老夫." ③바쁜 모양. 金 元好問 〈癸巳四月二十九日出京〉: "塞外初捐宴賜金, 當時南牧已駸駸." ④성한 모양. 宋 張耒 〈春日雜風〉: "飛花去寂寂, 新葉來駸駸."

沈沈(침침○○) ①무성한 모양. 唐 李咸用 〈題王處士山居〉: "雲木沈沈夏亦寒, 此中幽隱幾經年." ②물이 깊은 모양. 清 龔自珍 〈己亥雜詩〉: "銀燭秋堂獨聽心, 隔簾誰報雨沈沈." ③비가 많이 내리는 모양. 朝鮮 裵正徽 〈禿魯江〉: "寒天煙雨倍沈沈, 一曲漁歌起夕陰." ④깊은 모양. 南朝 宋 鮑照 〈代夜坐吟〉: "冬夜沈沈夜坐吟, 含聲未發已知心." 朝鮮 許筬 〈夜登南樓〉: "招提日落倚沙門, 絶壑沈沈暝色

昏.” ⑤마음이 무거운 모양. 唐 王建 〈將歸故山留別杜侍御〉: “沈沈百憂中, 一日如一生.” ⑥소리가 은은한 모양. 宋 蘇舜欽 〈演化琴德素高因爲作歌以寫其意〉: “風吹仙籟下虛空, 滿坐沈沈竦毛骨.” ⑦오래도록 소식이 없는 모양. 唐 杜牧 〈月〉: “三十六宮秋夜深, 昭陽歌斷信沈沈.”

蟄蟄(칩칩●●) 많은 모양. 唐 李賀 〈感諷〉: “侵衣野竹香, 蟄蟄垂葉厚.” 朝鮮 李瀷 〈蜂王〉: “雲仍蟄蟄總君王, 茅土分封各主張.”

| ㅌ |

濯濯(탁탁●●) ①밝은 모양. 《詩經 商頌 殷武》: “赫赫厥聲, 濯濯厥靈.” 朝鮮 奇大升 〈陶山書堂 淨友塘〉: “淤泥不染解全天, 濯濯明姿更可憐.” ②깨끗한 모양. 唐 喬知之 〈折楊柳〉: “可憐濯濯春楊柳, 攀折將來就纖手.” 朝鮮 權近 〈代人贈送伯瞻使還〉: “柳絲搖濯濯, 草色弄芊芊.” ③윤기가 도는 모양. 淸 周志蕙 〈柳〉: “絲絲愁緒隨風亂, 濯濯豐姿著雨姸.” 高麗 崔滋 〈南堤柳〉: “南堤一株柳, 濯濯秀風標.”

耽耽(탐탐○○) ①주시하는 모양. 宋 蘇軾 〈見長蘆天禪師〉: “瑟瑟寒松露骨, 耽耽病虎垂頭.” 朝鮮 許筠 〈贈李實之〉: “耽耽多虎視, 亦不廢千年.” ②깊숙한 모양. 宋 王禹偁 〈歸

雲洞〉: "碧洞何耽耽, 呀然倚山根." 朝鮮 金宗直 〈扶安城樓望邊山〉: "鬱鬱珍材千嶂合, 耽耽寶刹衆魔知."

蕩蕩(탕탕●●) ①넓은 모양. 元 揭傒斯 〈賦得海上雲送良上人歸徑山〉: "蕩蕩無邊涯, 悠悠何所之." 朝鮮 尹汝衡 〈關東旅夜〉: "乾坤蕩蕩我無家, 一夕挑燈九起嗟." ②덕이 큰 모양. 高麗 李穡 〈自詠〉: "群處雍容須蕩蕩, 獨居齋慄要夔夔." ③물결이 세찬 모양. 高麗 李穡 〈中場〉: "忽有鯉魚飛得過, 龍門蕩蕩是天門." ④구속되지 않는 모양. 《詩經 大雅 蕩》: "蕩蕩上帝, 下民之辟." 朝鮮 丁若鏞 〈送李護軍爲晉陽節度使〉: "娥娥紛黛叢, 蕩蕩風流陣." ⑤유랑하는 모양. 高麗 李奎報 〈杜門〉: "初如蕩蕩懷春女, 漸作寥寥結夏僧." ⑥환한 모양. 宋 蘇軾 〈廬山二勝 開先漱玉亭〉: "蕩蕩白銀闕, 沈沈水晶宮."

ㅍ

婆娑(파파○○) ①춤추는 모양. 高麗 李穡 〈江上〉: "皎皎出塵世, 婆娑丹桂枝." ②바람이 살랑살랑 부는 모양. 高麗 李岡 〈予不樂樂故作長詩以代謂〉: "一詠一觴心未足, 婆娑醉倒春風前." ③비틀대는 모양. 朝鮮 金正喜 〈爲竺典禪作〉: "一領布衫收不得, 婆娑老佛倘無羈."

皤皤(파파○○) 머리가 허연 모양. 前蜀 貫休 〈秋末入匡山船

行〉: "誰如垂釣者, 孤坐鬢皤皤." 朝鮮 崔岦〈題散畫六幅休杖〉: "皤皤荷而杖, 何從來息肩."

肺肺(패패●●) 무성한 모양. 《詩經 陳風 東門之楊》: "東門之楊, 其葉肺肺." 朝鮮 吳光運〈送靈巖使君鄭來仲〉: "肺肺庭前柳, 折之花如雪."

翩翩(편편○○) ① 경쾌하게 나는 모양. 唐 白居易〈燕詩示劉叟〉: "梁上有雙燕, 翩翩雄與雌." 朝鮮 崔守良〈吳尙書宅〉: "樓上翩翩燕始棲, 短墻微雨小桃低." ② 행동이 잽싼 모양. 唐 王昌齡〈從軍行〉: "虜騎獵長原, 翩翩傍河去." 朝鮮 姜世晃〈路上有見〉: "凌波羅襪去翩翩, 一入重門便杳然." ③ 나부끼는 모양. 明 李夢陽〈士兵行〉: "彭湖翩翩飄白旗, 輕舸蔽水陸走車." 高麗 金坵〈落梨花〉: "飛舞翩翩去却回, 倒吹還欲上枝開." ④ 면면히 이어지는 모양. 唐 劉希夷〈巫山懷古〉: "頹想臥瑤席, 夢魂何翩翩." 朝鮮 蘇世讓〈燕京卽事〉: "春愁黯黯連空館, 歸興翩翩落故山."

便便(편편○○) 배가 뚱뚱한 모양. 전하여 경서(經書)에 통달함. 宋 朱翌〈轎中坐睡〉: "鼻間眞栩栩, 腹外亦便便." 高麗 崔瀣〈吳德仁生日〉: "便便五經笥, 汝爲君子儒."

平平(평평○○) ① 점잖은 모양. 혹은 지혜롭게 다스리는 모양. 《詩經 小雅 采菽》: "平平左右, 亦是率從." 高麗 李穡〈雜詠〉: "淸風何習習, 君子何平平." ② 평범한 모양. 朝鮮 奇

大升 〈送吉州牧使〉: "臨分且贈平平語, 省事澄心用遏戎."
③공평한 모양. 唐 杜荀鶴 〈田翁〉: "官苗若不平平納, 任是豐年也受飢."

飄飄(표표○○) ①바람이 부는 모양. 晉 陶潛 〈與殷晉安別〉: "飄飄西來風, 悠悠東去雲." 高麗 李崇仁 〈感興〉: "飄飄西風來, 搣搣號枯枝." ②나부끼는 모양. 朝鮮 丁若鏞 〈山中感懷〉: "花落山風起, 飄飄上客衣." ③높이 나는 모양. 宋 王安石 〈春從沙磧底〉: "萬里卜鳳凰, 飄飄何時至." 朝鮮 奇大升 〈思人〉: "安得飛空術, 飄飄到此間." ④홀가분하게 속세를 벗어나는 모양. 高麗 李奎報 〈次韻朴還古南遊詩〉: "何意飄飄雲, 悠然戀舊岫." ⑤불안한 모양. 宋 曾鞏 〈寄孫正之〉: "貌癯心苦氣飄飄, 長餓空林不可招." ⑥떠도는 모양. 明 王雲鳳 〈送客〉: "雲氣溟濛雨欲絲, 飄飄遊子別離時." 朝鮮 張維 〈九月八日途中作〉: "杳杳違京國, 飄飄作旅人." ⑦금세 지나가는 모양. 明 何景明 〈暮春〉: "飄飄歲月此雙燕, 渺渺江湖聊一槎." 朝鮮 安鳳 〈四老會〉: "渺渺悲前事, 飄飄惜此生." ⑧뜻이 고상한 모양. 宋 王安石 〈次韻酬陸彥回〉: "款款故情初未愁, 飄飄新句總堪傳." 朝鮮 李恒福 〈二月二十八日次月沙燕館書懷韻〉: "陳容慚踽踽, 逸想仰飄飄." ⑨아득한 모양. 三國 魏 徐幹 〈實思詩〉: "飄飄不可寄, 徙倚徒相思."

披披(피피○○) ①나부끼는 모양. 清 金農 〈次看山驛〉: "稊田米

賤那得食, 短後之衣風披披.” 朝鮮 奇大升〈湖堂次友人韻〉: “風煙落日無留影, 嫩葉披披翳樹林.” ②흩어지거나 헝클어진 모양. 宋 梅堯臣〈送王道粹學士知亳州〉: “八月風漸高, 木葉將披披.”

腷腷(픽픽●●) 물건을 세차게 찢는 소리. 唐 雍裕之〈兩頭纖纖〉: “腷腷膞膞晓禽飞, 磊磊落落秋果垂.” 朝鮮 丁若鏞〈兩頭纖纖〉: “腷腷膞膞裂帛紈, 兩頭纖纖一年氣.”

ㅎ

閑閑(한한○○) ①만족한 모양. 《詩經 魏風 十畝之間》: “十畝之間兮, 桑者閑閑兮.” 朝鮮 丁若鏞〈獨坐吟〉: “田翁常做閑閑樂, 賴是平生不識丁.” ②강성한 모양. 《詩經 大雅 皇矣》: “臨衝閑閑, 崇墉言言.” ③여유로운 모양. 唐 劉言史〈登甘露臺〉: “偶至無塵空翠間, 雨花甘露境閑閑.” 朝鮮 金守溫〈次上人山水軒詩卷韻〉: “明日野橋分袂處, 忙忙留與去閑閑.”

閤閤(합합●●) ①가지런히 묶은 모양. 《詩經 小雅 斯干》: “約之閤閤, 椓之橐橐.” ②개구리울음소리. 明 唐寅〈步步嬌夏景〉: “閤閤蛙鳴池塘曉, 水面荷錢小.” 朝鮮 張維〈夜臥聞蛙鳴〉: “閤閤群蛙沸, 空齋雨歇時.”

行行(행행○○) ①멈추지 않고 나아가는 모양. 〈古詩十九首 行

行重行行〉: "行行重行行, 與君生別離." 朝鮮 奇大升 〈道狻猊抵金郊用容齋青石道中韻〉: "行行涉幽趣, 醉臥古臺西." ②일이 계절에 따라 진행되는 모양. 晉 陶潛 〈飮酒〉: "行行向不惑, 淹留遂無成." ③줄줄이. 高麗 李仁老 〈宋迪八景圖 平沙落鴈〉: "行行點破秋空碧, 低拂黃蘆動雪花."

悻悻(행행●●) 실의한 모양. 朝鮮 金麟厚 〈綿山〉: "悻悻窮山輕一死, 得仁何似首陽顚."

栩栩(허허●●) ①만족한 모양. 宋 葉適 〈翁常之挽詞〉: "幸能栩栩形中去, 何不蘧蘧夢裡歸." 朝鮮 申欽 〈踏青日口呼〉: "讀畢隱几眠, 栩栩南華生." ②생동하는 모양. 朝鮮 丁若鏞 〈題蛺蝶圖〉: "粉翅栩栩愈用力, 玉腰翕翕方貪食." ③조금씩 움직이는 모양. 唐 唐彦謙 〈詠葡萄〉: "天風颼颼葉栩栩, 胡蝶聲乾作晴雨."

軒軒(헌헌○○) ①춤추는 모양. 唐 韓愈 〈陸渾山火一首和皇甫湜用其韻〉: "山狂谷很相吐呑, 風怒不休何軒軒." 朝鮮 李荇 〈瀟湘八景 遠浦歸帆〉: "軒軒風意王, 半側垂天羽." ②스스로 만족하는 모양. 宋 文天祥 〈自嘆〉: "豎子溷人漫不省, 紅纓白馬意軒軒." 高麗 李仁老 〈白樂天眞呈崔太尉〉: "唯公逸氣獨軒軒, 雪山一朶雲閑插." ③위풍당당한 모양. 宋 楊萬里 〈古風送劉委游試藝南宮〉: "此郎軒軒千里鉤, 槐花再登鄉老書." 高麗 李奎報 〈明日朴還古有

詩走筆和之〉: "鶴情殊皎皎, 霞想復軒軒."

奕奕(혁혁●●) ①높고 큰 모양. 唐 沈佺期 〈從幸香山寺應制〉: "南山奕奕通丹禁, 北闕峩峩連翠雲." ②성한 모양. 많은 모양. 明 歸有光 〈送嘉定丞魯侯序〉: "儀觀偉然, 輿馬奕奕." ③아름다운 모양. 《詩經 魯頌 閟宮》: "新廟奕奕, 奚斯所作." ④여유 있는 모양. 장한 모양. 《詩經 小雅 車攻》: "駕彼四牡, 四牡奕奕." 朝鮮 張維 〈送登極賀使韓知樞〉: "奕奕十六葉, 治功超漢唐." ⑤정신이 환한 모양. 宋 陳師道 〈寄鄧州杜侍郎紘〉: "請公酌此壽百年, 奕奕長爲此邦伯." ⑥근심하는 모양. 南朝 梁 劉孝綽 〈上虞鄕亭觀濤津渚學潘安仁河陽縣詩〉: "中來不可絶, 奕奕苦人腸."

赫赫(혁혁●●) ①빛나고 성대한 모양. 뚜렷한 모양. 《詩經 小雅 節南山》: "赫赫師尹, 民具爾瞻." 朝鮮 崔恒 〈光陵挽章〉: "赫赫隆功終古罕, 巍巍盛德始今稱." ② 열이 많은 모양. 唐 丘爲 〈省試夏日可畏〉: "赫赫溫風扇, 炎炎夏日徂." ③빛나는 모양. 宋 梅堯臣 〈日蝕〉: "赫赫初出咸池中, 浴光洗迹生天東." 朝鮮 奇大升 〈迎日推策〉: "崑崙無外運陰陽, 赫赫當空萬彙光."

爀爀(혁혁●●) 열이 많은 모양. 이글거리는 모양. 朝鮮 張維 〈苦熱二十韻〉: "赤日曈曈纔出海, 炎雲爀爀欲燒空."

玄玄(현현○○) ①깊은 모양. 明 許時泉 〈武陵春〉: "雲窟重重僅礙肩, 丹崖石磴路玄玄." 朝鮮 崔岦 〈次百拙望醫巫閭

山有懷賀先生韻〉: "東歸所得終糟粕, 理自玄玄簡自青."
②도가(道家)에서 말하는 심오한 도. 唐 呂巖 〈七言〉: "玄門玄理又玄玄, 不死根元在汞鉛." 高麗 李奎報 〈訪嚴師〉: "一甌輒一話, 漸入玄玄旨."

孑孑(혈혈●●) ①특출한 모양. 宋 司馬光 〈送茹屯田孝標知無爲軍〉: "疊鼓鳴鐃迎候新, 軍牙孑孑倚淮津." 朝鮮 安鼎福 〈有感〉: "風吹亂葉紛紛去, 月照孤株孑孑高." ②외로운 모양. 唐 韓愈 〈食曲河驛〉: "而我抱重罪, 孑孑萬里程." 高麗 李穡 〈歲時行〉: "感恩懷古鼻孔酸, 天地一身何孑孑."

炯炯(형형●●) ①환한 모양. 宋 陸游 〈書感〉: "此心炯炯空添淚, 青史他年未必知." 朝鮮 丁若鏞 〈夏夜對月〉: "茶鍾瀲瀲微波動, 竹簟炯炯迸碎金." ②자세히 살피는 모양. 淸 龔自珍 〈戒將歸文〉: "精炯炯其獨寤兮, 物溫溫其獨樞." ③근심으로 잠을 이루지 못하는 모양. 《楚辭 哀時命》: "夜炯炯而不寐兮, 懷隱憂而歷玆."

熒熒(형형○○) 불빛이 반짝이는 모양. 元 吳師道 〈桐廬夜泊〉: "燈光隱見隔林薄, 濕雲閃露青熒熒." 朝鮮 丁壽崑 〈送權書狀健赴京〉: "五夜漏鐘聲紞紞, 百官籠燭走熒熒."

浩浩(호호●●) ①강물이 성대한 모양. 宋 王安石 〈送長倩歸輝州〉: "江海收百川, 浩浩誰能量." 高麗 李穀 〈次洞仙驛觀瀾亭詩韻〉: "三島茫茫天共遠, 百川浩浩海幷吞." ②드넓

은 모양. 唐 劉滄 〈春日旅游〉: "浩浩晴原人獨去, 依依春草分水流." 朝鮮 鄭士龍 〈後臺夜坐〉: "煙沙浩浩望無邊, 千仞臺臨不測淵." ③가슴이 트이는 모양. 마음이 편안한 모양. 唐 白居易 〈詠意〉: "心身一無繫, 浩浩如虛舟." ④바람이 세찬 모양. 明 許承欽 〈蒼峽〉: "天風夾兩翼, 浩浩淩大荒." 朝鮮 金誠一 〈多田浦〉: "天高風浩浩, 湖晚日悠悠." ⑤소리가 큰 것의 형용. 元 耶律楚材 〈過陰山和人韻〉: "陰山千里橫東西, 秋聲浩浩明秋溪." 麗末鮮初 尹紹宗 〈東郊〉: "東郊痛哭浩浩歌, 一眉新月隨歸鞍."

皓皓(호호●●) ①고결한 모양. 호호(皜皜). 《詩經 唐風 揚之水》: "揚之水, 白石皓皓." 朝鮮 尹祥 〈謝僧惠扇〉: "清語未半惠一物, 圓潔皓皓蟾輪明." ②밝은 모양. 清 龔自珍 〈春日有懷山中桃花因有寄〉: "山中花開, 白日皓皓." 朝鮮 金時習 〈阿火驛早行望參星有感〉: "林深月黑路無人, 但見參星明皓皓." ③성대한 모양. 唐 王建 〈涼州行〉: "涼州四邊沙皓皓, 漢家無人開舊道."

好好(호호●●) ①기뻐하는 모양. 《詩經 小雅 巷伯》: "驕人好好, 勞人草草." ②노력하는 모양. 唐 李商隱 〈送崔珏往西川〉: "浣花牋紙桃花色, 好好題詩詠玉鉤."

昏昏(혼혼○○) ①흐리고 어두운 모양. 明 貝瓊 〈殳山隱居夏日〉: "病客從教懶出村, 兩山一月雨昏昏." 朝鮮 丁若鏞 〈久雨次睽上九韻〉: "滾滾荒林雨, 昏昏旅夢孤." ②정신

이 혼미한 모양. 唐 溫庭筠 〈春江花月夜詞〉: "蠻弦代寫曲如語, 一醉昏昏天下迷." 高麗 田祿生 〈鷄林東亭〉: "終日昏昏簿領間, 偶因迎客出郊關."

混混(혼혼●●) 물이 흐리거나 사회 풍조가 혼탁한 모양. 漢 王逸 〈九思 傷時〉: "時混混兮澆饡, 哀當世兮莫知." 朝鮮 奇大升 〈伏蒙先生俯和鄙韻感幸之餘敢復用韻仰塵盛覽伏希郢正〉: "竊廩更悠悠, 處俗徒混混."

忽忽(홀홀●●) ①갑작스런 모양. 급속한 모양. 宋 王安石 〈驊騮〉: "怒行追疾風, 忽忽跨九州." 朝鮮 鄭恢遠 〈秋日詠懷〉: "光陰忽忽歲將遒, 萬里羈愁獨依樓." ②혼미한 모양. 明 何景明 〈還至別業〉: "寧知非夢寐, 忽忽心未安." 朝鮮 金正喜 〈題李墨庄獨行小照卽寄贈小蕣朴君者也〉: "獨行忽忽將何之, 涉海登山無不宜." 朝鮮 崔岦 〈除夜〉: "悠悠疇昔事, 忽忽此時情." ③흐린 모양. 漢 王粲 〈傷夭賦〉: "晝忽忽其若昏, 夜炯炯而至明."

桓桓(환환○○) 위풍당당한 모양. 《詩經 周頌 桓》: "桓桓武王, 保有厥土." 高麗 李崇仁 〈送河南郭九疇使還〉: "桓桓百萬衆, 勢甚高屋瓴."

濊濊(활활●●) 그물을 펼치는 소리. 《詩經 衛風 碩人》: "施罛濊濊, 鱣鮪發發." 朝鮮 權鼈 〈李滉〉: "峨峨梁截斷, 濊濊罟施重."

皇皇(황황○○) ①성대한 모양. 唐 杜甫 〈毒熱寄簡崔評事十六

弟〉: "皇皇使臣體, 信是德業優." 朝鮮 申欽 〈皇王吟〉: "生悲玄老晩, 不及見皇皇." ②밝고 또렷한 모양. 《詩經 小雅 皇皇者華》: "皇皇者華, 于彼原隰." 朝鮮 尹鑴 〈書感〉: "不昧方寸地, 皇皇朝萬神." ③넓은 모양. 元 耶律楚材 〈和移剌子春見寄〉: "四海皇皇足俊賢, 浪陪扶日上青天." ④불안한 모양. 明 倪謙 〈孝女四月詩〉: "皇皇女心憂, 悲痛恒哽咽." 朝鮮 尹鑴 〈感遇〉: "皇皇聖哲心, 翼翼承天意."

荒荒(황황○○) ①피곤한 모양. 明 陳子龍 〈寄贈密之〉: "春後荒荒病, 歸來渺渺傷." ②뿌연 모양. 唐 杜甫 〈漫成〉: "野日荒荒白, 春流泯泯清." 朝鮮 丁壽崑 〈西江雜詠上四佳相公〉: "平西斜日正荒荒, 臨水登山斷殺魂." ③쓸쓸한 모양. 明 方孝孺 〈祭童伯禮〉: "荒荒我里, 士習日陋." 朝鮮 李德懋 〈梅花詩韻〉: "大地荒荒春不到, 寒宵炯炯月相知."

惶惶(황황○○) 불안한 모양. 唐 齊己 〈苦熱行〉: "下土熬熬若煎煮, 蒼生惶惶無處處." 朝鮮 林象德 〈詠懷寄舍弟〉: "千方補養總虛言, 一敬惶惶是法門."

遑遑(황황○○) 서두는 모양. 明 陶葉 〈聞孔樵嵐營北海書院柬之〉: "况君爲其後, 安得不遑遑." 朝鮮 申欽 〈昭陽遷客行〉: "風枝危葉惻安棲, 余亦遑遑渡江水."

喤喤(황황○○) 아이의 낭랑한 울음소리. 《詩經 小雅 斯干》: "載弄之璋, 其泣喤喤." 朝鮮 金誠一 〈二十八日登舟山觀倭

國都〉: "孤兒寡婦半都中, 郲妻日夕啼喤喤."

煌煌(황황○○) 환히 빛나는 모양. 唐 杜甫 〈北征〉: "煌煌太宗業, 樹立甚宏達." 朝鮮 鄭澈 〈關東別曲〉: "平明下直出遠郊, 玉節煌煌臨道傍."

翽翽(홰홰●●) 새의 날갯짓 소리. 《樂府詩集 鼓吹曲辭 玄雲》: "龍飛何蜿蜿, 鳳翔何翽翽." 高麗 李穡 〈燕山歌〉: "梧桐萋萋滿朝陽, 鳳鳥飛來鳴翽翽."

恢恢(회회○○) ①넓고 큰 모양. 晉 歐陽建 〈臨終〉: "恢恢六合間, 四海一何寬." 朝鮮 張顯光 〈謁金籠巖廟〉: "性中有大路, 一天恢恢域." ②여유로운 모양. 高麗 李穀 〈詠史 呂蒙〉: "誰要軍籌博士才, 粗知往事也恢恢."

囂囂(효효○○) ①말이 많은 모양. 淸 周亮工 〈陳章侯繪磨兜堅見寄感其意賦此答之〉: "他日靑藤山下去, 囂囂對爾莫相嗔." 朝鮮 崔淑精 〈宿碧蹄驛〉: "通宵郵吏語囂囂, 臥榻欹危睡不牢." ②만족한 모양. 明 唐寅 〈題自畫洞賓卷〉: "我亦囂囂好游者, 何時得醉岳陽樓."

皛皛(효효●●) 환한 모양. 晉 陶潛 〈辛丑歲七月赴假還江陵夜行涂口〉: "昭昭天宇闊, 皛皛川上平." 朝鮮 李承召 〈次益齋瀟湘八景詩韻 洞庭秋月〉: "皛皛波橫練, 溶溶月上空."

嘐嘐(효효○○) 큰소리치는 모양. 朝鮮 金誠一 〈曾點捨瑟圖〉: "獨恨嘐嘐行不掩, 撫圖此日成長吁."

煦煦(후후●●) ①인의(仁義)를 모름. 朝鮮 宋時烈 〈戊午十月送

疇孫歸懷德旣歸以沿道作百六韻見寄聊步還示之〉: "或謂仁煦煦, 或謂義孑孑." ②따스한 모양. 元 張養浩 〈擬四時歸田樂 冬〉: "負暄坐晴簷, 煦煦春滿袍."

詡詡(후후●●) ①호언장담하는 모양. 朝鮮 南孝溫 〈寄權裕之〉: "平生苦兒輩, 門外語詡詡." ②훨훨 나는 모양. 朝鮮 李植 〈春遊過燈照村〉: "客意似蝴蝶, 乘風詡詡揚."

齁齁(후후○○) 코 고는 소리. 宋 蘇軾 〈嘗天門冬酒〉: "醉鄕杳杳誰同夢, 睡息齁齁得自聞." 朝鮮 丁若鏞 〈憎蚊〉: "猛虎咆籬根, 我能齁齁眠."

熏熏(훈훈○○) ☞ 燻燻(훈훈). ①화기애애한 모양. 《詩經 大雅 鳧鷖》: "鳧鷖在亹, 公尸來止熏熏." ②따뜻한 모양. 朝鮮 趙璥 〈舟中作〉: "今宵遠遊欲寫憂, 到此還令心熏熏."

醺醺(훈훈○○) ①화기애애한 모양. 唐 李咸用 〈古意論交〉: "約我爲交友, 不覺心醺醺." ②얼큰하게 취한 모양. 唐 白居易 〈不如來飮酒〉: "不如來飮酒, 閑坐醉醺醺." 朝鮮 奇大升 〈題金生員扇 紀興〉: "幽興爛熳身易辦, 不妨携手醉醺醺."

薰薰(훈훈○○) 훈훈한 모양. 宋 梅堯臣 〈春日東齋〉: "剝剝禽敲竹, 薰薰日照花." 朝鮮 李植 〈農兒生日悼念〉: "薰薰蘭蕙性, 嶷嶷珪瑁章."

薨薨(홍홍○○) ①곤충이 일제히 나는 소리. 宋 梅堯臣 〈聚蚊〉: "薨薨勿久恃, 會有東方白." 朝鮮 申欽 〈感事吟〉: "有時糞

壤中, 薨薨螢火揚.” ②흙을 퍼내는 소리, 우레 소리, 북 소리 등.《詩經 大雅 緜》: “捄之陾陾, 度之薨薨.” 宋 蘇軾〈湯村開運鹽河雨中督役〉: “薨薨曉鼓動, 萬指羅溝坑.”

輝輝(휘휘○○) 찬란한 모양. 唐 杜甫〈不寐〉: “翳翳月沈霧, 輝輝星近樓.” 朝鮮 徐居正〈送尹同庚之任宜寧〉: “他時人物論, 忠孝兩輝輝.”

休休(휴휴○○) ①기백이 큰 모양. 清 趙翼〈秋帆制府挽詞〉: “共推雅量休休大, 不藉威名赫赫傳.” ②편안하고 한가한 모양.《詩經 唐風 蟋蟀》: “好樂無荒, 良士休休.” 高麗 崔瀣〈責任長沙監務〉: “身負國恩微一報, 未應此去便休休.” ③말을 가로 막는 모양. 宋 楊萬里〈得省榜見羅仲謀曾無逸策名得二絶句〉: “今晨天色休休問, 臥看紅光點屋梁.” ④관직에서 물러남. 朝鮮 徐居正〈春日病起書懷寄子休〉: “此身多病可休休, 況復功名已足留.”

洶洶(흉흉○○) ①파도가 일렁이는 모양. 朝鮮 成俔〈宿安富驛〉: “溪流喧洶洶, 簷溜瀉紛紛.” ②시끄럽게 떠드는 소리. 唐 韓愈〈瀧吏〉: “惡溪瘴毒聚, 雷電常洶洶.” ③인심이 흉흉한 모양. 高麗 李奎報〈送妃子〉: “軍情洶洶固難違, 忍遣紅顔正掩暉.” ④정세가 사나운 모양. 朝鮮 趙昱〈我思故人不可得見〉: “世道日交喪, 是非何洶洶.”

欣欣(흔흔○○) ①즐거워하는 모양. 宋 劉子翬〈渡淮〉: “兒童相櫂歌, 余心亦欣欣.” 朝鮮 金履喬〈舟到鷺梁經山從驛

使寄詩相與和之〉: “爲想妙陰寺前去, 晩花啼鳥空欣欣.” ②초목이 무성한 모양. 宋 司馬光 〈小詩招僚友晩游後園〉: “麥田小雨隴微青, 草樹欣欣照曉晴.” 高麗 李穡 〈放懷歌〉: “約束方寸長生春, 欣欣草木自中出.”

仡仡(흘흘●●) ①용감한 모양. 朝鮮 金誠一 〈卽席走筆書懷示仙巢義智〉: “仡仡平將軍, 一劒扶桑東.” ②우뚝한 모양. 《詩經 大雅 皇矣》: “臨衝茀茀, 崇墉仡仡.”

屹屹(흘흘●●) 산이 우뚝한 모양. 高麗 李穡 〈伏聞來月駕幸南京臣穡無官守末由在扈從之列悵然吟成〉: “屹屹華山將抱闕, 滔滔漢水欲環城.” 朝鮮 梁誠之 〈登南原蛟龍山城〉: “邑在湖南山水間, 孤城屹屹路回盤.”

恰恰(흡흡●●) ①심혈을 기울이는 모양. 唐 玄覺 〈奢摩他頌〉: “恰恰用心時, 恰恰無心用.” ②마음을 터놓는 모양. 宋 陳造 〈春寒〉: “小杏惜香春恰恰, 新楊弄影午疎疎.” 朝鮮 徐居正 〈朝雨〉: “詩情恰恰烏紗帽, 野興悠悠白柄鑱.” ③때마침. 宋 黃大受 〈早作〉: “乾盡小園花上露, 日痕恰恰到窗前.” ④꾀꼬리 소리. 唐 杜甫 〈江畔獨步尋花〉: “留連戲蝶時時舞, 自在嬌鶯恰恰啼.” 朝鮮 奇大升 〈綠陰鶯語滑〉: “氣候競催仍恰恰, 天機自動謾嚶嚶.”

洽洽(흡흡●●) 흡족한 모양. 朝鮮 金安老 〈聞鶯〉: “洽洽盡情鳴底事, 傍人猶作故園聲.” 朝鮮 金誠一 〈次五山韻謝蒲菴和尙携酒來訪〉: “文園渴肺自生津, 醍醐洽洽沾餘波.”

熙熙(희희○○) ①화기애애한 모양. 唐 韋應物 〈往富平傷懷〉: "出門無所憂, 返室亦熙熙." 朝鮮 丁若鏞 〈古詩〉: "熙熙田野氓, 動作何豪逸." ②넓은 모양. 元 陳文增 〈春日田園雜興〉: "熙熙壟畝扇如風, 簇簇人煙野意濃." ③번성한 모양. 朝鮮 丁壽崗 〈淸明〉: "天人陽德同流處, 自是熙熙萬化新."

嘻嘻(희희○○) ① 희희낙락하는 모양. 朝鮮 金麟厚 〈次贈諸君〉: "相逢却喜同心子, 一室嘻嘻坐竟辰." ②웃음소리. 새소리. 朝鮮 趙絅 〈題鄭司直贈河主簿還鄕序後〉: "怡怡嘻嘻醒沈痾, 不覺淹留積羲娥."

熙熙攘攘(희희양양○○●●) 사람의 왕래가 잦아 시끄러운 모양. 明 袁宏道 〈登晴川閣望武昌〉: "遙知鬱鬱葱葱地, 只在熙熙攘攘間." 朝鮮 丁若鏞 〈十二月三日文山至越三日夜設饅頭侑以長句〉: "熙熙壤壤路縱橫, 物外淸標見此行."

장원으로 가는 지름길
(近體詩中心 基礎指針書)

초판 인쇄 2024년 9월 20일
초판 발행 2024년 9월 27일

편 저 자 정범진 · 이채문
발 행 자 김동구
디 자 인 이명숙 · 양철민
발 행 처 명문당(1923. 10. 1 창립)
주 소 서울시 종로구 윤보선길 61(안국동)
국민은행 006-01-0483-171
전 화 02)733-3039, 734-4798, 733-4748(영)
팩 스 02)734-9209
Homepage www.myungmundang.net
E-mail mmdbook1@hanmail.net
등 록 1977. 11. 19. 제1~148호
ISBN 979-11-987863-3-3 (93810)

35,000원

* 낙장 및 파본은 교환해 드립니다.